国家出版基金项目
NATIONAL PUBLICATION FOUNDATION

新视野中国儿童文学理论研究

担当与建构
王泉根文论集

DANDANG YU JIANGOU
WANG QUANGEN WENLUNJI

王泉根◎著

接力出版社
Publishing House

图书在版编目（CIP）数据

担当与建构：王泉根文论集 /王泉根著. — 南宁：接力出版社，2013.10
（新视野中国儿童文学理论研究）
ISBN 978-7-5448-3174-1

Ⅰ.①担… Ⅱ.①王… Ⅲ.①儿童文学-文学研究-中国-当代-文集
Ⅳ. ①I207.8-53

中国版本图书馆CIP数据核字（2013）第227610号

责任编辑：蒋强富　　美术编辑：张　凯
责任校对：贾宏宾　　责任监印：陈嘉智　　媒介主理：马　婕
社长：黄　俭　　总编辑：白　冰
出版发行：接力出版社　　社址：广西南宁市园湖南路9号　　邮编：530022
电话：010-65546561（发行部）　　传真：010-65545210（发行部）
http: //www.jielibj.com　　E-mail: jieli@jielibook.com
经销：新华书店　　印制：三河市鑫金马印装有限公司
开本：710毫米×1000毫米　1/16　　印张：24.25　　字数：370千字
版次：2013年10月第1版　　印次：2013年10月第1次印刷
定价：36.00元

责任与良知催生的智性之作（代序）

曹文轩

泉根总是在写、在不停地出书。他这样的人好像天生就是做学问、写书的人。一心一意地做，一心一意地写，几十年来风吹雨打，却从未改变过。我不太相信"天才论"。我一直认为这个世界上干出事情来的人——今天叫"成功人士"，无非两种情况，一是撞了大运，一是靠的勤奋，而唯独没有谁是依仗天才的。撞大运的人不少，比如现在的许多家喻户晓、名噪天下的企业家——大企业家。他们的暴发，并非是因为他们的勤奋和才智，而是因为某种偶然得到的机会或是因为天生胆大，别人不敢干的事情他敢干，"为先"了一把，而这种为先并非是因为他们高瞻远瞩、宏图大略，而纯粹是因为胆大（甚至不怕触犯法律，不怕杀头），结果将事情干成了，而且还干成了轰轰烈烈的大事。这之后，就衣冠楚楚地到处去讲他的成功之路以及成功之道，俨然一个英明盖世的思想家、战略家。殊不知，他的那一套经验，是没有任何指导意义的。但这种情况大概只能发生在房地产之类的领域，却无法发生在学术界。码字、爬格子，总得码，总得爬，不码不爬，文章是不会自动生成的。学问做得好坏是一回事，但做出学问来，却是非要刻苦的。泉根做学问，而且力求自己要将学问做好，大概没有别的高招儿，也只有玩命。他是这个行当里头的玩命三郎。看看他的似乎永远的黑眼圈，也就不难得到这一印象。他是一个跟时间打架——打得头破血流的人。不停地看书，不停地思考，不停地求证，不停地发言，不停地争辩，不停地写作，然后不停地出书。只见他行色匆匆，装了发条一般——他是个发条人。我知道，能将事情干成的人就是他这种人。

应了那句老话，性格比才能重要。说的是做学问，其实比的是性格，看谁能锲而不舍，百折不回，撞了南墙不回头。学术这个地方，只讲专注，只讲投入，要不得的就是蜻蜓点水、浮光掠影。泉根的学术兴趣并不在一个点上，但只要他在那段时间内去关注那个点，就四大皆空而只有那个点了。他在材料的迷山中追寻，流连忘返，最后将这一堆混乱的材料加以梳理，加以剖析，直到被材料层层包裹着的历史的、现实的意念昭然若揭。做姓氏研究如此，做吴宓研究如此，做其他莫不如此。

泉根不仅做材料、做批评，还做理论。

泉根做了很多理论方面的文章。做理论与做批评理路似不太一样。做理论，是一件较为单纯的事情，但却又很有难度。它需要作者具有逻辑推理能力，更需要判断能力，头脑要特别清楚。长长的一段文字，里头没有任何事情，就是理的环环相扣——光是说理，正过来说，反过来说，最终将一个道理彻底说明白，让人有拨开乌云见天日的感觉。我想泉根在做理论时，与他做批评时感觉肯定是不一样的。那时候，他可能沉浸在理性的愉悦中一时不可自拔，并且有一种真理在握的豪迈感——就觉得自己说的字字珠玑，句句神圣不可侵犯。他要给儿童文学做界定，要论证儿童文学的本质特征与儿童文学的合法性，这些问题都是一些重大问题，在儿童文学这儿，是一些人命关天的大事。他在做这些阐释和做结论时，是胸有成竹的。那一段段的粗体字，是他必须要强调的，是核心，是本质，是基本。它们镶嵌在他的文章里，显得很森严，像不可逾越的城墙，像拔地而起的城堡，像一片密不透风的森林。我能够感觉到，他在书写这些文字时，是反复斟酌的，一字一句都经过了推敲。当这些文字诞生在纸面上时，他感受到了说理的大喜悦。那时他才体会到做一个学者的人生价值和乐趣。

这些年来，泉根的大部分时间是用在批评上的。这时，又体现了他的另一番功夫：对当下形势的敏锐。他往往会在第一时间快速报告儿童文学前沿的状况，一个重要的现象或一个重大的走向还未引起社会或业内注意时，却会较早进入他的视野，并能很快做出反应。相对于理论而言，批评是带了冒险性质的，因为它关注的往往是正在运动中的事物，而运动中的事物是不容易看清楚的，更不容易说清楚。时过境迁，许多在当时看来头头是道甚至是振聋发聩的批评，却会显出它的虚妄乃至可笑，后来的事实证明了当年的许多批评纯粹是凭空的武断和矫情的夸饰。可是，作为这个行当里的一个学者，却有义不容辞的责任：追踪当下，并给予描述、解释和揭示。这是一种类似走钢丝的、铤而走险的行为——正是它充满了冒险性，所以这个行当也才显出它迷人的挑战性。泉根不怕挑战，他总是很有胆识地去对一些迎面而来或还处在萌芽状态的潮流和现象及时做出反应。也许我们现在还不能判断出他的若干结论都是正确的，但至少是很有说服力的。因为我们在看到他的大胆判断时，同时看到了他的小心求证。他是一个力戒从某种理论框架出发而对当下儿童文学发表看法的人。他在发表看法时，注意到了事情的来龙去脉——它的历史，注意到了它在当下语境中生成的复杂性。关键是，他是一个注意阅读文本的人。对一种创作潮流或是对一个作家的创作、一本新出版的书，他首先做到的就是认真地阅读。这一点似乎不值得特别提出，因为既是批评，就理所当然地要进行有关文本的阅读。但我们依然认为做到这一点实在是难能可贵的，因为今天的批评风气普遍不再是将结论建立在对文本的细读之上，而是利用极其奢华的、来自四面八方的理论进行机械而生硬的穿凿附会。这几乎是一种批评时尚。因为这样才可以使批评产生所谓的深刻性。在这样的批评语境中，我们看到的是接踵而来的本末倒置的现象：让文本屈从于事先选择的理论，而不是根据文本所提供的实际状况，然后利用理论的力量来加以阐释。多少年以后再来看一段历史时期的批评，大概是很难逃脱“梦谵”之诟病的。正是在这样的情形之下，我们才如此看重泉根的认真阅读的。他的做法，是对作者和文本的负责，也是对读者和文学史的负责。

泉根的批评是判断的，而不只是描绘的。他拒绝了那种只描绘、只说模棱两可之言辞的所谓学术成熟，而选择了立场和观点分明的判断。我赞成这样的批评。也许这样的批评更能体现知识分子的使命感和责任感。

对于儿童文学，泉根有着属于他自己的独到判断。关于儿童文学在人类文学大系统中的定位，关于百年中国儿童文学的历史经验和人文价值，关于成长小说，特别是关于何为儿童文学、儿童文学何为的定义，泉根都有自己的说法和自己的分析与界定。由他提出的“以善为美”是儿童文学的基本美学特征的观点，是他对儿童文学理论的最重要的建树。他将儿童文学与成人文学进行多维度的比较，从而对儿童文学的特定性做出富有说服力揭示。这对于从事儿童文学的作家如何把握儿童文学这一特殊意识形态、如何在写作过程避免不符合儿童文学价值指向的“禁区”，无疑是有益的。他的论述，对于儿童文学从自在状态走向自为状态，意义重大。

无论是理论还是批评，他还有一个宝贵的品质，这就是真诚。他的执着有时会达到固执的极地。没有人能够说服他——在他还未听到特别有说服力的反批评之前或是还没有发现事实已经颠覆了他的判断之前。他是一个不轻易放弃自己的立场和观点的人，但他是真诚的。

写于旅途

（作者为北京大学中文系教授、博士生导师，北京市作家协会副主席）

文学教授的资质（自序）

如今这世道，凡事爱较真个“资质”。资者，资格、资历也；质者，素质、品质也。资质就是信誉，就是品牌，就是效率。于是这就有了持证上岗，有了资质年检，以防假冒伪劣滥竽充数。这是社会公信的需要，文明进步的体现。

由资质我想到了文学教授，想到了专门靠文学谋生、以文学“传道、授业、解惑”的高校文学教授的资质问题。文学教授应该具备什么资质呢？恕我寡闻，至今还没见到过相关条文。于是转而与三五业内人士扯谈神侃，玄议结果，归纳出下列数端，且允一一道来。

一曰，文学教授要爱文学

这不是废话吗？文学教授不爱文学，谁还爱文学？还能叫“文学”教授吗？但是且慢，这世上还真有挂着文学教授头衔却又不怎么爱文学的人。一位外省学者说，他单位有一位“文学教授”，除了一堆教材、教参之类的“吃饭书”以外，再也找不出几本中外文学名著。他硬说列夫·托尔斯泰与阿·托尔斯泰是兄弟俩。他从不看文艺类报章杂志，当然更不会订阅，问他原因，口气还蛮大：“看那破玩意儿干吗！没意思。”这就怪了，倘若这世上的文学真够寒碜，那你不正可以进行文学批评，打文学一记耳光，让文学从庸常中振作，从堕落中惊醒过来吗？谁让你是文学教授呢？文学是你的“衣食父母”，俗话说子不厌母穷、母不厌子丑，关心文学就是关心你的“父母”。两耳不闻文坛事，闭门不读文学书，又怎么配称文学教授呢？

即使是从事古典文学的，也同样需要关心当下文学，因为对于一个具有真正资质的文学教授而言，文学是不分古今中外的。《诗经》《楚辞》他懂，《莎士比亚》《战争与和平》他也懂；阿Q、方鸿渐他熟悉，《创业史》《白鹿原》他也知道；民间的孟姜女、格萨尔他了解，甚至连儿童的安徒生、哈利·波特他也翻过。因为他清楚，倘若不遍涉古今中外文学品类，万一学生问起来那是要出洋相的。莘莘学子才不管你是搞先秦唐宋的还是搞现当代的，只要是教授，而且是堂堂文学教授，有关文学的问题，自然应当统统“不在话下”。

所以一个文学教授，最低限度的资质是要爱文学，不管这文学如何，他都得去“爱”，也就是心中装着文学，眼睛盯着文学，嘴里念叨着文学。文学的沉沦，他忧心忡忡；文学的进展，他喜上眉梢。大至诺贝尔文学奖，小至本校学生的文学社团，他都“略知一二”。因为他在想，倘若这世上文学真的衰败了，没人提起文学了，那文学教授也就只有下岗了事。

二曰，文学教授要会文学

这“会”字说白了就是会“舞文弄墨”。就像演员曲不离口、画家笔不离手一样，文学教授对于文学品类自然也是烂熟于胸，手到擒来，拿手好戏，甚至有一种“玩弄”于股掌的本事。在世人看来，文学教授必然是满腹经纶，饱读诗书，吟诗作文，闲庭信步；同时他还写得一手漂亮的毛笔字，逢年过节红白喜事，还能帮亲朋邻里写个对联横幅什么的。

但是，现如今这样的文学教授恐怕是“多乎哉，不多也”。不要说一般的文学教授，就是专搞古典文学的，又有几人能吟诗填词应答唱和？至于对联什么的，恐怕早已被丢到爪哇国里去了。现如今中国航天员都已飞上太空了，电脑已为读书人换了笔，连钢笔也很久不用了，你还提毛笔字这劳什子，真是迂腐得可以。但是，且慢，人家可以不会吟诗填词，不会书法，不会对联，都没关系，但倘若连文学教授都不会，那就恐怕说不过去了。“神五”上天并不意味着传统文化可以入地。你既然头上顶着文学教授的头衔，吟诗作文、泼墨挥毫总是应该的吧？中国的文人传统、人文传统，倘若在文学教授尤其是在古典文学教授身上都不能“薪尽火传”，那才是真正的悲哀矣。

三曰，文学教授要搞文学

这“搞”字有点俗,但国人都能明白,就像“把国民经济搞上去”那样“把文学事业搞上去”。这应当是文学教授应有的职责。世上百业有分工，文学教授分担的业务是专搞文学,自然应当努力把世上的文学事业搞上去。如何搞?当然不需要文学教授去生产文学产品（那主要是作家分担的业务)，而是要能像产品的质检、工程的监理那样，精通文学产品的质检、监理。既有鉴赏发现优质产品的精到评判，又有辨别区分劣质产品的明睿目光，同时还有深刻解析产品存在的问题、不断引导产品走向真善美的能力，从而把优质的文学产品推荐给社会公众，用人类文明的琼浆哺育年轻一代，把那些假冒伪劣或豆腐渣之类的产品曝光于世,既为时代保存精神标本,又为社会剔除精神垃圾,因而文学教授在文学世界担当的责任委实非轻。

他们或从事文学史的研究，即对已经成为凝固历史的文学过去式的研究，做一个学者；或是从事文学现状的研究，即对正在发生运动中的文学现在式的研究，做一个批评家；或从人类精神领域的制高点上，不断探索文学世界的真理，做一个理论家;或是兼而从之，这自然更好，当然难度也更大。总之，文学教授要能在文学世界不断开辟自己的文学研究平台,焚膏继晷,兀兀穷年,探幽烛微，沉潜钻研；有道是“十年磨一剑，不时亮几招”，能够不断发表多种形式的文学研究或批评成果，不断地有所创新有所发现，为把人类的文学事业“搞上去”，做出一己之贡献。这是文学教授资质的重要内涵，也是文学教授价值的重要体现。

如果说，文学是照亮人类精神生命的灯火，那么文学教授就是不断为这灯火添油加料的人；如果说文学是反映人类生存活动的镜子，那么文学教授就是及时为这镜子揩拭上光的人。倘若文学教授也有情人，也有辗转反侧的相思,那么这情人就是文学女神,他思之念之的就是如何能发现和获取那条“维纳斯的腰带”，真正逼近文学女神美和真相统一的那个世界。

四曰，文学教授要有人文气质

人文气质对于文学教授尤显重要。道理很简单：文学是人学，文学诞生于人，其终极目的也在于人，在于人的生命。文学是人生的象征，生命的优化。因而文学教授必然关心人，关心人生与人间。有关与人相关的学科，诸如思考人生的哲学、超越人生的宗教、镜鉴人生的史学、眷恋人生的艺术，他都有所涉猎，有所把握，有所心得。他自然关心人类、民族的命运，关心民生民瘼民权民主。一个拥有良好人文精神的人，才会有爱祖国之深情，爱人民之至诚，爱社会之善举，爱家园之真挚，爱自己之自尊。文学使文学教授成为一个对生命与生活充满挚爱与激情的性情中人。他尊重妇女，热爱儿童，好和青年交朋友。他关注环保，热心公益，同情弱势群体。他胸怀慈悲，志尚于道，心欲济世。他遵守学术规范，因而自然遵守现代社会的文明规则。他或许不同意人家的观点，但充分尊重人家有表达观点的权利。

如果说哲学教授是深沉的、严肃的，托着下巴像个“思考者”，史学教授是静穆的、威严的，望着星空像个“探索者”，那么文学教授则是亲切的、洒脱的，更像一个“诗者”，他的身上有一股浓浓的人文味、文学味。他平时可能有点不修边幅，但只要上课必然衣冠楚楚。他可能爱喝上几杯，与友人聚会佯装三分醉意朗吟“斗酒十千恣欢谑”。他爱游山玩水，心里老是念着“读万卷书，行万里路”。他爱逛书店，也爱看画展、影展、演出，甚至与学生小伙一起，因足球而“疯吼”几声……

大道之行，士贵其身。

总之，文学教授是依靠文学谋生，因文学而存在的人。对文学的态度与工作质量如何，自然成了检验文学教授资质的必然尺度。文学是文学教授的“定命”。

癸未年腊月于韩国汉城（今首尔）国民大学

目　录

Contents

论儿童文学的基本美学特征

一

什么是儿童文学的美学特征，或曰儿童文学作为一种具有独特文学价值与艺术规范的文学类型，其在美学意义上的基本特征到底是什么？这无疑是儿童文学研究非常核心的问题，就其理论实质而言，实际上涉及儿童文学之为儿童文学的本质问题之展开，也就是从“真理”的角度逼近儿童文学的本质。由于这一问题的重要性，在我国儿童文学理论批评史上，不乏积极的探索者，从不同方面提出了一些值得重视的观点。从已有的文献考察，一般都将儿童文学的美学特征与这类文学的接受对象少年儿童的精神特征相联系，提出纯真、稚拙、欢愉、质朴或儿童情趣是儿童文学的基本美学特征。

笔者认为，提出纯真、稚拙、儿童情趣等是儿童文学的美学特征，这都有一定道理，都可以构成我们探讨儿童文学美学特征的一个思路，但这只是枝叶不是树木，还远远不够。儿童文学之所以能作为一种独立的文学门类在人类文学艺术版图中占有不可或缺的重要位置，自然应有其远比纯真、稚拙、儿童情趣更具丰沛张力的艺术内涵，更为深刻重要的美学原因。

探究儿童文学的美学特征，我以为需要从儿童文学发现与发生的“源头”高度加以把握，也就是人类在已经有了一般文学（成人文学）以后为什么还要创造出儿童文学？儿童文学到底承担着什么样的不同于成人文学的特殊美学任务？儿童文学与成人文学比较，它的特殊的目的性使命，即价值又是什么？

众所周知，在人类文学史上，儿童文学的发现与独立艺术形式的出现要远远晚于成人文学。人类社会早期是没有成人世界与儿童世界的严格区分的，人类群体童年时期的思维特征与生命个体童年阶段的思维特征具有几乎一致的同构对应关系，万物有灵、非逻辑思维等是这种关系的最具体表现，因而原始时代人类的图腾崇拜、巫术、神话等，都一致地为成人世界与儿童世界所理解和激动。儿童的文学接受与成人的文学接受在人类由野蛮进入文明以及漫长的农业文明岁月里具有几乎完全的一致性。成年人的神话、传说以及魔幻、幻想型等民间故事，如欧洲的女巫、菲灵（小精灵）类故事，中国的《白衣素女》《吴洞》等，也同样是儿童最适宜的文学接受形式。人类文学接受的这种一致性在由农业文明进入工业文明的历史大转型时期这才产生了严重的分裂。中世纪晚期以降，在西欧出现了一系列旨在不断瓦解农业文明并进而直接影响到人类文明走向的重大事件，这些事件包括：文艺复兴、宗教改革、地理大发现、工业革命等，并最终导致了人类向工业文明的转型。工业文明创造出了一个全新的生产力与一种全新的文明。伴随着这一系列人类文明演变的巨大历史事件与工业文明的世界性扩张，人类的理性思维、科学主义、功利主义等观念急剧膨胀。人类童年时期那些充满感性思维与整体观念的神话传说终于被成人世界所彻底放弃，而只成了儿童世界几乎独享的文学资源。成人世界与儿童世界的距离已是遥遥几千年乃至几十万年了。

工业文明使人类世界最终形成成人世界与儿童世界的两极客观分离。正是由于这种分离，才能见出区别、对立乃至代沟，人类只有在这个时候才意识到了儿童的独立存在，儿童世界的问题这才日渐引起了成人世界的关注。经过文艺复兴运动及其持续不断的思想启蒙与解放运动，人类在发现人、解放人，进而发现妇女、解放妇女的同时最后终于发现了儿童。儿童的发现直接导致了人类重新认识自己的童年，认识生命个体的童年世界的存在意义与在精神生命上的特殊需求。这一次发现经由 17、18 世纪包括卢梭、夸美纽斯等一大批杰出思想家、教育家、心理学家对儿童世界问题殚精竭虑的探究和奔走呼吁，再经由 18、19 世纪包括安徒生、卡洛尔、科洛迪、马克·吐温等一大批天才作家的创造性文学成果，终于使儿童的发现直接孕育出了“儿童文学的发现”这一伟大的人类精神文明成果。世界儿童文学的太阳首先从欧洲的地平线上升起，进入20世纪放射出了绚丽多姿的光芒。今天，人类不但通过《联合国儿童权利公约》等国际性规则，确立了普世遵守的儿童不可被侵犯和剥夺的各种权利，而且通过国际儿童读物联盟（IBBY)、国际儿童文学研究会（IRSCL)、国际安徒生奖、国际格林奖等机构和奖项，将儿童文学和儿童读物的生产、研究与社会化推广应用做成了一个全球性的文化事业。儿童文学、儿童读物已经成为考察现代化国家的重要指标与文明尺度，联合国儿童基金会官员曾明确宣布："看一个国家儿童读物出版的情况，可以看出这个国家的未来。"

综上所述，我们已经可以看出，儿童文学的发现与发展从根本上说是人类精明文明的伟大进步与收获。人类之所以还要在成人文学之外，再创造出一种专为未成年人服务的文学，创造出一个专门属于儿童的并能为他们的心灵所能愉快地感知的语言的世界，其根本原因与价值所在，就是为了充分呈现人类社会（成人世界）尊重儿童的权利与社会地位，充分理解和满足儿童世界具有不同于成人世界的特殊的精神需求与文学接受图式。这就是为什么人类要创造出儿童文学的第一个原因，这既是人类对现实儿童世界的尊重，也是对人类自身曾经经历过的儿童世界的尊重。人类不能没有童年，不能没有儿童世界，不能没有儿童文学。

第二，人类之所以要创造出儿童文学，还在于需要通过这种适合儿童思维特征和乐于接受的文学形式，来与下一代进行精神沟通与对话，在沟通和对话中，传达人类社会对下一代所寄予的文化期待。因此，从这个意义上，我认为儿童文学是两代人之间进行文化传递与精神对话的一种特殊形式，是现世社会对未来一代进行文化设计（也即人化设计）与文化规范的艺术整合。我曾在1996年发表的《共建具有自身本体精神与学术个性的儿童文学话语空间》一文中表达过这一观点，我至今依然坚持这一观点。我认为我的这一观点是基于儿童文学作为一种人类文化实践本性的需要，并对更美丽的人类未来发展抱有充分自信这样一种观念中产生的。

儿童文学不是由儿童生产的，这是一种整体上是由"大人写给小孩看"的文学。因而儿童文学从根本上体现了"大人"(成人社会)的文化期待与意志，儿童文学的基本美学特征显然也只有从"大人"为什么需要创造儿童文学这一角度去加以考察，换言之，“大人”必然有认为已有的文学（成人文学）不适合儿童，已有文学有关方面不适宜于儿童接受，因而需要另造出一类文学用于专门为儿童所需的必要性与客观性。据此，探讨成人文学与儿童文学最基本的区别在于什么，正是我们考察儿童文学之为儿童文学的基本美学特征的重要切入点，也就是我们只有在与成人文学基本美学特征相比较之中，才能发现和验证儿童文学的基本美学特征。

那么，成人文学的基本美学特征又是什么呢？对此问题的回答自然是见仁见智的，困难的。但是，我们可以从古希腊柏拉图《理想国》关于文字就好比是一面镜子，可以把面对它的一切东西映照出来的著名的“镜子说”中，从俄国别林斯基关于文学的“显著特色在于对现实的忠实，它不改造生活，而是把生活复制、再现”的著名的“再现说”中[1]，甚至还可以从美国当代批评家M．H．艾布拉姆斯的文学理论名著《镜与灯》关于把文学比喻为写实的再现的镜子理论和创造的表现的灯火理论中，找到一些具有共同思辨特征意义的启发，这就是艺术在接通心灵与世界的关系问题上，成人文学更注重于艺术与真实世界、与社会、与人生、与人心的联系，注重于作家的主观认识与客观事物的一致性，注重于艺术在多大程度上穿透了现实尘世的本质，把真实社会的丰富细节以致宏大事件形象化地真正地化解到了文学的精神世界中，以生动而逼真的生命形象与艺术意境表现出来。从这个意义上，我们可以说，成人文学的美学特征更多地体现在（或倾向于）“以真为美”。“真”总是那么情有独钟地伴随着文学生产的历史以及文学理论批评的历史。在这里，我们无须举出恩格斯把巴尔扎克称誉为“法国社会的书记”，举出罗丹“只有真才美，只有真才可爱”，举出鲁迅要求作家“取下假面，真诚地、大胆地、深入地看待人生，并且写出它的血和肉”等经典性的言说，我们只需以普通读者为什么总是那么喜欢把文学作品的“真与假”“世上有，戏里有”作为评判作品标准的普世习惯就可以大致说明这一问题了。诚然，艺术的真实不等于生活的真实，艺术中的自然也不等于现实中的自然。但是，艺术的真实总是无法阻断生活的真实，艺术的真实性原则在本质上总是指向文学本质问题的展开，美与真的达于统一，在本质上就是对于文学本质的一种理解和领悟。因为不论怎样，“艺术作为一种精神现象，它总不可能是主观自生的，说到底是直接或间接地对生活的一种反映形式；因而人们在阅读和评价艺术作品时，总不免要拿现实生活作为参照，并把是否符合生活实际看作艺术作品真实性的一个不可缺少的品格。若是读者在阅读中发现一个作品的生活内容是虚假的、思想情感是造作的、艺术表现是不合情理的，那么，美感也就无从谈起，它也自然无法在读者心目中存活和在社会上流传了。这就是长期以来真实性被许多艺术家视为艺术的生命，并成为许多理论家殚精竭虑地去进行探究的一个问题的原因”[2]。

二

与成人文学大致倾向于“以真为美”的美学取向不同，儿童文学作为一种寄予着成人社会（创作主体是成年人）对未来一代（接受主体是未成年人）文化期待与殷殷希望的专门性文学，其美学取向自然有其不同于成人文学之处，我认为，这就是“以善为美”——以善为美是儿童文学的基本美学特征。

以善为美，并不意味着儿童文学要去担当道德教化的使命，或去完成教育工具的任务，恰恰相反，以善为美是断然拒绝“儿童文学是教育儿童的文学”这种狭隘工具论的。以善为美有着自身崇高的目标：从本质上说，以善为美是为了在人类下一代的心灵做好一个人之为人的打底的工作，是为着下一代精神生命的健康成长，是一件涉及“人的目的”的伟大事业。在关于艺术目的的问题上，黑格尔曾有过这样精辟的论述，他认为“由于艺术在本质上是心灵性的”，所以它的“终极目的也就必须是心灵性的”，是为填补心灵的需要而存在的。“因此，只有改善人类才是艺术的用处，才是艺术的最高目的。”[3]在文学艺术的实践性上，人们更把这种“改善人类”的“最高目的”寄厚望于儿童文学艺术。“童年的情况，便是将来的命运”（鲁迅语），儿童是生命的开始，在儿童身上，总是寄托着人类的希望。儿童文学也就是在这一意义上被赋予了比之成人文学更具体、更实际的“改善人类”的“最高目的”的文学实践本性。别林斯基认为：“儿童读物的宗旨应当说不单是让儿童有事可做和防止儿童沾染上某种恶习和不良的倾向，而且更重要的是，发扬大自然赋予他们的人类精神的各种因素——发扬他们的博爱感和对无尽事物的感觉。”[4] 在中国，最早关注儿童文学“改善人类”实践本性是那一批现代儿童文学的开拓者和奠基者。叶圣陶在1921年就明确提出“创作这等文艺品（按：指儿童文学），一、应当将眼光放远一程；二、对准儿童内发的感情而为之响应，使益丰富而纯美”[5]。郭沫若在1922年发表的《儿童文学之管见》一文中认为：“人类社会根本改造的步骤之一，应当是人的改造。人的根本改造应当从儿童的感情教育、美的教育着手。”为此他提出儿童文学“是用儿童本位的文字”，“准依儿童心理的创造性的想象与感情之艺术”[6]。在有关儿童文学“改善人类”意义的论述方面，茅盾的见解应该说是最具有深刻性，他在30年代写的一组儿童文学与儿童读物的评论文章中，对此做过多方面的思考。他认为，儿童文学“要能给儿童认识人生”，“构成了他将来做一个怎样的人的观念”，儿童文学“应当助长儿童本性上的美质——天真纯洁，爱护动物，憎恨强暴与同情弱小，爱真爱美……”[7] 我认为，茅盾在30年代提出的这一儿童文学“应当助长儿童本性上的美质”的观点，实际上已经揭起了“以善为美”的儿童文学美学旗帜，特别值得中国儿童文学理论批评史加以重视与探究。

以善为美作为儿童文学的审美价值取向与基本美学特征，有着丰富的艺术内涵。这一内涵直接来源于“人是目的”这一人生实践的坐标与人生价值的最高目标。康德在《道德形而上学的基础》一文中提出了“人是目的”这一口号，他认为道德律令集中地体现在这样一句话上：“你的行动，要把人性，不管是你身上的人性，还是任何别人身上的人性，永远当作目的看待，绝不仅仅当作手段使用。”[8] 人生在世，自然有为一己生存、欲望等进行努力的目的，但在康德看来，与实现人自身人格的完善和人生的终极目标相比，那只不过是手段，是不足道的。如果人的全部活动只是为了求得自然欲望和个人存活，那就等于把自己当作物质的奴隶，也即意味着把自己降为手段，而不是作为目的本身而存在了。人的生命有一个比个人欲望远为高尚得多的目的，理性的使命就是要达到这个目的，这目的就是人自身所要实现的最终价值。黑格尔高度赞赏康德的这一观点，认为“人是目的”这一口号大大地唤醒了人的自我意识。[9]

在“人是目的”这一问题上，中国古代孟子所提出的“性善说”，在我看来，实际上早已涉及了“要把人性，不管是你身上的人性，还是任何别人身上的人性，永远当作目的看待”这一人生的价值目标。所谓性善，是说“人之初，性本善”，按孟子的见解人人都具有生来就有的四种善端，即恻隐之心或不忍人之心、善恶之心、恭敬之心或辞让之心、是非之心，其中恻隐之心或不忍人之心是根本的，这四种善端又是仁、义、礼、智四种德行的萌芽和基础。《孟子·公孙丑章句上》说：“恻隐之心，仁之端也；羞恶之心，义之端也；辞让之心，礼之端也；是非之心，智之端也。人之有是四端也，犹其有四体也。”孟子举例说，当人们看到一个儿童将要落到井里时，无论任何人都会去救他，这绝不是为了名利，也不是怕人责备或讨好孩子的父母，而是出于人的一种本性、真心的发现。孟子又认为，既然人性本善，为何社会上还有恶人呢，原因是为物欲所困，人为满足物欲，一会丧失本性，二是自暴自弃。所以要保持人的本性必须克服人的那种违背本性的欲望。人不能将追求物欲作为人生目的，人应有更高尚的目的，这种高尚的人生目的追求能使“人皆可为尧舜”。

人之初，性本善，人性的本善。在很大程度上存在于儿童的精神世界之中。老子《道德经》多次提到童心对于超越人生的意义：“含德之厚，比于赤子”（第五十五章），“常德不离，复归于婴儿”（第二十八章），“专气致柔，能婴儿乎？”（第十章），“圣人皆孩之”（第四十九章）。李贽在《童心说》中对童心的阐释和肯定更为人性的展开提供了具有精神标本的意义：“失童心者，真心也，若以童心为不可，是以真心为不可也。夫童心者，绝假纯真，最初一念之本心也。若失却童心，便失却真心；失却真心，便失却真人。人而非真，全不复百初矣。童子者，人之初也；童心者，心之初也。夫心之初，曷可失也？”

童心是一片尚未被异化的精神空间，在那里，正保存和生长着人类精神的希望之所在。无论是“改善人类”的“最高目的”，还是实现“人的目的”的终极价值，倘若失去了儿童的精神世界，倘若连童心也被污染熏黑了的话，那才是人类真正的悲哀，哪里还谈什么“最高目的”呢？王富仁对此有一段话说得实在深刻，他在《把儿童世界还给儿童》一文中几乎是用斩钉截铁的语气肯定童心之善对于人类社会的巨大意义：“如果你不是一个宗教家，不是一个宿命论者，不是一个认为科学万能、知识万能的科学主义者，你就必须承认，恰恰由于一代代儿童不是在成人实利主义的精神基础上进入成人社会的，而是带着对人生、对世界美丽的幻想走入世界的，才使成人社会的实利主义无法完全控制我们的人类、我们的世界，才使成人社会不会完全堕落下去。我们不能没有儿童世界，不能没有儿童的幻想和梦想，不能用成人社会的原则无情地剥压儿童的乐趣，不能用我们成人的价值观念完全摧毁儿童的懵懂的但纯净的心灵。”[10]

三

儿童文学在人类文化与文明中的作用在于实现人类社会对下一代的文化期待，这是一种具有生命意义和“改善人类”“最高目的”的价值期待，也就是希望通过儿童文学这种特殊的艺术形式使下一代建构起应当成为什么样的人、“构成了他将来做一个怎样的人的观念”。儿童文学“以善为美”的内涵正在于人（儿童）自身，在于指向人（儿童）的自身的完善，即通过艺术的形象化的审美愉悦来陶冶和优化儿童的精神生命世界，形成人之为人的那些最基础、最根本的价值观、人生观、道德观、审美观，夯实人性的基础，塑造未来民族性格。

那么，儿童文学应如何坚执“以善为美”的美学理想呢？我认为：首先要通过文学审美的途径来充分地妥帖地保护和珍视儿童精神生命中的本性之美、本善之美，使童心努力地不为恶俗所异化；与此同时，则要将这种儿童精神生命中的本性之美、本善之美艺术地导向现实的人世，建构起一种具有艺术实践本性的儿童文学审美创造形态。在这里，我想提出对这一审美创造形态基本构造的一些想法。

第一，儿童文学的艺术真实不同于成人文学的艺术真实，儿童文学在对待生活真实的问题上，应当与成人文学拉开距离。因为生活真实的某些内容是不适宜于在儿童文学中展现的，如同现实社会的某些场所“儿童不宜”进去一样，儿童文学不必也没有精力朝成人文学相同的生活题材与艺术范式靠拢。苏联作家同时也是杰出的儿童文学作家高尔基说过一段深刻的至今依然引人深思的话：“儿童的精神食粮的选择应该极为小心谨慎。父辈的罪过和错误儿童是没有责任的，因而不应当把那些能够向小读者灌输对人抱消极态度的读物放在首要地位，而应当把那些能够在儿童心目中提高人的价值的读物放在首位。真实是必需的，但是对于儿童来说，不能和盘托出，因为它会在很大程度上毁掉儿童。”[11] 高尔基又说：“心灵由于过早熟悉生活中的某些东西而受到毒害；为了使人不变得胆小，变得庸俗，不熟悉这些东西倒是一件大幸事。”[12]

为什么儿童没有必要知道生活真实的全部秘密？根本原因在于儿童自身的特点与精神兴趣，儿童有自己的心灵状态，有自己感知世界的方式。那么，儿童文学应在生活真实的哪些方面与成人文学拉开距离呢？实际上，世界上一切优秀儿童文学作品已经为我们提供了这方面具有艺术实践本性的审美范式，这就是四个远离：第一，远离暴力；第二，远离成人社会的恶俗游戏与刺激；第三，远离成人社会的政治权力斗争；第四，远离成年人的性与两性关系。

暴力是一种杀伤力很强的暴烈性行为，如战争、凶杀、恐怖等，最后导致生命的毁灭。儿童刚来到世上，他们对世界充满了无比美好与光明的想法。人们如果硬要用暴力这种“真实”去打破他们的梦，那就会彻底扭伤儿童心理的正常发育。倘若一个孩子从小接触到的都是那些充满暴力行为与凶杀场景的枪战片、恐怖片、卡通片、图画书，那就会在幼小的心灵种下恶的种子、仇恨的种子，他就会认为这个世界就是充满暴力与仇恨的，人与人之间的关系就是一种暴力的行为关系，就是你死我活的血淋淋的残酷的紧张关系。因而儿童文学是十分忌讳将这种成人社会真实存在着的现象展示给儿童的，如果确实因为作品的情节需要无法回避，那就必须采用一种“淡化”的处理方法，将负面影响降至最低。“成年人的社会也有娱乐，也有享受，也有刺激神经的办法，甚至也有游戏文学，但所有这一切都或多或少地带上了恶俗的性质，吸毒，赌博，卖淫，买淫，战争，暴力，血杀。我们的感觉迟钝了，需要的是强烈的麻醉和刺激。在这时，你不留恋于自己的童年吗？你不亲近于现在的儿童吗？”[13] 你又怎么能忍心将成年人的那种恶俗游戏与刺激展现在提供给儿童的作品中呢？尽管那是社会上鲜活地存在着的“真实”。因此，任何负责任的、有良知的儿童文学作家，都会在自己的作品中，让儿童远离龌龊之地，不蹈恶俗之境。成年人的恶俗是不知羞耻，丧失“共同耻感”，儿童文学必须要让儿童懂得羞耻之心，一个灵肉健全的人必须有耻感。儿童文学为何要远离成年人的政治权力斗争呢？成年人都明白，政治权力斗争是一个极其错综复杂的社会历史现象，它既与体现各种不同价值观念与利益关系的不同历史时期的政治文化纠结在一起，又与特定政治背景与场合下的阴谋诡计有着千丝万缕的联系，这对于从根本上来说还不了解社会、更不了解政治文化的儿童，从根本上还没有形成任何确立的社会目标的能力的儿童来说，显然是无趣的，无益的，难以理解的，如果硬要将这种复杂的政治文化现象强加给儿童，那只会造成儿童心灵的倾斜与紧张。十年“文革”时期，那些“红小兵，气昂昂，满腔怒火上战场，挥笔参加大批判，阶级斗争天天讲”的革命儿歌以及“批林批孔批水浒”之类的革命故事，所造成的儿童畸形心理和对儿童精神的戕害不是十分触目惊心吗？至于儿童文学为何要远离成年人的性与两性关系，那就更是显而易见的了。儿童的年龄特征与性发育还远不到那个层面，他无法理解与想象这些对儿童来说尚属神秘与遥远的东西。社会上那种“早熟的苹果好卖”“性教育要从娃娃抓起”之类似乎是为儿童幸福着想的做法，实质上只是过早地破坏儿童的心灵，剥夺他们的幼年梦、童年梦，骚扰儿童的精神世界。儿童文学当然也要表现男生女生之间的“来往过密”，但那只是在精神层面，而且那是一种十分美好的情窦初开的朦胧吸引，具有本性之美、本善之美的诗意情感展开，这在中外优秀儿童文学主要是少年小说中有着动人心扉的审美表现。自然，这与成人文学中的那些赤裸裸的两性关系、那种厚颜无耻的“恋爱不如做爱”的腔调是根本无涉的。

作为一种精神现象的文学作品的阅读与欣赏是离不开读者的感受和体验的，而这种感受和体验是需要由读者自身的人生阅历、人生经验体悟作为心理背景的。高尔基认为唯有“文学家和读者的经验结合一致才会有艺术真实——语言艺术的特殊魅力”[14]，读者也才能充分地理解和评判作品的内涵与价值。由于少年儿童的人生阅历与心理背景还远没有进入到成年人那样的层次，因而难以理解与体验成人社会错综复杂的人生百态与心理图式，即使天才少年想要窥破成人社会的秘密和炎凉，最多也不过是“少年不知愁滋味”“为赋新词强说愁”而已。因而儿童文学在题材内容的选择上自然应当而且必须与成人文学有所区别，甚至是“井水不犯河水”，至于上面提到的那四个方面的内容自然更应当是儿童文学需要远离的了。儿童文学的题材内容主要指向少儿生活世界及其内在的精神生命世界，指向儿童思维特别敏感与趣味盎然的幻想世界、动植物世界、大自然世界、英雄世界以至神魔世界。

必须说明的是，我们认为儿童文学的题材内容应当而且必须与成人文学有所区别，应当而且必须坚执四个“远离”的审美取向，这并不是说儿童文学可以回避真实的现实社会人生，对儿童进行“瞒和骗”。恰恰相反，儿童文学从来不主张回避真实人生，更反对对儿童采取“瞒和骗”的做法。真实的现实社会人生有光明也有阴暗，有幸福也有苦难，有春风化雨也有严寒冰霜，儿童文学不但不回避阴暗、苦难与严寒冰霜，而且一贯坚持将这些真实的人生告诉儿童，将丰富驳杂的社会百态纳入儿童文学的创作视野。无论是外国作家安徒生的古典童话《卖火柴的小女孩》、狄更斯与马洛的批判现实主义长篇儿童小说《雾都孤儿》《苦儿流浪记》，还是中国作家叶圣陶的现代童话《稻草人》、柯岩的当代长篇少年小说《寻找回来的世界》、董宏猷的跨文体小说《一百个中国孩子的梦》等，都在将真实的社会人生“撕破”给孩子看，用艺术的形象化的审美途径，告诉孩子们“真的人”“真的世界”“真的道理”（张天翼语）。在中国儿童文学理论批评史上，更有强调“把成人的悲哀显示给儿童，可以说是应该的，他们需要知道人间社会的现状，正如需要知道地理和博物的知识一样”重要的著名理论主张，这一主张实际上就是对20世纪中国儿童文学的现实主义发展思潮产生了重大影响的，20年代以沈雁冰（茅盾）、郑振铎、叶圣陶、谢冰心等为代表的文学研究会发起的“儿童文学运动”的基本理论观念；这一观念经由郑振铎1923年在为现代中国第一部短篇童话集——叶圣陶创作的《稻草人》所做的序言中首次明确提出以后，直接影响和促进了二三十年代儿童文学创作的批判现实主义倾向，以后茅盾又在1933年发表的《论儿童读物》等系列评论中，提出了儿童文学“要能给儿童认识人生”等看法，使这一观念得到了进一步深化。鲁迅在1926年写的《二十四孝图》中，更是旗帜鲜明地反对在儿童读物中对孩子的“诈作”行为，他说：“小孩子多不愿意‘诈’作，听故事也不喜欢是谣言。”供给孩子的读物必须肃清这一“诈”字，而“诈”——“瞒和骗”正是成人社会典型的恶俗之一。儿童文学一贯反对“瞒和骗”的诈作行为，诈作是一种阴谋诡计，这是与儿童善良的心地和开放升腾的生命绝对悖论的，因而也是儿童文学深恶痛绝的。儿童文学主张告诉孩子们人生的真相，主张“把成人的悲哀显示给儿童”，但绝不是主张把成人的

“恶俗”“诈作”“暴力”甚至“做爱”显示给儿童看。

苦难与恶俗、诈作、暴力等虽然都是尘世的真实，但它们是完全不同的两回事。苦难是人生的无奈、不幸，需要同情与拯救，而恶俗、诈作、暴力则是人生的污秽与脓疮，需要彻底抛弃与割除，至于做爱对于儿童无论如何是要“远离”的。儿童是人生个体生命的开始，是人类群体希望之所在。不管在什么时代、什么社会、什么民族，儿童总是与希望、未来和理想联系在一起，因而也总是被视为需要特别加以呵护的对象。“虎毒不噬子”，这是人性的底线。“我们只有在儿童时期才没有私有的观念，没有对金钱的崇拜，对权力的渴望，没有残害别人求取个人幸福的意识，而所有这一切恰恰是使人类堕落的根源。人类堕落的根源在成人文化中，而不是在儿童的梦想里。”[15]正是为着人类未来的健康发展，人类对为下一代服务的儿童文学必须选择小心地、妥帖地保护儿童的本性之美、本善之美这一审美价值取向。

第二，儿童文学的艺术真实是以儿童的精神特征作为审美创造基础的，也即要契合儿童的思维特征、心理特征、社会化特征，特别是儿童的思维特征。

在成人文学的审美创造中，真实性的概念是基于艺术是生活的反映这一认识提出来的，是指反映在作品中的作家的主观认识与客观事物的一致性，就其内容来说强调的是“事理之真”与“情意之真”的有机统一，即“既反映了生活的真实关系，又真切地表达了人们的意志、愿望”。艺术真实所反映的生活本质真实，“是通过一些具体人物的关系和行动所体现出来的生活的特殊本质”[16]。与成人文学不同，儿童文学的艺术真实并不要求作家的主观认识与客观事物的一致性，即不要求反映客观世界生活的真实关系；儿童文学的艺术真实强调的是作家的主观认识与儿童世界的一致性，即作家所创造出来的具体人物的关系和行动是否与儿童的思维特征、儿童的心理图式相一致，只要是符合儿童这些特征的，就能为儿童所理解和接受。要而言之，儿童文学的审美创造是以儿童特征（思维特征、儿童心理等）为出发点的，同时又以是否契合儿童特征作为儿童文学艺术真实的落脚点。别林斯基深有感触地说：“童年时期，幻想乃是儿童心灵的主要本领和力量，乃是心灵的杠杆，是儿童的精神世界和存在于他们自身之外的现实世界之间的首要媒介。孩子们不需要什么辩证法的结论和证据，不需要逻辑上的首尾一致，他需要的是形象、色彩和声响。儿童不喜爱抽象的概念……他们是多么强烈地追求一切富有幻想性的东西，他们是何等贪婪入迷地听取关于死人、鬼魂和妖魔的故事。这一切说明什么呢？——说明对无穷事物的需求，说明对生活奥秘的预感，说明开始具有审美感；而所有这一切暂时都还只能在一种思想模糊而色彩鲜艳为特点的特殊事物中为自己求得满足。”[17] 古今中外儿童文学作品中存在着层出不穷的变形、魔幻、拟人、荒诞、极度夸张、时空错位、死而复生等情节与描写，这在以理性思维判断世界的成年人眼里，简直是十足的荒谬与不科学，是严重违背客观事物真实性的。但在儿童看来，却是那么真实可信、生动逼真。安徒生童话中那个赤身裸体上街游行的皇帝（《皇帝的新装》），那个皮肤细嫩得能对压在几十床垫被下面的一颗豌豆产生剧痛的公主（《豌豆上的公主》），那位穿上神秘的套鞋就能自由进入他要想去的任何地方甚至可以回到童年时代的幸运儿（《幸运的套鞋》），格林童话中那位被大灰狼吃进肚子又能蹦跳着从狼肚子出来的小姑娘（《小红帽》），毕尔洛童话中那个骑着只有前半段身子的战马却能追歼逃敌，又能骑上正打出炮眼的炮弹进入敌占区的男爵敏豪生（《吹牛大王历险记》）；还有，中国作家张天翼笔下那个懒到吃饭要由仆人为他上下合动上腭与下巴然后用棍子将食物戳下食道的大富翁（《大林和小林》）、那个要想什么就能得到什么，给小主人既带来快乐又惹出麻烦的宝葫芦（《宝葫芦的秘密》），洪汛涛笔下那枝画啥变啥的神笔（《神笔马良》），等等。儿童文学尤其是其中的童话，不但为儿童也为人类文学打造出了一个无比奇特与瑰丽的精神世界。在这方面，儿童文学显然会感到成人文学想象力的贫乏。卡夫卡的《变形记》写了人睡了一夜醒来变成了大甲虫，就不得了，成了现代主义的典范之作，在儿童文学那里，人不但能变大甲虫，还能变大老虎，大老虎也能变人呢。在儿童眼里变形魔幻实在是小菜一碟而已。成人文学根据艺术作品与客观世界真实的关系，分别出很多种主义，比如现实主义、浪漫主义、自然主义、现代主义、后现实主义，还有什么超现实主义、魔幻现实主义等。儿童文学没有这个主义、那个主义，儿童文学的艺术创造只要契合儿童精神世界，那就是真实的，如果儿童文学一定也要有个主义，那么只有一个主义，即“儿童主义”。

在这里，我们特别需要提出的是，当人们感叹文学将亡、纸质图书风光不再的网络时代，一本《哈利·波特》竟掀起了世界性的“我为书狂”的旋风。戴着圆形眼镜、骑着飞天扫帚的英俊少年哈利·波特的横空出世，征服了世界上千百万不同肤色的少年儿童。少年哈利与魔法学校的同学们一起在半空中飞来飞去打魁地奇球，魔法学校里有会说话的院帽，三个头的大狗，带翅膀的钥匙，照片里的人物会自己眨眼睛，伏地魔的一丝阴魂隐藏在日记本里，还有能使人起死回生的药水，以及巨龙、金蛋、魔眼、咒语、魔杖等，更奇的是设在伦敦火车站的“$9\frac{3}{4}$站台”，开出的列车竟是从现实世界通向魔幻世界的捷径……这些在成年人看来简直荒唐无稽，甚至还有宣扬“巫术”嫌疑的情节，却使少年儿童读得如痴如醉，同时也为那些尤葆童心的成年人读得忘乎所以。所有这一切，都是无法在客观世界里发生的，但在儿童文学却被演绎得如此生动传神，酣畅淋漓。这是为什么？在这里，我们发现，成人文学关于艺术真实问题的那一套理论比如“于事未必然，于理必可能”“事理之真与情意之真的有机统一”[18]等，显然无法解释得通儿童文学中的艺术真实，将成人文学有关艺术真实的论断拿来用在儿童世界几乎都“此路不通”。而当一种理论不能面对客体存在的多样性时，这种理论的普遍性、实践性自然会受到客体的质疑。那么，儿童文学的艺术真实又为什么会与成人文学的艺术真实如此不同呢？在我看来，根本原因就在于儿童文学的主体接受对象——少年儿童的思维特征决定和制约着儿童文学艺术真实的法则。根据瑞士心理学家皮亚杰的发生认识论理论和发展心理学理论，我们知道儿童思维与原始思维具有同构对应关系，由此导致儿童思维中的泛灵论（万物有灵）、人造论（万物皆备于我）、任意结合（前因果观念）与非逻辑思维等明显区别于现代成人思维模式的思维特征，从而直接导致和影响到儿童对文学作品“艺术真实”问题的接受个性，这就是生命性、同一性与游戏性三大原则。

所谓生命性，即用儿童的眼睛看世界，一切都是生命的对象化。在儿童的思维中（年龄越小越明显），世界上的万事万物无论花草树木、飞禽走兽，还是桌椅板凳、图书工具等，尤其是他们手上的布娃娃、小泥人、玩具猫、机器狗，都禀赋着人的灵性，与人一样具有生命与七情六欲，与人一样有思想、有情感、有语言。因而儿童思维中的世界是一个充满着鲜活丰沛的生命的世界，而不是冷冰冰的物理世界。他们坚定地相信月亮在对他笑、月亮在跟他走，小鸟在向他招呼、为他歌唱。这就是为什么儿童文学永远是那些小狗小猫小花小草（动植物形象）、山精树怪蛇郎魔姑（神魔形象）等拟人化，超人化形象大摇大摆得意洋洋地活动于天地的原因。在儿童看来，假如狮象虎豹狗狼猫鼠不会讲人话做人事，假如童话中的英雄不会在空中飞、不会变化，假如小红帽不能从大灰狼肚里活着出来，假如王子不能吻醒已经昏睡一百年的公主，那才是假的，不可信的。正由于儿童思维的生命性原则，才使世界在儿童眼里变得如此美好与光明。在儿童看来，他们想要什么就能得到什么，想要使什么成为什么就能真的成为什么，甚至连“死而复生”这种人类永恒的难题在儿童那里也能轻而易举地解决。世界为他们准备得是如此周到妥帖。因此，儿童的理想（梦想）总是高于天的，只有当他一天天长大最后成为成年人（社会人）时，他的理想这才从云端跌落到地面，成了成年人的思维模式，也就“社会化”化了。

所谓同一性，即儿童的阅读是完全不会去考虑作品中的文学世界与客观世界是否具有一致性的，他是以一种完全“信以为真”的阅读期待与接受心理进入文学作品的，并进而与作品中的人物融为一体，主客不分，歌哭嬉笑，即以己身同化于艺术形象，代替艺术形象，与其同一。所以我们说儿童的阅读是一种真正的情感投入与生命体验，他会为作品人物的有趣遭遇哈哈大笑，也会因作品人物的不幸而难过落泪。因此，优秀文学作品会深深地影响儿童的精神素质，甚至使他终生难忘。儿童思维的这种同一性原则与成年人完全不同。成年人阅读文学作品是在一种“明知是假”的阅读状态下进入作品的，读者之所以把明知是作家虚构的人与事当作真实生活来接受，主要原因在于渗透在艺术形象中的作家的感情的真挚所产生的一种情感说服力深深打动了他们。但是成人读者一旦从作品中脱离出来，就不会再像儿童那样“难以自拔”，成年人走出作品之后也就完成了“明知是假，姑且当真”的阅读带来的审美愉悦与感动，这与儿童思维的同一性原则所带给儿童的阅读的审美愉悦与感动有着生命体验意义上的深浅厚薄之分。我至今依然清楚地记得，当我的女儿与她的小伙伴在她们童年时期看完中央电视台播放的动画片《米老鼠和唐老鸭》，片中说故事已经结束“再见”的时候，她们那种发自心底的难过与号啕大哭，她们已与米老鼠和唐老鸭融为一体，无法接受这两个快活的卡通形象要与孩子们“再见”的事实。一直要过了很久，当中央电视台又播出日本蓝精灵的动画片时，这才把她们的悲伤情绪安慰过来。

所谓游戏性原则，即儿童看取世界有其自己的一套按自己的思维逻辑构建起来的规则。客观世界是一个具有自己内在规律的物理世界，这个世界是被成年人所理解和把握的，成年人按照自己的思维模式与生存本领来适应这个世界，并建立起一套只有成人世界方能理解与运用自如的“游戏规则”和语言（如法律、制度、等级、政权、货币、交易等）。因而这个客观的物理世界以及成年人适应这个世界所运用的那些“游戏规则”与语言（成人文化），对儿童世界来说完全是隔膜的、神秘的，儿童既无从了解也根本没有兴致去了解，儿童为了适应这个世界，他们也会按照自己的思维模式与逻辑去建构起一套属于他们自己的游戏规则与语言。这种游戏规则与语言，一方面存在于儿童自己的游戏活动中，另一方面则大量地存在于成年人努力按照儿童的游戏规则与语言所创造的儿童文学中。“在现当代的社会，成人文化占领了整个世界，儿童的梦想在我们的现实世界上几乎没有形成的土壤。真正能够成为它的土壤的几乎只剩下了儿童游戏和儿童文学。只有在儿童文学里，儿童才有可能在自己的心灵中展开一个世界，一个在其中感到有趣味，感到自由，感到如鱼得水般地身心愉悦的世界。也就是这样一个世界中，儿童才自然地、不受干涉地用自己的心灵感知世界，感受事物，感知人，并形成真正属于自己的感知方式。”[19]

儿童思维的生命性、同一性与游戏性三原则，正是我们理解儿童文学艺术真实不同于成人文学艺术真实的区别原因之所在。与成人文学的艺术真实强调作家的主观认识与客观真实世界的一致性不同，儿童文学的艺术真实更注重于作家的主观认识与儿童思维特征所理解的那个幻想世界的一致性，亦即儿童文学的艺术真实更注重与虚拟幻想世界的联系，追求一种幻想世界的艺术真实。只有以儿童思维特征为基准而创作的作品，才有可能实现儿童文学的艺术真实。这既是儿童文学审美创造的一条基本规则，也是儿童文学坚持“以善为美”的美学理想的重要途径。唯有如此，儿童文学才能真正为儿童创造出一个如鱼得水般地身心愉悦的语言的世界。

因此，儿童文学坚持“以善为美”的美学理想，必须而且应当按照儿童思维所规约的艺术真实，去为儿童创造出一个充分张扬幻想精神的、愉快的、充满无限生命力的文学世界。

第三，儿童文学坚持“以善为美”美学理想的艺术创造，在题材内容方面有其不同于成人文学的明显区别。除了我们上面论述的需要远离成人世界的某些内容之外，儿童文学的题材内容有其自身的独特性，这种独特性集中地大量地指向以下两个方面：第一是重在表现少儿生活世界及其内在的精神生命世界，表现儿童思维特别敏感与趣味盎然的幻想世界（动植物世界、大自然世界、英雄世界以至神魔世界等）；第二是重在表现那些体现全人类共同的文化理想，以及直接影响到未来一代普遍人性要求倾向方面的题材内容。

关于第一方面的题材内容之所以为儿童文学所必须首选，其原因正如以上所述，是由儿童文学接受对象少年儿童的特征所决定和规约的。具体细说，第一方面的内容主要体现在以下几方面：

一是表现成长。

文学是人学，文学诞生于人，其目的也全在于人。儿童文学是人之初的文学，儿童文学的目的与意义全在于人之初——儿童生命的成长。儿童文学与儿童的成长总是极为紧密地联系在一起的，因而可以说成长是儿童文学的永恒主题。虽然儿童的成长不可避免地主要体现于向社会生成，但只要恢复文化的和谐，人的全面发展、人的个性高扬、人的素质优化、人的诗意成长是完全可能的。在这一过程中，儿童文学发挥着极其重要的作用。成长对于生命当然是一个全过程，有人说小孩早在娘胎中就开始成长了，直到他的生命终点。这说法自然有其道理，但儿童文学所要表达的“成长”远比这笼统的成长要深刻具体。成长在儿童文学中，密集地汇聚在“少年人”这一年龄阶段，也即小学高年级以上、成年人以下这一段（大致在十二三岁至十七八岁）。因而儿童文学的成长总是与少男少女在这一年龄阶段巨大的身心变异所带来的困惑、烦恼、憧憬、期待，与青春年少的生命之间朦胧的情感吸引乃至“来往过密”，与自我意识的觉醒和家长、学校、社会之间的“亲子关系隔阂”即所谓“代沟”的出现，与成长中的少年儿童的人格独立性、自主性、自尊性、自信心的尊重与理解等，紧密地交织在一起。成长的艺术主题，大量地出现在儿童文学中的小说创作，主要是那些以少年人为主体艺术形象的少年小说、校园小说里。在当代外国儿童文学中，如《麦田地的守望者》《绿衣亨利》《在轮下》《世外顽童》《阿拉斯加的挑战》《纽约少年》《古莉的选择》等，在当代中国儿童文学中，如《草房子》（曹文轩）、《非法智慧》（张之路）、《男生贾里全传》（秦文君）、《上锁的抽屉》（陈丹燕）、《六年级大逃亡》（班马）、《我可不怕十三岁》（刘心武）、《寻找回来的世界》（柯岩）、《我要我的雕刻刀》（刘健屏）、《花季·雨季》（郁秀）等，都是探索成长主题的富于创造性的艺术作品，对于成长中的少年儿童产生过广泛的影响。

二是张扬幻想。

幻想对于儿童文学来说，犹如鱼之于水。当提到“儿童文学”这四个字时，人们仿佛在冥冥之中就会进入一种特殊的语境，产生一种特殊的交织着浪漫与想象、梦幻与诗意、神秘与瑰丽的意境，这种由特殊的语境与意境创造出的世界，人们常常把它称之为“童话世界”。在现实中，童话世界是既虚无缥缈又令人着迷的海市蜃楼，但在儿童文学中，童话世界则是生动的具象的鲜活的真实存在。如果说文学是作家的白日梦，那么儿童文学则是一个永远清晰的童年梦、童话梦。这梦直接来自于儿童思维，来自于儿童蓬勃生长着的生命世界。

没有幻想，就没有儿童文学。因而儿童文学的审美创造无论在任何时候，总是与幻想世界紧密地联系在一起。大致而言，在广义的儿童文学的三个艺术层次（少年文学、童年文学、幼年文学）中，如果说表现成长主要体现在少年文学，那么张扬幻想则大量地体现在为年龄段比较偏低的儿童服务的童年文学与幼年文学那里；就文体而言，则比较地集中于童话、寓言、科幻、动物小说等。儿童文学幻想世界中的艺术形象，最常见也最易激起小读者连类无穷的想象与阅读快感的是动植物形象，尤其是动物形象。动物形象在儿童文学中大致有这样几种情况：或是直接描写动物世界，动物形象是作品中的完全艺术形象，这类形象最为常见，如安徒生的童话《丑小鸭》、伊索寓言、克雷洛夫寓言、莱辛寓言中的大量动物形象，中国作家沈石溪的动物小说《狼王梦》《一只猎雕的遭遇》《红奶羊》，汤素兰的童话《笨狼的故事》等；或是动物形象与人物形象共生于同一平台，动物与人类交织成无比神奇丰富的互动关系，如格林童话《小红帽》、沈石溪的动物小说《第七条猎狗》等；或是动物形象作为人物形象的一种陪衬与互补，也即在以人类活动为主调的平台上出现动物形象，这类形象相对而言比前两种要少。

儿童文学幻想世界中的艺术形象除了大量的动植物形象外，比较常见的还有神魔形象、超人形象、英雄形象、特异人物（如巨人、小精灵、小矮人）形象等。如果将幻想艺术形象与人类关系做一比较的话，我们可以将其分为这样四类：第一类是拟人体形象，即赋予非人类的形象以人类的性质和本能，大量的动植物形象即属于此，甚至连河流（如严文井《小溪流的歌》）、歌声（如严文井《歌孩》）、风云（如严文井《四季的风》）、纸币（如丰子恺《伍元的话》）、稻草人（如叶圣陶《稻草人》）等自然景物、无生物、意念等也一样可以成为幻想世界中的当然角色。第二类是超人体形象，大量的神魔形象、变形形象、特异人物形象即属于此，这些形象具有超越人类的多种多样的本领，如能在空中飞行（J．K．罗琳《哈利·波特》）、会变形（安徒生《海的女儿》）、形体特异（斯威夫特《大人国和小人国》即《格列佛游记》）、永不长大（彼得·潘的《永不长大的孩子》、汤素兰的《阁楼精灵》）。在西方童话中，经常出现的小精灵（EiF）、小仙女（Fay）、小矮人（Dwary），还有巫婆、巨人、魔法师、幽灵、吸血鬼等这样一些独特的个体和群体，都属于超人体形象范畴。第三类是智人体形象，这类形象既不存在于人类也不存在于动植物，甚至在神魔世界中也难觅踪影，而是存在于科学幻想的四维空间，这主要是科幻文学中的机器人、外星人、克隆人、隐形人形象等。第四类是常人体形象，虽然这类形象就是人类社会中的普通人，但由于经过艺术夸张、加工以后，同样成了幻想世界中才能出现的角色，如安徒生《皇帝的新装》《豌豆上的公主》，张天翼《大林和小林》等作品中的皇帝、公主、大林、小林等。

儿童文学中的幻想，大量地表现为创造性想象，而非再造性想象，艺术幻想为儿童文学打造了一个秀华光发、神奇无比、无所不能的童话世界。鲁迅说："孩子是可以敬服的，他常常想到星月以上的境界，想到地面下的情形，想到花卉的用处，想到昆虫的言语；他想飞上天空，他想潜入蚁穴。"[20] 只有在儿童文学里，在由艺术幻想创造的语言的世界里，儿童的这种自由天性与想象力才能感到如鱼得水般的全身心愉悦和满足。

三是挥洒人间的爱。

儿童的成长不能没有爱。爱的主题总是弥漫在儿童文学的艺术空间，尤其是在散文类作品以及为年龄偏小的孩子欣赏的幼儿文学作品中。人类之“爱”大致可以分为两大类：第一大类是以自我为中心的爱，首先是欲望，如对物质、生存、性的基本要求；其次是审美，如对某种艺术品的欣赏例如集邮；再次是友谊，具体说有以利益为重的友谊、以兴趣为重的友谊和以道义为重的友谊等。第二大类的爱是超越之爱——博爱，是以他人为中心的爱，是抛弃自我欲望、无所求、无功利目的的爱。浸透在儿童文学中的爱主要是后一种爱，即超越之爱——博爱。这种爱对于儿童人文精神的养成是极其重要的。我们在泰戈尔的《新月集》《飞鸟集》等优美的散文诗中，在冰心抒写的“我在母亲的怀里，母亲在小舟里，小舟在月明的大海里”的小诗，以及架起“人和万物种种一切的互助和同情”的桥梁的散文《寄小读者》中，在当代作家郭风、金波、吴然那些自由灵动、舒缓柔和的儿童诗、儿童散文、儿童散文诗中，甚至在冰波着意渲染的夏夜、梦幻、春光、雨雾、琴弦、虫声的诗意型童话中，都能感受到一种通达人心联系人心的激情澎湃的爱。安徒生说过：“爱和同情——这是每个人心里应该具有的最重要的感情。”中外优秀儿童文学作品正是以这种最温暖人心的感情深化、亮化和美化着少年儿童的精神生命。这是儿童文学“以善为美”价值意义的具体真切的体现。

关于儿童文学坚执“以善为美”美学理想的艺术创造，在题材内容上的第二方面选择，即重在表现那些体现全人类共同的文化理想以及对未来一代的普遍人性要求，这实际上已经成为当今世界儿童文学一个具有普遍性的审美倾向与创作思潮。在这里，我愿引用 2002 年 8 月在中国大连召开的第六届亚洲儿童文学大会上，亚洲儿童文学学会共同会长、韩国著名儿童文学理论家李在彻教授在题为《和平、发展与 21 世纪儿童文学》中的一段话来说明这个问题，他认为：“儿童文学是一种原创文学，它将爱和理想植根于儿童心灵来建立人类社会的和平与幸福。因此，儿童文学必须反映如下四个方面，使得此类主题的体裁和所有体裁的文学作品的内容没有区别。第一，我们必须结束战争，并以拒绝任何名义的暴力的方式来达到真正的和平。第二，我们必须用爱心超越国界、宗教和等级的界线，我们也需更加用爱心接受那些残疾人和被疏远的儿童。……通过对生活的思考而感到对动植物的爱的重要性。

第三，我们必须正确地在文学作品中反映过去的历史，以此来分享邻居的快乐与悲哀。…… 我们应该把东西方文化巧妙地融合在一起，创造出真正的带有普遍意义的世界文化来。第四，现在，全球正在进入物质文明和技术第一的时代。然而，这也导致了支撑人类社会的宝贵的精神、伦理价值正在荒废；维护一切生命体的尊严，保护自由和平等权利的信念正在动摇，我们应该确保把这样的信念作为文学作品的基础，并通过艺术的形象化，把这样的信念生动地传达给儿童们。”[21]

21 世纪的世界儿童文学，在经济全球化、政治多元化、交通立体化、信息网络化的“全球化”浪潮中，承担着比以往时期更为重要而实际的关心、化育人类未来一代精神生命健康成长的使命。这个世界变得越来越小。有关战争与和平，生态环境与灾害防范、动物保护与可持续发展，现代人的生存困境与拯救，伦理道德的荒废与青少年犯罪激增等，这些折腾人类的共同问题，已日益成为世界文学与儿童文学关注的焦点、热点与难点。儿童是没有仇恨的，童心总是相通的。儿童文学是没有国界的，儿童文学是最能沟通人类共同的文化理想与利益诉求的真正意义上的世界性文学。因而，在这样一种背景下，当我们提出儿童文学“以善为美”的美学特征与价值理念，当我们期待着通过艺术形象化的审美途径，用儿童文学这种普世都能被接受的文学载体，把以善为美——劝人向善、与人为善、避恶趋善、惩恶扬善、择善而从，这样的信念生动地传达给儿童们，当我们重新提出 20 世纪 30 年代一位中国作家茅盾所呼吁的“儿童文学要助长儿童本性上的美质——天真纯洁，爱护动物，憎恨强暴与同情弱小，爱真爱美”的观念时，我们认为这是及时的，必需的。“科学在思想上给我们以秩序，道德在行动中给我们以秩序，艺术则在对可见、可触、可听的外观把握中给我们以秩序。”21 世纪的世界文明秩序依然需要儿童文学，需要儿童文学高扬“以善为美”的美学旗帜。

注释：

[1] 别林斯基《论俄国中篇小说和果戈理君的中篇小说》,《别林斯基选集》第 1 卷，人民文学出版社 1959 年版。

[2] [9] [16] [18] 王元骧《文学理论与当今时代》第 27、28、62、38、

36页，浙江大学出版社2002年版。

[3] 黑格尔《美学第一卷》第63页，商务印书馆1979年版。

[4] [17] 别林斯基《新年礼物:霍夫曼的两篇童话和伊利涅依爷爷的童话》，周忠和编译《俄苏作家论儿童文学》，河南少年儿童出版社1983年版。

[5] 叶圣陶《文学谈·七》，《晨报》副刊1921年3月12日。

[6] 郭沫若《儿童文学之管见》，写于1922年1月11日，《沫若文集》第10卷，人民文学出版社。

[7] 茅盾《再谈儿童文学》，《文学》1936年第1期。

[8] 康德《道德形而上学的基础》，《西方哲学原著选读》（下卷）第314、318页，商务印书馆1982年版。

[10] [13] [15] [19] 王富仁《把儿童世界还给儿童》，《读书》2001年第6期。

[11] 高尔基《为外国儿童图书目录作的序》，周忠和编译《俄苏作家论儿童文学》，河南少年儿童出版社1983年版。

[12] 高尔基《苦命的巴维尔》，《高尔基妙语录》第232页，甘肃人民出版社1989年版。

[14] 高尔基《给初学写作者》，《论文学》第225页，人民文学出版社1978年版。

[20] 鲁迅《"连环图画"辩护》。

[21] 李在彻《和平、发展与二十一世纪儿童文学》，《当代儿童文学的精神指向:第六届亚洲儿童文学大会文选》，辽宁少年儿童出版社2002年版。

（原载《北京师范大学学报》2006年第2期，《新华文摘》2006年第16期摘载）

论人类文学大系统的分类结构与知识谱系

一

古今中外一切文学（文学现象、文学作品、文学研究等）都可以按以下两个视角加以分类，从而构成一个完整而开放的文学系统。第一个视角是文学的时空角度，第二视角是文学的生产者和消费者角度。我们先来看第一个视角——文学的时空角度，这又可分为时间的角度和空间的角度两个方面。

先谈文学的时间角度，即文学的时间性，文学的时间性实际上就是文学的时代性。文学的产生、源起、生长和演变是一个开放的动态的过程，是在历史时间的长河中不断运动的。这就有了文学的长度，即时间性。研究文学的时间性，我以为有两个方面是必须加以考察和把握的。

首先，一时代有一时代之文学，文因时而变，文与时俱进。

一时代产生了适应一时代精神与需要的文学，是作家对所处时代之具体生活有感而发的产物；但同时一时代之文学又反过来反映和促进了这一时代的精神和品格。无论是把文学比拟为照亮时代的精神灯火，还是反映时代的镜子，所说的都是关于文学的时代性问题。从整个人类文学而言，我们可以将人类文学区分为古典性（古代）文学、现代性（现代）文学与正在发展运动中的当今性（当代）文学三大类。就中国文学的一国具体文学论之，从时间性的角度，则可将其分为先秦（秦以前）文学、两汉魏晋南北朝文学、唐宋文学、元明清文学、近代文学、现当代文学。从诗经、楚辞、汉赋、魏晋志怪发展下来，一直到唐诗、宋词、元曲、明清小说、现代白话文学，中国文学有一条清晰的时代发展脉络。每一时代都有代表这个时代的价值取向、社会生活、审美理想与艺术创新的经典性作品。如先秦，《诗经》体现的是黄河流域注重现实的儒家思想文化精神，而《楚辞》似乎更能表现出长江流域张扬浪漫气质的道家思想文化精神。前者是北中国文学的代表，后者是南中国文学的典范，这两者的互补与整合，哺育着中国传统文学的古典性品格。汉赋、唐诗、宋词、元曲、明清小说，代表着所处时代的文学成就，组成了中国古典性文学气象万千、色彩烂漫的文学山峰。按时间性即时代性研究文学,实际上正是我们的文学史教程所长期奉行的研究路数。中国的古典性文学，其精神主要限于中国古代的儒、释、道等范围，所以道、气、韵、味以及政治上的忠君、爱国、济世等构成了中国古代文学在艺术和思想上的鲜明个性。在语言上，古代文学是古代汉语的文学，与古代汉语的语言系统相一致。中国古代文学与现当代文学之间，有一中介，即近代文学。近代文学是一种转型期的文学，很多东西都没有定型与定制，但它为现代文学的产生做了充分的催化与准备。

需要说明的是，在西方英语体系语境中，“近代”和“现代”是同一个词，因而不存在“近代文学”与“现代文学”的分类。本文考虑到中国文学史的习惯分类，因而析出介于古代文学与现代文学之间的“近代文学”。

现代文学应是现代性的文学，表现了人类对现代社会的生命体验和审美感悟。现代社会的现代性的基本标志有三个方面：市场经济、民主政治和个体原则。市场经济以功利原则作为主导，民主政治则与权威主义相对立，而个体原则显然是一种区别于整体主义的行动哲学。时代的沿革，要求人类找到一种能更好地表现现代人精神情绪、审美理想、价值观念的新的文学表现形式。试以中国现代文学与中国古代文学相比较，从文体角度而言，我们不难发现，中国古典性文学中的韵文诗词相对发达，广义上的散文比韵文要弱；而现代性文学则相反，散文体作品尤其是叙事性文学小说创作特别发达，诗的成就则似乎不大。虽然“五四”以来的新诗创作经过了数代诗人的艰苦实践，但至今还是“众说纷纭”，而小说的成就则有目共睹。新时期开初，刘心武的一篇少年校园题材小说《班主任》轰动一时，成为思想解放的一个标志性的作品。有人说，一个作家如果没有小说尤其是长篇小说，其在文学史上的地位是站不住的，这话有一定的道理。我们看一部《中国现代文学史》，实际上就是一部小说创作的发展史，再点缀一些诗歌、散文、戏剧而已，如果抽取了小说，现代文学的大厦就会轰然倒塌。从整体上说，中国现代文学即现代性文学在精神取向上表现为向西方学习，因而科学、民主、自由、理性、民族、国家等构成了现代文学的主题。在语言上，现代文学是现代汉语的文学，与现代汉语的语言系统相一致。现代文学的发展还有一个重要的外部原因，即近现代印刷技术和传播媒体比之古代文学所处的时代产生了突飞猛进式的发展。晚清以降，印刷业的发达，报章杂志的广泛传播，文学大众化、通俗化的取向，极大地刺激了小说创作，从而使这一种有力地和有效地表现现代人精神情绪与生存体验的文体有了充分发展的空间。

关于文学的时间性（时代性），还有一个问题需要注意与把握，即文学的时间性并不意味着后起的文学必然胜于从前的文学、越是后代的（现当代）作品必然超过前代（传统）的作品。文学是精神产品，不同于科技产品。科学技术的发展是一种线性的发展，后起的必然超过从前的，今天的火车飞机比之古代的骡马舟楫等交通工具自然要先进快捷，这是不言而喻的。但作为人文领域精神产品的文学作品就不同了，因为每件作品都是作家在特定时空、特定语境、特定情绪下产生的，与彼时彼地人们的精神状态、生活习俗、价值观念、审美理想紧密相连，因而其作品的意义与价值是复杂的、多元的，不可能如同物质产品那样可以做定性、定量的分析与价值判断。比如诗歌，你能说今天的新诗已经超越唐诗了吗？李白、杜甫的崇高诗史地位似乎今天依然无人可以取代。

时空视角的第二个角度是关于文学的空间性，也即文学的地域性、民族性研究。

从这一角度立论，我们可以把一切文学分为本国文学与外国文学两大类。本国文学是指自身所处国家的文学，显然具有民族身份、国籍身份的认同意识。对中国人而言，本国文学就是中国文学，即指发生在中国境内的一切文学；外国文学自然是指发生在中国境外的一切文学。为了行文的方便，本文所论文学的空间性，只将其分为中国文学与外国文学两大类。中国文学内部又可以按地域或民族的不同，区分为各类文学。以地域区分，如有京派文学、海派文学，这是中国现代文学研究的一个热门课题。1996 年湖南教育出版社推出了一套由严家炎主编的《中国现代文学地域文化研究丛书》，包括巴蜀文学、楚湘文学、吴越文学、齐鲁文学等，这套丛书的着眼点是研究特定地域文化与现代文学之间的关系。就中国当代文学而言，由于 1949 年以后中国政治文化与社会结构的特定原因，形成了海峡两岸暨香港、澳门不同的地域文学。台、港、澳文学与祖国大陆文学一方面是同根同源同文的关系，另一方面又各有其特殊的文学生态环境与发展态势。一般而言，这三地文学的特殊之处大致体现在这样几个方面：深受西方文化与文学的影响；深受商业化运作对创作出版的影响；在语言方面深受闽南客家文化、广东方言以及外国语的影响。

外国文学是一个十分宽泛的地域文学概念。一般我们把外国文学分为欧美文学、东方文学等数大类，就欧美文学而言，又可分为英国文学、法国文学、俄罗斯文学、德国文学、意大利文学、东欧文学、北欧文学、美国文学、加拿大文学等；就东方文学而言，则有日本文学、韩国文学、印度文学、东南亚文学等。

文学的空间性是由产生这种文学的地理环境决定的。地理环境是一切因素中最稳定的因素，地理环境的稳定性势必影响与之紧密相连的地域文化生态的稳定性及其特征，并濡化、组织、干预和引导着该地域作家的性格与思维、情趣与视野、审美理想与艺术感受，并进而影响该地域文学的表现世界、精神走向与文化品格。众所周知，科学进步的标准有其世界性统一尺度，但作为审美意识形态的文学的进步，则在于其独创性。“某一作品是世界的，它首先应该是民族的。”文学在时间上是时代的，在空间上又是民族的。一个民族的文学只有反映出特定地域的社会生活、时代精神、民族性格、文化心理、审美情趣、共同耻感、荣辱记忆以及本民族生存之所有的鲜明的地域文化特色，才能有别于其他民族文学而折射出栩栩光彩。秀华光发的世界文学大厦，正是由形形色色各具地域民族特色的作品所支撑起来的。美只有扎根于斑斓的大地，才能超越于生存之上，赢得无限的生机。

时代性和民族性不但是文学研究的重要尺度，也是文化研究的重要方向。时代性是一种全球意识，而民族性则是一种寻根意识，这是当今世界的两大思潮。21 世纪人类所面对的全球经济一体化、交通立体化、信息网络化，已使世界变得越来越小，特别是覆盖全球的通讯卫星和国际互联网络的发展，创造了一个不分国界的“电子空间”，使人类居住的这个星球真正成了“地球村”。但与此同时，如何在全球化的浪潮中保持本民族的文化价值的精髓，体现本民族文化在世界民族之林中特有的地位、意义及尊严，正越来越成为一种普世的精神追寻。因之在这种意义上，研究文学时代性与民族性也就越发显得重要；将文学大系统以时间性与空间性加以分类，也就自然具有自身的学理逻辑，而不是一种简单的分门别类而已。

二

以上我们探讨的是文学大系统分类结构的第一个视角，即文学的时间性与空间性。文学分类的这一个界度，其着眼点在于文学与世界、与社会的关系问题，也就是文学与外部的关系。下面我想提出文学大系统分类结构的第二个大的视角，即生产者与消费者的视角，这个视角的着眼点在于文学与作家、与读者的关系问题，也就是文学的内部关系。

我们知道，文学作品是一种特殊的精神产品。既然是产品，就有生产这种产品的人，也即创作主体；既然是产品，还会有消费这种产品的人，也即阅读主体。为此，我们可以从精神产品的生产与消费这一角度立论，将古今中外人类的一切文学按照这个界度加以区别，并探讨各自的内在规律。我们先从文学作品的生产角度来分析文学大系统的分类结构。

文学作品作为一种特殊的精神产品，从“生产者”来看，就要探讨是谁生产的，或是谁生产了它？他是如何生产的？他为什么要生产它？他的生产过程与产品又有什么特色？这实际上是关于创作主体即作家的研究。按照生产者身份的不同，我们可以把古今中外一切文学分为两大类，第一类的文学可以称之为作家文学，它的生产者是作家。作家文学也可称为文人文学，或知识分子文学。生产这种产品的人是文化人，是具有独立写作能力和对自己的言论自由及表达拥有清晰判断力的人。作家文学的特点具体体现在作家的独立性生产方式及其产品的独创性品质等方面。

作家文学的第一个特点是个体性或曰个性化。文学创作作为作家生命律动的特殊形式是一种最个性化的精神劳作，一种完全彻底的个人行为，因此人们通常把作家称为自由职业者。文学生产的个体性特别强调生产者的自由度，只有在一种比较宽松的自由度较大的范围里面，生产者才能充分地发挥自己的聪明才智进行创造性的探索和劳动。文学创作本身是一种精神探索、一种不断向前的精神追求，是以语言作为工具，通过语言塑造形象或意境，表现作家对社会生活的美学评价及其独特的生命体验。所以我们经常说，文学是生命的体验，是人生的表现。要充分地体现出、传达出作家自身对社会的理解，对生命的独特体验，个性化就自然而然成为作家文学的一个鲜明的特点。因为每一个人对社会的理解，对生命的体验，对人生的感受是不一样的。一方面，生活在同一时代的人，对同一种社会现象会有不同的体验与表达。比如同样生活在唐代，李白诗歌的豪放飘逸，与杜甫诗歌的沉郁顿挫是完全不同的两种风格，人们常常愿意把李白诗歌与道家文化相联系，而把杜甫诗歌归之于儒家思想精神的濡化。另一方面，即使是同一个作家，在不同的生活环境与生命历程当中，也会有不同的创作表现。正是这种个性化，形成了作家作品的个人风格、个人特色、个人色彩。个性化是作家的价值观、人生经历、艺术气质与修养、语言理想等因素合力作用的结晶，是作家文学的第一个特点，也是最显著的特点。正因如此，所以我们的文学研究除了整体性的文学思潮、文学社团、流派等研究外，更有专注于个别性的作家研究。如唐代文学中的李白研究、杜甫研究、韩愈研究、王维研究，现代文学中的鲁迅研究、茅盾研究、沈从文研究、老舍研究等。包括儿童文学也如此。同样是现代童话作家，叶圣陶童话的创作风格与张天翼、严文井完全不同，根本原因就在于作家的个性化影响了他的创作理想与作品。

作家文学的第二个特点是符号性。

任何一个作家的精神产品生产都不是为了自我消费，自娱自乐。一个自诩创作了一百万字的作品但还放在抽屉里没有公开发表的人，是不能称其为作家的。作家的社会角色与意义在于向公众源源不断地提供他的精神产品，并由此影响社会。只要号称作家，就自然有其影响于世的产品流布。因此，作家必须将自己的精神产品通过媒体变成符号公之于世，这就是产品的符号性。当然，这种符号性的传播方式、途径是不一样的。在古代，由于科技的落后、传播方式的单一，因而产品流通的范围也相对较小。上古时代，我们的先人是通过甲骨、钟鼎或竹片、木片、石刻来发表自己的作品。古人往往用“韦编三绝、学富五车”来形容饱学之士，这车当然不是今天的汽车，而是牛车、马车，五大车的书自然不得了，但那是用竹简雕刻成的，从今天的角度考量，“学富五车”大概也不过几十万字吧。我们现在用几张光盘就可以把数千万字的大百科全书全部扫描进去，自然更加了不得。自古及今，作家文学的符号传播经历了三个历史时期：首先是手工符号图书时代，这是书的完全手工化作业，有甲骨、钟鼎、简帛等多种形式；第二是工业符号图书时代，这是纸张和印刷术发明以后的时代，即在纸上印刷符号；第三便是我们今天所处的多媒体时代、网络时代，符号进入电子出版流通渠道，也即电子图书的时代。电子书籍是以数字代码方式将图文声像等信息存储在磁、光、电介质上，通过计算机或者有类似功能的设备加以阅读，并可复制、发行的现代传播媒体。电子书籍的出现并不意味着传统纸质书籍命运的终结，我相信，人类未来的图书阅读与传播将是电子书籍与传统书籍和平共处的“混合图书时代”。从甲骨简帛进展到雕版印刷，再进展到机器印刷，再进展到今天的激光照排、电子存储与网络传播，作家产品的符号化转换与发表途径，变得越来越简便、快捷、多样化。但万变不离其宗：作家产品只有公开发表出来，转化为符号加以流通，这才有意义。但事实上，无论是过去韦编三绝的时代，还是今天电子网络时代，真正能发表自己精神产品的人总是少数，尤其是将其印刷成图书出版就更少了。作家文学符号化的核心手段是将产品印刷成图书，成为看得见摸得着易流布可保存的纸质文本载体。作品的符号性是作家文学的重要特点之一，只有变成符号，作家才算完成了精神产品的生产，才能影响社会，也才能产生文学作品的社会价值，产生文本的解读研究、作家的个案研究以及文学与社会关系的文学社会学等其他课题的研究。符号性使作家的精神产品成为了社会公器。

作家文学的第三个特点是稳定性。

作家的精神产品一经成为符号文本公开发表，流入社会，便已成为社会公器，不再改变，这就是作家文学的稳定性特点。当然，也有个别作家认为作品不太成熟，在第二版、第三版时会做一个修改，但这种修改从整体上说只能是微观的，或是个别词语的修改，或是个别细节的修改，而绝对不是大动干戈，伤筋动骨，否则那就是重写了。按照出版法的规定，一个印刷品如果有 1/3 以上重新修改，那就成了新书，而不再是原来意义上的作品。所以作家文学一经出版，总是以稳定性的面貌流传于世，成为社会公众的精神产物，而不再是他个人的东西了。无论是《三国演义》《水浒传》《西游记》《红楼梦》，还是鲁迅的《阿 Q 正传》、沈从文的《边城》、钱钟书的《围城》等，它们的文本都是稳定的、不变的，最多经过考证，有个别字句在流传过程中有不同的版本，人们的考证正是为了找到更好的版本，而那个更好的版本实际上就是一个更具有稳定性的精神产品。正是由于稳定性，作家才能将其产品以固定不变的形式影响社会，影响其他民族，直至影响后世。

以上我们所探讨的是作为个人化生产的作家文学的特点。与作家文学相对应，文学作品作为一种精神产品，还有另一种生产方式，另一种生产者，这就是民间集体创作的民间文学。因之，从这个角度出发，我们可以把古今中外的一切文学区分为两个大类：第一类是个人化生产的作家文学，第二类就是集体化生产的民间文学。民间文学的特征正好与作家文学相对应。

第一是集体性。民间文学是一种民间的集体性创作，是集体生产的精神产品，因此民间文学无法像作家文学那样确定具体的生产者（作者）是张三或者李四。所以民间文学作品如果被印刷出版，其署名形式只能是某某讲述，某某记录，而不能写成某某著。中国民间文学四大经典作品《牛郎织女》《白蛇传》《孟姜女》《梁山伯与祝英台》，从来没有具体的作者，而只有张三是浙江版本的采风者，李四是河北版本的采风者，王五是东北版本的采风者。作家文学有“版权”之说，按照出版法的规定，作家去世以后，他的继承人还享有 50 年的版权，50 年以后，作品才不受保护。这就充分体现了作家文学的个人性、专有性特征。但民间文学就不存在版权之说，我们不能说《孟姜女》是河北谁谁谁的作品，《梁祝》的版权归浙江谁谁谁所有，这是由民间文学生产者的集体性所决定的。

由于民间文学是集体生产的精神产品，因而民间文学充分体现了创造这种产品的民族的集体智慧、思维特征、历史记忆、共同耻感、审美理想、风俗习惯，民间文学的风格是一种民族风格，是一种集体民族文化心理的记忆与积淀。因而民间文学作品，往往成为人类学、文化学、民族学研究的宝贵资源和第一素材，自然也是文学史研究的重要资源与对象。

与作家文学的符号性相对应，民间文学的第二个特点是其口头性，也即非符号性。民间文学的发表和传播十分简便，就是嘴巴讲耳朵听，口耳相传，这既是发表也是传播。探讨民间文学的口头性，应注意这样几个方面：第一，民间文学从整体上是口耳相传的，但也有一部分作品经由文化人采风、记录了下来，这些用符号化手段被记录保存下来的作品就成了“历史民间文学”；与浩如烟海的原生形态民间文学相比，成为符号文本的民间文学的数量是非常有限的。世界上每个民族在其童年时期都有丰富的神话故事，例如古希腊神话、古印度神话、古埃及神话、古中国神话（先秦神话），但能够流传至今的只是极少一部分，因而在后人眼里也就愈发显得珍贵。古中国神话如精卫填海、夸父追日、盘古开天地等，虽然都只有寥寥数语，但却是我们中国文学、中国历史、中国文化的开天辟地之作。第二，历史上的民间文学之所以大量湮灭，难以流传下来，其根本原因在于文化观念与文学观念。中国传统文学主张“文以载道”“事父事君”的价值理念和“有助王化”“非礼勿听”的取舍标准，因而处于“在野”地位的民间文学往往被视为有伤风化、有碍大雅的引车卖浆者流，长期得不到传统文学观念的承认和接纳，被排斥在正统文学殿堂之外。民间文学在表现人性方面是最大胆和直露的，那些既荤又素的性爱故事在寻常百姓那里经常会听到，但从文化规范的角度考量，自然是“有伤风化”不可被记录保存下来的。所以要发现民间文学的价值，需要真正有人文眼光和尊重民间思想精神的人，这种人在历史上虽不多，但却十分难得。中国古代民间流传的作品正是通过他们的采辑记录才得以保留下来的，这些作品主要见之于《搜神记》（晋·干宝）、《齐谐记》（南朝宋·无名氏）、《述异记》（南朝·祖冲之）、《酉阳杂俎》（唐·段成式）等魏晋南北朝隋唐志怪小说和笔记中，尽管当时他们的采辑目的各有不同（或为猎奇，或为述异），但毕竟使古代口头作品成为印刷符号被保存了下来，中国文学史与民间文学史都要永远感谢他们。第三，由于民间文学是以群体的方式和“在野”的姿态创作的，因而比之个人署名的作家文学就更具自由色彩与“越轨”言论，这主要体现在历代那些讽刺权贵和某种政治文化现象的时政歌谣、笑话、故事中，显然这是不符合主流意识形态的，自然只有“自生自灭”的结局。从民间文学的发展历史考察，大凡改朝换代与社会转型时期，往往是民间文学大量生产的时期，同时由于采用口耳相传的简捷发表形式，因而也是民间文学广泛传播与消费的时期，但最终被记录保存下来的永远只能是极少的一部分。因而我们说，口头性既是民间文学的长处（便于发表、便于传播），但同时也是它的短处（即时消费，自生自灭）。20 世纪 70 年代后半期，“文革”刚结束之时，民间一时广泛生产和流传鞭挞“四人帮”的笑话、故事，非常生动形象幽默搞笑，但当时被有心人记录并出版的只是一小部分，大量作品已被忙碌的历史遗忘得差不多了。

民间文学的第三个特点是其变异性，这与作家文学的稳定性正好相反。民间文学在民间群体口耳相传的过程中，往往会发生新的补充修改，这就形成了变异。一个作品之所以会变异，大致出于以下情况：一、民间百姓既是作品的接受者，但同时也是作品的参与者、加工者。当一个作品经由张三之口讲给李四听时，李四如果觉得某些细节还不过瘾，某些话语还不满意，于是李四在讲给王五听时，就会情不自禁地添油加醋。二、当一个作品在不同地域（如从江浙流传到云贵川）、不同民族（如从汉族流传到少数民族）中流传时，这个作品难免会被掺杂进该地区、该民族的风俗习惯、地理景物、文化心理，以便使作品更易于为当地百姓所接受。三、当一个作品在不同的历史时期流传过程中，因时代的需要，也会对原作进行某种改变。这就形成了民间文学的变异性特点。所以，从整体上我们可以说民间文学是一种开放性、互动性的文本。

民间文学的变异性在“名人类”作品中表现得最为明显。由于名人的文化效应能够扩大、提升名人家乡的知名度与社会影响，再加以人们对名人的崇拜心理，因而民间经常会出现“名人争夺战”。尤其是在现代旅游业中，名人效应就不仅是当地的文化名片，更是经济资源。所谓在山靠山，在水靠水，有名人靠名人，没有名人也要想办法挖一个名人出来，甚至抢一个名人过来。20 世纪八九十年代，河南南阳、唐河两地曾出现过谢姓始祖的争夺战，湖北与河南还有过李自成最终死于何地的争夺战。民间文学中也有争夺名人的情况，最典型的莫过于梁山伯与祝英台的故事。据研究，梁祝故事至少有浙江版、河南版、山东版、江苏版四个版本。民间文学的变异性是一种客观存在，既有民间受众参与改变的原因，也有地域文化参与的原因。但一般说来，一个民间文学作品，如果被采辑记录成文字出版发表，成为符号性的文本以后，其变异性就会相对减少，而稳定性则会明显增加。

文学作为人类精神表达与愿望满足的重要载体，其生产方式与传播手段自然需要“与时俱进”。人类进入网络时代以后，文学正面对新兴媒介尤其是互联网影响下出现的全球化、市场化、大众化、图像化、快餐化、博客化乃至手机化的挑战与挤压，网络文学以其民间性、大众性、快捷性的特点深刻影响着文学。网络文学打破了已有的文类分野，不断挑战、改写着文学的定义。因而在文学大系统中如何给网络文学定位，网络文学是属于作家文学还是民间文学的问题就被提了出来。对此学界现在还没有一致的观点。本文认为，从网络文学的作品独创性、符号性（电子读本）、稳定性的特征考察，网络文学理应属于作家文学范畴，事实上不少网络文学高手也视己为作家。在中国，全国性的作家社团组织——中国作家协会近年已吸收了部分网络文学作家入会，2010 年中国作协的全国性权威文学奖项鲁迅文学奖已接受网络文学的参评，也即网络文学与通过报刊、图书刊布的作品已被一视同仁。但从大量网络文学作品发表的匿名性（作者不具实名，多以网名代替）、变异性（有的作品是开放写作，由多人接龙参与完成）、即时性（随时更换、很快消亡）、草根性考察，网络文学又具有民间文学的一些特征。到底网络文学是属于作家文学还是民间文学？这既取决于网络文学自身的演变发展，也取决于网络时代文学观念的更新与重塑。

三

以上我们从文学作品生产者的角度分析了文学系统的分类结构，从生产者角度着眼，我们可以将古今中外一切文学分为作家文学与民间文学两大类。下面我们换一个角度，即从文学作品的消费者角度，也即接受美学所研究的文学接受与读者的角度，加以探讨。从文学作品的消费者角度立论，我们发现，古今中外一切文学实际上也可以分为两类，这就是成人文学与儿童文学（未成年人文学)。

所谓成人文学就是为具有一般阅读能力和审美鉴赏能力、社会批判能力的成年人服务和消费的文学,我们平时所习见的大量文学作品都属于这一范畴,如《三国演义》《红楼梦》《悲惨世界》《红与黑》《阿Q正传》《骆驼祥子》《白鹿原》《活着》等。成人文学的基本特征是其生产者与消费者都是同为已成年的社会人,创作主体与接受主体之间从根本上说不存在审美意识、知识结构等方面的"代沟性"差异,整体上处于同一个平面上进行精神对话与沟通。从这一基本点出发,成人文学的特征至少包括以下三个方面:第一,题材无禁区。古今中外,天上人间,战争和平,权争利害,士农工商,爱恨情仇,生老病死,什么都可以写,什么都可以进入文学版图,一切取决于作家如何去写,如何把它写好。第二,创作多样化。诸如有批判现实的现实主义文学,反抗现实的浪漫主义文学,绝望于现实的现代主义文学,调侃现实的后现代主义文学等,五花八门,文随世移,天马行空,出奇制胜。第三,风格个性化。作品的结构、意境、语言、笔力、雅俗等,均体现出作家的个人爱好、个人色彩、个人风格,从根本上说,不用担心读者会有看得懂看不懂的问题。成人文学容易理解,本文就不再多加展开了。

与成人文学相对应,文学世界实际上还存在着为另一类消费群体服务的文学,这就是儿童文学,或未成年人文学。什么是儿童?按照1989年11月20日第四十四届联合国大会通过的《儿童权利公约》的权威界定:"儿童系指十八岁以下的任何人。"所谓儿童文学,也就是为十八岁以下的少年儿童服务的文学。依据不同年龄阶段少年儿童客观存在的思维特征、身心特征、社会化特征等的差异,广义的儿童文学内部又可区分为少年文学(中学生)、童年文学(小学生)与幼年文学(幼儿园)三个层次。从人类文学史考察,儿童文学的发现与发展要大大晚于成人文学。儿童文学的发现来自于儿童的发现,而儿童的发现则来自于人自身的发现。世界文明史一般都以欧洲的文艺复兴时期作为儿童发现的开端。当人类发现人、解放人,进而发现妇女、解放妇女,再进而发现儿童、解放儿童时,这才开始意识到儿童是一个独立的人,儿童与成人一样有其独立人格与权利,同时儿童又有其自身与成年人完全不一样的独特的思维特征、年龄特征和社会化特征,有自己特殊的对文学作品的精神需求与接受心理。18 世纪下半叶，儿童文学第一次以一种明显和独立的文学形式出现，在此之前，它还只处在萌芽时期，进入 20 世纪，儿童文学才发展得绚丽多彩。儿童文学的发现与发展，从根本上说是文类文明的重大进步，在今天更成为现代化社会的重要尺度与文明指标。联合国儿童基金会官员宣称："看一个国家儿童读物出版的情况，可以看出这个国家的未来。"这是十分精辟与发人深省的。

在国外，儿童文学也直接称为"未成年人文学"（young adultliterature，简称 YAL）。在美国和其他母语主要为英语的国家，未成年人文学是作为与成人文学相对应的文学分类。未成年人（young adult）一词最早出现于 20 世纪 60 年代，用以替代心理学上对少年人的专用词 adolescent。"未成年人文学"的概念，实际上涵盖了幼年文学、童年文学、少年文学，其内涵更具丰富性与实践性。但在我国，经由百年现代性儿童文学的历史与文学史习惯，现在大家依然习称为"儿童文学"，这是需要加以说明的。

儿童文学虽然是为儿童的文学，但却不是由儿童自己创作的。儿童文学从整体上说是大人写给小孩看的文学，也即创作主体是成年人，而接受主体是儿童。这种生产者与消费者是两代人的"代沟"关系构成了儿童文学最基本的特征，儿童文学的一切问题均来源于此。儿童文学既然是大人写给小孩看的文学，就必然会提出这样两个问题：第一，大人是如何看待和对待小孩的，也即"儿童观"问题；第二，大人又是如何理解和表现小孩的，也即"儿童世界"问题。这两个问题实质上构成了研究儿童文学所要把握的两极：一极是要研究作家，另一极是要研究儿童。研究作家的重中之重我认为是作家的儿童观问题。有什么样的儿童观，就会有什么样的儿童社会地位与生存状态，也就会有什么样的儿童文学的价值标准、美学理想、艺术尺度，甚至表现形式与语言选择。正是由于"儿童观"的不同，才导致 20 世纪中国儿童文学史上产生多种儿童文学主张，并直接影响到不同的创作流派，其中最主要的有：儿童文学"要能给儿童认识人生"（茅盾语），"把成人的悲哀显示给儿童"（郑振铎语）的儿童文学现实主义观念；"儿童文学是教育儿童的文学"（鲁兵语），"儿童文学担负的任务跟学校教育是完全一致的"（贺宜语）儿童文学教育主义观念；儿童文学是"塑造民族未来性格的文学"（曹文轩语），具有"导思、染情、益智、添趣”（刘厚明语）等多种审美价值功能的多元并存的儿童本位文学的观念。儿童文学作家研究，我认为重点需要把握的正是作家的文化心理及“儿童观”。文化心理影响儿童观，儿童观影响和制约儿童文学观，而儿童文学观则直接关系着儿童文学创作的方方面面。这是一极。第二极就是儿童研究。

儿童文学是一种重在表现少年儿童生活世界及其精神生命成长的文学，这就需要儿童文学的生产者必须熟悉、理解和把握儿童世界的一切特点，其中特别是儿童的思维特点、年龄特点和社会化特点。现代心理学研究和皮亚杰的“发生认识论”理论已经揭示：儿童思维是一种不同于现代成人思维模式，而与人类群体童年阶段即原始时期的原始思维模式形成同构对应关系的“儿童—原始思维”结构，年龄越小表现得越明显。这就是为什么儿童具有泛灵论、人造论、因果观念、任意结合的逻辑思维等“荒诞”思维的原因，也就是为什么儿童特别喜欢阅读那些拟人、变形、魔幻、夸张、神秘、探险、刺激、幽默、时空错位、想象离奇的童话、魔幻、科幻作品的原因，自然也就是为什么安徒生童话、格林童话、《哈利·波特》等幻想性作品能够超越时空、风行各国，使全世界少年儿童如此爱不释手、“我为书狂”的原因。研究儿童世界的第二个方面是儿童的年龄特征问题。依据儿童心理学和发展心理学的科学原理，广义的儿童（0—18 岁）在不同年龄阶段具有不同的生理特点和心理特点，依此可以将未成年人区分为婴儿期、幼儿期、童年期、少年期等四个阶段。由于婴儿期还处于童蒙未开的襁褓时期，谈不上文学的接受，因此，为了更好地服务于幼儿期、童年期、少年期这三个年龄段不同孩子的文学需求与接受，广义的儿童文学内部又可区分为主要为幼儿期服务的幼年文学、主要为童年期服务的童年文学以及主要为少年期服务的少年文学这三个层次。关于这一问题，我曾在《论少年儿童年龄特征的差异性与多层次的儿童文学分类》以及《三个层次与两大门类：儿童文学的新界说》两文中，做过专门论述，此不再赘述。研究儿童世界的第三个方面是儿童的社会化问题。儿童是一个社会的人，是生活在物理世界中的，儿童从一出生就有一个社会化问题。所谓社会化，就是生命个体通过社会学习和实践接受并适应社会文化的规范和塑造，并在其中发挥作用的过程，从而使一个自然人成长为社会人。群体性与实践性是社会化的两大基本特点，儿童正是在与不断扩大的社会群体（从父母、亲友，到同学、老师，再到职业同事、社会大众）的交往中，在不断参与、体验的社会实践过程中，逐渐成长起来的。因此，成长是儿童永恒的生命律动，也是儿童文学的永远艺术母题。儿童的成长即社会化有一个社会化环境渐次扩大的问题，随着儿童年龄的逐渐长大，他们的社会化环境逐渐由家庭集团扩大为小伙伴的游戏集团、社区集团，再扩大为学校集团，再进而扩大为职业集体、社会集团，最终走向社会，成为社会的一分子。因而儿童文学表现儿童的成长(社会化)其题材内容实际上也是一个逐渐扩大的开放式渐进结构。一般说来，幼儿文学总是以描写孩子们与家庭集团、小伙伴游戏集团的生活内容为主；童年文学的兴趣主要在于儿童的学校集团，校园是童年文学的最重要的表现题材与环境；而由于少年期正处于从幼稚向青年过度的转型时期，少年人的社会化活动虽然主要还在学校集团，但他们对社会集团、职业集团已产生浓厚兴趣，因而少年文学往往在描写学校集团生活内容的同时，更有意识地将学校、家庭、社会互相交织在一起，全景式地展现社会生活的丰富性和复杂性，多角度、多层次地表现少年精神生命的成长。中外不少少年文学佳作，例如《雾都孤儿》（狄更斯)、《汤姆·索亚历险记》（马克·吐温)、《麦田里的守望者》（塞林格)、《纽约少年》（赫尔曼·沃克）等无不如此。20世纪八九十年代，我国一批很有影响的少年题材作品如《寻找回来的世界》（柯岩)、《中学生三部曲》（肖复兴)、《草房子》（曹文轩)、《男生贾里全传》（秦文君)、《花季·雨季》（郁秀)、《第三军团》（张之路)、《一百个中国孩子的梦》（董宏猷)、《小船飘摇》（谭小乔)、《你是我的妹》（彭学军）等，也同样是在更为广阔的社会化背景下刻绘少年成长的心路历程和社会生活内容的多样性、复杂性。要而言之，儿童文学的作家研究与儿童研究是把握儿童文学的重要方面，抓住了这两极，就抓住了儿童文学的基本脉络。

儿童文学与成人文学相比较，其审美艺术特征大致体现在这样三个方面："以善为美"的价值尺度；"四个远离"的题材规避；强调幻想的艺术内核。成人文学的价值尺度大致设定在"以真为美"，即通过艺术真实的手法把社会人生的丰富细节乃至历史的宏大事件真实地化解到人物的精神世界中，以生动而逼真的艺术生命形象表现出来。巴尔扎克认为，对作家来说"获得全世界闻名的不朽的成功的秘密在于真实”[1]，鲁迅要求作家“取下假面，真诚地、深入地、大胆地看取人生，并且写出它的血和肉”[2]，所说的都是关于文学的真实意义的审美价值尺度。因而成人文学几乎总是把话题兴趣设置在文学与时代的关系、文学与社会的关系、文学与人生的关系等方面，所谓“世上有，戏里有”。在中国现代文学史上还提出过一个响亮的文学口号：“为人生而艺术”。相对而言，由于儿童受生活阅历的局限与社会化活动圈子狭小的影响，儿童的兴趣主要不在于真实的社会生活内容与人生百态，而在于他们心目中的花草世界、动物世界、想象的世界与游戏的世界，在于他们的校园生活及其与校园相联系的世界；又由于受儿童的年龄特征、知识结构与分析判断事物能力的影响，他们还不可能对复杂的社会生活世界做出是非判断与价值取舍，因而儿童文学从整体上说并不主张“以真为美”，而是选择“以善为美”，强调儿童文学要在儿童心目中“构成了他将来做一个怎样的人的观念”，“助长儿童本性上的美质——天真纯洁，爱护动物，憎恨强暴与同情弱小，爱真爱美”[3]。儿童文学需要做的实际上是在人类未来一代心灵中建构起人之为人的一种打底的基础性工作，与人为善，劝人向善，避恶为善，惩恶扬善。正是基于这样的审美价值尺度，因而儿童文学在题材内容上不是像成人文学那样什么都可以写，题材无禁区，而是有所规避，这就如同某些社会场所“儿童不宜”入内一样，真实生活世界的某些题材也是不宜作为儿童文学表现内容的，这主要有四个“远离”：远离暴力；远离色情、赌博、吸毒等社会恶俗；远离性与两性关系；远离成年人的政治权力斗争。苏联作家高尔基有一段话十分透彻地揭示了儿童文学之所以要远离成人社会某种真实内容的原因：“儿童精神食粮的选择应该极为小心谨慎。父辈的罪过和错误儿童是没有责任的，因而不应当把那些能够向小读者灌输对人抱消极态度的读物放在首位。真实是必需的，但是对于儿童来说，不能和盘托出，因为它会在很大程度上毁掉儿童”[4]。一句话，儿童文学的艺术真实必须从其接受对象少年儿童的特征出发，适应并有助于少年儿童精神生命的健康成长。儿童文学与成人文学相比，还有一个突出的审美艺术特点，即非常强调幻想精神。卡夫卡的小说《变形记》写了人变成甲虫、人的异化问题，这在成人文学中是非常了不得的艺术想象与创造，但在儿童文学看来，人变虫实在不过是小菜一碟。儿童文学始终把张扬丰沛的幻想精神写在自己的美学旗帜上，特别是童话、寓言、科幻等叙事性作品，即使是像儿童诗，也同样有着鲜活灵动的艺术想象与情趣："来一点，/ 不要太多。// 来一点，/ 不要太少。// 来一点，/ 小菊们撑着小伞来等。// 来一点，/ 荷叶站出水面来等。// 水塘笑了，/ 一点一个笑涡。// 小野菊笑了，/ 一点敬一个礼。"（圣野《欢迎小雨点》）当成人文学将艺术兴趣集中于那些纪实、言论、忆旧、写真、口述实录、绝对隐私、身体写作，文学的想象力越来越贫乏与偏仄时，儿童文学却一直如天马行空，高张起幻想精神。在 20 世纪八九十年代以来的中国儿童文学创作中，不但有动物小说、大自然探险文学，而且还直接打出了"大幻想文学"的旗帜，与成人文学形成鲜明对照。当骑着飞天扫帚、戴着圆形眼镜的英俊少年哈利·波特横空出世，全世界为之刮起一股《哈利·波特》旋风时，儿童文学高扬的幻想精神，使整个成人文学领域不得加以反思：毕竟文学不等同于新闻实录，文学应当为人们创造出另一个虚拟的世界，成为世人超越现实尘世的精神家园。一部世界文学史早已证明，而且必将继续证明：人类的文学世界正因为有了成人文学与儿童文学的存在与互补，才能永远充满生命、充满激情、充满真善美。人类文学系统的分类结构中，怎能可以无视与缺失为人类未来和希望服务的儿童文学呢？

以上就是我对人类文学系统的分类结构所做的一个整体性分析。我不敢说我的这一分析有多么高明，但我可以说：这一分析已经为人类文学系统中的各类文学存在的客观性、合理性、合法性寻找到了科学依据。我的这一"发现"是具有创新意义的，因为在我之前，似乎还没有人做过这样的分类研究，说句笑话，是可以申请"专利"的。或许有人会说，文学系统还可以分出女性文学、知青文学、军旅文学甚至伤痕文学、反思文学、寻根文学、青春文学、生态文学等，但我以为那只不过是根据特定的题材内容或主题选择而做出的具体文学的分类而已，与我上面对人类文学大系统所做的分类完全是两回事。

要而言之，我们试以图表的形式将人类文学系统的分类结构归纳如下，以见其理：

- 人类文学系统的分类结构
  - 按文学的时空界度
    - 时间界度（文学的时间性即时代性特征）
      - 古代文学（如中国文学又可细分为先秦文学、两汉魏晋南北朝文学、唐宋文学、元明清文学）
      - 近代文学
      - 现当代文学
    - 空间界度（文学的地域性即民族性特征）
      - 中国文学（如中国当代文学又可分为大陆文学、台湾文学、港澳文学）
      - 外国文学（又可分为欧美文学、东方文学、非洲文学等）
  - 按文学的生产者与消费者界度
    - 生产者界度（即不同的创作主体）
      - 作家文学（产品具有个体性、符号性、稳定性等特征，如屈原研究、杜甫研究、鲁迅研究）
      - 民间文学（产品具有集体性、口头性、变异性等特征）
    - 消费者界度（即不同的接受主体）
      - 成人文学（以成年人为消费、接受对象的文学）
      - 儿童文学（以未成年人为消费、接受对象的文学，在其内部又可分为少年文学、童年文学、幼年文学三个层次）

注释：

[1] 北京师范大学文艺理论教研室编《文学理论学习参考资料》（上卷）第764页，春风文艺出版社1981年版。

[2] 鲁迅《论睁了眼看》。

[3] 茅盾《再谈儿童文学》，《文学》1936第1期。

[4] 周忠和编译《俄苏作家论儿童文学》第162页，河南少年儿童出版社1983年版。

（原载《西南大学学报》2011年第6期）

论少年儿童年龄特征的差异性与多层次的儿童文学分类

凡是值得思考的事情，没有不是被人思考过的；我们必须做的只是试图重新加以思考而已。

——歌德

一、回顾

关于儿童文学的本质特征，一直是儿童文学理论界至为关注的问题，也是长期以来混沌一团的问题之一。茅盾说过："'儿童文学'这名称，始于'五四'时代。"[1] 自从中国在五四时期出现了"儿童文学"这一崭新的文学门类之后，对儿童文学本质特征的理解，一直有着种种界说。大致说来，"五四"至1949年前，以"本位说"居多；1949年后，以"教育说"居多。最近几年出现了新的思考，争鸣的锣鼓越敲越热闹。"本位说"注重的是儿童心理、儿童的情趣与需要。鲁迅先生早在1919年10月就说过："孩子的世界，与成人截然不同；倘不先行理解，一味蛮做，便大碍于孩子的发达。所以一切设施，都应该以孩子为本位。"[2] 这里的"一切设施"自然也应包括为孩子服务的儿童文学。郭沫若认为："儿童文学，无论采用何种形式（童话、童谣、剧曲），是用儿童本位的文字，由儿童的感官以直愬于其精神堂奥，准依儿童心理的创造性的想象与感情之艺术。"[3] 郑振铎给儿童文学下过明确的定义："儿童文学是儿童的——

便是以儿童为本位，儿童所喜看所能看的文学。"[4] 叶圣陶认为，创作儿童文学应"对准儿童内发的感情而为之响应，使益丰富而纯美"。[5] 周作人的表述尤为明白："儿童文学只是儿童本位的，此外便没有什么标准"，主张"迎合儿童心理供给他们文艺作品"[6]。中国第一部《儿童文学概论》（魏寿镛、周侯予著，商务印书馆 1923 年版）也有同样的表述："儿童文学就是儿童本位组成的文学"，"是由儿童的感官可以直诉于其精神堂奥的，拿来表示准依儿童心理所生之创造的想象与感情之艺术"。我们只要翻开"五四"以来的儿童文学论著或教科书。就会发现，几乎所有阐述儿童文学本质特征的文章，都是以"儿童本位"作为立论依据的。从 50 年代起情况起了变化。"本位说"受到了大张旗鼓的批判。对"本位说"的批判都是以胡适、周作人作为靶子，因为胡适曾是杜威的弟子，对儿童文学也说过类似"本位"的话[7]；周作人就更应批判了。至于鲁迅、郭沫若、郑振铎、叶圣陶等赞同过"本位说"的文字，则统统视而不见，讳莫如深，似乎他们压根儿没有提过"本位"的观点。在批判"本位说"的同时，陈伯吹先生的"童心说"也在 60 年代被大批一通。"童心说"现在已经平反了，这是一件好事。形成于五六十年代批判"本位说""童心说"的基础上出现的"教育说"，其特点是强调成人功利，把儿童文学作为成人对儿童实施教育的一种工具。我们不妨试看几种影响较大的"儿童文学"定义。四川少年儿童出版社出版的五院校《儿童文学概论》说："儿童文学是根据教育儿童的需要而专为少年儿童创作、编写的，适合他们阅读的文学作品。"有的同志认为："儿童文学担负的任务跟儿童教育是完全一致的"，"儿童文学作为一种教育工具，它辅助学校教育，成为对广大少年儿童进行全面教育的完整的系统的教育部署的一个重要环节"。[8] 有的同志还提出过一个著名的定义："儿童文学就是教育儿童的文学。"[9] 最近几年，随着儿童文学创作实践的发展与理论探讨的深入，人们对儿童文学的本质特征又做了许多新的思考。有的同志提出儿童文学的特征是"导思、染情、益智、添趣"[10]。有的认为当前妨碍进一步提高儿童文学艺术质量的关键，在于不适当地强调了"儿童文学的教育特点"，而忽视了儿童文学的文学素质。也有的认为儿童情趣是儿童文学的一个很重要的特征。比较多的同志认为儿童文学和成人文学一样，应具有教育、认识、审美的多种功能[11]。这几年对一些有争议的儿童小说如《祭蛇》《我要我的雕刻刀》《今夜月儿明》

等的讨论中，也关涉到对儿童文学本质特征的理解。

本文无意对“本位说”“教育说”“情趣说”“多功能说”等加以评议，也无意别出心裁提出儿童文学的新界说。本文只是想提出一个问题，请读者诸君思考：为什么大家搞了这么久的儿童文学，反而对“儿童文学”的本质特征找不到共同的易于普遍接受的语言呢？是不是需要对我们几十年一贯制的研究方法做一番检讨？是不是有什么问题卡了壳？我看，是的，是被一个问题卡了壳，这就是少年儿童年龄特征的差异性与儿童文学标准单一性之间的矛盾。下面，具体剖析一下这个矛盾问题。

二、质疑

众所周知，所谓儿童文学，是指为 3 岁的幼儿到十六七岁的少年服务的文学，它是以读者对象为依据区别于成人文学而自成一系的。3—17 岁这个年龄阶段的孩子可以分为幼年、童年、少年三个层次。他们的共同特点是：在成人眼里，他们都是孩子，都是不懂事的要大人操心、大人供养的小人；在封建时代，他们都没有独立的人格与社会地位，被看作“缩小的成人”（鲁迅语）；在精神文明高度发达的现代社会，他们都被看成“祖国的花朵”“人类的希望”。这是他们的共性。但从儿童心理学的科学角度考察，这三个层次的孩子无论在生理、心理、智能、性意识还是社会阅历、生活经验、兴趣爱好等方面，都存在着很大的差异。下面我们且以权威性的著作——朱智贤著《儿童心理学》（1980 年版）与新版《辞海》为依据来看看这种差异。

先谈幼年。幼年时期（三岁至六七岁）又叫学前期（进入学校以前的时期）或幼儿期（进入幼儿园时期），其特征是：1. 具有从事独立活动的愿望，但这种愿望与能否从事独立活动的经验及能力之间存在着重大的矛盾。解决这一矛盾的根本方式就是游戏，游戏推动幼儿心理的不断发展。因此游戏是幼儿的主导活动。2. 幼儿的各种心理过程带有明显的具体形象性和不随意性，抽泳池象概括性和随意性只是刚刚开始发展。他们的语言水平低，第二信号系统不够发展，因而主要是以直观表象的形式来认识外界事物。3. 幼儿已开始形成最初的个性倾向。

再看童年。童年时期（六七岁至十一二岁）相当于小学教育阶段，又称学龄初期。其特点是：1. 开始进入学校从事正规的有系统的学习，学习逐步成为他们的主导活动。2. 大脑机能（兴奋性、抑制性、第一和第二信号系统的相互关系）发展迅速，生活中充满幻想。逐步掌握书面语言，从具体形象思维逐步向抽象逻辑思维过渡。3. 开始有意识地参加集体生活。

再来看少年。少年期（十一二岁至十六七岁）大致相当于初中阶段，亦"青春期"。这是一个从儿童期（幼稚期）向青年期（成熟期）发展的过渡时期，是一个半幼稚、半成熟、独立性和依赖性、自觉性和幼稚性错综矛盾的时期。其突出特点是：1. 有广泛的兴趣，但知识尚未成熟，情绪亦不稳定。2. 独立性、对外界反映的敏感性增强，抽象逻辑思维迅速发展。3. 生理上的性发育是少年期的重要特点，第二性征日见明显，开始意识到两性关系等。这是幼年期与童年期根本不可能有的。

通过以上分析，我们可以看出：幼年—童年—少年这三个层次的孩子在心理、生理上存在着很大的差异，尤其是少年与幼年的差异更为悬殊，有些甚至是风马牛不相及的"代沟般"的差异，如性意识。少年儿童心理发展的年龄差异性决定了他们对文学的爱好、取舍、理解接受能力也存在着很大的差异。例如，十四五岁的少年喜欢的读物，七八岁的儿童就接受不了，至于三四岁的幼儿就更不用说了；同样，适宜给七八岁的儿童看的读物也不适宜给三四岁的幼儿。少年喜欢看有一定深度的小说，儿童热衷于童话，而幼儿的恩物则是儿歌和短小的故事。这是显而易见的，毋庸再做赘述。

既然幼年、童年、少年这三个层次的孩子存在着如此众多的差异，有的甚至是"代沟般"的差异，这就向我们提出了一个必须思考的问题：我们要不要研究少年儿童的年龄差异对他们吸收文学作品有着怎样的影响？要不要对以往只有一个统一提法（而且根据我国的现状往往只是根据适合幼年特征的情况而提出）的儿童文学标准重新加以思考？这种方法是不是科学的？要不要按照少年儿童的年龄差异来建立适应这种差异性的多层次的儿童文学？要不要探讨这种多层次的儿童文学各自在思想、艺术上应有怎样的要求？集中到一点，即我们有没有必要去探讨为三到十六岁这一整个年龄阶段的孩子服务的文学（儿童文学）的本质特征？

我认为，正如儿童心理学只注重研究幼年—童年—少年的不同心理特征而从来不研究3—17岁这一整个年龄阶段的少年儿童有什么共通的心理特征一样，我们的儿童文学也完全没有必要去探讨为三到十六岁的整个少年儿童服务的文学有什么统一的本质特征，而应当集中精力去探讨为幼年—童年—少年这三个层次的孩子们服务的文学各有什么本质特征，及其思想、艺术上的要求。用不着再把它们生拉活扯捆绑在一起，试图提出一个统一的而结果又往往是混沌一团、各说各有理的标准。换言之，我们应当做的是：第一，把“儿童文学”一分为三，明确提出并肯定幼年文学、童年文学、少年文学的概念，把它们从“儿童文学”这个单一概念中独立出来，自成一系；第二，然后再去探讨这三种文学各自的本质特征与思想、艺术上应有怎样的要求。当然，为了适应约定俗成的历史习惯，我们仍然可以把这三种文学总称为儿童文学，就像我们把幼儿、儿童、少年总称为孩子一样。据此，我对儿童文学的理解是：

儿童文学是成年人为适应3—17岁的少年儿童的健康成长而创造的文学，是幼年文学、童年文学、少年文学三个层次文学的集合体。少年儿童年龄特征的差异性及其对文学的不同要求决定并制约着幼年文学、童年文学、少年文学各自具有的本质特征与思想、艺术上的要求，这三个层次的文学都以其作品的文学价值——认识、教育、审美、娱乐等作用，将少年儿童培育引导成为灵肉健全的社会一员为最终目的。

三、思辨

也许有人会说我的这个意见是荒谬可笑的，但我希望读者诸君能坚持看完我提出这个意见的如下理由。

首先谈谈把儿童文学分为三个层次的文学（幼年文学、童年文学、少年文学）进行研究的必要性。

第一，这样做可以明确不同层次的儿童文学的不同服务对象与思想、艺术上的要求，从而使我们的创作更有针对性。

我的理解是：

幼年文学（或幼儿文学）是为三到六七岁的幼儿服务的文学。由于幼年期的生活是以游戏为主导，知识极端贫乏，故幼儿文学应特别注重娱乐与趣味，顺应满足幼儿心理发展的需要，培养幼儿的学习能力，丰富幼儿的语言。应强调正面教育，创作方法以浪漫主义为主，人物形象多系类型。主要文体有儿歌、短小生动的童话与故事，也可以有“无意思之意思”的作品。

童年文学是为六七岁到十一二岁的儿童服务的文学。由于童年期是以学习为其主导活动，富于幻想，求知欲旺盛，故童年文学应注重想象与认知，培养发展儿童的想象能力与认识世界的知识。应强调正面教育，创作方法以浪漫主义与现实主义相结合为其特色，人物形象多系类型，也应注重塑造典型形象。主要文体为适合儿童发展想象力的童话、科学文艺及小说、儿童诗等。

少年文学是为十一二岁至十六七岁的少年服务的文学。由于少年期是从幼稚向成熟发展的过渡时期，情绪的不稳定与性发育为其突出特点，故少年文学必须重视美育与引导，帮助少年健康地走向青年，走向人生。少年文学在强调正面教育的同时，应注意描写生活的真实，帮助少年正确把握和评价社会生活的各个方面。创作方法以现实主义为主，亦可引入意识流、浪漫主义等多种多样的手法，允许有成人化的因素，应努力塑造典型形象。主要文体为少年小说（这是因为小说最能广泛地、细致地、多方面地反映社会生活的真实面貌）与散文、诗歌。

如果我们真能明确地认识到幼年文学、童年文学、少年文学的不同特征——它们的目的、功能、形式、创作手法等，如果我们能科学地把握这些特征并付诸创作实践，那么，完全可以预期，由于这三类文学服务对象明确、针对性明确、创作思想与艺术上的要求明确，因之我们的儿童文学必将有一个较大的革新与发展。这是必然的，毫无疑义的。

第二，这样做可以提高儿童文学的文学地位。

以前我们不是经常听到有人抱怨幼儿（幼年）文学地位太低了吗？仿佛为幼儿写的作品都算不上是儿童文学，即使勉强“挤”进去了，也要低人一等。现在，通过分类，我们可以理直气壮地说：幼儿（幼年）文学是整个文学不可分割的一个组成部分，有其自身的独特的创作规律与思想、艺术上的要求。幼儿文学完全有用自己的理论来保护自己按照幼儿文学的特殊规律办事的权利！在文学之林完全有着自己不允被蔑视、不可被剥夺的地位！同样，童年文学与少年文学也有着自己不允被蔑视、不可被剥夺的地位，有着在文学之林中存在的价值！

第三，这样做可以回答和澄清儿童文学理论方面一些长期纠缠不清、混沌一团的问题，可以划清一些“政策界限”。这个问题需要用较多的篇幅加以论述。

（一）关于教育性与趣味性

儿童文学要不要坚持教育的功利性，要不要富于趣味性？对此问题一直是有分歧的。强调教育性的同志多是从文学的社会功利立论，认为“古往今来，无论封建社会，还是资本主义社会，儿童文学都是教育工具”。他们也承认儿童文学需要趣味，但这趣味只是一种手段，其目的是使儿童“通过有趣的故事使他们在欢乐中接受教育，就像儿童不愿吃药一样，我们要加一些糖，或者包上一层糖衣”[12]；强调趣味性的同志一方面以高尔基的名言“向孩子说话必须惹人发笑”“游戏是儿童认识知识的方法，也是他们认识世界的工具”[13]作为立论依据，另一方面又联系过去儿童文学创作中“政治挂了帅，艺术脱了班，故事公式化，人物概念化，文字干巴巴”[14]的现象来论证注重趣味性的重要意义。这两种意见对不对？有没有道理？我认为都对，都言之有理。问题是要看你强调的教育或趣味是针对哪一个层次的儿童文学？如果你是针对少年文学强调作品的教育作用，这无疑是正确的。少年文学担负着帮助少年健康成长，引导他们成为健全的社会一员的任务，从这个意义上说，少年文学就是教育少年的文学。但如果对幼年文学、童年文学也一味强调教育作用，那就需要商榷了。幼年、童年期的孩子尚未到考虑社会人生、“四化”建设等大问题的年龄，他们关心的只是玩耍（幼儿）与学习（儿童），你的作品内容再好，教育性再大，如果脱离孩子的实际，那么孩子们是不会欢迎的。这在我们过去的创作实践中还少见吗？再说说趣味性，如果你强调的趣味性是针对幼年文学、童年文学而言，这无疑是正确的。但如果对少年文学也一味强调趣味而不注重教育意义，那就成问题了。这种倾向如果侵入少年文学，势必影响文学的社会作用与对少年读者的认识、教育功能。

（二）关于成人化与儿童化

对儿童文学的成人化倾向，文坛时有批评。有的同志认为“成人化”是

"儿童文学创作的一种疑难杂症"，"既不利于儿童文学创作的正常发展，也不利于对儿童的教育"，儿童文学必须摒弃成人化，紧紧拥抱儿童化，儿童化乃是"儿童文学创作的一个关键问题"[15]。可是成人化的倾向却始终像幽灵一样游荡在儿童文学领域，过去有，现在同样存在，而且大有愈演愈烈之势，尤其是儿童小说的创作。上海《儿童文学选刊》1985年第2期选登了一篇题为《独船》的小说，同期发表的评论文章对《独船》推崇备至，认为这是一篇"带有浓重的悲剧性，甚至会使成人产生战栗感的作品"。小说通过一个船家儿子的心灵世界不被父亲理解最终造成失子悲剧的描写，向成人提出了鲁迅先生早在五四时期就提出过的严重问题："我们现在怎样做父亲？"显然，《独船》表现的是"似乎只有成年人才能理解的深邃的人生内容"。像这种成人化倾向相当浓重的小说是不是属于儿童文学？适宜给小读者看吗？这一期的评论文章试图回答这个问题，但又吞吞吐吐，不够理直气壮。我的回答是：《独船》属于儿童文学，而且是很好的儿童文学作品。因为儿童文学可以有成人化，而且应当有成人化的因素。我们应当怎样看待儿童文学中的"成人化"呢？这一问题的关键是：成人化出现在哪一个层次的儿童文学作品？如果出现在幼儿文学、童年文学，那是不适当的，幼年、童年期的孩子所关心和理解的主要是属于他们自己的儿童世界、幻想世界及他们亲近的家庭生活、学校生活，他们未涉人世，没有道德观念或只有道德观念的初步表现，不可能对成人心理、成人社会产生兴趣，因此创作幼年、童年文学的一个关键问题是要特别注重儿童化，尽力避免成人化。与之相反，少年文学倒是需要有一点成人化的因素。少年期正在由人生的幼稚期走向成熟期。根据心理学的研究，少年已经对人的内部世界、内心品质发生了兴趣，开始要求了解别人和自己的个性特点，了解自己的体验和评价自己，同时也希望别人尤其是成人能够了解他；少年的道德信念、道德理想已初步形成，世界观也开始萌芽。他们既懂事，又不懂事；既能独立思考，又往往看问题不全面、不深刻；既有很大的独立性，要求大人把他们也当成"大人"看待，但又不善于监督（管住）自己，在行动上常常表现出不稳定与稚气；既渴望了解成人世界同时也有了一定的了解，但又是片面的、表面的。一句话他们真是既像大人，又像小孩，既有了一点成人的因素，又还停留在儿童世界。他们正在做着种种努力，迈步青年，走向成熟。少年期的这些特点要求我们必须用很大的机智来对待少年文学的创作，一方面不要把少年再当作幼年、童年期的“小孩”来看待，而应当适当地在作品中渗入一些成人世界的东西，有意识地“拔高”作品的深度与难度，有那么一种“成人化”的味道，使少年读者感觉他们在作家心目中已经是“大人”了，他们正在通过作品走向成人世界；但另一方面，也不要把少年当作成熟的青年来看待，成人化宜淡不宜浓，我们的笔触还须较多地投射于少年正在留恋着的儿童世界，机智而巧妙地把儿童化与适度的成人化因素结合起来。少年期的特点给儿童文学创作带来了一定的困难。从某种意义上说，少年文学是最难把握、最不易写好的一种文学。因为它的服务对象处于由幼稚向成熟转化的过渡时期，少年文学可以说是由儿童文学（指更偏重于小年龄读者的儿童文学）向成人文学转化的“过渡文学”。过渡时期总是各种矛盾错综交叉的复杂时期，也是较难把握的时期，这也就是为什么儿童文学的争议大多集中在少年文学的原因。例如，这几年争鸣较大的小说《谁是未来的中队长》《我要我的雕刻刀》《祭蛇》《新星女队一号》《今夜月儿明》等，无一不是供少年阅读的作品；又如儿童文学理论界争鸣过的或正在争鸣的许多问题，如儿童文学可不可以揭露生活的阴暗面、可不可以描写少年朦胧的性爱意识等，也无一不是集中在少年文学的范畴。

我认为，少年文学可以有成人化的因素，那种不分作品的读者对象，一味批评指责成人化，这是不公正、不恰当的。儿童文学作家用不着畏首畏尾，瞻前顾后，而应当理直气壮地在作品中加入成人化的佐料——只要认准你的作品是为少年读者创作的就行了。少年文学完全有保护自己的作品促使少年读者走向成熟的成人化的权利！

（三）关于写光明与写阴暗

这实际上是儿童文学如何反映生活真实的问题。总是有同志不赞成儿童文学也来干预生活，认为小读者天真纯洁，儿童文学作品应当尽量写得单纯一些，不要告诉他们本来尚不知道的复杂和消极阴暗的东西，他们往往以高尔基的下列一段话作为立论依据：儿童文学“放在首要地位的，不是在小读者心里灌输对人的否定态度，而是要在儿童们的观念中提高人的地位。不真实是不对的。但是，对儿童必要的并非真实的全部，因为真实的某些部分对儿童是有害的”[16]。有的同志则认为，儿童文学应当直面人生，描写生活的真实，“生活中有光明，也有阴暗面，把它真实地反映出来，可以引导孩子们全面地思考和认识生活”，“孩子们需要多方面的精神养料，通过文学作品对人生的酸甜苦辣都品尝一下，对教育和培养他们健全的思想认识能力是必要的”[17]，其目的是为了“培养孩子们在复杂事物面前的分辨是非的能力”，引导他们满怀信心地走向未来。[18] 当代儿童文学创作（主要是小说）出现了不少敢于触及成人社会的时弊、引导小读者思考的作品，如《吃拖拉机的故事》（罗辰生）、《被扭曲了的树秧》（刘岩）、《破案记》（王路遥）、《我发誓……》（张微）、《弓》（曹文轩）、《祭蛇》（丁阿虎）、《独船》（常新港）等。这些作品引起了小读者的强烈反响，也引起了儿童文学理论界的不断反思：儿童文学到底应如何把握生活的真实？如何理解写光明与写阴暗？我认为，对此问题的理解也与少年儿童年龄特征的差异性紧密相关。儿童文学是文学，文学是人学，是研究人、写人的。既然人类社会存在着光明面与阴暗面，既然成人文学可以两者都写，为什么儿童文学就不可以呢？儿童文学应当写光明但也用不着回避阴暗。问题的关键是：你写的阴暗是出现在哪一个层次的儿童文学。如果是少年文学，适度的描写那是合适的；如果是幼年、童年文学，那就需要商榷了。幼年、童年期的孩子既不熟悉社会人生，更不理解成人世界种种复杂微妙的矛盾纠葛，体验不了人生的酸甜苦辣。因此如果对幼年与童年期的小读者也来谈什么“阴暗面”，写什么不正之风、社会弊端等，这只能是“对牛弹琴”，既无益也无效。幼年文学、童年文学需要强调的是描写光明与正面教育，需要在幼儿、儿童心目中“提高人的地位”，对他们来说，真实的某些部分倒是确实有害的。他们刚刚来到这个世界上，睁着兴奋、好奇的眼睛，望着蓝天白云，探求着一切，他们需要挚爱与温暖，阳光与雨露。为什么非要把那些压抑心灵的、使人酸鼻的东西过早地告诉他们，损伤他们稚嫩纯洁的心灵呢？反之，对于少年文学来说，我们倒是应当谨慎地在作品中把握生活的各个方面，力求使少年读者通过作品折光地看到这个真实的世界：既看到这个世界光明灿烂，振奋人心的一面，也不应当回避客观存在的落后消极的因素，让他们通过作品间接地接触到社会的深层，了解现实，洞悉人生。这样，当他们一旦走向社会，就不会对复杂的社会生活感到茫然无措。事实证明，这样做对少年读者的精神发展是有好处的，一些作家的作品已经在这方面做了有益的尝试。因之,我认为,对少年文学来说,需要讨论的不是可不可以写阴暗面的问题,而是如何正确把握生活,引导少年读者正确认识人生,评价社会,健康地走向成熟的问题。

(四)关于类型与典型

有的同志抱怨儿童文学创作的典型化不够,翻来覆去就是那么一些类型化的人物,认为这是儿童文学所以被人瞧不起、所以不景气的一个重要原因,他们要求儿童文学向成人文学看齐,努力塑造新的儿童典型形象。的确,与成人文学相比,儿童文学的典型是太少了。优秀的成人文学作品曾经塑造了一系列不朽的艺术典型,如堂·吉诃德、哈姆莱特、葛朗台、林黛玉、阿Q、孔乙己……都给人留下难忘的印象。可是,中外古今的儿童文学又出现了多少个典型呢?我们应当如何理解这种现象?为什么儿童文学的人物大都是类型化的?儿童文学的典型塑造应如何突破?我觉得这个问题需要从少年儿童年龄特征的差异性、理解文学形象的差异性中去寻找答案。

出现在文学作品中的人物无论是类型还是典型,他们都是文学形象。文学形象具有两大特点:第一,文学形象是以语言作为造型工具,具有间接造型的性质,它不像表现艺术(如戏剧)、造型艺术(如绘画)、综合艺术(如电影)的形象那样具有强烈的直观可视性。第二,文学形象可以从多方面用多种多样的方式来展示广阔而复杂的社会生活,乃至于表现社会生活的发展过程,展示人与人之间的错综复杂的社会关系和人物内心的精神世界。读者的阅读,总是以作品所提供的形象为根据产生的感受、体验和认识来理解作品,同时又根据自己的思想水平、生活经验来理解、解释以至丰富和补充形象的内涵。正由于文学形象具有这样两个特点,因此如何理解文学形象和形象所揭示的审美意义,直接取决于读者的思想水平与生活经验。读者的思想水平愈高,生活经验愈丰富,艺术的接受能力和理解能力愈强,就愈能透彻地了解作品形象的意义与美学价值,从中得到思想上的启发与艺术上的陶冶。而少年儿童恰恰在理解文学形象的"基本功"——生活经验与思想水平方面存在着严重的局限性与差异性,年龄愈小这种局限与差异也就愈大。处于幼年与童年时期的孩子他们的生活天地狭小,主要是家庭与幼儿园、学校,生活经验十分贫乏；幼儿由于第二信号系统还不够发展，主要以直观表象的形象来认识外界事物；儿童在心理发展方面虽然有意性和抽象概括性已开始发展，但无意性和具体形象仍占主要地位。这就必然给他们认识文学形象与理解形象带来了相当的困难。一般地说，他们认识形象往往只停留于表象，比较简单，也比较肤浅（比如，通过人物的脸谱、服装、动作来判别“好人”与“坏人”），年龄愈小，愈是如此。他们还不善于通过自己的感受、认识和体验来理解文学形象，更谈不上对形象进行丰富和补充了。正是在理解文学形象的局限性与差异性上，类型化的形象恰恰可以适应与满足幼儿与儿童的认识水平。所谓类型，是指文学作品中具有某些共同或类似特征的人物形象，英国当代小说家佛斯特称之为“扁平人物”。“扁平人物”的好处是形象的鲜明性：第一，“易于识别，只要他一出现即为读者的感情之眼所觉察”；第二“易为读者所记忆，他们一成不变的存留在读者心目中，因为他们的性格固定不为环境所动；而各种不同的环境更显出他们性格的固定”。[19] 这种类型化的人物在供幼儿、儿童阅读的童话、故事、小说等叙事性作品中十分突出，人物形象描写的类型化差不多成为一种通例。人物的共性掩盖了个性，有的人物的出现只是作为某种思想的图解；人物的生活和细节趋于单一化往往只是为了说明人物某一方面的品质；同一类型人物之间的区别，往往只在于职业、地位、称谓、习惯动作等，看不见特定环境中特定的行为心理的具体描写。[20] 恰恰是这些类型化的形象最为儿童所喜爱，最适合他们的理解接受能力。无论是安徒生、格林童话，还是叶圣陶、张天翼、严文井、贺宜、金近、鲁兵等的童话中，我们都可以用“感情之眼”觉察出这类形象。

但是，对少年读者来说，类型化的形象已不能适应和满足他们的理解鉴赏水平了，少年的性格正在日趋丰富复杂，他们的生活经验与思想水平正在逐渐成熟，对社会人生的理解也正在逐渐积累感性知识，他们需要比类型化更高级、更复杂、更有集中性与概括性的形象，这就是典型形象。典型的性格是丰富的，多侧面多层次的，佛斯特称之为“圆形人物”。“圆形人物”是无法用一句话将他“描绘殆尽”，他们“消长互见，复杂多面，与真人相去无几，而不是一个概念而已”。[21] 这种具有高度概括性的形象比较地适宜于有一定的生活经验与思想水平的少年阅读，也为他们所理解和接受。例如安徒生笔下的小人鱼（《海的女儿》），张天翼笔下的王宝（《宝葫芦的秘密》），王安忆笔下的李铁锚和张莎莎（《谁是未来的中队长》），铁凝笔下的安然（《没有纽扣的红衬衫》）等。我认为，儿童文学如果要塑造新的典型形象，那就得从少年文学中去突破，尤其是少年小说，至于幼年文学与童年文学，就让类型化的人物去占据吧。我们需要讨论的一个重要课题应当是：如何在少年文学中塑造出富有时代特点的足以振奋读者心灵的新的典型形象，而没有必要，也用不着去指责与期待幼年文学、童年文学为什么不爆出一串典型形象来。

以上这些问题——教育性与趣味性、成人化与儿童化、写光明与写阴暗、类型与典型，都是儿童文学理论界长期以来颇有分歧的问题。对具体事物进行具体分析，这是马克思主义活的灵魂。我们对儿童文学本质特征的探讨，也应当做一番具体事物——不同年龄的读者对象对文学的不同要求——具体分析的工作，切忌“一刀切”。事实证明，以往那种离开了少年儿童年龄特征的差异性这个最根本之点去谈什么儿童文学的本质特征，容易导致以偏概全，陷入片面性的泥沼。

最后，简单谈谈按照少年儿童年龄特征的差异性进行多层次儿童文学分类的现实意义。

为什么过去我们的儿童文学老是受到干扰，无所适从。讲童心挨批，谈趣味不对，写真实为难，接触朦胧的“爱情”更是大忌……可谓禁区重重，关卡道道，比之成人文学，儿童文学的禁区更多。我认为，除了“左”的干扰以外，不重视、不研究少年儿童的年龄差异对他们吸收文学有怎样的影响，不重视、不研究少年儿童的年龄差异对各类儿童文学在思想、艺术上应有怎样的要求，这不能不说是一个重要原因。“儿童文学”这名词从五四时期出现至今已有60多年了，60多年来，我们很少看到专门探讨少年儿童心理发展的年龄差异性与各类儿童文学关系的论著。这一问题，钱光培同志曾在1980年提出过（见《儿童文学研究》第6辑），但没有引起应有的重视。今天，随着文学春天的到来与思想解放的促进，我们的整个文学研究领域——无论是现代文学、古典文学、外国文学，还是民间文学、影视文学、比较文学等，都呈现出一派蓬蓬勃勃、开拓前进的可喜局面。独有儿童文学，还是几十年一贯制，抱住旧本领、旧观念不放。难怪儿童文学理论被人看不起了。儿童文学的研究现状必须革新，不革新是没有出路的。要革新，就应当从研究少年儿童的年龄差异性对各类儿童文学的要求这一根本点入手。这是一个突破口，牵一发而动全身。各种争论不休、混沌一团的问题无不与这问题相关。当然，这是一道难关，需要有心人以革新的精神去开拓、求索。

按照少年儿童的年龄特征来研究、创作各类儿童文学，这并非我的发明，国外早已在这样做了。当今欧美、日本等发达国家的儿童文学都十分强调少年儿童的年龄差异对文学的不同要求，有的还注意到性别、家庭、民族、遭遇等的差异对吸收文学的影响。各种年龄、学年的儿童都有自己相应的文学读物，而且分类越来越细，不但有供幼儿、儿童、少年阅读的各类读物，还出现了以独生子女、父母离了婚的孩子、女孩子、初中快要毕业的少年等为特定服务对象的读物。世界儿童文学发展的这种新趋势不能不引起我们的关注与深思。如果我们的儿童文学作家、理论研究者，如果我们的儿童文学报刊、出版机构，大家都有自己比较明确的服务对象与创作研究方向，你专搞幼儿文学，我注重童年文学，他主攻少年文学（当然这三种文学也是互相联系互相影响的），那我们的各类儿童文学创作、研究、编辑工作将会出现一种令人振奋的景象！由于服务对象明确，分工明确，对各类儿童文学思想、艺术上的要求明确，我们就能为孩子们提供多种层次、多种多样的儿童文学读物。小河有水大河满，各类儿童文学都搞上去了，整个儿童文学事业自然是兴旺发达、欣欣向荣，这难道还用怀疑吗？在这方面，上海的《幼儿文学》报已经做出了样子，取得了实绩。《幼儿文学》作为一个层次的儿童文学园地，由于它的服务对象与思想、艺术上的要求十分明确，因此受到了成千上万的幼儿与家长的热烈欢迎！这个成功的先例在鼓舞、召唤着我们，“为最可宝爱的后来者着想，为将来的世界着想”（叶圣陶语），让我们赶紧创作、研究适合少年儿童年龄差异性的多层次的儿童文学吧！

注释：

[1] 茅盾《关于“儿童文学”》，原载《文学》第4卷第2号，1935年2月。

[2] 鲁迅《我们现在怎样做父亲》。

[3] 郭沫若《儿童文学之管见》，《沫若文集》第10卷。

[4] 郑振铎《儿童文学的教授法》，原载浙江宁波《时事公报》1922 年 8 月 10 日—21 日。

[5] 叶圣陶《文艺谈 · 七》，原载《晨报》副刊 1921 年 3—6 月。

[6] 周作人《儿童的书》《儿童剧》，见《自己的园地》，北新书局 1923 年 9 月版。

[7] 胡适曾这样说过："儿童的生活，颇有和原始人类相似之处，童话神话，当然是他们独有的恩物；各种故事，也在他们欢喜之列。有兴趣了，能够看的，不妨尽搜罗这些东西给他们，尽听他们自己去看，用不着教师来教。……过了一个时候，他们自会领悟，思想自会改变，自会进步的——这不是我个人的私意，是一般教育家的公论。"原载赵景深编《童话评论》，新文化书社 1924 年版。

[8] 贺宜《小百花园丁杂说·一百三十九》，少年儿童出版社 1979 年 9 月版。

[9] [12] 鲁兵《教育儿童的文学》第 25 页，少年儿童出版社 1982 年 9 月版。

[10] 刘厚明《试谈儿童文学的功能》，《文艺研究》1981 年第 4 期。

[11]《全国儿童文学理论座谈会综述》，原载四川少年儿童出版社《少年书友》第 10 期，1984 年 8 月 10 日。

[13] [16]《高尔基对儿童文学的论述》，原载兰州《社会科学》1980 年第 3 期。

[14] 茅盾《六〇年少年儿童文学漫谈》，《上海文学》1961 年第 8 期。

[15] 贺宜《儿童文学创作的一个关键问题——儿童化》，《1949—1979 儿童文学论文选》，中国少年儿童出版社 1981 年版。

[17] 黄云生、蒋风《谈儿童文学如何反映现实生活》，《儿童文学研究》第 10 辑。

[18] 陈子君《〈新星女队一号〉引起的杂想》，《儿童文学选刊》1982 年第 3 期。

[19] [21] 佛斯特《小说面面观》，花城出版社 1981 年 7 月版。

[20] 陈道林《论张天翼的童话创作》，《华中师范学院学报》1984 年第 2 期。

（原载《浙江师范大学学报》1986 年《儿童文学研究专辑》）

儿童文学的三个层次与两大门类

童年是寻求信息的时期。人生的童年需要契合童年时代审美特征与视读经验的儿童文学。童年时代是由幼年、童年（狭义的）、少年三个年龄阶段组成的，儿童文学应当是为处于这些不同年龄阶段少年儿童服务的艺术载体。

接受美学认为，文学作品只是为读者而创作、为读者而存在的，只有被读者理解和接受，才能实现其美学价值和社会功能，变成活生生的艺术。作为儿童文学的接受对象——千万小读者与大读者一样，他们不是消极的被动的反应环节，而是实现作品功能潜力的主体，是促进儿童文学发展的一个决定性因素。儿童文学对少年儿童来说，并非是被给定的客观认识对象，其价值也不是一个超越时空的常数，而只是一种外部刺激。皮亚杰认为，任何外部刺激只能通过“同化”与“顺化”两种机能才能得以实现：只有当外部刺激被主体同化于他的认识结构之中，主体才能对此做出反应，从而发生某种改变，即做出某种顺化：如果外部刺激超出了主体结构同化的范围，那么同化和顺化都无法进行，也即无法整合于主体已有的结构之中。由于儿童文学的接受对象是包括了从学龄前的幼儿（3—6 岁）到十四五岁的少年乃至十六七岁的“准青年”这样一个复杂的未来公民集合群，由于这个集合群中的各个年龄阶段的孩子（小孩子和大孩子）对各自所需的文学在内容、形式、表现手法等方面有着明显的差异（例如：少年不喜看奶声奶气的幼儿读物，幼儿看不懂少年小说、报告文学），因之，儿童文学必须适应各个年龄阶段的少年儿童主体结构的同化机能，必须在各个方面契合“阶段性”读者对象的接受心理与领悟力。这就规定了建立多层次儿童文学——幼年文学、童年文学、少年文学分类的必然性与科学性，具体地说，这三类文学各自具有鲜明的艺术个性与独特使命：

幼年文学（或称“幼儿文学”）是为三岁至六七岁的幼儿（幼儿园阶段）服务的文学。由于幼年期的生活是以游戏为主导，处于启蒙阶段，故幼年文学应特别注重娱乐与趣味，顺应满足幼儿心理发展的需要，培养幼儿的学习能力，丰富幼儿的语言知识。应强调正面教育。创作方法以浪漫主义为特色。人物形象多系类型。主要文体有儿歌、幼儿诗、低幼童话故事，也有“无意思之意思”的作品。

童年文学（或称狭义的“儿童文学”）是为六七岁到十一二岁的儿童（小学阶段）服务的文学。由于童年期是以学习为主导，富于幻想，求知欲旺盛，故童年文学应注重想象与认知，顺应满足儿童发展想象的能力，开阔认识世界的视野，应强调正面教育。创作方法以浪漫主义与现实主义互补为特色。人物形象既有类型，也有性格丰满的典型。主要文体为童话、科学文艺及短篇儿童小说、儿童诗等。

少年文学是为十一二岁到十六七岁的少年（中学阶段）服务的文学。由于少年期是从幼稚期向青年期过渡的一个近乎突变的时期（人称“危险期”），情绪的不稳定与性发育为其突出特点，故少年文学必须特别重视美育与引导，帮助少男少女健全地走向青年，走向成熟。少年文学在强调正面教育的同时，应注重全景式的生活描写，引导少年正确把握和评价社会人生的各个方面。创作方法以现实主义为主，亦应引入意识流、纪实体、散文化、象征化、哲理化等多种传达方式。主要文体为少年小说与少年诗、寓言、散文、报告文学等。

必须指出，幼年文学、童年文学、少年文学这三者是互补渗透、相辅相成的，而不是各成一体、互相割裂的封闭块结。

儿童文学是一种特殊样式的文学。与成人文学相比，其最大的特殊性在于：它的创作者、购买者乃至讲解者都是成年人，而接受对象是少不更事的孩子。这就在儿童文学的“生产”领域与“消费”领域之间产生了明显的“代沟”：成年人的审美趣味、文化心理、价值观念等与孩子们的接受机制是如此的不相协调，除了极少数的天才（如安徒生）以外，成年人无法再复归到孩子的心理状态与想象世界中去，因此，诚如茅盾所说：“儿童文学最难写。试问自古至今，全世界有名的作者有多少，其中儿童文学作家却只有寥寥可数的几个”；然而这个世界是由成年人统治的，成年人又总是力图处处——包括借助创作“儿童文学”这种特殊形式——影响、左右以至主宰少年儿童。自从世界上有了“儿童文学”，它的生产者总是处于居高临下、君临一切的地位，生产什么、怎么生产，全由自己做主；而它的消费者却始终只能充任被动的接受者——小读者既无权力对成年人的审美趣味提出异议，也无能力批评成年人为他们创作的或硬塞给他们的作品。于是，由成年人创作的“儿童文学”势必出现两种悖论现象：一种是处处以儿童为中心（本位），“善于从儿童的角度出发，以儿童的耳朵去听，以儿童的眼睛去看，特别以儿童的心灵去体会”（陈伯吹语）的契合小读者审美趣味与接受心理的纯粹的儿童文学，例如丹麦安徒生的童话，国内郑渊洁的童话；另一种是出于成年人某种宣教、传道、惑众的政治需要或其他需要，用来演绎教义或图释概念的形式上的儿童文学，例如西方某些用以宣传基督教教义的“儿童文学”，我国“文革”时期标语口号式的“儿歌”。小读者虽不能对成年人写的“儿童文学”说这说那，但他们却有权力做出接受或不接受的抉择。真正为孩子们服务的作品，不但能影响人的一生，留下终生难忘的印记，而且被一代又一代的小读者流传下去；而那些出于其他目的名义上的“儿童文学”，虽然有的也能鼓噪一时，但过不多久就烟消云散，在小读者心里留不下半点痕迹。纵观中国的现、当代儿童文学史，这种教训难道还少吗？

与以上情形相映成趣的是，少年儿童的文学鉴赏兴趣，并不恪守于成年人为他们主观划定的“儿童文学”圈子，他们还从成人文学中找寻适合自己审美趣味的作品。于是，一些为大读者创作的作品就出现在小读者——尤其是正在走向青年阶段的少年读者的书包里、课桌上。产生这种现象大致有如下原因：第一，孩子是变化的、生长的，他们的文学修养、视读经验、审美理想也时时在变化、生长着；第二，孩子总是好奇的，他们虽然迷恋于花的世界、鸟的世界，但对这个广阔而复杂的由成年人主宰的人的世界，尤其充满洞悉一切的好奇心。于是，少年儿童实际上认定和阅读的“儿童文学”就有了这两大门类：一是“儿童本位的儿童文学”，即上文所论及的以儿童为本位而创作的、契合小读者审美趣味与接受心理的文学，用郑振铎的话说就是："儿童文学是儿童的——便是以儿童为本位，儿童所喜看所能看的文学。"这里的儿童本位，即是儿童中心：作品的中心读者是少年儿童，它是以表现少年儿童眼光中的现实世界或心灵中的幻想世界为中心内容、以再现和提升少年儿童的审美意识为重要美学特征的文学。很明显，这一部类的儿童文学断然排除了那些以宣教、传道、惑众为目的的名义上的"儿童文学"。第二类是"非儿童本位的儿童文学"。这类文学的中心读者是成年人而非孩子，它是以表现成年人眼光中的现实世界或心灵中的幻想世界为中心内容、以再现和提升成年人的审美意识为重要美学特征的文学。但是，由于这类文学作品的某些艺术因素吸引了小读者——如童年记忆、少年心态、魔幻手法、变形组合、动物形象、拟人方式、荒诞情调、游戏精神、喜剧意识等，于是就被小读者"拿来"当作自己的读物。在中国文学中，最典型的例子莫过于《西游记》（这是一部标准的成人小说）中孙悟空、猪八戒的故事对孩子们的吸引力了。因此，我以为，儿童文学实际上是一种"模糊"文学，儿童文学与成人文学之间没有泾渭分明的界限；只有比较意义上的相对独立的儿童文学，没有严格意义上的绝对完善的儿童文学。

麻雀虽小，五脏俱全。作为文学大系统中的"小儿科"，儿童文学与整个文学具有不可分割的一致性。凡是文学具有的——性质、特征、功能等，儿童文学也同样具备；凡是成人文学所拥有的一切文体——小说、散文、诗歌、戏剧、科学文艺等，儿童文学也无所不包。除此之外，它还有两类只在自己园地扎根的文体——童话与儿歌。因此，儿童文学可以分为六大体裁：童话（含寓言）、小说、散文、诗歌、戏剧、科学文艺。童话是儿童文学的专利品；小说主要是契合少年读者视读经验的少年小说；诗歌有少年诗、儿童诗及其特殊体裁——符合幼儿听赏要求、顺口易记的儿歌；科学文艺的主要读者是少年儿童。

综上所述，我认为，作为文学大系统中的一个相对独立的组成部分的儿童文学，是成年人为吸引、提高三岁至十六七岁的少年儿童鉴赏文学的需要而创作的一种专门文体。它既是由少年文学、童年文学、幼年文学三个层次的文学所组成的集合体，又是由"儿童本位的儿童文学"与"非儿童本位的儿童文学”两大部类所构成的整一体。不同年龄阶段少年儿童的心理差异与接受能力，决定并制约着少年文学、童年文学、幼年文学各自具有的审美特征乃思想、艺术上的要求；少年儿童审美趣味的自我选择与生长、变化着的视读经验的自我调节，则规定了“儿童本位的儿童文学”与“非儿童本位的儿童文学”存在的客观性与科学性。无论是“三个层次”还是“两大门类”的文学，它们都有维护自己独立的创作规律与艺术个性的权利，都以其自身的文学价值——认识、教育、审美、怡情与平衡心理的作用，通过童话、小说、散文、诗歌、戏剧与科学文艺等体裁，将少年儿童培育引导成为具有健全的文化心理、理想的精神人格、高雅的文学修养、优渥的审美意识的社会成员为最终目的。——这就是我对儿童文学的理解。试以图表简示如下：

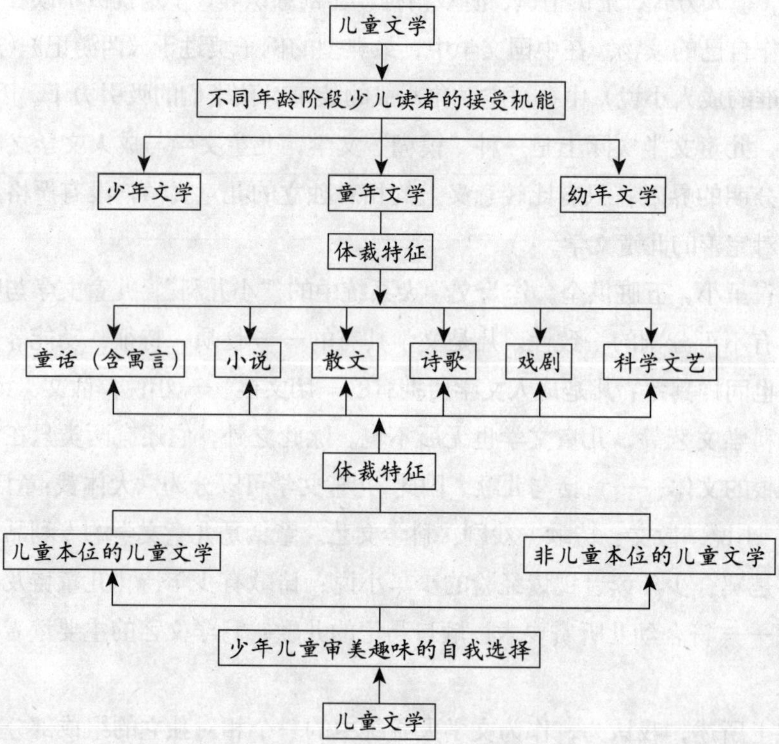

（原载《百科知识》1989 年第 2 期，《新华文摘》1989 年第 4 期摘载）

论儿童文学审美创造中的艺术形象、艺术视角

文学作品是作家审美意识物态化的产物。儿童文学是“大人写给小孩看的文学”，有其自己审美创造的特殊性：就儿童文学创作者而言，他们既需要彰显成人的主体审美意识，又必须自觉地从接受对象那里吸纳儿童的审美意识；就儿童文学的接受者而言，他们既兴致勃勃地咀嚼和体味文本中属于自身的儿童审美意识，又潜移默化地体验和接受文本机智地传达出的陌生的成人审美意识。成人审美意识与儿童审美意识是构成儿童文学审美意识系统的基本要素，这两种审美意识的对话沟通、互补调适与交融提升，是儿童文学审美创造成功与否的关键所在，也是理解与实现儿童文学审美创造的“阿基米德点”。

本文拟就儿童文学审美创造中的艺术形象、艺术视角等问题做一探讨，以期有助于认识与透析当今儿童文学的创作症候。

上篇　儿童文学中的类型形象与典型形象是分层次的

艺术形象亦称文学形象，是作家以语言为手段而形成的一种诉诸感觉的、体验的形式，是作家的美学观念在文学作品中的创造性体现。一部文学作品，是由许多个别形象所组成的形象的有机系统。广义的艺术形象泛指文学作品中的整个形象性表现、形象体系、生活图景。狭义的艺术形象只指人物形象，别林斯基所说“诗的本质在于给不具形的思想以生动的、感性的、美丽的形象”（《别林斯基论文学》），便是指狭义的文学形象。本文所讨论的即是狭义

的文学形象。狭义的文学形象一般分为类型形象与典型形象。与成人文学相比，儿童文学中的艺术形象大多是类型形象，典型形象则少之又少。如何看待“类型”与“典型”问题，这是儿童文学审美创造实践的又一课题。

有论者抱怨儿童文学审美创造的典型化不够，翻来覆去就是那么一些类型化人物，认为这是儿童文学“浅”“薄”“缺乏深度”的重要原因。也有论者把典型化视为艺术的儿童文学，给类型化贴上通俗儿童文学的标签。的确，与成人文学相比，儿童文学的典型形象实在是太少了。优秀的成人文学作品曾经塑造了一系列不朽的艺术典型，如大战风车的堂·吉诃德、克服优柔付诸行动的哈姆雷特、独立自尊的简·爱、贪婪自私的葛朗台、心比天高命比纸薄的林黛玉、精神胜利的阿Q等。可是，中外古今的儿童文学又出现了多少典型呢？为什么儿童文学的人物大都是类型化的？儿童文学的典型创造又应如何突破？我认为，这些问题需要从少年儿童年龄特征的差异性对理解文学形象的差异性中去寻找答案。

出现在文学作品中的人物无论是类型还是典型，他们都是文学形象。文学形象具有两大特点：第一，文学形象是以语言作为造型工具，具有间接造型的性质，它不像表现艺术（如舞蹈）、造型艺术（如绘画）、综合艺术（如戏剧电影）的人物形象那样具有强烈的直观可视性。由于文学形象具有间接造型的性质，因而需要读者通过自主阅读去思考、体验、想象、完善和补充文学形象。不同读者对同一文学形象的理解是不尽相同的，所谓“一千个读者就有一千个哈姆雷特”。即使是同一读者在生命的不同阶段阅读同一作品，也会对同一个文学形象有不同的理解。第二，文学形象可以从多方面用多种多样的方式来展示广阔而复杂的社会生活，乃至于表现社会生活的发展过程，细致入微地刻画人与人之间的错综复杂的社会关系和人物内心的精神世界。读者的阅读，总是以作品所提供的文学形象为根据产生的感受、体验和认识来理解作品，同时又根据自己的思想水平、生活经验，来理解、阐释以至丰富和补充文学形象的内涵。

正由于文学形象具有这样两个特点，因此如何理解文学形象所揭示的审美意义，直接取决于读者的思想水平、生活经验与文学鉴赏能力。读者的思想水平愈高，生活经验愈丰富，文学鉴赏能力和理解能力愈强，就愈能透彻地了解作品形象的意义与美学价值，从中得到思想上的启发、情智上的感染与艺术上的陶冶。而少年儿童恰恰在理解文学形象的“基本功”——思想水平、生活经验、文学鉴赏能力和理解能力方面存在着严重的局限性与差异性，年龄愈小这种局限性与差异性也就愈大。

处于幼年与童年时期的孩子，他们的社会化活动十分有限，局限在家庭与学校，因而生活经验十分肤浅贫乏，更遑论人生历练与处世经验。幼儿由于第二信号系统还发展得不是很好，主要以直观表象的形象来认识外界事物；儿童在心理发展方面虽然有意识性和抽象概括性已开始发展，但无意识性和具体形象仍占主要地位，这就必然给他们认识文学形象与理解形象带来了相当的难度。一般而言，他们认识形象往往只停留于表象，比较简单、直观，也比较肤浅（比如通过人物的脸谱、服装、动作来判断“好人”与“坏人”），年龄愈小愈是如此。他们还不善于通过自己的感受、认识和体验来理解文学形象，更谈不上对文学形象进行丰富和补充了。正是在理解文学形象的局限性与差异性上，类型化的形象恰恰可以适应与满足幼儿与儿童的认识水平与理解能力。

我们知道典型形象是由类型形象发展而来的。所谓类型，是指文学作品中具有某些共同或类似特征的人物形象，类型往往以“类”的特征来淹没个性，使人物成为一种“类”的样本，英国当代著名小说家佛斯特将其称为“扁平人物”。“扁平人物”（类型）的最大特征是形象的鲜明性：第一，“易于识别，只要他一出现即为读者的感情之眼所察觉”；第二，“易为读者所记忆，他们一成不变地存留在读者心目中，因为他们的性格固定，不为环境所动；而各种不同的环境更显出他们性格的固定”（佛斯特《小说面面观》）。这种类型化的人物形象在供幼儿园小朋友、小学校儿童阅读的童话、故事、小说等叙事性作品中十分突出，人物形象的类型化几乎成为一种通例。例如：小红帽是幼稚、单纯的类型，狼外婆是凶狠、狡诈的类型，狗熊是愚笨、憨厚的类型，狮子是勇猛、狂妄的类型，灰姑娘是美丽、勤劳、善良的类型，王子是英俊、智慧、超群的类型。在类型化形象中，人物的共性掩盖了个性，或美或丑，或好或坏，或善或恶，两极鲜明；有的人物的出现只是作为某种道德的化身，或某种事物的象征；人物的生活、细节趋于单一化，其行动往往只是为了说明人物某一方面的品质；同一类型人物之间的区别，通常只在于称谓、地位、习惯语和习惯动作等，看不见特定环境中特定行为心理机制的具体描写。佛斯特除了称类型形象为“扁平人物”外，还赋予他们一个更有特色的称谓，叫作“体液化人物”，虽然类型人物不具有一定的理性深度，但他们却是如人的气质性格那样鲜明可见，令人印象深刻。正如佛斯特所例举的狄更斯的作品。狄更斯对其笔下的人物形象没有进行深度挖掘，而是以极类型化的形象出场，是典型的“扁平人物”，但由于他们个性鲜明，特点突出，因而使人过目不忘。经验证明，低龄孩子的文学阅读需要的正是那些个性鲜明、特点突出的类型化形象，恰恰是这些类型化的形象最为幼儿园小朋友与小学校的儿童所喜爱，也最适合他们的理解接受能力。

但是，对中学生，对少年读者来说，类型化的形象显然已不能适应和满足他们的审美需求和理解鉴赏水平了。按照皮亚杰发生认识论的理论，少年已具有“形式运算阶段”的思维能力，抽象逻辑思维迅速发展，性格与情感正在日趋丰富复杂，他们的审美意识、生活经验与思想水平正在逐渐成熟与提升，对社会人世的理解也正在逐渐积累感性认识，因而他们需要文学作品中比类型化更高级、更复杂、更有集中性与概括性的形象，这就是典型形象。典型是指既能反映现实生活某些方面的本质规律、具有特定环境下的共性，而又具有极其鲜明独特的个性特征的艺术形象。在西方文学理论史上，典型是美学的最高范畴。典型形象的性格是丰富的，多侧面多层次的，佛斯特将其称为“圆形人物”，也即立体人物。“圆形人物”是无法用一句话将他“描绘殆尽”的，他们“消长互见，复杂多面，与真人相去无几，而不是一个概念而已”（佛斯特《小说面面观》）。这种具有高度概括性的形象比较适宜于已有一定的生活经验、思想水平与文学鉴赏能力的少年阅读，也容易为他们所理解和接受。事实上，中外儿童文学在典型形象的艺术创造上，主要集中在少年文学层次。因而儿童文学如果需要塑造新的典型形象，那就得从少年文学中去突破，尤其是少年小说、成长小说、动物小说。至于幼年文学与童年文学，就让类型化的人物去扮演主角吧。

“什么年龄段的孩子看什么书”，这是儿童阅读推广的一条黄金定律。儿童阅读的首要之义是兴趣与喜欢，有了兴趣与喜欢才能让孩子爱上阅读、爱书。

阅读“典型”那是以后的事。试着采取一种极端的做法：如果我们要求儿童文学作家写给幼儿园小朋友与小学校儿童的作品中的人物形象，必须是共性与个性高度统一、显示现实社会某些本质规律的“典型环境中的典型人物”，那显然是滑稽的。让一个按照皮亚杰发生认识论的观念只具有“前运算阶段”思维能力的幼儿，去从文学形象中“透过现象看本质”，那只会让幼儿目瞪口呆！同样，对于具有“具体运算阶段”思维能力的小学校儿童而言，他们的思维水平也还没有进入足以做出进行高度抽象的逻辑判断、进行自主反思的层次，对他们来说，文学作品中的成长、快乐、幽默、幻想、探险、寻秘、游戏等是具有无穷的艺术魅力的。《大英百科全书》“儿童文学”条目引了一句孩子的话用来阐释儿童文学的特征：“我们希望出事——而且要快。”他们需要的作品中的人物形象是个性鲜明、特点突出、使人过目不忘，这正是类型化形象，也正是古典的灰姑娘、小王子，今天的大头儿子、马小跳。要相信孩子是会长大的，他喜欢看小王子、马小跳就让他去看好了，过了这个年龄段，他就会去看《麦田里的守望者》《青铜葵花》，以后还会去看鲁迅、莎士比亚，大可不必在孩子爱看类型的时候，硬要他去看什么大人自以为是的“典型”。这样做不但会使孩子害怕阅读（看不懂、无兴趣），甚至还会厌烦阅读。正是中外儿童文学史上无数个性鲜明、特点突出、使人过目不忘的类型化形象与他们的故事，才让千百万孩子获得了童年的快乐，也让他们由此爱上了阅读。当他们以后成了中学生、大学生、研究生，自然会去阅读曹雪芹、鲁迅、莎士比亚、托尔斯泰，自然而然会向灰姑娘、小王子说声再见。但须知，他们阅读习惯的养成正是从阅读类型、从阅读并非“深度写作”的幼年文学、童年文学开始的。这就是“儿童阅读”的客观规律与辩证法。

综上所述，对待儿童文学中的“类型”与“典型”问题，我们必须实事求是，不能抛开不同年龄阶段少年儿童的特点与阅读接受心理，不能用“典型化”的一刀切去苛求为不同年龄段孩子服务的所有作品。儿童文学审美创造艺术实践的一个重要课题应当是：如何在少年文学尤其是在少年小说、成长小说中塑造出富有当代意识的共性与个性高度统一的新的典型形象，而没有必要，更用不着去指责为什么幼年文学、童年文学总是由类型形象在那里唱主角。我们期待着新世纪少年小说、成长小说塑造出更新更多的典型形象，同时也期待着为幼儿园小朋友服务的幼年文学与为小学生服务的童年文学创造出更多为孩子们由衷欢迎的鲜明的类型形象，从而用以满足不同年龄阶段少年儿童的阅读兴趣与审美接受心理，共建多元共生、百鸟和鸣的良性儿童文学生态环境。

下篇 儿童文学审美创造的儿童视角与成人视角

艺术视角也称叙事视角。任何叙事都是为了产生影响——或说服，或劝诫，或告知，或控制，或感染受众。为了取得预期的影响效果，作家作为文本故事的叙事者，必然会选择特定的立场、语气、语言、结构等进行叙事，这就是叙事视角，也称叙事观点、叙事角。叙事视角在现代叙事学中被表述为一个聚焦问题，即“我们通过谁的眼光来观察故事事件”。“视角”是指叙事者在叙述故事时所持的立场与方式，它反映了叙事者同他所讲述的故事之间的位置关系，从而决定了事件的被叙述策略和层次；“叙事视角”是叙事者从什么角度去观察并传递有关事件的信息，它是特定叙事文本看取世界的特殊眼光和角度，是作者和文本的心灵结合点，也是文学语言的透视镜或文字的过滤网。

叙事视角最早由美国小说家亨利·詹姆斯作为小说批评的一个概念提出来，之后引起了小说理论家的重视。珀西·卢鲍克在其《小说写作技巧》里把叙事视角看作是在错综复杂的小说写作技巧中起支配作用的一个问题，认为只是在持什么叙事视角（叙事观点）的基础上，叙事者才得以发展他的故事。一般认为小说叙事视角的选择和运用也会影响到小说的思想性和艺术性，关系到艺术构思的巧妙与拙劣，成功与失败，全局与基础。叙事视角能使叙事者有效地叙述故事，描画场景，刻绘人物，升华思想。因而叙事视角既是统一作品形象的枢纽，又是显示作家艺术个性与写作立场的手段。

叙事视角的多样化选择是现代文学包括现代性儿童文学确立起独立品质的标志之一。现代性儿童文学的叙事视角主要有这样两种：儿童视角、成人视角。儿童文学不同叙事视角的选择与运用，既与叙事者的儿童观、儿童文学观密切相关，又与创作技巧和艺术趣味不可分离。叙事视角的运用集中体现在少儿小说、童话、少儿散文等叙事性文学中。

一、儿童视角

儿童视角是儿童文学的核心叙事视角、主视角。选择儿童视角的叙事者（创作主体）是成人作家。由于身心的变化与人生经历的复杂，成人作家实际上已不可能复归到纯真的儿童状态。因而成人作家在儿童文学创作中选取“儿童视角”，首先必须使自己来一番“角色转换”，努力地使自己重新“回到”童年状态，以儿童的感受形式、思维方式、叙事策略和语言句式，去重新诠释和表现所在的对象世界。对此，陈伯吹曾做过非常形象的表述：“一个有成就的作家，愿意和儿童站在一起，善于从儿童的角度出发，以儿童的耳朵去听，以儿童的眼睛去看，特别是以儿童的心灵去体会，就必然会写出儿童能看得懂、喜欢看的作品来。”（陈伯吹《关于儿童文学创作的几个问题》）陈伯吹在这里说的实际上正是他积数十年创作经验所得出的一条定律：真正为儿童写作就必须选择与坚持“儿童视角”。

为儿童写作是一门艺术，这既是一门语言的艺术，更是一门检验作家儿童观与写作立场的艺术。英国格尔姆在《怎样为孩子写书》中认为：“想开采这个矿脉的诸君，必须留心的是，绝对不可以认为是小孩的东西嘛，随便写写就可以了，或者以为有诚意写作，就会获得儿童的感激，这种自我陶醉或随便的想法是很严重的错误。如果你想成功，必须有相反的态度，也就是放弃命令的姿态，准备一切服从小孩，因为小孩是在支配你的写作。”（保尔·亚哲尔《书·儿童·成人》）“准备一切服从小孩”，这就明白无误地说明了为儿童写作必须转变角色与立场，必须从“成人中心”转变为“儿童本位”“回归童年状态”。儿童对现实生活有自己的感悟，唯有与他们平等对话才能真正传达出他们的所思所想，笔下的世界才能成为真正的儿童世界，或者说儿童憧憬的世界。忽视或轻视儿童的感情、感悟，或想当然地以成人的经验取代儿童的经验，其所创造的世界只能是成人的儿童世界，而不是儿童的儿童世界。

儿童文学作家大多是人生经历丰富的成年人，这就要求作家应该沉潜于儿童的心灵世界中，同儿童的精神息息相通。儿童世界和成人世界有不一样的判断尺度，也少有成人社会中的功利主义色彩，因而更能表现出人性的真实一面。儿童文学作家要表现的是儿童“绝假存真”的生命本真，而不是只对儿童的稚态童真做表面的叙写。自从儿童文学作为一个独立的门类出现以来，所有经典的、传世的儿童文学作品无不包含着作家对儿童独特精神状态的认识和把握，我们常说的儿童文学作家的“童心”也即此意。因此，以儿童视角创作的作品常常以“卫护童年”的主题出现。一般说来，在儿童文学创作中，作家从儿童自身生活层面与儿童经验世界入手直接描写的儿童生活、关注儿童心灵的作品，大多属于儿童视角；同时，不少作品都以“第一人称”切入，而且以儿童“代言人”的身份出场。

应当指出，“儿童视角”并非是儿童文学的专利，实际上成人文学创作（主要是小说创作）中也有不少选取儿童视角的精彩之作，如萧红的《呼兰河传》、林海音的《城南旧事》、汪曾祺的《黄油烙饼》、余华的《在细雨中呼喊》、迟子建的《北极村童话》等。由于儿童视角以儿童的另一种眼光去观察和打量陌生的成人生活世界，呈现不易为成人所体察的原生态的生命情境和生存世界的他种面貌，以儿童的鲜活感受建构人们对世界的崭新体验，因而给成人文学带来了别具一格的灵动气象，甚至重新塑造全新的艺术感觉和艺术空间，因而儿童视觉的叙事策略不但为现代作家所重视，也为评论家所激赏，如赵园在《论小说十家》就认为“萧红的作品提供了真正美学意义上的‘童心世界’”。王富仁甚至认为：“所有杰出的小说作品中的‘叙述者’，都是一个儿童或有类于儿童心灵状态的成年人。”（王富仁《鲁迅小说的叙事艺术》）有意味的是，这些以儿童视角叙事的作品也往往成了少年儿童审美意识自我选择锁定的对象，成了他们实际上喜欢阅读的“非儿童本位的儿童文学”。林海音的《城南旧事》赢得少年儿童的广泛喜爱就是一个典型的例子。

二、成人视角

成人视角的叙事者显然是成人作家。这种视角是儿童文学经常出现的叙事策略之一，其特点是：叙事者站在成人经验世界的立场，以成人的眼光来看待和描写现实世界，叙述少年儿童的现实生活，想象与建构少年儿童的经验世界，重在体现作家的“主体意识”，体现成年人的人生感悟与生命经验，并以此来引导、影响乃至规范小读者。这类作品的叙事大致有以下三个维度：

第一，作家向少年儿童传达作为过来人的人生经验和生命感受，强调文学作品要“告诉儿童真的世界和真的生活”，表现出成人社会现实尘世的沉重和丰富驳杂，并反映出时代和社会的发展变化，因而他们的儿童文学创作总是和特定时代的社会思潮与成人文学流脉趋于一致。

这方面的典型例子是五四新文化运动后崛起的文学研究会作家群，他们高举“为人生”的旗帜，强调作品“要能给儿童认识人生”（茅盾语），这一艺术特征在叶圣陶的短篇童话集《稻草人》中表现得尤为明显。《稻草人》被认为是中国现代童话现实主义精神的开篇之作。作家站在成人立场，选取观察社会、批判社会的视角，通过一个富有同情心而又无能为力的稻草人的所见所思，真实地描写了20世纪20年代中国社会的人间百态与破产农民的艰难生存，抒发了作家对社会不公的批判与对下层民众的同情，体现了现代中国知识分子“解民于倒悬”的社会良知和心有余而力不足的精神痛苦，从而引领小读者关心现实人生，在社会历练中长大成人。这种叙事策略在以现实主义创作思潮为主导的中国现当代儿童文学中具有重要地位，他们的儿童文学创作有着大体一致的风格和特色，这就是：坚持儿童文学直面人生、反映社会生活特别是社会形态发展变化的特点，始终高扬现实主义精神的旗帜，直接把人间百态引入创作视野，使儿童文学与时代脉搏和现代人的思想感情息息相通，直接或间接地揭示出中国社会“有关人生一般的问题”（茅盾语）；一般而言，他们笔下的文学世界表现为写实多于幻想，思考多于抒怀，凝重多于灵动，脚踏当下世俗生活，甚少神游于浪漫主义的幻想天国。但由于强调表现社会人生，有的作品对儿童的生活经验与理解能力把握不准，存在着偏重作家主体意识而忽视小读者接受心理的“成人化”气息。

第二，童年记忆、童年情结内化为儿童文学叙事的重要资源与途径，以亲历者身份与角度直接叙述自己的童年生活，或以童年生活作为创作素材，表现出对童年、故乡、母亲和土地深深的热爱和留恋，具有强烈的寻根色彩与生命意识。

童年情结是童年时代埋下的长期萦绕在成年人心田的感情纠葛，潜滋暗长，终生挥之不去，如恋父（母）情结、祖孙隔代亲情情结、同胞手足情结、童伴游乐情结、保姆养育情结、故土乡音情结、民风习俗情结、家乡特产饮食情结、民间节庆岁时情结、山川风物情结等。作家的叙事与童年经验往往紧密相连，而童年情结则是构成童年经验的重要基础与表现。冰心曾说：“提到童年，总使人有些向往，不论童年生活是快乐、悲哀，人们总觉得都是生活中最深刻的一段；有许多印象，许多习惯，顽固地刻画在他的人格及气质上，而影响他的一生。”童年是人生中重要的发展阶段，童年经验是人生今后知识积累中的重要组成部分，写作这类题材的作家通常都有一个难忘的童年，童年的生活情景成为他们的创作取之不尽的灵感源泉，因而带有明显的自传体色彩，常常见于散文作品，如鲁迅《朝花夕拾》中的若干篇章、冰心《寄小读者》、巴金《我的幼年》等。有时作家还会把这类作品的主旨强调到极致，以至于形成“童心崇拜”的创作倾向。这类作家把童心作为逃避丑恶的成人世界的“净土”，把回到童心本真作为解决社会问题的“良方”。如丰子恺的散文及印度大诗人泰戈尔的散文和诗歌就有明显的“童心崇拜”的创作倾向。

第三，作家站在教育主义的立场，在文学作品中极力张扬文学对儿童的教化功能。

文学具有认识作用、教育作用、审美作用、娱乐作用、调适心理作用等多种功能。教育是永远需要的，尤其是对于少年儿童。我们不能想象，要是人人都按照“法廉美修道院”（拉伯雷《巨人传》中描写的乌托邦）的院规“干你所愿干的事”来进行社会活动，那世界将会怎样？教育的重要性在成年人心目中是如此牢不可破，因此，教育主义也就自然成了儿童文学创作实践中历时最长、势力甚大的一种倾向。一方面，它谆谆告诫儿童在社会化过程中应该遵循怎样的规则、怎样形成社会群体的共识；另一方面，它又随时提醒儿童在社会生活中不应该这样那样。“本我”“超我”只能遵循“他我”的“现实原则”，而不能仅仅追求“快乐原则”的实现。然而，正如许多具体的事物一样，文学作品是一个整体，“是许多规定的综合，因而是多样性的统一”。文学的功能是多质的、综合的。文学当然具有教育作用，排斥了教育作用的文学自然是不完善的文学。但是，文学并非只有教育作用，这是常识。如果我们把教育性强调到绝对化的程度，乃至推向一元独尊的地位；如果我们把教育性看成是儿童文学的唯一属性，过分追求道义灌输与宣教功能，乃至不适当地移用教育学的原则与方法来取代文学自身的艺术规律，那么，作为儿童文学接受对象的儿童读者的接受机能与生长、变化着的审美意识（审美理想、审美趣味、审美观念）、阅读经验，就有可能被挤压到偏狭的角落，甚至遭到蔑视与排斥；作为儿童文学创作主体的成人作家的主体意识、审美理想、艺术个性、才气、禀赋、追求等，也有可能被教化的使命感规范而加以冷冻。这种倾向如果推向极致，儿童文学的思维空间与审美空间必然会受到严重局限，安徒生那样的天才就会在“主题先行”“重大题材”面前束手无策。新时期儿童文学从不同的角度，对儿童文学的本质特征与价值功能进行了严肃认真的文化反思与美学审视，不满足和不满意于儿童文学单一的教化功能，已经成为新时期儿童文学界的一种普遍认同。但与此同时，我们也应警惕另一种“矫枉过正”的现象：一味张扬儿童文学的游戏精神与快乐原则，甚至容忍庸俗、恶搞、粗劣，价值观混乱，是非不清，制造文字泡沫，误导读者。郭沫若认为：“文学于人性之熏陶，本有宏伟的效力，而儿童文学尤能于不识不知之间，导引儿童向上，启发其良知良能。”郭沫若的这一观点见于他 1922 年发表的《儿童文学之管见》一文，虽然距今已快一个世纪了，但对于我们如何全面理解与把握儿童文学的审美价值功能，依然具有现实意义。

（本文系 2009 年 4 月在广西桂林召开的“全国儿童文学理论研讨会”上的发言。原载《理论与创作》2010 年第 1 期）

论原始思维与儿童文学审美创造

作为发生认识论创始人的皮亚杰（J. P. Piaget，1896—1980），其影响早已超越了瑞士本国，闻名全世界。他对幼年到少年的儿童思维发展做过详尽的研究，第一个提出了作为“自我调节”结构系统的精神视觉理论，从而回答了主观想象与周围环境相互作用的问题。他的儿童心理学理论在心理学界赢得了最高声誉，被称为心理学领域中独树一帜而又经受了考验的里程碑。他的学说不但影响了整个心理学的发展方向，而且还直接导致了儿童教育、学校教学与儿童文学的深刻变革。皮亚杰的学说与儿童文学有着十分密切的联系，这不仅因为这个学说的研究对象与儿童文学的接受对象具有一致性，而且由于它对考察带有原始思维精神的儿童文学及其接受对象的审美心理结构有着哲学认识论上的意义，同时还对儿童文学的创作实践与理论建构发生着实质性的影响与启迪。皮亚杰的学说对儿童文学的启迪是多方面的，下列几点尤为值得我们注意。

一

皮亚杰认为，儿童的思维是一种处于“横向思维”与社会化思维之间的思维，谓之“自我中心的思维”。这种思维的基本特征是主客体不分。同原始人一样，儿童缺乏自我意识与对象意识，不能区分主体与客体，把主观情感与客观认识融合为一，即把主观的东西客观化，把世界人格化。这在处于“前运算阶段”的儿童身上表现得尤为明显。皮亚杰把儿童意识中物我不分、主客不分时，客体对主体的依赖关系称作依附(adherence)。随着儿童智力的发展，主体与客体就逐渐分化，这种依附也就逐渐减弱；不同程度的“依附”有不同的表现形式[1]，儿童的“泛灵论”即是最重要的一种。

儿童意识中的“泛灵论”是与原始意识中的“万物有灵论”同构对应的。这种观念认为大自然的万事万物由于各种看不见的精灵而具有生命；不但许多无生命的东西有生命，而且还和人一样有感觉与意识。在生产力水平极为低下的洪荒时代，当赤身裸体的原始人面对喜怒无常的自然现象，惊恐和疑惧就同时笼罩着他们。天上有日月星辰、风云雷电，地面有滔滔洪水、森林大火、毒蛇猛兽……原始人无法理解这一切，便只好求诸幻想和虚构，按照人的面貌，把自然万物人格化，这就产生了“万物有灵”的观念。这种观念的进一步发展，就衍化为图腾崇拜、神话与巫术。图腾崇拜是人类在最低级的社会中对安全期望的非理性投影；神话是“人类最初发展阶段的体验的遗产”，是使人“胆战心惊”的诗（容格语）；而巫术则是人类童年时代任意组合的逻辑思维所产生的神秘交感。作为生命黎明时期的儿童，他们的思维对外在物理世界的把握与原始人一样处于模糊的混沌状态，分不清物理世界与心理世界，分不清思维的主体与思维的对象，所以也分不清现实的与想象的东西，这就导致了儿童的泛灵观念。在儿童眼里，太阳会对人笑，月亮会跟人走，夜空闪烁的星星是在调皮地眨眼睛，闪电惊雷、狂风大雨是天公在发怒；如果儿童不小心跌倒在地，大人只要用脚狠狠地跺几下地面，再批评几句，他就以为土地已遭到了惩罚，就满足了。儿童正是这样通过泛灵观念把情感和意识赋予整个世界，使活动着的有机世界更加活跃昂扬，使僵死的无机世界充满蓬勃的生命力。

泛灵观念在由儿童自己创作的艺术品中常常有极生动的反应。他们总喜欢把太阳画成笑脸，再添上两撇胡子，给气球画顶草帽，给小鸟在树杈上画间小屋。在儿童编写的儿歌故事中，泛灵观念更是大显身手，奇特的想象经这个突破口宣泄而出，流布成斑斓奇妙的文学画面。请看鲁迅先生早年搜集的一首北京儿歌《羊羊羊》：

羊羊羊，跳花墙。／花墙破，驴推磨。／猪挑柴，狗弄火，／

小猫儿上炕捏饽饽。

再请看四川大巴山区一个 11 岁的小学生写的诗《太阳下山了》[2]：

太阳下山了／但它没忘记／刚才它在天空上看见的——／花儿在／百灵鸟唱着快乐的歌／白云像手帕一样／不断地擦洗着天蓝的玻璃／孩子们也在树林里悄悄地／与树上的鸟儿对话／太阳下山了／它含笑地下山了

透过这两件不同年代的儿童作品，我们不可以看到儿童泛灵观念所折射出的那一幅充满生命力的天然图景？不可以看到一种带着晨露般透明的、天趣可掬的童趣美吗？

正确理解与把握儿童自我中心思维中的泛灵观念，对于认识和表现儿童的审美情趣、审美意识，强化儿童文学的审美功能，具有重要意义。事实上，一些有作为的作家对此早已“心有灵犀”。老资格的浙江儿童诗人田地，曾写过一首别出心裁的儿童诗《寻梦》：

我一睡着／梦就来了／我一醒来／梦就去了／梦从哪儿来的／又到哪儿去的／我多么想知道／多么想把它找到／／在枕头里吗／我看看——没有／在被窝中吗／我看看／没有／关上门也好／关上窗也好／只要一合眼／梦就又来了

梦怎么可以寻呢？但在幼儿的心目中——就像在原始人的心目中一样，梦同样是有生命、有意识的，他们还不懂得梦是一种生理现象。既然梦是有生命的，那就可视可触，就一定能找到：“在枕头里吗／我看看——没有。／在被窝中吗／我看看——没有。”“看看”两字，逗人传神，简直把儿童的泛灵观念写神了！要说“诗眼”的话，这就是“诗眼”。枕头、被窝里都没有梦，那梦一定是从外面进来的。于是他关上门窗，不让梦跑出去。孩子寻梦的举动是多么认真焦灼，他完全沉浸在泛灵观念构建的虚幻世界之中，思维的对象完全被思维的主体同化了。

游移在儿童意识中的泛灵论是童话、神话之所以具有永久魅力的哲学依据，是儿童文学之所以特别需要幻想、拟人、夸张、变形等艺术手法的根本原因，也是“小儿科”永远充满小狗小猫小花小草（动植物形象）、蛇郎鹿姑、山精树怪（神魔形象）的直接注脚。成年人已不能再回归到儿童时代去，他们常常惊叹儿童世界的美好自由，赞美儿童情趣的纯真无邪。殊不知，酿成儿童世界甜酒的酵母正是泛灵观念的元素所组合成的。泛灵观念的“发现”为我们把握儿童的审美意识与接受心理开启了一条具有永久价值的通路。

二

除泛灵论以外，皮亚杰认为主客不分的儿童自我中心“依附”关系还有另一种重要表现形式，即“人造论”。由于儿童是从自我出发来观察事物的，于是产生了这种观念：万事万物都是人造出来的，为人服务的，一切都安排得于人有利。在儿童看来，山是供他爬的，河是为他玩水用的，太阳给他温暖，和风为他送凉，鸟儿为他歌唱，星星送他进入梦乡。一句话，“万物皆备于我”！这种自我中心的思维突出地表现在儿童的“象征性游戏”中。儿童显然不是生活在真空里，他不得不使自己适应社会，但是这个社会是由成年人的意志和习惯组成的；他还不得不使自己适应物理世界，但是这个世界对他却是那么难以理解与把握。现实无情地制约了儿童不可能像成人那样充分有效地满足自己理性上与感性上的需求，为了实现理性上和感性上的平衡，儿童就必须另辟一个属于他们自己的活动领域，这就是游戏。游戏需要借助语言与规则，但这些都是社会传授，而不是儿童自己创造的；为了充分表达儿童自己的意愿、经验和情感，他们“需要一种自我表现的工具，需要一个由他创造并服从于他的意愿的信号系统，这个信号系统就是象征性游戏。在象征性游戏中，儿童按照自己的想象来改造现实，以满足自己的需要。在这里，就不是儿童顺应现实，而是把现实同化于自我”[3]。因此，按照皮亚杰的解释，儿童是生活在他自己构想的童话世界（象征性游戏）中，而不是生活在现实世界中。

“万物皆备于我”是儿童在象征性游戏中必然采用的法则，这种法则使他们的自由意志和愿望在理性上和感性上达到最佳平衡状态。他们可以呼风唤雨，要啥有啥，想怎样就怎样，指挥一切，调遣一切，改变一切，创造一切。月亮不但能跟着自己走，而且还必须跟着自己走。有一首儿歌这样唱道：

月亮走，我也走；/我和月亮手拉手。/星星哭，我不哭，/我给星星盖瓦屋。

月亮和星星都成了臣服于他的"乖娃娃"，不但要听他的话，而且要由他来安排归宿。在儿童看来，世界本来就是如此，万物本来就安排得于他有利。这就是为什么童话（尤其是民间童话）、神话故事中各种神奇的宝物形象最使儿童入迷、最具有吸引力的原因。藏族民间童话《神奇的必旺》中的小王子，手托金瓶，只要说一声："金瓶，金瓶，我要一座宫殿。"话音刚落，自己就已经坐在九层高的黄金殿里了。《猎人海力布》中的那块宝石只要含在嘴里，就能听懂世上各种动物的话，知道天上人间的许多秘密。[4] 诸如此类的宝物还有能治百病的泉水，能屙金子的毛驴，能使瞎子重见光明的夜明珠，以及飞毯、魔镜、宝盒、仙草等。它们可以随主人的意愿变出金银珠宝、美味佳肴、奇花异卉，当然只要主人需要，也可以变出各种玩具、画片、刀枪；它们还能随心所欲地满足主人的运行要求，比如上天入地、来去无踪、穿墙而过，甚至能产生一种神秘的力量扬善惩恶。儿童意识中的"人造论"在这些宝物形象所建构的童话世界得到了充分的宣泄，获得了极大的满足。

机智地利用儿童的"人造论"意识，借助幻想、夸张等艺术手法，塑造契合儿童审美心理结构的文学形象，是实现儿童文学价值尺度的又一条重要途径。18 世纪的德国作家埃·拉斯别创作的《敏豪生奇游记》（我国译为《吹牛大王历险记》）是这方面的成功范例。在作家笔下，敏豪生这位"吹牛大王"经历了一系列世界上荒诞却又奇妙无比的事情：在没有发火石的情况下，敏豪生急中生智，利用眼睛里爆出的火星去点燃猎枪的火药，一枪竟打死了 10 只从苇塘里飞起的水鸟；将一块生火腿油串上铅丝做子弹，一枪就串住了一群野鸭，飞走的野鸭竟自动掉进烟囱，进入炉膛把自己烤成了美肴；用樱桃当子弹射进了鹿的脑门，一年以后鹿的两只犄角之间居然长出一棵枝叶繁茂的樱桃树，供敏豪生打猎途中尝果；敌军放落的要塞闸门，把战马切成前后两半，敏豪生骑着前半匹马继续追歼逃敌大获全胜，直到给马饮水时，才发现马嘴里喝进的水都从后面哗哗流走了；一条被钉住尾巴的狐狸因为受不了鞭打的疼痛，从皮里蹿出去光着肉身子逃跑，于是敏豪生得到了一张完好无损的狐皮。还有，骑上正打出炮筒的炮弹进入敌占区，攀着豆藤上月亮去取回一把银斧，把一只猛扑过来的恶狼像翻手套似的把它翻了个里朝外……随心所欲、无所不能的敏豪生把小读者带进了一个彻头彻尾的按照“人造论”原则建构起来的荒诞世界，在吹牛大王的“象征性游戏”中，自然界的万事万物都同化于人的自由意志和愿望了。行笔至此，我们自然会想到中国作家创造的“人造论”形象。张天翼笔下的那个要啥有啥的宝葫芦（《宝葫芦的秘密》），给小主人王宝带来了那么多意想不到的快乐，也惹出了那么多丢人脸面的麻烦；洪汛涛笔下的那支画啥变啥的神笔（《神笔马良》），帮助穷人解脱了苦难，把贪官污吏葬入了大海。中国当代儿童文学创作曾推出过数以千计的童话，但这两篇作品却一直为孩子们所津津乐道，这里的奥秘难道不值我们深思吗？我们还要自豪地提到古典名著《西游记》塑造的孙悟空形象的巨大魅力。孙悟空既迎合了儿童的泛灵观念，也符合儿童的人造论精神。变化腾挪、幽默开朗、乐观勇敢、机智灵活的孙猴子已成为充满民族特性的独创形象，它是以神性、人性、动物性三者融合的方式塑造而成的儿童文学的永恒典范。孙悟空之所以吸引儿童，完全在于这个形象契合了儿童意识中“自我中心思维”的敏感神经，契合了儿童审美经验中的那些最富有特征的东西。

三

皮亚杰指出：“自我中心的思维必然是任意结合的。”[5] 自我中心思维使儿童从自己的感觉出发，以自己的感觉为尺度，根据自己的看法来判断一切事物。儿童不习惯受别人看法的支配，因而不能适应别人的看法；越是不适应别人的看法，就越把自己的看法看成是绝对的。同时，自我中心思维使儿童的感觉不能忠实地反映客观现实，不能细察客观的关系，而把现实同化于自我，把主观的图式强加于外在世界，把过去的图式同化于新的经验，用同化于自我来代替对外在世界的适应。这就势必使儿童产生任意结合的逻辑思维。所谓“任意结合”，即不懂得事物的联系有其内在根据，把两件毫不相干的事物（或现象）按照主观意愿任意联系在一起。儿童意识的这一特点同样可以在原始意识中找到对应关系。原始人看待事物是按照接近、类似、对比等原则发生联想，再进行组合、调配，产生新的意象。例如著名的埃及狮身人面像（即斯芬克斯），就是原始人根据主观意愿把人的智慧（人面）与狮的力量（狮身）结合在一起的复合物。在古希腊和西亚，另有一种与此成对的“狮身鸟首兽”，这也是一种复合怪物，起保护神的作用。在中国，“龙”的形象显然是上古先民任意结合的杰作了。根据学者们的研究，大概在我国原始社会末期，夏人和他们的部落联盟，战胜了其他以兽类为图腾和以鸟类为图腾的部落，成为一个强大的部族。为了表现这一事实，便把兽的角和鸟的爪等，组合在夏人自己的图腾崇拜物蛇的身上，于是就复合成了“龙”，成为夏人图腾崇拜的新神物。由于夏代文化为后人所继承，于是龙的形象就发展成为华夏文化的象征。

任意结合的逻辑思维犹如“推波助澜”“火上加油”，使本来因“泛灵论”“人造论”作用而沉湎于幻想的儿童，又添加了“荒诞”的羽翼，世上的一切在他们眼里变得更加随心所欲、任人摆布了：一件事物可以与另一件毫无关系的事物联系起来，一个现象可以用另一个意想不到的现象来加以说明，甚至可以用某种风马牛不相及的理由和假设来回答任何问题与解决任何困难。他们可以给太阳画上胡子，给月亮画上眼镜，在杂乱无章的涂鸦中指出那是小花、小树和小鸟；屏幕上无所不能的米老鼠、唐老鸭、七十二变的孙悟空、猪首人身的猪八戒、力量超人的铁臂阿童木……是他们最喜欢、最崇敬、最熟悉的形象；他们即兴创作的儿歌、故事可以毫不费力地应付各种问题。苏联作家诺索夫的《幻想家》叙述两个孩子在一起编故事，其中有这样一段对白：

“有一次我在海里洗澡，”小米沙说，“忽然给一条鲨鱼撞上了。我捶了它一拳，它一口咬住我脑袋，嚓地给咬断了。”

“你撒谎！”

“不，不撒谎！”

“那你怎么没有死？”

“我干吗要死？我游到岸边，走回家来了。”

“你不是没有脑袋了吗？！”

“当然没有脑袋。我要脑袋干什么？”

“没有脑袋怎么走呀？”

“就是这么走的。没有脑袋又不是不好走路！”

“那你现在怎么有脑袋的呢？”

“另外长的。”

想得太妙了！没有脑袋照样走路，需要脑袋可以另长一个！这就是孩子的逻辑，任意结合使他们无所不能，无往不胜。世界在孩子眼里实在太微不足道了。

我们的作家如能正确认识儿童“任意结合”的逻辑思维，把握儿童意识结构中的这一特征，可以写出很美的作品来。李其美的低幼故事《鸟树》可谓深得个中三昧。幼儿园的冬冬和扬扬偶然捉住了一只小鸟，他们十分疼它，又是喂食，又是抚爱，可是不知为什么小鸟却默默地死了。这使孩子非常难过，他们从“花生埋在泥里就能长出好多花生来”得到启示，认为把小鸟埋在泥土里，也一定会长出好多小鸟的。于是就把死去的小鸟埋在泥里，并在土堆上插了一根葡萄藤。“有意栽花花不发，无心插柳柳成荫”，小鸟当然不会复活，那根枝条却在春天长出了绿芽。“这就是鸟树呀！冬冬和扬扬告诉他们的朋友：这棵树长大了，会开出很多很多的鸟花，鸟花又会结成很多很多的鸟果，鸟果熟了，裂开来就跳出了很多很多的小鸟。到那时候，小鸟每天从树上飞下来和我们玩。”

孩子的心地是多么纯洁美好，孩子的想象又是多么荒诞奇特！任意结合的逻辑思维使他们把毫不相干的花生结果与小鸟复生沟通了起来，轻而易举地解决了“死而复生”这一成年人的永恒难题，演出了一幕“种鸟树”的喜剧。正是这种在成人看来荒诞无稽而在儿童眼里却十分自然的行为，凸现出了孩子们的那一片甜美纯真，细腻地传达出童心世界的天真、善良，使整个作品洋溢着一种诗意的美，给人以强烈的艺术感染和审美体验。

在儿童的天性中实在有着几分“荒诞”的基因,儿童意识深层结构的“任意结合”正是他们实践荒诞心理的内驱力，也是某些具有荒诞因素的文学作品对他们具有巨大吸引力的直接原因。懂得这一点，我们就可以理解为什么精彩的民间故事从古至今总是那么深受孩子们的青睐，为什么中外儿童文学作家对塑造具有“特异功能”的超人体形象总是那么兴趣十足。无论是丹麦安徒生笔下那个追求不灭灵魂的鱼尾人身的小人鱼（《海的女儿》），还是瑞典作家林格伦笔下背上有螺旋桨的小飞人（《小飞人》三部曲），美国作家笔下以美妙演奏轰动全纽约的蟋蟀齐斯特（《蟋蟀在时报广场》），以及中国作家笔下长出榨菜鼻子的偏食小公主（方圆《榨菜公主》）、移植了老虎胆和人工心脏的猫王国国王小白鼠（郑渊洁《舒克和贝塔历险记》）……无一不是契合儿童“任意结合”意识的成功形象。儿童的审美情趣与审美观念在这里找到了自由发挥的广阔天地。它启示我们：美的表现形式，是多元的而不是一元的；儿童文学的美，有着多种传达方式，包括通过“荒诞”的中介来契合儿童“任意结合”的逻辑思维。

四

皮亚杰曾仔细地研究过儿童的因果观念，他把儿童因果观念的发展分为三个主要时期[6]：第一时期，因果观念是心理的、现象主义的，最后目的的和魔术的；第二时期的因果观念是人造论的、泛灵论的和动力学的；第三时期的因果观念才是反映事物真实因果联系的物理因果观念。皮亚杰把前两个时期的因果观念称为“前因果观念”。所谓“前因果观念”，即是一种不反映事物之间真实因果关系的因果观念。儿童的前因果观念与原始人的因果观念是对应的。

原始人没有“偶然”观念，认为原因与结果的联系是普遍的，一事物与相邻或相随的事物必发生因果联系，一切事件的发生都由于某种神秘力量的作用。在原始人看来，某人突然生病死去，与他曾经冒犯了某物（如打死过一只熊、砍倒过一棵树）有关，他的死是这些事物的神秘力量在起作用。神秘力量无所不在，无时不在。所以世界上根本没有什么偶然的事件，而是神秘力量在起作用，是某种天意的表现。列维一布留尔在《原始思维》一书中，例举过不少非洲原始部落土人的这种“荒唐”因果观。例如，1908 年发生在南非巴苏陀人（Basutos）中的一次偶然雷击事故：“闪电击中了我的一个熟识土人的住宅，击死了他的妻子，击伤了他的孩子，烧毁了他的全部财产。他清楚地知道闪电是从云里来的，而云又是人的手摸不到的。但是有人告诉他说，这闪电是由一个怀着恶意预谋反对他的邻人指引它到那里去的。他相信了这一点，现在还相信，将来也永远相信”[7]。这就是原始思维对因果关系的理解。列维一布留尔认为：“一般地说，对这种思维来说，没有也不可能有任何偶然的东西。这并不是因为它相信严格的现象决定论。相反的，它对这种决定没有丝毫观念，它对因果关系是不关心的，它给任何使它惊奇的事物都凭空添上神秘的原因。”[8] 儿童思维的前因果观念恰好与原始人的这种因果观念同构对应。在儿童心目中，也同样没有“偶然”的观念，他并不知道客观的因果联系，认为一切事物都是有目的的，都是按照一个既定的计划事先安排好了的。既然一切都是安排好了的，那么一切事物的发生就都必须有其原因，就一定能找出其中的“为什么”。——这就是儿童式的“好奇心”的基本特征，也是他们一个劲地问“为什么”的直接契机（他要给自己在经验中遇到的现象找出原因）。儿童的好奇心与成年人的好奇心的根本差异即在于此。从思维角度考察，儿童式的好奇心来自他的前因果观念；前因果观念显然是儿童任意结合的逻辑思维的一种重要表现形式，而“任意结合”的逻辑思维则是儿童“自我中心思维”的产物。我们可以将这种关系用图做如下表示：

儿童自我中心思维→任意结合的逻辑思维→前因果观念→儿童式的好奇心

研究儿童式好奇心的产生原因及其特征是我们把握儿童审美意识的重要一环，对于儿童文学创作同样有着不可忽视的意义。

第一，儿童有着极强的好奇心（探索欲），而这种好奇心往往是“荒唐”的，不合逻辑的。对此，我们一方面应采取理智的顺应与巧妙的引导，使儿童的好奇心得到充分满足，并在满足过程中得到知识的营养与审美的提升。另一方面，儿童的好奇心固然“荒唐”，但却包含着丰富的创造性与敏锐的直觉观察力，这种“异想天开”的激情往往是成年人所缺少的。为使自己的作品契合接受对象的审美心理结构，成人作家同样需要熟悉儿童的好奇心，把握之，吸纳之，以丰富和充实自己的想象力。鲁迅先生说过：“孩子是可以敬服的，他常常想到星月以上的境界，想到地面下的情形，想到花卉的用处，想到昆虫的言语；他想飞上天空，他想潜入蚁穴。”[9] 孩子的这种强烈探索欲正是儿童文学创作的源头活水，也是开启作家想象闸门的钥匙。

第二，儿童文学需要出奇制胜，以“奇”见长，满足儿童的好奇心理。没有上帝，创造他一个。没有神仙，创造他一批。没有龙，把蛇和兽凑起来。没有凤，把孔雀和鸳鸯加在一起。儿童文学的新奇包括：一、异国风情、幻想世界、奇人奇事、超人神物之类的故事；二、神秘离奇、悬念迭出、探险破案、上天入地之类的情节；三、魔幻变形、荒诞夸张、想象独特、设计新颖的手法。这类作品能使小读者从沉重的课堂作业和平庸的读物中解脱出来，张开自由的翅膀，做一个异想天开的“梦”。他们可以和星星打电话：“喂喂，你离我们有多远？你那上面有点啥？”（张秋生《我给星星打电话》）也可以和皮皮鲁一起坐上“二踢脚”飞升天空，拨动控制地球转速大钟的指针，好让地球加快转动（郑渊洁《皮皮鲁全传》）。他们体验到尼尔斯骑鹅旅行的惊险与愉快（拉格洛芙《骑鹅旅行记》），领略了宝葫芦带给王宝的各种滋味（张天翼《宝葫芦的秘密》），也理解了为什么小人鱼宁愿放弃可活 300 岁的生命，忍受巨大的痛苦而追求一个不灭的人的灵魂（安徒生《海的女儿》）。当然，他们也可以跟着小茉莉去假话国历险（罗大里《假话国历险记》），或者和林格伦一起去会见长袜子皮皮（林格伦《长袜子皮皮的故事》）。

第三，儿童文学的“新奇”想象应契合儿童前因果观念。毋庸赘言，前因果观念是违反客观真实的，不科学的；但是在儿童思维作用下的特殊王国，不科学有时就是“科学”，荒诞有时就是“美”。明乎此，我们就能上天入地，纵横捭阖，乃至打破时空界线、改变循序渐进的时间流程，依据“主观时序”自由调度人物、倒插、跳跃、切割情节，使故事的发生与发展，一事物与它事物的组合，一现象与它现象的关联，完全按照儿童的“前因果观念”原则，将它们“生拉硬扯”地和“因果”联结在一起，通过小读者的主观理解去建构一个新的艺术载体。

五

皮亚杰的研究就像阿里巴巴“芝麻开门”的秘语一样，为我们洞开了通向儿童审美意识迷宫的大门。透过皮亚杰学说的“神镜”，我们可以从诸多视角去感悟和把握儿童文学的审美创造。

第一，儿童文学要实现其审美功能，最大限度地赢得接受对象真心实意的欢迎，必须熟悉和把握儿童思维与审美意识的特点。叶圣陶曾勉励“有志献身于儿童文学的人不要脱离少年儿童”，“要，给少年儿童写好东西，必须先了解少年儿童，向少年儿童学习”[10]。熟悉儿童、了解儿童，这个口号在儿童文学界可谓老生常谈了。但是，过去我们往往只满足于熟悉儿童的日常生活与心理发展的一般规律等表层的东西，还没有意识到探索儿童思维特征和审美意识结构等深层问题的重要意义，至于具体的理论研究成果就更缺乏了。然而，如果对儿童世界的这些最深刻、最基本、最隐秘的精神实质缺乏认识的话，我们就不能从哲学的高度把握儿童文学的艺术精神，不能造就儿童文学的深厚文化意识与使多层次读者感奋不已的艺术力量，也不能实现理论对实践的指导和验证功能。皮亚杰的学说使我们懂得了儿童思维与原始思维的同构对应关系，从哲学认识论的角度明确了儿童的泛灵论、人造论、非逻辑性与前因果观念等思维特征对形成儿童审美心理机制的作用。从文化人类学的观点来看，作为个体生命初始的儿童时代与人类整体初始的原始时代一样，更接近自然，更接近生命的源头。人类的文化原型，总是更多地在原始先民及与之对应的儿童生命中保存着。从原型批评的角度来说，一种文学越接近儿童，就是越接近自然，越接近人类生命的源头，也就是越接近民族文化的“根”。正是在这个意义上，我们认为皮亚杰关于原始思维与儿童思维关系的论断，为我们弄清儿童审美意识的本原及其历史发生，把握儿童文学的审美本质提供了新的参照系，也为打破儿童文学研究长期处于一个平面上的简单作业的局面，进而从文化学、审美学的角度构筑儿童文学理论的立体框架提供了一个新的支撑点。这是皮亚杰给予我们的第一点启示。

第二，读者选择文学，文学也选择读者，作为儿童文学创作主体的成人作家对儿童思维、儿童审美意识的把握应当是一种“高层次的”自觉把握，即既要敢于“蹲下来”，真正熟悉和理解儿童世界的深层精神，又不能把自己封闭在儿童王国，局限于儿童的认识水平；而应充分发挥创作主体的主导作用，通过自己的审美意识来暗示、引导和提升儿童的审美活动。这是因为，作为现代艺术家，他的意识乃是一种文明人的意识，即是从根本上区别于原始意识和儿童意识的现实意识。反思能力与自我意识是文明人与原始人、成年人和儿童在意识方面的根本区别。所谓“反思”上是对非自觉意识进行整理、抽象和重新构造，从而形成自觉意识体系。所谓“自我意识”即自觉意识，它一旦形成，原始—儿童意识即自行消解，同时便产生现实意识系统。由于原始人和儿童思维水平的局限，不具有反思能力与自我意识，故视自然万物为有生命、有意识的存在，这完全是自发的，是人类思维在那个时代、那个阶段所不能逾越的。因而由儿童“自我中心思维”所释放出来的泛灵论、人造论、非逻辑性与前因果观念等建构的虚幻图景，在儿童眼里就被认为是一种完全真实的、实在的存在。从这个意义上，我们说，儿童是生活在他自己构造的童话世界当中，而不是生活在现实世界当中。儿童文学接受对象的审美意识就是从这一基准出发放射与延伸开来的。与此相对，作为创作主体的成人作家所接受和理解的是一种代表着文明人类现实意识最高水平的自觉意识，它摆脱了原始思维状态，由人类社会文化心理素质的历史积淀，与后天形成的智力结构、不断发展着的社会生活的印记结合在一起。因此，他们创作的儿童文学从一开始就是一种不同于原始艺术的现代社会的艺术品。作家把客体对象人格化，完全是出于一种现实意识上的自觉，出于一种艺术表现和艺术感染的需要。在这里，人格化实际上是一种拟人化，是一种受理智支配的、在理智上对艺术画面的真实虚假一清二楚的艺术操作。正是在这一点上，将儿童文学的两种不同审美意识——成人作家的审美意识和儿童读者的审美意识区别了开来：创作主体的审美意识是现代人通过自我体验模式的对世界的自觉把握；接受主体的审美意识则是与原始意识相通的、通过自我体验模式的对世界的不自觉的认同。于是，我们的结论也就清晰跃出：儿童文学作家既要真正地认识和把握儿童思维、儿童审美意识的特点，把心紧紧贴近儿童，又必须超越儿童，引导儿童，提升儿童，发挥创作主体对儿童文学的主导作用。

应当指出，长期以来我们只强调创作主体顺应儿童心理、满足社会对儿童的教育要求，把儿童文学的创作秘诀归结为“以儿童的眼睛去看，以儿童的耳朵去听”的“童心”复活。这种观点固然重视了接受对象的心理机智，但却排斥了作家的主体意识，忽视了创作主体的思想情感、审美理想、观察力、想象力、幻想力及其激情、气质、禀赋、灵感等诸多主观因素对完成艺术作品的作用。如果我们不在理论上将童心与艺术家之心加以区别，将儿童—原始意识的非科学性、非逻辑性、虚幻性等特征与成人—现实意识的科学性、合逻辑性、真实性等特征区别开来，那就容易滑入对“童心”的盲目崇拜，影响到儿童文学价值尺度的实现，阻碍真正艺术品的诞生。而真正的儿童文学艺术品应是既扎根于儿童又超越于儿童，既紧紧把握住了儿童审美意识又自觉地引导与升华这种意识；这类作品“大抵是属于第三的世界的、这可以说是超过成人与儿童的世界，也可以说是融合成人与儿童的世界”（周作人语），它是充满童趣的别一番“诗的意境”，充满生命的另一种“象外之象”。

注释：

[1] [3] [5] [6] 雷永生等著《皮亚杰发生认识论述评》第202、187、193、210页，人民出版社1987年版。

[2] 此诗由四川省儿童文学作家邱易东向笔者提供。

[4] 刘守华《中国民间童话概说》第169页，四川民族出版社1985年版。

[7] [8] 列维－布留尔《原始思维》第363、359页，商务印书馆1987年版。

[9] 鲁迅《看图识字》，《鲁迅全集》。

[10] 叶圣陶《给少年儿童写东西》，《东方少年》创刊号。

（原载《西南师范大学学报》1990年第1期）

论原创儿童文学

什么是原创？原创即创造，创新，想出新方法，建立新规矩（包括新理论），产出新东西。

文学作品是一种特殊的精神产品，文学生产从根本上说是一种原创性的生产。文学生产拒绝平庸、重复、单一。所谓原创文学，是指作家充分发挥自己的智慧才情进行的独立性、创新性、探索性的写作劳动所获得的精神成果。从整体上说，文学生产是作家创造白日梦的过程。作家常常自信文学能为人们创造出不同于实存的现实世界（第一世界）的另一个虚拟世界（第二世界），成为世人超越现实尘世的精神家园。文学作品是作家审美想象的物态化产物，如果以审美想象的张力而言，现代作家的原创文学包括原创儿童文学实际上可以分为两种类型：一类是幻想型文学，另一类则是现实型文学。

幻想型文学的特质在于审美幻想。什么是幻想？幻想就是创造，创造就是无中生有。《魔戒》的作者英国著名幻想型文学作家托尔金（1892—973）在其名著《论童话故事》（1946）中认为：幻想就是想象出真实世界中不存在的事物，同时要赋予它们“内心的真实性”。幻想型文学是作家在完全虚构的状态下完成的对文学作品独创性的审美艺术生产。其特征是超越现实，突出主观，具有明显的理想主义、浪漫主义色彩，充分运用夸张、变形、魔幻、虚拟等方法，不求生活的真实，而遵循情感的逻辑，通过创造性想象与典型化去逼近本质的真实。因而幻想型文学的生产要求作家具有精骛八极、神游万方、超越现世、直指无限的无边想象力，同时又要将这种想象用生动传神的艺术转化为文学的审美阅读图像与生命体验。由于现实尘世的人事很难符合幻想型文学的要求，因而神话、传说、民间童话、民间传奇甚至原始巫术、图腾崇拜等这类凌空蹈虚远离尘世的东西常常成为幻想型文学创作的重要素材。世界原创幻想型儿童文学中的一流作品大致体现了我在上面所阐释的这些特征。就其文体而言，幻想型文学比较集中于童话、幻想小说，或具有童话小说化倾向的童话以及小说童话化倾向的小说。其代表性作品如：丹麦安徒生《海的女儿》等童话；德国霍大曼的《金罐》《咬核桃小人与老鼠国王》，豪夫的《童话年鉴》，罗斯金的《金河王》；英国金斯莱的《水孩子》卡罗尔的《爱丽斯漫游奇境记》；法国乔治桑的《格里布尔奇遇记》；英国麦克唐纳的《在北风的后曲》；意大利科洛狄的《木偶奇遇记》；英国吉卜林的《林莽传奇》波特的《兔子彼得的故事》；美国鲍姆的《绿野仙踪》；英国巴里的《小飞人彼得潘》瑞典拉格洛美的《尼尔斯骑鹅旅行记》；英国格雷厄姆的《柳林清风》，米尔思的《小熊温尼菩》；法国圣埃克絮佩里的《小王子》；英国的《狮子·女巫和衣橱》芬兰杨松的《魔法师的帽子》；英国托尔金的《霍比特人》《魔戒传奇》三部曲，达尔的《查里和巧克力工厂》；意大利罗大里的《洋葱头历险记》；美国勒奎恩的《地海传奇》三部曲；英国罗琳的《哈利·波特》系列童话等。

值得一提的是欧美现当代长篇幻想型儿童文学的创作出现了两类重要形态，一种是以托尔金的《魔戒》系列和勒奎恩《地海传奇》系列为代表的史诗性“虚拟历史现在进行时”类型，这一类作品开拓了幻想型文学的新疆界，并构建了自具特色的“第二世界”这个“第二世界”是以历史现在进行时形态出现的，是拥有自己独特的历史、文化、语言、种族、文字和历史记载的世界，如《魔戒》系列所表现的“中洲”世界和《地海传奇》表现的“地海”世界。正是托尔金的《魔戒》系列启迪了人们创造了电脑科技的“虚拟世界”。而虚拟世界的概念无疑影响了电影编导乔治·卢卡斯，使他在日后创作了《星球大战》之类的科幻电影。另一类是以C．S．刘易斯的《魔厨》《魔椅》等七部《纳尼亚神魔国》系列和J．K．罗琳的《哈利·波特》系列为代表的“当代世界与幻想世界连通型”类型。此类作品的特点主要是两个空间的转换，往往由主人公从现实世界经由某种旅程或从某一个特殊地点进入“第二世界”如J．K．罗琳的《哈利·波特》系列中，主人公从伦敦火车站的$9\frac{3}{4}$站台乘坐神秘的火车前往霍格沃茨魔法学校，开始了新的生活。

曾经创作过《永远讲不完的故事》《毛毛》等作品的德国著名幻想型文学大师米切尔·恩德有一段名言道出了幻想性文学的个中三昧："忘记了自己的内心世界的人也就忘记了自身的存在价值。内心世界是外在世界的补充，我们必须去发现它，完善它。倘若我们不能经常做心路之旅去找到这种价值，那我们就真正迷失路径了"。幻想型文学正是要在人们的内心世界开辟一条永无止境的心路之旅，大易妙生化，灵动启慧命，在心路之旅的无限延伸中去感应和体验超验世界的极乐极美。

现代作家原创文学包括原创儿童文学的第二种类型是现实型文学。现实型文学的特征在于审美联想。这是一种制造性也即再造性想象的精神产品。什么是制造？制造是对已有的东西进行再加工。因而现实型文学的生产过程实际上就是以提供客观事实为出发点，立足于客观现实，面对现实，正视现实，对已有的现实生活进行集中、概括、提炼、加工的过程，所谓"源于生活、高于生活"使之更加典型化。现实性、再现性、写实性是现实型文学的基本特征。现实型文学以描写见长，在描写中尽量达到与现实生活人事的"酷似"，不夸张不变形，即使出现夸张变形也是为着更好地表现现实的目的。

我个人认为，就世界范围的现当代原创儿童文学而言，东方的儿童文学以中国为代表，选择的是现实型文学的路向。这种文学更多地体现为对现实的描摹、反思、评判与想象，追求逼真、传神的艺术效果，侧重于文学的认识作用与教育作用，它主要影响于儿童的意识形态、价值取向、国族认同、人生态度。而西方的儿童文学以欧美为代表，则取向于幻想型儿童文学，更多强调文学的想象与诗性，崇尚人的欲望与情感的释放，追求奇特、神秘的艺术效果，侧重于文学的审美作用与娱乐作用（或游戏精神），主要影响于少年儿童的精神性格、审美情趣、想象空间，影响人的境界与灵魂。由于受文化传统和文学传统的影响与制约，中国古代少年儿童所接受的原创文学形式，主要是民间群体生产的口头文学作品，其中大量体现为民间童话与童谣；中国作家个体原创的儿童文学生产起始于20世纪五四新文化运动前后，叶圣陶创作的短篇童话集《稻草人》是中国第一部作家个体生产的原创儿童文学作品，并被鲁迅誉为"给中国的童话开了一条自己创作的路"。这条路实质上就是现实型儿童文学的原创生产道路。从20世纪20年代叶圣陶的《稻草人》到30年代张大翼的《大林和小林》延续至今，中国现实型儿童文学的生产、发展与传播形成了自身鲜明的民族特色、时代规范与审美嬗变：

第一，直面现实，重在再现。这中间有一个转换，20世纪早中期原创现实型作品主要直曲的是成年人的现实生存与现实问题，并与成年人的革命、救亡、运动、中心等纠结在一起。八九十年代中国原创儿童文学的最深刻的变化是将以前的“成人中心主义”转向以儿童为中心，直面的现实则由成年人的现实转向儿童的现实生存与现实问题，这是20世纪中国儿童文学的“革命性位移”。新时期儿童文学蔚为壮观的原创生产的突破，变革与发展正是这一“革命性位移”的审美嬗变的结果。

第二，强调文学的认识、教化功能与作家作品的社会责任意识。从20世纪20年代郑振铎提出儿童文学要把“成人的悲哀显示给儿童”（郑振铎《〈稻草人〉序》），郭沫若提出儿童文学要“导引儿童向上，启发其良知良能”（郭沫若《儿童文学之管见》），30年代茅盾提出儿童文学“要能给儿童认识人生”“构成了他将来做一个怎样的人的观念”“助长儿童本性上的美质”（茅盾《再说儿童文学》），张天翼提出儿童文学要告诉儿童“真的人，真的世界，真的道理”（张天翼《〈奇怪的地方〉序》），50年代陈伯吹提出“儿童文学主要是写儿童”，“要以同辈人教育同辈人”（陈伯吹《谈儿童文学创作上的几个问题》），到80年代曹文轩提出“儿童文学作家是未来民族性格的塑造者”“儿童文学承担着塑造未来民族性格的天职”（曹文轩《觉醒、嬗变、困惑：儿童文学》），新世纪初曹文轩又提出儿童文学是做着给人性打底的工作等。深受这些20世纪重要儿童文学观与价值取向的深刻影响，中国现当代原创儿童文学在与社会与时代无法也无须割舍的联系中，一以贯之地承担起了自己对未来一代精神生命健康成长的文化担当与美学责任，并创造出自己的象征体系与文类秩序。

第三，始终将目光紧盯着脚下的黄土地，强调民族化与现代化的统一，中国风格与时代精神的统一；注重整体精神，体现出以个人对大众社会、民族贡献为人生意义的价值观；注重寓教于乐，着力表现童心童趣，努力用适合儿童审美接受心理与思维特征的方式来进行创作的儿童文学观。

必须申明的是，我在这里提出的现代中西原创儿童文学的两种类型及其特征，只是试图做出一种事实判断，而不是价值判断，自然更不意味着幻想型儿童文学的价值要高于现实型儿童文学。一种理想的和谐的适合于全面提升少年儿童精神生命健康成长的儿童文学原创作品的生产，应该是这两种类型的文学作品的互补和共生，而不是顾此失彼，这两种类型的文学都具有不可替代与缺失的价值意义。正凶如此，我很讨厌有的媒体提出“中国为什么没有《哈利·波特》”“中国为什么产生不了安徒生”，在这种质疑的背后所隐含的“中国没有儿童文学”“中国产生不了一流儿童文学作品”的论调。我认为，20世纪中国现代原创儿童文学同样有着优秀的、一流的、经典的作品。中国没有安徒生与《哈利·波特》只是说明我们在另一种类型即幻想型儿童文学的生产方面似乎比较欠缺，而在现实型儿童文学方面，我们丝毫不逊于西方。

展望新世纪原创儿童文学，我认为，我们一方面要继续坚持不懈地发展现实型儿童文学的生产，同时要将已有的一流作品推介世界，让世界认识、把握中国儿童文学的创作事实与成就；另一方面需要大力关注与投入幻想型儿童文学，争取有一个突破，争取生产出具有中国民族特色的一流的原创的幻想型儿童文学。现实与幻想是儿童文学的两只翅膀，中国儿童文学要发展，这两只翅膀要同时飞翔！行文至此，我想提出一个“曹文轩模式”。曹文轩主要从事未成年人小说——成长小说的创作。他的作品包括《草房子》《山羊不吃天堂草》《红瓦》《根鸟》以及最新出版的《青铜葵花》显然是扎根现实的，直接服务于今天少年儿童精神生命健康成长的需要。但是，他的作品所表现出的现实主义精神以及现实型文学的构建、方法、意境、情趣、格调，又不同于以往的现实型儿童文学。在曹文轩的作品中我们还能看到另外的一面，那就是张扬幻想，崇尚人的情感与欲望，关注人的精神、灵魂与境界，追求艺术永恒与审美感动。在这种特质背后，我认为隐含着一种幻想型儿童文学的因素——他把儿童文学的价值取向置于影响人的情感、性格、精神与灵魂，重在打造人性的养成，而不是重在影响人的意识形态、社会认知、人生立场。在他的小说创作中我们可以感受到浪漫的、诗意的、想象的、空灵的、飞翔的特质。这与传统的现实型儿童文学作品有很大的不同。比如，《草房子》的背景是20世纪60年代初，那是三年困难时期，民生凋敝，生活困苦，人的精神状态比较粗糙，但我们在这部作品中很难看到这一面，而更多地看到的是江南水乡的一种舒缓、温柔、优美的格调与人性向善向美的精神延伸和拓展，这里面有曹文轩的理想主义浪漫主义在起着作用。我认为曹文轩的小说是一种现实型构架与幻想型精神的有机融合。这种模式对于我们今天的原创儿童文学生产是很有启发性的。

总之，21 世纪中国原创儿童文学的发展，第一，应取现实型与幻想型形成互补、两只翅膀一起飞翔的路向，用更加丰富的多元的儿童文学作品服务于我们的少年儿童；第二，应寻找、探索出有中国特色的创作模式和风格，使之既不同于以往的原创又不同于西方的原创，为新世纪的少年儿童提供优质丰产的精神食粮。

（原载 2005 年 5 月 31 日《文艺报》）

论新世纪儿童文学研究

文学研究领域包括文学理论、文学史、文学批评这样三个既有联系又有分工的专业，因之，儿童文学研究自然应由儿童文学理论、儿童文学史、儿童文学批评三个方面所组成。进入新世纪以来。中国儿童文学研究界本着与时俱进、开拓创新的精神，无论是高校与媒介（出版报刊）、专职与兼研、北方与南方、中老年与青壮年，都在积极努力，潜心耕耘。尽管有这样那样的浮躁、利诱、怀疑、焦虑，尽管主流理论界对儿童文学依然心存偏见（例如北京某核心期刊主编就说："我们从来不刊登儿童文学理论。"），尽管这支研究队伍并不大，但我们的工作却是卓是成效的，充分积极地有益于当代中国文学与中国文化建设。据不完全统计，自 2000—2006 年，我国共约出版了 110 种儿童文学论著，发表研究论文与批评文章等约 3800 篇，其中有 5 篇论文被权威的《新华文摘》转载。本着"乐观其成"的意义取向与"与人为善"的批评姿态，本文拟从六个方面对新世纪中国儿童文学研究的主要趋向与创获及其存在问题，做一概略透视。

一、开拓新的研究空间

每个学科都有自己的研究领域、理论体系以及研究方法和专门的术语系统。学科的发展主要体现在拓宽新的研究领域，创建新的理论体系，运用新的研究方法，提出新的理论话语。新世纪中国儿童文学面对市场经济、多元传媒，特别是面对网络时代的新媒体文化——互联网、电子邮件、电视、电影、博客、播客、手机、音像、网络游戏、数码摄像等对儿童文学的影响、冲击与挑战，直面现实，紧贴当下，积极开拓新的研究空间，不断提出新的研究成果，为新世纪儿童文学的发展把脉支招，有力地激活了儿童文学研究领域。开拓新的学术研究空间主要有以下数端：

A. 儿童文学的多媒体研究

多媒体是指以计算机为中心的文本、图形、动画、静态视频、动态视频及声音等多种媒体的有机组合。儿童文学的多媒体研究系指通过丰富的现代媒介手段，探讨与儿童精神成长密切相关的儿童文化艺术样式的当代形态与艺术规律，这有儿童文学与美术联姻的图画书、卡通读物，儿童文学与银屏结合产生的儿童电影、电视，儿童文学与戏剧交融的儿童戏剧，儿童文学与网络牵手的网络儿童文学等。新世纪儿童文学研究在这些方面均有自己的思维性成果。

儿童文学与美术：图画书、卡通读物。最早研究卡通的是杨鹏，他的《中国卡通“卡”在那里》曾被《新华文摘》2004 年第 15 期转载。由湖北少儿出版社 2003 年出版的《卡通叙事学》，是运用结构主义和叙事学的原理探讨卡通故事创作的论著，全书主要以美国和日本的商业卡通为研究对象，旨在探讨卡通故事创作的艺术规律以及中国原创卡通的出路问题。同样出版于 2003 年的谢芳群著《文字和图画中的叙事者》，是较早探讨儿童文学文字与图画关系的硕士学位论文。图画书作为新世纪儿童读物、儿童文化的“新宠”，受到了众多研究者的关注，彭懿、王林、阿甲、方卫平等在这方面用力尤勤。彭懿的《图画书：阅读与经典》（二十一世纪出版社 2006 年版）介绍了国外 64 种经典图画书，通过实例告诉读者如何从头到尾阅读一本图画书的经验，向中国读书界与儿童文学界做了一次卓有成效的图画书“普及教育”，虽然资源是从外国借来的。相对而言，对中国原创图画书的解读、研究却少有人关注。对中国图画书产生研究兴趣的，是来自日本的留学生中西文纪子、浅野法子（北师大）等，这应当引起我国学人的思考。

儿童文学与银屏：儿童影视。儿童影视对少年儿童的影响不仅在发展视觉艺术感知能力，更涉及他们的知识结构、行为方式、审美情趣乃至人格与素质的养成。目前国内研究儿童影视的主要是一批北京学者。2005 年欣逢中国电影百年华诞，张之路的《中国少年儿童电影史论》、颜慧、索亚斌的《中国动画电影史》由中国电影出版社同步出版，填补了中国儿童电影发展研究的空白。此前林阿绵编著的《中国儿童电影 80 年》（远方出版社 2003 年）以及《20 世纪中国儿童故事片概述》《20 世纪中国美术电影发展概述》等论文，也对中国儿童电影做了梳理钩沉。特别是北京师范大学郑欢欢的博士学位论文《论中国当代儿童电影的基本精神》（2007），注重儿童电影与儿童生命世界之间的深层逻辑关系，以"人性建构""青春关怀""幻想张扬"三个层面，深入探讨中国当代儿童电影中的战争题材、中学生题材、幻想题材等三类影片的审美嬗变过程，揭示了儿童电影的艺术本质，对儿童电影研究具有突破性的意义。此外，《中国儿童电影的现状与发展》（侯克明主编，中国广播电视出版社 2006 年版），《北京影视传媒精品论文集》（北京影视艺术家协会组编，中国大百科全书出版社 2005 年版）等，也对儿童电影做了多方位的思考。

网络儿童文学 1994 年国际互联网进入中国大陆，新世纪网络文学迅猛发展。儿童文学充分利用因特网这一媒介，寻求新的传播渠道。网络儿童文学包括首先在网络上发布、储存、传播和阅读的网络原创儿童文学，以及传统纸媒体儿童文学作品的网络化形态。互动性、游戏性、超文本是网络儿童文学的重要特征。集游戏、影视、聊天、flash 动画、MP3 音乐、搞笑等于一体的网络文化，对青少年儿童具有巨大的诱惑力。郝月梅的《电子传媒文化与儿童文学》（《上海大学学报》2000 年第 6 期）、阮咏梅的《对网络儿童文学的浏览和思考》（《广西社会科学》2003 年第 6 期）、陈昕的《穿行在光影交错的空间里——略论网络对儿童文学创作主体的影响》（《浙江师范大学学报》2004 年第 3 期）、陈文高的《多元媒体背景下的当代儿童文学》（2005）等论文，就网络对儿童文学的多方面影响及其存在问题和对策提出了自己的思考。网络儿童文学批评大多文风自由轻灵，直抒胸臆，但也存在着某种不负责任的现象。如有人在网上发帖"要向安徒生吐口水"，有人百般责难儿童文学畅销书，说什么"卫生纸最畅销"。看来，如何利用现代因特网这一特质媒介，加强儿童文学建设，还有很多问题需要探讨。

B. 儿童文学与语文教学研究

儿童文学与语文教学之关系，在很大程度可以说是“一体两面”之事。叶圣陶早就说过：“小学生既是儿童，他们的语文课本必是儿童文学。”[1] 进入新世纪以来，随着中小学语文教学改革的深入，儿童文学的重要性及其对语文教学的影响作用，已成为儿童文学研究的一个重要生长点。方卫平、曹文轩等积极介入《新语文》的选编工作。周晓波主编的《当代儿童文学与素质教育研究》（少年儿童出版社 2004 年版）、朱自强著《小学语文文学教育》（东北师范大学出版社 2002 年版）、曹文英著《儿童文学应用教学研究》（2007）、王林的博士论文《论现代文学与晚清民国语文教学的互动关系》（2004）等，从不同层面探讨了语文教学与儿童文学的深层逻辑联系，以及儿童文学作为语文教学重要课程资源的历史经验与教育策略。被列为“教育部哲学社会科学研究重大项目”子课题，由王泉根、赵静等著的《儿童文学与中小学语文教学》（广东教育出版社 2006 年版）一书，从课程资源研究、比较教育研究、对策研究、文体教学研究、实践研究等五个方面，系统探讨了儿童文学与中小学语文教学的关系，并就当前语文教学存在的问题及解决对策等发表了看法，呼吁小学语文教学应“儿童文学化”。

C. 儿童文学阅读推广研究

梅子涵、王林、阿甲等是新世纪儿童文学阅读推广的积极倡导者和实践者。梅子涵在《中国图书商报·书评周刊》上开设的《子涵讲童书》专栏，倡导经典阅读，以后结集为《阅读儿童文学》（少年儿童出版社 2006 年版）一书。王林发表的《以儿童阅读运动推动儿童文学的发展》《班级读书会的组织与开展》《看台湾的儿童阅读运动》等文，陈晖著《通向儿童文学之路》（新世纪出版社 2005 年版）、“红泥巴读书俱乐部”创办人阿甲著《帮助孩子爱上阅读：儿童阅读推广手册》（少年儿童出版社 2007 年版）、《孩子最爱看的 101 本书》（2002）等，就如何向家长和老师推荐儿童阅读的观念和方法，如何通过推广儿童阅读的途径来改善儿童文化的社会生态环境，以及如何理解经典、阅读经典，做了多方面的探讨。在电子媒介、游戏机汹涌如潮的年代，推广儿童阅读特别是经典儿童文学的阅读，其意义不仅在于儿童文学系统工程的有效建设，更是关系到儿童文化的生态环境与精神素质的建设，因而具有重要的现实意义与社会需求。

D. **儿童文学出版传播研究**

新世纪有关儿童文学、儿童读物出版传播研究的重要文章，主要刊发在北京的《中国少儿出版》季刊，重要理论著作与论文集有：海飞著《童书海论》(明天出版社 2001 年版)、《童媒观察》（明天出版社 2005 年版），中国编辑学会少年儿童读物专业委员会组编的《创新与开拓》（少年儿童出版社 2000 年版）、《迈向新世纪的少儿编辑》（重庆出版社 2003 年版）等。这些论著的作者上至新闻出版总署、中国版协领导以及各地少儿社社长，下至辛勤耕耘在第一线的编辑、营销人员等，既有宏观性、战略性、指导性的评论、综述、总结，也有具体到一本书、一个选题、一幅插图的编辑心得、经验甘苦；既有追踪反映国内少儿读物、儿童文学编辑策划，阅读推广、理论批评等方面的专题、专论，又有介绍世界少儿图书、儿童文学出版现状、发展趋向以及中西对话交流的专稿、专论，为中国儿童文学与童书的出版传播研究提供了十分丰富的经验，有力地拓宽了新世纪儿童文学研究的思维空间。特别是发表在《中国少儿出版》上的一些兼具出版人与评论家双重身份作者的文章，给儿童文学界更具启示，如海飞《中国少儿图书出版概论》、汤锐《新世纪儿童文学的走向》《商业化趋势中儿童文学的建设》、郑开慧《儿童文学呼唤畅销书》、李学斌《我所理解的幻想文学》、汪晓军《隐忧·尴尬·主体意识——儿童文学出版浅谈》、徐鲁《在阅读感觉与编辑理念之间》等。北京师范大学陈苗苗的博士学位论文《出版文化视野下的中国当代儿童文学——以 20 世纪 90 年代末以来为个案》(2007)，直面新世纪商业化趋势下的少儿图书市场与儿童文学产业化运作的复杂景观，深入探讨了“儿童文学产业化运作”的建立过程、现状、特征，细致地分析了市场对儿童文学创作与生产传播的影响关系，就少儿出版的价值观念、生产方式、生产体制、传播渠道等对儿童文学整体发展的制衡提出了思考与批评，深化了出版传播研究的论题。

在开拓新的学术研究空间方面，由方卫平主编、浙江师范大学儿童文化研究院等主办的《中国儿童文化》年刊（2004年创办），对此做了积极努力。该刊设有《儿童哲学》《儿童文化》《儿童文学》《影视戏剧》《出版广角》《图画书》《海外视域》等栏目，从已经发表的三辑95篇文章看，所涉内容广泛，角度新颖，研究视野开阔，如钱理群《关于〈新语文读本〉小学卷的通信》、郝月梅《"趣"与卡通片》、周汉友《我国儿童戏剧发展之历史回眸与现实描述》（第1辑），郑欢欢《中国儿童电影：机遇与挑战并存》、李晨《八十风雨香如故——谈国产动画片的民族风格》、陈颖《视觉文化中的影像暴力研究——以动画片为例》、王宜清《1995—2005美国部分CG动画散论》、彭懿《图画书中关于死亡与生命的思索》（第2辑），方卫平《图画书在中国大陆的兴起》、陈乐华《以经典引导儿童:〈新语文读本〉小学卷的编写指导思想》（第3辑）等。

二、提出新的理论话语

衡量学术研究进步与否的一个重要尺度是不断提出新的理论话语，建构具有自身学术个性的话语系统。话语既是一种学术观点、理论内容，也可以是一种方法。中国儿童文学的理论话语长期以来往往是成人文学理论话语的翻版制作，甚至浅化、庸俗化，缺乏自身独特的理论发现与话语系统。20世纪八九十年代以来，随着学术研究的深入和进步，出现了一些重要的儿童文学理论话语，有力地促进和影响着儿童文学理论批评，如："儿童文学作家是未来民族性格的塑造者""儿童文学的三个层次""儿童反儿童化""儿童文学的三大母题""儿童文学的双逻辑（成人／儿童）支点""儿童文学的成长主题""儿童文学的童年记忆""原始思维与儿童文学审美创造"等。新世纪中国儿童文学研究界依然保存着活跃的创造性思维，针对当下儿童文学的新格局、新现象、新问题，发现和提出了一些有意义的理论话语。我以为，最具实质性意义和学术价值的有下列这些：

A."儿童文学的使命在于为人类提供良好的人性基础"

这是曹文轩在《文学应给孩子什么？》（《文艺报》2005-06-02）一文中提出的。拥有小说名家与北大教授双重身份的曹文轩，在潜心创作的同时也在不断思考着中国儿童文学的理论话语。20 世纪 80 年代他提出了“儿童文学作家是未来民族性格的塑造者”，有力而有效地激活了儿童文学的创作与理论批评。进入新世纪，他认为有必要修正以前的这一话语，提出了新的看法：“儿童文学的使命在于为人类提供良好的人性基础。我现在更喜欢这一说法，因为它更广阔，也更能切合儿童文学的精神世界。”曹文轩从道义感、情调、悲悯情怀三方面立论，认为儿童文学的目的“是为人打‘精神的底子’”。显然，这是曹文轩站在更高的精神视野来看待儿童文学。这是超越了狭隘的民族语境，以一种人类文化大视野也即“全球意识”来重新解读儿童文学的价值意义。新世纪儿童文学需要的正是这样一种精神高度。人类在当今世界所遭遇的种种深层次困境和挑战——战争与恐怖、全球性气候变暖与生态环境恶化、有限的地球资源争夺与可持续发展、伦理道德的荒废与青少年犯罪激增、现代人的生存困境与拯救等，需要借助全人类的共同智慧和力量，包括通过文化与文学这种特殊的精神性力量来修复与拯救人类自身。童心是相通的，儿童文学是最能沟通人类共同的文化理想与利益诉求的，正如曹文轩所说：“如果今天有人觉得用神圣的目光看待文学是可笑的话，我想是不会有人去嘲笑用神圣的目光看待儿童文学的……如果他是人父人母。”

B. **“以善为美是儿童文学的基本美学特征”**

这是笔者在《论儿童文学的基本美学特征》(《中国儿童文学》2004 年第 4 期、《北京师范大学学报》2006 年第 2 期）一文中提出的。笔者认为，儿童文学在人类文化与文明中的作用在于实现人类社会对下一代的文化期待，这是一种具有生命意义和“人是目的”（康德语）的价值期待。与成人文学大致倾向于“以真为美”的美学取向不同，儿童文学选择的是“以善为美”。儿童文学“以善为美”的内涵正在于人（儿童）自身，在于指向人（儿童）自身的完善，即通过艺术的形象化的审美愉悦来陶冶和优化儿童的精神生命世界，形成人之为人的那些最基础、最根本的价值观、人生观、道德观、审美观，夯实人性的基础。笔者“以善为美”的观点与曹文轩的“儿童文学的使命在于为人类提供良好的人性基础”有精神上的相通之处，其目的都是希望在芜杂的现世人性与道德荒废的时空中，文学能为人类下一代的精神打底发挥积极有效的作用。

C.“童话的特征在于人类愿望的表达和满足性”

这是北京师范大学舒伟在其博士学位论文《中西童话研究》（吉林大学出版社 2006 年版）中提出的。舒伟在这里探讨了《魔戒》作者、英国著名童话理论家、神话学家托尔金的一个重要童话理论观点。托尔金认为：“愿望的满足性”是童话的重要特征，“童话故事从根本上不是关注事物的可能性，而是关注愿望的满足性。如果它们激起了愿望，在满足愿望的同时，又经常令人难忘地刺激了愿望，那么童话故事就成功了”。现代人（包括现代儿童）的愿望是多种多样的，托尔金认为有四种愿望却是最基本的，这有：探究宇宙空间和时间的深度、广度；渴望与其他生物进行交流和沟通；探寻奇怪的语言；探寻人类远古时期的生活方式。童话（包括整个儿童文学）的艺术真实不是“生活之真”，而是符合儿童思维特征与心理图式的“愿望之真”。舒伟在肯定托尔金的童话观以后，进一步阐述：“在童话中你无法用常识去衡量在生活中可能发生，还是不可能发生这样、那样的事。你只能用心去感受生命的律动，心底的愿望。我们曾经听到许多小读者的诉说，他们知道童话里发生的事‘不是真的’，但他们‘希望那是真的’。童话滋养的就是儿童内心各种愿望的满足性。童话这面神奇的镜子映照的不仅是儿童眼中的世界，更是儿童心中的世界。童话正是通过浪漫主义的幻想手法把现实中儿童希冀的愿望表现出来，用幻想性的离奇去替代那平凡的甚至令人失望的真实性。”

什么是童话？童话是什么？自从出现“童话”一词以来，人们做过种种阐释，下过无数定义。结合托尔金的童话理论和舒伟的阐释，今天我们似乎可以给童话给出这样一个定义：“童话是一种非写实的以幻想精神作为主要审美手段用来表达和满足人类愿望特别是儿童愿望的文学作品。”

三、批评新的创作现象

文学批评是一种以文学产品为中心而兼及一切文学活动的理性分析、公正评价与实事求是探究的精神活动。文学批评应追求批评观念和批评方法的多样化，应坚持一切从生动具体的文学实践出发，将批评置于实在的文学创作沃土之上。新世纪以来的儿童文学批评，针对不断发展变化的创作现象，及时地积极地做出了自己的观察与评价。

A. 宏观批评

宏观批评力图整体地把握当今儿童文学在社会变革、传媒多元与文化冲突中的创作思潮、创作现象与重大文学事件，阐明当下创作的总体特征和精神走向，提出存在问题与未来愿景，试图通过把脉支招，激励士气，引导创作的发展。新世纪儿童文学宏观批评的重要文章有：束沛德《新景观大趋势——世纪之交中国儿童文学扫描》，金炳华《为未成年人健康成长营造良好文学环境，进一步发展繁荣儿童文学事业——在全国儿童文学创作会议上的讲话》，朱自强《中国原创儿童文学的困境和出路》，方卫平《论儿童文学先锋作家的创作心理轨迹》，韩进《建设原创儿童文学的和谐生态》，张锦贻《新世纪初中国少数民族儿童文学的发展》，吴其南《20世纪中国儿童文学中的儿童形象》，王泉根《中国儿童文学的历史性跨越》《新世纪中国儿童文学的新亮点》，汤素兰《中国儿童文学现状审视》，束沛德、高洪波、樊发稼、张之路等《〈百年百部中国儿童文学经典书系〉总序》等。此外，由中国作家协会儿童文学委员会选编、江苏少年儿童出版社出版的2001—2006年各卷《中国儿童文学年鉴》，所特约撰写的年度儿童文学创作、评论、出版综述，就本年度的儿童文学相关现象，从宏观立论，做出全面系统的批评与探究，为研究新世纪中国儿童文学提供了重要参照。

新世纪以来召开的多次重要儿童文学会议及其公开出版的论文集，更是从多角度、多层次、多方面地考察探讨当下儿童文学现象，提出了许多中肯的批评和富有深度的观点。这方面的重要论文集有：2002年8月在大连召开的“第六届亚洲儿童文学大会”论文选集《当代儿童文学的精神指向》，54篇论文围绕本届大会“和平、发展与21世纪儿童文学”的主题，就本国、本地区儿童文学的发展现状，儿童生存现状与儿童文学，战争、和平与儿童文学，生态环境与儿童文学，传媒出版与儿童文学以及各国儿童文学交流等具体论题，展开了深入探讨。2004年10月在深圳召开的“第三次全国儿童文学创作会议”论文集《光荣与使命》，与会代表就2000年在北京召开的第二次全国儿童文学创作会议以后五年间我国儿童文学的创作、出版现状、发展趋势及前景，特别是如何全面贯彻落实《中共中央国务院关于进一步加强和改进未成年人思想道德建设的若干意见》，充分发挥儿童文学在未成年人精神生命健康成长中的作用，发表了重要意见与观点。2005年5月在青岛召开“中国原创儿童文学现状和发展趋势研讨会”论文集《中国儿童文学的走向》，与会代表的38篇论文，涉及儿童文学的原创生产、文化意识、本土风格，幽默儿童文学、成长电影、图画书、动漫产业、商业化趋势中儿童文学的建设等一系列当下儿童文学的热点、焦点问题，有力地活跃了新世纪的儿童文学批评。

关于儿童文学的宏观批评，我们还应提到《中国儿童文学五人谈》。五人谈观点鲜明，对儿童文学创作与研究中的热点问题做了梳理与辨析，对谈中不时出现的思想火花尤其是渴望新世纪儿童文学有所创新、有所突破的那一种焦虑感及儿童文学工作者的社会担当意识，给人留下深刻印象。

B. “低龄化写作”批评

低龄化写作是新世纪文学的一个突出现象。所谓低龄化写作，即智慧早熟的少年儿童的写作活动，媒体对此称谓不一，或称“少年写作”“神童写作”“青春写作”“‘80后’写作”“‘90后’写作”等。低龄化写作很难纳入儿童文学范畴，但由于是少年儿童的写作现象，因而自然会影响到儿童文学。这方面的重要文章有：苏叔阳《关于“少年作家”的几点议论》，王林《大陆低龄化写作的文化意味》，王泉根《“神童”出书病在哪里？》，易舟《低龄化写作要引导不要炒作》，徐妍《凄美的深潭：“低龄化写作”对传统儿童文学的颠覆》《满目繁华与遍地危机：2005年青春文学的文化批判》《文学史视野下的“80后”写作：粉碎泡沫或重新出发》等。对低龄化写作的主要批评意见是：有这么多的孩子热爱文学，这是好事，“但是，一、别把他们惯坏了；二、也别把他们损坏了”（苏叔阳），需要的是正确引导。尤其应警惕商业利润诱惑下的“早熟的苹果好卖”（王泉根）。低龄化写作也反映出当前儿童文学创作的某些困境，“孩子们厌倦了主流文学对他们的叙述，跳出来‘自画青春’，自己生产符号”（王林）。“低龄化写作冲击了成人目光里的儿童文学，突破了‘寓教于乐’、‘白雪公主’与‘变形金刚’等模式写作，直接呈现了一个孩子在白日与夜晚的迥异的世界”，“实现了用文字敲打出幽闭的心灵并亲自书写自己思想”（徐妍）的快感。低龄化写作正是以这种同龄人写同龄人，以少年的眼光写自己、写校园、写社会的亲历性、亲和力，赢得了广大少年儿童的共鸣，创下畅销的奇迹。

“低龄化写作”的年轻群体已经长大起来，由他们书写的文学无论是称作“青春文学”还是“校园文学”，正渐趋成熟，理性，越来越多的写作者意识到“低龄写作”“青春写作”不应是一场“行为秀”，“残酷”绝非“青春”的本色，向真向善向美正在成为青春写作的一个关键词。因而对从新世纪初勃兴的“低龄化写作”，批评界理应做出“与时俱进”的回应。徐妍《文学史视野下的“80后”写作：粉碎泡沫或重新出发》一文，从“文学史视野下的反叛话语”“以断裂方式接续或重写文学史”两个方面，细致地考察了“80后”文学的实绩与存在问题。徐文认为“80后”写作表现出对现当代文学史中“反叛立场”“青春疼痛期主题”“理想主义话语”“形式探索”的断裂式接续、书写、重建与实验，但同时也存在着诸多遗憾。“青春文学”始终是中国现当代文学史的文学生长点。每一时代的“青春文学”在文学史中都有不成熟之处，总会遭遇各种批评。正是在各种批评中，每一时代的“青春文学”成长并壮大起来。张永禄的《“80后”成长小说得与失》从成长小说的角度考察了“80后”小说。“现在进行时写作”是“80后”成长小说的突出特点，因而更多带有及时感发的意味，以及很强的情景化色彩和生命现场感。“80后”作为在市场经济语境中长大的“独生一代”使他们的成长小说叙事语法显明地具有独特性，这包括“引导类型上的伙伴情谊”与“主人公的‘半成人’形象”，因而使作品中的风格具有“独立／依赖；坚强／脆弱；狂欢／孤独”的分裂性特征。“80后”近乎本能的自便性写作，无意中冲击了现当代成长小说的一些艺术陈规，呈现出了某种艺术新质。但它仍是一种“远未成熟的成长小说”，需要从各方面加以努力。2006年在网络博客上闹得沸沸扬扬的“韩白之争”，说明对“低龄化”或“80后”的写作已引起了批评界的高度重视。白烨对“80后”的评价可以视为批评界的重要立场：“从总体上看，‘80后’带给我们的一个重要意义是，由他们现在从观念到手段的不一而足，预示了我们的文学在将来可能发生较大的变化。”“‘80后’一个突出而共同的特点是率性，而且表现得相当自觉和充分，对社会人生的看法以及相应的表达都不藏不掖，具有一种自然状态的真实性。”“这批写手在艺术感觉上和文学语言上都很有个性，很有天分，几乎个个都有属于自己的别致之处。”此外，张未民的《关于新性情写作——有关“80后”等文学写作倾向的试解读》，也发表了与白烨相似的观点，认为“直抒胸臆，率性率真，秉具童心，倾笔言情”是“80后”写作的重要特点，张未民将其概括为“新性情写作”。“他们根本不同于从前‘儿童文学’式的‘阳光’概念写作”，“他们所表现的那种真性情，那种未泯的童心，因纯洁而被灼痛的童心性情、天真性情、理想肌质，是值得珍视的，那是真性情的阳光，在主流文学中难得一见。”这些批评应当引起儿童文学界的重视。

C.“杨红樱现象”批评

新世纪初，一位来自西部成都的女作家如同“空降”般地横空出世，短短数年创造了新世纪儿童文学畅销品牌的奇迹。这就是杨红樱的儿童小说《淘气包马小跳系列》、童话《笑猫日记系列》以及《女生日记》《漂亮老师与坏小子》等校园小说系列。据统计，马小跳系列的发行量已超过1000万册，如果再加上其他系列，杨红樱作品的发行总量已高达1700万册以上。杨红樱作品连续多年荣登全国少儿类图书排行榜制高点，被国际著名出版公司哈珀·柯林斯出版集团一次性购走“马小跳”世界全语种版权，创造了中国原创儿童文学大举进入世界少儿图书市场，而且主要是欧美社会的奇迹。同时，杨红樱作品还先后获得“五个一工程”奖、全国优秀儿童文学奖等奖项，并多次被新闻出版总署、中国作家协会等作为优秀读物向全国少年儿童推荐。但使人费解的是，杨红樱在受到小读者明星一般追捧的同时，南方评论界几乎是一片责难。这些文章集中刊发在上海的《中国儿童文学》杂志上，主要有刘绪源《试论杨红樱畅销的秘密》、陈恩黎《儿童文学中的幽默之光——三部获奖幽默小说的文本分析》、朱自强《再论新世纪儿童文学的走势》。这些文章的主要观点认为：杨红樱作品“严重缺乏文学性，但具备了一些搞笑故事特有的畅销因素（颇接近于《故事会》杂志中的《笑话》栏目）”（刘绪源），“我们必须对杨红樱的创作观保持相当的警惕”，否则儿童文学将“蜕变成一种庸俗的大众娱乐”（陈恩黎），杨红樱作品是一种“电视‘图像’式通俗儿童文学创作”，“读杨红樱的童书是‘伪阅读’”，用于孩子们的语文课外阅读“这实在是太不幸，太荒诞了。如果归咎责任，我认为主要不在杨红樱身上，而是在盲目炒作的媒介，不负责任的、缺乏洞见的童书评论界，还有‘阅读’能力低下的成人社会（家长、教师），只贪图后现代‘图像’媒介的经济利益的儿童文化产业”（朱自强）。在这些批评者看来，杨红樱作品的出现实在是一个大祸害，阅读杨红樱实在是一种愚不可及的行为，而向社会公众推荐杨红樱作品则是一群智力低下（“阅读能力”显然是最起码的智力）、不负责任、盲目炒作、只贪图钱财的人！对杨红樱作品如此一棍子打死，在北方和南方遭遇如此冰火两重天的待遇，实在是新世纪儿童文学的一大奇观！

对杨红樱作品做出积极评论的文章主要有：李虹《把纯真留给孩子》、李蓉梅《成长小说的另类叙事：论杨红樱的顽童成长小说》、卫民《孩子心里想什么，我的书里能找到》、余人《孩子为什么喜欢“马小跳”》、李增彩《淘气得有理》、金菁《可以走得更远——淘气包马小跳浅谈》、邓平《“马小跳”现象浅析》等。对于“棒打杨红樱”提出及批评的文章有：李学斌《“杨红樱”该不该挨骂？》、李东华《2005，儿童文学的新声音》、王泉根《儿童读物的好坏到底谁说了算？》《“三分天下”的品牌与杨红樱》《为什么又是杨红樱》。这些文章的主要观点认为：在文化多元的时代，应当允许作家有多样的创作自由与艺术个性的追求，对不同层次的儿童文学作品应该有不同的评价尺度。杨红樱的作品在儿童文学的三个层次中属于专为小学生量身定做的童年文学，她的创作“有一个明确定位：服务服从于童年阶段（小学生）的孩子，作品内容集中在小学校园生活与家庭社区生活，作品角色以小学生与老师为主，作品基调明朗向上，作品风格追求幽默的、快乐的、轻松的，在娓娓道来的有趣情节中，融入一些浅近的立身、处世、为学的人生道理”。杨红樱作品的畅销以及由此带动的为小学生量身定做的童年文学的攀升势头，彻底改变了我国儿童文学长期存在的“两头大，中间小”的现象，即服务幼年期的幼儿文学与服务少男少女（中学生）的少年文学作家多、作品也多，而服务童年阶段（小学生）的童年文学长期以来显得势单力薄。

杨红樱的作品之所以深受孩子欢迎，“这说明孩子们从她所创造的‘顽童世界’和‘成长天空’里找到了他们向往的东西”。他们会有抑制不住的喜欢，有说不出的快乐和幸福。“这喜欢和快乐就是作品的奇异魅力，有了这魅力才能牵引儿童的心，而这魅力源于作者对童心的破解。”（李蓉梅）杨红樱笔下的“马小跳‘文化形象’的创造顺应了中国儿童的精神需求”，“融入了现代人文关怀精神，架起与儿童沟通的桥梁”（邓平）。因而杨红樱的成功是“深刻地理解了一个‘真正的童年世界’与‘成人诉求的童年世界’差别之所在”（邓平），是一种成人作家真正理解、把握与融入儿童精神世界的成功。而这不正是儿童文学长期以来一直呼吁并希望看到的格局吗？

对杨红樱作品的争议，实际上是文学创作现象的丰富性与儿童文学标准单一性之间的矛盾错位，这种现象与20世纪80年代关于《独船》《今夜月儿明》等小说是不是属于“儿童文学”的争鸣，颇有几分相似。如同广义的儿童是幼年—童年—少年不同年龄段孩子的集合体一样，广义的儿童文学实际上是由幼年文学—童年文学—少年文学三个层次组成的。在文学王国，无论幼年文学、童年文学、少年文学都是整个文学不可分割的组成部分，都有其自身独特的创作规律与艺术章法，都有用自己的艺术理论来保护自身文学的特殊规律办事的权利，在文学之林中完全有着自己不可被蔑视、不可被剥夺的文学地位与存在价值。为什么我们可以客观公正地用“浅语艺术”的尺度来评价奶声奶气的幼儿文学作品，而不能同样客观公正地来评价专门为小学生（主要是中低年级）量身定做的童年文学作品呢？杨红樱的作品果真是没有文学性吗？那些动辄就喜欢用外国的经典和中国作家拉扯在一起进行比较的批评者，如果看到现今“马小跳”大举进入欧美少年儿童的阅读空间，不知道将做何感想？是不是也会说这是欧美儿童的“不幸”与“荒诞”呢？

D. 幻想文学批评

幻想文学是以超现实的创造性想象为基本审美手段的文学，媒体为吸引眼球，将其称为玄幻文学，或奇幻文学、眩幻文学等。进入新世纪，由于受到以《哈利·波特》《魔戒》等为代表的全球性幻想文学风暴的影响、借助互联网虚拟空间的优势，我国幻想文学创作方兴未艾，尤其是青少年网络上的在线写作、阅读、传播，更如同燎原烈火一般蔓延开来。儿童文学界对幻想文学的热情在20世纪90年代就已形成，其突出现象是二十一世纪出版社倡导的“大幻想文学”翻译作品与本土原创作品的出版行为。彭懿的《西方现代幻想文学论》、朱自强与何卫青合著的《中国幻想小说论》，对中西方的幻想传统与幻想小说的精神品性等提出了自己的思考，从一个方面丰富了幻想文学批评的话语。对当今幻想文学创作尤其是网络幻想文学提出批评的文章主要有：李学斌《我所理解的幻想文学》、李为《幻构人类心灵之镜——〈魔戒〉的文化解读》、王为《对当前网络玄幻小说趣味的评析》、盖博《中国玄幻小说热潮现象的多元解析》、王泉根《殷健灵与〈风中之樱〉》《中国需要飞起来的儿童文学》等。2006年6月8日，《文艺报》就上海作家殷健灵四卷本幻想小说《风中之樱》的出版，发表陈建功、樊发稼、吴秉杰、范咏戈、蒋巍、牛玉秋、曹文轩、张之路、李东华等在研讨会上的发言；《文艺报》又于2006年12月23日，就广东中学生王虹虹创作的长篇幻想小说《湖蛙》的出版，发表了高洪波、樊发稼、雷达、金波、黄树森、曾镇南、张颐武、谢有顺、张梦阳、安武林的专题文章。

从整体上看，评论界对当前幻想文学创作持一种积极审慎的评价，充分肯定幻想文学对于激励当代文学的浪漫品格、拓展想象空间的意义。张颐武认为现代中国幻想文学之所以薄弱，是“因为民族悲情太痛苦了，中国人的幻想就是用幻想来写苦难，就好像脚上附了两块大铁球往上飞，那是飞不起来的”。新世纪的幻想文学之所以越来越红火？原因就是“中国人开始告别百年的民族悲情”，“中国经济的高速发展为他们提供了机遇和条件——没有那么多历史的惨重的记忆了，拥有了自由想象的空间”。李学斌认为，相比起童话文体、现实题材小说品种的局限性来说，幻想小说无论在艺术表现手法，还是在文体的审美指向上都更加开放，更加多元，存在着无限的可能性。从这个意义上说，在幻想小说的文体特质上实际寄寓着儿童文学现代性的种种趋向，预示着儿童文学的未来走向和文体活力。它的引入必将极大地丰富和拓展中国当代儿童文学最具活力和前景的文体、样式。

幻想文学从整体上说是一种“飞起来”的文学，它对于激活当代文学与儿童文学的浪漫激情和想象张力，具有深刻的现实意义。王泉根认为：“飞起来文学的特色就是幻想文学的特色。所谓幻想，我认为是一种创造性思维。

所谓创造，就是无中生有。现实性的文学强调的是再造性的想象。所谓再造性的想象就是制造，制造就是对已有的东西进行再加工，对我们原有的现实生活进行提炼、概括、集中，使它更加典型化。这就是我们现实性文学创作的最主要的特点。”“我们一方面要继续高扬现实性的、现实主义文学的大旗，另一方面我们也同样需要幻想性的文学创作。幻想性的文学创作从某种角度来说，会更加切合少年儿童生命的本质特色，更加切合儿童的思维方式，儿童的情感世界。”（《中国需要飞起来的儿童文学》）。

幻想文学在我国文坛还是一种新生文学，难免存在这样那样的问题，因而如何对待幻想文学尤其是青少年的网络幻想文学创作，是批评界必须慎重对待的。我们不能以一种漠视甚至蔑视的态度，简单地将幻想文学一笔抹杀，笼统地指认“这类作品文学性、艺术性都很差，主要看点在于胡编一些不着边际的故事，情节荒诞绝伦，以满足青少年的所谓叛逆心理”。（赵强《别让玄幻“玄花”了眼睛》）幻想文学之所以能在新世纪蓬勃生长，是有着深刻的社会、文化原因的。“对待当代作品最要紧不是考证、比较和探本溯源，而是‘品鉴’。”“熟悉天性，热爱天性，尊重天性，并由此产生一种热情。”（蒂博代《六说文学批评》）。幻想文学是属于青少年的文学，青少年的重要特征就是幻想产生追求，追求激发意志，意志雕塑人生。批评家应当积极地关注和引导青少年富于幻想的天性，并对其中的不足加以合理的判断与中肯的批评。批评是一种向作家提出有益的忠告的艺术，对待幻想文学，当下尤其需要具有学理深度的以理服人的忠告艺术。

E.“第五代儿童文学作家”批评

所谓“第五代”，系指出生于20世纪六七十年代而在90年代开始出道并逐渐成名的那一代儿童文学作家。2003年7月16日《中华读书报》发表署名文章《中国儿童五代人》，将百年中国儿童文学作家群体按时代规范与审美嬗变，大致分为五代，文章认为：第五代作家是在改革开放、市场经济、传媒多元环境中长大的，因而他们对文学、儿童文学的理解与前几代都不一样，一个重要区别是“把文学作为自己的爱好，作为他们个人化、私人化的事情”，第五代作家有他们的优势、特色（如网络写作），他们正在成为新世纪儿童文学创作的生力军。但同时也"容易滑向市场化的写作,容易浮躁,缺乏精雕细刻,因而和80年代那种具有使命意识的写作有一定的距离"。李学斌《当前青年儿童文学作家的创作现状和误区》一文,在充分肯定"第五代"作家创作自由度、年龄因素、教育背景等优势的同时,这一群体存在的突出问题提出了批评:"首先是小说精神旨趣的软骨和社会功能的贫血";"其次是作家自我意识的退场和主体性的弱化";"第三是审美价值趋向上的功利化";"第四是小说的文学功能发生迁移。审美作用退居其次,让位于娱乐、消遣、抚慰等现实效应"。产生这些情况的原因是多方面的,但"审美意识的萎缩和商业因素的介入"是重要原因。

商业化选择及其与之相关联的"类型化写作",是新世纪儿童文学创作绕不开的话题,这种现象主要发生在"第五代"身上。"类型化写作"是"第五代"重要作家杨鹏所竭力倡导的。他在《类型化:中国儿童文学的强大之路》中认为儿童文学自诞生以来就可分为"纯文学系"与"娱乐系"两种类型,两类文学应当有不同的评价标准,"娱乐系"的儿童文学也即通俗化、大众化、类型化的作品,"不应当以所谓的'文学性'为标准"。杨鹏提出"纯文学系"与"类型化系"有三方面的区别:"纯文学系"是不可复制的、由作家独立创造、以文学形式独立存在;而"类型化系"则具有可复制性、可批量生产、由团队集体创作,并具有改变成影视、游戏、动漫以及开发衍生产品的潜力。"类型化"的好处实在多多,因而杨鹏呼吁:强大新世纪中国儿童文学,应"重点扶持与发展'娱乐系'的类型化儿童文学"。而"以'文学性'为唯一标准在90年代误导了中国类型化儿童文学的发展,抑制了一些有相关特长的作家的文学探索。从这一点上讲,这种写作理念是有害的"。杨鹏此论遭到了一些同为"第五代"作家的批评。薛涛在《握紧"纯文学系"的手心》中强调儿童文学坚持和加强"纯文学系"的意义,现在需要的应是握紧"纯文学系",然后再考虑"类型化"。李学斌《质疑"类型化儿童文学"的商业化选择》,肯定杨鹏对中国儿童文学结构失衡所做的诊断,但无法认同他所开的"药方"。一方面,"纯文学系"儿童文学完全可以审时度势,走向读者,大有作为;另一方面即使是"类型化"儿童文学,也需要按照文学的规律办事,如果只是一味依傍"商业化""类型化",最终只会消解儿童文学。"类型儿童文学不管如何‘类型化’，它总归还是‘儿童文学’，还必须戴着儿童文学的绣花鞋、小红帽跳舞，还必须具有一些个性的文学的要素。而那种完全模式化的，可以流水线生产的‘格式化’的作品已经完全背离了‘文学创作’的本质规定性”，因而也就不再是文学了。

围绕着“第五代”作家为中心而展开的儿童文学的类型化、纯文学之争，体现出“第五代”对强大新世纪中国儿童文学之路的忧患意识与寻求出路的焦虑感，同时也说明“第五代”作家在有关儿童文学的一些基本价值理念、人文关怀与审美尺度上的复杂状况。看来，如何坚守儿童文学的人文性、纯文学性，如何把握儿童文学的美学尺度与儿童的认同度，还有不少话题需要进行讨论。毕竟儿童文学是文学。德国当代哲学家海德格尔这样描述文学：文学是在大地与天空之间创造了崭新的诗意的世界，创造了诗意生存的生命。中国文学家鲁迅则把文学比喻为国民精神前进的灯火。文学正是给生命以力量和诗意的瑰宝，是永远照耀精神领空的灯火。儿童文学也是如此，它所照耀的是儿童精神生命的领空。

四、选择新的研究方法

学术研究作为最高层次的精神性创造活动，自然极为重视方法。方法是抵达彼岸的途径与中介，方法注重优选与效率，重在发现与创新。儿童文学作为文学大系统中的组成部门与特殊学科，其研究方法自然与一般文学的研究方法有相通、相同之处，如伦理学的、社会学的、历史学的、美学的，心理学的、语言学的、文献学的，以及阐释学的、人类学的、文化学的研究方法等。由于儿童文学理论队伍相对薄弱，儿童文学理论自身内在的活力与价值不很彰显，因而我们的研究方法也显得相对单薄，这与学科本身所面对的充满无限生机活力和蓬勃生命状态的研究对象甚不相称。注意研究方法的更新，寻找新的更能切实有效地激活儿童文学学科的研究方法，是新世纪以来儿童文学界的一种气象，这主要体现在一批中青年学者的研究成果上。

A. “儿童视角”研究

所谓“儿童视角”，是指作家以儿童的感受形式、思维方式、叙事策略乃至语言句式去诠释和表达外在的现实世界或心灵中的幻想世界。叙事视角研究属于文学创作的美学研究范畴。叙事视角的多样化选择被视为现代中国小说包括儿童小说确立起独立品质的标志之一。“儿童视角”作为现当代文学叙事视角之一种，自然不是属于儿童文学所专有，事实上不少现当代成人文学作家都将儿童视角作为重要的叙事策略。正因如此，关于“儿童视角”研究在现当代文学研究中引起了相当重视。如王黎君的《中国现代文学中的儿童视角》（《文学评论》2005年第6期）、张宇凌的《论萧红〈呼兰河传〉中的儿童视角》（《中国现代文学研究丛刊》1997年第1期）、方守金的《儿童视角与情调模式：论迟子建小说的叙事特征》（《深圳教育学院学报》2001年第1期）等。“儿童视角”由于是一种“以儿童的眼睛去看，以儿童的耳朵去听，特别以儿童的心灵去体会”（陈伯吹语）的叙事策略，因而不少以儿童视角切入的现当代成人文学作品（主要是小说），也被儿童“拿来”成了自己的读物，如鲁迅的小说《社戏》、林海音的小说《城南旧事》、萧红的小说《呼兰河传》等。王富仁教授认为：“所有杰出的小说作品中的‘叙述者’，都是一个儿童或有类于儿童心灵的成年人。”[2] 自然，所有杰出的儿童小说的“叙述者”必然是立足于儿童本位的写作立场，以儿童视角切入叙述的。“儿童视角”已成为儿童文学研究的重要方法。首都师范大学出版社2007年新版《儿童文学教程》（王泉根主编）、东北师范大学出版社2002年版《儿童文学名著导读》（王泉根主编），都列有“儿童视角研究”的内容。见诸报刊的重要论文有王黎君《儿童视角的叙事学意义》（《绍兴文理学院学报》2004年第2期）、乔世华《以纯朴童心烛照世界：现代小说中的儿童视角》（《江苏行政学院学报》2002年第4期）、时翠萍《谈安徒生童话的叙事视角》（《连云港师专学报》2003年第1期）、王文玲《新时期儿童视角小说创作论》（《东北师大学报》2006年第1期）等。中国社会科学院朱勤的博士学位论文《中国现代文学中的儿童叙事》（2005年），也涉及现代儿童文学创作中的“儿童视角”问题。

B. 成长小说研究

“成长小说”概念在中国学界的提出及其研究是进入新世纪以后的事。儿童文学界最早呼唤成长小说的是曹文轩，2002 年 8 月，他在大连召开的第六届亚洲儿童文学大会上发表了《论“成长小说”》一文。宁波大学芮渝萍教授的《美国成长小说研究》（中国社会科学出版社 2004 年版），是国内第一部系统探讨成长小说的专著，虽然此书的研究对象是美国小说，但芮渝萍对成长小说的定义，成长小说与儿童文学、青少年文学的界说，成长小说的人物与读者定位等的研究，对中国学界尤其是儿童文学界具有重要的启示意义。事实上，国内现在有关“成长小说”研究的不少话语，都是受到了芮渝萍此书的影响。芮渝萍在综合国外成长小说研究的基础上，提出了自己的观点：“成长小说就是以叙述人物成长过程为主题的小说，就是讲述人物成长经历的小说。它通过一个人或几个人成长经历的叙事，反映出人物的思想和心理从幼稚走向成熟的变化过程。”成长小说的艺术特征集中体现在四个方面：第一，成长小说的叙事必须包含人物的成长，主人公的年龄段主要在 13—20 多岁的青少年时代；第二，成长小说的内容具有亲历性，主要反映个人的成长体验和心理变化；第三，成长小说的叙述结构相当模式化，表现“天真—诱惑—出走—迷惘—考验—失去天真—顿悟—认识人生和自我”的心路历程；第四，成长小说的结果总是主人公经历了生活的磨难之后，获得了对社会、对人生、对自我的重新认识。

成长小说研究已成为新世纪当代文学与儿童文学研究的一个亮点，这既是新的研究方法，也是新的研究对象。北京大学李学武的博士学位论文《蝶与蛹：中国当代小说成长主题的文化考察》（中国社会科学出版社 2003 年版）、北京师范大学张国龙的博士学位论文《成长之性：中国当代成长主体小说的文化阐释》（2006 年），是研究中国当代成长小说的重要收获。李学武的论文第一次全方位地考察、梳理了中国当代小说有关“成长主题”的丰富性、复杂性、矛盾性，揭示了成长主题的发展演变轨迹及脉动其后的中国社会的文化选择、文化观念在对待青少年“成长”问题上的复杂现象。论文评述了《小兵张嘎》《韩梅梅》《班主任》《我要我的雕刻刀》《上锁的抽屉》《红瓦》等众多儿童小说的“成长主题”。张国龙的论文提出了“完整、完美成长”，即生理之性与心理之性的统一的理念，对成长小说创作中的“无性成长”提出质疑与思考，深化了儿童文学理论研究的话题。有关儿童文学与成长小说研究比较重要的论文还有：朱自强《“成长故事”：21世纪中国儿童小说创作的艺术富矿》(《中国儿童文学》2004年第6期)、芮渝萍《英国小说中的成长主题》(《宁波大学学报》2004年第2期)、李蓉梅《成长小说的另类叙事：论杨红樱的顽童成长小说》(《当代文坛》2005年第5期)、王仁芳《成长小说美学初探》(《中国少儿出版》2002年第4期）等。

C. 动物小说的伦理／文化研究

新时期以来对儿童文学动物小说的研究，除了传统的社会学、审美学的方法外，还力图从伦理学、文化哲学的层面揭示动物小说的深层内涵。何西来《方敏“生命系列”小说的价值——读〈生命状态文学〉的几点感想》(《文艺报》2001年4月3日）一文，从伦理学的角度对动物小说的意义做了新的思考：“以前，文学作品中的道德伦理和价值取向，只是着眼于人类自身各种关系的协调，如今，人与周围世界，与其他物种的关系，也带有伦理的性质了。拯救濒危动物，就是拯救人类自身，这就有了一个伦理的问题。”何西来认为，新时期以来的动物小说创作，包括以方敏《大绝唱》为代表的“生命状态文学”，突出体现了文学的“伦理价值”，“把长期以人为中心的文学（也包括过去的动物小说、寓言、童话等）观念和创作实践”变成了“站在生物多样化和生态系列多元构成的立场上，来看取物种之间和物种内部的关系”。李蓉梅的《中国当代动物小说动物形象塑造视角研究——以20世纪八九十年代动物小说为中心》(《重庆社会科学》2006年第6期)、《论动物小说动物形象的悲剧美学意蕴》(《中国少儿出版》2006年第4期)，施荣华的《沈石溪动物小说生命文化的美学追求》(《云南师范大学学报》2001年第6期)，也主要是从伦理／文化的角度探讨动物小说的。李蓉梅提出了动物形象塑造的三种叙事视角：“人看动物”的视角，“动物看人”的视角，“动物看动物”的视角。动物形象塑造的多种视角使人类能多角度地了解他物了解自己，让我们自知自己也是动物，但“由于他自知是一个动物，他就不再是动物，而是可以自知的心灵了”。以这“自知的心灵”回望动物就会发现动物和我们一样渴求幸福承受痛苦和畏惧死亡。因此,“我们要像体验自己的欢乐、忧虑和痛苦一样去体验他人的一切”。在地球家园里,人类就是与其他生物共振的弦,为了共振协调,我们必须“满怀同情地对待生存于我之外的所有生命意志”(见李蓉梅《中国当代动物小说动物形象塑造视角研究》)。

D. 儿童文学女性主义研究

女性文学或文学的女性主义研究,在现当代成人文学研究中早已是十分热闹了,不但有多种论著,还有专门的刊物。什么是女性文学?国内学界大致有三种观点:一是以性别分类,认为只要是女性写的就是女性文学;二是从创作立论,认为女性文学是女性所写的表现女性生活并体现女性风格的文学;三是从女性意识出发,认为凡女作家创作的富于女性意识的文学文本才是女性文学。第三种观点认同度较高。此种观点对女性文学的具体阐述是:女性文学是由女性作为写作主体并以与世抗辩作为写作姿态的一种文学形态,它改变了并改变着女性作家及其文本在文学传统的“次”类位置,对主流文化、主流意识形态介入又疏离,体现着一种批判性的精神立场(王侃《女性文学的内涵和视野》)。儿童文学界较早关注女性话题的是周晓波,她发表的《新时期儿童文学女作家创作的情感投入与关注热点》(《浙江师大学报》1994年第6期)、《20世纪90年代女性儿童文学创作论》(收入《中国新时期儿童文学研究》一书),注意到了新时期儿童文学女性作家的创作心理与性别意识。唐兵的《儿童文学的女性主义声音》(湖北少儿出版社2003年版)是以女性主义立场投入儿童文学研究的一部专著。全书的重心是对“五四”以来中国儿童文学中“女孩形象”的历时态梳理,从陈衡哲、冰心、凌叔华笔下的“闺阁女孩”到萧红的“自我女孩”,从刘真、杲向真红色作品中的“假小子”“小大人”,到新时期程玮、陈丹燕、秦文君塑造的“当代少女”,及至殷健灵对女孩性意识觉醒的描写,从中“不难发现女孩们首先反抗的是她们传统的‘在家’的角色,其次才是建构起对自我的认识和内心的声音”。唐兵借助李小江的女性主义理论,对此做了有意味的分析。北京师范大学陈莉的博士学位论文《从冰心到秦文君——中国儿童文学中的女性主体意识》(2007),从“女作家的历史性出场”“女性言说的通道”“主角女孩的成长之路”“女性生命的象征与思考”四个方面切入，系统探究了中国儿童文学中的女性主体意识以及其深刻内涵。陈莉还发表了《结盟与分离：中国女性儿童小说作家笔下的母女关系》（《妇女研究论丛》2005年第6期）、《蝶与蛹：解析中国当代女性儿童小说作家笔下少女的成长》（《广西社会科学》2006年第2期）。此外。香港梁敏儿的《儿童文学的母爱想象》（《重庆社会科学》2006年第7期），也涉及女性主义话题。

E. 儿童文学的文化研究

文学的文化研究（或文化批评）以文化视角观照文学，拓展了文学研究的视野，使文学批评更为丰富与厚重，同时又加强了对于大众文化与文学、流行文化与通俗文学的关注与探究，因而文化研究自20世纪90年代形成气候以来，一直是文学研究的重要方法之一。相对而言，儿童文学的文化研究则是进入新世纪以后的事。北京师范大学张嘉骅的博士学位论文《儿童文学的童年想象》（2004）较早采用文化研究的路数探讨儿童文学。论文从“权力关系”“集体记忆”“互文性”“文学场域”“民族”“话语”等入手，对儿童文学中的“童年”问题进行了富有理性深度的探讨，提出了“重造童年”“变动童年”“复数童年”的概念，而“互文性儿童观”的提出更是发前人之所未发。论文强调文化力量对于儿童文学“童年”话语的形塑，不主张一体化和原质性的儿童文学研究，观点新锐，呼应了国际儿童文学研究的新变化。儿童文学的文化研究所涉及的内容较多，朱自强有关儿童文学的“身体生态”，研究，如《童年的身体生态哲学初探》（《中国儿童文化》2005年总第2辑）、《童年的诺亚方舟谁来负责打造》（《中国儿童文化》2004年总第1期），马力的《对儿童的文化身份重新提问》（《文艺报》2004-02-28），张嘉骅的《文化研究：切入儿童文学的一种视角》（《中国儿童文学》2003年第1期），金莉莉的《儿童、动物与成人的文化想象——对现当代童话中的动物形象的文化解读》（《中国儿童文学》2003年第4期）等，均是儿童文学文化研究的产物。

我们应特别提出刘晓东的研究成果。刘晓东是南京师范大学教育科学学院的教授，他本是学前教育专业出身，但其研究范围涉及儿童哲学、教育哲学、学前教育、道德教育乃至儿童文学，由于他对儿童与儿童教育的研究主要落脚在文化哲学层面，从“更儿童的”角度去看待儿童和儿童教育，因而他的研究成果如《儿童精神哲学》(《南京师范大学出版社 1999 年版》)、《儿童文化与儿童教育》(教育科学出版社 2006 年版)，给儿童文学与儿童文化带来深刻的学理冲击与启示。例如,他关于“儿童是谁”(见《儿童文化与儿童教育》)的发问与阐释，从“儿童是人，但不是小大人”“儿童是‘探索者’和‘思想家’”“儿童是‘艺术家’‘梦想家’和游戏者”“儿童是自然之子”“儿童是历史之子”“儿童是成人之父”“儿童是成人之师”“儿童也是文化的创造者”等八个方面，对“儿童”观念做了全面系统的解读和检讨，将儿童的地位、意义与价值提高到了史所未有的高度。这对以“儿童”为服务对象与表现中心的儿童文学来说,无疑具有重要的启示作用与现实意义。儿童文学界有关“儿童本位”与“过本位”，儿童文学的“成人化”与“儿童化”，儿童文学要不要坚守儿童本位、儿童视角、儿童趣味的写作立场等的讨论与顾虑，都可以从刘晓东那里得到有益的借鉴与启示。此外，刘晓东还发表过《试论儿童精神发生学对儿童文学创作及儿童教育研究的影响》(朱自强主编《中国儿童文学的走向》，少年儿童出版社 2006 年版)、《童年研究：“根”的探寻》(《中国儿童文化》2005 年总第 2 辑）等。

在选择新的研究方法方面，朱自强编《儿童文学新视野》(中国海洋大学出版社 2004 年版）是一部力图以研究方法为视角选编的论文集，全书由“儿童文学：历史 · 文化 · 哲学”“儿童文学观念建设”“艺术形态论”“儿童文学新批评”“儿童文学读者论”“儿童文学与语文教育”六大板块组成。入选的 34 篇论文涉及面广，研究方法不拘一格，对儿童文学的观念更新与方法更新均有重要参考价值。

五、重绘新的文学图志

儿童文学史研究、作家作品研究是儿童文学学术研究的重要内容之一，它既是对已经成为历史的文学过去式的整理和探究，也是通过以史为鉴，促进和引领文学现在进行时态良性健康发展的重要手段。新世纪儿童文学研究在文学史、作家作品及其史料文献的整理研究方面，出现了新的突破，其实绩令人鼓舞。

A. 作家作品研究

首先我们应提出由蒋风、樊发稼主编的《中国著名儿童文学作家评传丛书》，这套丛书由希望出版社出版，其研究对象是五四新文化运动以来中国第一代、第二代作家中的代表性人物。20 世纪 90 年代以来，已经出版张锦贻著《冰心评传》(1998 年)、汪习麟著《贺宜评传》(1998)、王炳根著《郭风评传》(1998)、马力著《任溶溶评传》(1998)，进入新世纪又出版了巢杨著《严文井评传》(2000)、张锦贻著《张天翼评传》(2000)、韩进著《陈伯吹评传》(2001)、汪习麟著《洪汛涛评传》(2003)、彭斯远著《叶君健评传》(2004)等，总计文字在 300 万字左右。这套丛书的出版，不但为研究传主的文学道路、创作成就与艺术经验积累了丰富详尽的史料与成果，同时对研究 20 世纪中国儿童文学的发展历程与文学思潮，提供了充分有力的细节与借鉴。因为正是这些作家的创作成就与儿童文学思想，支撑起了现代中国儿童文学秀华光发的艺术大厦。

2005 年是著名儿童文学作家张天翼、陈伯吹诞辰 100 周年纪念。中国作家协会、上海作家协会等单位分别在北京、上海举行了纪念座谈会和研讨会。《文艺报》的儿童文学评论专栏于 2006 年 9 月 21 日、2006 年 7 月 29 日发表整版文章，纪念和研究这两位文学大家，重要文章有：金炳华《毕生保持鲜活童心的文学大家》、束沛德《忆张天翼》、张章《笑对沧桑的父亲》、高洪波《百岁陈伯老》、束沛德《陈伯吹与儿童文学建设》等。研究张天翼、陈伯吹的重要文章还有：杨宏敏、王泉根的《叶圣陶、张天翼童话之比较》(《中国文学研究》2006 年第 3 期)、吴其南的《张天翼童话的反欲望叙事》(《浙江师范大学学报》2006 年第 6 期)、公日的《为小孩子写大文学——陈伯吹儿童文学桂冠书系总序》(《中国儿童文学》2006 年第 3 期) 等。2006 年，有两部陈伯吹传论同步出版，即王宜清著《陈伯吹论》(少年儿童出版社 2006 年版)，中共上海市宝山区委党史研究室等编《陈伯吹》(中共党史出版社 2006 年版)，发掘了不少陈伯吹研究的珍贵史料。如《陈伯吹》一书中樊发稼的《陈伯吹先生的十七封信》、束沛德的《默默耕耘七十三春秋——怀念陈伯吹》、盛巽昌的《陈伯吹在解放战争时期》、周基亭的《陈伯吹儿童文学奖的创立和发展》等。

现当代儿童文学重要作家作品研究在新世纪文学研究中占有重要位置，这方面的论著与文献有：樊发稼著《追求儿童文学的永恒》（河北教育出版社2000年版）、赵郁秀主编《生命的绿洲：胡景芳纪念文集》（辽宁少儿出版社2001年版）、《张美妮儿童文学论集》（重庆出版社2001年版）王俊康主编《饶远绿色童话评论集》（新世纪出版社2001年版）、《金江文集·评论集》（中国戏剧出版社2002年版）、《郭大森散文评论集》（时代文艺出版社2002年版）、樊发稼著《回眸与思考》（希望出版社2002年版）、《杨实诚儿童文学论集》（天津教育出版社2002年版）、湖南省寓言童话文学研究会主编《湖南当代童话寓言作家略论》（湖南少儿出版社2003年版）、《守望与期待：束沛德儿童文学论集》（接力出版社2003年版）、彭斯远等编《少年精神世界的守望者——邱易东诗歌研究》（新疆人民出版社2003年版）、谭旭东著《当代儿童文学的重镇——李凤杰创作论》（中国文史出版社2004年版）、刘绪源著《文心雕虎》（少年儿童出版社2004年版）、《周晓评论选续编》（少年儿童出版社2004年版）、《希望的文学：苏平凡与儿童文学》（安徽少儿出版社2004年版）、周更武主编《守望的情绪——蒋风的儿童文学世界》（香港新天出版社2005年版）、陈洁著《亲历中国科幻——郑文光评传》（福建少儿出版社2005年版）、谭旭东著《重绘儿童文学地图》（陕西师范大学出版社2005年版）、孙建江著《童年的文化坐标》（明天出版社2006年版）等。吴其南著《守望明天——当代少儿文学作家作品研究》（宁夏人民出版社2006年版）是一部厚重的作家论，探讨了柯岩、孙幼军、曹文轩、秦文君、班马、梅子涵、周锐、邱易东、韦伶等9位作家的文学实践，并细致深入地阅读分析了这些作家的文本，力图“对发展中的中国儿童文学有一个近距离的感受”。像这样进行具体文本审美解读的作家论，在文坛已不多见。韦苇著《精神伴读》（湖南少儿出版社2000年版），也是精读作家文本的扎实之作。

B. 中国儿童文学史研究

在儿童文学史的研究方面，张永健主编的《21世纪中国儿童文学史》（辽宁少儿出版社2006年版），无疑是一部厚重的新著。虽然有关中国现当代儿童文学史已经出版多种，但张永健主编的这部85万字的新著，无论在儿童文学历史的梳理与探究、文学史料的发现与开掘，以及海峡两岸暨香港、澳门儿童文学景观的全方位把握等方面，都显示出了自己的特色与优长。例如关于"五四"以前的"学堂乐歌"、启蒙报刊中的儿童诗，关于凌叔华、梅娘的儿童文学创作，关于冯雪峰的寓言，关于刘知侠《铁道游击队的小队员们》，关于乔羽的儿童剧，以及有关台港澳儿童文学的梳理，都给人以新的发现与评判的欣喜和启示。但由于此书是由多达43人执笔的集体之作，加之部分执笔者是初涉儿童文学的在校研究生，因而难免有鲁鱼亥豕之憾，如论及笔者的《现代儿童文学的先驱》，认为这部"专著对鲁迅……张天翼等在中国现代儿童文学史上产生过重大影响的理论家、作家进行了一次清晰的勾勒和中肯的评价"。其实此书研究的是20年代叶圣陶、郑振铎、茅盾等发起的"儿童文学运动"，根本没有涉及鲁迅、张天翼，显然这是执笔者想当然而已。南开大学李利芳的35万字博士学位论文《中国发生期儿童文学理论本土化进程研究》(中国社会科学出版社2007年版)，是中国儿童文学理论批评史与现代儿童文学早期历史研究的突破性成果。全书从儿童文学新观念新思维的形成、儿童文学重要文体研究、儿童文学与中国现代教育的关系三方面入手，将西方儿童文学理论发展趋势置于比较视野，系统考察了中国发生期（从1912年至20世纪30年代中期)儿童文学理论建设及其本土化过程。纵深的历史眼光、宽阔的学术视野、严谨的学理评判以及诸多新的文献史料的发掘，使这部博士论文成为新世纪儿童文学史论研究最具原创品格的理论收获。著名现代文学专家、北京大学温儒敏教授认为："本书探讨我国发生期儿童文学本土化进程，是儿童文学学科的基础性研究课题，有重要的学术价值。以往学界对这类课题也有过一些成果，但相比之下，这部专著显然更系统、全面和扎实。"

在儿童文学史论研究方面，还有蒋风的论文集《儿童文学史论》（希望出版社2002年版），方卫平重新出版的《中国儿童文学理论批评史》（明天出版社2006年版），胡健玲主编的《中国新时期儿童文学研究资料》（山东文艺出版社2006年版）等，虽然这些论著的文字工作是在20世纪完成的，但对于丰富新世纪儿童文学的学术成果与理论建树，依然有着重要影响。

C. 地域儿童文学与少数民族儿童文学研究

在地域儿童文学史与少数民族儿童文学史研究方面，新世纪也有一定收获。已经出版的有：哈斯巴拉等著《蒙古族儿童文学概论》（辽宁民族出版社 2002 年版）、张锦贻著《发展中的内蒙古儿童文学》（内蒙古人民出版社 2004 年版）。陈子典主编《广东当代儿童文学概论》（广东高等教育出版社 2005 年版）、金万石等著《中国朝鲜族儿童文学作家作品论》（延边人民出版社 2006 年版）等。彭斯远主编的《重庆儿童文学史》也即将由重庆出版社出版。此外，张洁、胡俊、冯臻合著的《现代性与中国科幻文学》（福建少儿出版社 2006 年版），对晚清以来的中国科幻文学现代化进程的探讨，徐萍关于清代诗人袁枚的儿童文学实践（徐萍《袁枚与儿童文学》，《云南民族大学学报》2004 年第 4 期），李丽、秦弓有关 20 世纪初叶儿童文学翻译的研究［李丽《清末民初（1898—1919）儿童文学翻译鸟瞰》，《三峡大学学报》2005 年第 1 期；秦弓《五四时期儿童文学翻译的特点》，《中国社会科学院研究生院学报》2004 年第 1 期］，文嘉关于“文革”儿童文学的研究（文嘉《从“小主人”到“小闯将”的文学变迁——“文革”文学中儿童文学范式研究》，《涪陵师范学院学报》2004 年第 4 期）等，都是值得引起注意的儿童文学史论研究成果，从不同侧面丰富了中国儿童文学的历史长度与厚宽。

D. 外国儿童文学研究

有关当下外国儿童文学重要作家作品如《哈利·波特》等的批评，本文将在“批评新的创作现象”专节中讨论，这里只涉及对外国儿童文学史与历史上的外国儿童文学作家作品的研究。

2005 年是世界童话大师安徒生诞辰 200 周年纪念，正如曹文轩所说“安徒生对中国儿童文学恩重如山”。中国儿童文学界满怀对安徒生的崇敬之情，展开了一系列研究活动。“2005 安徒生年”发表的重要文章，主要刊登在以下三家刊物：一是《湖南科技学院学报》2006 年第 3 期的“安徒生童话的当代价值笔谈”，这组文章是 2005 年 12 月 20 日首都文学界、学术界在北京师范大学召开的“纪念安徒生诞辰 200 周年学术研讨会”的文章选载，作者有高洪波、于友先、乐黛云、樊发稼、张之路、金波、曹文轩、王泉根、叶念伦、李红叶等。二是《中国儿童文学》2005年第2期。三是《中国儿童文化》2005年总第2辑，在这两刊发表文章的作者有金波、刘绪源、孙建江、韦苇、安武林、冰波、汤素兰、万岩竹、赵霞、平静、吴山等。2004年、2005年国内出版了多部安徒生研究论著。孙建江的《飞翔的灵魂：安徒生经典童话导读》（湖北少儿出版社2004年版），是对安徒生《丑小鸭》《海的女儿》等15篇名篇的精彩解读，诚如作者所言“重读安徒生童话不仅让我重温经典的魅力，更为我提供了一种经典的参照”。郭泉的《解构主义的童话文本：一项以自由为中心对〈海的女儿〉进行的哲学阐释》（群言出版社2005年版），运用哲学阐释学对《海的女儿》进行了逐段深入的哲学阐释，令人耳目一新。王泉根主编的《中国安徒生研究一百年》（中国和平出版社2005年版），汇编了从1913年到2003年间中国作家学者研究安徒生的重要论文23篇，另有安徒生童话的中文翻译研究等专辑，较为全面地呈现了安徒生在现代中国的影响、地位与传播。安徒生研究的突破性成果是湘西女学者李叶红32万字的专著《安徒生童话的中国阐释》（中国和平出版社2005年版）。作者采用比较文学“影响—接受”的跨文化研究范式，全方位梳理，考察与论述了将近一个世纪以来安徒生童话在中国的传播、阐释与变形，勾勒出不同历史语境中安徒生的中国形象，并重点探讨了安徒生童话对于现代中国儿童文学的发生意义、建设意义和参考意义。

在外国儿童文学作家作品的研究方面，除了安徒生，彭懿研究日本童话大师宫泽贤治的专著《宫泽贤治童话论》（少年儿童出版社2003年版）以及研究安房直子童话的论文，梅子涵、李利芳对法国埃克絮佩利童话名著《小王子》的探讨（梅子涵《沙漠上的童话和冷清的生命》，《中国图书商报》2002-11-15；李利芳《今夜我们一起遥望星空》，《珠海教育学院学报》2004年第3期），张瑗对林格伦童话的研究，如《林格伦儿童文学的经典性与现代性》（《外国文学研究》2004年第2期）等，都是应当引起关注的文论。此外，对英国米尔恩《小熊温尼·菩》、美国塞林格《麦田里的守望者》、怀特《夏洛的网》以及德国幻想小说《毛毛》《大贼盗》等，也有多篇评论文章。

韦苇的专著《外国童话史》（河北少儿出版社2003年版）对外国童话史

的书写进行了新的建构，除了对传统经典作家作品的研究外，本书的创新之处是将“现代幻想故事”也即小说童话或小说性童话作为重要考察对象，并对二战后的童话史按地区进行了系统梳理，丰富了外国童话史研究的学术思维。

六、打造新的学科平台

儿童文学学科建设，在世纪之交曾面临严峻挑战与危机。由于有关教育主管部门学科设置的不合理性，从20世纪90年代后期（1997年）开始，儿童文学已从高校《授予博士、硕士学位和培养研究生的学科、专业目录》中彻底消失，只是作为一个研究方向，挂靠在“中国现当代文学”二级学科名下。受此影响，高校的儿童文学学科无论在研究生招生培养、教研室设置、本科生的儿童文学开课等方面，都受到严重冲击。本世纪初，全国高校仅有北师大、浙师大、上海师大、东北师大等少数几所高校还在坚持儿童文学教学研究，全国在职的儿童文学教师不到20人，也即平均一个省还摊不到一人（新华社《瞭望》周刊2002年第22期）。面对如此局面，一些高校儿童文学教师满怀悲情，撰文呼吁抢救儿童文学学科，这有：王泉根《“中国儿童文学学科”现状堪忧》（《中华读书报》2001-05-30），蒋风《儿童文学在中国：作为一门学科处境尴尬》（《文艺报》2003-09-02），朱自强《高等师范院校加强儿童文学建设的重要性和紧迫性》（《娄底师专学报》2003年第1期）等。中国作家协会儿童文学委员会先后在2004年1月3日、1月7日的《文艺报》《人民日报》上刊文，发出吁请全社会关注儿童文学学科建设与素质的呼吁书。中国作家协会儿童文学委员会还通过全国政协委员、著名作家王巨才，在2003年3月召开的全国政协十届一次会议上提交了关于吁请重视儿童文学学科建设的提案。教育部于同年8月20日复信王巨才，表示要重视儿童文学教学。《学术界》2004年第5期发表的王泉根《新世纪中国儿童文学学科建设面临的机遇与挑战》，全文披露了教育部给王巨才的复信。《新世纪中国儿童文学学科建设面临的机遇与挑战》一文认为新世纪儿童文学学科建设需要从四个方面加以努力：一是努力建设具有中国特色、时代精神、原创品格的儿童文学理论体系，也就是抓好儿童文学基础理论的研究；二是建立科学的、多层次的、开放的儿童文学课程体系；三是积极介入当下儿童文学的社会化推广与应用，这是将儿童文学学科的学术智慧转化为大众接受的应用研究；四是做好研究生培养工作，这是学科建设的“希望工程”。

事非经过不知难。高校儿童文学作为新世纪中国儿童文学研究的一支重要力量，克服重重困难，终于使学科建设有了一定起色。浙江师范大学抓住机遇，以原有的儿童文学研究所为核心，整合全校学术力量，发展成立儿童文化研究院，并创办《中国儿童文化》年刊。北京师范大学除了于2001年、2003年在全国高校率先招收儿童文学方向的博士生、科幻文学方向的硕士生，又从2005年起，将儿童文学作为独立的二级学科，单独招收儿童文学硕士生，这在全国高校目前既是第一家，也是唯一的一家。据统计，现在全国高校儿童文学研究机构有：北京师范大学中国儿童文学研究中心（王泉根），北京电影学院儿童电影研究中心（侯克明），天津理工大学外语学院外国儿童文学研究所（舒伟）上海师范大学儿童文学研究中心（梅子涵），浙江师范大学儿童文学研究所（方卫平），中国海洋大学儿童文学研究所（朱自强），重庆师范大学西部儿童文学研究所（彭斯远），延边大学朝鲜韩国学学院儿童文学研究所（金万石），昆明高等师范专科学校初教学院民族儿童文学研究所（王昆建），包头师范学院儿童文学研究所，广州大学文学院儿童文学研究所（杨锋）等。目前，全国高校招收儿童文学研究方向博士生的有：北京师范大学（王泉根）、上海师范大学（梅子涵）、东北师范大学（朱自强），此外，北京大学（曹文轩）、南开大学（刘俐俐）也以儿童文学作为博士学位论文内容。当今一批活跃的儿童文学年轻批评人才，有不少正是从相关高校毕业的儿童文学博士生、硕士生。

在儿童文学教材建设与基础理论研究方面，新世纪以来也有一定创获，已出版的有：黄明超主编《儿童文学教程》（西南师范大学出版社2001年版），朱自强著《小学语文文学教育》（东北师范大学出版社2001年版），王泉根主编《儿童文学名著导读》（东北师范大学出版社2002年版），方卫平、王昆建主编《儿童文学教程》（高等教育出版社2004年版），黄云生主编《少年儿童文学》（高等教育出版社2004年版），陈晖著《通向儿童文学之路》（新世纪出版社 2005 年版)，吴岩等著《科幻文学入门》(福建少儿出版社 2006 年版)、王瑞祥著《儿童文学创作论》(浙江大学出版社 2006 年版)，王泉根主编《儿童文学教程》(首都师范大学出版社 2008 年版) 等。

新世纪儿童文学研究深深植根于儿童文学原创生产的沃土之中，一切从文学实际出发，又力图用自己的思维成果来回应与激励文学现实。尽管有这样那样的不尽如人意、坎坷与曲折，但这支小小的队伍所付出的艰巨努力与实绩则是有目共睹的。虽然有人说理论之树是灰色的，但儿童文学永不凋谢的生命绿色使其理论之树也浸透了蓬勃的绿意。如果说选择儿童文学是人生的幸福选择，那么，选择儿童文学研究，则是使生命永葆葱绿的智慧选择。

注释：

[1] 叶圣陶《我和儿童文学》，少年儿童出版社编《我和儿童文学》，少年儿童出版社 1980 年版。

[2] 王富仁《鲁迅小说的叙事艺术》，《中国现代文学研究丛刊 2000 年第 3 期》。

（原载《学术界》2008 年第 3 期）

论新世纪儿童文学学科建设面临的机遇与挑战

在我的印象中，全国性的高校儿童文学教学研讨会还是在十八年以前开过的。十八年之前——1985年7月，全国高校儿童文学教学研讨会在辽宁大连召开，今天我们到会的部分老师如湖南师大的李晓湘教授等，都曾参加了。十八年一晃而过，在我的记忆中，这十八年间我们再也没有开过这样的专门性会议了。当然，与儿童文学理论研究或某种教学活动有关的活动还是有的，例如1992年广州师范学院儿童文学研究所承办的“华文儿童文学研讨会”，又如1999年北京师范大学中文系召开的“首届海峡两岸儿童文学教学研讨会”等。但就全国高校的儿童文学教学研讨会而言，我们确实已有十八年没有开了。所以，今天——2003年9月24日，星期三，我们来自全国三十多所高校、师专的老师会聚春城昆明，参加由北京师范大学中国儿童文学研究中心和昆明师范专科学校联合主办的新世纪第一次全国高校儿童文学教学研讨会，确实感到来之不易，机会难得，我们的内心充满了激动和感动。我们对会议的承办单位——昆明师专民族儿童文学研究所的老师们所做出的努力和辛勤筹备表示由衷的感谢。如果没有他们的努力，这样的会议恐怕还要再等上数年才能召开。会议主持人专门安排了今天下午的半天时间，邀我就“新世纪中国儿童文学学科建设面临的机遇与挑战”做一主题发言。下面，我就利用这一来之不易的宝贵时间，与各位老师和朋友展开一次对话，把我对高校儿童文学学科建设，主要是教学研究方面的一些思路，做一个抛砖引玉的发言。

我想就以下三方面谈一谈自己的看法：

一、我国高校儿童文学教学研究的历史性回顾；

二、进入新世纪以后，中国儿童文学学科面临的机遇与挑战；

三、面对新的机遇和挑战，我们需要做些什么，我们能够做些什么，我们应该如何去做。

一、我国儿童文学教学研究的历史性回顾

我想用几个时间点来简单谈谈我国儿童文学教学研究到底是怎样一步一步地走到了今天。我认为以下几个时间点对我国儿童文学学科建设的发展进程具有历史性的意义。

第一个时间点是1923年。这一年，上海商务印书馆出版了我国第一部儿童文学教材《儿童文学概论》，这也是我国第一部儿童文学基础理论著作。两位作者魏寿镛与周侯予当时都在江苏无锡的一所师范学校任教。全书分编为6章，分别论述了儿童文学的性质、要素、来源、分类、教学法以及儿童对文学的需要等问题。1924年，中华书局也出版了另一种版本的由朱鼎元著的《儿童文学概论》。这说明五四新文化运动以后不久，儿童文学教学研究已经进入了我国的教育系统，当时主要是中等师范学校的领域。考据历史，我们发现，20世纪二三十年代我国的学校教学，主要是小学国语与幼儿师范、普通师范重视儿童文学已蔚然成风。儿童文学不但是小学国语课本的主要教材资源，而且开展了对儿童文学教材、教法的研讨。学习儿童文学，讲演儿童文学，研究儿童文学，这是当时教育界的一种“时尚”。对此，儿童教育研究专家吴研因在1935年写的《清末以来我国小学教科书概观》一文（原文参见王泉根评选的《中国现代儿童文学文论选》，广西人民出版社1989年版）做过详尽论述。1947年，陈伯吹发表的《儿童读物的编著与供应》一文，对学校儿童文学教学研究的重要性提出了十分深刻的见解。他认为“编著儿童读物是一种专门性的工作，需要专门的人才”，而人才的培养在40年代就“已经到了急不可待的时机”，因而必须在高等师范院校以及教育学院等开设“儿童文学”或“儿童读物”课程，并应“规定为‘必修课目’，这样数年以后，也许会得人才辈出，而优秀的儿童读物，也会琳琅满目，美不胜收了”。陈伯吹先生早在将近60年前就已经明确意识到了培养儿童文学人才的重要性与紧迫性，呼

吁高校尤其是师范院校应将儿童文学列为必修课程。儿童文学是一项系统工程建设，牵涉到创作、评论、出版、社会应用与推广，而学校教学则是系统工程建设的中枢与重中之重，因为如果没有人才的培养，整个儿童文学建设尤其是评论、出版与社会推广，就难以有效地进行下去。可是，将近 60 年过去了，陈伯吹先生当年的殷殷期待与热切呼吁又如何呢？使人难以置信的是，我们今天仍要为高校儿童文学学科的生存权而呼吁！

第二个时间点是 1952 年。这一年，北京师范大学中文系由于钟敬文的倡导，在全国高校率先建立了儿童文学教研室，首任主任是著名外国文学专家、翻译家、文艺评论家和作家穆木天教授，同时他还兼任外国文学教研室主任。50 年代初，时任（北京）人民教育出版社编审的著名儿童文学家陈伯吹，受邀担任北师大儿童文学教研室兼职教授，他还出版了《师范学校儿童文学讲授提纲》(1957) 一书。所以北京师范大学的儿童文学，一开局就是由一些顶级的人物在做。北师大不但主办过儿童文学进修班，培养了新中国最初的儿童文学师资人才，而且还在教材建设、理论研究等方面走在前面。1956 年出版的由穆木天等编的两卷本《儿童文学参考资料》，是当时国内最重要的儿童文学教参读物。在教育部的重视与北师大的影响下，50 年代不少师范院校及有的综合性大学纷纷开设儿童文学课程，其中华东师范学院（今华东师范大学）、东北师范大学、西南师范学院（今西南师范大学）、厦门大学、浙江师范学院（今浙江师范大学）等，都有相当的师资实力，儿童文学教学研究搞得有声有色。但使人扼腕的是，50 年代末、60 年代初，由于“学制要缩短，教育要革命”，儿童文学课程便不明不白地被取消了，十年“文革”更是一片空白。1977 年“文革”结束恢复高考招生制度以后，当时担任北师大中文系系主任的钟敬文先生，马上在中文系提出，在需要恢复的课程中，首批应有儿童文学，而且应开成必修课。他认为师范院校不开儿童文学课是毫无道理的，十足的无知。钟老去年一百高寿时去世。钟老在世时，我经常去拜访他，有过很多接触。钟老曾亲口对我说：他当时做系主任时，系里有的领导和老师不太赞成把儿童文学开成必修课，但钟老坚持要开成必修，他说：“我在这个问题上就不讲民主了，我要独断了。”就这样把事情定了下来。钟老的这一决断，其意义不仅仅是一所学校的一个学科的发展问题，实际上是涉及一个全国性的问题。因为北京师范大学是全国师范院校的龙头老大，由于北师大在“文革”以后很快恢复了儿童文学课程，所以很快影响到各地的师范院校。1982年，北师大受教育部委托，举办了“全国高校儿童文学教师进修班”，有35名教师参加了为期一年的学习，这批教师以后大多成为各地高校儿童文学教学研究的骨干力量，如彭斯远、高云鹏、朱自强、李晓湘、吴继路、林飞、许平辛、李丽、金万石等。

第三个时间点是1982年。这一年有两部《儿童文学概论》同时出版，一部是北京师范大学、华中师范学院、浙江师范学院、杭州大学、河南大学等五院校教师集体编撰的《儿童文学概论》，由四川少年儿童出版社出版。这是1949年以后我国第一部作为高校教材的《儿童文学概论》。尽管今天看来这部教材有这样那样的不足，但它的出版，及时满足了“文革”以后各地高校儿童文学开课的急需，因而这部教材影响很大。同年，蒋风先生个人在湖南少年儿童出版社也出版了《儿童文学概论》。这两部《概论》对促进80年代的儿童文学教学研究具有极其重要的作用，功不可没。

1982年这一时间点还有一件事必须记录：这一年，浙江师范学院中文系蒋风先生公开招收了“文革”结束恢复高考制度后的首批中国现当代文学专业儿童文学研究方向硕士研究生——来自北师大的汤锐与来自西南师大的王泉根。虽然蒋风先生已在1979年招收了第一位研究生吴其南，但据吴其南介绍，他是“阴差阳错”，由于当时浙江师院还没有资质独立招收研究生，因而是与杭州大学中文系联合招收的，吴其南报考的是杭州大学中文系现代文学研究专业，经商量，由杭大转至浙师院蒋风名下。所以蒋风先生公开招收儿童文学方向研究生是在1982年。1984年12月，吴其南、汤锐与本人以儿童文学为题的论文参加了由杭州大学中文系中国现当代文学专业举行的硕士学位论文答辩，三人获得杭州大学（今已归入浙江大学）文学硕士学位。这也是我国第一批儿童文学方向的硕士研究生。我认为，蒋风先生在开创我国高校儿童文学研究生培养方面，做出了艰苦努力与重要贡献。正是从浙江师范大学开始，我国新时期儿童文学研究生的培养才逐步走上正轨，形成特色。八九十年代，自浙江师大始，先后招收过儿童文学研究生的高校有北京师范大学、西南师范大学、东北师范大学、南京师范大学、上海师范大学、重庆师范大学、沈阳师范大学等。2003年依然招生的有北师大、浙江师大、上海师大、重庆师大与沈阳师大。关于儿童文学研究生的培养，50年代初东北师范大学蒋锡金教授也曾招收过一人（姜郁文，1954年研究生毕业），但真正形成规模与培养特色则是在八九十年代。

第四个时间点是1985年。位于内陆西南重庆的四川外语学院创建了我国第一个儿童文学研究所——外国儿童文学研究所，同时还出版了不定期的研究刊物《外国儿童文学研究》（但十分遗憾，该所后因所长去俄罗斯而于90年代初期停办）。1989年，浙江师范大学中文系儿童文学研究室（创建于1979年）扩大建制，改为儿童文学研究所，首任所长是蒋风先生，以后为黄云生、方卫平。这个研究所坚持到今天，历经曲折，实属不易。1987年12月，广州师范学院（今广州大学）陈子典也创办了儿童文学研究室，后也扩大为研究所，由班马接任所长（但该所后因组建广州大学而被撤销，实在可惜）。进入90年代，重庆师范学院（今重庆师范大学）彭斯远创建了西部儿童文学研究所，昆明师专初等教育一系在前几年也创建了民族儿童文学研究所。据我所知，吉林延边大学韩语系的几位老师创建有韩国儿童文学研究所，内蒙古包头师范学院也有一个儿童文学研究所，天津理工大学外语学院于2003年年末也创建了外国儿童文学研究所。当然，以上诸所情况不一，如浙师大的研究所是一独立实体，其余各所有的挂靠在所在院系，有的是松散的研究组合。但无论如何，儿童文学研究所是儿童文学学科建设的重要力量，对儿童文学教学研究与人才凝聚都具有重要作用。

第五个时间点是2001年。北京师范大学决定面向全国（包括台港澳）招收中国现当代文学专业儿童文学方向的博士研究生；2003年又决定招收中国现当代文学专业科幻文学方向的硕士研究生，这在我国高等教学研究生培养史上都是第一次，都是具有填补空白意义的突破。这两个举措产生了很大影响，首都各大媒体包括新华社、中央电视台、《光明日报》等都曾做了广泛报道和积极评价。其中有关招收科幻文学研究生的举措，还给科幻文学与科普界带来了“震动性”的影响效应，可以说是给复苏中的中国科幻文学注入了一支强心针。众所周知，科幻文学自80年代中期起一直处于低落状态，90年代后期随着科幻文学新锐作家的出现局面才有所改观，现在北师大决定将科幻文学作为研究生教学的内容，培养高层次的科幻文学理论人才，这无疑是给科幻文学送去了春风化雨，难怪科幻文学界会如此兴奋与激动！这次到会的吴岩副教授，是我们北师大中国儿童文学研究中心的副主任与科幻文学硕士生导师，有关科幻文学的现状，我们将请吴岩老师为大家做一介绍。北师大的儿童文学研究生培养正在有序进行，今年正在北师大就读的有8位儿童文学博士生（其中一位来自台湾），10位硕士研究生，2位科幻文学硕士研究生；此外我们还招收了9位“以同等学力申请硕士学位”的进修教师，这是教育部指定办的班，通过考试录取的。这次到会的河北邢台学院曹文英副教授就是其中之一。我为什么要对北师大做如此详细介绍呢？因为我们认为，作为全国重点大学和全国师范院校排头兵的北京师范大学，对于儿童文学学科建设与研究生培养工作的状况如何，无疑具有全局性的意义与示范、辐射的作用。只要儿童文学学科在北师大不倒，这个学科就一定会得到发展！

以上是我对我国高校儿童文学学科建设的简单回顾。通过这五个时间点，我们可以看到一条发展的线索，我们的儿童文学学科是如何从小到大、从弱到强、非常艰难、非常坎坷地一步一步走到今天的。

二、新世纪中国儿童文学学科面临的机遇与挑战

中国儿童文学学科艰难地走过了20世纪，进入新世纪以后，我们依然感到步履郑重，甚至有举步维艰之叹。那么，我们的危机与困境到底是什么？我们的希望与机遇又在何方？对此，我们应做出一个尽可能客观的、冷静的实事求是的分析。少说空谈，多干实事，这就是我们应有的姿态。刚才我提到，从表面上看，我们的儿童文学教学研究好像十分热闹，我们也培养了很多硕士研究生，我初步估算已有四五十人了。应该说，我们已尽心尽力，工作做得相当出色。但是实际上，我国高校的儿童文学教学研究走到今天已经举步维艰，非常吃力，面临着许多困难，甚至是危机重重。实话实说，下面就直言不讳谈谈我的看法。

（一）困境与危机

儿童文学学科面临的困境是多方面的，既有学科内部的原因，也有外部生态环境的原因。为什么我国儿童文学学科长期处于弱势地位，老是“长不大”，难以建立自己科学的具有中国特色、时代精神、原创意识的儿童文学学科体系，在世界儿童文学教学研究中占有我们应有的地位？我认为，根据我国的实情，儿童文学学科所处的外部生态环境的弱化与无奈不能不说是重要原因。

第一，儿童文学学科在高校学科专业设置中长期没有地位，长期要为它的生存权而呼吁而奔走而“求爹爹告奶奶”。

尽管谈到人类未来在于下一代，振兴中华民族的希望在于下一代，教育要面向未来面对下一代，我们都振振有词，但一旦遇到具体问题，却总难以落实，这很明显地体现在对儿童文学学科的看法和设置上。“文革”以前的情况这里就不谈了。1976 年“文革”结束以后，儿童文学开始在一些高校陆续复苏，由于当时所有的学科专业都处于“拨乱反正”重整旗鼓的特殊时期，都在摸索、实践与重建，因而当时还不存在学科位置问题，只要有关中文系、有关校方教学主管部门扶持和重视，儿童文学学科就同样会有生存、发展的机遇。明显的例子，如北师大中文系“文革”结束后就立即恢复儿童文学教研室，并将儿童文学作为本科生的必修课；又如浙江师范学院，1979 年就在中文系设立了儿童文学研究室。但进入八九十年代，尤其是 90 年代，随着高校学科专业建设设置的逐步完善，尤其是学位制度和研究生培养制度的建立和完善，这时问题就完全不一样了，一个学科的生存发展，不再取决于所在单位的重视不重视，而在于国务院学位委员会办公室设置的《学科专业目录》中有没有位置。有就好办，没有就寸步难行。我们的儿童文学学科就是在这一节骨眼上、关键点上出了问题，而且是生死攸关的大问题。为了更清楚地说明这一点，我们有必要理清一下我国有关学科、专业到底是怎么设置的。

所谓学科、专业，就是指“二级学科”。比如中国文学是一级学科，中国现当代文学、中国古代文学就是二级学科。

据我的观察，我国现行学科专业分类有两套系统：一套是由国家技术监督局于 1992 年 11 月发布实施的《国家标准学科分类与代码》；另一套系统是由国务院学位委员会于1997年颁布实施的《授予博士、硕士学位和培养研究生的学科、专业目录》。

按照《国家标准学科分类与代码》，在“文学”一级学科门下，设置了25个二级学科，其中属于中国文学的有11个，属于世界文学的有14个。世界文学的二级学科这里就不介绍了，属于中国文学范围的11个二级学科是：1．文学理论；2．文艺美学；3．文学批评；4．比较文学；5．中国古代文学史；6．中国近代文学史；7．中国现代文学史；8．中国各体文学；9．中国民间文学；10．中国儿童文学；11．中国少数民族文学。在此学科分类中，中国儿童文学是与文学理论、古代文学、现代文学、民间文学等享受同样“级别待遇”、具有同等地位的并列学科。这就充分肯定了儿童文学的重要性及其应有的学科地位。必须说明的是，在国家社会科学基金会设置的学科分类中，儿童文学同样也是二级学科。我在今年暑假期间收到由我们北师大社科处转来的一份要我填写的《国家社科基金项目同行评议专家登记表》，并附有一份《2003年度国家社会科学基金同行评议专家库数据代码表》。此《代码表》所列的正是学科分类，其中中国文学一级学科门下，也同样分列为11个二级学科，分别是：1．文学理论；2．文艺美学；3．文学批评；4．古代文学；5．近代文学；6．现代文学；7．各体文学；8．民间文学；9．儿童文学；10．少数民族文学；11．中国文学其他学科。在这里，儿童文学同样具有二级学科的重要地位。

但是，在《授予博士、硕士学位和培养研究生的学科、专业目录》中，儿童文学的学科地位则被不明不白地取消了。按此《目录》，在“文学”门类下设中国语言文学、外国语言文学、新闻传播学、艺术学4个一级学科29个二级学科。其中中国语言文学一级学科下设8个二级学科，分别是：1．文艺学；2．语言学及应用语言学；3．汉语言文字学；4．中国古典文献学；5．中国古代文学；6．中国现当代文学；7．中国少数民族语言文学；8．比较文学与世界文学。按此目录，儿童文学、民间文学都不是二级学科，也就是都从中国语言文学中被注销了“户口”，被出局了。那么儿童文学到哪里去了呢？我们在由高等教育出版社1999年出版的《授予博士硕士学位和培养研究生的学科、专业简介》一书中，好不容易在“中国现当代文学”的专业介绍栏内，找到了如下一节文字：“课程设置：硕士学位专业课：鲁迅研究，重要作家研究，现当代文学比较研究，中外现代文学平行比较研究，当代各体文学专题研究，戏剧影视理论专题研究，现代文学思潮专题研究，儿童文学作家作品研究，台港文学专题研究，影视文学专题研究。”

——这就是儿童文学的“地位”。充其量，儿童文学最多也只不过是中国现当代文学二级学科下面的一个研究方向而已。

问题的关键在于，全国各高校的学科专业目录分类也就是所谓一级学科二级学科的设置，所执行的是国务院学位委员办公室与教育部研究生工作办公室（实际上一个单位两块牌子，合署办公）所下发的《授予博士硕士学位和培养研究生的学科、专业目录》。千万不可小视这个学科专业目录，小视这个学科定级，这是事关某个学科生死存亡的大事，因为管我们全国高校学科命运的正是这份《学科专业目录》！

按照《学科专业目录》的学科设置与定级，二级学科是关键之关键，核心之核心，重中之重。

因为，二级学科是申报博士点、硕士点的依据。按照教育部的有关文件精神与实际运作，只有上了《学科专业目录》的二级学科，才可以申报博士点、硕士点，《学科专业目录》上没有的，就不能申报。所以这份《学科专业目录》是全国各地高校申报博士点、硕士点的唯一依据与指挥棒，你要实现博士点零的突破，你要增加新的学位点，你要提高学校的办学层次，首先就要依据这份《学科专业目录》，看看里面有没有这个“二级学科”。有，就好办，就组建学科梯队，外引（引进人才）内联（联合相关专业），创造条件，向上申报；没有，就甭想，晾一边去，《学科专业目录》上都找不到你这个学科，怎么可以申报博士点、硕士点呢？所以二级学科的设置与否，实在关系着学科的命运。我这里举一个典型例子：众所周知，民间文学学科是在20世纪五四新文化运动中逐步发展起来的新兴学科，是新文学运动的产物，凡是熟悉中国民间文学的都知道这段历史。民间文学一直是作为高校中文系的专业课程之一。80年代，北京师范大学中文系的民间文学研究被教育部确定为“国家重点学科”，钟敬文先生是这一学科的带头人，他是享有国际声誉的民间文艺研究专家，被誉为“中国民俗学之父”。但是，1997年制定的《学科专业目录》一经公布，民间文学领域犹如发生了大地震，为什么？“中国民间文学”二级学科的地位被取消了，学科专业中找不到它！这事就大了，钟老就急了，北师大就急了。民间文学连二级学科都不是了，那还谈什么“国家重点学科”？后来，北师大中文系将学位办公室有关处室的官员请到钟老家里（钟老当时已94岁），由钟老向他们上了一天的课，讲民间文学的重要性，他们这才明白民间文学学科原来是怎么一回事，而不是北师大“因人设庙”（原以为北师大因有钟敬文先生的存在，而才将民间文学作为重点学科的）。但学科设置已经确定，无法更改，最后采取一个折中的补救办法：在社会学一级学科门下的民俗学二级学科中，加一括号，注明“含民间文学”。所以从1997年《学科专业目录》公布实施以来，民间文学已不在中国语言文学一级学科门下，而是归属到社会学一级学科门下的民俗学中去了。这给民间文学学科建设造成了严重影响，出现了“会稽不收，山阴不管”的尴尬局面。更严重的问题是，以前开设民间文学的各地高校中文系教师，纷纷被迫“下岗”或“转岗”（转上民俗学），造成师资严重流失。为了拯救民间文学学科，中国文联的刘锡诚先生、华中师范大学的刘守华教授，都曾在报刊呼吁抢救民间文学学科（刘锡诚文章题目是《为民间文学的生存向国家学位委员会进一言》，刘守华的文章题目是《困境中挣扎的民间文学学科》，分别刊于2001年12月8日与2002年1月19日《文艺报》）。而钟敬文先生在2002年1月百岁高寿临终前所做的最后一件事，就是给教育部和国务院学位办写信，要求将民俗学升格为一级学科，因为只有将民俗学升格为一级学科，括号中所含的民间文学才有重新恢复为二级学科的希望。钟老当时躺在北京友谊医院的病床上，握着颤抖的笔，生怕写不好字，先在别的纸上试写了几次，最后才在信上签名。这是钟老的绝笔。这件事是钟老的弟子万建中教授亲口对我讲的，我听了不禁落泪。

民间文学与儿童文学都是五四新文化运动的产物，这两个学科之间有着密切联系与共同点。但无论如何没有想到的是，这两个学科都在1997年从中国语言文学一级学科门下除名了。民间文学的状况还算好的，因为它还毕竟可以挂靠在民俗学门下，而儿童文学则成了“弃儿”，成了找不到家的流浪儿，现在勉强“寄养”在中国现当代文学二级学科门下，在研究生招生方面，成为它的一个方向。但我们知道，儿童文学是具有自己独立学科体系的，它包括儿童文学理论、儿童文学文体学、中国儿童文学、外国儿童文学、民间儿童文学、儿童文学与儿童教育、儿童心理学等。现在归在现当代文学门下（而且还只是“寄养”），显然极大地束缚了它的发展，外国儿童文学怎么办？古代儿童文学要不要研究？在研究生招生和培养中我们就遇到了困难。由于儿童文学作为中国现当代文学专业的一个方向，招生试卷就很为难，因为硕士研究生两门专业考试中规定有一门必须是二级学科的试题，也就是现当代文学。如果教研室老师比较理解，有可能出一点儿童文学方面的试题，如果命题老师对儿童文学不感兴趣，那就不会有这方面的题目，因此就会出现儿童文学基础好、一心要报考儿童文学的考生，可能由于在现当代文学方面稍偏了一点，而无法录取，录取的反倒是儿童文学专业欠缺甚至从来没有接触过这一学科的考生。这样，学生吃力，导师也吃力。一个在本科阶段从来没有接触过儿童文学的学生，现在突然要攻读这一专业，这自然要重新补习，从基础打起，这比一个本科阶段已学过儿童文学而且产生浓厚兴趣的学生显然要吃力得多。

第二，学科危机的严重性还表现在儿童文学师资队伍的急剧萎缩。

由于《学科专业目录》中不存在儿童文学，因而儿童文学的处境可以说是危机重重，朝不保夕。为什么这样说呢？因为如上所述《学科专业目录》不但是申报博士点、硕士点的依据，而且实际上也是各地高校中文系科设置研究生、本科生课程的依据，同时还是学校人事部门给教师定岗定编、设不设教授岗位的依据，自然更是要不要成立教研室、是不是需要有儿童文学教师的依据。正因为《学科专业目录》中找不到儿童文学，由此产生了一系列连锁性的消极后果，最严重的是师资严重流失、空缺。据我的了解，现在全国高校，专职的儿童文学教师大概不会超过5个人，浙江师大情况最好，这次开会我听周晓波介绍，她所在的浙师大儿童文学研究所，现在有三个正式编制：方卫平、郑欢欢和她本人。现在全国各地高校的中文系、文学院设有儿童文学教研室的，恐怕再也找不到了。我们今天到会的老师们，虽然都从事儿童文学，但绝大多数都是兼职，他（她）在系里还有别的专业课要上。如李晓湘老师在湖南师大中文系已讲了二十多年儿童文学，但她的主课则是古代文学唐宋段，她的“户口”也在古代文学教研室。80年代初期，“全国儿童文学教学研究会”曾先后在吉林市、兰州、大连召开过三届年会，当时每届年会都有一两百人参加，可谓热气腾腾，人丁兴旺，而且绝大多数都是来自各地师范大学、师范院校中文系、教育系的老师，由此可见当时儿童文学师资队伍的盛况。但时至今日，儿童文学师资已急剧流失、萎缩。不少大学由于某位老师的退休或教研室合并，就再也无人开课，大有“人存政兴，人亡政息”的悲愤，这是非常伤心的事——连教师都没有了，还谈什么儿童文学学科建设？教育部直属的六所师范大学，除了北师大一直在坚持外，东北师大随着高云鹏教授退休、朱自强调走，恐怕已后继无人了，而华东师大、陕西师大、华中师大一直是空白，西南师大现在也是空白。教育部直属的全国重点师大尚且如此，那么下面各省市区的师大、师院也就可想而知了。现在只有少数师范大学还在坚持儿童文学，情况最好的是北师大、浙江师大、东北师大、沈阳师大、上海师大、重庆师大和湖南师大。江苏是东部的发达地区，高校众多，以前南京师大郁炳隆教授在开设儿童文学，但自郁教授退休以后，从此无人接棒。江苏某大学文学院有一位年轻老师对儿童文学很有研究，她多次向院里提出要开儿童文学课，但院长却对她说：“你开什么儿童文学啊，儿童文学是没有前途的学科，你就搞现当代文学好了。”她十分伤心，那天给我打了很长时间的电话。我听了十分气愤但也无奈，只好安慰她一步步来。华东地区是我国经济文化教育最发达的地区之一，现在除了浙江、上海以外，江苏、山东、安徽、江西、福建等五省师范院校的儿童文学都是一片空白，因而今天的会议这五个省的师范院校都没人参加。为什么我们很多老师想开设儿童文学但总不能成功？主要原因是系里不支持、不重视；系里为什么不支持？理由很简单也很充分：二级学科名单上没有，就没必要开这个课。这是一种非常功利、但也非常务实的做法，当系主任总希望把系里的学科建设搞上去，但你儿童文学连二级学科都不是，搞得最好也不能申报硕士点，那不是瞎忙乎、瞎操心么？所以我们也不能怪系里院里不重视，系主任、院长也有他的难处。今天到会的温州师范学院吴其南教授，他本身就是中文系系主任，是我国第一批儿童文学方向的硕士生，新时期儿童文学理论研究的一员干将，最近他的一篇论文《20 世纪中国文学中的儿童形象》被《新华文摘》第 9 期转载了，很不容易。但老吴在温州师院从来不开儿童文学课程，这岂不是教育资源的极大浪费？老吴说他当了系主任以后有他的难处，他只能迁就现状，去发展那些可以申报硕士点的二级学科，实现“零的突破”。今年温州师院中文系的文艺学等终于获准了硕士点，这就是系主任的成绩。老吴如果也在系里抓儿童文学，肯定没人支持，这就是现实。

上面我谈到，自80年代以来，北师大等校培养的儿童文学方向硕士研究生，少说也有四五十人，先是从我名下毕业的就已有10人，但这么多的儿童文学专业人才只有极少数留在高校从事本专业的教学，绝大多数都去了出版社、报社或去做公务员、企业文秘。我们好不容易培养出来的儿童文学人才，大多数改了行，与儿童文学“拜拜”了。这种教学资源、人才资源的流失与浪费实在使人心痛，但问题不在于我们的研究生不想在高校从事儿童文学专业，而是没有什么学校愿意进儿童文学教师，占中文系的编制。所以问题还是出在那个“二级学科”的设置上。假如儿童文学成了二级学科，我相信有很多师范院校的中文系都是会需要这方面的师资的，我们培养的研究生将会供不应求。我这里带来一份资料，据《光明日报》2002年3月24日一篇文章的统计，截止2001年，我国共有19所重点师范大学，90所师范学院，101所师专，570所中师，138所教育学院，此外还有1866所教师进修学校。这么多的师大、师院、师专、中师、教院，其主要任务就是培养中小学教师与幼儿教师，青少年读物与儿童文学自然应是必须开设的课程。据我所知，台湾省早在七八十年代就将儿童文学列为全台3所师大、9所师院学生的必修课程之一，而且不论文理系科的学生都要修满学分。那么，我们到底有多少学校在开设儿童文学呢？恐怕最乐观的估计不会超过五六十所，即使有老师开课，也大多是兼上，临时需要上讲台而已。现实就是如此。

第三，儿童文学学科的危机还表现在教材短缺、学术交流停滞等方面。

自从1982年北师大等五院校合作的《儿童文学概论》出版以后，事隔9年，北师大浦漫汀、张美妮教授等合著的《儿童文学教程》于1991年5月由山东文艺出版社出版，同时还出版了配套的《中国儿童文学作品选》《外国儿童文学作品选》。这套教材被列入国家教委“七五”规划的高校文科教材之中。但从此以后，国内再也没有出版过全国统编的、被列为教育部文科教材的儿童文学教材了。当然，各地自己编写的作为局部范围内使用的教材还是有的。十多年过去了，儿童文学的作品生产、理论研究已发生了不少变化，但我们还拿不出像样的新编教材。高等教育出版社会同教育部有关部门，从世纪之交开始已陆续组编了总名为“面向21世纪课程教材”的大规模高校教材出版规划，其中，中文各专业教材已基本出齐，但没有儿童文学。原因还是那个“二级学科”，由于儿童文学不是二级学科，因而也就没人会想到需要“面向21世纪”的新教材，自然也就不能列入出版规划。

说来说去还是那个“二级学科”。学科定级像一双无形的手紧紧地卡住了儿童文学的脖子，又有谁会想起还有这个学科？我们是欲罢不能，欲哭无泪啊。

刚才我谈到，自从1985年大连会议以后，我们已有18年没有开过专门性的高校儿童文学教学研讨会了。老师们请想想，18年啊！一个人能有多少个18年？一个学科18年没有像样的学术交流活动，这个学科被人遗忘也就相差不远了。我们不是不愿坐在一起，切磋研讨，共谋发展。原因是我们没有位置，开会拿不出钱，到哪里去申请？因而去年8月我去大连参加第六届亚洲儿童文学大会时，与王昆建老师谈起此事，十分伤心：全国高校的儿童文学教学研讨活动已经中断17年了。王昆建老师听后十分激动，她说“我们来承办这次会议”。说干就干，王老师回昆师后就立即筹措起来，昆师初教一系系主任、民族儿童文学研究所所长李晋德教授全力支持。会议原定在今年4月下旬召开，各地有70多位老师准备来，其中包括十多位台湾、香港高校的老师，但后来因为“非典”的原因没有开成。经过努力，我们的会议终于在现在——9月下旬成功召开了。这是新世纪的第一次高校儿童文学教学研讨会，虽然由于会议改期等原因，到会的老师比原定的要少，但我们毕竟走到了一起，中断18年的学术交流终于又接上了学脉。因而我们到会的所有老师都非常感激昆明师专，感谢他们的辛劳筹备。

（二）希望与机遇

以上我直言不讳地讲了儿童文学学科所遭遇的困境与危机，不免使人有些泄气，但却是实话实说。我们必须正视现实看到问题，而无须回避。那么，是不是我们这个学科就没有希望了，没有发展机遇了？绝对不是那么回事。只要世界上有儿童，就会有儿童文学，只要有儿童文学，就有儿童文学学科的存在与发展。进入21世纪以来，虽然我们这门学科还是困难重重，但希望和机遇已经与新世纪的朝阳一起腾空而起，而且希望与机遇是很大的。这不是我们关起门来自我安慰。我想从以下现象谈谈我们这一学科正在出现的转机。

第一，教育部已开始重视儿童文学了。

这是最近的消息，是对儿童文学非常重要的一件事。中国作家协会党组副书记、全国政协委员、著名作家王巨才先生，接受中国作家协会儿童文学委员会的委托，在今年3月召开的全国政协十届一次会议上，提交了关于重视儿童文学学科建议的提案。

2003年8月20日，教育部〔2003〕第322号文，对王巨才委员的提案做出了答复，全文如下：

对全国政协十届一次会议第1012号提案的答复

王巨才委员：

您提出的关于重视儿童文学学科建设的提案收悉，现答案如下：

非常同意您的意见。儿童文学应是高校中文系特别是师范院校中文系学生必修的教学内容之一。但是近年来，由于种种原因，高校确实存在从事文学教学与科研的教师相对匮乏，学科发展不景气的现象，即使是师范院校中文系，一般情况下儿童文学的内容大多在中国现当代文学和外国文学课程中涉及。因此，对于中小学语文教师的培养中，加强儿童文学方面教育是非常重要的。我们将就您所提出的意见，会同高等学校中文学科教学指导委员会等专家组织，共同研究解决办法，并建议有关高校做好如下工作：(1) 结合学校学分制改革，开设儿童文学选修课程，鼓励学生修足一定学分的内容；(2) 建议高校加强对中国现当代文学和外国文学教师的培训，提高他们的儿童文学修养。

至于由教育部出面组织编写儿童文学教材问题，过去教育部制订的教材编写规划中是有这方面的选题的，但在《高等教育法》颁布实施以后，高等学校有权编写选用教材。现在，教育部只负责制订教材规划、组织专家评选优秀教材奖，不再统一组织编写教材，但我们也可以通过专家组织建议高校重视这方面的教材建设，并通过教材的评审和推荐，使高质量的教材得以推广。

感谢您对高等教育的关心与支持!

中华人民共和国教育部（印）

二〇〇三年八月二十日

当我看到这份由中国作家协会传送给我的《答复》的复印件以后，一个晚上没有睡好觉，相信我们在座的每位老师也一定会感到非常高兴的。因为教育部已经充分肯定了儿童文学学科的重要性,《答案》中提到了两个“非常”：“非常同意您的意见。儿童文学应是高校中文系特别是师范院校中文系学生必修的教学内容之一”，“对于中小学语文教师的培养中，加强儿童文学方面教育是非常重要的”。这两个“非常”实际上指出了高校儿童文学教学研究两个极其重要的内容：第一是加强校内学生特别是中文系学生的儿童文学课程教学;第二是开展校外培训,即对广大中小学语文教师进行儿童文学方面的教育。如果这两个“非常”真正落到了实处，那我们的儿童文学学科就会忙碌起来，紧张起来，我们终于回到了我们应有的学科位置，有了应有的用武之地。教育部有了这个明确的意见，倘若再冷落儿童文学，于情于理都讲不过去。这就是儿童文学学科在新世纪出现的转机——一个重大而难得的转机。

第二，目前我国正在进行的中小学语文教育改革和语文新课标的实施，给高校儿童文学教学创造了巨大的发展空间。

教育部给王巨才委员的《答复》不是凌虚蹈空，而是针对我国目前的教育现状、教育发展趋势提出来的。《答复》中特别提到要对中小学语文教师加强儿童文学教育，而且“是非常重要”。这一“非常重要”所针对的正是目前我国正在全面推行的中小学语文教育改革和新课程标准的全面实施这一现实。这给儿童文学学科提供了十分难得的发展机遇与空间，一个儿童文学全社会推广和应用的局面正在出现。我认为，当下这场中小学语文教育改革以及新课标的实施，至少给我们儿童文学带来了以下几方面的机遇与变化：

一是儿童文学作为中小学语文课程资源已被大量选入到新编教材和必读书目之中。试以教育部公布的《全日制义务教育语文课程标准》所规定的 20

种学生必读书目，也就是6年小学3年初中这9年间学生应当阅读的书目为例，至少有9种都是儿童文学范畴内的，这有：《中国古代寓言故事》《中国古代神话传说》《安徒生童话精选》《格林童话精选》《伊索寓言精选》《克雷洛夫寓言精选》《鲁滨孙漂流记》《格列佛游记》《童年》（高尔基小说）。此外，20种书目中的古典名著幻想小说《西游记》与冰心的小诗《繁星·春水》，也属于广义儿童文学的范畴。

二是儿童文学与中小学语文教育改革的紧密关系还直接体现在《九年义务教育小学语文教育大纲》对语文课程的教学要求中。《大纲》规定："低年级课文要注重儿童化，贴近儿童用语，充分考虑儿童经验世界和想象世界的联系，语文课文的类型以童话、寓言、诗歌、故事为主。中高年级课文题材的风格应该多样化，要有一定数量的科普作品。"《大纲》中规定的童话、寓言、诗歌（实际就是儿童诗）、故事以及科学文艺等，都是儿童文学文体，这充分说明：小学语文课文的儿童文学化已成为一种必然趋势。儿童文学与中小学语文课文的接受对象都是少年儿童，都必须充分考虑到少年儿童的特征与接受心理，包括他们的年龄特征、思维特征、社会化特征，契合他们的经验世界和想象世界的联系。因此，从根本上说，小学语文实现儿童文学化这是符合儿童教育的科学经验和心理规律的。但在过去，小学语文要不要儿童文学化是很有争议的。实际上在很长一般时间内，我国的小学语文课文突出的是成人化、政治化与不符合儿童教育规律的工具理性主义、功利主义。中小学语文教育改革势在必行，不改不行，改就得符合时代发展与教育规律，契合少年儿童（中小学生）精神生命健康成长的科学需求。我在这里介绍一个背景：小学语文课文"要注重儿童化"这一观点是由我们北师大提出来的。前几年讨论制订语文新课标与教学大纲时，全国分为北方片与南方片，南方片有上海、武汉两个点；北方片在北京，由北师大（中文系）牵头，再加东北的吉林教育学院。北方片的多次讨论我都参加了。著名学者、现代文学研究专家王富仁教授还是北方片的顾问，他以前曾当过多年中学语文教师，因而十分关心中小学语文教学改革，不但参加讨论还写了不少文章阐述自己的观点。北方片在讨论语文课文改革时，就曾提出小学语文课文应"儿童文学化"或"儿童化"的意见，强调小学生（儿童）的年龄特点和接受心理。现在，这一"儿童化”的建议终于被教学大纲采纳了。新的大纲、新的课程标准的实施，确实给儿童文学带来了新的发展机遇。

三是随着中小学语文教育的改革和新课标的实施，儿童文学作为课外阅读或延伸读物正被大量应用、出版。教育部颁布的《语文课程标准》明确规定必须加强学生的课外阅读：“要求学生九年课外阅读总量达到400万字以上。”并提出了“适合学生阅读的各类图书的建议书目”，其中有大量读物正是我们熟知的中外儿童文学名著[1]。为了适应新课标实施的需要，同时也为了抓住这巨大的出版商机，各地出版部门尤其是教育与少儿出版社，纷纷瞄准书市，组织专家学者编选相关读物，例如人民教育出版社等联合出版了《语文新课标必读丛书》60种。我也曾应邀为辽宁教育出版社主编了《中小学生语文素养文库》中的小学部分，分别为童话、寓言、科幻、诗歌、散文、故事等，实际上就是适合小学生阅读的各类儿童文学佳作，当然每篇作品都按课外阅读的要求，设计有导读、思考题等。因此，根据新课标选编出版的中小学生课外读物，实际上是一种儿童文学的全社会推广，中外优秀儿童文学作品正通过新课标的实施源源不断地走进课堂，走进孩子们的精神世界。

第三，儿童文学学科出现转机与希望还体现在教育部对“学科专业设置”已有所调整，出台了新的举措。

2002年10月24日，国务院学位委员会、教育部下发了《关于做好博士学位授权一级学科范围内自主设置学科、专业工作的几点意见》。这一文件指出：“为进一步加强学科建设，调整学科、专业结构，促进新兴、交叉学科的发展，经研究，决定开展在博士学位授权一级学科内自主设置学科、专业的改革试点工作。”“自主设置学科、专业的试点工作，仅限于在国务院学位委员会批准的博士学位授权一级学科范围内进行。学位授予单位可以根据有关规定，按照自主设置的学科、专业招收、培养博士或硕士学位研究生。对于此类一级学科授权点，现行《学科、专业目录》中相应一级学科下的学科、专业作为自主设置学科、专业时的参考。”“学科、专业的设置是高层次人才培养和学科建设过程中的基础性工作。学科、专业的设置要符合学科建设、科技发展和人才培养的规律，主动适应经济建设和社会发展的需要。”“要注意发挥《学科、专业目录》中学科、专业设置和划分的指导作用，设置《学科、专业目录》

外的学科、专业，要注意从本单位学科建设和保证研究生培养质量的全局出发，统筹规划，严格论证，避免学科、专业设置的随意性。”“学位授予单位决定设置的《学科、专业目录》以外的学科、专业，须报国务院学位委员会办公室备案。国务院学位委员会办公室在备案截止日期（按：国务院学位办接受备案材料时间为每年的11月1日至12月31日）后30个工作日内未做其他批复的，即为同意备案。”

根据国务院学位委员会、教育部的这一文件精神，学科、专业（即二级学科）的设置将不再受1997年颁发的《学科、专业目录》的限制，在此目录以外，也可以自行设置新的二级学科。当然这不是那所学校想设置就可设置的，文件规定必须是“国务院学位委员会批准的博士学位授权一级学科范围内”，也即该校某一学科已经取得了“博士学位授权”的一级学科，方有资格自主设置二级学科。试以中国语言文学一级学科为例，北京大学、北京师范大学、南京大学、复旦大学等高校的中文系都已取得了一级学科授权，即一级学科下属的8个二级学科（学科、专业）均可授予博士学位、硕士学位。那么这些高校的中文系如果根据学科建设发展的需要，就可以在8个二级学科以外再增设新的二级学科。这就给一级学科授权单位放开了手脚，给予了机会；同时新增设的二级学科不用申批，只需报国务院学位委员会办公室备案即可。这一文件精神无疑给中国儿童文学学科重新恢复为二级学科带来了希望与机遇。我相信，只要我们儿童文学界的同仁们努力奋进，多做实事，认认真真搞好我们的学科建设，中国儿童文学重新恢复为二级学科是完全有可能的。

第四，八九十年代以来尤其是进入市场经济的90年代以来，我国儿童文学与整个当代文学、当代文化一样，已发生了很大的变革与变化，这为儿童文学研究提供了很多课题，同时也对学科建设提出了更新更高的要求。儿童文学学科，从根本上说要面对儿童文学创作生产、出版传播、社会需求这一现实。如果像十年“文革”那样一片空白，那我们岂不是巧妇难为无米之炊，连研究对象都不存在了，更遑论学科建设。今天我们所面对的儿童文学可以说是一派生机勃勃的局面，无论创作、出版、传播、批评、对外交流都呈现出一种良性循环的态势，这是我们做研究的基础，使我们有了大可用武的平台。今天上午我们邀请了吴然、沈石溪两位作家谈云南儿童文学创作现状与动物小说。这两位作家的创作都是一流的，吴然的散文、沈石溪的动物小说都具有全国性的影响，获过不少国内大奖，他们的作品还被选入中小学语文教材。但是，对他们作品的研究工作却做得很少，这就是我们理论批评的责任。我们缺少对当下创作现象的深度批评，缺少对一流作家的跟踪研究。无论是对曹文轩、秦文君、班马、董宏猷、张之路，以及沈石溪、吴然等，我们都很少有如同成人文学作家批评那样的有观点有深度有说服力的论文。对这些一线作家尚且如此，对其他作家尤其是对正在出道的年轻作家，就更缺乏积极的批评和帮助了。作家最怕什么？出书以后你“骂”他一顿（当然批评要有理）没有关系，最怕泥牛入海，没人理他，读者不认，评论家不认，这是最可悲哀的事情。我认为，积极介入当下文学批评，是我们的责任，也是学科建设的重要方面。我经常要求我的研究生关心创作现状，参与作家作品批评，因而我的不少研究生都写过儿童文学书评与批评，《文艺报》《中华读书报》《中国图书商报·书评周刊》《中国教育报》《中国图书评论》等经常会有北师大儿童文学研究生写的文章。我的一个博士生谭旭东今年“六一”前后在《人民日报》《光明日报》上发表了两篇批评当下儿童文学创作现象的文章，产生了积极的反响。因而不少出版社与作家，经常会将新书寄给我们，希望得到北师大儿童文学师生的关注。实际上我们今天在座的很多老师都非常忙碌，不断会接到电话，收到赠书，希望儿童文学创作得到理论批评的有力支持。我认为这是我们应当积极承担的，是我们的责任。

新时期儿童文学的发展思潮、创作现象、文体建设、美学嬗变、东西方交流等，都为我们的研究提供了新的课题与要求，我们要做的事实在很多。北师大由于得到河北少年儿童出版社的支持，最近将要出版《中国新时期儿童文学研究》的新著。这是我承担的教育部人文社会科学研究“九五”规划项目的结题成果，这一项目得到了很多老师的支持，在座的吴其南、马力、周晓波教授等都提供了研究论文。我们这个项目确实花了大力气，做得非常辛苦。全书将近一千页，一百余万字，分为几个板块。第一部分是宏观研究，涉及新时期儿童文学的深层拓展、观念更新、审美追求、对外交流、系统工程建设等；第二部分是文体研究，篇幅较多，对新时期儿童文学的各类文体——少年小说、童话寓言、科幻文学、诗歌散文、幼儿文学等，都做了专门性的研究；第三部分是地域研究，对全国主要省市区包括台湾儿童文学八九十年代以来的演进态势，进行了系统考察；第四部分是传媒研究，对儿童文学出版、报刊等媒体的综述性分析，并有热点问题的专题调研，如《花季·雨季》就有深度调查报告，《哈利·波特》的出版传播也有调查；第五部分是文献研究，这部分做得相当辛苦，比如其中的《1977—2000年间的儿童文学纪事》，就要查阅这二十多年间的相关报刊资料；还有一份《中国作家协会中的儿童文学作家名录》，我们要求精确到作家最近最新的工作单位或行踪，因而做起来相当费力。此外，书前还有二三十幅珍贵的历史照片，见证了新时期儿童文学的要事、大事。可以说，这部专书是对中国新时期儿童文学做了一个系统的有学理深度的梳理（全书的主体框架是由数十篇专题论文构成的），一个带有总结性的评判。今后，谁凡是要认识或研究中国20世纪后半叶的儿童文学，就绕不开这部书。韩蓓女士作为这部书的责任编辑，投入了大量精力，这次她也来昆明参加我们的会议，并带来了这部书的封面设计和部分校样（因书正在厂里印刷之中，还没能拿到样书）。封面设计做得非常有学术味，与我们这部厚重的论著十分吻合。我当时曾和韩蓓商量，要把封面设计成富有学术味的，我们的儿童文学研究成果绝不是轻飘飘的。这部专书的出版，在当代文学研究领域相信也会引起"震动"，将近一千页的论著放在那里，让还能小视儿童文学？儿童文学学科应当有志气有魄力与别的学科叫板，比试比试。我们要做就把它做成一流。我们有没有这个信心？我们应当有，而且必须有！因为新世纪中国儿童文学学科建设正面临着发展的机遇和希望，而机遇只对已经做好准备的人才有意义。

以上是我下午想谈的第二个方面：我们儿童文学面临的机遇和挑战。

三、面对新的机遇和挑战，我们应该做些什么？我们能够做些什么？

这次从北京来昆明的飞机上，我一直在考虑这个问题。其实，从去年暑假在大连与王昆建老师商议筹备这次会议起，就开始考虑了。我们好不容易走到了一起，既然会议办成了，我们就需要做一些务实的事情。去年我就向王昆建提出，我们这个会议要开成务实的会，开放型的会，讨论问题解决问题的会。所以我们在会议通知上不要求大家一定要带论文到大会上来宣读，但一定要带问题来，把我们教学的情况、研究的题目、存在的问题都带来，大家一起对话，交流，磋商，寻求对策。说一千道一万，一切都要我们脚踏实地的努力。我始终信奉“少说空话，多干实事”这一信条，空谈玄谈没有用，谈了半天解决什么问题呢？心动不如行动，务实地干，就是最有效的。面对新世纪新的形势、新的机遇与挑战，我们应该做些什么？能够做些什么？我想提出以下几点看法，供老师和朋友们参考。

第一，我们要团结起来，我们需要加强彼此之间的交流，对话与沟通。

开创新世纪中国儿童文学的新生面，共建高校儿童文学学科，这不是靠那一个人、那几个人或那所学校就能做成的。儿童文学学科建设是我们共同的事业，需要依靠大家一起来做。因此，我呼吁高校儿童文学界要团结起来。我们的师大与师专，我们的高师与中师，我们的南方与北方，我们的理论研究与作家编辑，都要团结起来，形成合力，把儿童文学做强做大。儿童文学学科本身好像已是很瘦弱的人了，再也经不起风吹雨打，假如我们自己不争气，不团结，人家再打你几拳那就真的起不来了。团结是为了凝聚力量，这就需要我们加强彼此之间的交流、对话与沟通。信息时代交流尤显重要。这次我来昆明，在会下听到有的老师开玩笑说，总算找到组织了。原先很多老师都是在自己的省里各自为战，自己一个人在摸索儿童文学教学，好像散兵游勇，因为我们十八年没有开会了。散兵游勇，各自摸索，想找点资料，商量问题都不容易。开会虽然只是一种形式，会上并不能解决太多的东西。但这个形式还是很重要的，有了这个形式，我们才能坐在一起，彼此了解，互相激发，其实很多观点，很多思路都是在互相碰撞、对话中迸发出来的。比如研究论文的题目，像上午沈石溪谈到他创作动物小说的三个阶段，从写人与动物的关系，到专写动物世界，再到通过“动物行为学”的科学眼光重新审视动物世界，这就对我们很有启示，不仅对于研究沈石溪的动物小说而且对动物小说的审美创造，都是很有意义的一个题目。你再比如这次会议来了很多新面孔，武汉来的老师最多，江汉大学一共来了四位老师，我笑说江汉大学派来了代表团。为什么江汉大学对儿童文学这么重视呢？我们一对话情况就出来了。原来江汉大学是由湖北教育学院、武汉师范学校以及幼儿师范等校合并而成的，这些学校以前就要开设儿童文学课程，合校以后儿童文学进一步得到了加强。这给了我一个很重要的启示：高校儿童文学教学研究的新领域、新拓展正在那些由中师、普师、幼师、教育学院等，或因合校、或因升格而重组的新兴师范院校、大学里面；随着中等师范学校系统在新一轮教育改革中的改制（淘汰或被师院合并），儿童文学教学研究必将在新兴师范院校找到用武之地，这是儿童文学学科建设一个极其重要的新的生长点。我的这一看法得到了承办我们这次会议的东道主——昆明师专老师们的肯定：今天的昆明师专是由以前的昆师、师范学校、幼儿师范等合并而成的，儿童文学的教学传统在重新组建的新昆师得到了充分发扬光大，新昆师不但将儿童文学开成全校文科学生的必修课，而且还在初等教育一系成立了民族儿童文学研究所。这就是会议与交流带给我们的启示，带给我们新的信心和希望。由此足见交流沟通的重要。我们有不少老师在报到当天就提出：希望我们这种性质的会议不要中断，不要再过十八年开一次。当然不会再过十八年了，已有广州、福州来的老师提议：明年到他们学校去开。

第二，我们要积极争取儿童文学应有的学科地位，努力做好儿童文学学科建设的各项工作。

教育部给全国政协委员的《答复》以及国务院学位委员会关于二级学科设置的新举措，给了我们重建儿童文学学科很大的希望与机遇，我们要抓住机遇，积极创造条件，争取重新恢复儿童文学二级学科的应有位置。学科建设搞得好不好，不在于学科大小，而在于我们有没有实力。民间文学在中文系的学科专业中是小学科，但由于北师大钟敬文先生的学术贡献与师资队伍实力，就把这个学科做大了，成了国家重点学科。中南有一所师大的老师儿童文学课讲得很棒，在中文系开选修课，一开全校就有几百个学生来选课，而对面教室开古代文学选修课的老师却听者寥寥，弄得那位老师很尴尬，大家都在一个系，面子上不好看，于是这位儿童文学老师就尽量动员分一些学生去选那位老师的古代文学。学科建设最终要靠实力说话，我们要努力争取儿童文学在本校、本系、本单位的地位，用我们的实力、我们的成绩去说话。我们不讲空话，我们的专著放在那里，我们的论文放在哪里，我们的讲课成绩放在那里，谁能小看儿童文学？温州师范学院科研成果被《新华文摘》转载“零的突破”靠的是什么？靠的就是我们吴其南教授写“儿童形象”的那一篇论文。

关于儿童文学的学科建设，我想再谈几句。我认为儿童文学学科建设应当包括以下四个方面，或者说我们需要从以下四个方面去加以努力。

一是努力建立具有中国特色、时代精神、原创品格的儿童文学理论体系，也就是抓好儿童文学基础理论的研究。基础研究是学科建设的基本点与支撑点。我们要努力汲取当代国外儿童文学理论研究的新成果、新观点、新方法，结合我们本国的文学现实，开拓思维空间，不断深化和推进儿童文学基础理论的研究。

二是建立科学的多层次的开放的儿童文学课程体系。这包括研究生课程、师范大学（师范学院）中文系专业的本科生课程；面向师范院校全校学生的选修课程、师专系统的大号生课程、中师系统的中师生课程、教育学院系统的中小学教师培训课程等。课程研究是学科建设的载体与实践，也是基础研究理论成果的具体深化与应用。课程研究不仅需要编写新的适应教育现状与时代变革的新教材，同时也要研究教学方法（如运用多媒体进行教学）以及学生的实际能力的培养（如中师幼师系统的儿童文学教学，更需要指导学生具体分析作品甚至自己动手创作童话儿歌的能力）。

三是积极介入当下儿童文学的社会化推广与应用，这包括从事儿童文学批评、参与少儿读物的编选出版、儿童文学作品尤其是经典名著的课外辅导、社区辅导等。在这方面，台湾地区的一些做法值得我们借鉴，如他们在社区举办“妈妈读书会”“好书大家读”等活动，通过家长这一中介，将儿童文学读物推广到孩子们中间去。儿童文学社会化推广和应用是学科建设的应用研究，这是将学术智慧转化为大众接受的必然途径。

四是做好研究生培养工作，这是学科建设的“希望工程”。研究生是高层次理论研究人才的后备力量与学科建设的薪火传人。我们在研究生培养方面，除了理论知识传授和学术训练以外，我认为还必须加强他们为儿童文学事业默默奉献的专业意识和“殉道”精神的养成。中国的儿童文学理论研究实在太需要有一大批有抱负有能力、有立志奉献给儿童文学事业的年轻人来接棒了。

第三，鉴于我国教学改革的现状与儿童文学社会化推广的需要，我们有一件重要的工作亟须马上去做，这就是对广大中小学语文教师进行儿童文学培训。这是十分务实的工作。

上面我谈到，中小学语文教育的改革尤其是语文新课标的全面实施，已向广大中小学尤其是小学语文教师提出了必须提高儿童文学理论修养与基础知识装备的要求，今后，凡是不懂得什么是儿童文学，搞不清童话寓言是怎么回事的教师，就很难胜任新课标的教学，老一套的教学方法已经行不通了。我在这里向大家讲一个事实：我曾经应邀在北京教育学院给全国中小学语文骨干教师班的老师们开课。第一天上课时，我做了一个统计，我问在座的老师有没有学过儿童文学（在读大学时学过，或以后进修过、自学过）？结果没有一个老师举手。这使我十分震惊。骨干教师尚且如此，一般教师更不用提了。我给他们讲了儿童文学的基本原理，文体知识，并结合具体教材分析了课文。他们说："王老师你讲得太好了，太新鲜了。"我说不是我讲得好，而是你们没有学过儿童文学而已，假如你们在师范大学学过儿童文学，肯定会比我讲得更好。他们为什么感到我讲课很新鲜呢？因为我是按照儿童文学的文体特征与儿童的接受心理讲解课文的。比如安徒生童话《皇帝的新装》，我根本不讲什么中心思想、段落大意、字词句篇，而是根据童话的审美艺术，分析了这篇作品的"夸张性、三段式与对比手法"。其中的对比主要表现在成人世界和儿童世界的对比上：当全城老百姓都在高喊"皇帝的新装真漂亮"时，却有一个小孩向他爸爸提出了质疑："皇帝什么都没有穿啊！"正是孩子的这一句话，彻底揭穿了成人世界的虚伪、阴暗和自欺欺人。这里的对比是隐形的对比。我这样分析以后，他们对《皇帝的新装》的理解就不一样了，原来这是童话，童话要讲出童话艺术的特征。而以前语文老师差不多都是按照"字词句篇、语（法）修（辞）逻（辑）文（学知识）"这一套去讲的，还有什么段落大意，中心思想，以不变应万变，这怎能不使学生厌恶语文课呢？优秀的文学作品是作家饱含着生命激情写成的，是一气贯通的，有精神、有生命在里面，这是一条不容肢解的全牛，一个生命整体。你怎么可以把一条牛分成几个方面，说这是牛头、牛腿、牛蹄、牛尾，那还有这头牛吗？语文教育的改革，新课标的实施，迫切要求广大语文教师转变教学方法，真正掌握教学的科学艺术规律。试想，新课标以及课外读物中使用了那么多的儿童文学作品，再不把握儿童文学能行吗？所以，我们的儿童文学全社会普及工作，首先就要向广大中小学语文教师普及，从中小学抓起。在这方面，我们的师大、师专、教育学院，有很多工作可以做，等着我们去做。据我所知，不少师范院校，如浙江师大等，正在为中小学语文教师的学历升等以及专业培训忙得不亦乐乎，寒暑假都在忙于办班。我们希望，儿童文学应当成为中小学语文教师最重要的培训内容之一。

以上我从三个方面谈了我对“新世纪儿童文学学科面临的机遇和挑战”的看法。总而言之，我们有许多事情要做，许多事情正等着我们去做。进入新时期以后，社会发生了变化，时代不同了。现在是市场经济时代，和计划经济时代不同。计划经济时代是上面安排你事情你就去做，市场经济时代是要我们自己主动去找事情做。你找到了事情，你成功了，你就是强者。你无所事事，当然只能下岗被淘汰。所以我想，我们的儿童文学学科要做强做大，同样需要我们自己去找事情做——儿童文学是关系着民族未来一代的精神生命质量、关系着人类希望和前景的大事情，我们没有理由不把它做好。由于时间关系，我就讲到这里，因为没有准备讲稿，所以讲得很啰唆，缺少头绪。但有一点是可以肯定的，我是非常真诚的，这真诚就是我对我们这个学科的热爱，对儿童文学事业的热爱，对于我来说，甚至有一种“殉道”的精神在里面。让我们以我们的坚韧与实践，不懈地探索儿童文学作为一门学科和一门理论体系的合法性、合理性，为学科建设的发展做出我们卓越的贡献。

注释：

[1] 教育部2002公布的国家课程标准《语文课程标准》中有如下规定：

《课程标准》要求学生九年课外阅读总量达到400万字以上。阅读材料包括适合学生阅读的各类图书和报刊，对此提出如下建议：

童话：《安徒生童话》《格林童话》，中外现当代童话等；

寓言：《伊索寓言》《克雷洛夫寓言》，中国古今寓言等；

故事：成语故事、神话故事、中外历史故事、中外各民族民间故事等；

诗歌散文作品：如鲁迅《朝花夕拾》、冰心《繁星·春水》等；

长篇文学名著：如吴承恩《西游记》、施耐庵《水浒》、老舍《骆驼祥子》、笛福《鲁滨孙漂流记》、斯威夫特《格列佛游记》、罗曼·罗兰《名人传》、高尔基《童话》、奥斯特洛夫斯基《钢铁是怎样炼成的》等；

当代文学作品，建议教师从茅盾文学奖获奖作品以及近年来发表的各类中外优秀作品中选择推荐；

科普科幻读物和政治、历史、文化各类读物可由语文教师和各有关学科教师商议推荐。

（本文系2003年9月24日在昆明“全国儿童文学教学研讨会”上的主题演讲。原载《学术界》2004年第5期，中国人民大学复印报刊资料《文艺理论》2004年第11期转载）

论百年中国儿童文学的历史经验与人文价值

现代中国儿童文学已经走过了整整一个世纪曲折而辉煌的历程。回顾百年中国儿童文学，我们心潮涌动，激情难抑。

一

在中国，"'儿童文学'这名称，始于'五四'时代"（茅盾《关于"儿童文学"》）。更具体地说，作为一种新式文学类型的儿童文学是从20世纪初叶开始逐渐为中国人所认识和流传开来的。当时代进入五四新文化运动，这种具有现代性观念和形式的文类得到了超常规的发展，因而"儿童文学"这名称很快被国人所接受。"儿童本位""儿童文学"，一时成了文学界、教育界、出版界"最时髦、最新鲜、兴高采烈、提倡鼓吹"（魏寿镛等《儿童文学概论》1923年版）的热门话题。

尽管"儿童文学"这名称是在20世纪初才出现在中国的，但这并不意味着中国古代儿童也即我们的祖先对文学的接受是一片空白。正如世界各民族的文化有其独特性一样，在中国文化传统与文学传统的影响和作用下，中国古代儿童接受文学的方式与阅读选择也有其明显的独特性，这有民间讲述、蒙学读本传播和儿童自我选择读物三种途径，尤其是民间讲述。证诸史实，中国古代儿童接受的文学形式，主要是民间群体生产的口头文学作品，其中大量体现为民间童话与童谣。学界的研究表明，中国古代民间童话的遗产相当丰富，例如"灰姑娘型"文本《酉阳杂俎·吴洞》比之欧洲同类型童话还要早出七八百年。因而有论者这样断言："中国虽古无童话之名，然实固有成文之童话，见晋唐小说。"

（周作人《古童话释义》）正因如此，当我们回顾历史时，那种认为中国儿童文学是从 1909 年商务印书馆编印《童话》丛书，或是从 1921 年叶圣陶创作《小白船》开始的说法是需要商榷的。如果我们承认民间文学是文学，民间童话与童谣（已被古人用文字记录下来的作品），属于儿童文学范畴，那么，很显然，中国儿童文学的来龙去脉自然可以提前到“儿童文学”这一名称出现之前。我们认为，那种对民族文化与文学传统采取历史虚无主义的态度是需要加以讨论和正视的。对待历史，我们必须采取审慎和“同情的理解”的态度。

二

我们一方面需要尊重历史，同时需要用发展的观念考察和梳理历史。尽管中国儿童文学的来龙去脉可以追溯到“儿童文学”这一名称出现之前，但现代中国儿童文学则是全部中国儿童文学历史中最为丰富最激动人心最值得大书特书的篇章。

现代中国儿童文学是指起始于 20 世纪初叶用现代语言与文学形式，表现现代中国人尤其是中国少年儿童的现实生活与思想、感情、心理的文学，是一种自觉地全方位地服务服从于中国少年儿童精神生命健康成长的文学，至今已有一百年上下的历史。1902 年黄遵宪尝试用白话文创作的儿童诗《幼稚园上学歌》1909 年商务印书馆出版孙毓修编译的童话《无猫国》1919 年《新青年》杂志刊发周作人翻译的安徒生童话《卖火柴的女儿》，是现代中国儿童文学生发兴起的重要文学事件与表征。特别是经过五四新文化运动的洗礼，周作人于 1920 年发表提出全新儿童文学观念的论文《儿童的文学》，郑振铎于 1921 年创办中国第一种纯儿童文学杂志《儿童世界》，叶圣陶于 1923 年出版中国第一部原创短篇童话集《稻草人》，冰心于 1923 年推出原创儿童散文《寄小读者》，这是中国儿童文学新观念、新作品、新思维形成与奠基的标志性象征与成果，其中的重中之重当数叶圣陶的《稻草人》。这部辑录了 23 篇短篇童话，体现出“把成人的悲哀显示给儿童”（郑振铎《〈稻草人〉序》）的为人生而艺术的儿童文学思想的童话集，得到了鲁迅的高度肯定与赞誉，被誉为“给中国的童话开了一条自己创作的路”（鲁迅《〈表〉译者的话》）。“稻草人”的道路实质上就是高扬现实主义精神的中国原创儿童文学的成长、发展的道路。这条道路经由20世纪20年代叶圣陶开创、30年代张天翼《大林和小林》的推进，源远流长地延续至今，形成了现代中国儿童文学的创作主潮，体现出自身鲜明的民族特色、时代规范与审美追求。这主要有：

第一，直面现实，直面人生，始终紧贴着中国的土地，背负着民族的希望。这中间有一个转换。20世纪早中期的儿童文学创作与观念，主要直面的是成年人所关切的中国现代社会问题和历史课题，围绕着成年人的革命、救亡、战争、运动、意识形态等展开艺术实践，从中展现出中国儿童的生存状态与精神面貌。八九十年代是中国儿童文学发展史上最重要的转型时期，这一时期观念更新所带来的最深刻变化，就是将以前的“成人中心主义”转向以儿童为中心，直面的现实则由成年人的现实转向儿童的现实，努力贴近儿童的现实生存与生活状况，贴近儿童的精神生命“内宇宙”，贴近儿童的审美意识与阅读接受心理，使儿童文学真正走向儿童。这是百年中国儿童文学的“革命性位移”。新时期儿童文学蔚为壮观的原创生产的突破、变革与发展，正是这一“革命性位移”的审美嬗变的结果。

第二，强调文学的认识、教化功能与作家作品的社会责任意识。从20世纪20年代郑振铎提出儿童文学要把“成人的悲哀显示给儿童”(《〈稻草人〉序》)，郭沫若提出儿童文学要“导引儿童向上,启发其良知良能”(《儿童文学之管见》)，30年代茅盾提出儿童文学“要能给儿童认识人生”“构成了他将来做一个怎样的人的观念”“助长儿童本性上的美质”(《关于“儿童文学”》《再谈儿童文学》)，张天翼提出儿童文学要告诉儿童“真的人,真的世界,真的道理”(《〈奇怪的地方〉序》)，50年代陈伯吹提出“儿童文学主要是写儿童”，“要以同辈人教育同辈人”(《论儿童文学创作上的几个问题》)，到80年代曹文轩提出“儿童文学作家是未来民族性格的塑造者”，“儿童文学承担着塑造未来民族性格的天职”(《觉醒、嬗变、困惑：儿童文学》)，新世纪初曹文轩又提出“儿童文学的使命在于为人类提供良好的人性基础”(《文学应该给孩子什么？》)，深受这些20世纪重要儿童文学观与价值取向的深刻影响，百年中国儿童文学在与社会与时代无法也无须割舍的联系中，一以贯之地承担起了自己对未来一代精神生命健康成长的文化担当与美学责任，并创造出自己的象征体系与文类秩序。

第三，不断探索，不断创新，不断追求民族化与现代化的统一，思想性、艺术性与儿童性的统一，追求儿童文学至善至美至爱的文学品质。

百年中国儿童文学与传统文学相比，是一种具有“文学的现代化”特质的全新文学。儿童文学的现代化首先体现在“儿童观”的转变上。从视儿童为“缩小的成人”的传统观念，到五四时期的“救救孩子”“儿童本位”，到共和国成立后的“红色儿童”“革命接班人”，到新世纪的“儿童权利”“儿童生存、保护和发展”，百年中国儿童文学演进的各个历史时期无不与中国人儿童观的更新与转型紧密相连。儿童观导致建构儿童文学观，儿童文学观影响制约儿童文学的创作、批评与传播。百年中国儿童文学所经历的重要文学事件与理论交锋，例如20年代的“神话、童话是否对儿童有害”的辩论，30年代的“鸟言兽语之争”，40年代的“儿童文学应否描写阴暗面”的讨论，50年代有关童话体裁中幻想与现实的关系的讨论，60年代的对“童心论”“古人动物满天飞”的无端批判，80年代以后关于儿童文学的教育性与趣味性、儿童化与成人化、儿童文学的特殊性与一般性的探讨，无一不与儿童观 / 儿童文学观相关。特别是新时期出现的一些重要儿童文学理论观念，如“儿童文学的三个层次”“儿童反儿童化”“儿童文学的三大母题”“儿童文学的双逻辑支点”“儿童文学的成长主题”，以及“儿童文学的文化批评”“儿童文学的叙事视角”“儿童文学的童年记忆”等，同样无一不是儿童观 / 儿童文学观的更新的表征与产物，同时又极大地提升了儿童文学的学术品质，促进了儿童文学创作生产力的解放。百年中国儿童文学正是在螺旋式的矛盾张力中发展的。中国儿童文学作家、批评家为此展开了持续不断的思想交锋与艺术探索和实践，同时积累了丰富的经验和教训。

百年中国儿童文学的“文学现代化”更深刻地体现在文学语言与形式的变革，以及与此相联系的儿童文学文体建设与审美创造方面，这是一个关系到儿童文学之所以为儿童文学的复杂的艺术课题。经过整整一个世纪的探索与创造，中国儿童文学不仅在如何处理诸如“儿童文学与政治”“儿童文学与教育”“儿童文学与童心”“儿童文学的继承与创新”“儿童文学与外来影响”“儿童文学与儿童接受”“儿童文学与市场”“儿童文学与影视网络”等这类艺术难题方面蹚出了一条行之有效的路径，不断做出自己的思考与选项，而且在创作方法的选择，文学语言的规范，小说、童话、诗歌、散文、儿童戏剧各类文体的内部艺术规律的建构，如小说中的成长小说、动物小说、科幻小说，童话方面的幻想性、逻辑性、夸张性、象征性问题，诗歌中的幼儿诗、儿童诗、少年诗，幼儿文学中的图画书、低幼故事、儿歌，以及文学名著“少儿版”的改写等，经由几代作家以极大的艺术匠心前仆后继的创造性劳动，终于在世界儿童文学艺术之林中树立起了充满鲜活的中国特色与审美趣味的艺术华章。也正是在这样的艺术探索和审美追求过程中，终于产生了叶圣陶、冰心、张天翼、陈伯吹、严文井、曹文轩、秦文君这样的足以显示百年中国儿童文学已经达到的水平的标志性作家，以及一大批各具特色的著名儿童文学小说家、散文家、诗人、戏剧家、儿童文学理论家与批评家。他们艰苦卓绝的艺术创造所获得的百年儿童文学经典，已经成为滋养中国少年儿童精神生命的文学养料，中小学语文教育的重要资源，并且创造出了20世纪中国文学新的人物谱系（20世纪中国文学创造的人物谱系除农民、知识分子、妇女外，还有儿童形象的谱系），极大地丰富了中国与世界儿童文学的艺术宝库。

三

文学是人学，儿童文学是人之初的文学。人之初，性本善。儿童文学是人生最早接受的文学。那些曾经深深感动过儿童时代的作品，将使人终生难忘，终生受惠。在今天这个传媒多元的时代，我们特别需要向广大少年儿童提倡文学阅读。文学阅读不同于知识书、图画书、教科书的阅读。文学是以血肉丰满的人物形象和动人心弦的艺术意境，是以审美的力量，情感的力量、精神的力量、语言的力量打动人、感染人、影响人的。我们认为，用优秀文学作品滋养少年儿童的心田，培育未成年人精神生命的健康成长，来一个我们民族自己的原创经典儿童文学的社会化推广与应用，是一件意义重大、十分适时的新世纪文化建设工程。为此，我们特选编《百年百部中国儿童文学经典书系》（以下简称《百年经典》），并由一贯重视打造高品质、精制作图书品牌的湖北少年儿童出版社精编精印出版；同时，《百年经典》的选编出版，也是对已经过去的20世纪初叶以来中国儿童文学现代化进程的百年回顾、梳理和总结，用以承前启后，借鉴历史，促进新世纪儿童文学的发展繁荣。

经典性、权威性、可读性和开放性是《百年经典》锁定的主要目标。

第一,《百年经典》是有史以来中国儿童文学最大规模的系统梳理与总结。我们将精心选择20世纪初叶至今100年间的100位中国儿童文学作家的100部优秀儿童文学原创作品。《百年经典》的入围尺度界定在以下几个方面：一是看其作品的社会效果、艺术质量、受少年儿童欢迎的程度和对少年儿童影响的广度，是否具有历久弥新的艺术魅力，穿越时空界限的精神生命力。二是看其对中国儿童文学发展的贡献，包括语言上的独特创造，文体上的卓越建树，艺术个性上的鲜明特色，表现手法上的突出作为，儿童文学史上的地位意义。三是看作家的创作姿态，是否出于高度的文化担当与美学责任，是否长期关心未成年人的精神食粮，长期从事儿童文学创作。

第二,《百年经典》是现当代中国儿童文学最齐全的原创作品总汇。这表现在：囊括了自20世纪五四新文化运动前后以来中国五代儿童文学作家中的代表人物；入围的100位作家体现出中华民族的多民族特色，同时又有海峡两岸三地的全景式呈现；百部作品涉及现代性儿童文学的所有文体，因而也是文体类型最齐备的中国儿童文学原创总汇。

第三，精品的价值在于传世久远，经典的意义在于常读常新。我们认为，只有进入广大少年儿童的阅读视野并为他们喜爱、接受的作品，才具有经典的资质与意义。我们将以符合当代少年儿童审美习惯与阅读经验的整体设计和策划组合，让新世纪的小读者和大读者接受并喜欢这些曾经深深感动过、滋养过一代又一代少年儿童的中国原创儿童文学经典作品。同时，我们也把《百年经典》作为一个开放式的儿童文学品牌工程，计划在今后收入更多新人的优秀之作，努力将本书系打造成新世纪中国优秀儿童文学作品的建设、推广基地。

《百年经典》既是有史以来中国原创儿童文学作品的集大成出版工程，也是具有重要现实意义和历史价值的文化积累与传承工程，又是将现代中国儿童文学精品重塑新生的推广工程。我们坚信，继往开来、与时俱进的新世纪中国儿童文学，必将在不断实现艺术创新与高贵品质的进程中，对培育中华民族未来一代健全的人性基础、文化心理、国民素质产生更加积极深广的潜移默化的作用和影响。

（本文系《百年百部中国儿童文学经典书系》总序言，该书系100种于2006—2008年由湖北少年儿童出版社出版）

论百年中国儿童文学的三次转型与五代作家

儿童文学是一种特殊形态的文学，其最大的特殊性在于：这是一种成年人写给儿童看的文学（当然，我们不排除在儿童文学的广阔艺术版图中，也有一些智慧早熟的少年作者写的艺术品，但就儿童文学的整体而言，就儿童文学的经典性、创新性、主流性而言，儿童文学主要是由成年人创作的）。创作主体是成年人，接受主体是少年儿童，这就构成了儿童文学与生俱来的矛盾与困惑；两代人之间的文化代沟及其文学接受所造成的代际冲突；这也提出了儿童文学一个根本性的文化问题，即儿童观问题。

百年中国儿童文学史是发现儿童、解放儿童、尊重儿童的历史。我认为，在儿童文学一切现象的背后有一双无形的手在起着作用，这就是无所不在的社会儿童观，也就是如何看待儿童、对待儿童的观念。从这个角度说，百年中国儿童文学史，是中国人儿童观的演变史。

一、对传统的解读

中国古代到底有没有儿童文学？这牵涉的问题比较多，我们不能轻易断言，需要小心地谨慎地去思考与梳理。如何理解古代儿童接受文学的现象，首先有个前提，即对什么是“儿童文学”的理解。儿童文学说到底就是为少年儿童、为民族下一代的精神生命健康成长服务的特殊形态的文学，它的基本接受对象是少年儿童。因此，凡是有利于少年儿童精神生命健康成长并被他们所喜欢所接受的文学，都可以放到“儿童文学”的范畴里面加以考察。

其次，是对于文学大系统的理解。文学作为精神产品，其生产者与产品有两大类，一类是作家创作的以文字形式呈现的作家文学；另一类则是民间老百姓所创作的口耳相传的民间文学（中国古代民间文学是被排斥在正统文学殿堂之外的，五四新文化时期才承认民间文学亦是文学大系统中的重要门类）。无论是作家创作的文学还是民间流传的文学，一起构成了人类丰富的文学艺术版图。如果我们承认民间文学是文学大系统中不可缺少的组成部分，那么民间口头文学中大量的民间童话、儿歌童谣等，当然是儿童文学史研究所要关注、解读的对象。中国古代流传的大量民间口头童话、童谣都应该承认是被古代儿童所接受的文学形式。当然这种文学形式经历了很多的曲折，只有一小部分被有心人记录了下来，绝大多数都散失了，消亡了。即便是被记录下来的那一小部分，也常常被看作是鬼怪神异（用今天时髦的话来说就是“另类”的东西），不能归入主流文学，而只能归到“志怪”里去，因而很难加以辨别。周作人在 1914 年发表的《古童话释义》一文，对中国古典志怪小说所辑录的民间童话与西方童话做了比较研究后，深有感慨地说：1909 年商务印书馆印行的《无猫国》被人们看作是“中国第一本童话，……实乃不然，中国虽古无童话之名，然实固有成文之童话，见晋唐小说，特多归诸志怪之中，莫为辨别耳”。

中国古代所能提供给儿童的读物非常稀少，非常落后，命运非常的不美妙。所以，中国古代儿童的精神食粮是非常匮乏的，可以说没有严格意义上的独立的儿童文学形式。之所以会出现这种情况，我认为与我们中国古代社会的传统儿童观有着直接关系。影响中国古代儿童观的是以下四种观念的合力作用：第一，儒家思想中“父为子纲”的观念；第二，社会文化心理中的“祖宗崇拜”与“老者本位”的观念；第三，教育理念中应试教育特别突出，古代儿童从小接受的教育一开始便是与科举考试相结合，这是一种实用功利的教育观念；第四，中国古代文艺思想的核心——“文以载道”。在这么一种文化语境与社会群体心理的作用之下，儿童的生存命运和社会地位、儿童的精神食粮及其读物不被重视，以至被放逐、被冷落、被漠视，也就是很自然的事了。中国传统儿童观最本质的特征就是无视儿童的独立人格与社会地位。鲁迅讲得很清楚，“在儿童小的时候不把他当人，大了以后也做不了人”。儿童没有社会地位亦没有发言权，即使有话要说，“也是在未说以前早已错了”。儿童历来被看作是成人的附属品和私有财产，是未来的劳动力。在家庭和社会里，成人动辄对儿童施以暴力，侵犯儿童权利（譬如，有的女婴一出生就被溺毙）。在这样的背景下，对儿童的精神食粮——儿童读物的关注自然不能被提上社会的议事日程。古代儿童对精神食粮饥渴的需求，主要是通过民间口耳相传的口头文学形式，如民间童话、童谣、故事等得到慰藉的。这种现象给我们研究古代儿童文学带来了许多矛盾与困难。但即便如此，我个人依然认为：第一，不要轻易断言中国古代没有儿童文学；第二，要很好地小心地去求证、梳理中国古代儿童接受文学的特殊的存在方式。

二、第一次转型：“五四”

中国人对儿童文学、儿童读物的重视一直要到20世纪初叶，尤其是五四新文化运动时期，这才发生根本的变革和转型。要把握中国儿童文学的现代转型，有两篇文章是极其重要的切入点，可以说是两把钥匙，此即鲁迅写于1919年的《我们现在怎样做父亲》和周作人写于1920年的《儿童的文学》。

《我们现在怎样做父亲》堪称是中国人儿童观转变的宣言书。鲁迅在这里接受了西方教育思想中的“儿童本位论”，对中国人传统儿童观的误区提出了质疑乃至批判，并发出建立新儿童观的呼吁：“一切设施，都应该以孩子为本位”；而且他把以孩子为本位视作是符合道德的观念，以后觉醒的人首先要洗净了东方古传的儿童观。把儿童当成私有财产、当成附属品、当成一个缩小了的成人都是不道德的。鲁迅在本文发出的关于“一切设施，都应该以孩子为本位”的呼吁，关于“肩住了黑暗的闸门，放他们（指孩子——引者注）到宽阔光明的地方去”的担当，关于“养成他们（指孩子——引者注）有耐劳作的体力，纯洁高尚的道德，广博自由能容纳新潮流的精神”的期待，关于“父母对于子女，应该健全的产生，尽力的教育，完全的解放”的呼唤，至今依然震撼着我们的灵魂。

《我们现在怎样做父亲》，代表了觉醒一代的中国人完全崭新的儿童观，他们在孩子身上寄予了创造未来的希望。这篇具有宣言书性质的文章，不但对于五四新文化运动“人的发现—儿童的发现—儿童文学的发现”产生了深刻的影响作用，而且对于整个20世纪中国的儿童观也起着规范的建设性的作用。

周作人的《儿童的文学》则是一篇关于创建中国现代意义的儿童文学的宣言书，甚至“儿童文学”这一概念都是从这篇文章中演变过来的。周作人反复强调首先要把儿童作为一个正当的独立的人来看待。现代意义的儿童观包含着几个方面：第一，要把儿童当人看；第二，要把儿童当儿童看；第三，要尊重儿童的独立人格。古传的儿童观之所以错误，就在于它不把儿童当人看，更不把儿童当儿童看，不尊重儿童的独立人格。周作人在《儿童的文学》中还提出了儿童文学创作应遵从少年儿童发展的年龄差异性，探讨了幼儿前期、幼儿后期与少年期的不同心理特征及对诗歌、童话、寓言、故事、戏剧等各类文体的不同接受需求。这对于促进中国儿童文学的现代转型、创建现代性的与世界接轨的儿童文学，起了积极的建设性的作用。

西方的现代化以三个发现（解放）为先导，即发现个人、发现妇女、发现儿童。“发现个人指个人不是肌体的细胞，不是机器的螺丝钉，而是有思考、能创造的独立人格。这一思想在西方称为个人主义，它是民主制度的基础。把个人主义解释为自私自利是一种误解。发现妇女指妇女不再做家庭的囚徒，要跟男子同样有教育权、就业权、选举权。发现儿童指教育儿童要了解儿童和年龄需求，儿童不是成人的半制品。”（周有光《从人类历史探索现代化的含义》,《读者》1999年第10期）中国的现代化也与三个发现有着紧密关系。“人的发现,即发展个性,即个人主义,成为五四新文学运动的主要目标。”（茅盾《关于创作》）而儿童与妇女则是五四新文化运动“人的发现”的两大主题。正是经过“五四”那一代人的努力、奔走、呼喊，中国人的儿童观才发生了改变。这个改变从根本上说就是要把儿童当人看，把儿童当儿童看。在一定范围一定程度上对儿童的独立人格有所尊重，儿童也有了一定的社会地位，并出现了一个中国历史上前所未有的建设儿童文学的热潮——文学研究会在20年代初中期发起的“儿童文学运动”。随着全社会儿童观的转变，中国儿童文学加快了向现代转型的步伐，也即加快了与世界发达儿童文学的接轨。20年代所做的工作，就是一个转型的工作，一个与世界接轨和学习的工作。第一，大量翻译介绍传播西方的儿童文学，举凡安徒生、格林童话等西方各种以儿童接受为本位的经典的儿童文学作品都被大量翻译进来；第二，对传统的儿童读物遗产进行清理，首先是把那些传播成人意志和以成人教育目的论为核心的读物，如《三字经》《幼学琼林》等东西小心地清理出去；其次就是小心地梳理、考察中国古代儿童所接受的民间文学的遗产，整理、改编古代民间童话、童谣等；第三，有一批观念先进、接受较快而又热心为儿童服务的作家，受西方儿童文学的影响开始创作我们民族自己的儿童文学，典型例子就是叶圣陶。叶圣陶从 1921 年开始创作童话，他说他是受了安徒生、格林童话的影响，才产生了自己也来"试一试"的念头。从 20 年代初开始，这一批作家比较自觉地投身到儿童文学创作中去，代表性成就集中体现在文学研究会的那场儿童文学运动里面。譬如，以叶圣陶的《稻草人》为代表的童话创作，以冰心《寄小读者》为代表的散文创作，以俞平伯《忆》为代表的儿童诗创作，以郑振铎主编的《儿童世界》作品为代表的幼儿文学创作，以赵景深、郑振铎、沈雁冰为代表的儿童文学翻译及理论研究工作。20 年代的《小说月报》还出版了"安徒生专号"，那是一件了不起的大事。《小说月报》作为当时最有影响力的文学刊物推出了整整两期的安徒生专号，把世界儿童文学大师全方位地介绍到中国，对中国儿童文学的现代转型产生了非常广泛深刻的影响。

三、第二次转型：30年代

作为特殊精神产品的儿童文学创作，在其生产、传播的背后，总是深潜着一定的社会文化动因，受制于时代规范和文化选择。进入 30 年代，伴随着中国社会"革命与救亡"的时代潮汐，中国社会的"儿童观"发生了很大变化，并深刻影响到"儿童文学观"，这一变化一直延续至五六十年代。30 年代，在中国第二次国内革命战争与面临民族危亡进入全民抗战之际，儿童文学不得不把儿童本位的需要放到一边，为配合时代的需要，而输入"革命""阶级"与"救亡"的内容。

竭力配合"一切革命的斗争"，这是 1930 年 3 月中国左翼作家联盟（简称"左联"）在上海举行的一次有关建设儿童文学以及《少年大众》编辑方针的专题讨论会上，所提出的命题[1]。这一转变实际上是对五四时期倡导的“儿童本位”的儿童观与儿童文学观的重大调整，是将文学与当时中国社会历史进程和民族解放、民族生存紧密结合在了一起。在这一背景之下，出现了一个很有意味的现象：很多作家对安徒生童话提出了质疑。安徒生童话在中国的接受演变很值得研究，五四时期是大力推崇，而到了30年代则提出质疑：安徒生这么一种理想化的古典式的童话还适合当时中国社会的需要吗？从安徒生童话在中国的接受演变过程可以看出中国儿童文学甚至整个现代文学曲折前行的过程。对30年代的中国社会来说，安徒生童话似乎不需要了，当时更需要的是像苏联班台莱耶夫的《表》以及反映俄国革命的少年儿童形象的现实题材作品。1935年署名狄福发表的《丹麦童话作家安徒生》一文认为：“逃避了现实躲向‘天鹅’‘人鱼’等的乐园里去，这是安徒生童话的特色。现代的儿童不客气地说，已经不需要这些麻醉品了。把安徒生的童话加以精细的定性分析所得的结果多少总有一些毒素的，就今日的眼光来评价安徒生，我们的结论是如此。”[2]当时有不少论者都持此观点，如范泉就认为：“像丹麦安徒生那样的童话创作法，尤其是那些用封建外衣来娱乐儿童感情的童话，是不需要的。因为处于苦难的中国，我们不能让孩子们忘记现实，一味飘飘然的钻向神仙贵族的世界里。尤其是儿童小说的写作，应当把血淋淋的现实带还给孩子们，应当跟政治和社会密切地联系起来。”（范泉《新儿童文学的起点》，《大公报》1947年4月6日）在这种语境下，当时的翻译也发生了很大变化。原来的翻译以西方儿童文学为主体，到了三四十年代，则转向以苏联儿童文学为主体。把民族生存、民族解放放在首位，实际上这种观念的背后是中国社会的儿童观发生了变化，即只有先解决民族的生存问题、儿童的生存问题，而后才能够解决有关儿童的教育问题、娱乐问题和其他一切问题。

30年代，以张天翼的《大林和小林》为代表，现实主义的儿童文学创作被推崇备至。以今天的眼光来看，《大林和小林》是一部典型的政治童话。它表现的是两个阶级的对立和对抗，人物形象是类型化的，还谈不上典型。大林的性格代表着资产者形象，小林的性格代表着无产者形象，大林和小林由一对亲兄弟走向对抗到最后发展为激烈的斗争，所体现的是两个阶级的斗争，大林和小林实际上已成了两个阶级的符号。活跃在童话世界中的这两个童话人物形象，既是完全虚构的人物，又有着坚实的现实生活基础，既蕴含着丰富的儿童生命精神，又包含着深刻的社会批判内容，他们的经历与命运，显示了他们分别隶属的两个不同阶级的生活以及那种生活给予他们的影响。在此之前，中国还没有任何一部现代童话中的人物形象概括了如此深广的社会内涵，把如此"血淋淋的现实带还给孩子们"，并"跟政治和社会密切地联系起来"。《大林和小林》是一种象征，一种范式。类似于这样张扬现实主义精神的儿童文学作品从三四十年代开始成为一种创作的主潮，甚至一直延续到60年代、70年代初。例如，童话有张天翼的《金鸭帝国》《秃秃大王》、陈伯吹的《阿丽思小姐》《波罗乔少爷》、贺宜的《凯旋门》、金近的《红鬼脸壳》、严文井的《四季的风》、洪汛涛的《神笔马良》、黄庆云的《奇异的红星》等，小说有茅盾的《大鼻子的故事》《少年印刷工》、王统照的《小红灯笼的梦》、华山的《鸡毛信》、峻青的《小侦察员》、管桦的《雨来没有死》、徐光耀的《小兵张嘎》、胡奇的《小马枪》、刘真的《我和小荣》、郭墟的《杨司令的少先队》、杨大群的《小矿工》、王世镇的《枪》等。这些作品所体现的阶级矛盾与斗争、民族的生存危机与救亡、现代中国社会的历史变革与生活场景，激荡着一种浓重的现实主义精神。这种现象与儿童观有很大关系，即把儿童的生存与命运置于我们整个民族的发展生存之中，只有有了民族的发展和生存，才会有儿童的发展生存。因此，当时的儿童更需要认识的是社会现实的各种矛盾斗争及其历史必然性，更需要理会的是外部世界的群体经验与成人文化意志，而不是儿童内在的经验世界、想象世界，不是儿童精神生命所关切和需要的东西，譬如幻想、想象、个性、成长、情感、宣泄、游戏等。

四、第三次转型：新时期

进入新时期，我们的儿童文学又发生了很大变化。从文化语境观察，直接影响八九十年代中国人的儿童观以及关于儿童问题看法的是这样两件大事：一是1989年第44届联合国大会通过的《儿童权利公约》；二是1991年七届全国人大第二十一次会议通过的《中华人民共和国未成年人保护法》，同年中国政府宣布加入了《儿童权利公约》。儿童的社会地位与权利以政府庄严的承诺和法律保障的形式被确定下来，这在中国历史上还是第一次，它所产生的社会影响与实质性的作用，无疑是巨大的、深刻的。联合国《儿童权利公约》，体现了现代社会最进步、最文明、最科学、最合理的儿童观，体现了人类社会对儿童与儿童权利有了更合理性、更为全面的认识。《公约》对儿童的理解是：儿童生下来就是一个权利的主体，他们拥有生存权、发展权、受保护权和参与权等基本权利。儿童是人，是走向成熟的人，是终将独立的人。社会应为儿童享受自己的权利创造更好的条件。

现代儿童观的确立和进步成为中国新时期儿童文学发展的根本基础与精神资源。《公约》对儿童有着明确的界定："儿童是指十八岁以下的任何人。"无论是男的女的、健康的残疾的、黄种的白种的黑种的，都属于儿童的范畴。中国政府的《未成年人保护法》，也将儿童界定为"未满十八周岁的公民"。两者都把十八岁作为儿童的年龄段。这对我们调整儿童文学的服务对象及其审美尺度有着重要意义，用曹文轩的话说："要放宽儿童文学的领域、边界。"我们原来儿童文学的领域比较窄，大概到初中一年级，十三四岁这个年龄段，而国际上界定的"儿童"是到十八岁。八九十年代出现的关于儿童文学"三个层次"的观念（即从广义上说，儿童文学是为十八岁以下的任何人服务的文学，儿童文学包含少年文学、童年文学与幼儿文学这三个层次），关于儿童文学的成长主题以及"成长小说"的创作实践，关于"儿童的成长心理自身具有反儿童化倾向"的讨论，关于张扬儿童文学的阳刚因素、塑造"小小男子汉"形象的期待，特别是对具有创造性思维和鲜明个性的少儿形象作品的充分肯定，都说明了我们的儿童观——儿童文学观的转变。

我们还应提出西方现代性儿童文学的翻译以及对我们儿童文学界带来的影响。例如，80年代对瑞典女作家林格伦作品的译介。林格伦的作品有《小飞人》三部曲、《长袜子皮皮》三部曲、《淘气包艾米尔》三部曲与《疯丫头玛迪琴》等。从整体上说，林格伦作品是站在儿童的立场为儿童说话，对现行的教育体制、教育观念提出了挑战，主张充分尊重儿童个性，解放儿童。50年代林格伦的作品刚出现时，曾在西方文坛、教育界引起很大争议，但最后它的文化价值、儿童观念被充分肯定下来。80年代林格伦作品的广泛译介，对中国儿童文学带来很大的影响，例如对"童话大王"郑渊洁的影响。郑渊洁的童话很明显是站在儿童的立场为儿童说话，并对现行的教育体制提出质疑与挑战。他的作品通过其独家“承包”的《童话大王》月刊，在孩子们中间有着很大市场，“童话大王”的影响几乎持续到90年代后期（郑渊洁的创作姿态以后发生了变化，这里按下不表）。

在这里，我们还应特别谈谈英国女作家罗琳的现代超人体长篇童话《哈利·波特》（也有媒体把它称作“奇幻文学”）。出现在世纪之交的《哈利·波特》不但在出版史上是一个奇迹，在世界儿童文学史上也将是一个奇迹。《哈利·波特》创造了网络时代的阅读神话，光是在中国就已发行了500万套。骑着飞天扫帚的英国小男孩哈利·波特的横空出世，把电脑、游戏机前的儿童重新拉回到了阅读童话的激情之中。这部长篇童话的成功很值得我们研究，成功的原因当然是多方面的，例如奇特大胆的幻想激情，融校园、成长、魔幻于一体的结构体系，将古老的巫师故事模式与现代少儿生活世界有机结合，等等。但我认为，《哈利·波特》之所以深受网络时代广大小读者的欢迎，根本原因在于有一个正确的适合时代潮流的儿童观。人民文学出版社已经翻译出版了《哈利·波特》全部作品，我们注意到，从罗琳创作的这些作品考察，可以发现每一部都有一个相似的故事框架：一开头都是哈利·波特在他姨夫家里，过得非常痛苦，而且还要受他表哥的欺负。但他一进入魔法学校就仿佛进入了“快乐大本营”，他高兴，他活跃，他开朗。当故事快结束时，往往是魔法学校要放假了，他又不得不回到姨夫家里去。哈利波特称现实世界为“麻瓜世界”，而魔法学校则是超现实的快乐世界，很显然这是两个世界的对比。哈利·波特在现实世界，也就是“麻瓜世界”里是不愉快的。他的很多儿童权利被剥夺了、漠视了、损害了，甚至连生存都成问题（他住在姨夫家的一个碗柜里，类似于我们装破烂杂物的小屋），知情权更被无理剥夺（魔法学校派猫头鹰给他发了很多信，但都被姨夫无理扣押了），而一进入魔法学校，哈利·波特就完全变成了另一个人，他和他的小伙伴可以完全彻底地展开心灵的翅膀，释放压抑的精神，那是一个幻想的游戏的愉快的浪漫的自由的空间，里面有各种各样好玩的东西，还能学到各种各样的魔法——这里的“魔法”是指能满足儿童幻想的东西，如能飞行、打魁奇球、力大无比、想要什么就能变什么，体验到成功的愉快与满足，甚至还能成为英雄。儿童的梦幻激情和游戏精神在这里得到了充分的满足和解压的释放。《哈利·波特》写了两个世界的对比，实际上就是两种儿童观的对比。现实世界的儿童观，忽视儿童、剥夺儿童的各种权利；幻想世界里的儿童观，儿童的天性得到了自由发挥，给儿童的精神生命设置了一个完全开放完全自由完全尊重的空间。

八九十年代改革开放、与时俱进的时代精神，东西文化的八面来风，深刻地影响着我们的儿童观与儿童文学观。人文精神在我们的儿童文学中日渐得到彰显，以儿童为本位，尊重儿童的价值，维护儿童的权利，提升儿童的素质，实现儿童健康成长的人生目的，正在成为我们这个时代儿童文学的价值尺度与美学旗帜。为了说明这一点，我们有必要做一个比较：五六十年代，儿童文学塑造的主要是充满共性的“一边倒”形象，热爱集体、热爱劳动、热爱人民公社，提高阶级斗争觉悟，甘做革命的小小螺丝钉等，这是当时流行的少儿人物形象的共性，当然这有其时代意义与教育作用，体现了那个时期的社会文化对儿童的期待。而进入八九十年代的儿童文学创作，可以说是异彩纷呈，旗号林立，风格各异。其中有一个现象特别抢眼，这就是普遍看好、推崇那些具有鲜明个性的敢想敢做的素质健全的少儿人物形象，突出塑造人物的个性特征、创新思维，勇于独立思考、独立判断。例如曹文轩的《古堡》、刘健屏的《我要我的雕刻刀》、陈丹燕的《上锁的抽屉》《中国少女》、刘心武的《我可不怕十三岁》、班马的《六年级大逃亡》、苏曼华的《猪屁股带来的烦恼》、孙云晓的《微笑的挑战者》、陈丽的《遥遥黄河源》、李建树的《蓝军越过防线》，等等。这些作品（包括小说、散文、报告文学）曾在八九十年代产生过广泛的影响，有的还引起激烈的讨论。这说明了什么？这实际上是我们的时代对儿童的成长观念发生了变化，我们这个社会已经承认人是有个性的，有差异的，要尊重人的个性，尊重儿童个体生命成长过程中个人性格的建立与价值。吴其南在，《新时期少儿文学中的成长主题》（《温州师范学院学报》1994 年第 1 期）一文中，就八九十年代儿童文学创作中对儿童个性的尊重和儿童的成长问题做过比较缜密的分析，提出过很有建设意义的见解。汤锐在其《比较儿童文学初探》（湖北少年儿童出版社 1990 年版）一书中，提出八九十年代整个儿童文学主题就是“高扬人的旗帜”，就是突出儿童作为生命个体的价值在文学创作中日益得到尊重与强调。这是切合新时期儿童文学创作实际的。

综观20世纪中国儿童文学的发展思潮，集中到一点，就是“儿童观”问题。从“五四”“以孩子为本位”的儿童观，到30年代“配合一切革命斗争”而形成的儿童观与儿童文学观，再到八九十年代尊重儿童个性的儿童观，它的背后是社会文化产生了变革，通过儿童观来影响儿童文学观和儿童文学作家的创作。所以，我始终感觉到在一切儿童文学现象背后都有一双无形的手在操纵，在起着作用。

在20世纪中国儿童文学的发展进程中，曾有不少作家、理论家对儿童文学提出过种种理念，譬如“五四”前后鲁迅、周作人倡导的“儿童本位”的儿童文学观；二三十年代郑振铎、茅盾提出的儿童文学要帮助儿童认识社会、认识人生；六七十年代鲁兵、贺宜提出的儿童文学是教育儿童的文学；八九十年代以曹文轩为代表的一批年轻作家认为儿童文学关系到未来民族性格的塑造。一时代有一时代的文学，一时代也有一时代的儿童文学。儿童文学的根本问题就是儿童观问题。儿童观问题应该是我们考察20世纪中国儿童文学发展演变的一个重要切入口和视角。

五、20世纪中国儿童文学的五代作家

考察20世纪中国儿童文学的作家队伍，我认为可以分为五代。从中华民族伟大复兴的高度出发，关心我们民族下一代精神生命的健康成长，献身儿童文学事业，热爱儿童，热爱儿童文学，充满激情燃烧的童心爱心，这是他们的共性。但他们各自的儿童文学主张、文学兴趣、艺术追求等又不尽相同。

第一代作家，主要活跃在“五四”前后与二三十年代，代表人物有叶圣陶、冰心、茅盾、郑振铎、赵景深等。这一代作家的重要贡献和特殊成就体现在开创中国现代儿童文学的局面：引入新的观念，比如儿童本位论；创造新的文体，比如艺术童话、儿童小说、儿童诗；尤其重要的是贡献出了就整个20世纪来说都是比较经典性的文学作品，同时开辟了“直面人生”、帮助儿童“认识人生”的中国儿童文学现实主义创作道路。其成就集中体现在20年代文学研究会作家群的“儿童文学运动”，比较经典的作品有以叶圣陶《稻草人》为代表的童话创作，以冰心《寄小读者》为代表的散文创作，并且在儿

童诗、小说等方面进行了比较多的探索和实践，有些作品一直影响到21世纪。他们的创作倾向与兴趣在于关心现实人生、关心人性的问题、关心社会的问题。第一代作家主要是开创之功，从整体上说，中国20世纪儿童文学的开局就是大手笔；同时这批作家也是中国现代文学的奠基者和创造者之一。

第二代作家，生活在三四十年代这样一个动荡、战争的环境中，经历了三四十年代的革命与救亡，他们的创作一直延续到1949年以后，代表人物有张天翼、陈伯吹、严文井、金近、贺宜等。这一代作家一方面继承了第一代作家所开辟的现实主义的儿童文学道路，另一方面又直接切入了当时中国的社会形态和革命救亡等时代问题，他们的创作把现实主义更深化了。假如说第一代作家还是比较多地关注人类共同性的人生人性问题的话，那么第二代则是具体关注中华民族的生存现状以及时代所提出的当下性的重要课题，如张天翼的《大林和小林》、郭沫若的《一只手》、应修人的《金宝塔银宝塔》等政治童话，都与中国社会向何处去、与当时的阶级对抗阶级斗争以及革命潮汐联系在一起。三四十年代是个战争的年代、离乱的年代，既有国内战争，又有外敌入侵，在这种背景下，更需要能够直接反映现实问题、直接激起广大少年儿童关心民族存亡问题的文体，因而儿童戏剧、报告文学和小说创作得到较大发展，而童话、散文等浪漫性、抒情性文体的创作相对来说比较薄弱，由此可见儿童文学的文体建设也是与我们民族的前途和社会的问题联系在一起的。

第三代作家的主要创作时段是在五六十年代以及“文革”以后，这代作家现在已经步入老年。比较有代表性的作家有叶君健、鲁兵、洪汛涛、任大星、任大霖、任溶溶、葛翠琳、柯岩、金波、孙幼军等。后二位是60年代成长起来的，现在依然创造活跃。这一代作家的情况比较复杂。他们的创作大多受制于当时具体的成人社会所开展的各项中心运动，如合作化、大跃进、人民公社、大办农业、阶级斗争为纲等。有的作品过分地与之密切接触，自觉不自觉地把文学创作与中心运动捆绑在一起；也有的作家有自己比较独特的个性和审美追求。这一代作家的创作的另一个特点是对民族形式的继承和加工，比较有代表性的如洪汛涛的童话《神笔马良》，人们可以感受到民间童话的传统与影响。当然这篇作品和20年代上海作家米星如的《仙笔王良》有着一定的关系，但那是一个地道的民间童话。此外，如鲁兵、张继楼的儿童诗创作，借鉴民间童谣的方式也比较多。

第四代就是80年代成长起来的那批作家。他们的生活经历比较特殊——经过“文革”，当过知青，下过乡，再回到城里读书工作，因此他们的创作从一开始就有反思社会、反思人生、反思文学这样一个情结在里面。这一代作家是读三四十年代和五六十年代作家作品长大的，但却对他们的作品有某种不满意和不满足，尤其是对“教育儿童的文学”这样的观念、对说教的做法更不满意，因而这批作家一出场就要求儿童文学回归“五四”传统、回归文学、回归真实，最后回归儿童、回归作家创作的艺术个性。这批作家现在正是四五十岁的年纪，正当中国儿童文学承前启后的中坚。代表作家大家都比较熟悉，如曹文轩、秦文君、张之路、沈石溪、黄蓓佳、班马、董宏猷、常新港、孙云晓、周锐、郑渊洁、冰波、郑春华等。

第四代作家是今天中国儿童文学创作的主力，他们在反思与成熟的过程中不断提出新的观念与变革。与时俱进，开拓创新，这是他们的重要特点，因而观念多、口号多、打出的旗号也多——如大幻想文学、幽默儿童文学、少年环境文学、生存状态文学、热闹型童话、成长小说、动物小说，等等。自然这与媒体的“炒作”也有一定关系，但主要还是这一代作家敢于探索、勇于实践的结果。他们的创作实践曾经历了“三个回归”：第一个阶段是回归文学，这实际上是对“教育儿童的文学”的不满意（“教育儿童的文学”脱离了文学的本质，把文学当成教育儿童的工具）。曹文轩就强调儿童文学要“回归艺术的正道”。第二个回归是回归儿童、回归儿童本位。这一代作家的创作兴奋点比较集中于关心儿童的现实，关心文学作品如何参与少年儿童精神生命的成长，所以他们的作品提出的基本上都是关于儿童自身世界的问题，儿童今天的生存现状、儿童的发展、儿童的成长等。第三个回归就是回归作家的艺术个性。当回归作家的艺术个性之时，实际上也就是我们的儿童文学真正趋向文体自觉的成熟之日，关于第三个回归有几位较典型的作家，需要展开来做一探讨。第一位是曹文轩。曹文轩追求的是文学的永恒，反对咀嚼庸常的人生，反对平庸。他以优雅的文学姿态，优美的文学语言，忧郁悲情的人文关怀来表现儿童世界，代表作是他的《草房子》《红瓦》《根鸟》等成长小说三部曲。第二位是秦文君，她的创作以《男生贾里全传》为代表。秦文君追求的是“感动当下”，感动我们今天的少年儿童，以直接表现当下少儿的生活为切入点。曹文轩的小说没有刻意展现我们当下儿童生活，而是描写已经远离我们的那种童年景观，所有的意境都有一种温情的色彩，寄寓着作家的理想主义。而秦文君的小说更多的是展现了八九十年代少年儿童的生存状态与价值观、理想观、审美观，展现他们校园生活中方方面面的内容，因而容易受到小读者的认同。第三位是董宏猷。董宏猷的代表作《一百个中国孩子的梦》实际上是跨文体写作，他以小说为基调，引入诗化的语言、散文化的结构，甚至散文诗的意境、纪实文学报告文学的叙事风格。他的创作可以说是开创了儿童文学一种新的风格。第四位是班马。班马的创作也颇值得玩味，他的早期作品如《鱼幻》，写得比较感性、主观主义，作家理念化的东西比较多。但他以后的小说，如《六年级大逃亡》《玩水》等，在表现儿童情趣、儿童精神尤其是在“儿童性”方面，可以说是酣畅淋漓，地道纯熟。班马是一位不倦探索、不断行进的作家。第五位就是“动物小说大王”沈石溪。沈石溪的动物小说也在不断求变。最初他追求动物与人的关系，通过动物世界来表现人生，后来演变为深入到动物世界的生存本质与丛林法则中去，力求写出真正的“动物”小说。当然，他的创作也遇到了一定困难，比如动物说不说话。因为假如动物一开口说话，那就变成了童话。现代动物小说中的动物都是作家理解中的动物，都是作家赋予动物种种性格行为，或以第三人称、或以第二人称写作，极少有第一人称的作品，如果是第一人称，也是动物的心理活动，因而动物至今还没有开口说话。所以动物小说的创作还是有不少瓶颈。再一位是专攻幼儿文学的郑春华，郑春华是相当出色的幼儿文学作家，她创作的《大头儿子和小头爸爸》已经成了一个响当当的品牌。文学要创造一个品牌很不容易，儿童文学要创造一个品牌更不容易，而幼儿文学要创造一个品牌更是难上加难，但郑春华做到了。《大头儿子和小头爸爸》发行量在100万册以上，并被改编成电视剧长期在中央台热播，这是非常了不起的。郑春华创造了一个幼儿文学的典型形象，她写出了幼儿真正的天趣、童真，细腻地传神地好玩地刻绘幼儿在现代家庭生活中的亲情和温情、成长与感动，同时还塑造了小头爸爸、围裙妈妈、隔壁大大叔等同样可亲可爱幽默快乐的成人形象。

我个人认为，第四代作家中极有可能出现我们中国儿童文学的大家。由于他们本身的人生经历充满了忧患意识，所以在他们的创作中时时可见他们对人生的反思、对社会的反思、对人性的反思，尤其是对中国儿童生存状态和未来命运的反思与期待，因而他们的新观念很多，创新和变化也很多，同时有一种人文和历史的厚重感。

第五代作家是 90 年代出道的。我之所以把 90 年代的作家独立出来，是因为尽管他们和第四代作家年龄相差不大，但他们均出生在六七十年代，他们的成长经历和前一代已经截然不同，是在一个安定和开放的社会环境当中，尤其是在市场经济、传媒多样化的环境中长大的。他们的成长岁月正是我们中国改革开放的年代，因而他们对文学的理解，特别是对儿童文学的理解就会与前一代不一样。我认为一个重要的区别是，这一代作家是把文学作为自己的爱好，作为他们个人化、私人化的事情；而 80 年代出道的那一批作家则有着比较浓厚的社会责任意识，90 年代的这批作家大概不可能再提出“塑造未来民族性格”这样的口号了。这一代作家现在已经有较大影响的有杨红樱、汤素兰、徐鲁、彭学军、薛涛、杨鹏、张洁、殷健灵等，他们已经成长起来了，他们中间有希望出现比较优秀的作家，中国儿童文学的希望就在他们身上。但另一方面，由于他们是在市场经济环境下长大的，因而容易滑向市场化的写作，容易浮躁，缺乏精雕细刻，因而和 80 年代那种具有使命感意识的写作有一定距离。当然这一代作家有他们的优势，特色（如网络写作）。他们带着更为青春、滋润的灵气，更富先锋、张力的姿态，更加紧贴、把握新世纪少儿世界的行动，成为新世纪儿童文学创作新的生力军。

注释：

[1]《〈大众文艺〉第二次座谈会》，1930 年 5 月《大众文艺》第 2 卷第 4 期。

[2] 狄福《丹麦童话作家安徒生》，1935 年《文学》4 卷 1 号。

（原载《20 世纪中国儿童文学经典》，北京师范大学出版 2004 年出版）

中国儿童文学60年的发展思潮、艺术成就与诗学内涵

60年，个体生命的一个甲子；60年，历史长河的一朵浪花。转眼之间，中华人民共和国成立已经60年了。60年中国儿童文学是与中国社会文化、中国当代文学同步发展演进的，同时又有其自身的独特性与艺术规律。概括地说，60年儿童文学前30年为后30年奠定了坚实的基础，后30年则延续和展现了前30年的良好基因。这里面的因果关系是显而易见的，而中国儿童文学面对现实与未来责任重于泰山。60年儿童文学在不断探索中积聚了十分丰富的内涵与十分宝贵的经验，无论是作家原创与理论研究等方面都取得了令世人瞩目的成就。

一

儿童文学与成人文学的根本区别是：成人文学是成年人之间的文学活动与精神对话，而“儿童文学是大人写给小孩看的文学”，即儿童文学的创作、传播（包括编辑出版、批评研究、推广应用等）主体是成年人，而其接受、消费主体是处于启蒙、成长年龄阶段的少年儿童。儿童文学从根子上说是由成年人主宰、生产、指导的文学，从根本上说是体现成年人目的、目标、意志与理念的文学，因而这种文学与成年人如何理解、对待儿童的观念与行动也即“儿童观”紧密相关。有什么样的儿童观，就有什么样的儿童地位、权利、生存状况，也就有什么样的儿童文学的价值取向、文化选择、审美追求与艺术章法。我们完全可以这样说，在一切儿童文学现象背后，有一双无形的手在掌控、规范着儿童文学，这就是成人社会的“儿童观”。进入20世纪以来，

中国人的儿童观呈现出传统社会视儿童为“缩小的成人”——五四新文化时期的“救救孩子”“儿童本位”——共和国成立后的“红色儿童”“革命接班人”——新时期的“儿童权利”“儿童生存、保护和发展”等既在某一时期某种儿童观占有主导地位，而又相互渗透、交织的状态。60年儿童文学的发展思潮与理论观念的演变、更新，正是围绕着“儿童观”这一核心问题而展开的，同时在历史性的轴线上经历了三方面的挑战。

首先是成人中心主义的挑战。共和国建国伊始的“十七年”（1949—1966），由于方方面面对儿童和儿童文学的重视，当代儿童文学曾迎来了第一个“黄金时期”（50年代）。作家团队中既有叶圣陶、冰心、张天翼、陈伯吹、严文井、金近、贺宜、包蕾、郭风等一向关注儿童与儿童文学的老作家，又有鲁兵、圣野、洪汛涛、葛翠琳、任大星、任大霖、任溶溶、萧平、袁鹰、柯岩、邱勋、徐光耀、孙幼军、金波等一大批中青年作家。年轻的共和国为儿童文学的发展提供了良好的生态环境，创作基调青春、乐观、清新、向上。张天翼提出的儿童文学要对儿童“有益”和“有味”的两个标准，陈伯吹提出的儿童文学作家要用儿童的眼睛看、耳朵听、心灵体会的著名的“童心说”，代表了这一时期儿童文学的主体观念与审美走向。

但从50年代后期至60年代，由于国际国内纷纭复杂的矛盾纠葛，斗争升级，随着当代文学政治挂帅、“中心任务配合论”尤其是“阶级斗争工具论”等思潮的急剧膨胀与干扰，儿童文学被迫突出成人中心主义，向成人文学的“中心任务”“阶级斗争”的范式不断靠拢，消解以至铲平为儿童服务的根本艺术属性，造成如同茅盾在60年代初所批评的那种“政治挂了帅，艺术脱了班，故事公式化，人物概念化，语言干巴巴”的尴尬局面。“儿童文学是教育儿童的文学”，正是当时工具论文学观在儿童文学理论的突出反映。这一尴尬局面的彻底化解一直等到改革开放的新时期。“以儿童为主体”，这是改革开放30年儿童文学观念的根本转变。将儿童文学从以成人意志、成人功利目的论为中心转移到以儿童为中心，贴近儿童，走向儿童，这是一个革命性的变革。正是在“儿童本位”的旗帜下，后30年儿童文学才能出现“儿童文学作家是未来民族性格的塑造者”“儿童文学要为儿童打下良好的人性基础”“儿童文学的三个层次”“儿童文学是快乐文学”“儿童文学的童年情结”“儿童文学的儿童视角”“儿童文学的成长主题”“儿童文学的阅读推广”等一系列执着儿童文学自身本体精神的学术话语与基本观念的探讨和建设。从整体上说，改革开放以来后30年儿童文学经历了回归文学—回归儿童—回归（作家创作）艺术个性的三个阶段，但其核心则是回归儿童，让文学真正走向儿童并参与少儿精神生命世界的建设。“走向儿童”是后30年儿童文学高扬的美学旗帜，由此极大地提升了儿童文学的价值功能，增强了作家的使命意识、人文担当与社会责任感。

进入世纪之交尤其是新世纪以后，中国儿童文学面对的是全球化时代市场经济、网络时代传媒多元的双重挑战。这一挑战至今依然检验和考验着儿童文学的现实姿态与未来走向。关于儿童文学的文学性与发行量的讨论，关于儿童文学的典型化与类型化创作应面对不同年龄层次儿童的观念，关于儿童文学阅读推广中的经典阅读、分级阅读、亲子阅读、班级阅读的策略，关于儿童文学利用语文教学改革多渠道（课程资源、课外阅读、校园文化建设）进入校园的举措，关于儿童文学对接儿童影视、动漫、图画书、网络文学等多媒体形式的探讨，以及知名作家配合出版社纷纷走向孩子们中间签名售书、演讲儿童文学等方式，正是儿童文学应对市场经济、传媒多元的双重冲击和挑战所采取的积极策略与冷静思路。事实证明，儿童文学界的这些举措和行动都是实事求是的、行之有效的。在今天市场经济、传媒多元的环境下，儿童文学工作者需要承担起比以往任何时候更为复杂、更为艰巨的真正对儿童负责、对民族和人类下一代负责的文化担当和美学责任，需要更为清醒地把握和坚守先进的科学的符合时代潮流的“儿童观”。

二

60年儿童文学的突出成就体现在作家原创的大面积丰收和出版传播的超越式发展上。

作家队伍建设是发展文学事业的重中之重，没有作家原创就没有文学系统工程的一切。60年间，中国儿童文学曾在长时期内拥有过“五代同堂”的鼎盛局面：第一代是五四新文化运动前后文学启蒙的一代，代表人物有叶圣陶、冰心、茅盾、郑振铎等。第一代主要是开创之功、奠基之功，而且一开局就是大手笔。第二代是三四十年代战争环境中革命和救亡的一代，代表人物有张天翼、陈伯吹、严文井、贺宜、金近等，他们用文学直接切入现代中国的社会形态和革命救亡等时代命题。第三代是共和国“十七年”运动语境中的一代，代表人物有任大霖、任大星、葛翠琳、洪汛涛、鲁兵、任溶溶、柯岩以及孙幼军、金波等，他们创造了当代中国儿童文学原创生产的第一个黄金时期，同时在文学配合“中心”“运动”的复杂背景下进行着痛苦的探索与民族化追求。第四代是经历过“文革”“上山下乡”终于迎来改革开放的一代，代表人物有曹文轩、秦文君、张之路、沈石溪、黄蓓佳、班马、董宏猷、葛冰、周锐、冰波、常新港、郑春华等，他们的特殊人生经历铸就了他们对儿童文学的文化担当与美学品格的执着坚守，努力地践行用文学塑造未来民族性格，打造少年儿童良好的人性基础。第五代作家大致是在90年代逐渐成名，如今正在成为中国儿童文学最具创造力、影响力与号召力的群体，代表人物有杨红樱、汤素兰、彭学军、薛涛、殷健灵、张洁等。今天，更为年轻的“80后”“90后”中的一部分文学新秀也在积极加盟儿童文学，这是使人十分欣慰的现象。

60年儿童文学作家原创从总体上说是在不断开拓进取，扩大艺术版图，无论是儿童文学的题材、内容、创作手法、文体等，都出现了很大的变化。五六十年代的儿童文学小说、诗歌创作大致集中在两个方面：一是革命历史题材，二是少先队校园内外生活题材。加强革命传统教育，表现英雄主义、集体主义、理想主义、爱国主义，是这一时期创作的主脉。前者影响较大的作品有：管桦的《小英雄雨来》，徐光耀的《小兵张嘎》，杨大群的《小矿工》等；后者如袁鹰的《丁丁游历北京城》，郭风的《叶笛集》，金近的《小队长的苦恼》，任大霖的《蟋蟀》，任大星的《吕小钢和他的妹妹》，胡奇的《五彩路》，柯岩的《小兵的故事》，肖平的《海滨的孩子》，邱勋的《微山湖上》等。童话创作注重张扬幻想空间，同时吸收民间文学的营养。张天翼的《宝葫芦的秘密》、严文井的《“下次开船”港》、陈伯吹的《一只想飞的猫》、贺宜的《小公鸡历险记》、金近的《小鲤鱼跳龙门》、洪汛涛的《神笔马良》、包蕾的《猪八戒新传》、葛翠琳的《野葡萄》、任溶溶的《“没头脑”和“不高兴”》、孙幼军的《小布头奇遇记》等，以及金江的寓言《乌鸦兄弟》，是“十七年”幻想文学创作的重要收获。

进入改革开放的后30年，儿童文学的创作思想显得十分活跃，儿童文学作家的主体意识也逐渐由觉醒走向强调，每个人都在寻找“自己的美学”，探索适于自己个性的创作方法。一个多元文化背景下的多元共荣的儿童文学新格局就此形成，进入新世纪显得更为生动而清晰。于是这就有了曹文轩坚守古典、追求永恒的《草房子》，秦文君贴近现实、感动当下的《男生贾里》，张之路集校园、成长于一体的《第三军团》，董宏猷跨文体写作的《一百个中国孩子的梦》，沈石溪全新的动物小说《狼王梦》，杨红樱、郑春华独创品牌的《淘气包马小跳系列》《大头儿子和小头爸爸》，孙云晓的报告文学《十六岁的思索》，高洪波、金波、樊发稼、王宜振、徐鲁等拥抱童真、独创诗艺的儿童诗《我喜欢你，狐狸》《我们去看海》《小娃娃的歌》《笛王的故事》《我们这个年纪的梦》……才有了金波的诗体童话、郑渊洁的热闹型童话、周锐的哲思型童话、冰波的抒情型童话、张秋生的小巴掌童话，以及成长小说、动物小说、双媒互动小说……才能出现旗号林立、新潮迭出的创作景象，高举起大幻想文学、幽默儿童文学、大自然探险文学、少年环境文学、生命状态文学、自画青春文学等一面面创新旗帜。

多元共荣的儿童文学新格局，需要我们的作家践行多种艺术创作手法，多样文学门类的审美创造，为小读者们提供丰富的而不是单一的艺术作品。新世纪儿童文学在这方面已经表现出了积极的作为。这具体体现在：追求深度阅读体验的精品性儿童文学与注重当下阅读效应的类型性儿童文学，直面现实，书写少年严峻生存状态的现实性儿童文学与张扬幻想，重在幻想世界建构的幻想性儿童文学，交相辉映，互补共荣，出现了一批有影响的作品，为新世纪原创儿童文学注入了一股深刻、飞翔、灵动的多样元素。

五六十年代，我国只有北京的中国少年儿童出版社、上海的少年儿童出版社两家专业少儿社，出版品种甚为有限。今天我们不但有 34 家专业少儿读物出版社（这是儿童文学的出版主力军），同时国内 570 多家出版社中有 520 多家也争相出版少儿读物，还有民营企业公司的加盟。我国少儿图书的年出版品种已由过去的 200 多种发展到每年 1 万多种，年总印数由 3000 万册发展到 6 亿多册，优秀图书的重版率达到 50%以上。2006—2007 年，我们还出版了囊括百年精粹的《百年百部中国儿童文学经典书系》，2008 年出版了《改革开放 30 年中国儿童文学金品 30 部》，今年又出版了检阅新中国 60 年儿童文学成就的《中国儿童文学 60 周年典藏》《共和国儿童文学金奖文库》等，这是何等使人鼓舞的业绩！尤其需要指出的是，儿童文学与儿童读物的传播形式，除了传统的纸质媒体，现在更有网络、音响、影视等多种途径。全方位、多层次、大面积的传播形式与途径，极大地促进并确保了儿童文学的发展，使亿万小读者真正享受到阅读的自由与快乐。

三

儿童文学是文学大系统中的一部分，因而儿童文学的理论观念与整个文学理论的基本问题具有一致性，诸如文学的性质、特征，文学与世界、文学与作家、文学与作品、文学与读者的关系问题等。文学之为文学，自然有其一些根本属性，即“文学性”。文学性无疑也是儿童文学理论的根本问题之一。古今中外文学观念中形成的“文学性”共识主要有四个方面：一是语言性，文学是语言的艺术，语言是文学的媒介；二是情感（心灵）性，审美情感是文学创作的重要内容，文学是审美情感的语言呈现；三是形象（意象）性，文学的基本样态是由文学语言塑造的生动可感的艺术形象；四是想象（虚构）性，文学思维是一种创造性思维，主要表现在其想象意义以及对现实的虚构关系上。以上有关文学理论的基本问题与观念，同样是儿童文学理论所必须遵循和坚守的。

60 年儿童文学的发展思潮、审美理想、艺术追求与理论批评体系，既与 60 年整个文学具有同一性，同时又有其特殊性。毕竟儿童文学是一种基于童心的写作，儿童文学在自身的美学精神、价值承诺、文体秩序、艺术章法乃至语言运用等方面，必须满足于“为儿童”并为儿童所接受的需求。儿童文学生产者与消费者是两代人的“悖论”与“代沟”关系，构成了儿童文学最基本的特征，儿童文学的一切问题均由此而生。儿童文学与生俱来存在着一个“两代人”之间互相了解、尊重、沟通和认同的问题，这既要求儿童文学作家建立正确的、科学的、符合时代潮流的“儿童观”；同时，还需要作家熟悉和把握儿童的一切特征，包括儿童的年龄特征、思维特征、社会化特征与时代特征，真正熟悉、理解“儿童世界”，树立正确的、全心全意为儿童服务的“儿童文学观”。60 年儿童文学正是在同一性与特殊性、时代性与儿童性的交互规范、影响下不断探索前进，并由此形成了 60 年儿童文学以现实主义为主的文学思潮；进入新世纪，呈现出多元共生、百鸟和鸣的景象。

儿童文学是一种重在表现少年儿童生活世界及其精神生命成长的文学，优秀的儿童文学作品将影响人的一生，因而这种文学具有明确的社会责任意识与美学使命。儿童文学总是把导人向上、引人向善、养成儿童本性上的美质、夯实人之为人的人性基础写在自己的文学旗帜上，这实际上体现了人类对未来一代的人性规范与文化期待，也是儿童文学价值功能特殊性的体现。

儿童文学关系到民族下一代精神生命的健康成长与良好人性基础的养成，是文学建设的“希望工程”“阳光工程”“铸魂工程”，需要全社会的关心和投入。

用系统论的观点考察，儿童文学无疑是一项系统工程建设，包括文学内部研究与外部研究两大块。就儿童文学的“内部研究”而言，涉及作家研究、文本研究、创作心理与思想研究、文学体裁研究等；就儿童文学的“外部研究”而言，则涉及儿童文学的组织领导—编辑出版—教学研究—阅读推广—交流互动等多个层面，这说明儿童文学是一个需要由多种专业人才与相关行业共同参与建设的“综合工程”。60 年儿童文学的历史进程表明，儿童文学的发展繁荣，离不开党和政府的有关部门特别是中国作家协会有力而有效的组织领导，离不开高等学校的教学研究，离不开出版机构的编辑传播，离不开中外儿童文学的交流互动。只有当这些部门都“心往一处想，劲往一处使”时，中国儿童文学才能出现良性发展的态势。

在全球不同文明、不同文化、不同文学、不同儿童文学的格局中，中国人创造的文明、文化、文学、儿童文学具有独特而重要的价值。这里面，中国作家创造的儿童文学，已经成为滋润、化育数以亿计的少年儿童“精神成人”的食粮。今日中国已经成为世界儿童文学大国，并正在向强国迈进。在对待文化与文学的问题上，我们切不可“妄自尊大”，关起门来自鸣得意；但也完全不必“妄自菲薄”，似乎一切都是外国的好，包括为儿童的文学。儿童阅读是一项意义深远的文化工程，儿童阅读的重要之义是“亲近母语”，亲近我们民族自己的文化与文学。如何将现代中国儿童文学的精品佳作，有力而有效地推广到广大少年儿童中去，这是我们的责任，我们还有许多工作要做。儿童文学如何更好地走进校园、如何更好地做好全社会的阅读推广，这已成为新世纪儿童文学的重要任务与发展走向。

以上内容无疑是儿童文学理论研究的基本问题，同样也成为 60 年中国儿童文学理论批评、学科建设的重要内容。《中国儿童文学60年（1949—2009）》(全书300万字)正是从理论层面全面探讨60年中国儿童文学而立项的。本书编委会由束沛德、金波、樊发稼、张之路、王泉根、高洪波、曹文轩组成，高洪波担任编委会主任，王泉根为主编。

本书立足于“史论”的建构，忠实于“史实”的精神，落实于“史料”的细节，力图多角度、多层面、全方位地回顾、梳理、探讨中华人民共和国成立60年来儿童文学的发展思潮、理论观念、作家作品批评、文体建设以及儿童文学与出版传播，与高校教学、阅读推广、对外交流、地域文化等诸领域的关系问题。经编委会研究，全书分为两个大类、八个板块：第一大类是理论文章，由第一辑至第五辑五个板块组成，除个别文章是本书特约撰写的以外，全是已经公共发表过的文章，很多文章在发表当时就已产生过影响；第二大类是文献资料，由第六辑至第八辑三个板块组成，包括60年儿童文学历史纪程、图书书目、大奖篇目等。这八个板块是：一、60年儿童文学发展思潮；二、60年儿童文学理论观念；三、60年儿童文学作家原创；四、60年儿童文学文体建设；五、60年儿童文学系统工程；六、60年儿童文学历史进程；七、60年儿童文学图书辑目；八、60年儿童文学国家大奖。

本书的立项出版，对于回顾、总结中华人民共和国成立60年来儿童文学的发展历程与巨大成就，对于激励、促进新世纪儿童文学的进一步繁荣发展，无疑具有重要的现实意义与学术价值；同时对于丰富中国文学理论研究成果，加大中国现当代文学新的学术生长点，开展中外文学交流研究等，也具有积极的学术意义与价值。我们坚信，承继着百年现代中国儿童文学血脉、60年共和国儿童文学传统，尤其是改革开放30年儿童文学精神的新世纪儿童文学及其理论研究，必将在21世纪取得更大的成就，为滋养、引领未来一代精神生命的健康成长做出更大的贡献！

[本文系《中国儿童文学60年（1949—2009)》总序，湖北少年儿童出版社2009年9月出版。原载《光明日报》2009年12月25日，又载《文艺报》2009年12月29日]

论新时期儿童文学

中国当代儿童文学与整个中国当代文学一样，走过了风风雨雨50年的曲折道路，并正在继续行进之中。在前27年（1949—1976），由于各种不可抗拒的文学外部和内部的原因，曾时大时小地干扰制约着中国当代文学的发展，十年“文革”达至极点。从粉碎“四人帮”后的70年代末起，中国进入改革开放的历史新时期，大文化大环境大气候的变化，使整个中国当代文学包括它的独立组成部分中国当代儿童文学，获得了无限宽广的发展空间与蓬勃的生机活力，呈现出真正的百花齐放、百家争鸣的态势，以其开放性、创造性和丰富性将中国当代文学推入了一个全新的发展阶段。新时期的儿童文学，冲破了先前公式化、概念化、工具论的樊篱，经过十多年的锻造，终于获得了满蕴时代精神的美学素质，并催化为具有思辨特征的观念成果。它已是一个适应不同年龄阶段的少年儿童同化机能的多层次的艺术载体，肩负着培育我们民族未来一代精神性格的神圣使命，在走向少儿世界的同时稳健地走向自我价值的实现与艺术个性的自觉。

一

新时期儿童文学拓展之一：突破了“教育工具论”的束缚，确认儿童文学具有多元的价值功能和美学目的，提升作家的使命意识与人文关怀。

过去的儿童文学观念，长期习惯于以传统的“教化”信条与共和国特定时期视文学为从属于政治的“阶级斗争的工具”相默契，儿童文学就简单地成了实用主义的教育儿童的工具，甚至认为这是儿童文学的唯一价值与本质特征。“教育的方向性”与“中心任务配合论”长期左右着儿童文学的创作走向，使一种本应呈现出生动活泼的艺术个性的文学成了实施填鸭式灌输的平庸载体，造成如同茅盾在60年代初所批评的那种“政治挂了帅，艺术脱了班，故事公式化，人物概念化，语言干巴巴”[1]的局面。

新时期儿童文学的第一回合是回归文学与回归“五四”。新时期刚开始时，儿童文学的新潮理论将重心放在力纠极“左”思潮影响，与整个文学界冲决拘囿艺术发展的庸俗政治学的樊篱、冲决“阶级斗争工具论”的束缚同步，为冲决儿童文学是“教育儿童”的工具论的束缚，做了很大努力。当时提出的一个具有儿童文学自身特色的理论命题是：“儿童文学是文学。”儿童文学应“返本归位”，回到文学版图中来，正如曹文轩在《〈新潮儿童文学丛书〉总序》所说：“所谓‘新潮’，只是反映文学要从艺术的歧路回归艺术的正道。”[2]以后理论界又重新评价了陈伯吹的“童心定律”，并展开了诸如儿童文学的趣味性与教育性、成人化与儿童化、少年小说与少年性心理等一系列理论问题的探讨。与此同时，还考察了五四新文化运动中风行一时的“儿童本位论”的历史真相，提出实事求是评价周作人儿童文学观的问题。80年代中后期出版的《中国现代儿童文学史》(1986)、《现代儿童文学的先驱》(1987)、《中国现代儿童文学文论选》(1989)等现代儿童文学文献与史著，在当时的特定背景下，其价值主要是为了从五四新文化运动那里寻找理论资源，寻找中国儿童文学的传统精神。新时期儿童文学加强了对未来一代的精神性格和民族心理的积淀层次做深广的探究与开掘，强化了对儿童文学认识功能、审美意识、代沟调和、人格形塑、游戏精神乃至未来民族国民性的探求和深思。儿童文学的状况如何，儿童文学作家张扬什么，追求什么，直接关系到中华民族未来一代的“国民性”。儿童文学应当担负起改造国民性、提高未来公民精神素质的重任。在突破“教育工具论”的进程中，儿童文学的创作生产力不断得到释放。因循守旧的板块结构终于被总体骚动、局部深入的艺术新格局所取代，统率这种新格局奔突向前的则是少年小说创作的热流。

率先冲击儿童文学保守局面的是少年小说。在刘心武《班主任》的冲击波影响下，一批年轻的作者以感应生活的敏锐与执着求真的精神，为刚刚复苏的小百花园地催生了一派生意盎然的新绿。王安忆的小说《谁是未来的中队长》以其主题的深刻与毫不吞吞吐吐的写作姿态，引起了儿童文学界的第一阵骚动。这篇“问题小说”在少儿读者以及家长、教师中所激起的异乎寻常的反响，将儿童文学由描写“伤痕”而直接拉入了“反思”。紧跟着，《泥泞的春天》（王一地长篇）、《乱世少年》（萧育轩长篇）、《吃拖拉机的故事》（罗辰生）、《被扭曲了的树秧》（刘岩）、《再见了，我的星星》（曹文轩）……竞相推出。这些作品一反以往的虚饰与陈套，直面人生，拥抱现实，引起了小读者和他们家长的广泛兴趣。儿童文学的新生之光，终于在小说领域首先点燃起来，并一发而不可收，流布成奇云郁起的景观，并很快催化出象征手法、哲理反思、心理体验、悲剧意识以及散文化、荒谬感、意识流等创作现象。在这片活泼轩昂的领域，既有大胆触及时弊、针砭现实，帮助小读者认识和评价“初级阶段”社会世相的“问题小说”，如丁阿虎的《祭蛇》、王路遥的《破案记》、汪黔初的《在县委堂打饭的孩子们》：也有在广阔的历史背景上反映过去艰苦革命岁月生活的“战争小说”，如严阵的《荒漠奇踪》、陈模的《奇花》（长篇）、王一地的《少年爆破队》（长篇）、张映文的《扶我上战马的人》；既有通过儿童的视角，着力描绘两代人心灵碰撞和理解的“代沟小说”，如关夕芝的《五虎将和他们的教练》、刘霆燕的《老人和黑帽子》、刘心武的《我可不怕十三岁》，也有引导少男少女认识“心理性断乳”所带来的身心剧变，平衡青春期紧张情结的“身边小说”，如陈丹燕的《上锁的抽屉》、秦文君的《少女罗薇》、张成新的《啊，少男少女》、肖复兴的《中学生三部曲》（长篇）：既有礼赞少年朋友自立自强的阳刚气质勇敢走向人生之路的“小小男子汉小说”，如曹文轩的《弓》、陈丽的《遥遥黄河源》、蔡玉明的《脚下的路》，也有剖析失足少年的命运，拯救迷途羔羊的“工读生小说”，如刘厚明的《绿色钱包》、柯岩的《寻找回来的世界》（长篇）、任大霖的《喀戎在挣扎》；既有追求小说表现手法的刻意创新与探求的“探索小说”，如班马的《鱼幻》《迷失在深夏古镇中》，也有注重表达作者对生活的独特感受，寓哲理、情理、伦理于一炉的“哲理小说”，如程玮的《白色的塔》《孩子、老人和雕塑》；既有直面成人世界的精神创伤带给孩子世界不幸陈痛、令人警悟的“悲剧小说”，如常新港的《独船》、刘汉一的《毛茸茸的胡须》，也有表现人与动物的关系，借助艺术化的动物形象艺术地体现人的本质的动物小说，如蔺瑾的《冰河上的激战》、沈石溪的《第七条猎狗》、乌热尔图的《老人和鹿》等。中国儿童文学的小说创作，从来没有出现过像80年代那般热闹，那般精彩，那般主题多元与艺术多样的景观。奇葩纷呈的小说创作直接铸就了新时期儿童文学繁荣兴盛的局面，中国作家协会主办的首届全国优秀儿童文学奖评委们一致认为，小说创作是新时期儿童文学成绩最为显著的门类，“其中一些作品足以与我国目前成人文学中的优秀作品媲美”，以往儿童文学创作中单一的教育性传统与偏狭保守的局面终于被彻底打破，“它体现了作家对我们民族精神新的理解与追求”[3]，体现了儿童文学新的美学理想与艺术性格。

二

新时期儿童文学拓展之二：摆脱了“成人中心论”的羁縻，确认儿童文学必须以切合少年儿童的精神世界与思维特征为基准的主体性原则，重建人的意识，塑造未来民族性格。

儿童文学，说到底就是为儿童文学服务的文学，这是一种强烈地意识到接受对象的规定性与接受对象对文学自身特殊需求的文学。可是，我们在很长一段时间里不敢提也不能提为儿童服务，而只能与整个当代成人文学一起跟着大写成人社会的斗争生活与政治运动。虽然从未有人颁布过儿童文学要“为成人服务”的艺术纲领，但特定时期的历史文化背景与文化语境，早已将儿童文学牢牢捆绑在以成人意志为走向、以成人运动为中心的功利性、实用性的“宣传车”上。政治教条、斗争哲学、阶级观念已成了童心世界超负荷的重载。为成人政治服务的“儿童文学观”，使儿童文学创作不断为了一致的政治目标而朝成人文学相同的艺术范式靠拢，无论在题材选择、创作方法，还是艺术构思、语言运用等方面，整个创作变得越来越近似；到了“文革”，则都一致地崇尚“三突出”，而与儿童世界则越来越远，最终也就不再成其为儿童文学了。

进入新时期的中国儿童文学，审视了自己被扭曲的历史，清醒地扬弃了既成的“成人中心主义”及其由此带来的苦果，在不断寻找自我的进程中，再造形象，使曾经失落的儿童本位观念得到复归，把颠倒了的服务关系重新颠倒了过来。这种复归直接体现在对儿童文学的接受对象——少年儿童精神世界的深层把握与多维表现上，体现在对少年儿童的人格独立性、自主性、自尊心、自信心的尊重与理解上（而以往则是“四大皆空”）。“走向少儿”已成了新时期儿童文学创作思想与审美意识嬗变的最重要的特征。下面试从历时性的角度考察一下少年小说系列形象的嬗变过程，这对我们理解新时期儿童文学“走向少儿”的本体意识是有认识意义的。

第一系列：“扭曲型”。其特征是，正视“文革”这场民族劫难对少儿清纯心灵的严重扭曲与污染，使人们看到十年浩劫的斗争哲学与“初级阶段”某些腐败现象的市侩哲学留给下一代的心理创伤，以及医治这种创伤的严重性与紧迫性。属于这类形象的，有不自觉地当了“帮凶”、伤害同龄人人格尊严的露姐（黄蓓佳《阿兔》）；有受庸俗的“关系学”影响心灵变丑而自以为乖巧的金莹莹（刘岩《被扭曲了的树秧》）；有以父母官职高低调整组合小伙伴关系的“精通世故”的干部子女（汪黔初《在县委食堂打饭的孩子们》）等。

第二系列：“迷途型”。这一系列的小说提出的命题是：请求社会—学校—家庭理解、信任与关怀正处于转化、迷失或孤独状态中的孩子，而不应冷落、歧视，更不应伤害他们。这实际上是在呼唤孩子世界同样需要人情、人性、人道精神，谴责蔑视少儿人格的某种社会偏见。中年作家刘厚明的《绿色钱包》、邱勋的《三色圆珠笔》、柯岩的《寻找回来的世界》（长篇）、罗辰生的《白脖儿》，最先提出这一问题，在儿童文学领域高扬了人性的旗帜。青年作家常新港的《独船》，通过一个船家独子“独立的心灵世界”遭到父亲蔑视而造成悲剧的故事向社会大声呼吁：请理解我们的下一代，多给他们一些维系人类群体自身的爱吧！安徒生说过：“爱和同情——这是每个人心里应该具有的最重要的感情。”处于幼者、弱者、被动者地位的少年儿童，较之成人，更需要人类群体的爱：作为感化、纯化、美化孩子心灵的儿童文学，较之成人文学，更需要高扬温暖的人道精神。

第三系列：“自立型”。比之前二类，“自立型”小说对少儿“内世界”的理解与探究进入了更深层次。作家比较正确地把握了处于新的自我开始觉醒阶段的少年的独具心态，并将这种心态置于被心理学家称为“亲子关系隔阂”

即所谓"代沟"的矛盾之中，在社会文化背景下，观照少年个性的发展与精神的提纯。刘心武《我可不怕十三岁》中的"我"，力图用自己的价值观和掌握的知识去规范行为，对成年人的指令不再盲目相信与无条件执行。曹文轩的《古堡》塑造了两个完全按照自己意志行事、自己的问题自己判断解决的具有鲜明自立精神的"小小男子汉"形象。属于同样性格系列的还有《遥遥黄河源》（陈丽）中孤单一人万里寻父、初步接触到人生复杂课题的十七岁少年路晔；《弓》（曹文轩）中不要他人施舍、宁可自谋其食的温州弹棉花孩子；《蓝军越过防线》（李建树）中敢于表现自我、摒除形式主义而在野营活动中率先冲上贡戈尔峰的"蓝军"少年张汉光；《从山野吹来的风》（夏有志）中过早经受生活摔打、泼泼辣辣地与风雨搏斗的乡村姑娘秀芸，等等。作家热情地支持了小说主人公初萌的自立、自强意识，表现了当代少年新的健全的文化心理与昂奋进取的阳刚气质。如果说，这些作品是对具有创造性思维的少年自立精神的热情肯定，那么《猪屁股带来的烦恼》（苏曼华）、《我要我的雕刻刀》（刘健屏）、《墨浓力劲的一笔》（张微）、《罗森塔尔效应》（小民）表现的则是此种精神如何在缺乏理解与信任的生活环境中遭受的委屈、压抑与困惑。怎样正确对待当代少年的人格独立性、思维独创性、行动自主性，这无疑是引导他们健全地走向成熟、走向社会的重要课题，对于培育、强化我们民族未来一代精神性格中的创新思维、开拓精神、阳刚气质有着重要意义。因之，"自立型"少年系列形象的出现及其提出的问题，具有特殊的审美价值。

第四系列："断乳型"。若说以上三类小说的系列形象侧重于通过人物与外部世界的关系来抒写少年精神的话，那么《断乳型》系列则是切入到处于身心发育突变阶段的少男少女"内世界"的深刻裂变，直接揭示人生黎明风景线的种种隐秘、困惑与求索。现代心理学认为，人的一生有两个断乳期，一是婴儿长大不再吃奶的"生理性断乳"，二是正在走向成熟进程中的少年渴求个体独立的"心理性断乳"，他们开始寻求父母影响不到的小天地，力图脱离大人的"势力范围"，并对其监视做出种种虚张声势的反抗（如陈丹燕《上锁的抽屉》、茅晓群《为了没有失去的》）；表现出对异性少年的朦胧情愫，表面回避而内心憧憬的背叛现象（如丁阿虎《今夜月儿明》、任大霖《人生的青果》、罗辰生《少年的心》），探寻走向人生黎明风景时将会遇到什么样的生活之谜（如韦玲《出门》）。“断乳型”小说把对少儿主体人格的尊重推向了每一个个体，每一个独立存在的精神领域。作家倾心于对天真纯情的少年丰富心理世界的把握，致力于充分个性化和生活多样化的艺术刻绘，恰如吹过少年心域的一阵绿风，给人以温暖的人道精神和悠悠不尽的美的遐思。

新时期的儿童文学——尤其是小说，已经把创作视野直接拓展到了人物的“内宇宙”，将审美意识、当代意识与小读者的接受心理互相融合沟通，加快向“人学”的回归，加快走进人（少儿）的领域，帮助引导着年幼一辈完成从“自然的人”到“社会的人”的和谐转化，用以培育出人格崭新、素质优秀的一代国民。——这是在摆脱了“成人中心论”的羁縻，确认以少儿内心精神机制为基准的具有本体意识的儿童文学审美尺度以后所带来的必然变化。

重建人的意识，塑造未来民族性格，这是新时期文坛不断高扬的一种儿童文学美学原则。曹文轩在《中国80年代文学现象研究》一书中特列专章探讨儿童文学，力倡“儿童文学承担着塑造未来民族性格的天职”[4]；与此相呼应，汤锐在《比较儿童文学初探》一书中，也特别探讨了有关新时期儿童文学“人的主题”的问题。他们认为，塑造未来民族的性格是新时期儿童文学“主题的核心”。“只有站在塑造未来民族性格这个高度，儿童文学才有可能出现蕴涵深厚的历史内容、富有全新精神和具有强度力度的作品。”[5]“这是一个充满忧患情绪、强调社会责任感、具有功利性质的观念，是传统儿童文学之主旋律‘树人’观念的延伸和变奏，具有鲜明的民族文化特征。”[6]在“人的主题”的旗帜下，“儿童的一切均指向未来，儿童的存在和意义与民族的生存和意义是融为一体的”。[7]

新时期来儿童文学不时出现的关于塑造“小小男子汉”形象、儿童文学需要“叔叔”型硬汉、需要“阳刚之气”的呼唤，尤其是一大批多角度、多层次描写当代少年成长主题的小说的出现，直接将“人的主题”“塑造未来民族性格”这一旗帜插上了当代儿童文学创作的峰巅。这些作品是直接对准“承认人的多方面发展的可能性，承认社会应是由丰富完满的人格结构的个体构成的社会，人的全面和谐发展是成长的首要目标”[8]的。此外，沈石溪动物小说所张扬的生命意识，刘先平大自然探险系列作品所力倡的绿色环保意识，云南“太阳鸟”作家群、辽宁“棒槌鸟”作家群所倾心营造的健美风格与边地特色，其美学追求的总趋向也是指向这一“成长的首要日标”的。我们还应特别提到班马对“儿童性”——儿童生命世界的执著探索。他的小说《鱼幻》《迷失在深夏古镇中》、散文集《星球的细语》以及理论专著《前艺术思想》等，就艺术地再现与描绘儿童生命状态、儿童原始思维、儿童生命及原始人类生命的幽秘联系，并从学理层面加以探讨提炼而言，其所做出的努力和所提出的命题，已成为当代儿童文学一个必须面对和研究的现象，轻易绕不过去。

正是以上种种新潮理论与创作实验的合力作用，极大地提升了儿童文学的价值功能，增强了作家的使命意识、人文担当与社会责任感。这一股南北呼应、东西合流的不容抗拒的新潮之风，正鼓荡起中国儿童文学美学精神的风帆，向着21世纪破浪行进！

三

新时期儿童文学拓展之三：校正了儿童文学标准单一性与创作现象丰富性之间的矛盾错位，确认以少年儿童年龄特征的差异性与接受心理来建构多层次的儿童文学分类，以推进儿童文学创作的发展繁荣。

从50年代初期以来，儿童文学理论界曾经围绕着儿童文学的定义、特点、功能等问题进行过无休止的论争，并随着文化背景的变化，与政治问题纽结在一起。进入80年代，儿童文学界还在为一些纠缠不清的“问题”搞得不可开交，依然“禁区”重重，创作生产力受到严重束缚。这说明儿童文学肯定还有一个根本性的理论课题没有得到解决——这就是长期以来我国儿童文学界存在的“儿童文学标准单一性”与“创作现象丰富性”之间的矛盾错位。具体地说，就是分别从不同接受对象的角度（如从幼儿的接受能力与审美情趣）出发，以此作为立论依据，去统率、涵盖、要求整个儿童文学的本质特征、价值功能与艺术创造。这就好像“比着箍箍买鸭蛋”，凡是不符合我认定的标尺，就不是“儿童文学”。由此造成了一系列问题的混乱，大家各吹各的号，各定各的调，互不买账，互相指责，使儿童文学发展在这个“瓶颈”上卡了壳。

新时期毕竟是变革的年代。改革开放的时代趋势，东西文化的八面来风，当代文坛的迭出新潮，为儿童文学工作者提供了前所未有的新的参照系，并形成了自身的主体思维方式和全方位、多维度接纳美学信息的网络结构。接受美学与皮亚杰的发生认识论是这一网络结构中最富于理论价值和启迪意义的变革资源。

接受美学明确提出，文学作品只是为读者而创作、为读者而存在的，只有能被读者理解和接受，才能实现其美学价值和社会功能，变成活生生的艺术。作为儿童文学的接受对象——千百万小读者与大读者一样，他们不是消极的被动的反应环节，而是实现作品功能潜力的主体，是促进儿童文学发展的一个决定性因素。儿童文学对少年儿童来说，并非是被给定的客观认识对象，其价值也不是一个超越时空的常数，而只是一种外部刺激。皮亚杰认为，任何外部刺激，只能通过“同化”与“顺化”两种机能才能得以实现：只有当外部刺激被主体同化于他的认识结构之中，主体才能对此做出反应，从而发生某种改变，即做出某种顺化；如果外部刺激超出了主体结构同化的范围，那么同化和顺化就都无法进行，也即无法整合于主体已有的结构之中。在这里，外部刺激与主体反应之间的关系不是简单的 S—R（刺激一反应），而应当是：S—AT（主体 A 同化刺激 S 于结构 T）—R。

很显然，作为外部刺激一个方面的儿童文学作品，只能在适应接受对象主体结构同化机能的状况下，才能进入其审美视野；反之，如果作品与接受对象不具有同构性，也即超出了少年儿童主体结构的同化能力，那么，艺术符号就不能整合于他们已有的智慧结构之中，死信息无法转化为活艺术。由于儿童文学的接受对象是包括了从学龄前的幼儿（3—6 岁）到十四五岁的少年乃至十六七岁的“准青年”这样一个复杂的未来公民集合群体，由于这个集合群体中的各个年龄阶段的孩子对各自所需的文学在内容、形式、表现手法等方面有着明显的差异（例如：少年不爱看“奶声奶气”的幼儿读物，幼儿看不懂少年小说、报告文学），因之，儿童文学必须适应各个年龄阶段的少年儿童主体结构的同化机能，必须在各个方面切合“阶段性”读者对象的接受心理与领悟力。这就规定了建立多层次儿童文学分类的必然性与科学性。正是在这样的理论背景下，80 年代中期，一个完全不同于传统观念的“新概念儿童文学”登上了新时期文坛——

儿童文学是幼年文学、童年文学、少年文学三个层次文学的集合体。不同年龄阶段少年儿童的心理差异与接受机制，决定并制约着幼年文学、童年文学、少年文学各自具有的美学特征及思想、艺术上的要求。这三个层次的文学都有维护自己独立的创作规律与艺术个性的权利，它们都以其自身的文学价值——认识、教育、审美、娱乐与平衡心理的作用，将少年儿童培育引导成为具有健全的文化心理与高雅的精神性格的一代新人为最终目的[9]。

将儿童文学从文学大系统中分离出来，自成一系（在中国，这一工作完成于五四新文学运动时期），这是儿童文学本体意识的第一次自觉；将儿童文学具体区分为幼年文学—童年文学—少年文学三个层次，并界定其各自的审美特征和艺术使命，这是儿童文学本体意识的第二次自觉，是新时期儿童文学观念更新的质的飞跃。在中国儿童文学理论批评史上，这是一个变革，一大进步！无论幼年文学、童年文学、少年文学，都是整个文学不可分割的组成部分，都有其自身的独特的创作规律与艺术章法，都有用自己的理论来保护自己按照自身文学的特殊规律办事的权力，在文学之林中完全有着自己不允被蔑视、不可被剥夺的文学地位与存在价值。这就直接激活了儿童文学被压抑的生产力，直接促发了儿童文学创作多元并存的景观。进入 90 年代，三个层次的儿童文学观念已成为一种普遍共识，各层次的创作互为呼应，各领风骚，而少年文学更是劲旅突进，成绩卓著。以秦文君《男生贾里》《女生贾梅》为代表的少男少女校园小说，以曹文轩《草房子》《根鸟》为代表的现代少年成长小说，以董宏猷《一百个中国孩子的梦》为代表的梦幻体开放小说，以沈石溪《一只猎雕的遭遇》《红奶羊》为代表的动物小说，以班马《六年级大逃亡》为代表的写实小说等，已构成一道绚丽夺目的文学风景线。

茅盾说过："'儿童文学'这名称，始于'五四'时代。"[10] 在中国，具有现代意识的儿童文学是在五四新文学运动起步的。五四时期，是中国儿童文学的第一次变革，其伟大实践的突出成就，在于儿童观的转变与儿童世界的发现，在于儿童文学第一次从文学大系统中分离出来，成为自觉服务儿童的一种崭新艺术载体。以周氏兄弟（鲁迅、周作人）与文学研究会作家群（茅盾、郑振铎、叶圣陶、冰心等）为主干的一批拓荒者与建设者，直接开辟于儿童文学的现实主义道路，奉献了中国儿童文学的第一批创作硕果与理论收获。站在历史的高度鸟瞰现实，我以为，新时期儿童文学是中国儿童文学的第二次重大变革，它的实践成果与美学尺度，在于儿童世界的再发现与儿童文学主体特征的再确立，在于将儿童文学一分为三——幼年文学、童年文学、少年文学多层次观念的界定与实践。“走向少儿”的新时期儿童文学，必将在实现自我价值与艺术个性自觉的进程中，对培育中华民族未来一辈健全的精神性格、文化心理、国民素质产生日益深广的影响。——中国新时期儿童文学深层拓展的全部价值与历史意义即在于此。

注释：

[1] 茅盾《六〇年少年儿童文学漫谈》，《上海文学》1961年第8期。

[2] 曹文轩《〈新潮儿童文学丛书〉总序》，《中国当代儿童文学文论选》，接力出版社1996年版。

[3] 文艺报记者《首届全国优秀儿童文学奖初评座谈》，《文艺报》1987年11月21日。

[4] [5] 曹文轩《中国80年代文学现象研究》，北京大学出版社1988年版。

[6] [7] 汤锐《比较儿童文学初探》，湖北少年儿童出版社1990年版。

[8] 吴其南《新时期少儿文学中的成长主题》，《中国当代儿童文学文论选》，接力出版社1996年版。

[9] 王泉根《论少年儿童年龄特征的差异性与多层次的儿童文学分类》，《中国当代儿童文学文论选》，接力出版社1996年版。

[10] 茅盾《关于“儿童文学”》，《中国现代儿童文学文论选》，广西人民出版社1989年版。

（原载《北京师范大学学报》2000年第4期，《新华文摘》2000年第10期转载）

论新世纪儿童文学

考察新世纪中国儿童文学的原创生产与发展思潮，首先应将今天的文学外部生态环境与20世纪八九十年代文学的外部生态环境做一比较。我认为今日中国文学外部生态环境最大的变化有以下三点：

第一，充分的市场化。今天的文学是在充分市场化的社会环境下进行的，包括作品生产、编辑出版、传播推广，以至读者的选择与阅读等，都深受市场经济、商品化的影响。而在80年代，中国还是计划经济的体制。今日世界“市场的逻辑”正在缜密地对接着“欲望的逻辑”。资本集团通过虚拟化更加集中，大众则通过虚拟化日益成为“无差别的大众”。

第二，传媒手段的多样化。80年代的主流传播媒体是纸质的图书报刊，而今天已进入网络时代，新的媒体文化不断涌现，它包括：互联网、电子邮件、博客、播客、电视、电影、手机、音像、网络游戏、数码照片等，世界已真正变成了“地球村”。今天的人们尤其是青少年儿童，对文化已有多种选择的便利，“文学”在多媒体的冲击下，面临巨大的挤压与挑战。无孔不入的影视动漫网络游戏使人特别是青少年儿童远离阅读体验。

第三，更为宽松自由的外部社会文化生态环境，使作家的创作有了更多的审美选择与自由。“70后”“80后”出现的新一代作家对文学价值、文学观念有他们自己的理解，个人化写作、自由撰稿人已成为一种常态，这在20世纪80年代是不可想象的。

新世纪文学包括儿童文学正是在对以上这些文学外部生态环境的种种变化由不理解而逐渐理解，由不适应面逐渐适应，由不习惯而习以为常的过程中，一步步走出低谷，走出困境，走出一条新路的。因之我们必须看到：今天的儿童文学与二十年前的 80 年代相比，已产生了很大的变化。正如我们在 80 年代不同意用 50—60 年代的眼光（如“儿童文学是教育儿童的文学”）来看待和要求 80 年代的少年儿童与儿童文学一样，身处 21 世纪的今天，我们同样应警惕用 80 年代的眼光来看待和要求新世纪的少年儿童与儿童文学。还是那句老话：一时代有一时代的文学。我们应当用发展的眼光、与时俱进的姿态来观察和审视今天新世纪的儿童文学。

那么，今日中国儿童文学的状况究竟如何呢？

我的总的评价是：我们已经走出了 90 年代后期以来的低谷与困境，一个多元共生、充满希望的新世纪儿童文学新格局正在形成。

第一，原创儿童文学的生产已呈现出“东风压倒西风”之势。

90 年代后期至新世纪初，中国儿童文学的出版状况一直是引进大于原创，《哈利·波特》《鸡皮疙瘩》以及日本、韩国的动漫、卡通，还有口袋书，可谓铺天盖地，国内原创作品出版艰难，儿童文学一度面临迷茫，不知风从哪里来，该往哪里去。经过广大儿童文学工作者的艰苦打拼，从 2003 年起，这一局面终于得到了扭转。据国内权威的图书发行调查机构“北京开卷信息技术有限公司”的统计（开卷公司的“开卷全国图书零售市场观测系统”，涵盖了全国绝大多数大中型书店，每月动销图书品种 40 多万种。开卷公司的每月全国畅销书排行榜由这些书店的所有图书零售数据汇总整合而成，具有很强的权威性、代表性、完整性和中立性），现在国内本土原创少儿类图书在中国内地小读者中受欢迎的程度已高于国外引进版，国内原创儿童文学的图书码洋已经占到整个少儿图书市场近半的比例。“东风压倒西风”，这并不意味着中国原创儿童文学的质量也已经超过西方，但没有一定的数量也就没有所谓的质量。在原创作品数量持续攀升的情况下，追求质量自然应是我们持之以恒的方向，儿童文学作家尤其是那些畅销书作家，特别需要集中精心打磨经得起时间检验的精品之作。

第二，第五代儿童文学作家正在崛起，这是新世纪中国儿童文学后继有人、繁荣发展的希望与根本保证。

综观百年中国儿童文学的发展历程、时代规范与审美嬗变，我们大致可以将儿童文学作家分为五代：第一代是五四新文化运动前后文学启蒙的一代，代表人物有叶圣陶、冰心、茅盾、郑振铎等，第一代主要是开创之功、奠基之功，而且一开局就是大手笔。第二代是三四十年代战争环境中革命和救亡的一代，代表人物有张天翼、陈伯吹、严文井、贺宜等，他们用文学直接切入现代中国的社会形态和革命救亡等时代命题。第三代是共和国"十七年"运动语境中的一代，代表人物有任大霖、葛翠琳、洪汛涛、鲁兵以及孙幼军、金波等。他们创造了当代中国儿童文学原创生产的第一个黄金时期，同时在文学配合"中心""运动"的复杂背景下进行着不懈的探索与民族化追求。第四代是经历过"文革""上山下乡"终于迎来改革开放的一代，代表人物有曹文轩、秦文君、张之路、黄蓓佳、沈石溪、班马、常新港、董宏猷、周锐、冰波、郑春华等，他们的特殊人生经历铸就了他们对儿童文学的文化担当与美学品格的执著坚守，无论是"追求永恒"还是"感动当下"，他们都在努力地践行用文学塑造未来民族性格，打造少年儿童良好的人性基础，他们不但是20世纪八九十年代，也是新世纪初叶中国儿童文学的中坚与核心力量。

建构新世纪儿童文学繁荣发展的新局面需要后起之秀与后备力量源源不断的补充。使我们深感欣慰的是，那些"60后""70后""80后"以及在"低龄化写作"中涌现出来的年轻作家，正在踊跃加入到儿童文学中来，有的已是儿童文学界响当当的"品牌""大腕"，他们正是中国儿童文学的第五代作家。第五代作家的创作大致是在20世纪90年代出道的，如今正在成为中国儿童文学最具创造力、影响力与号召力的群体。他们的成长经历和文学道路与前四代作家截然不同，他们是在一个安定和开放的社会环境当中，是在市场经济、传媒多样化的环境中长大的。他们的成长岁月正值我们中国改革开放的年代。

新世纪以来一些儿童文学创作实力强劲的地区，已形成了自己的第五代年轻作家方阵，其中最具影响力和特色的是：由殷健灵、陆梅、张洁、萧萍、李学斌、郁雨君、唐池子、张弘、周晴、周桥、金建华等上海作家群（又以女作家居多）以及祁智、韩青辰、王巨成、李志伟、胡继风、饶雪漫、苏梅、顾鹰、徐玲、龚房芳、沈习武等江苏作家群，汤汤、毛芦芦、吴洲星等浙江作家群组成的"江南方阵"；由杨鹏、李东华、安武林、孙卫卫、保冬妮、张国龙、汪月玲、翌平、葛竟、吕丽娜、英娃、左昡、韦枫、熊磊等组成的"北京方阵”；由薛涛、黑鹤、老臣、车培晶、刘东、王立春、于立极、常星儿、满涛、萧显志、李丽萍、商晓娜、许迎坡、宋晓杰等组成的“东北方阵”；由汤素兰、牧铃、邓湘子、林彦、谢乐军、皮朝晖、萧袤、陶永喜、陶永灿、毛云尔、邓一光、陈静、唐樱、周静、宋庆莲等组成的“楚湘方阵”，由张玉清、肖定丽、周志勇、赵静、兰兰、翟英琴等组成的“燕赵方阵”，由郝月梅、张晓楠、李岫青、鲁冰、刘北、刘青梅、周习、杨绍军、代士晓、王倩等组成的“齐鲁方阵”，由杨红樱、钟代华、汤萍、余雷、湘女、曾维惠、蒋蓓、简梅梅、李珊珊、雷旦旦、肖体高、骆平等组成的“西南方阵”，由李利芳、赵剑云、曹雪纯、张琳、张佳羽、苟天晓、刘虎、张元等组成的“甘肃儿童文学八骏”以及赵华、刘乃亭等西北作家群。2007 年 5 月 8 日至 8 月 8 日，中国作家协会鲁迅文学院举办第六届中青年作家高级研讨班（儿童文学班），来自全国各地的 53 名中青年儿童文学作家参加培训，他们正是第五代儿童文学作家中的佼佼者。第五代作家中的杨红樱，以其将近 3000 万册的图书发行量与全球全语种版权的输出，创下中国当代文学的神话，为中国原创儿童文学走向世界赢得了巨大声誉。

从整体上看，第五代作家正处于创作的攀升阶段，未来前景十分看好。他们的创作紧贴时代社会生活，紧贴当代少年儿童的精神生命成长与审美接受心理，注重作品的时代性、可读性以及作品被转化为其他艺术产品（如影视、动漫）的衍生性；由于他们大多接受过高等教育，同时又是网络写手，有着比前几代作家更为突出的知识优势、信息优势、传媒优势，从而使他们的创作能及时与世界儿童文学潮流融为一体，具有明显的先锋性、时尚性与创新性。但是另一方面，由于他们是在市场经济环境下长大的，因而容易滑向商业写作，容易浮躁，缺乏精雕细刻，和前几代作家那种具有使命感意识的写作相比有一定距离。当然第五代作家有他们的优势、特色。他们带着更为青春、滋润的灵气，更富先锋、张力的姿态，更加紧贴、把握新世纪少儿世界的行动，正在日益成为新世纪儿童文学创作新的生力军。在他们中间，寄予着中国儿童文学的希望。

第三，童年文学创作异军突起，彻底改变了儿童文学“两头大，中间小”的创作格局。

儿童文学是为18岁以下少年儿童精神生命健康成长服务并适应他们在不同年龄阶段审美接受需要的文学，因而在这个文学内部又可以分为：为中学生年龄段服务的少年文学，为小学生年龄段服务的童年文学，以及为幼儿园小朋友服务的幼儿文学。但长期以来，中国儿童文学创作存在着“两头大、中间小”的不平衡现象，即少年文学与幼年文学创作势头强劲，作家较多，优秀作品也多，而适合小学生年龄段阅读的童年文学则相对要薄弱得多，尤其是儿童小说可谓长期稀缺。值得庆幸的是，进入新世纪以来，童年文学原创生产出现了重大突破，这集中体现在以第五代作家杨红樱的《淘气包马小跳系列》为代表的儿童小说创作的大面积收获上。杨红樱的“马小跳”已成为“既叫好又叫座”的品牌儿童小说，先后入选新闻出版总署向青少年推荐的优秀图书（2004）、首届“三个一百”原创出版工程（2007），其中《巨人的城堡》获得中宣部第十届“五个一工程”入选作品奖、首届中国出版政府奖（2007）等。杨红樱为小学生年龄段孩子们创作的小说《女生日记》《男生日记》《漂亮老师和坏小子》以及系列童话《笑猫日记》等，也都深受小读者欢迎。杨红樱为新世纪儿童文学塑造了一个叫“马小跳”的鲜明形象，与马小跳一起，还有唐飞、毛超、张达、路曼曼、夏林果等系列儿童形象。这与90年代后期秦文君塑造的男生贾里，女生贾梅以及小鬼鲁智胜、小丫林晓梅等系列儿童形象颇有相似之处，他们都是属于“热热闹闹，开开心心一天天长大”（秦文君）的当代孩子。

或许是受秦文君、杨红樱作品走红的影响，或许是儿童文学界已经意识到服务“小学生年龄段”的童年文学巨大的审美空间与阅读需求，这几年为小学生年龄段的孩子们“量身定做”作品越来越多，最有影响的如：河南周志勇的《臭小子一大帮丛书》，赵静的《捣蛋头唐达奇系列》，湖南汤素兰、河北肖定丽的《小学生校园派》丛书。曾经以创作幼儿系列故事《大头儿子与小头爸爸》饮誉文坛的上海女作家郑春华，最近也推出了以小学生为对象的《非常小子马鸣加系列》。我曾在一篇文章里这样评论杨红樱等作家的小学生题材儿童小说：“这些作品基调明朗、向上，作品风格追求幽默的、快乐的，轻松的，在好读好玩的故事情节中向孩子们传达一些浅近的立身，处事、为学的人生道理，同时倡导正面的精神价值，因而广受小学生年龄段孩子们的欢迎。”但同时我们也应警惕，这类作品已出现了某种雷同化、脸谱化倾向，如写男孩必是淘气包、调皮蛋，而女孩则是鬼精灵、小辣妹。同时，几乎百分之百都是城市衣食无忧的孩子生活，看不到农村孩子，更看不到农村留守儿童、城里农民工子女、下岗工人子女等“苦难儿童”形象。因而如何拓宽题材、深化当代儿童生活的宽度与广度，塑造性格更为丰富的儿童形象，已成为当下童年文学创作的一个重要课题。

第四，幻想文学创作方兴未艾，未来的发展势头将有可能扭转中国儿童文学长期形成的现实主义一元独尊的格局。

幻想文学，媒体称为玄幻文学、奇幻文学、眩幻文学，那是为吸引眼球进行的炒作，其实指的都是以超现实的创造性想象为基本审美手段的文学。中国现代原创儿童文学从五四新文化运动以来，由于受时代规范与自身文学资源、艺术选择等多种因素的综合影响，形成了以叶圣陶《稻草人》、张天翼《大林和小林》等为代表的现实主义创作格局与思潮，并一直持续至今。这一文学滋润了数代中国孩子的精神生命，积累了丰富的艺术经验，对中国儿童文学做出了巨大贡献。但同时也存在着凝重多于轻灵、写实大于想象、成人意志重于儿童经验的另一面，与西方儿童文学相比，最大的差异是很难飞起来。

新时期以来尤其是进入 21 世纪以后，由于受到以《哈利·波特》《魔戒》等为代表的全球性幻想文学风暴的冲击与互联网时代的到来，中国幻想文学创作正出现方兴未艾的势头，极大地拓展了儿童文学的艺术空间与想象世界。当今我国幻想文学创作有以下四方面的特点：

一是主体作家是“70 后”“80 后”甚至“90 后”的年轻人，其中大多又是在校的大中学生，现在也有部分有影响的儿童文学作家开始投入到幻想文学创作中来。

二是以网络写作为主。从某种角度说，今天国内的幻想文学还是属于年轻人的事情，他们深受网络的虚空间、动漫的画面节奏以及美国好莱坞大片的影响。大量原创幻想文学作品都是由网络写手先在网络上线上写作、在线张贴，读者网上阅读走红以后，再由出版社出版的，因而也可以说是“网络幻想文学”，如点击率很高的《诛仙》《小兵传奇》等。

三是与西方幻想文学相比，中国的幻想文学已开始与本土传统文化融合，更倾向于把奇幻、科幻、武侠甚至神仙文化、道家文化结合起来，骑士变成了游侠，巫术化为了道法，从而形成更加复杂而充满张力的中国化幻想文学世界。

四是如同任何新生事物一样，在其发展初期难免泥沙俱下，良莠混杂。当前幻想文学存在的主要问题是：商业化、快餐化写作倾向导致某些作品善恶不分，价值观混乱，有的缺乏艺术性，只有幻想而没有文学。

我认为，幻想文学将成为中国当代文学／儿童文学的一种重要文类，并将产生越来越大的影响，这已是一种可以预见的必然趋势，根本原因在于喜欢这种文学,从事这种文学创作的主体是“70 后”“80 后”的第五代年轻群体，他们的文学观念、艺术兴趣、审美选择势必影响未来的中国文学格局，因为再过十年、二十年，中国文坛就是他们的天下。因而我们必须充分重视幻想文学。但现在的问题是：主流文学似乎还放不下架子，不予理睬，或是情绪化批评，简单地将幻想文学指认为“装神弄鬼”，缺少真正有说服力的学理批评。而其根子，则在于我们的主流文学观念一向看重的是现实型文学，而视幻想型文学为时尚文学、大众文学或少年儿童文学，从心底里漠视甚至蔑视它们。在这方面，西方文学对幻想文学的重视态度可以作为我们的一个借鉴。据报道：全世界规模最大的《哈利·波特》学术研讨会于 2007 年 7 月下旬在加拿大多伦多市中心的喜来登中心召开，1500 余位各国学者在连续 4 天的会议中对《哈利·波特》进行了多种角度的学术探讨（《中华读书报》2007-08-08）。同样在西方，由哈佛大学、牛津大学等名校教授学者创办的《托尔金研究》年刊，已成为研究幻想文学的重要学术平台。

第五，一个多元文化背景下的新世纪多元共生的儿童文学新格局正在形成。

多元共生的儿童文学新格局，更需要我们的作家践行多种艺术创作手法，多样文学门类的审美创造，为小读者们提供丰富的而不是单一的艺术作品。新世纪儿童文学在这方面已经表现出了出色的作为。这具体体现在：追求深度阅读体验的精品性儿童文学与注重当下阅读效应的类型化儿童文学，直面现实、书写少年严峻生存状态的现实性儿童文学与张扬幻想、重在虚幻世界建构的幻想性儿童文学，交相辉映，互补共荣，出现了一批有影响的作品。

曹文轩的长篇小说新作《青铜葵花》，黄蓓佳的长篇小说新作《亲亲我的妈妈》，金波的长篇童话新作《追踪小绿人》，谷应纪念唐山大地震30周年的长篇小说《二蛮漂流记》，张品成的革命历史题材小说《十五岁的长征》，黑鹤的长篇动物小说《黑焰》，张洁等年轻作家的《小桔灯·美文系列》等，是近年精品性儿童文学创作的重要文本。这些作品坚守文学的高雅格调与人文内涵，注重人物形象的典型刻绘，讲究文学语言的精雕细琢，力求艺术性、时代性与可读性的有机融合，为打造精品儿童文学提供了新鲜经验。在这里，我们还必须提及由湖北少年儿童出版社出版的《百年百部中国儿童文学经典书系》、中国少年儿童出版社出版的《〈儿童文学〉典藏书库》、湖南少年儿童出版社出版的《中国当代儿童散文诗精品丛书》，江苏少年儿童出版社出版的《浅浅的海峡：两岸儿童文学佳作丛书》等4种意在使儿童文学精品艺术资源重塑新生的整合性书系。这4种书系无疑都是坚持精品性儿童文学的路子，出版以后效绩显著，尤其是《百年百部》与《典藏书库》发行量十分喜人。

精品性儿童文学大多集中在少年文学（中学生）的层面。相对而言，类型化儿童文学的主体读者对象则是小学生阶段的孩子。杨红樱的《淘气包马小跳系列》是一个突出的典型，因而杨红樱的“粉丝”也主要是小学生。此外，上文所述的周志勇、赵静等的作品，以及由饶雪漫、郁雨君、伍美珍三位江南女作家组合创作的中学生《花衣裳丛书》，从整体上看也属于这一范畴。类型化儿童文学十分强调作品的可读性、幽默性、时尚性、校园、网络、情感、时尚文化是这类作品锁定的重要元素。杨红樱的《淘气包马小跳系列》中的某些单本，杨鹏的科幻《校园三剑客》，郁雨君的花衣裳新作《男生米戈》，周晴的“QQ宝贝”网络小说《紫衣云梦》等，是这类作品中的代表性文本，他们的创作姿态是需要加以重视和肯定的。

直面现实，直面少年儿童的现实生存状态，紧贴中国土地，这是百年现代中国儿童文学的重要传统。新世纪以来，有一批作家依然倾情于现实性儿童文学的创作，引领小读者展开对社会人生与精神成长的思考。这方面的重要成果是2006年出版的《辽宁小虎队儿童文学丛书》。薛涛、董恒波、车培晶、常星儿、刘冬、于立极、许迎波等7位辽宁男性儿童文学作家的7部小说，涉及当下农民工、下岗职工子弟，市场经济背景下的校园生态，当今社会人在金钱与信会、道德与良知之间的拷问和选择，同时具有浓郁的东北地域文化特征。七位作家不同的叙事风格形成了东北少儿小说一个非常有意味的多重叙事空间。近年少儿题材的纪实文学与报告文学也出现了一批现实性力作。如江苏韩青辰的长篇报告文学《飞翔，哪怕翅膀断了心》，以未成年人的成长危机与挫折乃至扭曲人生为题材，满蕴着作家对这些未成年人“特殊群体”的深深关爱与期待，写得十分感人。上海简平的长篇纪实文学《阳光校园拒绝暴力》，以纪实的手法，详细记录了16起校园发生的暴力事件，简略记述达50余起，作品多角度多层次地揭示与反思了当下的校园暴力问题，堪称是一部不可多得的重磅现实性少儿文学。

幻想性儿童文学是新世纪原创儿童文学的一道特殊风景线，如上文所说其主体作家是“70后”“80后”“90后”的年轻群体。一个十分喜人的现象是，当前已有一批儿童文学作家投入到幻想文学创作中来，其中不乏成功之作，如上海殷健灵的4卷本长篇《风中之樱》辽宁薛涛根据本土传统神话演绎的《精卫鸟与女娃》《夸父与小菊仙》《盘古与透明女孩》，云南汤萍的《魔界系列》《魔法小女妖童话系列》。特别是一向以现实主义儿童小说见长的著名作家曹文轩，最近也倾情投入了多卷本幻想小说《大王书》的创作，其中的第一卷《黄琉璃》已由接力出版社出版。这些作品为新世纪原创儿童文学注入了一股飞翔、透明的诗性元素。

以上就是我对新世纪中国儿童文学发展现状的一个基本看法与审视，当然这是我的一家之言，我的一种角度。我相信，多元共生的新世纪儿童文学，必将为构建和谐社会、引领未来一代精神生命的健康成长做出更大的贡献，而第五代作家的崛起以及他们走向更为深广的审美世界的追求，则让人们看到了新世纪中国儿童文学繁荣的可能。

（原载2007年9月1日《文艺报》，中国人民大学复印报刊资料《中国现当代文学》2007年第11期转载，《新华文摘》2008年第1期摘载）

近年我国儿童文学原创与出版的演变趋势

进入新世纪，我国儿童文学的原创生产与出版传播进入了跨越式发展的阶段，我国正在从童书出版大国向强国迈进。我国儿童文学原创作品呈现出良性发展、多元共生的态势，作家们辛勤耕耘的业绩应予充分肯定。机会与挑战并存，一切靠我们的自励自律，不断创新！观察近年的创作趋势，我以为以下五个方面最为引人瞩目，需要我们加以关注与评析。

一是儿童文学创作均衡发展，呈现“双轨并进”的态势

在传媒多元、网络游戏动漫影视争抢读者的当下，文学生产包括儿童文学必须将文学品质与读者接受作为自己的目标，坚持文学的多样化与艺术性，“双轨并进”正是当下儿童文学选择的清醒策略。所谓“双轨”，一是指主要为中学生年龄段服务的典型化文学，二是指主要为小学生年龄段服务的类型化文学。当然两者之间没有绝对的区分，但儿童文学作家与出版人“为谁写”“为谁出”的读者定位意识已是越来越明确。

所谓“典型化”的儿童文学，实际上坚执的是我们久已习惯了的“传统”精致化创作路数，以坚守作家主体意识为标榜，以文学素养较高的初中学生为主要读者对象，青春、校园、成长、情感是其主要艺术元素。近年原创出版物中，下述作品都曾产生过较大影响，有的发行量已超过数十万册。长篇小说有张之路的《千雯之舞》、黄蓓佳的《你是我的宝贝》、秦文君的《贾梅日记》、王巨成的《震动》、谷应的《奇遇淡路梦》、张国龙的《梧桐街上的梅子》、陈柳环的《萝铃的魔力》、牧铃的《影子行动》、邓湘子的《像风一样奔跑》、程玮的《少女的红衬衣》、汪玥含的《乍放的玫瑰》、刘东的《镜宫》、徐玲的《我会好好爱你》、翌平的《少年摔跤王》以及位梦华的科学文艺《独闯北极》、刘先平的《美丽的西沙群岛》等。长篇童话如张之路《小猪大侠莫跑跑》、金波的《开开的门》、刘海栖的《没尾巴的烦恼》、汤素兰的《奇迹花园》、李东华的《猪笨笨的幸福时光》、汤汤的《汤汤缤纷成长童话集》、左眩的《住在房梁上的必必》、萧萘的《住在先生小姐城》等，均是可以圈点之作。明天出版社打造的《独角兽丛书》已推出常新港的《五头蒜》、薛涛的《虚狐》、张品成的《有风掠过》、翌平的《早安，跆拳道》等；河北少儿出版社推出的《当代儿童文学作家原创书系》中张玉清的《地下室的猫》、李东华的《花儿与少年》、韦枫的《银杏树下》、袁枫的《火烈马》等，也值得关注。曹文轩的长篇系列新作《丁丁当当》（中国少儿出版社），围绕一对农村傻小孩的独特命运展开绵长揪心的生活画卷，故事、语言、思想、情感并重，虽然现在我们还只能见到《黑痴白痴》《盲羊》两卷，但作家力图用纯正的精神图腾在恶俗世相中高擎大善大美旗帜的"文章报国"良苦用心已力透纸背。儿童文学的一头接通童心世界，而另一头则联结着世道人心。

近年，儿童诗界推出了一批内涵深邃、力图拓宽儿童诗艺空间与审美表达的诗集，比如任溶溶的《我成了个隐身人》、高洪波的《会写字的梧桐叶》、商泽军的《飞翔的中国》、王宜振的《21 世纪校园先锋诗》、安武林的《月光下的蝈蝈》、钱万成的《青春歌谣》、冬婴的《课本外的蓝天》、老柯的《指尖上的童年》等。明天出版社出版的一批年轻作家的诗集，如萧萍的《狂欢节，女王一岁了》、薛涛的《四季小猪》、王立春的《写给老菜园子的信》等，也堪称上乘。

以小学生为主体接受对象的类型化作品有两种主要形式，一是"校园接龙类"，这类作品紧贴小学生的校园生活与心灵世界，注重"感动当下"的时代性、可读性、艺术性的融合，阳光、情趣、幽默、互动是其重要艺术元素，其特征是"糖葫芦串"的故事情节，围绕一个主角展开的"众星捧月式"的人物谱系，以多部连续性作品"接龙组合"的系列"小长篇"小说形式呈现。这方面的作品主要有：河北少儿出版社的《郝月梅幽默儿童小说系列》、外研社郁雨君的《辫子姐姐男孩系列》、葛冰的《异能小子乐小天系列》、王勇英的《捣蛋双胞胎系列》、赵静的《闹的都是小别扭系列》，福建少儿出版社的商晓娜

《拇指班长系列》，二十一世纪出版社的杨筱艳《绿绿的小蚂蚱系列》，海豚出版社的张菱儿《糗事一箩筐：卜卜丫丫系列》等。

类型化作品的第二种形式是“题材规范类”，近年的代表性出版行为是中国轻工业出版社倾力打造的《中国原创冒险文学书系》。该书系将“原创冒险、魔幻、侦探、推理、探险、悬疑、科幻等多种类型文学作品”汇于一体，以“激发少年儿童的想象力，增强推断力，提升阅读兴趣，砥砺胆识勇气”为目标，已出版《李志伟冒险小说系列》4种、《萧莱魔幻小说系列》4种、《牧铃惊险小说系列》2种等。北京作家杨鹏和以“杨鹏工作室”名义创作出版的多种系列作品，也属于这一范畴。

必须提出的是，2009年为迎接共和国成立60周年而出版的一批儿童文学作品，由于其精品性、精致化、精制作的出版理念，因而有不少取得了社会效益与经济效益的“双赢”。其中属于“重塑整合”性质的，以外研社出版的《中国儿童文学60周年典藏》6卷本最为成功，该书系已连续加印数万套，被新闻出版总署评为“向青少年推荐的百种优秀读物”，并列入“农家书屋工程”。属于原创性质的，以张海迪的长篇纪实文学《我的祖国》（湖南少儿出版社）、商泽军的抒情长诗《飞翔的中国》（安徽少儿出版社）最具影响，文质兼美，激情四射，充满飞翔的灵动。由湖北少儿出版社出版的350万字的《中国儿童文学六十年（1949—2009）》，是一部多维度、全方位梳理、评价、反思当代中国儿童文学发展历程、艺术成就与诗学内涵的大型理论文献专书，已成为研究中国儿童文学“绕不开”的必读著作。

近年各地出版社在整合优质出版资源方面，推出了一批令人瞩目的系列图书，如海豚出版社的《中国儿童文学走向世界精品书系》，现代出版社的《百年中国儿童文学名家点评书系》，湖北少儿出版社的《中国动物文学大系》《全国优秀儿童文学奖获作家书系》等。

二是现实主义精神的张扬与“农民工子弟文学”的兴起

现实主义是百年中国儿童文学的主要创作思潮，这一精神即使在《哈利·波特》《鸡皮疙瘩》《冒险小虎队》等充满魔幻、惊悚、刺激元素的西方幻想类作品风行的当下，依然被坚定地定格在中国儿童文学的美学坐标上。当下现实主义儿童文学创作的亮点有二：一是关注重大生存灾难，二是关注“三农”问题，前者为“地震儿童文学”，后者为“农民工子弟文学”。

以震惊全球的四川汶川大地露、青海玉树大地震为背景的儿童文学作品，最初有高洪波、金波、王宜振、商泽军等的儿童诗与散文，诗歌发挥了快速反映重大题材的文学“轻骑兵”作用。经过时间积淀，小说与童话等叙事性文学接了上来。近年已有秦文君的《云裳》（春风文艺出版社）、谷应的《一个孩子的大地震》（天津社科出版社）两部长篇小说。来自四川地震灾区的杨红樱，接连创作了小说《小英雄与芭蕾公主》（接力出版社）、童话《那个黑色的下午》《一头灵魂出窍的猪》（明天出版社）。前一部是杨红樱《淘气包马小跳系列》小说的收官之作，后两部则是《笑猫日记》系列童话中的原创新作。以童话的幻想艺术直接表现地震灾难、阐释当代中国的重大现实题材，杨红樱是第一人。

“农民工子弟文学”可以分为“农村留守儿童”与“进城务工的农民工子弟”两大类。“留守类”作品关注的仍是农村孩子的教育问题、生活问题、心理孤独问题乃至由此诱发的社会问题，这有广东曾小春的长篇小说《手掌阳光》（明天出版社）、上海陆梅的长篇小说《当着落叶纷飞》（接力出版社）、四川邱易东的报告文学《空巢十二月——留守中学生的成长故事》（上海少儿出版社）、重庆刘泽安的儿童诗集《守望乡村的孩子》（重庆出版社），江苏胡继风的短篇小说集《鸟背上的故乡》（黑龙江少儿出版社）以及长沙中学生唐天用笔和相机记录下来的长篇纪实文学《我的乡村伙伴——一个城市少年的乡村纪行》（湖南少年儿童出版社）等。这些作品紧贴现实的中国土地，揭示留守儿童的生存困境与精神挣扎，与他们一起歌哭嬉笑，有苦难，有困惑，有憧憬，有希望，也有温暖与阳光。“进城类”作品更多关注进城务工的农民工子弟的教育问题，从教育机会的获得到教育资源的公平配置，从打工子弟学校的艰难生存到社会各界的无私援助。安徽伍美珍等的长篇报告文学《蓝天下的课桌》（福建少儿出版社）、江苏徐州农民工子弟学校女教师徐玲的长篇小说《流动的花朵》（希望出版社），是“进城类”作品的优秀之作，2009 年荣获中宣部“五个一工程奖”。“农民工子弟文学”是新世纪独具特色的励志读物，正在化为砥砺农村孩子意志的利器与奋发进取的动力。

关于现实主义儿童文学创作，近年还涌现了一批表现抗日战争题材的作品，这有薛涛以东北名将杨靖宇浴血抗战为背景的长篇小说《满山打鬼子》《情报鸟》，毛芦芦以江南水乡抗战为背景的《柳哑子》《绝响》《小城花开》小说三部曲，殷健灵以上海滩为背景的《1937，少年夏之秋》，张品成以南京大屠杀为背景的长篇小说《觉醒》，李秋沅的以抗战生活为背景的长篇小说《木棉.流年》、吴林以抗战时期犹太人在上海的传奇经历为背景的长篇小说《犹太女孩在上海》，童喜喜以南京大屠杀为背景的长篇童话《影之翼》。我们还应特别提出 2012 年由福建少儿出版社出版的“红色穿越”抗战小说《我和爷爷是战友》。作品以今日中国与 1938 年抗战时期战火纷飞的中国为“穿越”时空、以南京“90 后”高三学生与浴血奋战的新四军为“穿越”人物，勾画出了一幅气壮山河的“红色穿越”场景。两个“90 后”，一个成了抗日战士，一个为国捐躯，赋予“红色穿越”以感人的艺术力量。

值得关注的是，这些作品的作者均为“70 后”“80 后”，虽然抗日战争早已远离了我们，但中华民族坚不可摧、凤凰涅槃的民族精神永远鲜活地流贯在儿童文学的艺术版图中，成为激励民族下一代精神成人的动力。同时也说明，爱国主义一直是中国儿童文学贯穿始终的思想主脉。

三是生态文明背景下动物小说的升温

动物文学、生态文学的创作与出版近年受到高度关注，湖北少儿出版社正在力推原创版《中国动物文学大系》与引进版《全球动物文学典藏书系》。人民文学出版社、天天出版社 2011 年在推出湘女《自然文学精品》的同时，还在云南挂牌成立了“儿童文学领域生态文学创作基地”。动物小说创作主要由一批实力派作家在支撑着艺术格局。

儿童文学界流传着一个沈石溪“第二春”的美谈。1997 年，沈石溪的动物小说被江苏少儿出版社独家买断未来十年版权，并一气推出了十卷本《中国动物小说大王沈石溪作品集》，此举成为 20 世纪 90 年代文坛的一件大事。但进入新世纪，由于童书市场受《哈利·波特》《冒险小虎队》《淘气包马小跳系列》“三分天下”的冲击，动物小说几乎滑向低谷，沈石溪也沉寂了下来。有意味的是，近年沈石溪仿佛一夜蹿红，他的作品由浙江少儿出版社、中国少儿出版社等竞相出版，代表作《狼王梦》虽有多个版本，依然供不应求。

2012年元月，浙江少儿出版社特地在北京举办了“沈石溪作品亿万庆典暨《狼王梦》百万销量盛大发布会”。沈石溪近年还有《乌凤和赤莲》《雪豹也有后爸》《白天鹅红珊瑚》《黑天鹅紫水晶》等新作问世。沈石溪的“第二春”，说明了动物小说在当今受到高度关注的事实。

近年动物小说原创新作佳构不断，主要有：牧铃的《荒野之王》《艰难的归程》《丛林守护神》三部曲，黑鹤的《草地上的牧羊犬》《驯鹿之国》《黑狗哈拉诺亥》《狼谷的孩子》等，杨保中的《闯进高原动物圈》，毛云尔的《狼山厄运》《最后的狼群》。中国轻工业出版社还推出了系列动物小说，包括金曾豪的《义犬》、乔传藻的《丑狗》、朱新望的《傻熊》、牧铃的《兔王》等。其中《义犬》还是国内第一部图书、网络、手机同步发行上线的“全媒体动物小说”。

动物小说是动物文学的重要品种，较之其他文学样式，动物文学更直接更有力地指向生命存在的价值、奥秘和瑰丽，指向关于竞争、共生、再生、自生等天人关系的生态思维，指向关于生命、关于生存、关于地球等“人与自然的和谐发展”，指向关于力量、意志、挫折、磨砺等少年儿童精神成人的根本性命题。因而动物文学是少年儿童的重要精神钙质，发展繁荣包括动物小说、大自然文学、少年环境文学在内的生态文学创作，正在成为新世纪儿童文学的重要趋向。

四是读者定位的“下移”与本土原创图画书的上升

20世纪八九十年代，在儿童文学三个层次（少年文学、童年文学、幼年文学）的创作中，少年文学（以少年小说、少年报告文学为重心）一马当先，名著名篇层出不穷，幼年文学也佳作可观。但服务于小学生年龄段的童年文学，却十分低迷，因而呈现出“两头大、中间小”的哑铃状态。进入新世纪尤其是近年，整个儿童文学原创与出版有明显的“定位下移”趋向，即服务小学生的童年文学与幼儿园小朋友的幼年文学，从原创、引进到出版，已越做越大、越做越强。

这种“定位下移”的趋向，体现在三个方面。

首先是作家的目光下移，主动转身。当年一批擅长少年文学的实力派作家，近年创作了一批品质不俗的小学生题材作品，如曹文轩的《我的儿子皮卡》系列、张之路的《弯弯》、彭学军的《奔跑的女孩》。

其次是幼儿文学创作佳作不断，郑春华的低幼童话《风铃小屋》《香喷喷的村庄》，董宏猷的长篇幼儿小说《"好大胆"与"好小胆"》《一年级的小豆包》，苏梅的《恐龙妈妈藏蛋》等小花仙系列作品，李珊珊的幼儿散文《丘奥德》《今天明天》以及吕丽娜、肖定丽、英娃等作品，在拓展幼儿文学的艺术空间与审美表达方面下了不少功夫，丰富了幼儿文学的创作经验。

第三，我们特别需要提出的是，作为幼儿读物重要载体的图画书，近年除了继续引进国外产品外，在打造本土原创读本方面出现了转机，甚至突破。其中贡献最大的是中国少儿出版社低幼中心推出的《中国原创图画书》100种，作品精选100位中国当代儿童文学作家的佳作，从题材、构画、人物造型到色彩运用，完全是十足的中国文化、中国题材、中国风格。此外，由保冬妮策划、撰文，一批年轻画家绘画的两种原创图画书《虎年贺岁》系列（海燕出版社）与《中国原创图画书精品》系列（重庆出版社），也有上佳的创意。海燕版有《神奇的虎头帽》《虎妞妞》《小小虎头鞋》3种，重庆版有《元宵灯》《花娘谷》《荷灯照夜人》《满月》等5种，也是十足的中国风味。由苏梅撰文、中国城市出版社出版的数学童话、科学童话、自然童话等系列图画书，则开辟了图画书新的题材和领域。国内一批图画书年轻创造者，包括熊磊、熊亮、保冬妮等的雄心是：要让中国孩子从小看着完全中国本土化的图画书长大，而不是只有欧风美雨，他们的作品力图体现中国图画书与西方审美标准不一样的特质，即"注重神而忘形、万物有情，注重内在的音律节奏、气韵生动、虚实相生"。这是颇有艺术见地的。由余丽琼撰文、朱成梁绘画的《团圆》，还登上了美国《纽约时报》2011年最佳儿童图画书的榜单，殊为难得。

关于原创图画书的出版，我们还应特别关注湖北少儿出版社精心创编、高质推出的《杨红樱画本馆》系列。湖北少儿社以"中国制作——打造本土原创儿童文学精品"的理念，组建了一支包括数十位专业儿童插画家加盟的制作团队，并由最富经验的图画书专家担任美术总监，专门负责指导《杨红樱画本》的绘画部分。已出版的《杨红樱画本——科学童话系列》8册、《杨红樱画本——好性格亲爱的笨笨猪系列》10册以及《杨红樱画本——蜜儿系列》等，深受小读者的喜爱，并长期占据儿童图书排行榜前列，引起了国外同行的关注。湖北少儿社的《杨红樱画本馆》，计划以6大系列、64本图画书的规模，使中国原创图画书真正成为可与国外图画书一争高下的精品。

五是儿童文学作家进军网络游戏

网络游戏，简称“网游”，这是数字化时代通过信息网络传播实现多人同时参加的互动娱乐游戏新玩意儿。由于参与网游的大多是6—14岁的少年儿童，因而游戏商家专为少年儿童开发研制的儿童网络游戏（儿童网游），更是网游的主打产品。对于网游，商家关注利润，学校和家长关注“妈妈放心，孩子喜欢”，有良知的儿童文学工作者则更关注“真善美”“精气神”。使人欣喜的是，最近一批优秀儿童文学作家已经责无旁贷地进军儿童网游，为儿童写网游，用儿童文学改变网游。

最先投入儿童网游创作的是南方的一批作家，如上海的周锐，江苏的苏梅、李志伟，安徽的伍美珍，他们签约的网游商家是上海淘米与童石公司。周锐执笔《功夫派》系列，苏梅执笔《小花仙》系列，李志伟执笔《赛尔号》系列，伍美珍执笔《惜呆兔咪》系列，此外还有北京的杨鹏执笔《精灵星球》系列，河北的翟英琴执笔《植物大战僵尸学校》系列。他们的作品不但给少年儿童的网络游戏带来互动娱乐的即时快乐，同时还以图书的形式，为孩子们所津津乐道与传阅，而且每个品种印量都很大，如伍美珍的《惜呆兔咪》系列首印即为20万册。

儿童文学深度进军网游是在北京，其中的标志性产品是中国少年儿童出版社2012年1月出版的《植物大战僵尸·武器秘密故事》系列，作者包括金波、高洪波、葛冰、白冰、刘丙钧等著名儿童文学作家。由这几位作家组成的“男婴笔会”，在儿童文学界久已闻名，以前他们主要为中少社的《幼儿画报》撰写专栏，当然每位作家都有其他繁重的创作任务。但当他们应中少社低幼中心力邀，一旦进入儿童网游，而且自己也成为网游高手时，社会责任意识与儿童文学作家的天性使他们毅然拿起笔来，热情投入网游作品创作。首度开发的《植物大战僵尸·武器秘密故事》12册，共48个故事。植物王国的玉米加农炮、豌豆射手、西瓜投手、带刺仙人掌、变身茄子、卷心菜投手、高坚果兵团、火爆辣椒等战士们，个个都有秘密武器与绝活，他们与僵尸斗智斗勇，纵横驰骋。或短兵相见，各出奇招；或攻其不备，突出奇兵；

或围城打援，里应外合，而所有“战斗”都是儿童式的、游戏好玩的。作为诗人的金波与高洪波，还在行文中不时出现儿歌味十足的语句，更增添了网游的风趣与快乐。

优秀儿童文学作家直接参与儿童网游创作，从根本上保证了网游产品的道德底线与文化品质，远离儿童不宜的因子，更多地在作品中融入了宽容、尊重、友谊、信任、爱心、为善等做人做事的正面价值观与行为方式。由于儿童文学作家熟悉儿童心理，有娴熟的创作技巧与丰富的想象力，因而他们的作品更能赢得孩子们的喜欢。更重要的是，儿童文学作家进军网游，从根本上改变了以前“网游写手”的粗糙混乱的格局，有力地提升了儿童网游的精气神，从而使“妈妈放心，老师安心”，这也是为什么现在网游商家更看好儿童文学作家的原因。

由于儿童网游作品是一种完全意义上的儿童视角、儿童本位的写作，注重儿童情趣、儿童参与与游戏精神，因而深受孩子们喜爱，同时也开发了新世纪原创儿童文学的一个新品种——儿童网游文学(更多地以童话形式呈现)，对于改变当下网络游戏的荒杂局面、提升网游特别是儿童网游的品质和艺术，都是一件值得充分肯定的文学行为。希望有更多的儿童文学作家，关注儿童网游，投身儿童网游。同时更期待出现我们民族自己的具有自主知识产权的儿童网游品牌。

六是缺乏“经典”，直面挑战

从整体上看，近年我国儿童文学原创生产呈现出良性发展、多元共生的态势，作家们辛勤耕耘的业绩应予充分肯定。但也存在着不少问题。首先是同质化、平庸化倾向，有些类型化作品一动笔就是四五本，难免注水、速成。其次是文学的个性化艺术风格欠缺，一些作品在语言和叙述上惊人的相似，陷入套路，缺失“自己的美学”。再次是近年难得一见让人拍案叫好、可称“经典”的大作品，难觅“出头鸟”。还是那句老话，机会与挑战并存，一切靠我们的自强、自励、自律，为了新世纪的儿童文学发展繁荣，让我们努力加餐，再立新功！

（原载《编辑之友》2012 年第 5 期）

打造少年儿童生命成长的精神高地

进入新世纪以来，我国儿童文学经受了市场经济与网络传媒的双重冲击和挑战，终于走出困境，走出惶惑，迎来了新的发展机遇。特别是近几年，更呈现出前所未有的跨越式态势，一流作家作品供不应求，年轻新秀不断涌现，优秀作品《草房子》重印一百次，优秀畅销书《淘气包马小跳系列》发行近千万，优秀期刊《儿童文学》《幼儿画报》订阅超百万册，引起全社会对儿童文学的刮目相看。第八届全国优秀儿童文学奖的评奖正是在这样的背景下进行的。因而中国作家协会主办的第八届全国优秀儿童文学奖评奖，各地参评作品之多（共350部），初评入围作品之多（计54部），终评竞争之激烈（最终有20部作品获奖），可谓“空前”。

需要说明的是，在本届评奖过程中，一些在小读者心目中有着较大知名度的作家，因有关单位未及时申报参评作品而不能入围，因而不免留有遗憾；也有一些曾获过奖的作家，与时俱进、不断创新，因而梅开二度，在本届评奖中再度获奖。我认为这是正常的，本届评奖虽有“遗珠”之憾，但无“混珠”之嫌。纵观初评入围与终评决出的作品，整体上反映了近几年我国儿童文学创作的艺术成就与审美追求。坚持儿童本位的写作立场，高扬以善为美的美学旗帜，始终将目标锁定在民族下一代精神生命的健康成长，努力为不同年龄阶段的少年儿童提供时代性、艺术性、可读性兼具的作品，加强儿童文学题材内容、文体类型的多样化建设，这是目前我国儿童文学的整体发展态势，并有力而有效地推动着我国从儿童文学大国向儿童文学强国迈进的步伐。

第一，坚持导向性：以善为美，以爱为旗，打造良好的人性基础

纵观本届评奖，一个突出的感受是：我们的儿童文学作家自觉地将文化担当与社会责任放在首位。尽管当下少年儿童的文化生态环境有这样那样的混乱、陷阱、不尽如人意，尽管有暴力、恶俗、垃圾充斥视觉感官，但只要一进入儿童文学领域，孩子们整体上获得的是安全、淡定、向上，获得的是人性善与人间爱的滋润和陶冶。新世纪儿童文学坚持把导人向上、引人向善、养成儿童本性上的美质、夯实人之为人的人性基础坚定地写在自己的文学旗帜上，用曹文轩的话说就是“追随永恒”。

黄蓓佳、李建树的长篇小说《你是我的宝贝》《真情少年》（此为初评入围作品，以下凡同类作品均以“初评入围”表明）之所以感人肺腑、一读难忘，就因为浸透在字里行间作家对人性美的礼赞、刻绘与追随。黄蓓佳一直抗拒世俗对童心的侵害，通过智障孩子贝贝水晶般纯洁的眼睛，不仅写出了善良者的人性温度与冷血者的人性丑陋，更将人性的光芒指向如何让每一个生命都获得有尊严的生活。李建树笔下的少年张军数年如一日、风雨无阻地背残疾同学林树上学、谋生，这绝非出于“施恩”与“做好事”，而是基于两个少年之间彼此的欣赏、性格的投缘和对未来的共同追求，这是生命对生命的尊重，真情与人性点燃的真作品。

儿童文学最有价值的部分，是对人类崇高精神的诗化。金波、冯海的长篇抒情童话《蓝雪花》《早安天使》（初评入围），讲述的都是关于牺牲、舍己、苦难、宽容的主题，童年的梦幻与现实的真情交相辉映，演绎着人间大爱的话剧。属于同样暖人心扉的作品还有彭学军调动童年记忆与湘西风情写就的长篇小说《腰门》、满涛抒写残疾孩子自强自励的长篇小说《一条会飞翔的鱼》（初评入围），以及张秋生的童话《爸爸狗和儿子猫》（初评入围）、安武林的童话《核桃树和他的伙伴》（初评入围）等。

儿童文学尤其是童话的艺术特征之一，在于人类愿望特别是儿童愿望的表达和满足性。我们在李东华的长篇童话《猪笨笨的幸福时光》中看到了一种可爱的愿望表达与满足。天真笨拙的“猪笨笨”形笨实不笨，猪笨笨在猪妈妈满腔挚爱的呵护下一样可以实现自己的理想。作家倡扬了一种脚踏实地、自信满满、质朴诚实的人生价值观，透显出对普通孩子满怀爱意的成长期待。一样的美丽愿望，不一样的生命个体和成长经历，在众多作家笔下，化成了绚丽的人性光芒与生机盎然的艺术文本。我们在汤素兰与周静的长篇童话《奇迹花园》《跟着音符回家》（初评入围），吴然与党兴昶的散文《踩新路》《北方的家》（初评入围），傅天琳与萧萍的儿童诗《星期天，山就长高了》（初评入围）、《狂欢节，女皇一岁了》，白冰与保冬妮的幼儿文学《狐狸鸟》《元宵灯》（初评入围），汤汤与孙雪晴的短篇佳作《到你心里躲一躲》《我和妈妈的粥》（初评入围）等作品中，都能细致入微地体验到爱的温度和善的湿润，使千百万小读者获得一种高贵的、甜蜜的、诗意的，但也是沉甸甸的精神享受。而商泽军的长篇抒情诗集《飞翔的中国》（初评入围），则以宏大叙事的笔力与激越奔放的情感旋律，抒发了对祖国、对人民、对儿童炽烈的爱与赤诚的情，这是大气之作、催人奋进之作，是儿童生命成长的精神补钙之作。

第二，坚持多样性：勇于开拓，善于创新，不断丰富儿童精神世界的审美空间

新世纪儿童文学的一个可贵品质就是不满足、不守成，不断为丰富儿童精神世界的审美空间而探索、跋涉。曹文轩是其中突出的“这一个”。这些年他以一百八十度的大转身，由纯美小说创作转向幻想文学，多卷本《大王书》的第一部《黄琉璃》正是曹文轩力图扭转当今国内幻想文学“有幻想无文学”窘境的探索之作。作品以恢宏的气势，在美丑对照的原则下，书写永恒的善恶对决主题；并一改以西方巫术幻想为中心的时尚思维，使小说在充满普适性的原始想象和哲理奥义的同时，又深具中国特有的审美意蕴和诸多东方文化元素。虽然这部作品在可读性方面尚需加强，但却为探讨汉语言幻想文学叙事的多种可能性提供了新鲜经验。张之路的科幻小说《小猪大侠莫跑跑·绝境逢生》也是一部富有创新气息之作，作品以“转基因计划”与“极限穿越器”的科学元素，传达了一个关于亲情、友情、正义的永恒话题。此外，翌平的长篇小说《少年摔跤王》书写的特殊竞技题材与勇于进击、矢志不渝的少年形象，董宏猷的长篇小说《“好大胆”与“好小胆”》（初评入围）对幼儿心理的娴熟把握与幼儿题材小说的艺术建构，葛冰、萧袤的童话《神龟“曹操”》（初评入围)、《吐火者的后代》（初评入围）对童话题材与艺术手法的开掘，吴然、樊发稼、党兴昶的儿童散文《踩新路》《小溪和湖泊》（初评入围)、《北方的家》（初评入围）所体现的对标准、优美的汉语书写的追求，萧萍、王立春的儿童诗《狂欢节，女王一岁了》《写给老菜园子的信》（初评入围）所透显的诗人的超凡想象与描摹奇特意象的才能，都给人留下了深刻印象。

现实主义精神在魔幻、惊悚、刺激元素风行的当下文坛，依然被坚定地定格在新世纪中国儿童文学的美学坐标上。秦文君的长篇小说《云裳》（初评入围)、杨红樱的长篇童话《那个黑色的下午》《一头灵魂出窍的猪》(未参评)，均以儿童视角直接表现地震灾难，以儿童文学的叙事艺术阐释当代中国的重大现实生活。邱易东的报告文学《空巢十二月——留守中学生的成长故事》、王巨成的长篇小说《穿过忧伤的花季》、曾小春的短篇小说集《公元前的桃花》、胡继风的短篇佳作《想去天堂的孩子》（初评入围)，紧贴现实的中国土地，揭示农村儿童的生存困境与精神挣扎，与他们一起歌哭嬉笑，有苦难，有困惑，有憧憬，有希望，也有温暖与阳光。

关于现实主义儿童文学，近年还涌现了一批“70后”“80后”创作的抗战题材作品。薛涛的长篇小说《满山打鬼子》，充满浓郁的东北地域特色，将一位集顽蛮的孩子气与英雄主义于一身的少年满山刻绘得栩栩如生，是近年抗战题材颇具艺术魅力的优秀之作。毛芦芦以江南水乡抗战为背景的长篇小说《柳哑子》（参评)，殷健灵以上海“孤岛”为背景的长篇小说《1937：少年夏之秋》（参评)，童喜喜以南京大屠杀为背景的长篇童话《影之翼》(未参评)，均是值得关注的同类题材作品。虽然抗日战争早已远离了我们，但中华民族坚不可摧、凤凰涅槃的民族精神永远鲜活地流贯在儿童文学的艺术版图中，成为激励民族下一代精神成人的动力。

动物小说与大自然题材的作品在本届评奖中十分引人瞩目。黑鹤的《狼獾河》，夹带着一股雄浑、悲壮的东北丛林之风，并突显出鄂温克族人独特的生存流光，在对丛林、人、动物三者复杂关系的细腻刻绘中，不断探索着天人和谐的共存意境，力图以文学的形式留下正在远去的那一段独特的民族文化剪影。沈石溪的《中华龙鸟》（初评入围)、牧铃的《艰难的归程》（初评入围)、金曾豪的《义犬》（初评入围)，均是近年动物小说的可圈可点之作。位梦华的科学纪实作品《独闯北极》，以大手笔表现北极的独特风韵，作者集科学家、探险家、作家于一身，以其故事全部出自作者亲历、亲见、亲闻的真实性与感染力，让我们惊奇地看到了爱斯基摩人与北极一样的厚实、辽远与梦幻。刘先平的《走进帕米尔高原、走进柴达木盆地》（初评入围）也是一部值得称道的大自然题材作品。以上这些作品，指向关于生命、关于生存、关于地球等“人与自然的和谐发展”，指向关于力量、意志、挫折、磨砺等少年儿童精神成人的根本性命题，因而是少年儿童的重要精神钙质。发展繁荣包括动物小说、大自然文学、少年科学文艺在内的生态文学创作，已经成为新世纪儿童文学的重要趋向。

少数民族儿童文学是我国当代儿童文学的重要组成部分。我们从张锦贻的获奖论文《改革开放30年的少数民族儿童文学》中，充分感受到改革开放30年以来我国少数民族儿童文学的发展轨迹、艺术成就与民族化特色，以及少数民族儿童文学独特的精神之美、诗性之美。这篇具有历史穿越感和质感的论文，是张锦贻的心血之作，而她扎根内蒙古、毕生献身少数民族儿童文学事业的精神也让儿童文学界深深敬佩和感动。

第三，坚持儿童性：儿童本位，服务到位，营造多层次的儿童文学艺术格局

儿童文学说到底是服务儿童的文学，儿童文学是一种基于童心的特殊写作。坚持儿童本位的写作立场，充分关注并兼顾少年、童年、幼年三个不同年龄阶段的孩子们对文学作品的接受心理与审美趣味，这是儿童文学创作的重要原则。因而不同层次、不同题材内容的儿童文学与少儿出版的“多元共生”，正是我们所需要的艺术格局。

进入新世纪以来，原先“两头大、中间小”的艺术窘境（即服务中学生年龄段的少年文学与服务幼儿园小朋友的幼年文学发展较好，而处于中间核心层次的服务小学生年龄段的童年文学则长期薄弱），已有很大改变，为小学生年龄段服务的童年文学，正在日益成为儿童文学创作的主体，我认为这是符合儿童文学的艺术本质与其特殊性的。近几年，小学生校园文学尤其是小说创作，十分红火，涌现了杨红樱、汤素兰、郑春华、伍美珍、郁雨君、郝月梅、商晓娜、赵静、葛竞、周志勇、王勇英、徐玲等一大批深受孩子们欢迎、拥有广泛“粉丝”的小学生校园小说作家群。这一创作现象在本届评奖中自然也有充分反映，郑春华的长篇小说《非常小子马鸣加精选本》，正是这一类作品的代表性文本。这部作品全方位地观照小学生马鸣加的校园生活，细致入微地刻画马鸣加性格中的真挚、急切、简单和虔诚，也有因无知、粗率、自私和小心眼而产生的笑意。马鸣加的成长故事具有充分的艺术真实性与感染力，既有这一代独生子女的共性，也有其独特的个性，因而这是一个立得住、传得开的艺术形象，自然与一般的“类型化”写作区别了开来。

近年幼儿文学创作的一个突出亮点是图画书的兴起，从引进到原创，佳作迭出。白冰的《狐狸鸟》是一部纯正、优美的幼儿童话，作者以诙谐、幽默的笔调，将故事性、游戏性、童真童趣融为一体。语言流畅、明快、富于动感，深得幼儿文学“浅语艺术”的精髓。保冬妮、熊磊、萧袤等，也有上佳的图画书文本创作。但现在图画书面临一个“尴尬”问题：如果图画书也获了奖，除了作家，画家评不评奖？

青年作家的一茬茬涌现并立志献身儿童文学，这是繁荣发展新世纪儿童文学的希望之所在。本届获奖的汤汤是近年涌现的颇有艺术潜质的童话新星，她的作品风格独特，艺术功力纯熟，既有浓厚的民间童话叙事韵味，又融入了多种现代艺术元素，使读者获得惊艳而深刻的阅读体验。“青年短篇佳作奖”曾先后推出过高凯、林彦、三三、赵海虹、李丽萍等年轻才俊。我们期待着有更多的青年作家获此殊荣，更期待儿童文学后继力量的茁壮成长，期待新世纪儿童文学的持续发展、创造辉煌！

（本文系2010年12月16日在南京召开的“全国儿童文学创作会议”上的发言。原载2010年11月19日《文艺报》，收入《童年的星空——2010全国儿童文学创作会议论文集》，接力出版社2011年5月版）

新世纪中国儿童文学的外来影响与对外交流

辞旧迎新，人类迎来了崭新的21世纪。新世纪已进入真正的网络时代，网络时代的新媒体文化——互联网、电子邮件、电视、电影、博客、播客、手机、音像、网络游戏、数码摄影等，极大地改变着人们的生活与交流，也改变与影响着人们的阅读与思考。虽然网络阅读、手机阅读、图画阅读已成为不少青少年的选择，但传统纸媒体（图书报刊）阅读依然是新世纪的重要阅读形式，而且更是低龄儿童唯一的阅读形式与手段——因为第一，孩子不可能从小就上网阅读，他们需要等到长大以后，至少上了小学、初中，才能学习电脑知识；第二，家长不放心。孩子如过早上网、接触游戏机，不但会严重影响视力，更会因浏览那些“儿童不宜”的东西而严重影响心理健康，而“网瘾”的泛滥已成为不少家长心头挥之不去的痛。因而世界上许多国家都对什么年龄的孩子才可以接触网络电脑，都有明确的“国家规定”。

正因如此，在当今成人读物包括成人文学受到多媒体急剧冲击、读者锐减而“数字化出版”节节攀升的背景下，少年儿童读物尤其是儿童文学，不但未受影响，反而呈现出蓬勃上升的趋势。因而有精明的出版家断言：如果说传统出版业已成为“夕阳产业”，那只是指成人图书出版，而少儿图书出版则是永远的“朝阳产业”。事实正是如此，试看今日之中国，少儿出版业正迎来难得的“黄金”发展时期。据2008年统计，现在全国有34家专业少儿出版社，260多家少儿报刊社，而且国内570多家出版社中有520多家争相出版少儿读物。更使人深思的是，那些名牌大社如人民文学出版社、商务印书馆、外研社等，也开始瞄准少儿出版。2009年8月，经新闻出版总署批准，人民文学出版社将原有副牌外国文学出版社更名为专业少儿出版机构——天天出版社，大举进军少儿出版，此举引起业内震动。完全可以预言，一个以儿童读物出版为核心的儿童文化产业正在我国崛起。新世纪中国儿童文学的外来影响与对外交流正是乘着这一强烈东风不断上扬并呈现出多元共生、多渠道并进的态势。

第一，国外优秀儿童文学与畅销书快速甚至同步引进出版，已成为新世纪少儿出版业的常态

进入新世纪，随着中国加入世界贸易组织、中国经济在抵御世界性经济危机中表现出来的强劲实力，中国的大国地位越来越受到世界重视，中国巨大的童书市场自然也受到国际少儿出版业的高度重视，中国少儿出版已迅速进入世界少儿出版圈。因而借助现代出版与传媒的先进手段，与国际接轨，快速甚至同步引进出版国外优秀少儿文学与畅销书，已成为新世纪少儿出版业的常态。各地少儿出版社以及人民文学出版社等，都曾先后引进出版过众多外国儿童文学作品，其中最具影响力与效应的有：

人民文学出版社于2000—2007年引进出版风靡全球的英国J．K．罗琳长篇幻想文学系列《哈利·波特》1—7册，连续27个月居全国销售排行榜榜首；

中国少年儿童出版社引进出版的比利时《丁丁历险记》和瑞典《林格伦作品集》两大系列；

浙江少儿出版社引进出版的奥地利布热齐纳的《冒险小虎队》系列；

湖南少年儿童出版社由国际儿童读物联盟主席、国际安徒生奖评委会主席、亚洲儿童文学学会会长等组成的顾问委员会联袂推荐，出版的《全球儿童文学典藏书系》，2008—2009年已引进出版75种；

二十一世纪出版社引进出版的以德语文学为主的《大幻想文学精品译丛》；

河北少儿出版社引进出版的《国际安徒生奖获奖作家书系》；

新蕾出版社引进出版的《国际大奖小说》书系；

接力出版社引进出版的美国作家斯坦的《鸡皮疙瘩系列丛书》；

希望出版社引进出版的《史努比》系列；

童趣出版公司引进出版的美国《米老鼠》《小熊维尼》《小公主》《芭比》

等迪士尼产品系列。

应当指出的是，在传统经典外国儿童文学的出版方面，不少出版社如人民文学出版社、中国少年儿童出版社、少年儿童出版社（上海）、浙江少年儿童出版社、北京少儿出版社、晨光出版社、同心出版社等，都在新世纪出版过系列丛书，动辄就是二三十种，甚至五六十种之多，有的是翻译本，也有的是改写本。尤其是安徒生童话、格林童话，更是各地少儿出版社瞄准的常销书。据统计，在2005年安徒生诞生二百周年之际，全国已出版了二百多种不同版本的安徒生童话图书，发行量高达一千多万册。

第二，幻想文学的译介已成为新世纪外国儿童文学译介的重头戏，并对中国本土原创儿童文学产生实质性影响

虽然西方幻想文学名著如英国托尔金的长篇《指环王》（又译为《魔戒》）在20世纪七八十年代已有中译本，但并未产生大的影响。进入新世纪，随着风靡全球的"《哈利·波特》热"、美国幻想大片《魔戒三部曲》的热播，以及受此影响而出现的网络幻想文学的兴起，国内儿童文学界似乎一夜之间开始把目光投向了幻想文学，并且使20世纪90年代班马、彭懿等不遗余力倡导但并未尽如人意的"大幻想文学"，终于在新世纪找到了突破的灵感。诚如有论者所说："对中国儿童文学而言，这种灵感在很大程度上重构了本土作家对想象力的理解，并由此激发起他们对幻想小说的这一文体的实践热情。""中国的原创童书正逐渐在突破传统的艺术规范和话语表现方式中呈现出生动而开放的面貌，巫师、精灵、魔法……这些带有异域色彩、纯粹来自想象世界的语词，在中国童书写者们越来越熟练的运用中变得亲切和日常起来。"（陈恩黎《穿越神话的迷魅空间》，《中国儿童文学》2004年第3期）包括英国幻想文学三大系列托尔金的《魔戒》、C．S．刘易斯的《纳尼亚王国传奇》、J．K．罗琳的《哈利·波特》，以及美国幻想文学大家苏珊·库珀的《黑暗蔓延》传奇系列等的译介（有的是重译如《魔戒》）与热销，西方幻想文学文体本身的艺术质地以及文体以外的与时代文化、与市场运作共谋等的行为，已对中国儿童文学作家产生了十分明显的影响。

一是刺激了中国幻想型儿童文学创作。从五四时期的《稻草人》开始，中国的儿童文学原创传统一直是以现实型为主，强调直面人生与零距离反映社会现实生活。《哈利·波特》等引进后，文坛看到了幻想型文学巨大的精神空间与阅读需求，促使一批实力派儿童文学作家投身到幻想型文学的创作中来，试图在打造中国特色的幻想文学、提升幻想文学艺术质量与精神内涵方面有新的突破与作为。如北京曹文轩的作品风格近年来了个一百八十度的大转身,其计划写作四卷的系列幻想小说《大王书》现已出版《黄琉璃》《红纱灯》两卷；上海女作家殷健灵是擅写青春校园情感小说的高手，但她在2007年出版的《风中之樱》四卷本则是典型的凌虚蹈空的幻想小说；辽宁作家薛涛从本土传统神话中吸取灵感，重新演绎创作了四卷本神话题材小说《夸父与小菊仙》《精卫鸟与女娃》等。在年轻儿童文学作家中也出现了擅写幻想小说的人才，如云南的汤萍、福建的晓玲叮当等。

二是对儿童阅读接受心理的重视。现在的儿童文学作家很难再关起门来“闭门造车”，只顾挥洒自己的主体意识而不问读者接受，儿童文学创作更加强调少年儿童的阅读鉴赏兴趣与接受心理。这与《哈利·波特》等的艺术章法也有一定关系。《哈利·波特》创作的重要思想是儿童本位，作家是站在儿童立场，以儿童的视角进行叙事，为儿童说话，为儿童争取权利。这对国内儿童文学也有一定影响。现在一批成功的儿童文学作家，十分重视儿童教育、儿童心理、儿童阅读甚至儿童流行文化与用语，直接走到孩子们中间去，与他们面对面交流对话。有的作家还通过“义工”“家教”等形式，千方百计深入校园社区。

三是促使作家打造畅销书的观念，并被激发出打造可以与《哈利·波特》相抗衡的原创儿童文学的信心。受《哈利·波特》等的刺激，一种自强不息、不甘人后的民族精神在儿童文苑潜滋暗长。《哈利·波特》引进以后，国内出现了几种影响很大的儿童文学作品,最典型的是杨红樱的《淘气包马小跳系列》与《笑猫日记》系列，杨红樱的作品在国内的总印数已超过三千万册，并被国外买走版权，译介到英法等国。曹文轩的《草房子》，光是江苏少儿出版社一家就已重印100次。在《哈利·波特》引进之前，国内多数儿童文学作家不太关注图书的发行量，也羞谈版税，现在则完全不同了，作家十分重视图书发行，注意保护自己的劳动权益，并乐意配合出版社去各地中小学校签名售书。

第三，图画书的引进热已经开始影响到我国少儿图书的出版格局，并拉动了原创图画书的生产

儿童图画书是现代印刷技术和现代美术艺术结合的一种独特的“视觉化的”儿童读物，它以富有吸引力的画面与简洁亲切的文字，通过“用绘画来讲述故事”的形式，把识字不多的儿童带向广阔的未知领域和社会生活，从而得到最初的直观认知体验和审美愉悦。图画书的概念来自异域，英文叫“Picture Book”，日本称为“绘本”。国际上以欧美国家的图画书最为发达，以后影响到日本、韩国、东南亚，世纪之交经由台湾、香港进入内地。国际上有多种图画书奖项，如英国于1938年设立的凯迪克奖、1955年设立的格林威大奖，国际儿童读物联盟（IBBY）于1966年设立的国际安徒生奖的图画奖。

现代中国少儿出版史上没有“图画书”一说，只有“图画故事”。但无论从图画与文字的配制关系（不同于图书的插图，也不同于“看图识字”）、受众对象（以低幼儿童为主），还是从产品制作（以图的审美为主）、阅读价值（视觉化读物）考察，中国的图画故事与国外图画书有许多相似之处，或者可以说是“准图画书”。郑振铎是图画故事的有力倡导者和实践者。他于1922年1月创办了《儿童世界》周刊，并在该刊发表了《两个小猴子的冒险》《河马幼稚园》等46篇图画故事（均有画家绘制彩色图画），开启了视觉化儿童读物的先河。赵景深在20世纪30年代创作了《哭哭笑笑》《一粒豌豆》等54种图画故事。1949年以后，我国图画故事的出版有过两次热点。一是50年代，出版了《小马过河》《蜗牛看花》等图画故事。二是80年代，由于学前教育普遍受到重视，加上欧美、日本等的影响，我国图画故事的质量有所提升。从90年代开始，“图画书”的说法经由日本逐渐传入我国。这一时期，中日两国曾合办了两届“小松树”儿童图画书奖，鼓励国内原创图画书，获奖作品有《贝加的樱桃班》（郑春华/文、沈苑苑/画）、《贝贝流浪记》（孙幼军/文、周翔/画）、《小兔小兔当了大侦探》（俞理/文图）等。1997年，湖南少儿出版社还出版了日本松居直的图画书论著《我的图画书论》（季颖译）。但与欧美、日韩等比较，长期以来，我国图画书在整个少儿读物中所占比例很小，大众对图画书的购买兴趣不大。由于图画书的制作成本大、书价普遍偏高，一般大众愿意为孩子购买文字书，而不愿花钱去买翻上数页就看完了的图画书，对那些没有文字的“无字图画书”更是兴趣索然。又由于受传统美术的影响，人们更熟悉连环画而不谙异域色彩的图画书。

进入新世纪，社会经济的提升拉动市场购买力，而那些在七八十年代出生从小受到儿童读物影响的年轻父母们（主要是城市白领阶层），普遍重视孩子教育，看好图画书，这就为国内图画书市场锁定了基本的读者群。图画书的概念与独特的艺术美质经由一批热心的阅读推广人如彭懿、方卫平、王林、朱自强等的热情鼓吹，加之伴随着所谓“读画时代”的到来而出现的台湾几米的《月亮忘记了》《向左走，向右走》系列图画书、朱德庸《绝对小孩》等漫画书的热销，图画书这一概念（或者说法）终于逐渐为国人所熟悉，并首先为一些具有前瞻出版理念的出版社看好。2006 年，二十一世纪出版社出版了彭懿编著的《图画书：阅读与经典》，介绍了国外 64 种经典图画书，通过实例告诉读者如何从头到尾阅读一本图画书的经验，对普及图画书知识发挥了特殊作用。于是，一个引进、推广、原创三位一体的“图画书运动”日渐成为新世纪的一道独特的儿童文化风景。

1999 年，春风文艺出版社出版了德国雅诺什编绘的 10 种图画书，有《小老虎，你的信》《兔孩子一点也不笨》。从 2000 年起，二十一世纪出版社开始有系统地引进出版包括米切尔·恩德的图画书系列、《彩乌鸦》系列等德语图画书。此后，北京的童趣出版公司、上海译文出版社、少儿出版社、中国少儿出版社、明天出版社、接力出版社、外研社、湖南少儿出版社、南京师范大学出版社、南海出版公司、河北教育出版社、中国电力出版社、贵州人民出版社、浙江少儿出版社、新疆青少年出版社、上海人民美术出版社、中国连环画出版社、湖北美术出版社、电子工业出版社等，也竞相引进出版英国、美国、德国、法国、瑞士、加拿大、澳大利亚、俄罗斯、荷兰、丹麦、奥地利、日本、韩国等国的图画书。大陆出版社还与台湾出版机构密切合作，两岸联手运作图画书的引进译介。如上海的少儿出版社与台湾信谊基金会合作出版了多种外国与及台湾地区的优秀图画书。河北教育出版社与台湾麦克有限公司合作出版的《启发精选世界优秀图画书系列》，自 2007 年起，已出版了《我爸爸》《我妈妈》《花婆婆》《大猩猩》《大卫，不可以》《让我安静五分钟》等数十种世界著名图画书作品，从编辑、导读到印刷制作都堪称一流。

当引进译介达到一定“热度”以后，如何建设我们民族自己的本土原创图画书自然被提上了议事日程。国内一大批专业少儿出版社都曾先后推出过本土图画书，如北京少儿出版社的“冠冠图书”，江苏少儿出版社的“我真棒”儿童成长图画书，明天出版社的《小企鹅心灵成长故事》，中国少儿出版社的《嘟嘟熊》系列，浙江少儿社的《笨狼的故事》系列，湖南少儿出版社的《儿童心灵成长图画书》系列，贵州人民出版社的《蒲公英图画书馆》系列，外研社的《聪明豆绘本》系列，教育科学出版社的《冰波童话》系列等。江苏少儿社、明天出版社、中国连环画出版社是新世纪打造原创图画书的重镇，而江苏画家周翔、北京熊磊、熊亮兄弟等则是创作本土图画书的高手。周翔编文绘图的《荷花镇的早市》（二十一世纪出版社）被曹文轩誉为“中国绘本的优美开端”，另一本周翔据北方童谣改编并绘图的《一园青菜成了精》（明天出版社）也堪称佳构。熊磊、熊亮兄弟创作的《绘本中国》系列中的《京剧猫》《小石狮》《年》《灶王爷》（明天出版社 2007）以及《情韵中国图画书系列》中的《京剧猫·长坂坡》《京剧猫·武松打虎》《苏武牧羊》《荷花回来了》《我的小马》《纸马》，均是充满浓郁中国文化元素的上佳之作。熊磊、熊亮在《中国美学看绘本》一文中认为，中国图画书应该有与西方审美标准不一样的特质，即“注重神而忘形、万物有情，注重内在的音律节奏、气韵生动、虚实相生”。

在打造本土图画书方面，江苏少儿出版社的《东方娃娃》（周翔主编）、全国妇联于 2006 年创刊的《超级宝宝》（保冬妮主编），是两家以发表图画故事作品为主的杂志。而以《东方娃娃》周翔、朱成梁、蔡皋与南京信谊组合的创作群体，以熊磊、熊亮兄弟与中央美院杨忠、北航庄庄等组合的“五色土原创图画书研究中心”，则是南北两个活跃的图画书创作群体。

近些年，图画书与图画阅读研究也已出现了一些成果，除彭懿的《图画书：阅读与经典》外，还有北京师范大学康长运的博士学位论文《幼儿图画故事阅读过程研究》（教育科学出版社 2007 年版）、赵萍的博士学位论文《论图画书语言》以及上海谢芳群的《文字和图画中的叙事者》（湖北少年儿童出版社 2003 年版）。2007 年 8 月，全国妇联《超级宝宝》杂志社与浙江师范大学儿童文学研究所在北京举办“中国本土原创图画书研讨交流会”，就图画书的文学、美术、出版等专题进行研讨，会后编印了由方卫平、保冬妮主编的《图画书的中国想象》一书（内部印行）。2008年5月，中国作家协会儿童文学委员会主办、明天出版社承办的首届"中国原创图画书发展论坛"在济南举行。高洪波、金波、樊发稼、方卫平、朱自强、曹文轩、王泉根、汤锐、彭懿、周翔、熊磊、保冬妮等出席论坛并做演讲，各地少儿出版社、山东儿童文学作家等近百人与会。这次研讨会对于认识本土图画书现状、推动本土原创图画书的发展意义重大，标志着新世纪图画书引进出版热，正逐步走向自觉的本土原创图画书理性建设时期。

第四，加强中外儿童文学理论交流，引进国外儿童文学学术资源，这是新世纪中外儿童文学交流的一个亮点

由于多种原因，我国译介外国儿童文学论著甚少。资料显示，1949年以后第一本翻译进来的外国儿童文学论著是1953年中国青年出版社出版的苏联阿·尼叶查夫著的《论儿童读物中的俄罗斯民间童话》（和甫译）。50年代，由于受苏俄文学一边倒的影响，译介的4种论著全来自苏联，均由中国青年出版社出版，除上述的一种外，另三种是：阿恩编的《苏联儿童文学论文集》（1954年）、格列奇什尼科娃的《苏联儿童文学》（张翠英等译，1956年），密德魏杰娃编的《高尔基论儿童文学》（1956年）。从50年代至70年代，我国一共只出版了以上4种外国儿童文学论著。进入80年代的改革开放时期，外国儿童文学理著译介虽有所加强，但步子依然不大。据现有资料统计，从1981—1999年将近20年间，总共只译介了10余种论著，其中安徒生传记与研究论文多达4种，小啦（周均功）翻译的丹麦约翰·迪米留斯主编的《丹麦安徒生研究论文选》（安徽少儿出版社1999年）是国外安徒生研究最重要的成果。另有4种论著出自日本学者之手，其中以日本上笙一郎著的《儿童文学引论》（郎缨等译，四川少儿出版社1982年）最具影响，该书有关儿童文学性质、特征等的观点，经常被八九十年代的儿童文学研究者引用。这一时期有3种欧美译著，以舒伟等翻译的美国布鲁诺·贝特尔海姆的《永恒的魅力——童话世界与童心世界》（西南师范大学出版社1991年）最为重要。这是一部世界儿童文学理论名著，西方评论家认为："对于那些关心儿童成长，关心儿童文学的人，它是一部必不可少的案头书；而对于任何关心人类内心世界的人，它又是一本令人振奋和神往的读物。”

80年代中后期，正是我国学术界思想活跃、中西文化交流碰撞最为热络的时期，“美学热”“方法热”“文化热”此起彼伏，新概念、新方法、新名词狂轰滥炸。由于当时版权管理尚不规范，拿来就可翻译出版，因而大量外国文艺理论著作都被翻译进来，而且动辄就印数万册。然而遗憾的是，儿童文学理论译著却微乎其微，整个八九十年代仅有上述列举的10余种而已。我曾在一篇文章中谈到：“我国儿童文学理论界很少与国外交流，长期以来几乎是在一种‘与世隔离’的状态下，特立独行，自说自话。”“因而当人们在激烈批评当今文论界‘恶性西化’，言必‘解构’，文必‘后殖’，造成‘失语症’时，儿童文学文论似乎鲜有此类现象。”这当然不是说我们的儿童文学理论界未卜先知，早有防范西化、失语的先见之明，而是说，实际上我们已经错失了与西方儿童文学理论界进行交流对话的整整一个“八九十年代”。原因是多方面的，既有儿童文学理论界自身的，如缺乏既精通外语又精深儿童文学素养的专门人才，也有外部的，如专业少儿出版社普遍不愿意出版理论译著，将其视为成本大、印量少的赔本买卖。

进入新世纪，外国儿童文学理论译介的局面终于有了起色，据不完全统计，自2002年至2007年，国内已出版了包括美国波兹曼的《童年的消逝》（广西师范大学出版社2004年）、德国莱普曼等的《长满书的树》（湖北少儿出版社2005年）、日本松居直的《幸福的种子：亲子共读图画书》（明天出版社2007年）等11种外国儿童文学论著。新世纪之所以能“有所突破”，其原因一是出版社的投入与重视，二是国内南北两家儿童文学研究重镇——北京师范大学与浙江师范大学的艰苦努力。

2008年，由浙江师范大学儿童文学研究所方卫平主编的四卷本《风信子儿童文学理论译丛》由少年儿童出版社出版，包括加拿大佩里·诺德曼、梅维丝·雷默著的《儿童文学的乐趣》（陈中美译），美国杰克·齐普斯著的《作为神话的童话/作为童话的神话》（赵霞译），美国蒂姆·莫里斯著的《你只年轻两回——儿童文学与电影》（张浩月译），英国彼得·亨特主编的《理解儿童文学》。方卫平在序言中认为：“今天中国儿童文学的学术提升和知识增长，同样离不开对于传统学术路径的依赖，对于现实文学生活的关怀，以及对于外来思想资源的学习和借鉴。”“在这一过程中，如何面对和处理来自西方的儿童文学学术资源，同样是中国当代儿童文学理论界必须面对的任务和挑战。”

2009 年，由北京师范大学王泉根与澳大利亚麦考利大学约翰·史蒂芬斯教授共同主编的六卷本《当代西方儿童文学新论译丛》由安徽少儿出版社出版。本套丛书早在 2002 年就开始策划，全部书目由约翰·史蒂芬斯推荐并联系作者授权。约翰·史蒂芬斯教授是西方著名儿童文学理论家、国际儿童文学研究会前会长，现任国际儿童文学研究会会刊《国际儿童文学研究》主编，对当代西方儿童文学有精深把握，因而这 6 种译本可以说是近十年来西方儿童文学学术前沿的代表性论著，涉及文化学、修辞学、传播学、女性主义、精神分析、拉康的主体理论、巴赫金的主体性、语言和叙事理论等。这 6 种译本分别是：澳大利亚约翰·史蒂芬斯著的《儿童小说的语言与意识形态》（黄惠玲译），美国罗伯塔·塞林格·特瑞兹著的《唤醒睡美人：儿童小说中的女性主义声音》（李丽译），澳大利亚罗宾·麦考伦著的《青少年小说中身份认同的观念:对话主义建构主体性》（李英译），瑞典玛丽亚·尼古拉耶娃著的《儿童文学中的人物修辞》（刘洊波、杨春丽译），美国杰克·齐普斯著的《冲破魔法符咒：探索民间故事和童话故事中的激进理论》（舒伟译），美国卡伦·科茨著的《镜子与永无岛：拉康、欲望及儿童文学主体》（赵萍译）。

约翰·史蒂芬斯教授在序言中对这套丛书做了如下介绍：“在西方，儿童图书的数量一直持续增长，这为中文翻译提供了丰富的内容，无论是对这些图书本身进行研究阅读，还是把它们作为比较文学的对象，学者们都要洞悉其创作语境和阅读语境。为了培养这种洞察力，西方儿童文学发展了众多的研究途径和方法，讨论图书、图书所反应的社会问题和促使这些问题形成的文化习俗之间的复杂关系。北京师范大学王泉根教授是本领域的杰出学者，他体察到一种紧迫性，即加强对图书的深度阅读、促进各学术领域的学者们进行更密切交流的迫切需要。于是，他构思将文学批评各个领域的代表性著作译成中文，随之与安徽少儿出版社达成协议，这个系列译著遂与读者见面。这些译著为中国学者提供了西方学者阐释儿童文学的方法，不失为成功的阐释范例。选择这些著作，是因为它们从不同的理论视角阐释一个重复性问题，即在调停或者挑战霸权、种族和性别的文化话语时，儿童文学的潜在影响是什么？这些问题在构建儿童的自我意识中至关重要。每本书都从根本上关注文学理解的原则，而侧重点则各不相同，它们分别研究语言、叙事形式、类别、性别、心理和文化影响，例如，社区在儿童成长过程中的重要性。作为一个整体，丛书表现了不同的理论和阐释立场，希望读者对比它们的不同之处，从不同的方法论和理论基础中获得启发。”

2008年，北京师范大学吴岩主编的《科幻理论经典译丛》由安徽文艺出版社出版，分别是：英国艾萨克·阿西莫夫著的《阿西莫夫论科幻》（杨蓓、尹传红等译），英国布赖恩·奥尔迪斯、戴维·温格罗夫著的《亿万年大狂欢：西方科幻小说史》（舒伟、孙法理等译），英国詹明信等著的《作为寓言和乌托邦的科幻》（王逢振等译），加拿大达科·苏恩文著的《科幻小说变形记：科幻小说的诗学和文学类型史》（丁素萍等译），达科·苏恩文著的《科幻小说的观点与预设》（郝琳、李庆涛等译）。

《科幻理论经典译丛》选择了当代国际上最有影响力的科幻学者和作家的理论名著，其中有世界科幻大师阿西莫夫的论集，英国科幻新浪潮代表作家奥尔迪斯的科幻史名作，加拿大马克思主义文学理论家苏恩文的科幻理论“奠基石”，也有美国后现代文学理论家詹明信（或译詹姆逊）的科幻论著。可以说这套译丛较为完整地体现了当代西方科幻研究的前沿成果，无论对于科幻文学、儿童文学、幻想文学，还是乌托邦文学、外国文学、比较文学研究等都有着重要意义；由于科幻文学与儿童文学的艺术精神有着密切联系，而少儿科幻又是儿童文学的一翼，因而这套译丛的出版无疑对科幻文学与儿童文学研究提供了重要的学术资源、知识谱系和研究方法的参照。

第五，举办儿童文学高端学术会议，对话中外儿童文学前沿话题

进入新世纪，中国已成为名副其实的少儿图书出版大国。谓其大，一是童书市场大，全国3亿多少年儿童都是少儿读物的服务对象；二是出版量大，经过改革开放30年的跨越式发展，现在我国少儿图书的年出版品种已达一万多种，年总印数达6亿多册。当然我国还不是少儿出版的强国，距强国还有相当距离。东方少儿图书大国地位的崛起，越来越受到全球的关注，新世纪以来，已有多种国际性儿童文学与儿童读物会议选择在我国举办。2002 年 8 月在大连召开的“第六届亚洲儿童文学大会”，共有来自中国、日本、韩国、新加坡、马来西亚、蒙古、哈萨克斯坦以及中国台湾、香港地区的二百多位儿童文学工作者参加。“第十届亚洲儿童文学大会”正在积极筹备中，2010 年将在浙江金华召开。2005 年是世界童话大师安徒生诞生 200 周年纪念，丹麦首相安纳斯·弗格·拉斯穆于是年 2 月 27 日亲临北京参加安徒生诞辰 200 周年全球庆典揭幕仪式——“安徒生和中国正式发布会”，公布了庆典活动中丹合作的重大项目，包括在中国举办现代视觉艺术展、儿童绘画比赛、演出童话音乐剧和出版最新版的《安徒生童话全集》等 30 余项活动。纪念活动在中国延续一年。2005 年 12 月 20 日，由宋庆龄基金会中国和平出版社、中国作家协会儿童文学委员会、北京师范大学中国儿童文学研究中心共同举办的“安徒生童话的当代价值——纪念安徒生诞辰 200 周年学术研讨会”在北京师范大学举行，来自北京儿童文学、现代文学、比较文学、研究界和出版界的专家学者近百人与会。这次研讨会是中国文坛与学术界对“2005 安徒生年”的集中回应，也是安徒生诞辰 200 周年中国地区纪念活动圆满结束的标志。为配合“2005 安徒生年”，中国和平出版社特地出版了两种安徒生研究著作：一是王泉根主编的《中国安徒生研究一百年》，一是李红叶专著《安徒生童话的中国阐释》。

新世纪在中国召开的最重要的国际性儿童文学会议无疑是 2006 年 9 月 20 日至 23 日，在中国澳门举行的“国际儿童读物联盟（IBBY）第 30 届世界大会”。这是继日本、印度之后 IBBY 第三次在亚洲举办的世界大会，共有来自全球 54 个国家的五百多位代表出席会议。大会主题是“儿童文学与社会发展”，并分别设置以“我们的文学——儿童论坛”“国际少儿出版高峰论坛”“儿童文学与道德规范”“儿童文学与理想世界”“儿童的自由与空间”“儿童读物与多媒体时代”“儿童图画书的发展趋势”“哈利·波特现象的思考”“弱势儿童的阅读”为议题的九个分会场。会议还举行了国际安徒生奖颁奖仪式以及亚洲儿童图书展、中国少儿精品图书展等十个展览。这次大会被誉为 IBBY 历史上“最成功”的大会，有力地展示了中国少儿出版在全球的大国地位的形象与实力，是中国真正走向少儿出版大国、并挺进强国的重要标志。

在加强中外儿童文学学术交流方面，我们还应提到北京师范大学、浙江师范大学在新世纪举办的一系列重要会议和学术活动。北京师范大学中国儿童文学研究中心曾先后邀请来自美国（2000、2009）、瑞典（2000）、芬兰（2001）、日本（2000、2006）、澳大利亚（2002、2005）、马来西亚（2007）等国的著名儿童文学专家学者，包括原国际儿童文学学会会长玛丽亚·尼古拉耶娃、约翰·史蒂芬斯等，到北师大进行学术交流和为儿童文学专业研究生授课。北师大还先后举办了多次中外儿童文学学术会议：2000年10月“中日儿童文学交流研讨会”，2005年6月“美国科幻创作和现状研讨会”，2005年12月“中东（约旦、巴勒斯坦）儿童文学研讨会”，2006年11月“中日图画书交流研讨会”，2007年7月“中美科幻北京峰会”，2008年3月“诺贝尔文学奖得主多丽丝·莱辛科幻小说学术研讨会”等。2006年10月，浙江师范大学儿童文化研究院成立，这是儿童文学与多学科整合研究的重要标志。该院成立以来，已举办了多次重要国际儿童文学与文化学术会议，如2008年10月举办的“2008媒介与儿童文化国际高峰论坛”，来自中国大陆、台湾、香港以及英国、新西兰、意大利、南非、美国、澳大利亚等国家和地区共三十多位专家学者出席。

2007年5月，由宁波大学外语学院主办，华中师范大学《外国文学研究》编辑部、北师大中国儿童文学研究中心、加拿大驻沪总领事馆、浙江省外国文学学会等协办的“青少年文学国际研讨会”在宁波大学召开，来自澳大利亚、加拿大、瑞典和国内高校的近百名学者、研究生出席。大会共收到论文48篇，论题集中在青少年与成长小说、各国的青少年文学研究、青少年文学主题个案研究等方面。这次研讨会也是儿童文学界与外国文学界的一次很有意义的学术合作。宁波大学外语学院芮渝萍教授的《美国成长小说研究》（中国社会科学出版社2004年版）是国内第一部有分量的成长小说研究专著，对新世纪国内兴起的成长小说研究很有影响。成长小说也是儿童文学关注的研究对象，王泉根主动与芮渝萍联系，并与国外同行专家邮件往返，最后终于有了儿童文学与外国文学“亲密握手”的这次国际会议。

第六，实施儿童文学“走出去”的战略，扩大中国儿童文学的国际影响

举凡大国之崛起，不仅仅只是商品之输出、物质之富庶，更重要的是国家和民族的文化观、价值观能为世界所认同，成为引领世界的主流价值理念与文化坐标；而图书，作为价值观的重要载体，无疑是“走出去”进行文化交流的最好形式之一。少儿图书是最适宜“走出去”的图书品种。我在一篇文章中认为：“童心总是相通的，儿童文学是没有国界的，儿童文学是最能沟通人类共同的文化理想与利益诉求的真正意义上的世界性文学。”同时，相对来说，儿童文学的翻译比较容易，很多童书又是图文并茂，图画和音乐一样，是世界性的语言，在文化沟通中障碍更少。因而儿童文学应当成为中国图书“走出去”的重要产品。

虽然我国优秀儿童文学作品在20世纪也在“走出去”，但总体份额不大，我们更多的是引进，是“请进来”。进入新世纪，随着原创儿童文学质量的提升，同时也是现代中国百年儿童文学积淀使然，中国儿童文学与少儿图书终于打响了“走出去”的战役。据新闻出版总署提供的数据，“2006年，我国少儿读物出口67750种次，50.74万册，122.51万美元；全国少儿读物进口19646种次，32.52万册，241.43万美元”。出现“走出去”比“请进来”多的局面。另据中国出版工作者协会少儿读物工作委员会主任海飞的统计：“改革开放三十年来，我国有两千多种少儿图书实现了海外版权输出，其中上少社六百多种，中少社四百九十多种，浙少社二百一十多种。同时，少儿图书对外开放正朝着多元共赢的方向发展，如版权投入分成合作、出版投资分成、合作出版同持版权、合作出版系列开发、版权代理合作等，合作开放，百花齐放，多姿多彩。”（海飞《改革开放三十年中国少儿出版的四大变化》，《中国少儿出版》2008年第1期）

在中国少儿图书“走出去”的战役中，原创儿童文学显然是一大亮点。一大批优秀长篇小说、童话作品都被译介到欧美、日本、韩国、东南亚等地，如曹文轩的《草房子》、秦文君的《男生贾里》《女生贾梅》、黄蓓佳的《我要做好孩子》、杨红樱的《淘气包马小跳系列》《笑猫日记》、黑鹤的《黑焰》、郑春华的《大头儿子和小头爸爸》等。曹文轩的不少中短篇小说也被翻译出去，有的还进了韩国中小学的教科书。杨红樱的《淘气包马小跳系列》《笑猫日记》被全球最大的英语读物出版集团之一的哈珀·柯林斯出版集团签走多语种版权。该集团中国市场发展部总经理周爱兰在分析中国儿童文学被世界看好的原因时指出："中国作为全球成长速度最快的经济体与文化大国，早已成为哈珀·柯林斯全球战略体系的重要组成部分。在英文世界推出中国优秀的作家作品，帮助中国作家成长为真正的国际作家，让世界听到中国人民的声音，是哈珀·柯林斯出版集团中国公司的核心工作之一。杨红樱女士作为最具代表性的中国儿童文学作家，成为哈珀·柯林斯中国当代作家出版计划的开路先锋。我们认为，全世界的孩子对儿童读物的需求是相似的，杨红樱作品所反映出的中国儿童生活现实与心理现实，能够打破东西方的文化障碍。书中表现出的张扬的孩子天性、舒展的童心童趣、成人世界与儿童世界之间的隔膜能打动全世界的儿童。这就是哈珀·柯林斯出版集团相继签下《淘气包马小跳系列》的《四个调皮蛋》《同桌冤家》《暑假奇遇》《天真妈妈》《漂亮女生夏林果》《丁克舅舅》《宠物集中营》《小大人丁文涛》等8本图书的多种语言版权，以及《笑猫日记》系列的英文以及其他部分语种版权的原因。我们希望，说英语的孩子们能够通过阅读杨红樱女士的作品，通过那些生动幽默、简单易懂、引人入胜，而又极富时代感的故事，来了解当代中国儿童的生活现状，打开一扇了解中国的窗口。"（周爱兰《杨红樱作品的成功之处及其走向世界的意义》，《中国少儿出版》2008年第4期）。

儿童文学是一种世界性的文学，因为这种文学是一种基于童心的写作，因而儿童文学作家则有可能以一种村上春树所说的"共通性的语言"来写作。"共通性的语言"首先是一种全球化视野，同时又有本民族文化特质，既是时代性的，又是民族性的；既是艺术性的，又是儿童性的。中国儿童文学走向世界并不是一个遥远的梦，中国正在从儿童文学大国向儿童文学强国迈进。在充满希望的21世纪，中国文化、中国文学与最容易"走出去"的中国儿童文学，理应为人类做出更大的贡献。

（原载《理论与创作》2010年第2期）

中国儿童文学走向世界的意义

“人事有代谢，往来成古今。江山留胜迹，我辈复登临。”（唐·孟浩然）现代中国文学已有百年历史，现代中国儿童文学也有百年历史。百年文学为我们留下了无数精神领域的“胜迹”，引领我辈“登临”其上，一览文学“江山”的无限风光。

在今天这样一个全球化、网络化、信息化的时代，百年中国文学融入世界文学、走向世界，不但成为可能，而且已经十分必要。进入21世纪，随着中国成为世界第二大经济体，中国越来越受到世界的聚焦与重视，持续升温的“中国热”“东方热”“汉学热”，正说明中国文化在世界文化中越来越显出其应有的地位与价值。在每年举办的国际法兰克福书展、北京国际图书博览会上，中国文学的翻译介绍与版权输出，都是其中的重头戏；中国作家协会每年都会组织多批次的作家访问团，以文学的名义到世界各地交流文学；中国的著名高校如北京大学、北京师范大学、复旦大学、南京大学等，每年都会举办各种类型的世界文学、比较文学研讨会，同时派出教授、专家出去访学；遍布世界各国的“孔子学院”，已成为传播中国文化的友好使者……所有这一切，都将“向世界介绍中国文化、中国文学”作为关键词，其中也包括中国儿童文学。

中国儿童文学深深植根于由甲骨文字传承下来的五千年中华民族的文化沃土，远接“夸父追日”“精卫填海”等太古先民的神话图腾，承继秦汉以来农耕文明色彩斑斓的民间童话、童谣宝库，进入近现代，又以开放兼容的胸襟，吸纳以欧美为典型的外国儿童文学新元素、新样式，从而形成现代性的中国儿童文学。从20世纪初叶开始，经过叶圣陶、冰心、茅盾、郑振铎、丰子恺（第一代），张天翼、严文井、陈伯吹、贺宜、金近（第二代），任溶溶、任大霖、洪汛涛、葛翠琳、孙幼军、金波（第三代），葛冰、张之路、高洪波、曹文轩、秦文君、沈石溪、黄蓓佳（第四代），杨红樱、汤素兰、薛涛（第五代）等五代儿童文学作家的艰苦努力和智慧创造，今日中国儿童文学已蔚为大观，气象万千。

今日中国，以每年出版6亿册童书、零售市场动销品种8万多种、年销售额80多亿元人民币的骄人业绩，铸就了儿童读物出版大国的地位。这里面，儿童文学读物是其中的主要产品。中国优秀儿童文学作品，深受广大小读者的喜爱。如曹文轩的长篇小说《草房子》，10年间印刷了130次；杨红樱的校园系列小说《淘气包马小跳系列》，累计发行2000多万册；北京的《儿童文学》杂志，月发行量高达110万册，成为中国发行量最大的纯文学刊物。可以肯定地说，现在是中国儿童文学创作和出版的“黄金时期”，中国正从儿童文学大国向儿童文学强国迈进。

尤其需要指出的是，儿童文学与儿童读物的传播形式，除了传统的纸媒图书，现在更有网络、电子书、音响、视频等多种形式。新世纪以来，各地开展的以儿童文学阅读为中心的“儿童阅读运动”方兴未艾，包括经典阅读、早期阅读、亲子阅读、分级阅读、班级阅读、图画书阅读以及“书香校园”建设等多种儿童文学传播途径与方法，使儿童文学真正走进亿万儿童的精神世界（中国现有3.67亿未成年人），极大地满足了孩子们选择、接受文学的途径和需要，享受到了阅读的自由和快乐。

开放的中国需要融入世界，世界需要认识中国。别具特色的现代化中国儿童文学需要走向世界，世界不同肤色的儿童也需要认识和感染中国儿童文学。正是在这样的背景下，选编、出版、推广集合了最具原创力、影响力、号召力的当今中国儿童文学代表性作家作品的《中国儿童文学走向世界精品书系》（中、外文版），就显得十分必要，而且已经完全具备了条件与可能。本丛书的出版，对于中国儿童文学“走出去”无疑有着多方面的现实意义与文化价值。

首先是世界认识中国的意义。

认识今日中国，当然既可以通过长城、故宫、兵马俑，通过京剧、武术、大熊猫，也可以通过鸟巢、水立方、三峡大坝，通过两弹一星、高速铁路、载人飞船。但这还远远不够，还应通过深刻表现当今中国人的现实生活和思想、感情、心理的中国文学；而要认识中国的未来发展，最好的方法则是通过中国儿童文学。儿童文学是“大人写给小孩看的文学”，儿童文学蕴含着两代人之间的精神对话和价值期待。因而通过阅读当今中国一流的儿童文学作品，既可以让世界看到今日中国儿童的现实生活与精神面貌，他们的理想、追求、梦幻、情感与生存现状；又可以看到中国文化、中国社会如何通过儿童文学作品，体现出今日中国对民族下一代的要求、期待和愿景，今日中国多样的文化和社会变革，对养成民族下一代人性基础的影响、濡染和意义。鲁迅说：“童年的情况，便是将来的命运。”阅读今日中国的儿童文学，自然可以折光地看出将来中国的趋势。

其次是世界儿童彼此打量、熟悉、牵手的意义。

童心是没有国界的。儿童文学是一种真正意义上的世界性文学，因为这种文学是一种基于童心的写作，基于“共通性的语言”的写作。因此，儿童文学既是全球视野的，又是立足本民族文化的；既是时代性的，又是民族性的；既是艺术性的，又是儿童性的。儿童文学作为世界文学的重要意义是显而易见的，世界各地不同肤色、不同民族、不同语言、不同文化背景的孩子们，正是在儿童文学的广阔天地里，一起享受到了童年的快乐、梦想与自由。中国孩子通过阅读古希腊神话、伊索寓言、安徒生童话、《汤姆·索亚历险记》《长袜子皮皮》《哈利·波特》……认识了五洲四海不同地域文化的神秘、丰富和美丽；同样，世界各地的儿童，如果能有机会阅读中国的儿童文学，也一样能够认识和感受到古老中国的青春、深厚和美丽。这一套《中国儿童文学走向世界精品书系》（中、外文版），无疑为世界各地的孩子们打开了一道认识中国儿童文学的七彩之门，勾勒出了一条通往中国儿童精神天地的发现之路。

再次是世界各国儿童文学互相理解、认识、交流的意义，同时也为国内外比较儿童文学研究提供了作品范本。

现代中国儿童文学，体现出自身鲜明的民族特色、审美追求与时代规范，以审美的力量、情感的力量、语言的力量滋润感染了数代中国孩子，成为他们在“多梦的年代”“多思的年代”最好的精神伴侣、精神钙质与精神食粮。与此同时，各国儿童文学虽有各自的文化背景与发展路径，但也有相当的一致性，毕竟儿童文学是为儿童服务的文学，而儿童问题最能显现出人类共同的利益诉求与基本倾向。尤其是在今天这样一个全球化、网络化的时代，世界各国所面临的问题几乎都是你中有我、我中有你。例如战争与和平，生态环境恶化与可持续发展，现代人的生存困境与拯救，青少年犯罪率上升与素质教育，高科技带给人类的正面作用与负面影响等，不但是世界文学也是世界儿童文学所共同面临和所需要共同表现的当代性主题。中国儿童文学同样也把这些当代性的世界文学主题作为自己重要的表现内容，这在战争题材小说、成长小说、动物小说、大自然文学中，都有充分的刻绘。

美国著名童话作家 I.B. 辛格认为，今天“虽然成人文学没落了，但儿童文学仍旧在为文学的传统、家庭的信念以及人性和伦理在苦苦做些许的保存”。坚守儿童文学“以善为美”的美学理念，通过艺术的形象化的审美愉悦来陶冶和优化儿童的精神生命世界，形成人之为人的那些最基本的价值观、人生观、道德观、审美观，打下良好的人性基础，塑造民族未来性格，这是中国儿童文学根本的审美追求与价值期待，也是中国儿童文学能够走向世界、走进世界各国少年儿童精神领域的基础和前提。

（原载《出版广角》2013 年第 6 期）

对话国际儿童文学学科的前沿思维成果

金秋十月，丹桂飘香，橙黄橘绿，这是收获的季节。经过多年不懈努力，由我与澳大利亚约翰·史蒂芬斯教授共同策划、主编的六卷本《当代西方儿童文学新论译丛》终于将由安徽少年儿童出版社出版了。此刻在电脑上草写这篇序言，回首往事，实在感慨良多。

由于多种原因，我国译介外国儿童文学理论著作的工作一直滞后。资料显示，1949 年以后，第一本翻译进来的外国儿童文学论著是 1953 年中国青年出版社出版的苏联阿·尼叶查夫著的《论儿童读物中的俄罗斯民间童话》。从 20 世纪 50 年代至 70 年代，我国只出版了 4 种外国儿童文学译著，由于 50 年代受苏俄文学一边倒的影响，这 4 种译著全来自苏联。进入 80 年代的改革开放时期，外国儿童文学译著的出版虽有所加强，但步子依然不大。从 1981—1999 年将近 20 年间，总共只出版了 10 余种，其中安徒生传记与论文集有 4 种，日本译著也有 4 种。这一时期有 3 种欧美译著，以舒伟等翻译的美国布鲁诺·贝特尔海姆的《永恒的魅力——童话世界与童心世界》（西南师范大学出版社 1991 年）最为重要。

20 世纪 80 年代中后期，正是我国学术界思想活跃、中西文化交流碰撞最为热络的时期，“美学热”“方法热”“文化热”此起彼伏，新概念、新方法、新名词狂轰滥炸。由于当时版权管理尚不规范，拿来就可翻译出版，因而大量外国文艺理论著作都被翻译进来，而且印数可观。然而令人遗憾的是，外国儿童文学理论译著却微乎其微，整个八九十年代仅有上述列举的 10 余种而已。我曾在一篇文章中谈到：“我国儿童文学理论界很少与国外交流，长期以来几乎是在一种‘与世隔离’的状态下，特立独行，自说自话。”“因而当人们在激烈批评当今文论界‘恶性西化’，言必‘解构’，文必‘后殖’，造成‘失语症’时，儿童文学文论似乎鲜有此类现象。”这当然不是说我们的儿童文学理论界未卜先知，早有防范西化、失语的先见之明，而是说，实际上我们已经错失了与西方儿童文学理论界进行交流对话的整整一个“八九十年代”，中国儿童文学理论界长期游离于国际儿童文学理论界，基本上没有建立起与国际同行对话交流的平台。个中原因是多方面的，既有我们理论界自身的，如缺乏既精通外语又精深儿童文学素养的专门人才；也有外部的，如专业少儿出版社普遍不愿意出版理论译著，将其视为成本大、印量少的赔本买卖。

进入新世纪，外国儿童文学理论译介的局面终于有了起色，据不完全统计，自 2002 年至 2008 年，国内已出版了包括美国波兹曼的《童年的消逝》（广西师范大学出版社 2004 年版）、加拿大佩里·诺德曼等的《儿童文学的乐趣》（少年儿童出版社 2008 年版）、美国杰克·齐普斯的《作为神话的童话 / 作为童话的神话》、英国彼得·亨特主编的《理解儿童文学》等 15 种外国儿童文学论著。新世纪之所以能“有所突破”，其原因一是出版社的投入与重视，二是儿童文学理论界的艰苦努力。

北京师范大学作为具有百年历史的名校，从 20 世纪 50 年代初开始，就把儿童文学定位为中文专业的传统特色学科，在全国高校最早创设儿童文学教研室。进入新世纪，又率先招收、培养儿童文学博士生（2000 年）、科幻文学硕士生（2003 年），填补了我国高校研究生培养一个方面的空白。高素质研究生的培养自然需要吸纳借鉴国际一流的学术资源与研究成果，因而加强与国外儿童文学同行专家的学术交流、引进学科前沿的最新思维成果，自然成了重要目标。经过努力，从 2000 年开始，我先后邀请了美国圣地亚哥州立大学阿丽达·艾里森教授（2000）、美国科幻文学研究会主席伊丽莎白·安·霍尔博士（2005）、澳大利亚麦考利大学约翰·史蒂芬斯教授（2002）、澳大利亚昆士兰理工大学克里·麦兰教授（2005）、瑞典斯德哥尔摩大学玛丽亚·尼古拉耶娃教授（2000）、日本圣和大学鸟越信教授（2000），以及约旦和巴勒斯坦儿童文学作家泰格雷德·纳嘉、马哈梅德（2005）、挪威儿童文学作家拉格纳尔·霍夫兰德（2009）等来北师大，他们有的是参加学术研讨会，有的是作为讲座教授访问讲学。其中，2002 年 9 月邀请到访的澳大利亚麦考利大学约翰·史蒂芬斯教授是最重要的一位，在北师大进行了为期十七天的访问讲学。

约翰·史蒂芬斯教授曾获澳大利亚悉尼大学优秀硕士学位、麦考里大学杰出文学博士学位，先后任教于悉尼大学和麦考里大学，现为麦考里大学资深英语教授和儿童文学博士生导师；同时他是当代西方著名儿童文学理论家，曾担任两届国际儿童文学研究会会长，现任国际儿童文学研究会会刊《国际儿童文学研究》主编，《牛津儿童文学辞典》编委。由于他在儿童文学研究方面的卓越建树与贡献，2007 年荣获国际格林奖。该奖是国际儿童文学理论界的最高奖项，与国际儿童文学创作界的最高奖项国际安徒生奖齐名。

当代西方儿童文学理论研究到底有哪些居于学科前沿的一流成果？哪些最具学术原创、问题意识、方法更新的论著亟须翻译到中国？并能确保论著的学术品质与理论价值，真正对提升中国儿童文学理论研究与知识增长产生现实意义与实质影响？我认为，与其我们自己在国内“瞎子摸象”，倒不如请国外专家“直接荐介”，这样既保证了论著质量，又可以帮助出版社直接联系作者与版权，岂非一举两得？而约翰·史蒂芬斯教授无疑是最佳的“国外专家”人选。于是，在约翰·史蒂芬斯教授访问北师大期间，我向他多次请益，进行了多次深谈，最终我们达成了共同策划、主编六卷本《当代西方儿童文学新论译丛》（以下简称《译丛》）的愿景。

事非经过不知难。自 2002 年 9 月 24 日，我与约翰·史蒂芬斯教授在北师大东门新街口外大街的茗香楼茶馆举行第一次交谈；2006 年 7 月中旬，我与天津理工大学外语学院舒伟教授前往澳大利亚墨尔本参加国际儿童文学研讨会之便，再与约翰·史蒂芬斯教授聚首悉尼麦考里大学，落实《译丛》的版权、翻译等细节；其间并与国内多家出版社联系出版事宜，以及物色、确定翻译人员；直至现在由安徽少年儿童出版社付梓出版，已经过去了整整七年！之所以延时多年，一是《译丛》原著的作者来自多个国家，联系、落实版权颇费周章；二因我们为找到一家既全力支持外国儿童文学论著出版又能确保图书质量的出版社，颇费心机；第三，最重要的是，有了一流的原著，必须有一流的翻译，我们要求的翻译人员必须是既精通外语又谙熟儿童文学的专业人才（博士与教授），同时还要给他们足够的翻译时间，不赶时间，只图质量，为此又颇费时日。

经过七年努力，现在这套《译丛》终于与广大读者见面了。《译丛》首辑6种，均系近十余年来西方儿童文学学术前沿的代表性论著，研究方法新锐，理论观点独到，学术理路清晰，具有明显的问题意识与原创品格，涉及文化学、修辞学、传播学、女性主义、精神分析、拉康的主体理论、巴赫金的主体性、语言和叙事理论等。这6种译著是：

澳大利亚约翰·史蒂芬斯著的《儿童小说的语言与意识形态》（台湾黄惠玲博士译），主要探讨儿童文学叙事作品，尤其是儿童小说、经典童话和图画书中叙事和意识形态的表现方式。作者认为，意识形态是一种企图，会通过叙事宣扬或强加某种社会政治态度给读者，同时也会反映写作者有意或无意的观念和信仰。这在儿童文学中尤其明显，因为文本需要影响儿童的生活，并引导儿童的社会化。于是作者与读者之间会形成一种权力关系，文本中的角色也受权力运作的影响。

意识形态的表现是通过叙事，包括叙事结构、模式、聚焦、叙事声音等方式进行，有可能直接呈现在读者面前，也有可能暗含在叙事论述中。本书通过大量经典文本、历史小说、奇幻小说以及图画书的解读，详细论证了意识形态的表现过程和方式，讨论了儿童文学中的读者和为读者设定的主体地位、叙述方式、聚焦方式以及互文性的问题。本书特别提到了一些特殊的新兴文本是如何通过提供主体地位来展现意识形态的，作者将其定义为“嘉年华文本”，即类似于巴赫金所研究的以嘉年华特质来质疑主导文化的作品。这些童书擅长创作儿童人物的不同角色，使其质疑社会主导意识形态所创造出来的所谓正常的主体地位，以“嘉年华”的效果来体现作者的观念。巴赫金开启了解读文本嘉年华特质的先河，但儿童文学尚未从这个角度来探讨文本的叙事策略，本书的作品细读正是这方面的有益尝试。美国罗伯塔·塞林格·特瑞兹著的《唤醒睡美人：儿童小说中的女性主义声音》（澳门李丽博士译），重在探讨儿童文学与女性主义的关系，阐述女性主义作为一种社会运动是如何影响儿童小说，以及女性主义作为一种文学理论又是如何帮助我们去理解儿童小说的文本。本书的阐释立足于近十年来西方女性主义文学理论所取得的重大进展，尤其是将女性主义文学理论运用于儿童文学作品分析的研究与评论。全书各章均以主题组织内容。前几章涵盖了儿童文学中女性主义评论最基本的概念：传统的性别角色与主体性，分别探讨了儿童文学和青少年文学中的人物是如何找寻自我意识与自我接受意识；女性主义作家的特殊比喻与互文性用法；女性克服文化压制的方法；以及给儿童人物赋予权力的语言形式。后几章探讨群体与叙事结构等理论，分析女性主义者是如何运用诸如原小说等叙事结构来表达作为政治问题的群体和身份的概念。本书力求多视角、多层面探讨女性主义对儿童文学所产生的影响，使读者把握女性主义文学理论与儿童小说的多重关系，意识到女性主义儿童小说所提供的无限可能性，从而为儿童文学研究提供切实有用的理论信息与参照。

主体性形成过程中的复杂状貌是青少年小说的书写焦点。澳大利亚罗宾·麦考伦著的《青少年小说中身份认同的观念：对话主义建构主体性》（北京李英博士译），主要借助巴赫金关于主体性、语言和叙事的理论方法，探讨青少年小说和儿童小说中以对话性表现主体性的特点。成长语境中众多对话性关系对主体性形成产生重要作用。作者关注自我观念的发展，强调自我与他者的关系，关注唯我主义向主体间性的转变，挖掘主体性在与特定社会、文化以及语言代码和习俗的关系中的构建与在“寻求自我”、自我的双重身份中的表现。作者还具体研究现代主义关注的各种主题和叙事技巧在青少年小说中的结合及其含义；并研究在复调叙事中主体性的表现形式，从历时纬度分析按时间建构的多线索叙事小说，分析主体性在历史中的表述问题；继而研究文本和话语构建主体性的不同表现，在非文学形式和话语中，主体性呈现为异质性话语和文本代码的交汇，而“编史类元小说”的叙事策略则突出了在历史中刻画主体性的问题，传统形式的历史著作通常对主体性加以掩饰。本书的重要理论贡献在于，作者从巴赫金的理论中概括出六个关键理论概念，并结合具体作品将之贯穿在对主体性及隐含读者的分析当中。这六个概念是：杂语、复调、对话主义、独白论、互文性和应答性。

瑞典玛丽亚·尼古拉耶娃著的《儿童文学中的人物修辞》（广州刘洊波教授、杨春丽博士译），旨在从文学人物修辞的角度，阐释儿童文学人物的各个方面，探讨从文本中提炼人物并把他们归入各种类别之中的技巧和方法。本书对儿童文学人物修辞学进行了集中系统的研究，涉及儿童文学作品中文学人物的各种研究方法，包括传奇英雄、高模仿人物、寓言人物、象征人物、意识形态工具人物、低模仿人物、讽刺人物与元小说人物等各种具体文学人物形象及其阐释；儿童小说中的主人公与集体主人公的身份意识；儿童文学经典作品中的主体间性。除了对儿童文学中主人公构建身份的方法探讨外，本书还对作品中的次要人物构建手法也进行了细致的分析与解读，并结合具体作品，对次要人物的扁平化、圆型化、静态化与动态化展开精细透析。本书不仅分析具体作品中的文学人物，还从整体论的角度对儿童文学中的人物形象进行理论透视，从小说人物形象的外围元素中打造儿童文学人物修辞学的构建。作者分别从情节、外部描写、行为塑造、言语表情、心理描写等方面阐释人物形象是如何通过作家的多元立体方式与写作手段得到淋漓尽致的表达与呈现。

当今时代，民间故事和童话故事的解放性潜能是否已被文化工业的技术完全遮蔽？无论在西方还是东方，那些异想天开的象征是否在为官僚化的社会经济体制服务时，已经被完全控制与工具化？全球化是否意味着趋同混一，没有差别？美国杰克·齐普斯著的《冲破魔法符咒：探索民间故事和童话故事中的激进理论》（天津舒伟教授译）一书，以全新的观念在对西方童话故事与民间故事的探索中对这些新锐前沿的问题给出了独到的答案。作者从社会学、文化学与政治学的观点出发，对民间故事和童话故事的最终文化价值如何取决于人类、如何去转化技术的力量进行了分析；并阐释了童话故事中诸多历史与政治参照信息。重点梳理了德国浪漫派童话的革命性崛起的历史，旗帜鲜明地指出在表达形式与表现主张方面德国浪漫派童话的历史意义与贡献。本书结合意识形态理论与传播学理论，阐释了童话故事在当今社会大众传媒化与幻想工具化的现实情态，指出童话故事和幻想的乌托邦精神之间的联系，正是强大的乌托邦动力构成了最卓越的民间故事和童话故事。本书见解独到，阐释明晰，材料翔实，力求对民间故事和童话故事的社会学、政治学以及文化学内蕴进行深入透视，从儿童文学存在的外部元素探求文学自身发展与存在的复杂性与多元性，从而从根本上对儿童文学的疑难性本质进行思考与探索。

美国卡伦·科茨著的《镜子与永无岛：拉康、欲望及儿童文学主体》（北京赵萍博士译），是近年西方儿童文学研究的重要开创性理论成果，全书条理清晰、独辟蹊径地将拉康的精神分析学引入到儿童文学作品批评与理论建构中，给人以深层次启迪。书中的“镜子”是指《爱丽丝镜中奇遇记》，“永无岛”是指《彼得·潘》的故事。作者通过对《爱丽丝镜中奇遇记》《彼得·潘》《夏洛的网》《苏斯博士低幼童书系列》《星月》《小象巴巴的故事》《玛丽·波平丝》《长袜子皮皮》《巧克力战争》等西方经典儿童文学作品的文本细读，对著名精神分析学家雅克·拉康复杂的主体与欲望理论进行了独到的阐释与探讨：既通过对经典作品的文本细读，呈现拉康主体理论的复杂性与深刻性，又创造性地运用拉康的主要理论，探讨童书如何以一种实际有助于建构主体的方式清晰显现儿童成为主体的发展过程以及童书与儿童如何在此层面上交互作用，同时又以儿童文学中的经典形象概述了拉康的主体形成理论。本书还运用拉康的发展期模式细致探讨了图画书如何参与主体意识感的发展，作者认为理解了拉康的想象界建构期及镜像逻辑理论就能了解白人性与异性恋是如何在某些文本中成为标准的主能指，而在另一些文本中这些观念又如何受到挑战。全书集中探讨了欲望本身，通过拉康的两个概念“小对形”和“快感”来帮助我们理解儿童进入符号后留下的持久残余。同时运用酷儿理论着重探讨了性别的结构组成，并从精神分析学角度考察并反思种族问题及贱斥逻辑。作者还探讨了儿童文学文本中的后现代趋向，并推测这些趋向可能将会如何改变主体。

“晴空一鹤排云上，便引诗情到碧霄。”在《译丛》即将付梓之际，我要三躬谢忱：深深感谢澳大利亚约翰·史蒂芬斯教授，他的支持、理解与默默奉献，他对中国、中国文化与中国儿童文学的深情厚谊；深深感谢舒伟教授、刘溶波教授等组成的翻译班子，他们的认真、坚执与精益求精，他们的学术素养与贡献中外儿童文学交流的精神；特别要深深感谢安徽少年儿童出版社领导张克文先生、徐凤梅女士与责编姚巍先生的全力支持和鼎力相助。可以说没有安徽少年儿童出版社，就没有这套《译丛》如此高品质问世的可能。

（本文系《当代西方儿童文学新论译丛》总序，安徽少年儿童出版社 2010 年 9 月版。原载《中国儿童文学》2010 年秋季号）

论少年小说与少年心理

人生有许多的“谜”。少男少女的心路历程就是一个斯芬克斯之谜，这也是儿童文学审美创造实践中众说纷纭、颇难破译的一大“哑谜”。

这个“谜”来自少年本身。较之儿童，少年在思想上离开成人的距离比儿童要远得多。因为儿童离开成人就不能生活，而少年却在试图脱离成人，寻找自我。由于思春期身心的逐渐成熟与迅速发展，少年在心理上出现了摆脱父母的所谓心理性断乳及其由此而生的心理的“闭锁性”特点，于是他们的“反常”行为（比如要求有单独的房间，想有能上锁的抽屉，悄悄地记日记等）引起了周围环境的猜测与警惕，由此又反过来引起了少年自身精神上的无序与不安——而他们对这种情绪变化却是完全缺乏心理学的知识与必要的精神准备的。

这个“谜”也来自成人那里。其实，少年心理的闭锁性只是某种形式的虚张声势而已，他们更希望被成人理解与接受。没有任何人会像青少年那样深陷于孤独的精神泥沼，一声声地呼唤着理解，呼唤着爱与被爱。然而作为主宰这个世界的成年人（尽管他们也曾有过相同的心路历程），却往往忽视了这一点。沉重的文化积淀、世俗习惯与出于良好愿望的“干涉”，常常遗憾地一次次地剥夺了少年对思春期身心奥秘的知情权：男女同学之间的纯洁情愫，青梅竹马的朦胧憧憬，柏拉图式的精神之恋，不但得不到成年人应有的理解与同情，甚至连文学作品的审美鉴赏与思春期的知识教育，也长期地“暂付阙如”。于是，少年心理就成了玄乎又玄的“险滩”，成了莫名其妙的难解之谜。

这种现象显然是不正常的。精神分析学家弗洛伊德早在半个世纪之前就对此做过深刻的剖析："诚然，如果教育者的目的是尽早地抑制儿童的独立思考能力，以便产生非常高价的'好的行为'。那么，只有在性的问题上欺骗他们，用宗教的手段恐吓他们。诚然，性格较强的人抵得住这些影响；他们会反叛父母的权威，然后反叛其他权威。但是当儿童不接受这些解释时，便会转而求助哥哥姐姐，他们会继续私下用这些问题折磨自己，试图解决这个问题，会猜测，性的真相是以最不寻常的方式与荒诞的虚构混合在一起；他们还会彼此悄悄说心里话，因为他们在探索中有一种负罪感，认为每一件与性有关的东西都是可怕的和令人厌恶的。"（弗洛伊德《儿童的性启蒙》）

当少年人一旦被无知和愚昧牵走鼻子，真的认为有关思春期的性心理"有一种负罪感"的话，那么，令人啼笑皆非的污水和悲剧就会向他们身上泼去。《傍晚的天池山》（朱效文）中的阿龙虽然勇敢地撵跑了小流氓，保护了女同学的安全，但仅仅因为他无意中看到了"碧绿的池塘里，泡着一大群正在洗澡的女孩子"，他就"臊得不敢抬头了"，"他觉得自己的品德并不高尚，而且还做了不尊重女生的羞耻事，不应该受到表扬"。阿龙的自责已够悲凉了，然而还有更使人悲凉的：那群原来七嘴八舌敦促阿龙接受老师表扬的女生，一经知道阿龙"偷看了"之后，都一致认为他是"这么下流的人，到哪脏哪"，夏令营的每个小组都不要他，"刚才人们还把他当作英雄，可现在却把他看成了一堆屎"。反差如此之大，实在令人震惊！陈腐滞重的封建思想如此堂而皇之、大摇大摆地毒化着 20 世纪 80 年代的少年，实在令人扼腕！朱效文这篇小说的题材无疑具有某种典型性，透过纸背，我们仿佛感到了作家那一颗"救救孩子"的真诚而痛苦的心！

心理学家认为，孩子的成长需要三种食品：一是营养食品；二是大脑的食品（知识）；三是爱和情感。处于身心急剧变化发展阶段的少年，他们需要的爱和情感，主要是指理解与同情。由于自我在思春期的觉醒并逐渐确立，少年不再向往年龄和能力与自己过于悬殊的人（小弟弟小妹妹），而是向往能够理解和同情自己的人——同性朋友；年岁稍长、具有更丰富的经验并能从旁帮助自己的同性友人。例如《黑发》（陈丹燕）中的那位帮助何以佳梳理了一个"神秘的直发"从而使她发现了少女黑发之美的姑姑，《哦，我的坏女孩》（陈丹燕）中一心一意向着美妮的那位"精神母亲"，《啊，夏天送走了秋天》（谷应）中与孩子们结义的北斗哥哥。而对于罚不服气的以佳绕操场跑20圈的“旧社会”，少年们只有关闭自己思想情感的大门，本能地把自己隐蔽起来。——所谓的“代沟”其实是因人而异的，在理解与同情面前，代沟将会自动消失；在冷漠与训斥面前，代沟只会加深。

现代心理学的研究表明，当少年在经过对同性友人或年长的同性人的向往阶段之后，对异性的向往就开始萌芽了。这种向往是建立在心心相印的理解与同情基础之上的精神吸引，是人生黎明觉醒时刻试奏出的第一个银音。如果说王小曼与裔凡的神秘通信（秦文君《告别裔凡》）还是属于少男少女互相渴望理解的一种大胆尝试的话，那么，田亮敢于向唐丽蓉（任大霖《人生的青果》）直接剖白自己的“男子气”，则是互相理解催化出的精神之“恋”了。这两篇小说都写得细腻传神，有一种情采芬芳、委婉动人的艺术魅力。建立在同龄少年朋友理解基础之上的真心碰撞是如此使人激动不已。但这种友谊已不同于幼儿园、小学校时的青梅竹马，而是夹带着一种对异性的朦胧幽思，尤其是在发现了异性之美以后才“定格”的。《人生的青果》中有这样一段细节描写：

> 游泳池里人也不多，他俩游得挺痛快。……田亮仔细地又瞧了一下，忽然感到唐丽蓉的样子有点变了，不是过去那个细手细腿的小女孩子，那件紫红色的旧游泳衣绷在她那白皙的身上，已经显得有点紧小。田亮觉得她有点像体育宫门口那个拿着藤圈的少女雕像，有一种让人想多看几眼的吸引力。

日本心理学家依田新指出：“当意识到异性美之时，人就得到了新生。”性心理的本能发动是思春期人格再造的一种契机，它广泛地影响着少年的价值观、世界观、人生观的形成。田亮正是在发现了唐丽蓉的少女美之后，才升华了自己的“男子气”人格；即使唐丽蓉已身患绝症，他也要和她“一起上学，一起温课……一直到大学，还是这样”。同情与理解——作家对作品主人公的同情与理解，作品主人公的互相同情与理解，在这里是那么足有成效地艺术地引导着少男少女把对异性的向往升华为一种纯洁、高尚的价值理想，一种互相激励、共同前进的美好情愫。任大霖为少年朋友摘下的这颗“青果”固然有一点苦涩，但却其味无穷，它包含的更多的是渗透心扉的美的享受。

美的憧憬、美的体验是人类在思春期的一种重要心理现象。我们未曾发现感到憧憬的儿童，但却容易找到怀有憧憬的少年。少年正处于儿童与青年之间的过渡阶段，在从幼稚（儿童）向成熟（青年）的过渡阶段中，如果没有少年期的憧憬就突然一步跃入现实生活，那么，丰富的精神生活的发展是难以期待的。少年的憧憬乃是一种朦胧的情绪体验与思春汛号。人类在思春期，身心的发展会使其本能地产生特殊的兴奋、焦躁、爱打扮（如铁凝《今年流行黄裙子》中的芳芳）、自我厌恶感（如倪赪《我不美丽》中的少女）及对异性的憧憬等，这种伴随成熟而出现的现象，是对于个体生命发展的一种必要的补充。正由于这种奇特的变化，才使少年由过去只关心自己变为开始关心别人、注意别人，只关心同性变为开始注意异性。作为高等动物的人类，在思春期最初产生的对异性的憧憬只是一种纯粹的精神向往活动，在这里，爱和性是分离的，不搭界的。虽然思春期的男子对少女的处女之美的憧憬是很强烈的，但他对所崇敬的对象，只是在远处悄悄怀着一种“看她几眼”的向往之情，尽管这是基于生物学的“补充要求”，但却是一种柏拉图式的“精神之恋”。谁如果否认了这一点，硬要把少年人纯洁无瑕的精神吸引与性的欲求生拉活扯起来，那就无疑是把自己的阴暗心理强加到少年身上，或是一种向少年随便泼洒污水的无聊行径。请读一读《小百合》（玉清）中的少年精神之恋（还有《麦山的黄昏》中那两位少年）吧，那实在是一种优美的艺术享受：两位师范学校男生被一位新入学的女生的美突然吸引住了，“她就像一枝柔弱洁美的小百合”，像“梦里见到的一尊女孩雕像”，为了能看上几眼这位“诗一般的女孩”，他们怀着一种几乎是崇拜与敬畏的心情，常常在晚上远远地去看一看坐在路灯下读书的她，没有企求，没有目的，当然更没有半点“性”的因素，“只是朦胧地觉得有一种愿望”，“只是非常非常想每天都看上她一眼，别无他求”。这种纯粹的精神之恋是单向而优雅的，恰是在少年纯直观地、完全超越对世俗生活的一切欲念专心致志地把精神皈依到对象的美之时，一种美的情愫同时就在他们心中升腾了：他们要“远远地护卫她”，他们不准其他男生俗气地称她为“丽妹”；他们感到“应该多看些文学方面的书：诗、小说、散文”，以提高自己的气质与审美修养。审美静观的移情作用使两位少年产生了带有理性的沉静高尚的情操，这种美的情操乃是构成人生价值观的基础，也是构成人格和品行的重要因素。

优秀的少年小说往往能使读者得到丰富的心理体验，即审美愉悦。借用一个概念来表达，即“有意味的形式”中的那个“意味”，这是一种由多种心理功能综合而成的包含着真善统一的自由感受。审美体验主要表现为自然体验与艺术体验。当少年遇到喜悦或遭受挫折，把自己的心情投向自然景物时，这时对自然的鉴赏就带有一种强烈的主观色彩，自然景物就会变成多情或是感伤了。《今年流行黄裙子》（铁凝）中的芳芳，在老师的画布上发现了自身的美之后，她的心绪变得十分振奋和骄傲，这时，在她眼里的景物就成了一种纯自然美的审美体验：

> 夕阳宁静地照在画室的小窗上。窗口被牵牛花藤蔓密密地缠绕和包围着。我深深地看一眼那开放着的淡紫色的牵牛花，心里宁静得像刚刚从甜睡中醒来一样。空气的每个分子都在唱着那宁静圣洁的旋律，心也在和它们共鸣着。

有意思的是，谷应的《啊，夏天送走了秋天》，则给我们提供了一个少年对艺术美体验的典型细节。楚依柯夫的名画《七月》中母性的美和北斗哥哥女朋友的美交相辉映，使12岁的“我”产生了莫名的迷乱：原先鼓足起来的勇气土崩瓦解，答词既不高傲甚至还有点虚怯。作家在这里巧妙地刻绘出了一位青春萌发的少年对异性美的刹那意识和对艺术美的愉快体验所交织成的生命的跃动感，这是一种“孩童对成人的不由自主的、带着人的最初美感的关注”（见谷应与周晓的通信，《少年儿童研究》1989年第4期）。像这样明确地把自己摆进绘画作品中去的艺术体验，在思春期前的儿童身上是绝对不会发生的（例如在雨儿、肥子、花妞身上）；而且随着今后思春期的消逝，这种强烈的艺术体验，在成人那里则会逐渐转变成一种冷静的纯艺术鉴赏。因之，只有处于思春期的青少年，才有可能达此境界。谷应是一位画家出身的女作家有过较好的艺术修养与美学修养，她对少年审美心理的准确把握的确令人服膺。

心理性断乳是少年人最重要的生命现象之一。这时少年人身上已经有了两个自我：一是主体的我（I），一是客体的我（Me），即“作为知觉者的我”和“被知觉者的我”。“主我”是指知觉、认识、行为的主体性自己，“客我”是指作为被知觉、被认识的对象的客观性自己。少年较之儿童，由于知识增长、视野开阔、兴趣多样、伙伴交际范围扩大、现代影视文化与传播媒体的冲击，尤其是身心发展的急剧变化等多种因素，使他们开始要求作为一个独立的“人”的意识逐渐高涨起来。这是一个“新的自我开始觉醒”的时期，这种觉醒强烈地体现在以下两个方面：

第一，在“主我”与外界的关系上，出现了“主我”和“他人”的分化，并由此产生了自我的认识。“主我”不再是完全通过家长的爱抚或责备，老师的表扬或批评，小伙伴的喜欢或讨厌，以及周围环境的认同或否定来规范自己的行为，估量自己的对错，指导自己的行动了，“主我”变得爱与“他人”抬杠，爱问为什么，爱提怪问题，爱发表自己的高见；对周围成人的指令、命令、结论式的言语，再也不像过去那样“理解的要执行，不理解的也要执行”了。然而，少年人虽然在向成人的水平发展、成熟，但是他们在心理上、社会上却还远远没有被当作一个完全的成人看待（他们还被普遍地看成是“孩子”），“主我”的自主和独立意识虽增强了，而成人社会却还不肯予以承认。于是“主我”会感到过去一直是依靠和崇拜对象的父母和老师，现在似乎变成了压力和束缚，并逐渐显露出一种对“他人”的反抗情绪。这就造成了父母和子女、老师和学生之间，各自对于对方作用的期待常常对不上号，以致引起某种“错位性冲突”。“主我”对外界（他人）的这一倾向大约从12岁左右开始，在15岁前后的二三年间尤为明显。我们只要读一读《黑发》（陈丹燕）、《双人茶座》（梅子涵）、《哦，我的坏女孩》（陈丹燕），还有《上锁的抽屉》（陈丹燕）、《我可不怕十三岁》（刘心武）、《猪屁股带来的烦恼》（苏曼华）、《我要我的雕刻刀》（刘健屏）等小说，就能明显地感受到这一点。

第二，在“主我”和自身的关系上，出现了“主我”和“客我”的分化，从只是主观地感觉到自己存在的状态，发展到试图客观地观察自己，即将行为主体的自我（“观察的自我”）作为对象（“被观察的自我”）来加以观察和认识。

现代心理学认为，当作为“主我”的自我开始观察“客我”的自己，当自我开始反思、批评自己并试图统一自己的时候，青少年才算进入了自己的生活。心理学上把思春期称为人的“第二次诞生”，其道理就在这里。“第二次诞生”是人格结构上极为重要的重新组织时期。这一时期的少年人情绪极不稳定，充满莫名其妙的苦恼甚至“危机”。如男生感到自己身材矮小，女生感到自己不如别人长得美，或者如生理缺陷、成绩差、父母离婚、家庭贫穷与破碎、讽刺性外号、体育运动笨等，都可以构成少年人性格的不稳定因素，即“主我”对“客我”的观察结果，会产生强烈的自我否定感。这种自我否定感平时潜伏于无意识过程之中，处于隐性状态，但是，只要一旦受到外界的某种刺激，例如一句讽刺、揶揄性的话，就会深深地伤及那颗敏感的少年之心（尤其是少女），导致极端的情感反应和反抗性态度，或者产生更深的自我否定，甚至引起攻击性或逃避性的行为。倪赖的《我不美丽》所写的正是这种“主我”和“客我”的分化所带来的情绪波动，艺术地再现了一个敏感、困惑的少女的心路历程。我觉得近几年少年心理小说的创作，对第一类心理现象（即“主我”和“他人”的分化）比较重视，佳作也较多，而对第二类心理现象（即“主我”和“客我”的分化）似乎关注不够。我们希望作家们能注意一下这类课题，因为这是少年心理最深层最细致最敏感的领域。当然文学不能代替心理学，文学作品不能包医百病，但用文学作品来帮助、提升、美化、优化少男少女的精神世界，却是我们义不容辞的责任。

让我们向进入金色年华的少男少女伸出理解之手吧，关心他们，祝福他们！

（原载《少年儿童研究》1990年第16期）

抗战题材儿童小说的价值取向与审美追求

发生在20世纪三四十年代的那一场惊天地、泣鬼神的抗日战争，不但是中华民族坚不可摧、凤凰涅槃、光耀史册的伟大精神财富，同时也是一宗宝贵的文学资源。中国儿童文学数代作家都以满腔激情，创作过丰富多彩的小说作品，为百年儿童文学留下了秀华光发的审美画廊。

一、战争年代："零距离"的接触

从现有资料考察，最早涉足抗战题材儿童小说创作的是陈伯吹。1933年，陈伯吹接连出版了两部以抗日救国为主题的童话体中篇小说《华家的儿子》和《火线上的孩子们》。小说塑造了"华儿"这一象征中华民族精神的儿童形象，表达了"誓以全力抗战"驱逐日寇的意志。茅盾在1936年发表的《大鼻子的故事》《少年印刷工》《儿子开会去了》等儿童小说，以上海"一·二八抗战"为背景，反映了都市儿童高涨的爱国热情，在当时产生了重要影响。

抗战期间，无论是大后方（重庆）、根据地（延安）还是"孤岛"（上海）的儿童文学，都有直面抗战、砥砺意志的精彩儿童小说面世。如丁玲的《一颗未出膛的枪弹》、萧红的《孩子的讲演》、司马文森的《吹号手》、秦兆阳的《小英雄黑旦子》、周而复的《小英雄》、柯蓝的《一只胳臂的孩子》、苏苏的《小癞痢》、贺宜的《野小鬼》、董均伦的《小胖子》、苏冬的《儿童团的故事》、刘克的《太行山孩子们的故事》等。尤其是华山的《鸡毛信》、峻青的《小侦察员》、管桦的《雨来没有死》，把抗战儿童小说创作推向了新高度。

华山的《鸡毛信》以12岁的山区牧羊儿海娃为八路军送信、多次遭遇日寇为线索，刻画了海娃勇敢机智、临危不乱而又不失孩子气、粗心、乍一遇敌时的惊慌，作品险象环生，一波九折，极具可读性。海娃是生活在大山深处的儿童，小说处处从“山区”落墨，使人物性格在“山区”的环境中得到充分自由的发展，作为小英雄与山区放羊娃的性格两面浑然一体，从而使人物形象更加真实可信，也恰到好处地体现了“山区少年”在对敌斗争中成长的方式。管桦的《雨来没有死》，则刻画了一位生活在水乡的孩子，同样也是小英雄与孩子气有机融合的典型。雨来善于游泳、淘气、好动、点子多，这些儿童行为的描写既丰富了雨来的性格，同时也成就了他的小英雄本色。海娃与雨来的成功，说明那个时代需要这样的形象来展现中国人的斗志，需要肯定、褒扬这些“有志不在年高”的少年英雄，激励感召千千万万的孩子。

第一波抗战题材儿童小说，直接诞生于战火纷飞、全民抗战的激情燃烧岁月。与战争的“零距离”接触，是第一波小说的显著特点：作家本身就是这场战争的亲历者、参与者、目击者，因而作家本人与作品中的人物同处于战争环境，作品的题材、内容、形象完全来自战争一线，呈现出时代生活与英雄事件的本真状态，写的就是身边人身边事，具有强烈的即时即刻的现场感；作家的创作动机与作品的社会效果，都是为了直接服务抗战、赢得抗战，实现“文艺必须作为反纳粹、反法西斯、反对一切暴力侵略者的武器而发挥它的作用”（郭沫若）。第一波作品奠定了抗战儿童小说爱国主义、英雄主义的基调，将爱国情怀、英雄本色、儿童情趣有机地融为一体，其艺术魅力至今依然深植孩子心田，同时产生了海娃、雨来那样在百年中国儿童文学发展历程中难以磨灭的艺术典型。

二、“十七年”期间：“近距离”的观照

抗战题材儿童小说创作的第二波热潮出现于共和国成立后的“十七年”时期（1949—1966）。新中国崭新的社会制度把少年儿童看作“祖国的花朵”“革命接班人”。加强少年儿童的革命传统教育，用爱国主义、理想主义、集体主义引领儿童，是这一时期儿童小说创作的主脉。抗战题材的作品责无旁贷地发挥了这方面的重要作用，成为激励当代儿童崇尚英雄、追求理想的形象读本。

第二波抗战题材儿童小说的作者，他们在战争年代还是青少年，有的亲历过战争，也有的尚未成人，但对那场战争都有着刻骨铭心的记忆与感受。

因而他们是“近距离”地观察抗战、回忆抗战、叙述抗战，所反映的人或事，有亲历、有目击也有虚构，他们期待用自己的作品在润泽新一代儿童的精神成人中发挥认识作用与教育作用。影响较大的作品有：徐光耀的《小兵张嘎》、胡奇的《小马枪》、刘真的《我和小荣》《好大娘》、郭墟的《杨司令的少先队》、王愿坚的《小游击队员》、杨朔的《雪花飘飘》、王世镇的《枪》、杨大群的《小矿工》、萧平的《三月雪》、李伯宁的《铁娃娃》等。

小兵张嘎是“十七年”抗战儿童小说塑造的一个突出的典型形象。小说再现了抗日战争时最残酷年代冀中平原的斗争场景，以“枪”为线索结构故事。从游击队老钟叔送给张嘎一支木头手枪始，到区队长亲自颁奖真枪终，中间经历了嘎子爱枪、护枪、缴枪、藏枪、送枪等一系列事情，突出描写了村公所遭遇战、青纱帐伏击战与鬼不灵围歼战等三次对敌斗争高潮。作品将人物放在严酷的生存环境中，正面描写战争的艰苦性、复杂性，在运动中塑造了张嘎这样一位既机智勇敢、敢爱敢恨，又顽皮不驯、野性十足、满身“嘎”气的少年英雄形象。真实可信的人物性格与环环相扣、一气呵成的故事情节，使小兵张嘎赢得了小读者的广泛喜爱。小说改编成电影后，更传遍全国，20世纪五六十年代长大的那一代人，几乎没有不知道小兵张嘎的。

三、新世纪：“远距离”的反思

20世纪70年代末改革开放以来，抗战题材儿童小说的创作以陈模描写战地“孩子剧团”的长篇小说《奇花》、王一地描写胶东半岛抗战传奇的长篇小说《少年爆破队》(1980)最为重要。两位作者在少年时代都曾经历了抗战，陈模本身就是孩子剧团团员，王一地还当过儿童团长，因而他们的作品具有一定的亲历性与现场感，是第二波抗战儿童小说的延续。这以后，由于整个儿童文学小说创作的兴趣与重点转向校园小说、青春文学与动物小说，抗战题材一度沉寂。进入新世纪，抗日战争再次进入儿童小说的创作视野，并奇迹般地出现了第三波热潮。

需要特别关注的是，创作第三波抗战儿童小说的作家，全是“70后”“80后”，他们生长在市场经济的和平年代，那场战争早已成为历史。他们只是从教科书、小说、影视以及长辈的口述中，才知道现代中国还有那么一场血与火的战争。因而远离历史与战争的他们，一旦选择抗战作为表现对象，就必须克服“隔”和“疏”的矛盾。想象抗战、诠释抗战、反思抗战，就成了这一波小说的重要特点。主要作家作品有：薛涛以东北名将杨靖宇浴血抗战为背景的长篇小说《满山打鬼子》《情报鸟》，毛芦芦以江南水乡抗战为背景的《柳哑子》《绝响》《小城花开》三部曲，殷健灵以上海滩“孤岛”为背景的长篇小说《1937，少年夏之秋》，张品成以南京大屠杀为背景的长篇小说《觉醒》，李秋沅的以抗战生活为背景的长篇小说《木棉.流年》、童喜喜以南京大屠杀为背景的童话体小说《影之翼》，吴林以抗战时期犹太人在上海的传奇经历为背景的长篇小说《犹太女孩在上海》，赖尔以皖南新四军抗战为背景的长篇穿越小说《我和爷爷是战友》等。

第三波抗战儿童小说的年轻作者，为什么如此寄情于抗战？钟情于那一代战争环境长大的少年儿童？他们究竟要表现与表达什么？“80后”女作家赖尔在《我和爷爷是战友》一书后记中的自白，可以代表第三波小说作家的心声：“我在故事的假设中找到了许多值得当代孩子们思考的问题，同时在故事中体会到当代孩子们普遍缺乏的东西。”“读到那个时代的价值，读到一种成长的责任。”——试图从抗日战争中寻找当代少年儿童“精神成人”的宝贵资源与进取动力，这就是第三波小说的价值取向与审美愿景。

《我和爷爷是战友》中两位主人公——“90后”的高三学生李扬帆和林晓哲，正是身处解构经典、嘲笑英雄、颠覆理想、娱乐至死的所谓“后现代”语境中，因而缺失理想、信念与追求，迷茫、郁闷找不到北。但正是战争——当他们穿越到那一场伟大民族精神激情爆发的抗日战争，他们的灵魂经受了彻底的洗礼。两个“90后”，一个成了抗日英雄，一个为国捐躯，实现了自己的人生价值与理想。整部小说刻画了一幅气壮山河的“红色穿越”场景，赋予抗战儿童小说以深刻感人的艺术力量。理想的重建与召唤，精神的砥砺与升华，民族下一代重新寻找英雄、追求崇高、铸造精气神的浩然之气弥漫全书，这就是第三波抗战题材儿童小说的重要价值承诺与审美追求。透过这些作品，我们不但看到了新世纪中国儿童文学不断进取的希望，更看到了民族下一代爱国报国、发扬蹈厉、激奋向上的希望。

（原载2012年6月5日《光明日报》）

散文应守住“真我”的底线

中国是散文的故乡。中国散文本是对韵文而言，因而在中国古代，举凡诗词曲赋等韵文之外的一切文类，都可归于“散文”范畴。现代性的散文概念起始于五四新文化运动时期的文体“四分法”，与小说、诗歌、戏剧文学相对应。现代性散文的特质是什么？如何界定？对此文论界长期见仁见智，意见不一。近来更有“大散文”“美文”“文化散文”等种种说法。

这说明散文是一种非常别致的文体，又是一种难以说得清楚的文体。好有一比：“散文是个筐，什么都可以往里装。”说句笑话，凡是明显不能归入小说、诗歌、戏剧的“文学作品”，都可以放进散文这个筐。因而散文真可谓大肚能容，除了“艺术散文”外，其他如随笔、小品、杂文、传记，甚至日记、书信等也可归入散文之中。这么说来，散文岂不就成了超市、杂货铺？散文的精神内核到底是什么？人们常说散文“形散神不散”，这个不散之“神”又是指什么？

在我看来，构成散文的精神内核只是一个字：“真”。散文形散神不散的神也是一个字——“真”。真是散文的命脉。我对散文的理解是：以真为本，美文书写，形神兼备，笔带感情。

散文应是“非虚构文学”，与小说、童话、科幻、寓言，还有现在流行的什么穿越、奇幻、悬幻等“虚构文学”有质的不同。作为“非虚构文学”的散文，贵在一个“真”字，其感世、醒世、存世、传世的价值也在一个“真”字。

“真”是指散文所记之人之事，应当是真人真事；所抒之情之意，应当是真情实意。当然细枝末节需要文学想象与发挥。例如写天上云影的变幻，枝头鸟雀的鸣叫，到底是“两个黄鹂鸣翠柳”还是“三只麻雀飞枝头”，就不必较真儿。鲁迅先生在咸亨酒店与朋友饮绍兴黄酒，下酒的是茴香豆还是炒花生，也没必要细究。但散文所写之人事、所抒之情志，必不能空穴来风，更不能天马行空。小说可以散文化，散文绝不能小说化。

如果散文也小说化，也是大胆想象，面壁虚构，凭空编造，那有小说就足够了，还要再来一个散文干吗？曾有某公之作老是被人揪住不放，不是其文笔不够华美、立意不够高远，而实在是“小说化”的痕迹太重太浓，经不起人家的“质疑”与“证伪”。因而此类所谓的“大散文”，也就只能大而化之，云烟境过皆同幻了。

昔者钱穆先生在论中国文学精神时有过这样一番妙论：“中国文学之理想境界，并非由一作家远站在人生之外圈，而仅对人生做一种冷静之写照，亦非由一作家远离人生现实，而对人生做一种热烈幻想之追求。中国文学之理想最高境界，乃必由此作者，对于其本人之当身生活，有一番亲切之体味。而此种体味，又必先悬有一种理想上之崇高标准的向往，而在其内心，经验了长期的陶冶与修养。”“一面乃是此一作家之内心生活与其外围之现实人生，家国天下之息息相通，融凝一致。而另一面即是其文字表达之技巧，与其内心感映人格锻炼之融凝一致。在理想上到达人我一致、内外一致之境界，此亦中国传统文化精神主要的人文修养之一种特有境界也。”（钱穆《中国文化与中国文学》）

钱穆更把“有我”看成是中国文学的特征：“中国文学的一个特征，常是把作者本人表现在他的作品里。我们常说的文以载道，其实也如此。苟非其人，道不虚行，故载道必能载入此作者之本人始得。此又与西方文学有不同。说辞作譬，正如一面镜子，西方文学用来照外，而中国文学乃重在映内。”（钱穆《中国散文》）

钱穆在这里强调的是一种“有我”的创作，即有作者的真性情、真襟怀、真人生、真操行在作品之中。钱穆所肯定的中国文学的这一特征与传统，主要是针对散文的。

“有我”“守真”，这是散文之为散文的一个大前提，一条底线。在此前提之下，作者尽可调动浑身艺术解数，尽情挥洒语言才华。文学是语言的艺术，散文更是最能见出作者语言功夫与本领的艺术。散文的语言，自然应是艺术的语言。艺术的语言，应是饱含作者的真灵魂真性情，是作者才情迸发时的灵光与喷泉，是有感染力、浸透力、影响力的，是可以鉴赏、品评、默诵、玩味的。艺术的语言，是可视可听可感知可联想的，更是可会于心可动于情、心应虫鸟情感林泉的。艺术的语言是以情感的力量、审美的力量、诗性的力量穿击人心的。

当散文既有了“真我”这一不散之“神”，又具有艺术语言不朽之“力”，如此神力融凝，何愁不是文学之真品、美品、至品？

当然，散文的风格大可各异其趣，因人而异，毕竟文学创作是作者精神迸发时的独创性劳动。散文之风格，或闲适冲淡，如三五友人，茅屋品茗，月出东斗，好风相从；或淡雅婉丽，如芙蓉初发，自然可爱，窈窕深谷，时见美人；或雄奇瑰丽，荡思八极，振衣千仞，气韵苍润；或戟刺时事，兼披中怀，笔墨驰骋，神思一贯；或笑谈掌故，剖析旧闻，见微知著，从容含玩。总之，散文艺术是最能释放作者精神思想、展现才情智慧的平台。

由于散文的独特内质与文风的自由开展，因而散文往往成为中小学语文教学的重要课程资源，成为学生写作的范本与模板。实际上，很多爱上文学乃至走进文学的人，最早都是因散文滋润触发，从散文学步起跑的，由散文而诗歌而小说而其他。所以散文常常成为文学的敲门砖。但一旦敲开文学之门，这才发现散文实在是一座深邃的艺术殿堂，它需要用人生一辈子的经历、经验去感悟它、品鉴它、经营它。人生浓时味可滋，因而最好的散文大都是人到中年以后写出来的。

云南晨光出版社鉴于散文对于少年儿童的文学修养与语文教学的重要性，同时也希望为促进书香校园建设与优秀散文的阅读推广、为发展新世纪儿童文学的散文创作，做一些实实在在的事情。为此，特邀请国内十位散文作家，精编精选他们的精彩之作，汇聚成“儿童文学散文十家”出版。

这是一件颇有意义的事。十位作家的经历不同，职业不同，性格不同，但他们对散文写作的执着与对散文艺术的独到把握，则有共同之处。这就是对散文精神“真我”的坚守、对散文语言艺术美的锤炼、对散文风格个性的追求。难能可贵的是，他们更是一批“青春在眼童心热”的作家，他们的很多作品本身就是为少年儿童而写的，或是童年经验的人生升华、童年记忆的艺术再现、儿童视角的通感书写。

这是一套优质的散文读本，是可以激发我们的童心、慧心与诗心，提升我们的阅读品质与人生高度的书系。愿《散文十家》走进更多的书香校园，走进广大读者与少年儿童的阅读空间和心灵世界。

（本文系《中国儿童文学散文十家》序言，云南晨光出版社2013年出版。原载2013年4月18日《文学报》）

动物文学的精神担当与多维建构

一

人类对于动物，实在有着说不尽的永恒话题。

人由动物进化而来的历史，先在地决定了人类与动物的天然亲缘关系和一往情深的亲和力。早在两三万年前，动物作为艺术形象就已进入了人类的审美创造视野，原始人遗留下来的史前岩画及其图腾崇拜物，几乎无一例外地都选择了动物。而在漫长的文学史长廊中，动物更是无处不在、无所不在的永恒形象。

人类的祖先早已通过作为东方文学源头的《诗经》《罗摩衍那》和作为西方文学源头的《荷马史诗》《古希腊神话》等，提出了一些具有永恒属性的命题及其对这些命题的理解。这些命题包括：人与神，爱与恨，生与死，正义与邪恶，荣誉与耻辱，战争与和平，人生的局限和无奈等，而人与动物的关系，则是其中格外绚丽多彩、别具意蕴的命题。

中国的《诗经》开篇即是“关关雎鸠，在河之洲”。一种叫“雎鸠”的美丽鸟儿，婷婷地栖在波光潋滟的河中央，关关地鸣叫着，开启了中国文学的华美篇章。孔子说，诗的作用在于“兴观群怨”，可使人们“多识于鸟兽草木之名”。孔子的诗教，岂止是希望人们熟识鸟兽草木之名而已，而在于引领众生俯仰天地，万物一体，广大心性，导达厚德载物、天人和谐的仁道之境。这就是中国文化 / 文学的原典精神。

无论是中国文学，还是外国文学，动物作为艺术创作对象与审美表现对象，都曾经历了渔猎时代的动物神话，农耕时代的动物童话、寓言和传说故事，以及现代的动物小说三个阶段。前两个阶段的动物主要是以民间文学的艺术形式承继下来的,而且品类十分丰富。美国学者丁乃通在《中国民间故事类型索型》一书中，列出的中国动物故事类型就多达 299 种。动物小说是现代动物文学的主要文体，或者说现代动物文学的核心是动物小说，此外还有动物散文等。

动物文学不同于以“原始—儿童思维”为特征而创作的动物神话（如《白蛇传》)、动物童话（如《狐狸列那的故事》)、动物寓言（如《伊索寓言》中的动物)、动物传说故事（如《狼外婆》)。动物小说是以动物作为艺术主角、按照动物“物的逻辑性”原则而创造的一种动物题材叙事性文学作品，并严格遵循现代小说艺术的“人物、情节、环境”三要素原则。动物小说最典型的表达方式是以第三人称为主（偶尔也有第二人称)，作者以身临其境的“在场感”直接表现动物世界的生存法则和生命意蕴，而且动物都“不开口说话”，即使偶有开口说话的动物（如英国作家理查德·亚当斯的《*Watership Down*》）也只是动物与动物之间“说话”,而不是与人“说话”。而动物神话、童话、寓言、传说故事中的动物，都能“开口说话”，而且主要是与人“说话”。

动物文学的主要特征集中在以下三方面：

一是动物中心主义。动物文学放弃以人类为中心的理念，强调人与动物的平等地位,呼唤人们关爱动物,尊重动物,树立“动物—生态道德”的观念,并进而从动物世界中反思、寻求人类的精神价值。

二是强烈的荒野意识。这不仅是指动物文学已将目光从人与人、人与社会的视角，转向人与动物、动物与动物的丛林、高山、大海、草原等“荒野”世界，更是指人们希望在荒野中找回曾经失落的精神，寻求拯救地球实际上就是人类自身的途径。正如创作不朽自然文学《瓦尔登湖》的作者梭罗所说“只有在荒野中才能保护这个世界”，而《论自然》的作者爱默生说得更彻底：“在丛林中我们重新找回了理智与信仰。”

三是动物文学有自己独特的文学形式和语言。被誉为“中国动物小说大王”的沈石溪，对动物小说的文学形式提出过这样的观点：“一是严格按照动物特征来规范所描写角色的行为；二是沉入动物角色的内心世界，把握住让读者可信的动物心理特点；三是作品中的动物主角不应当是类型化而应当是个性化的，应着力反映动物主角的性格命运；四是作品思想内涵应是艺术所折射而不应当是类比或象征人类社会的某些习俗。”（沈石溪《闯入动物世界》）沈石溪对动物小说审美创造的理解及实践经验具有一定的普遍性。

二

动物文学是当代文学的一个独具艺术魅力并拥有充分自主发展前景的文学门类。进入新世纪以来，这种文学越来越引起全社会的关注，而且极有可能成为未来文学发展的一个重要生长点。动物文学的这种“上升”态势，是与其独特的价值及其这种价值在当今世界所彰显出来的重要性分不开的。对此，我们可以从不同维度加以论析。

首先是生态文明与生态道德的维度。

就在笔者撰写这篇序言时，一行触目惊心的文字正映入眼帘：“物种灭绝让人类焦虑。现在地球上平均 1 小时就有一个物种灭绝，这个速度是自 6500 万年前恐龙灭绝时代以来最快的。”“《今日美国报》18 日称，全世界 68 亿人口在 2007 年已经消耗了这个星球 50% 以上的生态资源，这意味着到 2030 年，我们将需要第二个地球。英国《自然》杂志称，50 年后 100 多万种陆地生物将从地球上消失。因为人类活动造成的影响，物种灭绝速度比自然灭绝速度快了 1000 倍。”“美国哈佛大学教授威尔森认为，地球上一共发生过 5—6 次大规模物种灭绝，以前几轮是由于地质灾害或者其他星球撞击地球造成，而现在这轮物种灭绝主要是人为的对环境的破坏和不正当的利用。”以上文字见于 2010 年 10 月 20 日《环球时报》。这是该报记者参加 10 月 18 日在日本名古屋召开的“全球《生物多样性公约》第十次缔约方会议”采写的通讯。联合国环境规划署执行主任阿希姆·施泰纳在 18 日的开幕式上大声疾呼：“世界无法再承受自然生物的继续消亡了，我们正在摧毁地球生物。”但就在昨天清晨，中央电视台播报的全球新闻中，我又看到了这样一条使人惊心的消息：由于猎杀一只野生虎可以获得 30 多万美元的暴利，现在东南亚丛林中的野生虎数量已从十年前的 1.2 万只，锐减到现在的 270 只！

人类正在摧毁地球生物，摧毁这个人类赖以生存的星球。人类如何看待人类以外的其他物种？为什么人类曾激情地礼赞、刻绘甚至崇拜过的物种如今却遭到了摧毁的命运？人类究竟要干什么？人类的文学面对这种乱象又能做些什么？

面对全球日益严重的生态危机、生存危机，人类必须反思自身的行为，必须树立生态文明、生态道德的观念，培养人类特别是青少年儿童（因为世界的未来是属于他们的）的生态道德，摒弃人类中心主义，拓展道德共同体的界限，承认自然界的内在价值，赋予自然界特别是动物永续存在的权利，进而从征服自然、灭绝动物的狂热中走上回归自然、天人和谐的道路。大自然文学的实践者刘先平近年力倡生态道德，呼吁新世纪“急需建立对于自然、环境应具有的规范行为，以调节人与自然之间的关系，消解环境危机，建立人与自然的和谐。这是时代向我们提出的重大命题”，“生态道德在全社会的树立，是个艰难和长期的任务，需要启蒙和培养的过程，对一个人来说甚至是终生的，这正需要文化发挥其熏陶的功能”。（见 2010 年 10 月 29 日《文艺报》）而动物文学，正是对全社会特别是对广大少年儿童培养、树立生态道德的最好的中介和读物。

动物文学的重要价值，还深刻地体现在对少年儿童“精神成人”的作用和意义上。

由于少年儿童的精神生命对动物具有天然的亲和力，因而动物形象自然而然地成为儿童文学最重要的艺术形象，动物小说也自然成为儿童文学小说创作中最重要的艺术板块。动物文学对少年儿童的“精神成人”具有其他文学样式不可取代的作用。我曾在《论沈石溪》一文中提出：“儿童文学对儿童生命成长的关注还有一种独特的向度。这一向度主要是从自然的、精神的、心理的、原始思维与原生态的角度，观照儿童的（而不是成人的）生命存在状态与生命向力，力图寻求儿童心灵深处所潜伏的幽远隐秘的原始生命密码与人类往昔生命历史的血脉联系，着眼于对最富于人类自由天性与最接近人类自然灵性的儿童精神世界和自然世界（如动物世界、植物世界、原始人类世界）的描绘与展示，对人类生命发生与发展的一些本体性与永恒性的命题做象征的表现和艺术的思考；其作品的价值意义在于：从人类整体生命的制高点上，为少年儿童提供生命力奔放与灵魂提升的艺术载体，重在自然人格、生命人格、原始人格的启悟与烛照，使儿童在走向‘社会人’生命的同时保有‘自然人’生命的基因与力度。”这一向度的审美指向之一，“是执着于对‘动物性’——与儿童生命世界有着最密切的天然联系的动物世界的探索，艺术地再现和描绘动物世界的生存法则、生命原色，及由描绘动物世界带来的对博大自然界的由衷礼赞”。动物文学直接搭建起作家与少年儿童关于生命、关于生存、关于自然等具有深度意义的话题平台，为少年儿童提供了比其他儿童文学样式更多的关于力量、意志、精神，关于野性、磨砺、挫折、苦难以至生与死、爱与恨等的题材和意蕴。阅读并领悟动物文学所具有的这种独特而深刻的精神内核，对成长中的少年儿童不失为一种“精神补钙”。

三

在中国，现代意义上的动物文学自20世纪五四新文化运动以后就已开始出现，鲁迅的《鸭的喜剧》《兔和猫》、周作人的《百廿虫吟》、沈从文的《牛》、叶圣陶的《牛》、丰子恺的《养鸭》、萧红的《小黑狗》、老舍的《小动物们》、巴金的《小狗包弟》等，成为中国现代动物文学初创阶段的重要收获，并形成自身的一些特征：一是以动物散文为主，较少动物小说；二是描写对象以家畜宠物为主，极少野生动物；三是以人的主体性为主，借动物寄寓思考、抒发情感，对动物习性的观察、描写细致准确。现代动物文学的这种“寓言式文体”模式承继了很长时期，直至进入20世纪80年代，这才出现了根本性的变革，并迎来了“风起云涌”的发展新阶段。这种“风起云涌”的局面突出体现在动物文学作家队伍的不断壮大，审美追求与艺术重心的不断拓展。新时期以来的动物文学作家队伍主要由以下三股力量组成，并在动物文学创作中呈现出不同的艺术倾向与创作风格：

一是关注生态文明、力倡生态道德的作家。他们秉持新的人与自然观，足迹遍及高山、江河、沙漠、荒野，虽然作品的命名不一，被称为“大自然文学”“生态文学”“环境文学”“生命状态文学”等，但动物始终是这类文学锁定的主要艺术形象。代表作家有徐刚、刘先平、方敏、郭雪波、李青松、哲夫等。刘先平的大自然探险小说如《呦呦鹿鸣》《大熊猫传奇》《千鸟谷追踪》等作品，通常被儿童文学界视为适合儿童审美接受与阅读心理的文本。

二是一批以创作人间社会为主业同时也将目光转向动物世界的作家。他们的动物文学过多地包含了社会学的成分，借动物以折射人类，甚至是“事有难言聊志怪，人与吾非更搜神”。“由于其他种种原因而不能放在人间表现的人间问题，却借着动物世界的掩护，不留口实地得到了确切而透彻的表现，从而了却了作家的一份心愿，完成了文学应有的庄严而神圣的使命。”（曹文轩《动物小说：人间的延伸》）这类“人间延伸型”的动物小说，主要集中在20世纪七八十年代，如宗璞的《鲁鲁》、乌热尔图的《七叉犄角的公鹿》、冯苓植的《驼峰上的爱》等；新世纪的代表作有贾平凹的《怀念狼》、姜戎的《狼图腾》、杨志军的《藏獒》等。

三是以儿童文学作为自己目标与志业的作家。他们的创作追求与审美取向，不但有力地扩大了中国现代动物文学的艺术版图与艺术成就，而且更是将动物文学的旗帜牢牢地插在了儿童文学领域，一大批优秀作品已成为滋润少年儿童生命成长的精神钙质。代表性作家有沈石溪、金曾豪、蔺谨、李子玉、梁泊、牧铃、乔传藻、刘兴诗、朱新望、李迪、刘绮、薛屹峰等，以及更年轻的格日勒其木格·黑鹤。

对于自然生态、动物的态度和重视，儿童文学比之成人文学似乎觉悟得更早。毕竟世界的未来是属于儿童的，而儿童的天性又更接近自然，热爱动物、植物，因而儿童文学也就自然而然地更关注自然万物，将动物世界、植物世界与人的世界一起纳入创作视野。早在20世纪30年代，作为现代儿童文学先驱之一的茅盾就曾提出：儿童文学“应当助长儿童本性上的美质——天真纯洁，热爱动物，憎恨强暴与同情弱小，爱美爱真”（茅盾《再谈儿童文学》）。

儿童文学领域范畴的动物小说创作，勃兴于20世纪80年代，其发展轨迹与艺术策略大致经历了三个阶段。第一阶段的动物小说蕴含着较为明显的社会学含量（这与同时期成人文学中的动物小说有相似之处），重在人的主体性，以人的视角看动物，以人与动物的关系隐喻人间社会，动物形象通常具有象征性和寄寓性，更多地承载着现实人世与文明秩序的道德理想和世俗期待。如沈石溪的《第七条猎狗》《一只猎雕的遭遇》、李传锋的《退役军犬黄狐》、朱新望的《小狐狸花背》等。第二阶段的动物取得了艺术“主体”的地位，从动物的视角看动物、看世界；作品的场景完全是动物世界，只有动物与动物的生命较量、冲突与丛林法则，动物的生死离别、爱恨情仇、荣辱悲喜等错综复杂的“兽际”关系成为描写的重点。代表作如沈石溪的《狼王梦》《红奶羊》、金曾豪的《苍狼》、蔺瑾的《雪山王之死》《冰河上的激战》、方敏的《大迁徙》《大绝唱》、黑鹤的《黑焰》等。第三阶段的动物小说延续至今，还在不断探索、实验之中，其特点是力图从动物行为学的“科学考察”角度，深入动物内部本身，还原动物生命的原生状态。其中有沈石溪的《乌奴》、方敏的《熊猫史诗》等。

动物文学（主体是动物小说）已成为当代儿童文学审美创造的重要类型。由于动物文学所具有的思想文化内涵的丰富性、深刻性，艺术呈现方式的神秘性、可读性，艺术形象的鲜明性、独特性，因而赢得了广大少年儿童的喜爱，并成为他们精神补钙的上佳产品。这一现象自然引起了评论界的关注，有关动物文学与儿童生命成长、动物文学与生态道德建设、动物文学与未来社会发展，以及动物文学的叙事艺术、动物文学的形象塑造、中西动物文学的比较等，正在成为文学研究新的课题。与此同时，系统梳理和评鉴现代中国动物文学的代表性成果，将最具原创力、影响力、号召力的一流动物文学主要是动物小说作品重塑出版，使其在“人与自然和谐生存”与新世纪生态文明建设中发挥更大的作用，对广大读者尤其是少年儿童产生更为积极的影响，这已成为具有文化担当与社会责任意识的出版人责无旁贷的任务。

一贯注重高品质童书出版的湖北少年儿童出版社，在继推出《百年百部中国儿童文学经典书系》《少儿科普名人名著书系》之后，又组织专家团队，精选精编精印、高质量地出版《中国动物文学大系》，实在让人感佩！

《中国动物文学大系》既是现代中国原创动物文学作品的集大成出版工程，也是具有重要现实意义和历史价值的文化积累与传承工程，又是将动物文学精品重塑新生的推广工程。相信这一文质兼美、内涵丰富、气象万千的动物文学书系，必将得到广大读者特别是少年儿童的喜爱，对培育中华民族未来一代健全的人性基础、国民素质、生态道德产生实质性的更大的作用和影响。

（本文系《中国动物文学大系》总序，湖北少年儿童出版社2011年版。原载2011年8月5日《文艺报》，《贵州社会科学》2011年第12期）

论科幻文学的学科根基

2003 年 8 月 6 日《中华读书报》发表的上海学者葛红兵《不要把科幻文学的苗只种在儿童文学的土里》一文，提出了一个颇有意味的问题：科幻文学的苗不能种在儿童文学园地，这是“肯定不合理的”，理由是：并非只有儿童看科幻，成人也有读科幻的权利；而且最要命的是“把科幻小说放在儿童文学大类中是导致中国科幻小说儿童化的一个重要因素”，儿童文学的文学精神“束缚了科幻小说的手脚，使其反映社会生活的广度和深度受到限制”，其突出表现是“1983 年科幻小说被当作‘精神污染’重灾区就是这种观念的结果”。葛文虽然声明“不想讨论科幻小说能不能独立成类或者应该归入哪一类的问题”，但纵观全文，葛文明显表现出对科幻文学被安插在儿童文学土壤的不满意、不满足与不甘心，呼唤“科幻小说只有摆脱‘儿童文学’的自我束缚”“才能真正进入文学主流”。其实，在科幻文学界，类似于葛文这种“拯救”科幻文学的呼声与策略早已有所耳闻，甚至有所动作了。但问题是：早在清末民初五四新文学运动兴起之前中国作家就已开始创作《新法螺先生谭》等科幻小说，现代文学先驱鲁迅早在 1903 与 1906 年就翻译了凡尔纳的名作《月界旅行》《地底旅行》并充分肯定科幻文学具有“改良思想，补助文明”的特殊作用，但为什么时间已经过去了一百余年，科幻文学的苗在中国老是长不大？为什么只能十分委屈地在“儿童文学的土里”寄养呢？

对此，我们可以纵探源流，横诠诸说，从中国传统文化如何不利于科幻文学生长（例如孔子的“子不语怪力乱神”）入手，展开“全方位多层次多维度”的探讨，写出洋洋洒洒的大文章，甚至一部专著来。显然，这一题目牵涉的问题很多，我的这篇小文是无法进行的，我只是想提出一点：将科幻文学的苗种在儿童文学的土里到底是否合适？是利大还是弊大？也即有否其存在的合理性。

我的观点是：在中国文化与中国文学的特殊背景下，科幻文学的苗还只能种在儿童文学的土里，否则不但得不到发展，甚至连生存权也会成问题。一切大话空话都无济于事，我们必须尊重历史，正视现实。那么，科幻文学在中国的历史和现实状况到底如何呢？我们只要稍做考察，就不难发现中国科幻文学的以下处境：

第一，从来没有地位

远的不说，即使拿20世纪80年代中国文学进入蓬勃发展的“新时期文学”以来，科幻文学的文学价值依然得不到主流文学的承认，“流浪儿”的地位依然没有改变。突出例子是：当年四川作家童恩正的科幻小说《珊瑚岛上的死光》轰动全国，一时洛阳纸贵家喻户晓。尽管这篇小说获得大奖的声誉极高，但最后只能在全国优秀短篇小说奖中屈居末位，原因是：当代文学界有专家权威质疑“科幻小说”是不是小说？童恩正的运气还算好的，自童以后，科幻创作再也没有获得过主流文学的任何奖项。科幻小说的存在“合法性”尚且如此艰难，更遑论在主流文学界占据席位与发展权了。相比之下，与人为善的儿童文学却没有那么多的势利眼，儿童文学不但从五四新文学运动以来一直张开双臂热烈拥抱科幻文学，而且给了它充分生存与发展的土壤。这方面的例子实在很多，这里只挑近的说说。例如，在各级各类儿童文学评奖，尤其是全国少年儿童文艺创作评奖、全国优秀儿童文学奖、宋庆龄儿童文学奖等全国性奖项中，都设立了专门的科幻文学奖，郑文光、叶永烈、童恩正、肖建亨、金涛、刘兴诗、刘后一、星河等科幻作家，都曾先后获得过这方面的殊荣。众所周知，科幻作家加入中国作家协会的难度较大原因是主流文体不予承认，但自从90年代以来，中国作家协会在发展新会员时把科幻界的申请者交由儿童文学专家组进行咨询推荐（本人也参加过数次推荐）以来，不少科幻新秀都加入了中国作家协会。再举一例：一切中国制造的大大小小的《文学理论》《文学概论》之类的教材、论著，找遍旮旮旯旯，你休想找到“科幻”

二字。但科幻在《儿童文学概论》《儿童文学教程》里面却有着显赫位置，至少也有专门的篇章进行探讨。

第二，科幻文学命途多舛

最突出的事件就是葛红兵文章中所说的“1983年科幻小说被当作‘精神污染’的重灾区”。科幻文学作为世界文字最具先锋性、现代性、前瞻性与时代精神的文类，为何在中国的遭遇却如此不公？这里的原因很复杂，但绝不是葛文所言是由于受到“儿童文学的束缚”。葛文的这种说法对儿童文学实在太不公平，而且也太缺乏历史理性了。我们还是来看看科幻文学界过来人的说法吧。《中国青年》杂志1996年第2期曾发表过一篇记者专访，请郑文光、叶永烈剖析中国科幻为何自1983年以后突然衰落的原因。叶永烈直言不讳地认为衰落的原因“主要是来自科学界的压力，他们不理解科幻文学，却以科学论文的眼光来挑剔科幻小说。……一些文章指责我的科幻创作是伪科学。他们搞不清科学幻想小说与现实世界是有距离的，并且许多人为的因素制约了科幻小说的发展”。郑文光也有同样的切身感受：“有些人先是找科学问题；科学问题找不到，找社会问题。对科幻小说的细节更是手执放大镜，质问其科学上的可靠性和未来发展的可能性。如此种种，挫伤了科幻作者的积极性，也偏离了科幻小说创作主旨。进入90年代以后，来自科学同行、行政干预的压力随市场经济的来临逐渐减少，因为关注科幻文学的人已不多，主流文学界对此也不予关注。”值得欣慰的是，当科幻文学遭遇如此冷遇与低谷之时，又是儿童文学伸出了虽然弱小但是真诚而温暖的手，儿童文学界为振兴科幻可以说是想尽了办法，使尽了浑身解数。例如宋庆龄儿童文学奖专门将1992年的评奖锁定在科幻文学，只奖励科幻作品。90年代末以来，中国作家协会儿童文学委员会与中国科普作协联合，共同举行了多次科幻文学的创作研讨会议。应当实事求是地说，科幻文学之所以能在新世纪之初再度出现复苏的局面，这与儿童文学界的努力密不可分。

第三，科幻文学作品发表艰难

对此葛红兵已在文章中现身说法，表述得十分清楚：“1987年我开始尝试写科幻小说的时候，国内发表科幻小说的园地实在少得可怜，如果我没有记错的话，只有一两家。”葛红兵的确没有记错，当时实际上只剩下四川的《科学文艺》如今已改刊名为《科幻世界》这一家苦撑着局面。其实，这种状况在当代文坛一直没有多少改变，相反，倒是儿童文学刊物腾出了相当的空间用来发表科幻作品。于是这就有了一个具有“中国特色”的现象：中国科幻作家的大量作品都是在少儿报刊发表的，尤其是通过少儿出版社的策划运作出版的。进入90年代以来，各地少儿出版社竞相推出了多种中国作家的科幻创作，如江苏少儿社出版的《中华当代科幻小说丛书》、四川少儿社出版的《中国著名科幻作家丛书》、河北少儿社出版的《中国长篇科幻小说新作丛书》等；福建少儿出版社更把科幻做成了品牌，该社从1990年起，每年推出一辑《世界科幻小说精品丛书》。一批科幻文学新秀正是在少儿出版社的有力支持下才得以崭露头角，即使对“科幻文学的苗只种在儿童文学的土里”心存不满的葛红烈兵，也在少年儿童出版社出版了科幻小说《未来战士三部曲》，而且发行不错。

综上所述，如果我们实事求是地正视现实，就不难看出：倘若科幻文学的苗不扎在儿童文学的土里，恐怕早已枯萎凋零了。不少科幻作家都明白“知遇”与“知音”这两个词的含义，因而对儿童文学是心存感激的。不过话又说回来，儿童文学的土壤之所以能深植科幻文学的根苗，不仅仅因为儿童文学“乐善好施”“路见不平一声吼”，而是因为从根本上说，它们之间有着相当广泛与紧密的精神生命联系，也就是科幻文学之根扎在儿童文学园地有其充分的“合理性”。这篇小文不允许我对此展开全面论证，这里只提出数端以做引玉：一、科幻文学的主体读者与儿童文学一样都是青春年少的少年儿童与准青年，文学主体接受对象的一致性使它们必然具有文学观念、文学创作、文学传播、文学批评的共同性、互渗性与包容性。二、科幻文学的审美创造与儿童文学特别是其中的童话简直如出一辙，两者的基本创作法则例如极度的想象力、夸张、变形、荒诞、魔幻、幽默、时空错位、任意结合、非物性、非逻辑、前因果观念等具有充分的同一性与同源性，充分一致地契合青春少儿的思维模式尤其是儿童的“儿童一原始思维”模式。需要指出的是：科幻小说与童话在世界文学中都被划归为同一种类型，即幻想文学，事实上，科幻小说在很大程度上吸纳与借鉴了童话的文学精神与创作手法，因而有时人们又将科幻小说称为科幻童话。三、作为具有预测世界、解释世界功能科学精神的科幻文学，其必然内涵的“知识性”（科学的或想象的）使其与一般文学区别了开来，而与同样具有某种“知识性”特性的儿童文学结成了牢不可破的文学同盟，这一方面是因为它们共同的主体读者对象提出了这种特殊的文学需求，而且也正是这种“知识性”的特殊品格使它们在文学之林中具有了生动而鲜活的个性，而个性正是生命力的象征。

众所周知，“儿童文学”不是一种文体，而是一种文类，即文学类别、类型，它是相对于成人文学而言的。在儿童文学这一文类中，包含着小说、童话、诗歌、散文等多种文体。同样，科幻文学也不是一种文体，而是文类。在科幻文学这一文类中包含着科幻小说、诗歌、散文等，科幻文学在中国文学史上也以“科学文艺”相称。如上所述，科幻文学与儿童文学虽然有着相当紧密的生命联系，在中国文化与中国文学的特殊发展历史与背景下，将科幻文学（主要是其中科幻小说）归入儿童文学范畴有着充分的必然性与合理性，但是，就像孩子迟早要长大一样，科幻文学长期“寄养”在儿童文学圈里毕竟不是办法。科幻文学理应独立门户，自成文类，假如进行理想主义的设计，科幻文学应当设立独立的全国性权威奖项，成立中国科幻文学作家协会，在大学中文系开设科幻文学课程，进行中外科幻文学交流，召开国际科幻文学大会，等等。

科幻文学能否独立成类，或曰中国科幻文学何时才能独立成类，在主流文学占有应有地位，这取决于多种因素。在这里，我愿把儿童文学独立成类的各种因素抄录如下，可做科幻文学的参照。权威的《大英百科全书·儿童文学》曾将有关“有助于初步估计某一国家儿童文学发展的程度的标准”分为十个方面：1. 对儿童特性认识的程度；2. 超越被动地依靠口头传说和民间传说所取得的进步；3. 一个职业作家阶层的产生；4. 脱离专横控制而独立的程度；5. 第一流的作品的数量；6. 新形式或体裁的创作和各种传统形式的利用；7. 依赖翻译作品的程度；8. 基本作品的数量；9. 辅助性儿童文学书籍的数量；10. 和儿童文学有关的各种机构的发展水平。（转引自蒋风《儿童文学史论》第 139 页，希望出版社 2003 年版）

以上标准有些是属于文学内部自身的，有些则是与社会进步、意识形态、社会关注与投入等文学外部生态环境紧密相关。参考儿童文学独立成类的世界性标准，我们也可以提出科幻文学独立成类的一些标准。一切都需要我们脚踏实地，少说空话，多干实事。我相信，只要我们的科幻文学真正出现了一流的可与世界科幻界比拼的经典作品，涌现了一大批（而不是一小批）卓有建树的科幻文学作家，建构起了具有中国特色时代精神原创话语的科幻文学理论体系，形成了良性的推进科幻文学的外部生态环境与内部可持续发展机制，那么，科幻文学的独立成类、意气风发的日子也就为期不远了。

葛红兵有一句话说得非常好："你有多大的想象力，你就会有多大的成就，你想象水，地上就会有水。"让我们共同想象中国科幻文学独立成类展翅腾飞的景观并为实现这一景观而共同努力吧！

（原载2003年8月月7日《中华读书报》，《新华文摘》2003年第11期摘载）

论中国当代科幻小说创作

一、新时代的生机：理想主义

考察20世纪八九十年代中国科幻小说创作现象，我们首先必须对五六十年代的科幻状况做一回顾。科学幻想小说对于中国文化来说似乎是个外来户，虽然有人可以在浩如烟海的古代典籍中寻找到朴素的科学幻想成分，但那只不过是科幻小说的一个前身罢了，就好像足球之于中国，虽然汉代就有了蹴鞠，但真正现代意义上的足球却是始于西方的。

50年代初，在一种崭新的社会环境和对未来的无限热情中，科幻小说开始逐渐发展。在中国文坛，科幻小说与儿童文学长期相生相伴。科幻小说与儿童文学结合，由此生成了少年科幻小说，对于科幻小说来说，通过这种方式使它在儿童文苑找到了生存的契机，但也由此背负了意料之外的负担：普及科学知识。科幻小说的发展需要以发达的工业科技文明作为社会文化背景，而这一点是五六十年代的中国社会现状很难达到的。同时作为面向未来的文学，它还需要读者同作家一起去猜测、思考未来的新世界，因此它要求一定程度的科学文化水平作为读者的基础阅读素质；而实际情况却是：科幻小说自身发展所需的文本生态条件似乎无法得到满足，却反过来在社会“向科学进军”的号召下做了普及科学文化的教育工具，读者明确定向渴求知识的青少年。当时曾陆续翻译了凡尔纳、威尔斯和大量苏联的科幻作品，为中国的科幻原创提供借鉴与参照，中国作家协会也大力提倡、鼓励作家为青少年创作科幻小说。此后很长一段时间里，科幻小说不言而喻地成为儿童文学领域里的一个特殊种类。

任何事情的开端都是艰难的，所以提起中国科幻，人们总不会忘记郑文光，1954年他创作了新中国第一部科幻小说《从月球到火星》，虽然不免简单，但在小读者中引起了热烈的反响，并在全国掀起了一阵科幻小说创作的热潮，由此涌现出一批新的科幻作家与作品。如于止的《失踪的哥哥》，肖建亨的《布克的奇遇》《奇异的机器狗》，郑文光的《黑宝石》《征服月亮的人》，王国忠的《神桥》，童恩正的《失去的记忆》，刘兴诗的《北方的云》，迟叔昌的《大鲸牧场》等。这些作品大都以乐观的态度、充足的信心展示了科技所能带来的美好生活，虽然显得单纯却生机勃勃。高热的政治温度，对科学的由衷赞美，对未来的无限向往，使科幻作品中呈现出一种理想主义的丰富激情。这种激情一定程度上来源于政治时势，最终也因时势的反复而消退。大量政治性苛求条框阻扼了作家的创作热情，科幻小说创作的数量和质量都有所下降。“1964、1965年几乎近于绝迹，而接下去则是一段完全荒芜的岁月。”[1]

二、70年代末80年代初：繁荣与危机

一个关键的时期是70年代末，在那短短几年中，中国的政治、经济、文化都出现了崭新的转机。科幻小说的转机来自1978年全国科学大会的召开。大会提出“要提高整个中华民族的科学文化水平”。科学的地位与作用在社会生活中凸现出来，人们崇尚科学，相信科学能为我们创造奇迹，社会上扬起对科学的关注热情，一时间，各种科普杂志占据了人们的视野：《科学画报》《知识就是力量》《科普创作》《科学文艺》《科学之窗》《科学时代》《少年科学》《少年科学画报》《智慧树》等。持续的科学热度也唤醒了被淡出近十年的科幻小说。在科学大会以后的几年里，它以自己大胆的幻想、奇异的情节、独特的构思吸引着大量的读者。据统计，在1978—1981年间发表的科幻小说多达六百篇，其中不乏精彩之作，如：叶永烈的《小灵通漫游未来》，郑文光的《飞向人马座》，童恩正的《珊瑚岛上的死光》《雪山魔笛》等。“而此时科幻小说的创作队伍也已经从1978年的三十多人扩大到二百多人。”[2]其中自然有不少新生力量的加盟，也不乏50年代就已经从事创作的“元老”。无论新旧力量大多秉承

了50年代以来的积极乐观的热情，为读者展示科技带来的无限前景。在科幻小说中，虽然作家们充满信心地肯定人们美好的未来生活，但比较而言，他们对科幻小说自身的未来却少了些自信，多了些忧虑。因为自它复苏之日起就有了对它的各种争议，以后随着科幻小说的发展则愈演愈烈。于是从1982年开始，曾经热热闹闹的科幻小说在文坛慢慢淡化了身影，曾经琳琅满目的科学文艺刊物也越来越少，从原来的二十多家减少到只剩《科幻世界》苦撑局面。科幻小说再次进入了它发展中的低谷。也许这次起伏看起来多少有些突兀，但实际上并不是那些外在的偶发事件影响了它的命运，而是它早已潜伏的危机使其走入了自身的困境。

危机之一：夹缝生存

科幻小说在起步之时便未完全被主流文学界认可，让它承担科普任务的初衷在一定程度上就是对它文学价值的贬低，虽然它在繁荣时也曾登上过主流文学刊物，例如《人民文学》《北京文学》等，也曾被评了奖，例如全国优秀短篇小说奖。但这种认可程度与排斥相较来说是乏力的。最好的例证就是那篇被评为1978年全国优秀短篇小说奖的《珊瑚岛上的死光》："它所获的票数是在前五名之内，而文学界有人主张它不该入选，以为科幻小说不属于文学范畴，最后折中，被评为第二十五名——最后一名。"[3] 文学界对科幻小说的偏见似乎是根深蒂固的，科幻小说在全国获奖也仅有童恩正的这一篇《珊瑚岛上的死光》，从此以后再无获奖（小说奖）的报道。更使人气馁的是，任何一部《中国当代文学史》，包括1997年出版的煌煌十卷本《中华文学通史》，居然没有片言只语涉及当代科幻小说创作！科幻小说的出版处于十分尴尬的境地，据统计，"在1980—1986年出版的一百七十四种科幻小说译作中，属于文艺出版社的仅有十三种，绝大部分是科技出版社和有关专业出版社"。文学界认识不清科幻小说的价值，这与他们的评价衡量标准也有些关系，科幻小说属于浪漫的乌托邦风格，如果用现实主义的标准来衡量的话："幻想"就成了想入非非，"科学"成了毫无根据的信口开河，"小说"成了进不了主流文学之门的非小说；而作品中对未来社会环境的设想则被视为迎合读者好奇、追求刺激的平庸心理。文学界几乎就把科幻小说看成了具有某种文学性的科普读物，较少去认真正视它的文学价值。如果说文学界的冷漠让科幻小说无可奈何的话，那么科学界的指责则使它失去了科学的支点。《人民日报》曾登过一位权威科学家的讲话摘要，可以说是代表了科学界对科幻小说的大致看法："科学是实事求是，可是科幻小说总是把事情夸大，出了格。这对知识不多的青年有什么好处？据我看，这是对青年的'污染'，奉劝现在的科幻作家改变方向……"[4] 很明显，"他们不理解科幻文学，却以科学论文的眼光来挑剔"[5]。以科普担子的严肃与重要来指责科幻小说不负责任，更几乎将科幻与伪科学画上等号，这不能不说是对科幻小说的一个沉重的打击。科幻小说发生复苏的契机都源自"科学的春天"，而此时给它加上"科学叛逆者"的帽子，岂不是刨去了它立足的根本基石？面对科学界的指责，文学界的冷漠，科幻小说孤立无援。而此后日益增多的劣作，更让它百口莫辩。当评论界依然对科幻小说姓"科"姓"文"，是普及科学知识还是人文价值争议不休时，它在科学界和文学界的夹缝中的生存显然已经难以为继了。

危机之二：本身的缺陷

诚然，任何事物的发生、发展都离不开外部的条件，但是最终起决定作用的仍然是事物的内在因素。正如叶永烈所说："要繁荣中国的科幻文学，必须有宽松气氛。各方面的宽容精神是先决条件。"[6] 这个外部条件固然重要，但最终决定一种文学种类命运的却应是它本身的力量。所以虽然社会上向科学进军的气氛日见薄弱，全国科学大会掀起的科学热潮渐渐消退，虽然科学文艺的发表萧条萎缩，虽然有科学界的压力、文学界的冷落等外在的不利因素，但这些似乎并不足以成为科幻小说隐退的全部理由。因为怨天尤人是无法找到真正的根源的，好的科幻小说自有它存在的价值，不会因为外界的非议而有所改变。科幻小说的退隐是有着它无法回避的自身创作中的困境。

科学幻想小说（Science Fiction），顾名思义它包含着"科学""幻想""小说"三个主要因素。它们是科幻小说的三个支撑点，而在 70 年代末 80 年代初的创作中，这三个支撑多少都有些尴尬，以致科幻小说显得有些"跛脚"。

（一）变形的支撑：科学。

当时普遍认为科学幻想小说中的"科学"指的是具体的科学知识，于是就习惯于把普及科学知识的任务交给科幻小说，它承担着的被追加的东西自然会不堪负重。“在科幻小说中，科学应作为故事发生的背景环境而存在，而不是作为具体的介绍对象。科幻小说中的主体对象还应是那个虚拟环境中的人与人、人与社会、人与自然的关系。”[7] 而在以往的创作中似乎多是以参观访问的方式讲述一些科学常识，譬如《大鲸牧场》讲述的就是飞机钓鱼、大海养鲸的故事，把儿童带进大鲸工厂，介绍鲸鱼浑身是宝的科学知识。在创作的高峰中也有许多作品涉及了当时最新的科技问题，如死光、物质波等。但以现在的眼光来看这些内容已经失去了新鲜感与吸引力。科技的发展日新月异，即使是最前沿的科学也会很快过时，以介绍科学知识为主题的科幻小说也会因此而显得生命力短暂。如果不是把科学作为小说的主体介绍对象，而只是作为背景存在，情况也许会有所不同。小说中涉及的环境可能会过时，但其中表现的人物之情感，作者之哲思以及探索真理的精神都将会继续显示其独特的价值。以普及科学知识为主导价值的创作观不仅限制了作家的创作实践，妨碍了读者对科幻小说的理解，也在某种程度上制约了科幻小说的文学性价值的体现。对于文学作品来说，其功能的发生往往是潜移默化的，而工具化的文学作品好像总因为急功近利而显得有些短命，科幻小说也不例外。让它一味地普及科学知识，也就成了宣传道具，尽管宣传的是科学，不是政治。而当时对科幻小说中的“科学”要素似乎很看重：“一篇蹩脚的科幻小说只要介绍了正确的科学知识，顶多是篇次品；一篇文艺性很强的科幻小说，若介绍的是错误的知识，那只能是一篇废品。”[8] 言下之意，“次品”可以容忍，“废品”拒收。废品当然应该不要，但是如果允许次品混在科幻小说中，更是砸自家招牌。在科学的春天里，人们对科学的过分热情而形成一种盲目的认可、崇拜，其实科学的精神实质是质疑，在疑问中不断地探索求知，由此而不断冲破旧有的知识界限，获得新的进展。一篇讲述了正确科学知识的蹩脚科幻小说，只能是一堆毫无生命力词语的堆砌，它同样也是废品。

科幻小说的三个支撑点中，科学是最受关注的，也因此为科幻小说招来了一些非议，使得这个支撑有些无所适从，“批评指正”的结果是使读者与作者都有些厌倦了讲述一大堆科学知识的科幻小说。

（二）无力的支撑：幻想。

科学幻想小说是一种基于以幻想来展示作者心目中事实的文学形式，幻想是它的灵魂。它是依靠幻想来建构一个独特的未来世界。但创作现状却不尽如人意，构思似乎有雷同的趋向，作品中一直是外星人、机器人当家，科学幻想患了“贫血症”，大多是一个百事通老爷爷、老博士带着天真的儿童四处参观介绍科学知识。采用这种模式的频率并不低，从某种程度上这一模式是在科学与小说之间建立了一道简便的桥梁，弥补知识内容与小说形式的游离。科学知识无法溶解于小说中，也就从一方面证明了幻想的贫乏。科幻小说在“科学的春天”里复苏，人们对它的关注也因此较多集中在科学要素上，而对于幻想则是忽略了。在涉及幻想问题时，似乎总是把它与科学对立起来，觉得幻想的介入会影响科学的正确传达。于是幻想多一些的就被视为“胡思乱想”“想入非非”。要求幻想符合客观事物的发展规律，而且最好能紧密结合对人们实际有用的一个课题。当幻想拘泥于现实的生活空间时，似乎就很难打开另一个时空的科幻世界。创作中想象软弱无力的现象在科幻小说中似乎普遍存在，例如作家写 3000 年时外星球的故事，可情节发展到最后仍然是正义的战士最终解决了罪大恶极的坏人，所不同的是他用的是激光枪而不是手枪，其中实质性的内容好像还是不能脱离现实生活的拘束。如果不展开创造性的想象力，那么科幻小说只能是“新瓶”装“旧酒”。时代可以更超前，空间也可以更广阔，装备可以更先进，但这些都只是一个外壳，更重要的是解除生活功利性的约束，用幻想展开现实之外的第二世界。

幻想的本质就是自由，它不受制于生活，同样也不应被“科学”约束。当人类的科技进步速度远远赶不上人们的欲望时，幻想就显示出它的魅力。科学，对事物的解释往往都是暂时性的，随着时间的推移，它会不断地延伸扩展自己。那我们又怎么能用现阶段暂时的科学知识去指责关于未来的幻想呢？从某种程度上说，幻想是对当下科学内容的进一步延伸。以科学为标准来审核幻想是否适度，也就把幻想捆在了现阶段科学的水平上。有出格便“打棍子”“扣帽子”。想象的贫乏自然有外界压力的缘故，其中一部分是来自主流文学的排斥力。因为总的来说，中国文学中主流是现实主义，这种深远的影响容易使人们忽略幻想，排斥幻想。而科幻小说中大多涉及宇宙、未来、星球，更会让人有一种“异想天开”的感觉。

中国传统文化诞生于黄河流域，属于典型的农业文明，即使是一路走到了20世纪80年代，影响依然深刻，农业文明传统的文化大多趋向于静态的平衡与稳定。科幻小说则是科学技术融入社会并推动工业化后的一种精神文明的反映。这种文化现象是产生在工业文明的基础上，工业文明造就的文化特征趋向于动态的变化进取。而科幻小说更基于这样一种信念：世界在变化，人们的生活方式也在不断变化，并强调这种变化的可接受性。科幻小说的幻想往往是超越现实来思考未来的可能，不安稳于现状是它最直接的动力，幻想的这种不安定因素是传统文化很难认同的。

科幻小说中的“幻想”支撑是最无力的一点。

（三）失落的支撑：小说的艺术。

科幻小说首先是小说，这是普遍的共性，然后才能谈作为个性特征的“科学与幻想”。科幻小说本应同历史小说一样，不以普及知识为主体，就像历史小说只是让人从故事背景中得到历史知识一样，科学知识也只是科幻小说的副产品。而70年代末80年代初倾向于知识普及的作品，让科幻小说几乎成了科普读物，小说也似乎成了包在科普内容外的一层糖衣，仅作为一种载体而存在，失去了对小说艺术本身的追求。有些科幻小说只不过是“科幻故事”的框架而已，在作品中把科学、小说简单相加，缺乏融合的艺术与深刻的思想内涵。科幻小说和任何题材的小说一样，给予读者的应是文学的审美感受，至于其特殊因素，科学也好，历史也罢，都必须在文学的审美条件下产生作用。对于小说来说，人物是其关注的焦点，塑造典型环境中的典型人物是小说主要任务之一。在以往的科幻创作中虽然也不乏有血有肉的人物形象，例如《珊瑚岛上的死光》中的胡明理，但大致看来似乎较多情况是人物形象单一，概念化。纷繁复杂的生活中的人在科幻小说中好像都变成了脸谱式的好坏人阵营。至于冷酷的外星人，铁面的机器人，更令人难以亲近，穿着制服的科学工作者也总是一脸严肃地讲授知识。作品中的人物似乎比较明显地分为几类，比如未来人、科学人、现实人等。缺少对未来世界中人与人关系与感情的细致入微的体现，人物的身份与生活和“科学”联系过于紧密，作者的视线也较多地放在人物有关“科学”内容的外在行动上，忽略了人物的内在情感世界。

科幻小说作为小说的文学性质似乎没有得到文学界的认同，把它看作具有文学性的科普读物，实际上就是把它搁置在了文学的边缘，压抑了它作为文学的形式——小说的存在方式。

作为科幻小说的三个支撑之一的小说的艺术似乎还不够成熟。

相较于新中国成立初的情况来说，70 年代末 80 年代初的科幻创作可以说是达到了一个新的高峰，只是在这“科学的春天”里，科幻小说处境并不轻松，来自外界的压力与负重使它难以承受，一些人为的因素也直接导致了科幻小说的困顿局面。的确，科幻小说的生存发展需要宽松的条件与宽容的精神，但更重要的是科幻小说自身的反省与努力，这样它才能慢慢走出低迷的阶段。科幻小说又经历了一次起落，低谷之后应该是再一次复兴，只是不知道这个复兴要待到何时？寂寞与冷清延续到了 90 年代，才听到有人说又看到了科幻小说复兴的希望。

三、90年代以来：希望与迷惘

毫无疑问，90 年代是科学技术飞速发展的时代，第二次信息革命依然方兴未艾，微波通信、卫星通信的应用，四通八达的计算机网络，全球化的信息基础设施建设等，人们正一步步走进数字化网络时代；生命科学兴起，基因工程、克隆技术更是取得了突破性的进展，也由此带来了难以预料的社会文化、伦理道德的波动；资源环境科学也由于生态平衡的日益恶化而备受关注；人类从未停止过的对太空的探索又进一步展开了对火星的实质性的探测。科技在这段时间里更是从科学家的实验室走进了普通人的生活，科技对每一个具体的人来说不再是陌生而遥远，它普遍应用于生活，并日益显出与人们的紧密关系。科学发展到 90 年代已经在人类面前显示出了巨大的威力，它在创造奇迹的同时也隐藏下了祸患。面对隐忧无数的现代科技文明，人们将更关心自己的未来。这样一个时代正是需要科幻文学的时代，它呼唤一双更理性、更富哲学意味的眼睛来反思这个科学时代的种种问题。

中国早已置身于科学时代的潮流中，也愈来愈重视科技的力量。“科教兴国”已同“可持续发展战略”一起成为世纪之交的重大决策。由此面向青少年的科普读物也行情看好，而苦撑到今天的四川《科幻世界》也有了月发行量近三十万册的业绩，而它的读者群主要是在校的青少年学生。1991年世界科幻大会（WSF）第十五届年会在成都举行，这对于中国科幻是一个莫大的刺激。"一分时段一分金"的中央电视台也在1997年3月9日上午连续两小时直播HB彗星的回归与日全食现象。就连正规的学校课本也开始吸纳科幻内容，例如张志公主编的经国家教委审核的最新初中语文课本就收录了郑文光的《小温度计高空漫游》与福雷斯特·阿克曼的《隐身少女》两篇科幻，并在课外阅读中增选了两篇校园科幻：濮京京的《真实的桃花源》与傅洁的《乔迁之喜》。这表明重视科幻已成为语文教学改革的一个内容，虽然这些作品不免有些老气。

90年代来自科学界与行政干预的压力随着市场经济的来临而退场，科幻创作日益热络。于是一批想象力丰富，富有创造力的新生作家加入了科幻创作的行列。

星河是近几年来科幻界崛起的一颗新星，他的作品多是结合时下最火热的网络内容，以第一人称的视角和英雄主义为科幻创作开拓出了新的空间。如《决斗在网络》《网络游戏联军》。王晋康的科幻作品往往有着更震撼人的东西，他在昭示理想主义的同时，也提醒人们不要忘记现代文明铁的秩序与冰冷的逻辑。杨平的超前意识总让人耳目一新。还有创作颇丰的"科幻之星"杨鹏，细致敏锐的女作家凌晨，擅长构思、情节缜密的硬科幻作者周宇坤，创造意境美的潘海天，湖南平江的牧铃，颇有深度与力度的苏学军，第一个在高校开设科幻选修课的吴岩等。除了这一批新生力量之外，老一辈的科幻作家叶永烈、郑文光、刘兴诗近期也在推出新作。另外还有一股不容忽视的力量——网络科幻，创作者大多是年轻的学生，作品短小精悍，科学含量不高，但往往构思奇特，颇有味道。除了科幻作家的创作热情，一些出版社也积极投身到科幻小说的出版中来，主要有安徽少年儿童出版社的《科幻新作系列丛书》，江苏少年儿童出版社的《中华当代科幻小说丛书》，中国少年儿童出版社的《天狼星科幻小说丛书》，四川少年儿童出版社的《中国少年科幻小说系列》。福建少年儿童出版社更把科幻小说作为出版特色，已出版《世界科幻小说精品丛书》《2066年环球风暴世纪科幻小说丛书》等。1997年在北京召开的世界科幻大会也得到了媒体的广泛关注。这些有利条件都不同程度地显示出了科幻小说复兴的希望。

希望之一：科技时代开拓广泛题材空间

科学技术的发展瞬息万变，它把无数的梦想变成现实。但随着科技的发展，人类也面临着新的疑虑：电脑是否会发展到比人脑更加聪明的地步并统治人类？由基因技术生产的人造人和自然人会形成什么样的关系？我们是宇宙间的唯一生命吗？外星人是恶魔还是天使？人类能否超越光速在时间轴上往来？……这些都可以让科幻作家们在创作中进行大胆的猜测与假设。

电脑网络、生命科学、资源环境、宇宙空间似乎成了近年科幻的主题。无疑，现如今是真正的网络时代，当在网络上交谈、购物、浏览时，每个人都只是一个符号而已。于是在虚拟的网络空间中有人显现出平时被压抑的次要性格；有人扮演着自己所渴望成为的那一类型的人；有人尝试着反串性别……

科幻的网络题材似乎更有一种强烈的吸引力。星河的网络科幻小说就具有网络与科幻的双重魅力。他的科幻世界就是计算机 + 网络 +CH 桥 + 游戏。典型之作就是他那篇描写大学校园故事的《决斗在网络》，作品中对虚拟世界的描写正切合我们对网络的虚拟与真实的思考;网络是虚拟的，人却是真实的，当“人机联网”将真实融进虚幻之中时，便获得了释放于物质形体以外的自由。如今网络文化的主力军与参与者许多都是青少年，对于网络所给予的那种另类的自由与无限可能性的体验，使他们很容易在《决斗在网络》中找到共鸣。只是星河的网络题材写得有些泛滥了，于是再读到时就少了初遇时的惊喜，多了些雷同的味道。

自从第一只由成年体细胞克隆的哺乳动物多利羊问世以来，克隆人就日渐成为逼近人的事实。潘海天的《克隆之城》讲述的是克隆之后人性的异化与回归。仔细看来，克隆之城中克隆人在冰冷专制的世界中追求自由的努力依然是压迫与反压迫的主题，只是故事发生在未来的克隆之城，而不是某个历史古城。虽然克隆技术开辟了一个新的领域，但中国科幻在这个问题上的探讨还有待进一步的扩展。

探索外太空，寻找外星文明是科幻小说一贯的主题，只是到了 90 年代，人类对天外文明的渴望与探求随着科技的发展又进一步增强了。“从来没有一个科幻作家否认过外星生命的存在。这其实是人类孤独感的一种强烈反映，人类生活在这个必然走向灭亡的星球上，跟一个人困在孤岛上没有什么本质区别。”[9] 到了世纪之交，这个“孤岛”日益加剧的环境危机已经让我们没有了安全感。于是开拓宇宙空间的愿望表现得更为迫切。牧铃在《彻悟》中就设计了外星文明与地球人类接触的场景，通过地球人与蓝星人的对话，以外星文明为参照来反思人类的生存方式与态度。

“孤岛”的环境危机也使我们更加关注资源环境科学，中国作为一个发展中国家，这个问题尤为突出，科幻作家们也似乎无时无刻不在提醒着人们。环保已经成为科幻作品的普遍意识，杨鹏的《银河铁道之夜》中贯穿始终的正是环保生态的主题。

更为开阔的表现题材打开了新的创作空间，科幻小说似乎也因此有了一些新鲜的感悟。

希望之二：人文思考

科幻小说中如果只有“科”与“幻”，生命力是不会太长久的，要成为具有一定分量的小说，人文的思考是必不可少的。在以往的科幻作品中，大致而言，人文与哲学的含量好像不是很高，虽然到后来也出现了反思科学对人类负面影响的趋势，但似乎没有持续太久。而近年人类学、心理学、历史学、哲学、社会学等社会科学进入科幻创作的主导视野，软科幻作品也日益丰富起来。软科幻更注重描写“科学发展对人类的影响”，关注的是人的命运与社会生存等人文主题。人文主题的上升意味着人们把更多的目光转移到科学的长远作用后果，而不是即时带来的方便与利益，毕竟我们不能仅仅以科学的眼前功效成果来判定它的价值。日益强大的科技在造福人类的同时，也带来了莫名的恐惧与忧虑。这种情绪与其说是出于对科技进步的恐慌，不如说是基于对人性和社会制约机制的怀疑。

网络是新时代赋予科幻的一个崭新的主题。如今，网站正在快速递增。在当今社会里，在真实世界之外已经存在一个让人无法忽视的虚拟世界。星河已经首开了网络科幻的先例，他多是通过 CH 桥来描写对虚拟世界的体验，陈述网络虚拟世界的事实，并表现出一种投入融合的态度。而杨平的

《MUD——黑客事件》中那个虚拟世界则发展得更为庞大与完备，“在这里，我们有与外面的世界不同的生活，不同的人生，不同的历史。外面世界有的一切这里都有，他们凭什么判断那个世界是真实的，而这个是虚拟的”。作品中“猩猩”熟悉的是MUD玩家的世界，面对外界时便觉得空虚与孤独。然而故事中的他最终还是在一刹那间从虚拟世界中清醒过来，生动而细腻的生活就在他的眼前：“我以前怎么就没有发觉外面的世界那么美？”也许虚拟的世界因为人真实感情的投入而变得真实，现实世界会因为人的冷漠而变得疏远，但最终虚拟的仍然是虚拟，可以再生可以重来，现实世界中有些是无法逆转无法改变的。虽然可以沉醉虚拟世界，但无论如何还是得面对真实的世界。杨平小说的结尾是温馨而充满希望的。但那依然遮不去行文间流露出的对人与虚拟世界的忧思。至于虚拟的网络世界究竟给人的生存方式与生存状态带来怎样的影响？这还需要不断地思索。

生命科学的兴起使人们更加关注自身的奥秘，对于基因特性有了深刻认识之后，人类对自身的生命研究大大迈进了一步，这个进步也带给人们无限的恐慌：人在形体上与心理上的异化，科幻小说中人基因异化的故事重点早已不在技术的进展上，而是在于异化带来的心理危机。王晋康的《豹》涉及生物技术革命，特别是克隆人，由人兽基因嵌合的“超人”的诞生，不可避免地造成对人类现有社会秩序的冲击，其中法庭的最后审判是：“在人类所有的法律中，尽管人们没有意识到，但的确有条公理是法律赖以存在的：人的定义和人类对自身生命的敬畏。”“在没有认定鲍菲·谢作为‘人’的法律身份前，被告无罪释放。”作者以理性的眼光指出基因重组在人类进化过程中的突破性的意义，同时又以忧郁的心思指出基因技术带来的人性异变的后果。作者对法律的思考与疑问更是别有新意，科技本身也是把双刃剑，它在创造奇迹的同时也在伤害着人类自身，基因技术尤显突出，人们还无法坦然接受它，所以科幻小说中基因改造往往是人性冲突和社会法则矛盾的悲剧。面对利诱巨大的基因工程，我们该怎样承担巨大的后果？这似乎还无法给出肯定的答案。

科幻小说的人文主题可以说是科学本身的需要，“由文艺复兴所催生的西方近现代科学发端于怀疑宗教的天启真理而产生对理性真理的思考，以及不堪忍受宗教教义对人性的束缚而产生对人性解放的追求，因此从一开始它就带有人文主义的色彩”[10]。只是在以往的科幻创作中，大多对科学内容关注较多，而忽略了作为科学基础的社会人文内容。

其实我们需要思考的，不仅仅是要面对的未来，还有自己走过的历史文明足迹。于是出现了许多以历史中神秘事件为背景的科幻作品。以中国古代神话传说和历史掌故为原材料，用新时代的科学眼光重新解读，构成对古老文化谜团的全新阐释，这种“新神话主义”的科幻作品本身的人文含量就不低，加上作者的有意深入发掘，有些就构成了对人类历史文化的颇有哲理的本体质问。江渐离在《伏羲》中设置了一个现代科技文明与古老文明的对话，在简短的交锋中作者就让我们感受到了现代科技文明的浮躁与狂傲，文中不自觉地流露出对自己祖先的崇拜，作品根植于深厚的民族文化之中，映照出过度膨胀的现代文明，更暗示了我们在飞速前进的过程中所丢失的东西。新神话主义科幻小说在情节上多少有些雷同之处，但突出的人文思考与民族历史使它在金属飞船、宇宙星体充斥的科幻文学中显出一种清新的人文感觉。

希望之三：冲撞旧有模式

一位曾在80年代初加入科幻创作的老作家在提及他搁笔的原因时，觉得除了外在的压力之外还有一种“不想写”的情绪，因为写来写去总是在那么几个模式中，缺少新的动力，自然也就失去了写作的热情。科幻创作要有更大一步的进展首先就须对旧有模式进行挑战。新的时代给予了科幻小说宽松的环境，科技也为它打开了新的领域，然而就如同京剧的复兴绝不能指望关闭电影院和砸烂电视机一样，没有一种文学形式可以完全靠宽容来发展，靠保护来振兴。科幻文学也不例外，它需要自己证明生存的实力。

在科幻小说的创作中似乎存在着某种人物类型模式化的倾向，对于人性深度的发掘好像也缺乏力度。作品的主角似形成了“人物定势”，“小说中总离不开科学家的实验室，凡是涉及科学，总是安排一批身穿白大褂的科学家出场”。把科学家中的英雄作为主角，讲述些严肃的科学话题，对于普通人来说是一种疏离。现在似乎越来越多的科幻作品把目光放在了更具代表性的普通人身上，往往以第一人称的叙述方式来亲历未来世界。尤其是在以人类命运为中心的科幻作品中，多是通过未来世界里普通人“我”来揭示生存的感受，思考过去的悲哀与隐指未来的危机与希望。科技让人们感受到的不安与疑惧好像也加深了作品里人性中的灰暗内容，但科幻小说中对人性失望的同时也进一步发掘了新的光辉。这种再发现的人性光辉经常是以人类历史文化的大覆亡为代价的，在重生中获得希望。惨痛的代价使科幻小说具有了对现实中人性恶的批判，再发掘的人性也因为悲惨的代价而包含了许多悲剧性的味道。苏学军的《雪域之光》便是发生在被已湮没的地球文明所抛弃的一块小行星上的故事，恶劣的严寒中依然坚强地生存着类似原始人类的一族，消失了的地球文明对于他们来说已经如同神话，他们拾回了坚忍的勇气，屹立不倒，这对于原来的地球文明是一个隐含的嘲弄。而在他们首领身上体现出了人们已经有些失落的悲剧英雄的气质：神圣而庄严。

优秀的科幻作品除了对人物及性格的把握之外，还必须处理好幻想与现实的关系。太拘泥于现实就会约束幻想的力量。幻想与现实之间应是间接的联系，作品中描绘的自然、社会环境与现实拉开一定的距离，才能创造出科幻世界奇特的环境来。但同时作品中应蕴涵“特殊的现实”，即能间接映照出现实的影子，使得作品在大尺度的空间深度与时间广度开合中不是随意散乱的无目的。无论是虚构的第二世界，游戏的虚拟空间，还是未来或远古的地球，它们所包含的“特殊现实”都流露出一些对现状的不满情绪：与虚拟世界相比，现实冷漠；以未来人的眼光回望，现在的人性灰暗掩过了光芒；与远古对话，现实就显得浮躁不安。科幻小说作为指向未来的文学，它对现实的态度始终是严格的，批判的。也许是我们已经走过了科学启蒙的理想主义时代，也该到了冷静地思考的时候了。

我们在思考未来的同时，也该考虑一下科幻小说在新的时代中面临的问题了。它真的已经迎来了繁荣的希望了吗？我们有理由担心：这是一个缺乏根据的希望。1996 年召开的全国科技大会强调科技兴国，1997 年北京召开世界科幻大会。这些都是非艺术的外在刺激因素，如果这一次科技热潮再次退却，科幻小说会不会仅仅只是一个短暂的复苏？

因为中国的科学文化好像还未达到普及大众的水平，似乎也没有深深植根于民族文化之中。不同的文化会培育不同的文学，因此中国最流行的通俗文学内容是武侠，毕竟传统文化中最关注人情世故。科幻小说的本原在西方，而在五千年文明的国度里，它好像有些水土不服。王富仁教授曾对中国传统文化进行过分析，认为其中并没有适合科幻小说发展的条件：“儒家文化重在世情人伦，十分务实，‘子不语怪力乱神’从根本上压抑了通向未来的想象力。道家文化追求天人合一，实现的途径更是一种不积极的静修方式，缺少主动的进取精神；墨家文化产生出的是武侠小说而非科幻小说。”这种种分析可以看出在中国文化背景中有一些不利于科幻发展的因素。在这种传统文化影响下的大众意识似乎会对科学的思维与逻辑精神有些不自觉的忽略。

从创作现状来看，全国的科幻作家也大概只有二三十位，这个数字显示的力量似乎还有些薄弱。刚刚复兴的科幻小说依然存在一些问题：网络题材的滥炒，科幻商业化的利弊，新神话主义情节雷同，青年作家的“高产”等。近来的科幻创作多了些浮躁，少了几分激情，总让人感觉有些“轻”，所以科幻小说大致上看还有些孱弱。世纪末的情绪中总有些彷徨与迷惑困扰。处在世纪之交的科幻小说也有着自身困惑的尴尬问题。

困惑之一：并不是一个全新的开始

科幻小说走出了旧有的一些模式，结束了一个时代，却没有真正地创造出一个全新的开端，所以对于科幻小说的未来也如同作品中对未来的态度一样是不可确定的。面对当下科幻创作状况，有人说它依然需要宽松的环境，另有声音呼唤中国科幻需要批判；有人觉得科幻犹如一道海鲜，可以向爱情味精说再见，然而作品中多的依然是情节相似的星际爱情；有人觉得科幻商业化后多了许多生机，当然也有人骂商业化后的科幻的“唯利”倾向等。热热闹闹的争论在网络上学生开的BBS科幻版上见过许多，但在文学类的报纸杂志上似乎依然是冷清话题。纷杂的争论未必不是件好事，只是其中透露出对未来依然迷茫的信息。人文思考成分较多的软科幻升起来了，又开始被指责科幻味不足而呼唤真正的硬科幻大作。然而硬科幻大作却迟迟没有出现……中国科幻小说依然显得有些无所适从，在世纪之交的迷茫中徘徊。

困惑之二：传播媒介的冲击

小说是科幻文学的表现形式，文字是它的载体，而在如今的时代，高科技所带来的先进传播方式正挑战着传统的文字传播媒介。它以逼人的影像带给人一个在立体化的真相世界中身临其境般的感受。对于科幻小说，这种威胁更大些，科幻影视把科幻文学中的那个第二世界用强大的技术力量复活在人的眼前，这种吸引力远远大于小说中文字的描绘。虽然中国的科幻影视还谈不上什么实力，但外来的冲击力已经波及科幻小说，四川的《科幻世界》每期科幻影视与科幻名画都必不可少。科幻视觉化对于复苏中的科幻小说来说是一个新的挑战。虽然科幻影视掀起了科幻热潮，但这对科幻小说却并不全是件好事。那么当其中一个抢眼魅力被别种媒介方式占先之时，科幻小说应当如何调整自己，并把这种相关的挑战转化成相互促进发展的动力？

困惑之三：读者定位的尴尬

科幻小说长期以来似乎都是在儿童文学的领域里，它的主要读者群也多是青少年学生。在这次新的复苏中，它便有些不甘囿于这个地位而呼喊着要走出儿童文学，在创作作品中也表现出一种刻意的“深度追求”。但事实上，如今科幻小说的读者依然主要是初高中和大学里的学生，离开了这个读者群，科幻小说将更加孤独。已经有人在呼吁科幻作家们放下架子，抛开故做艰深的术语与玄虚，为青少年读者服务。面对有些孤单的身影，科幻作家也选择了较为实际的做法：找准读者即在校学生，以此为突破口，扩大科幻在社会上的影响，并逐步培养新一代的科幻迷。随着时间的推移，当他们成长为成熟的科幻迷，那时科幻小说的境遇将不可同日而语。只是在还没有壮大之时暂时安身于儿童文学的天地里，在少年儿童出版社的丛书里生存。虽然说兜了一个圈子读者定位又回到了青少年的身边，但科幻小说似乎没有甘心挤在儿童文学的领域里，它在制造与等待单飞的机会。科幻小说游离儿童文学的分裂趋向已经渐渐表现出来，那么未来的纯少年科幻的处境将会怎样？它的读者定位会不会受到干扰？也许这些担心还是多余，毕竟那还未成为事实，但当下的儿童文学创作中，科幻作家尚处于培养生力军的阶段，面对青少年的作品中有意表现出“俯就意识”，但低首俯就的作家好像没有把握好读者的认识状态，使创作水平显出高高低低的尴尬来。在青少年读者自己写的科幻作品中大多数都是第一人称叙事，表现出一种强烈的参与意识，作品传达的那种荒诞无意义的生存感受让人有些始料不及，虽然行文中少了很多扎实的科学功底，但往往有出人意料的构思，这种情况说明读者的期待指数有些高于我们的想象。如果作家还在讲宇宙飞船上正义与邪恶的斗争，那么在科幻影视冲击青少年视野的情况下，这一巨大的读者群似乎会越缩越小。

我们站在新世纪的开端，回首科幻小说起起落落的路程，看了一些兴衰的起伏，也分析了一点原因。回首过去是为了更好地面对未来，科幻小说一路走得很辛苦，至于未来似乎也并不轻松。

时间之箭从现在射出，交织着偶然与必然，衍生出无数个未来……

注释：

[1] [2] 蒋风主编《中国当代儿童文学史》，河北少年儿童出版社 1991 年版。

[3] 叶永烈《也谈科幻小说的危机》，载《文学报》1981 年 5 月 14 日。

[4] 叶永烈《科幻小说现状之我见》，载《文学报》1983 年 1 月 13 日。

[5] [6]《中国科幻小说濒临灭绝？》白云黄鹤科幻版。

[7] 阿米专栏《世纪回眸》，载《科幻世界》1999 年第 1 期。

[8] [9] 蔡景峰《科幻小说必须讲科学性》，载《科普创作》1981 年第 5 期。

[10] 曹效业：《中国科学文化的缺陷与科学精神的失落》，载《科学对社会的影响》1999 年第 2 期。

（原载《中国新时期儿童文学研究》，河北少年儿童出版社 2004 年出版）

崛起的中国科幻与价值重构

一

中国人缺乏想象力吗？从来不是。中国人从来不缺乏美妙神奇的幻想与科学思维。从老子的“玄之又玄，众妙之门”、庄子的逍遥游蝴蝶梦，到吴承恩在《西游记》中创造的神人魔兽四界众相，从《山海经》描述的上古远方异国、江山神灵、飞禽走兽到民间口耳相传的夸父追日、女娲补天、嫦娥奔月，无不体现了中国人丰沛的想象力和对宇宙太空、未知世界的曼妙憧憬与向往。孔子的名言“子不语怪力乱神”，长期被人误读为扼杀想象力，而实际上，孔子的这一观念正是古代中国人科学思维的典型表述。所谓科学思维，不就是说话做事要有科学根据吗？孔子不喜欢“怪力乱神”这些不着边际、毫无根据的东西，所要表达的不就是科学思维强调的客观性、精确性和“不断怀疑”“不断验证”的精神吗？

因之，中国传统的人文精神本是可以催生出科幻文学的。但中国的文学家实在太执着于在人文观念中兜圈子，将文学的价值功能集中在“文以载道”“有助王化”，文学的表现兴趣执着于现实尘世和人间百态，因而“天马行空”般的科幻文学，长期未能进入主流文学的版图，即使在近百年现当代文学的发展格局中，也长期处于被边缘、被漠视的处境，未见有“突破性”的改变。

但是，科幻文学毕竟是文学的重要一翼，是人类文学谱系中不可或缺的客观存在。如果我们将人类文学的谱系结构做一分类，可以从以下三种维度切入：一是按文学的时空维度（时间性即时代性，空间性即民族性）区分，可将古今中外一切文学区分为古代文学、现代文学与当代文学（时间性），本国文学与外国文学（空间性）；二是按文学的生产者与消费者维度区分，可将一切文学分为作家文学与民间文学（生产者），成人文学与未成年人文学或称儿童文学（消费者）；三是按文学的人文关怀与科学关怀区分，则可将一切文学区分为人文文学与科幻文学。人文文学是文学的大宗，我们所熟知的绝大多数作品都属于人文文学范畴。而科幻文学只是文学的一部分，但这部分文学随着人类对自身的认识尤其是对自身未来命运的忧患意识和幸运期待则会变得越来越重要，占据的份额也会越来越大。

原因何在？原因在于一切文学都是人类认识世界、描述世界、解析世界、展望世界的一种特殊方式，即通过“审美的形式”来表达人对世界、生命、文化的认知。文学诞生于人，其目的也在于人，在于人的生命。文学活动从来都是属于生命活动、精神现象层次的，属于对生命与精神的价值确认。无论是人的生命个体，还早人类社会、宇宙世界，都可以有前世（历史）今世（现实）与来世（未来）的时间长度（就人的生命而言，祖先是个体生命的前世，个体生命的存在是今世，而子孙后裔则是来世）。人类文学在具体分工中，将表现前世与今世的任务交给了人文文学，因而我们所阅读的百分之百的人文文学，无论是《古希腊神话》《莎士比亚戏剧》《战争与和平》《百年孤独》，还是《诗经》《三国演义》《阿 Q 正传》《白鹿原》等，所要表现和思索的都是有关人类的前世与今世，即历史与现实。与此相对应，人类文学将表现来世即未来的任务，交给了科幻文学。

二

科幻文学是一种直指未来、想象明天的文学，是科学与未来双重进入现实的艺术形式，是人类对自身未来命运与远大前程的诗性想象与审美表达——这就是科幻文学产生的根本原因，也是其价值意义之所在。因而一个民族科幻文学的兴衰曲直，自然而然与这个民族对未来与明天的想象力、思考力、自信力紧密联系在一起，也即与这个民族的“梦”联系在一起。当一个民族对前途绝望、自信受挫、看不到未来方向时，就如同得了癔症，自然对未来与明天丧失想象力与思考力，梦已破碎，这个民族的科幻文学也就自然停滞不前乃至消亡。反之，当一个民族在社会转型、历史剧变的“抉择口”，对未来方向与前途设计充满自信、成竹在胸时，科幻文学自然会得到发展，甚至成为引导与鼓舞这个民族前进的“灯火”。纵观百年中国科幻文学的顺逆曲直莫不如此。

现代中国科幻文学勃兴于中国“五千年未有之大变局”的清末民初，也即 20 世纪初叶。具有五千年悠久文明的中国传统社会，仿佛一夜之间被推到决裂与选择的十字路口。未来中国向何处去？中国人的明天命运将会如何？当此之时，传统的人文文学似乎已难当重任，因而将眼光瞄准未来的科幻文学顺应时代需要脱颖而出。1904 年，鲁迅如同发现了新大陆那般兴奋地宣称：“导中国人群以进行，必自科学小说始。”“改良思想，补助文明，势力之伟，有如此者！”百年中国科幻文学的第一个高潮由此迅速形成，译介外国科幻尤其是法国凡尔纳的作品一时成为热门畅销读物；中国作家的原创科幻小说如《月球殖民地小说》《新法螺先生》《电世界》《机器妻》等也应运而生。鲁迅力主“要改造中国人，必须先改造中国人的梦”。中国科幻文学的兴起体现了一代思想先驱的启蒙追求，努力地把国人“向后看”的思维模式转变为“向前看”的梦。

进入三四十年代的抗战救亡时期，中华民族处于一个生死抉择的历史关头，科幻文学随着“科学救国”的民族呼声又曾一度兴起，翻译作品出现了“法布尔热”“伊林热”，原创作品则有高士其的《我们的抗敌英雄》、董纯才的《狐狸夫妇历险记》、顾均正的《和平之梦》、郭以实的《太阳请假了》等。科幻文学成为引导国人救亡图存、凤凰涅槃再造中国梦的利器。

百年中国科幻文学的第三个兴盛时期是在 50 年代。年轻的共和国在一种崭新的社会环境和对强国梦的无限热情向往中，高擎起了“向科学进军”的旗帜，中国作家原创科幻文学在这一时期取得了突破性的收获。郑文光的《从火星到月球》《征服月亮的人》，肖建亨的《布克的奇遇》《奇异的机器狗》，于止的《失踪的奇奇》，刘兴诗的《北方的云》，童恩正的《失去的记忆》等，以及 60 年代年轻作家叶永烈的《小灵通漫游未来》等，成为那个时期用科幻塑造中国梦的重要艺术形式。

七八十年代的中国在“猫论”“先富论”“不争论”的语境下，开始了改革开放的又一波寻梦之旅。科幻文学的观念出现更新，试图将从“普及科学”的视点转移到“普及科学的人生观”，也即将科幻创作转移到关注人性和社会现实中来，并由此引发了80年代科幻文学创作的变革与持续多年的理论争鸣。郑文光的《飞向人马座》、童恩正的《珊瑚岛上的死光》、刘兴诗的《美洲来的哥伦布》、王晓达的《冰下的梦》、金涛的《月光岛》等成为这一时期的代表性文本。科幻文学期刊一时蔚为大观但很快又急剧萎缩，最终以四川的《科幻世界》成为仅存的硕果，并坚持至今。这已成为当代中国科幻“痛并快乐着”的特殊篇章。

三

虽然中国当代科幻曾一度跌入低谷，但进入90年代，尤其是新世纪以来，终于出现了新的转机，从某种意义上可以说是“崛起”。

这种转机的突出标志是新科幻作家群的形成与新质作品的涌现。看一个民族文学的兴旺，不是看其从国外引进了多少，而是看其民族本土原创作品的数量和质量如何。当代中国原创科幻自90年代中期起逐步回升，除了老一代作家如刘兴诗、金涛等继续坚持创作外，新的作家团队已经形成。先是吴岩、星河、杨鹏、韩松、潘海天、何夕、杨平、牧铃等年轻作家跃上科幻平台；紧接着王晋康、刘慈欣等大腕作家“横空出世”，同时又有稽伟、赵海虹、凌晨、英子、于向昀等一批科幻女作家的加盟，再接下来是江波、拉拉、陈楸帆、赵华、夏茄、翌平、飞氘、长铗、超侠等更年轻一代作家的涌现。

新科幻直面高科技时代开拓的广阔的题材内容，将目标集中于空间、时间、心灵与电脑网络四界。举凡宇宙太空、电脑网络、克隆科技、生命科学、资源环境、心理探险等成为新科幻表达的重要主题，同时关注科学对人类的双重影响、关注人的命运与社会生存等人文主题的“软科幻”作品也日益变得丰富起来。

科幻文学中的网络题材作品最早产生强烈的社会影响，尤其是对青少年。虚拟的网络空间既无限度地放大了人的想象空间，在真实世界之外已然存在一个让人无法回避的虚拟世界。但同时也警示人们：虚拟的网络世界究竟给人的生存方式与生存状态带来了怎样的影响？科幻作家以其敏锐的顿悟最先捕捉到了这一命题，并由此展开了纵横捭阖的心埋探险。这方面的作品有吴岩的《生死第六天》《鼠标垫》，星河的《决战在网络》《网络游戏联军》，杨平的《MUD——黑客事件》等。另一位引人瞩目的年轻科幻作家韩松，则将其作品大面积地切入人与人、人与万物之间的精彩较量。系列长篇《红色海洋》是一部关于中国的过去、现在和未来的多元解码和多重寓言，作品所描述的东西方关系、人与自然、民族与个体生存等严峻主题，极大地开拓了当代科幻乃至当今主流文学的创作主题。韩松在1999年出版的《想象力宣言》，至今依然是撬动中国人想象力的杠杆。

有意味的是，游走在科幻文学与儿童文学两界的杨鹏，在主创《校园三剑客》《功夫米老鼠》等儿童科幻的同时，坚定地提出了“保卫想象力”的口号，并把它有效地投放到儿童文学与童书出版中去。这一口号如今已成为提升儿童科幻文学的一面旗帜。由中国儿童文学研究会等创设的“幻想儿童文学奖”，正是以“保卫想象力”作为宗旨。以创作儿童科幻电影《霹雳贝贝》著称的张之路，以后又创作了《非法智慧》《极限视觉》《小猪大侠莫跑跑》等涉及大脑芯片、转基因等题材的科幻作品，他描写汉字王国历险的新作《千雯之舞》也有某种科幻元素。张之路与杨鹏的科幻作品属于科幻文学与儿童文学跨界融合的典范，或者可以称为“儿童科幻文学”。强调科幻世界中的是非善恶给孩子以正能量，提供宇宙世界的稳定性、公正性给孩子以安全感，重在表现人类已有的科学知识与成就并展开合规律的想象给孩子以科学性，这是儿童科幻文学的重要特点。

一种文学的崛起或者说“跨越”，需要由标杆式的作家作品出来验证。新世纪的中国科幻文学有幸出现了这样的标杆——王晋康与刘慈欣。

王晋康已不年轻，这位当过知青后来成为石油系统高级工程师的科幻作家，从1993年发表第一篇科幻小说《亚当回归》起，就把目标锁定在对人类命运的思考、对中国文化与当代科技文化复杂关系的探究上，他的《三色世界》《生命之歌》《蚁生》《十字》等一系列作品，沉郁苍凉，融丰富的科学想象、哲思睿见、精彩叙事于一炉。他的长篇近作《与吾同在》，别具匠心地想象用造物主的眼睛，以超越常人的智慧高度，鸟瞰整个世界，反思人类文明与人性善恶。作品将人物和悬念纳入空前的星际战争之中，在合逻辑性的故事发展中，展开关于什么是善恶、人本善抑或人本恶以及善之花能否从恶之泥中生长出来的终极追问，对人类的命运进行了称得上是真正深刻的思考。这是一种难度极大的大气、形上的写作，刘慈欣认为《与吾同在》是“一部厚重的核心科幻，一本上帝之书”。

刘慈欣的创作同样可以归之为“厚重的核心科幻”。所谓厚重，是指其作品的艺术质地与思想的穿透力；所谓核心，是作品所关注的正是当今人类的重大科学主题，而这些主题又直接联系着人类今天的生存状态与未来命运的走向。这位“60后”的电力系统高级工程师，自1999年首发处女作《鲸歌》以来，已先后发表了30余篇短篇科幻，和包括《魔鬼积木》《超新星纪元》《谁替恐龙刷牙》《球状闪电》等7部长篇科幻小说，并创下连续八年荣获中国科幻最高奖银河奖的纪录，可见其作品受读者欢迎之程度。刘慈欣的作品想象之瑰丽、结构之恢弘、文笔之流畅，既直面艰难现实又对接空灵太空，既注重科学逻辑又不乏艺术审美，在当代科幻作家中，堪称翘楚。特别是他最近获得中国作家协会第九届全国优秀儿童文学奖的系列长篇之一《三体Ⅲ·死神永生》，再一次将他推到科幻文学的舞台主角。

《三体》堪称中国科幻中的“大片”，完全有资质冲刺类似于茅盾文学奖这样的国家级纯文学大奖，当然全国优秀儿童文学奖也是同样的大奖，只是由于“参评时间范围”的原因一步跨入了“儿童文学领域”，但这不仅没有消减《三体》的“厚重”与“核心”，同时更证明了优秀文学作品从来都是老少皆宜、超越时空的。《三体Ⅲ·死神永生》荣获全国优秀儿童文学奖以来，曾有人质疑《三体》这样厚重的科幻小说属于儿童文学吗？其实，判断一部作品是不是属于儿童文学，有着两种不同维度：一是儿童本位的维度，即作家的创作动机、写作视角、作品效应都是为儿童、立足儿童视角、作品深受儿童喜爱，此类作品可以谓之“儿童本位的儿童文学”，我们大量的儿童文学作品即属于此；另一类则是成人本位的维度，虽然这类作品并不是专为儿童而写，但由于其题材内容与艺术元素深获儿童之心，被孩子们拿过来成了他们爱不释手的作品，典型案例是《西游记》，尽管明代的吴承恩没有想过要为孩子写作，但没有哪一个中国孩子不喜欢里面的孙悟空、猪八戒。此类作品可以谓之“非儿童本位的儿童文学”。由于科幻文学的核心接受群体是青少年儿童，他们更是当代中国科幻的“铁杆粉丝”，更由于新科幻有关宇宙太空、电脑网络、克隆科技、生命科学、资源环境、心理探险等题材内容，以及丰富的想象力、创造力、神奇性、惊悚感、历险探险与冒险等艺术元素最能激发起青少年儿童的阅读兴趣，同时由于科幻文学与儿童文学之间天然形成的艺术同盟联系，因而当代科幻文学尤其是像《三体》那样的经典性作品无疑已成了青少年儿童的最爱。正因如此，当《三体》主动申报参评全国优秀儿童文学奖时，这就自然而然能获得评委会的首肯并最终获此殊荣。《三体》的获奖表明了当代中国儿童文学艺术版图的合逻辑性的扩展与对少年儿童阅读品质的充分肯定，意义重大。

《三体》是一部真正宏伟而巨大的作品，将中国人的想象力提升到了新的高度。小说由《地球往事》《黑暗森林》《死神永生》三部系列长篇构成统一的文本逻辑整体。作品叙述“文革”期间中国军方探寻外星文明的绝密计划“红岸工程”取得突破性进展，但使人类万万没有想到的是“红岸工程”一经启动，却给四光年以外的“三体文明”带来了由死而生的契机，并由此引发了三体人组成庞大的宇宙舰队与地球人之间展开了两种宇宙文明之间的生死对决。使两个文明命悬一线的黑暗森林打击，不过是宇宙战场的小小插曲。真正的星际战争永远无人知晓，因为星际战争的方式和武器不是人类的想象可以企及的。此岸、彼岸与红岸，过去、现在与未来，交织成中国主流文学中从未出现过的罕见的复调，把人类的宇宙视野与对宇宙本质性的思考推向了极致，可谓前无古人，今也无人能及。著名科学史研究家江晓原认为《三体》是“一部真正里程碑式的作品，必将成为经典”。而老一代科幻作家叶永烈则认为“面向未来的中国，需要‘三体’系列这样真正富有想象力的科幻小说”。

中国的未来不是梦。百年中国科幻文学苦苦追寻、探索着的强国梦、复兴梦，必将在新世纪演出壮丽恢宏活剧，而科幻的想象力、思考力、冲击力，正是这一活剧的一种重要的定力与动力。中国人缺乏想象力吗？从来不是。从《山海经》到《三体》，中国人一直具有丰沛的想象力和对宇宙太空、未知世界的曼妙憧憬与向往，因为他们心中有梦……

（2013年8月19日下午6：16草毕。原载《中国图书评论》2013年第12期）

青少年影视的美学责任与分类原则

我不是一个电影工作者，也不是一个电视工作者，我只是一个文学教学工作者。对影视制作我是外行，但艺术总是相通的，不同艺术种类之间总有一种相通的东西在联结着它们、沟通着它们。这就是所有的艺术作品都是精神产品，所有的艺术作品的生产都是精神产品的生产。在精神层面上，所有的艺术都面对着同一个问题：如何满足人类精神生活的需要，如何用精神产品提升人类的精神世界，而不是使人类的精神消解下去，甚至堕落下去。在青少年儿童的影视作品生产方面，这一问题表现得尤为明显、突出。

我们知道，青少年的成长包括生理与心理两个方面。在现代社会，青少年心理的成长也即他们精神生命的成长，来自三方面的合力作用：第一是学校的教育影响；第二是家庭的亲情影响；第三则是青少年传媒文化的影响。青少年传媒文化包括青少年图书、报刊、影视、广播、动漫、网络等。对今日青少年的精神生命成长而言，最深刻、最直接的影响就是从早到晚、铺天盖地、无孔不入地影响着他们的传媒文化，而其中最吸引他们的则是以声光电高科技为手段、以直观视听形象直接作用于青少年眼球与耳膜的影视。当代影视既以血肉丰满的生动形象与可感可触的优美意境，深深地感动着、震撼着青少年的心灵，使影视中的人物成为他们成长与奋进的偶像；但同时，包括影视在内的当代传媒如同一柄双刃剑，那些低下的、粗俗的、不负责任的甚至是昧着良心的东西正在伤害着我们的孩子。中国儿童的童年生态环境正在遭受着来自网络、游戏机、影视等现代媒体的空前破坏与恶化，导致儿童的精神荒漠，心理扭曲变形。因为已经有大量事实证明，那些误入歧途的孩子，往往长期沉溺于匪警、枪战、暴力、恐怖、黄色等碟片、网络，分辨能力的脆弱与极强的模仿心理，使孩子在误入歧途时还以为成了英雄。面对当下社会青少年儿童的生态环境，当我们满怀责任感与爱心，在这里探讨如何促进繁荣青少年广播影视节目，如何促进北京成为我国青少年影视作品的创作中心时，我认为，首先必须提出青少年影视创作的美学责任问题，必须强调青少年影视尤其是儿童影视，对未成年人精神生命健康成长的道义问题、知识分子的社会良知问题，使我们的影视作品在引导、促进未成年人的“精神成人”方面发挥积极的而不是消极的、建设的而不是破坏的、向上的而不是向下的作用。一个正派的具有现代知识分子社会责任意识与文化担当意识的影视工作者，他所创作的青少年影视作品，实际上是在做着如何在中华民族未来一代精神命中建构起人之为人的一种为人性打下良好基础的伟大工作。我们不敢说每一部影视作品都会是产生巨大影响的作品，但是所有优秀影视作品所汇聚起来的磅礴而深远的视觉效果，则会以其情感的力量、道义的力量、人性的力量、影视语言的力量，在造就一个伟大民族的精神灵魂方面产生不可估量的作用。

一部优秀青少年儿童影视作品的评价标准主要体现在作品的人文质量与艺术质量两方面。人文质量集中体现在影视的美学责任，这就是必须高扬“以善为美”的美学旗帜，坚持“四个远离”：第一，远离暴力与仇恨；第二，远离成人社会吸毒、赌博、男盗女娼等恶俗游戏与刺激；第三，远离成年人的性与两性关系；第四，远离成人社会的利益斗争。劝人向善、与人为善，惩恶扬善，避恶趋善，日行一善。通过优美感人的影视形象、影视画面与影视语言，潜移默化地影响和感动未成年人的精神世界，养成他们人之为人的价值观、道德观、人生观、审美观，打好人性向善的基础。

我认为未成年人影视作品的题材内容应当而且必须与成年人影视有所区别，没有必要让少年儿童知道生活真实的全部秘密。在这里，我想借用苏联作家同时也是杰出的儿童文学作家高尔基的一段名言来说明这一问题：“儿童的精神食粮的选择应该极为小心谨慎。父辈的罪过与错误儿童是没有责任的，因而不应把那些能够向小读者灌输对人抱消极态度的读物放在首要地位，而应当把能够在儿童心目中提高人的价值的读物放在首位。真实是必须的，但是对儿童来说，不能和盘托出，因为它会在很大程度上毁掉儿童。”（周忠和编译《俄苏作家论儿童文学》，河南少儿出版社，1983）高尔基又说：“儿童的心灵由于过早熟悉生活中的某些东西而受到毒害；为了使人不变得庸俗，不熟悉这些东西倒是一件大幸事。”（《高尔基妙语录》，甘肃人民出版社 1989 年版）然而反观我们今天的社会文化语境（这一文化语境是由包括影视在内的众多传媒所形成的），“儿童成人化”已成了一种普遍现象，著名现代文学专家王富仁教授面对今日儿童的过分早熟，曾不无忧虑地说：“我们每一个人都会发现，我们现代的儿童不是懂事懂得太晚了，而是懂事懂得太早了；他们的幼年、童年和少年的心灵状态不是被破坏得晚了，而是被破坏得太早了。”“成人的社会，成年人的文化从他们出生那一天起就骚扰着他们幼小的心灵……几乎是一集装箱一集装箱地倾倒在他们懵懂的心灵中。我们的儿童几乎在没有做过幼年梦、童年梦和少年梦的时候就懂得了成年人才会懂得、才应懂得的东西：他们在距离性成熟的年龄很早很早以前就知道了性，就知道了性交；他们在距离独立生活还很远很远的时候就知道了金钱和权力的重要；他们在还没有感受到实际社会矛盾，甚至不知道社会是什么的时候就知道了战争、暴力和犯罪……所有这一切都造成了他们精神发展上的畸形化。”（王富仁《把儿童世界还给儿童》，《读书》2001 年第 6 期）

就像早熟的苹果总是半生不熟、僵硬疙瘩一样，儿童过分早熟并非是一件好事。人生总有一个过程，从婴儿到幼儿到儿童到少年到青年到中年到壮年到老年，最后又回到生命的原点。人生需要一步步地成熟，享受每一个人生阶段的滋味，这样的人生才有意义。我认为，在造成今天儿童过分早熟方面，我们的影视也负有一定的责任。儿童还根本无法理解的事情你硬要让他去理解，只会适得其反：或者毫无分辨能力地接受一切，也模仿着去做，从而造成畸形的早熟和生命活力的过早枯萎；或者产生逆反心理，盲目地拒绝任何成年人的一切教导，对成年人保持警戒、抵制和反抗。总之，无论是从心理还是从生理的角度去看，儿童过分早熟，儿童成人化，对于人的生命过程都不是一件好事。

青少年与儿童影视的题材内容有其自己的质的规定性，主要指向少儿现实生活世界及其精神生命世界，指向少儿思维特别敏感与兴趣盎然的幻想世界、动植物世界、大自然世界、英雄世界以至神魔世界。当代影视的主流观众就是青少年儿童，谁能征服他们，谁就赢得了市场，获得了成功。我认为国外大片如《魔戒》《哈利·波特》值得我们思考与借鉴，这些大片之所以能如此火爆，除了别的原因，从人文标尺考量，就是因为它们的题材内容无一例外都是远离了对于未成年人的人生阅历与心理图式而言难以理解与体验的现实成人社会错综复杂的内容，而是直指未成年人自身的世界与他们感兴趣的世界。《哈利·波特》甚至将现实成人世界嘲笑为"麻瓜世界"，是哈利·波特他们所讨厌而要远离的世界，而只有在霍格沃茨魔法学校也即在幻想世界中，他们才能找到自我、快乐、价值，实现梦想并且成为英雄。《哈利·波特》的总主题是惩恶扬善，艺术手法是将欧洲古老的巫师题材与21世纪的英国校园生活有机融合，充分调动童话幻想的各种元素，如变形、魔幻、拟人、夸张、时空错位、设置悬念等，并满足了正处于生长发育期的孩子好动、想飞、需要发泄力量的期待，这就是以哈利·波特为代表的一群孩子与以伏地魔为代表的恶势力展开的一场接一场斗智斗勇的较量。而托尔金的《魔戒》则开拓了青少年影视的另一种新领域，并构建了自具特色的"第二世界"，这个"第二世界"是以历史现在进行时形态出现的，是拥有自己独特的历史、文化、语言、种族、文字和历史记载的世界，如《魔戒》系列所表现的"中洲"世界和《地海传奇》表现的"地海"世界。正是托尔金的《魔戒》系列启迪了人们创造了电脑科技的"虚拟世界"。而虚拟世界的概念无疑影响了电影编导乔治·卢卡斯，使他在日后创作了《星球大战》之类的科幻电影。如果说《哈利·波特》《魔戒》等国外大片里面也有"暴力"的话，那是另一种暴力——是人与想象中的妖魔斗、与幻想世界中的禽兽斗，而绝不是人与人斗，人与人之间的互相打斗杀戮——反观我们的影视包括武侠，几乎无一例外都是人与人斗，人与人之间使用暴力，人与人之间互相打斗残杀，无形之中在青少年观众心里产生一种"杀人的快感"。为什么我们的影视——从成人影视到儿童影视的想象力总是如此贫乏，我们打来打去、斗来斗去，总是人与人打、人与人斗。什么时候我们也能出现像《哈利·波特》《魔戒》那样既能满足青少年发泄力量的欲求而又是导向人与非人之间打斗的影视呢？这里既需要影视工作者的想象力、创造力，同时需要人文精神与观念的突破。

青少年儿童影视是未成年人精神生命的影像表达与对话，青少年儿童影视创作艺术质量的提升，除了别的因素外，我以为还有一个分类原则问题。我所说的是分类不是指电影分级制中的一级片、二级片、三级片，而是指青少年儿童影视如何适应、满足不同年龄层次的观众的接受心理需要，建构起一套各具艺术特色的影视创作秩序。在这里，我们有必要借鉴儿童文学创作中的三分法原则。所谓三分法，就是根据不同年龄段青少年儿童的身心特征、思维特征、社会化特征，将广义的儿童文学具体细分为以中学生为对象的少年文学、以小学生为对象的童年文学、以幼儿为对象的幼年文学，这是新时期以来我国儿童文学界最重要的观念变革，这一变革有力地促进了我国不同层次的儿童文学的创作繁荣，使不同年龄段的孩子都有适合他们阅读接受机制的作品。反观我们的青少年儿童影视，似乎在观众年龄层次分类这一方面还关注不够，以致出现我们辛辛苦苦拍出来的影视，中学生说太浅了、太弱智了，而小学生、幼儿园小朋友也似乎并不爱看。

借鉴儿童文学的三分法，我建议我们的青少年儿童影视也可以分为三个类别，三个层次：

第一类是以中学生年龄段（十三四岁至十七八岁）为服务对象的少年影视。大致在小学高年级以上、成年人以下。少年是“多思的年代”，成长是少男少女的永恒追求。这一年龄段是人生近乎突变的时期，是各种矛盾、冲突、困惑、苦恼、求索、挣扎、呼喊、狂欢、拯救、奔突错综交汇的时期，尤其是在十五六岁至二十出头。少年影视应注重美育与引导。当代文学与儿童文学创作中有一类“成长小说”，其中的一些优秀作品可以作为影视改编的资源。我们也不妨将青少年影视中的这类作品称为“成长影视”。同时，少年影视也是编导充分体现思想深度与艺术探索的领域，《阳光灿烂的日子》《童年往事》《墩子的故事》《花季·雨季》等都给人留下深刻的印象。

第二类是以小学生年龄段（七八岁至十二三岁）为服务对象的童年影视或狭义的儿童影视。童年是“多梦的年代”，充满着理想、梦幻与好奇。童年影视应注重想象与认知，丰富满足儿童发展想象的能力，开阔认识世界的视野。童年影视的基调应是明朗的、向上的、进取的，其风格应是幽默的、愉快的、好玩的，其情节最好有某种冒险的故事与探险解疑的因素，在好看有趣的故事情节中，融入一些浅近的立身、处事、为学的道理，这是聪明的童年影视编导常用的手法。如《草房子》《女生日记》《霹雳贝贝》《上学路上》《会唱歌的土豆》等。

第三类是以幼儿园小朋友年龄段（二三岁至五六岁）为服务对象的幼儿影视。幼儿正处于启蒙阶段，他们的思维主要是一种儿童原始思维。同时幼儿也是“多动的年代”，玩是他们的主导性生活内容，因而幼儿影视应特别注重娱乐性与趣味性，以表现幼儿生活与他们周围的小天地为主。活泼的童心童趣，人之初性本善的天性，喜剧式的情节，幻梦与诗意般的意境，交融成幼儿影视鲜明欢快的格调。《小刺猬奏鸣曲》《跑跑的故事》《太阳有七种颜色》等幼儿影视，至今还使人们亲切地享受到童心世界的温暖与美好。

总之，我认为青少年儿童影视的创作生产应立足于“青少年本位”“儿童本位”，努力地将心紧紧地贴近青少年儿童的现实生活世界与精神生命世界，贴近他们的审美接受心理。文学是人学，艺术也是人学。那些曾经深深感动过少儿时代的影视作品，将使人终生难忘，终身受益。我们热切地期待着影视工作者创作出更多更好的使人终生难忘、终身受益的作品，期待着北京成为我国青少年儿童影视的创作中心、生产中心、推广中心。

（原载《北京影视传媒精品论文集》，中国大百科全书出版社2005年出版）

儿童文学：儿童电影的资源与推手

一、儿童文学与儿童电影："一体两面"之缘

儿童文学与儿童电影有着天生的联系，从某种意义上可以说是"一体两面"之缘：

1. 受众相同：都是少年儿童，民族下一代。

2. 目标相同：为少年儿童提供优质产品，给他们带去成长的欢乐、梦想与感动，养成儿童本性上的美质，夯实人之为人的人性基础。

3. 艺术规律相同：如果说儿童文学是"大人写给小孩看的文学"，那么儿童电影就是"大人拍给小孩看的电影"。因而这两种艺术品都存在着生产者与消费者是两代人的"悖论"与"代沟"关系，由此构成了这两种艺术品最基本的特征，它们的一切问题也均由此而生。正因如此，儿童文学、儿童电影与生俱来就有一个"两代人"之间需要互相了解、尊重、沟通和认同的问题，这既要求儿童文学作家与儿童电影工作者建立正确的、科学的、符合时代潮流的"儿童观"；同时，还需要他们熟悉和把握儿童的一切特征，包括儿童的年龄特征、思维特征、社会化特征与时代特征，真正熟悉、理解"儿童世界"，树立正确的、全心全意为儿童服务的"儿童文学观"与"儿童电影观"。

4. 存在问题相同：在今天传媒多元、信息爆炸，少年儿童的知识获取、信息获取、娱乐形式有更多方式和渠道的背景下，儿童文学与儿童电影都面临着多媒体急剧冲击、受众大量流失的问题。如何使自己的作品真正走向少年儿童，留住受众，为孩子们喜爱、接受，这不仅是儿童文学作家的困境，

也是儿童电影工作者的困境。

二、儿童文学与儿童电影需要携起手来

由于多种原因，儿童文学与儿童电影这两种艺术门类缺乏沟通、对话。儿童文学不关心儿童电影，敬而远之，不懂得将优秀作品转化为视觉艺术；儿童电影则未能看到儿童文学这一巨大的文学资源库，很少想到要从儿童文学那里借鉴新鲜的理论观念，发现与寻找可以改编成电影的优秀作品。儿童文学与儿童电影需要携起手来。

在现代社会，儿童电影已成为最具影响力、感染力的儿童精神产品之一。如上所言，正如儿童文学是“大人写给小孩看的文学”一样，儿童电影也同样有着与生俱来的悖论——它是“大人拍给小孩看的电影”，因而荧屏中儿童形象的塑造、辨认与成人制作、成人理念的介入密切纠缠在一起。儿童电影既是陪伴儿童成长的精神食粮，但同时也是体现一个时代成人意志、成人目的的文化想象与价值隐喻。基于儿童电影的这一特性，儿童电影亟须复合型的人才：他们既有儿童文学、儿童心理、儿童文化的素养，又有电影学、艺术理论的深厚根底。因为如果仅有电影艺术的准备而不知儿童的特征，那就会因缺失“儿童本位”“儿童视角”“儿童思维”“儿童情结”等儿童文学、儿童心理、儿童文化知识结构而偏离儿童精神世界；而如果没有电影艺术的素养，则显然难以从事儿童电影。因而发展儿童电影事业，亟须既懂儿童电影又懂儿童文学、儿童心理、儿童文化知识的两栖型、复合型人才。

三、改革开放以来，中国儿童文学无论是理论观念还是作家原创与传统儿童文学相比，已发生了很大变化，儿童文学可以为儿童电影提供理论观念的借鉴与作品资源的援助

（一）儿童本位的理念

进入改革开放的新时期以来，中国儿童文学的价值观、理论观已发生“革命性”转变，这就是从以前的成人目的、成人功利、成人中心主义转向儿童本位、

儿童中心、为儿童服务。“走向少儿”已成为今天儿童文学创作思想与审美意识的最重要的特征。儿童文学理论界提出的并深刻影响改革开放30年来儿童文学发展的许多重要观点，如“儿童文学作家是未来民族性格的塑造者”“儿童文学要为儿童打下良好的人性基础”“儿童文学的三个层次”“儿童文学是快乐文学”“儿童文学的童年情结”“儿童文学的儿童视角”“儿童文学的成长主题”“儿童文学的阅读推广”等，无一不是向着儿童、为着儿童的。

为儿童写作是一门艺术，英国的格尔姆在其《怎样为孩子写书》中曾说：“想开采这个矿脉的诸君，必须留心的是，绝对不可以认为是小孩的东西嘛，随便写写就可以了，或者以为有诚意写作，就会获得儿童的感激，这种自我陶醉或随便的想法是很严重的错误。如果你想成功，必须有相反的态度，也就是放弃命令的姿态，准备一切服从小孩，因为小孩是在支配你的写作。”（保尔·亚哲尔《书·儿童·成人》）这说明为儿童写作的艰难，也体现了“儿童本位”的创作指导思想的极端重要性。当今国内如同明星一般受到孩子们欢迎、作品发行量超过三千万册的杨红樱，总结她的成功经验正是“儿童本位”。她说她的创作心态是“回归童年状态”，创作“技巧”有三句话：一是要有好看的故事，二是要有记得住的人物形象，三是看了能感动。显然这是她坚守“儿童本位”写作立场的由衷之谈。

（二）儿童视角的叙事

叙事视角在现代叙事学中被表述为一个聚焦问题，即“我们通过谁的眼光来观察故事事件”。现代性儿童文学的叙事视角主要有三种：儿童视角；成人视角；两代人对话、对比的视角。但核心视角则是儿童视角。陈伯吹曾做过非常形象的表述：“一个有成就的作家，愿意和儿童站在一起，善于从儿童的角度出发，以儿童的耳朵去听，以儿童的眼睛去看，特别以儿童的心灵去体会，就必然会写出儿童能看得懂、喜欢看的作品来。”陈伯吹在这里说的正是“儿童视角”。一般说来，在儿童文学创作中，作家从儿童自身生活层面与儿童经验世界入手直接描写的儿童故事、关注儿童心灵的作品，大多属于儿童视角；同时，不少作品都以“第一人称”切入，而且以儿童“代言人”的身份出场。如曹文轩的《草房子》、秦文君的《男生贾里全传》、杨红樱的《淘气包马小跳系列》《笑猫日记》、郑春华的《大头儿子和小头爸爸》等。应当指出，“儿童视角”并非是儿童文学的专利，实际上成人文学创作（主要是小说创作）中也有不少选取儿童视角的精彩之作，如萧红的《呼兰河传》、林海音的《城南旧事》等。我们知道林海音的《城南旧事》本是成人小说，但由于作家以儿童视角叙事，80年代初改编的同名电影充分坚持了原著的儿童视角叙事立场,并借助电影艺术使这一立场发挥到了极致,因而电影《城南旧事》赢得了少年儿童的广泛喜爱，已成为经典儿童故事片。这是运用儿童视角叙事电影的一个典型的成功例子。

（三）三个层次的分类

儿童电影创作艺术质量的提升，除了别的因素外，我以为还有一个分类问题。我所说的是分类不是指电影分级制中的一级片、二级片、三级片，而是指儿童电影如何适应、满足不同年龄层次的观众的接受心理需要，建构起一套各具艺术特色的电影创作秩序。在这里，我们有必要借鉴儿童文学创作中的三分法原则。所谓三分法，就是根据不同年龄段青少年儿童的身心特征、思维特征、社会化特征，将广义的儿童文学具体细分为以中学生为对象的少年文学、以小学生为对象的童年文学、以幼儿为对象的幼年文学，这是新时期以来我国儿童文学界最重要的观念变革，这一变革有力地促进了我国不同层次的儿童文学的创作繁荣。反观我们的儿童电影，似乎在观众年龄层次分类这一方面还关注不够，以致出现我们辛辛苦苦拍出来的电影，中学生说太浅了、太弱智了，而小学生、幼儿园小朋友也似乎并不爱看。

借鉴儿童文学的三分法，我建议我们的儿童电影也可以分为三个类别，三个层次：第一类是以中学生年龄段（十三四岁至十七八岁）为服务对象的少年电影；第二类是以小学生年龄段（七八岁至十二三岁）为服务对象的童年电影或狭义的儿童电影;第三类是以幼儿园小朋友年龄段(二三岁至五六岁)为服务对象的幼儿影视。

（四）优秀儿童文学作品的资源

改革开放以来，我国儿童文学创作涌现了一大批优秀作品，集中体现在中国作家协会第一至七届（1980—2007）全国优秀儿童文学奖的获奖作品，包括孙幼军、金波、曹文轩、秦文君、张之路、杨红樱、黄蓓佳、沈石溪、周锐、冰波等一大批作家的作品，这些原创作品有很多都可以为儿童电影提供创作资源。

四、哪些儿童文学作品适合改编成电影？

一是儿童文学优秀畅销书，作品已经具有很大的影响力、号召力，作品中的主角孩子们已十分熟悉，如曹文轩的《草房子》、杨红樱的《淘气包马小跳系列》。改编这类作品，电影编导最好不要大砍大改，因为原作主人公甚至故事情节已经深植孩子心中，如删砍太多，或重起炉灶，会对小观众的观赏期待造成反差，带来失望。

二是紧密联系现实生活、反映当下少年儿童成长的作品。这类作品通常以"成长"为主题，与少男少女在这一年龄阶段巨大的身心变异所带来的困惑、烦恼、憧憬、期待，与青春年少的生命之间朦胧的情感吸引乃至"来往过密"，与自我意识的觉醒和家长、学校、社会之间的"亲子关系隔阂"即所谓"代沟"的出现，与成长中的少年儿童的人格独立性、自主性、自尊性、自信心的尊重与理解等，紧密地交织在一起。成长的艺术母题，大量地出现在儿童文学的小说创作中，主要是那些以少年人为主体艺术形象的少年小说、成长小说、校园小说里；在当代外国儿童文学中，如《麦田里的守望者》《安琪拉的灰烬》《追风筝的人》等，在当代中国儿童文学中，如《草房子》《青铜葵花》（曹文轩）、《非法智慧》（张之路）、《男生贾里全传》（秦文君）等，都是探索成长主题的富于创造性的艺术作品，对于成长中的少年儿童产生过广泛的影响。

三是幻想型题材。没有幻想，就没有儿童文学。因而儿童文学的审美创造无论在任何时候，总是与幻想世界紧密地联系在一起。就文体而言，幻想型儿童文学比较多地集中于童话、科幻、动物小说等。儿童文学幻想世界中的艺术形象，主要有动物形象、神魔形象、超人形象、英雄形象、特异人物（如巨人、小精灵、小矮人）形象等。幻想类儿童文学改成儿童电影，我认为最好的模式还是《哈利·波特》的"幻想世界+现实学校"。现代儿童是学校环境里长大的，他们所熟悉和理解的主要是学校生活。但学校生活毕竟太机械、单调，枯燥乏味。J．K．罗琳巧妙地将魔幻世界与现代校园结合起来，在小读者熟知的校园生活场景中展开魔幻故事，在魔幻世界的奇特氛围中表现校园生活。校园、魔幻，现实、远古，既熟悉又新奇，既耳熟能详又险象环生，既真实具体又虚无玄妙，这是《哈利·波特》最具特色的艺术手法，也是J．K．罗琳的聪明之处。《哈利·波特》的题材内容并不新鲜，它是欧洲古典童话老而又老的有关巫术与巫师的故事，但一旦把它移植到20世纪90年代的英国校园，这就产生了化腐朽为神奇的巨大魅力。霍格沃茨魔法学校既是哈利与孩子们向往的童话伊甸园，又何尝不是当代校园生活的真实摹写？

繁荣新世纪的儿童电影是亿万小观众的期待，儿童电影有着广阔的发展前景与巨大的艺术空间。愿儿童文学能为发展繁荣我国儿童电影事业助上一臂之力。为了中国的未来一代，儿童文学与儿童电影需要携起手来。

（本文系2009年9月“青岛凤凰岛，国际儿童电影节”论坛上的演讲。原载《再创儿童电影的新辉煌——第十届中国国际儿童电影节论坛文集》，中国电影出版社2010年12月版）

青少年文化产品研究论纲

一

青少年是国家和民族的未来与希望，党和国家历来十分重视青少年的思想道德建设和文化产品的教育影响作用。青少年是文化产品的最大受众，青少年文化产品的生产现状与传播接受，直接关系着民族下一代精神生命的健康成长。

青少年文化产品，包括两大系列：一是专为青少年创作、生产的产品，如青少年文学、动漫、少儿影视；二是虽不专为青少年生产，但却为青少年广泛接触的产品，这主要是数字化产品。总而言之，进入新世纪以来，深刻影响当今青少年的文化产品主要有：一是青少年文学，包括青春文学、幻想文学（奇幻、科幻、魔幻）、绘本；二是电影电视，包括主流电影、大片、儿童电影、电视剧、娱乐节目；三是卡通动漫，包括动画片、漫画书、动漫延伸产品；四是数字化产品，包括网络文学、网络音响、网络视频、网络社交（微博、社交网站、QQ 等聊天工具）、网络游戏、新媒体（IP、智能手机、电子书）等。

青少年文化产品是以青少年为消费主体与接受主体的文化现象，具有时尚性、先锋性、流行性等鲜明的时代特征和彰显青少年特点的价值与认知体系，是青少年认知方式、表达方式和生存方式的重要体现。改革开放以来，特别是进入新世纪以来，随着社会经济文化的变革、全球化时代的到来以及多元传媒的超常规发展，致使当今青少年文化的生产消费、接受处于一个特别活跃、复杂而又亟须探讨、引导的时候。

一方面，高科技、信息化、多样化的文化产品，极大地满足了青少年选择、接受文化的途径和需要，真正获得了社会文化的知情权、参与权、表达权，享受到了精神阅读的自由和快乐。但另一方面，多元文化格局的碰撞与市场化、消费化倾向，又使青少年在即时与长远共存、自由与重负共生、批判与消费共在的背景下致使其价值观面临多重困境，网络与数字化产品等带给当今青少年心理的负面影响，已经到了必须引起全社会高度重视与警惕的时候。

研究表明，青少年长期沉溺于网络、动漫、数字化产品，会从根本上改变其价值观，导致人生理想错位、个人主义抬头、思想道德滑坡、价值信仰多元；同时也会改变青少年的认知方式、社会行为，导致社交能力减退、语言陌生化（如网络“火星文”）、性格孤僻（宅男宅女现象）。

调查表明，目前网络上非学术信息中，47% 与成人色情有关。这对于正处于身心发展“暴风骤雨”阶段、认知能力和成熟人格尚未形成的青少年而言，网络及其数字化产品中的成人色情与暴力信息，已经极大地威胁到了青少年生命主体的健康成长，甚至成为诱发堕落与犯罪的陷阱。

本课题正是面对当今青少年文化产品多元复杂的严峻现状而设立的，其意义在于：

一是力图在深入调研的基础上，全方位、多层次地探讨当今青少年文化产品的生产现状、传播现状、接受现状，即多元文化与多样传媒格局下的当今社会发展变迁最终形成了一种怎样的青少年文化；

二是深入阐释这种先锋性与时尚性、消费性与欲望性并存的当今青少年文化产品的新形态、新特点、新趋势，探讨青少年文化产品对青少年的主体生命精神到底产生了怎样的影响，以及这种影响对于构建中国和谐社会、复兴中华民族的深层次问题；

三是立足于科学发展观、构建和谐社会的高度，从青少年精神生命健康成长的目标出发，调动教育学、心理学、传播学、艺术学、社会学、语言文学等多学科学术资源，探讨青少年文化产品的存在问题与深层次原因，提出有学理深度与实践意义的引导策略和思路；

四是通过以上综合研究，丰富具有中国特色与鲜明时代性的中国青少年文化的理论研究成果，同时也为有关部门提供具有充分现实意义和决策参考价值的调研成果。

二

由于青少年文化产品既涉及青少年问题，又涉及文化问题与文化产品问题，因而本课题属于跨学科性质的综合研究，既有理论观念，也有具体实证与实践问题。从目前国内外研究现状考察，专门研究“青少年文化产品”的综合性研究成果尚是一个薄弱环节，更遑论对我国当今青少年文化产品的现状分析与引导策略研究。

目前涉及“青少年文化产品”可资借鉴的主要研究成果有以下几方面：一是专注青少年具体问题的研究，较有影响的有：1．河北师范大学高中建主编的《当代青少年问题与对策研究》（中央编译出版社，2008），全书16章，但仅有1章涉及青少年文化。2．中国青少年研究中心课题组的调研报告《中国青少年流行文化现象分析报告》（2009），该报告分析了韩剧、网络同居、街球时尚等8种青少年流行文化现象。3．另有《论少年犯罪的网络诱因》（2009）等探讨青少年与网络不良因素的专题论文等。

二是有关文化产业、地域文化研究的成果，这方面的论著也会涉及青少年文化及其产品，重要者有：1．金元浦主编的《中国当代文化发展研究报告：跨越世纪的文化变革》（首都师范大学出版社2001年版），此书主要研究世纪之交的报刊、书业、视像、互联网、电影、建筑、服饰以及文学、艺术等的变革及其影响，某些内容涉及青少年文化问题。2．熊澄宇教授主持的国家社科基金重大项目《我国发展文化产业的理论与实践研究》（2010），该成果有多篇研究报告及学术论文，对我国文化产业发展研究极有贡献，其中某些内容涉及青少年文化。叶朗教授主持的国家社科基金重大项目《我国文化产业发展战略研究》（2011年开题启动），也会涉及青少年文化。3．地域文化研究成果，如北师大北京文化发展研究院主持的连续性年度报告《北京文化发展研究报告》（2003—2010），部分内容也会涉及青少年文化。

但综观当前我国的文化研究现状，有关文化产业、文化发展战略等的宏观性研究，成果多、投入大，而对具体文化问题，尤其是青少年文化产品研究尚是薄弱环节。据2011年7月20日新华社消息，我国现有网民4.85亿，其中绝大多数是青少年。但对青少年最热衷、影响最大的网络与数字化产品的研究成果却十分薄弱。据中国知网学术文献总库的资料，以网络视频为关键词的文献有8332篇，其中以“网络视频”“青少年”作为共同关键词的仅有16篇。而对于新媒体产品的研究，我国还停留在硬件、数据方面。同样据中国知网学术文献总库，以新媒体为关键词的研究有21561篇，其中以“新媒体”“青少年”作为共同关键词的仅有171篇，而对青少年影响的研究只有6篇。在网络与数字化产品“无孔不入”“铺天盖地”般地影响亿万青少年的今天，这方面的研究成果实在是太少太少了。国内既缺乏青少年文化产品的系统性综合研究专著，也缺乏相关的有深度见解与实际应用价值的调研报告，因而本课题的设立无疑具有积极的现实意义与“补白”性质。

三

本课题将充分立足于改革开放以来尤其是新世纪以来，青少年文化产品的新的文化生态和形态的基本现实，在新世纪中国社会文化、中国青少年文化发展与变迁的大格局下，全方位、多维度地考察青少年文化产品的生产现状、存在问题及对青少年主体生命建构的深层影响；梳理和探讨青少年文化产品主要门类及其属性，并将重点探讨最受青少年欢迎同时也是对青少年身心影响最大的青少年文学、影视、动漫、数字化产品等四大门类（此也是本课题设立的主要子课题）；在充分认识与把握青少年文化产品生产现状、存在问题的基础上，调动教育学、心理学、传播学、社会学等多学科的学术资源，提出青少年文化产品的引导策略与改进措施，以期促进青少年精神生命的健康成长和和谐社会建设。本课题的首要之务，将是对当今青少年文化产品的生产现状及其传播、接受现状和对青少年身心影响，进行切实有效的社会调研（包括问卷调查），充分熟悉与把握当下文化产业——青少年问题——青少年文化——青少年文化产品研究的前沿课题与思维成果，进行扎实的文献搜索与研读，在此基础上展开探究。

本课题的预期目标是经过3年的努力，完成50万—60万字的综合性研究专著《中国青少年文化产品生产现状与引导策略研究》，同时为相关部门提供阶段性的调研报告，这将涉及青春文学、动漫产品、网络、新媒体等。本课题将强化问题意识、原创品格、中国话语，紧密联系青少年文化产品的现实问题，深入调研，加强战略性思考，进行前瞻性研究，使最终成果具有很强的学术含量与实际应用价值，研究结论和对策建议以真实可靠的数据案例为基础，努力为党和政府在加强青少年文化建设的决策方面提供科学依据。

四

子课题之一青少年文化产品（一）：青少年文学

研究对象：

青少年文学是基于受众对象的年龄特点形成的文学品类。该概念在20世纪二三十年代的美国取得合法地位，在我国大致生成于20世纪80年代。本课题重点考察当下中国青少年文学中的青春文学、幻想小说和绘本。“青春文学”概念在我国诞生于21世纪初，因以小说创作为主，亦指称青春小说。其特质在于，以处于青春期的青少年为叙述主角，展现他们丰富、驳杂的成长故事。“幻想小说”是幻想文学的一种，“与口头传承的文学不同，它是指由特定的作家创作的，通常拥有一个长篇小说的长度，包含了超自然、非写实要素的虚构文学”（《牛津世界儿童文学百科》1995年版）。幻想小说已成为当代青少年的流行阅读对象。绘本，英文为PictureBook，又称图画书。“绘本”之译，源自日文。培利·诺德曼在《阅读儿童文学的乐趣》中定义如下：PictureBook是通过一连串连贯的图画与相对较少的文字（有时没有文字）互相结合来传递信息或讲述故事的儿童书。我国较多使用“绘本”一词，突出其手绘的个性，印制、装帧的精美和艺术、文化的内涵。

生产现状：

进入21世纪以来，青少年文学创作呈现为文化热点。在青春文学方面，以“80后”为代表的“青春写作”如日中天，其中的代表如韩寒《三重门》、冯唐《万物生长》、郭敬明《幻城》、孙睿《草样年华》、胡坚《愤青时代》、郭妮《麻雀要革命》、饶雪漫《左耳》等。不少“80后”之外的作家也出版了众多青春小说，还出现众多寄居于青春文学旗下的作品。近年来，青春写作不但从单兵作战升级为群体出击，以巨大的内聚力拉动了退守边缘的文学出版市场，而且自身也渐趋成熟、理性。幻想小说方面，从风靡世界的《魔戒》《纳尼亚王国》《北风背后的国家》到造就出版神话的《哈利·波特》，幻想小说向青少年展示出无穷的魅力。引进版同时带动了本土原创作品诞生，《时光魔琴》等作品成为年轻读者追捧的目标。伴随幻想小说热，衍生出一系列名目各异的幻想类小说，除传统的"科幻"外，又有"魔幻""奇幻""玄幻"等，创作数量庞大，在青少年中流传甚广。绘本在我国同样兴起于21世纪初。2002年，几米绘本经辽宁教育出版社推出，迅速掀起几米旋风，经由他作品改编的动画片《微笑的鱼》、电影《向左走，向右走》《地下铁》《恋之风景》更是得到广大观众的认可和喜爱。同年12月，由接力出版社引进的香港《麦兜麦唛系列》绘本，再次引燃内地"麦兜"热潮。儿童绘本之外，青春绘本、成人绘本成为更具需求潜力的产品。伴随全世界绘本阅读时尚，伴随人民生活水平的提高，大量内容优秀、装帧精美的图画书引进我国，带动本土绘本创作蓬勃发展，弯弯、寂地、钱海燕、熊亮、周翔、蔡皋、朱成梁等本土绘本创作者不断涌现，作品数量大幅增长，出版者、推广者明显增多。

存在问题：

上述文化产品的共同特点在于"新"，在我国均处于成长期。对于青春文学，批评界的批评处于随市场之波而逐流的情状，尚未回归学术本位，贬多于褒，焦虑多于鼓励，诘问多于关怀。同时，多数青春文学作品本身仅是附丽于文学华氅之下的时尚消费品，缺乏对成长的理性认知，缺乏力度和深度。但草率否定性评价，泯灭了其中充盈才气和灵气的青年作家，如冯唐、李傻傻、张悦然等。片面的评价不但不利于青春文学的健康发展，更在青少年粉丝与成人评价之间筑起了不可沟通的高墙。在幻想小说方面，存在诸多亟待辨析的问题，如：东西方幻想文学是否在同一文学体系之内？西方有关幻想文学的理论是否能够解决东方作品中存在的争论？中国幻想小说的特征是怎样的？当下幻想作品与中国文化之间的联系和断裂应该怎样认知？这种联系和断裂，将给青少年带来怎样的影响？创作层面，不能回避的事实是，一直以来中国没有产生具有世界影响力的幻想文学作品。而以网络为主要载体的奇幻、玄幻等作品又充斥着个人英雄主义、美女情结、性解放、急功近利的心态和不劳而获的投机心理等。这种一味迎合青少年读者幻想欲、成功欲、财富欲、探险欲、感情欲的创作，必然会在青少年的社会性成长过程中造成不良影响。在绘本方面，突出的问题是，在巨大利益面前，出版社盲目重复、低质模仿、缺乏创新与原创。而且与大量出版但大多滞销的本土绘本相反，销售榜的前列仍是中国台湾和国外畅销绘本，几米的、朱德庸的、高木直子的，等等。怎样做好本土原创绘本、怎样将传统文化融入这一新艺术形式，怎样将中国绘本推向世界，包括怎样看待这种由社会、心理等诸多因素促成的、有别于纯文字阅读的"轻阅读"方式，都亟待解答。

研究思路：

将青少年文学的考察纳入青少年文化产品体系，是西方近年来研究青少年文学的一种趋势和策略。不同时代的文学映射不同的时代，在当下文化环境中成长起来的青少年一代，其创作的作品与其接受的作品，必然不可避免受到时代的影响。本课题拟从文化视角，针对典型问题做出评价判定，以形成对阅读、创作和出版的理论引导。具体内容如下：

（一）青春文学与青少年亚文化。界定青春文学，阐释青少年亚文化的形成原因、基本特征和发展趋势，剖析其与青春文学之间的互渗关系。

（二）"书写青春""青春书写"与文学的诗性拯救。考察青春文学的沿革，深度解读"70后"青春文学的"审丑"的文化心态；解析"80后"青春文学由"滥性"向"忧伤"和"纯美"的转型，提出青春文学的出路，为青春文学批评提供有效参照。

（三）中西方幻想文学的差异与相同点分析。在剖析对比的同时，呈现中国幻想文学的特征及与中国传统文化的关系。

（四）幻想文学创作与接受症候分析。考察幻想文学本土创作现状，探讨中国本土幻想文学与世界的同步发展；展开幻想文学对青少年影响的调研和评估，探讨各类作品在青少年观念形成、思维培养、情感发展、精神疗伤等方面的作用。

（五）青少年绘本的外来文化濡染与本土原创。全面考察绘本在我国的引进、传播与原创状态，探讨绘本的本土演化与外来影响。

（六）时代背景下的绘本成长与文化功能。从几米绘本等个案分析入手，分析这种兼具文学气质和绘画意韵的表意方式所营造的独特阅读感受；进而探讨读图时代、大众时代，绘本在青少年中流行的原因，探讨绘本对青少年情商、美感培养和释压、慰藉等方面的多重功能。

上述研究首先建立在对文献的整理和综述上，运用文献分析法查证与辨析观点；然后运用特征提取法，对代表性作品做出分析与评价；同时运用比较法，对不同文化背景中作品展开比较研究，在此基础上获得结果，做出整体研究。

子课题之二青少年文化产品（二）：影视

研究对象：

青少年电影电视，是青少年接触频率最高的媒介，是大众影视媒介与青少年儿童联姻的产物。作为综合艺术，少儿影视与青少年文学相比，在媒介符号、艺术形态、接受（观赏或阅读）情境的规定性等方面都有着质的不同。同时，少儿影视受众的专一性，决定了它"儿童本位"的基本特征。少儿电影是综合了文学、戏剧、音乐、绘画、摄影等多种艺术门类的综合艺术，以影像为基本表征，以镜头为最小表意单位，通过镜头及镜头之间的关系，带给青少年儿童比文字更为直接的视觉冲击力、情绪感染力和美感效应。少儿电视尽管在技术原理上与少儿电影非常相似，但在观影方式等方面有着明显的区别。它主要包含儿童电视剧、少儿新闻、儿童专题栏目、儿童文艺节目等丰富各异的节目形态（因动画片专设子课题研究，此处不再赘述）。

生产现状：

近年来，我国儿童电影的创作数量稳步增长，自2005年，儿童片占当年国产故事片生产总量的比例一直稳居10%以上。一方面，逐年递增的年产量为我国儿童电影提供了良好的产业化基础；另一方面，人口资源优势、儿童文化消费升温、动画电影培育的影院观影热潮等，也为国产儿童片的发展提供了有利条件，中国儿童电影已经进入发展快车道。儿童电视方面，儿童电视剧稳中求进，《水浒少年》《乘着歌声的翅膀》《家有儿女》《小留学生》《快乐星球》等48部儿童电视剧先后获得我国电视剧领域最高政府奖飞天奖，尤其是以《家有女儿》《快乐星球》为代表的将教育与娱乐、市场与儿童发展较好结合的优秀作品，显示了中国儿童电视剧发展的巨大潜力。儿童电视文艺节目异彩纷呈，新世纪以来，随着少儿频道的壮大，各种儿童晚会节目越来越丰富，越来越精彩，儿童春节联欢晚会和各种儿童专题性晚会也成了近年儿童电视文艺的重头戏，《"乐满神州·欢动2008"北京卡酷动画春节联欢晚会》《托起明天的太阳——首都青少年爱心慈善晚会》等都是近年来涌现出的优秀儿童电视文艺晚会作品；各种儿童文艺电视竞赛活动也是近年来非常重要的形式，如中央电视台的《英雄出少年》《智慧树》、中国教育电视台的《你好宝贝》、天津广播电视台的《糖心家族》、上海广播电视台的《好奇探长》《欢乐蹦蹦跳》等。

存在问题：

纵观我国儿童影视作品，其在创作观念、技术水平、制片发行机制、经营模式、管理意识等方面都还存在局限。这是我国儿童影视快速成长过程中面临的现实问题，直接关系到未来的发展与走向。

我国儿童电影存在的问题主要集中在以下两个方面：第一，整体创作质量不高，"叫好又叫座"的优秀作品比重偏低，低水平重复、题材撞车、同质化生产现象普遍存在，急需从管理机构到创作一线树立、贯彻和实施"上层次、出精品"的理念，加大儿童电影专业创作队伍建设力度。第二，儿童电影的产业化程度非常低，目前能够进入商业院线参与市场博弈的国产儿童片，要么是有国际力量参与的合拍片，如《熊猫回家路》《功夫梦》；要么是以品牌效应和营销攻略制胜的儿童片，如《寻找成龙》，不但数量十分有限，而且考虑到儿童观众的特殊性，也不能简单以商业模式作为儿童片发展的唯一目标。因此，要真正实现"儿童电影为儿童"的创作目的，还需我们积极探索儿童电影的创作生产、发行放映渠道、社会影响力和市场占有率等问题。

我国儿童电视文艺发展中也存在下列问题：首先，儿童电视剧作为受孩子欢迎、对儿童有益的重要节目形式，其自身生存能力不如动画片，但又得不到国家应有的重视和支持，几乎处于放任自流状态。据统计，2010年，全国生产完成并获准发行的剧目共计436部14685集。这其中，当代青少年题材电视剧只有12部407集，仅占2.75%、2.77%，产量明显走低。市场经济条件下对少年儿童题材电视剧创作的投入不够、创作人才流失，亟须国家采取切实措施加以扶持等问题仍然存在。其次，儿童电视节目虽然因为播出平台的壮大而有了发展，但绝大多数节目还是处于自产自销状态，不但投入与产出不成比例，而且缺乏有效的引导与评价，影响了节目制作的进一步的发展和提高。因此，在儿童电视节目是否符合儿童健康成长需要的评价机制和优秀儿童电视节目持续稳定发展的长效机制两方面，亟须探索和努力。

研究思路：

本研究立足于电影范畴中的主流电影、商业大片、儿童故事片，以及电视范畴中的儿童电视剧本和电视娱乐节目，研究其生产现状，探讨其对少儿精神成长的价值和功能以及可行的引导策略。具体内容如下：

（一）儿童媒介视野下的儿童影视。从传播学的角度，分析媒介环境中的儿童影视及其与儿童成长的关系。

（二）主流电影与青少年儿童教育。分析新世纪以来中国电影在产业化背景下呈现出的“大众化与多样化并存”现象。针对目前一些主流电影在相当程度上进入了新的文化认同阶段，并因其意识形态性的特征得到青少年的青睐的现象，本章将以个案研究的方法，探讨《云水谣》《集结号》《张思德》等主旋律电影在少年儿童思想道德建设中的作用。

（三）商业大片与电影分级。商业大片是电影工业的基石，对包括少年儿童在内的观众产生了巨大影响，当代年轻人对于商业文化的绝对认同，很大比例来源于商业大片对于包括少年儿童在内的观众群体的价值观的引导。本章将探讨商业大片对少年儿童的负面影响及应对的有效策略。

（四）儿童电影与文化建构。儿童电影作为有效影响儿童发展的艺术形式之一，在人文教育方面具有极高的价值，在儿童成长过程中发挥着其他艺术形式不可替代的作用。本章将重点分析我国儿童电影创作现状以及存在的主要问题，并就如何提高儿童电影的艺术品格、如何建构中国儿童电影文化提出自己的看法。

（五）儿童电视剧与艺术成长。儿童电视剧作为一种独立的艺术形态，有着其独有的审美特征和社会影响。本章重点分析中国儿童电视剧在成长的过程中遇到的突出问题，如儿童电视剧取材创作的速度赶不上儿童观众欣赏兴趣和风格的变化、传媒业市场化模式的形成对儿童电视剧生产的正负影响等，分析问题产生的原因，并提出建议。

（六）电视娱乐节目与青少年儿童。电视娱乐节目通过一定的中介形式和大众参与，在相互交流中形成一种娱乐氛围。本章将针对当前儿童收视兴趣呈现成人化特点、一些儿童电视节目制作呈现成人化倾向、儿童成为“被娱乐”对象等问题展开探讨，提出建议，力图为少年儿童营造健康成长的绿色空间。

课题的创新之处在于，透过当下热点现象，深度探析影视传媒对少年儿童的影响，揭示儿童影视在少年儿童的知识结构、行为方式、价值观念、人格修养、审美情趣乃至世界观、人生观的形成等方面复杂的关联，形成建设性意见。

子课题之三青少年文化产品（三）：动漫

研究对象：

动漫产业指以创意为动力，以动漫文化为基础，以版权为核心的盈利模式，广泛涉及影视、网络、音响、书籍出版以及玩具、文具、服装等行业的现代文化产业。动漫产业因市场潜力巨大、前景广阔而被称为“新兴的朝阳产业”。动漫产品以贴近青少年现实生活和想象世界的题材内容，创意新颖、灵活多样的表现形式，夸张直观、制作精良的人物形象和强烈的音效，形成视、听、动觉多通道感官刺激，备受正处于感官期、个性张扬、热爱新鲜事物的青少年喜爱。据《2009 年未成年人影视收视行为调研》数据显示，未成年人对娱乐及动漫的节目喜爱程度超过了 72.93%。青少年不但成为动漫产业的主要消费群体，而且其消费规模正在日益扩大。

生产现状：

目前，在政府、企业、市场的“三力合一”作用下，中国动漫产业发展势头良好。我国首部动漫蓝皮书——《中国动漫产业发展报告（2011）》显示，2010 年我国动漫产业总产值共计 470.84 亿元，比 2009 年增长 27.8%。其中，制作完成电视动画片共 385 部、220530 分钟，较 2009 年增长 28%，是 2005 年的 5.16 倍；生产动画影片 16 部，票房收入再创新高；优秀漫画刊物月发行量达上百万册。一系列优秀电视动画片，如《西游记》《蓝猫淘气 3000 问》《蓝皮鼠和大脸猫》《中华五千年历史故事》《三毛流浪记》《大耳朵图图》《福娃奥运漫游记》《羊羊运动会》脱颖而出；一大批质量上乘的优秀动画影片如《麦兜响当当》《奥运在我家》《淘气包马小跳系列》《麋鹿王》均获得了不俗的票房成绩，2011 年《梦回金沙城》入围第八十三届奥斯卡最佳动画，并将于下半年在美国电影动画频道播出，标志着国际动画产业界对我国原创动画电影质量的肯定。目前，我国国产动漫产品出口突破 4 亿元，国产动漫业整体呈现数量众多、质量上乘、日趋成熟并逐渐走向世界之势。

存在问题：

在动漫受到青少年狂热追捧的形势下，动漫产业自身发展不够完善、动漫产品对青少年带来诸多负面影响等问题也逐渐显露。

第一，国产动漫产业模式初步形成，但产业链条尚待完善，衍生产品缺乏深度开发与高端创意，种类单一，后劲不足；原创动漫知识产权保护不力，动漫周边产品盗版现象严重。如何在行业快速增长的基础上，避免产业功能定位雷同、文化含量不足，如何形成相对成熟的动漫产业链模式，尚需从业人员积极探索。第二，目前我国动漫产业拥有数量庞大的从业人员和制作团队，但漫画原创能力不足，盲目跟风现象严重，电视人才特别是高端电视人才严重匮乏，动漫艺术教育相对落后。创新能力不足已成为中国动漫产业发展的瓶颈。第三，国内动漫产品对消费群体——青少年心理特点和消费偏好认识不足，受众流失明显。表现在国内动漫产品多以低龄儿童为主要受众，部分作品充斥简单幼稚的情节和概念说教，对青少年缺乏吸引力。这导致中学及以上年龄段的受众转而追逐日本、欧美动漫产品，丧失了对本土动漫的热情。《中国动漫行业市场调查研究及投资分析报告 2009》统计数据显示，青少年最喜爱的卡通作品中，日本卡通占 60%，欧美卡通占 29%，中国原创卡通包括港台地区的在内只占 11%。在排名前 10 位的“中国读者最喜爱的动漫作品”和“中国读者最喜爱的动漫作家”中，没有中国的作家、作品。第四，在世界文化交流日益频繁的今天，部分国内从业者盲目模仿国外作品，“西化”“日化”严重，民族文化内涵匮乏。由于国外动漫引进过程中没有完善的审查和年龄分级机制，部分引进作品存在社会阴暗、暴力、色情等内容，低俗内容和负面情绪引发青少年不良认知和价值观混乱。立足青少年受众，依据国情，借鉴国外动漫产业经验，建立不同等级的动漫消费市场势在必行。

研究思路：

动漫产品的内涵是文化产业，具有极大的外延性。产业引导，意义重大。在现有的研究中，对动漫产品与青少年的泛论较多，针对其中个别问题的讨论较多，基础研究严重不足，无法为实践提供有效的指导和帮助。同时，目前针对外来动漫产品的不良影响，多采取“堵”的措施，靠“禁”“停”来限制动画，不能从根本上解决问题，也需要追本溯源，寻求对策。本课题将从搜集动画产业发展第一手资料入手，一方面基于国内动漫产业自身发展状况与目前研究现状，确定以横向比较的方式，探寻欧美、日韩动画产业的成功原因，在总结国外动漫产业经验的基础上，为建构中国动漫业的发展之路提供对策；另一方面以文化研究的视野，探讨动漫产品给青少年带来的不良影响，探讨如何肩负民族文化传承使命，利用我国优秀传统文化建立自己的动漫美学理论，以文化内涵形成自有的动漫文化特色。具体内容如下：

（一）世界和中国动漫产业发展研究，基于产业发展状况与青少年接受状况两个维度，给予不同角度的呈现，聚焦需解决的问题。

（二）中国动画产业分析：中国动画发展现状，历史源流及发展瓶颈。

（三）中国漫画发展分析：新世纪十年中国漫画发展历程、现状及机遇。

（四）中国动漫产业链建设：新世纪十年的中国动漫产业链缺失状态勾勒横向比较国外动漫产业，提出及产业突围策略。

美式动漫分析：以美式动漫为案例，探讨当代动画发展与技术更新的密切关系，剖析迪斯尼将欢乐变为产业的全新经营理念、商业动画片制作的经济奇迹和糅合各种世界文化元素的文化资源利用策略。

日式动漫分析：探讨日本动漫的产业化经营，借鉴其新颖的创意、精良的制作、产品的开发和配套的中介服务，尤其是其动漫品牌形象衍生产品开发的层次性、丰富性，成熟的“漫画—动画—衍生产品—消费者”产业链模式。

欧洲动漫分析：探讨欧洲动漫作品自由多变、贴近现实生活、充满浓郁的人文情怀、富有个性和文化内涵、具有试验性和探索性等特点，借鉴其如何形成文化底蕴，渗透人文精神，展现地域与民族特色，强化动漫作品的文化功能。

（五）动漫对青少年的影响分析：从青少年接受层面，重点探讨动漫产品与青少年文化价值观形成、认知行为发展、现实人际关系建立、语言学习能力等方面的重要关联，深入探究并提出应对策略。

本子课题的研究重心将放在：对影响中国青少年的动画、漫画和衍生产品的生产现状进行更为精准和更具学理性的论述；对中国动画、漫画的创作及动漫产业链的建构，提出更具有思想性、指导性和操作性的引导策略。

本子课题的创新之处与难点在于，课题的研究试图建立在动漫产业的发展与动漫产品的创作引导两个维度，宏观与微观协同发力，并展开比较借鉴的国际视野，寻求我国青少年动漫产业发展的应然之路。

子课题之四青少年文化产品（四）：数字化产品

研究对象：

数字化产品（digital production），是指一系列民用数据处理和表征装置及其服务，人们从装置和服务中建立起包括新闻、音乐、视频、网络文学、网络游戏、网络社交在内的数字交互行为。数字化产品可划分成两个大类：一类是数字化娱乐类产品，以网络文学、网络音乐、网络视频和电子游戏为代表，用户可通过个人电脑、手机、互联网、数字电视和 iPad 等载体，获得多媒体、多应用、多功能的数字娱乐效果。另一类是数字化交流沟通产品，其源头是电子邮件，经由 BBS、博客、即时通信工具、社交网站，不断发展完善。本课题的考察对象圈定为：与青少年文化环境密切相关的新媒体和网络文学、网络音乐、网络视频、网络游戏、网络社交等数字化产品。

生产现状：

当下，数字化产业呈现出发展、更新速度快，使用者众多，信息传播迅速、互动性强等特点。相关统计报告显示，我国各类数字化产品正以超过 20% 的增长速度持续膨胀。尤其引起关注的是，青少年群体成为数字化产品的重要受众。截止 2010 年，我国网民总数达到 4.57 亿，其中 19 岁以下网民占 28.4%，30 岁以下网民近六成。根据网络使用率分析，几乎全部青少年网民都是数字化产品的用户。2010 年中国活跃大型网络游戏用户规模为 1.1 亿，其中学生用户比例占到 40.7%。截至 2010 年 12 月，中国网络交友用户 2.35 亿，其中青少年成为网站社交的主力军和增长点，以QQ等为代表的即时通讯在我国青少年中已经普及。

在网络文学方面，网人（多为18—30岁）发表的网络原创作品，具有青春化、娱乐化、通俗化、游戏化、自由化、类型化等特征。从蔡智恒《第一次亲密接触》、安妮宝贝《告别薇安》等“80后”熟悉的网络文学作品，到此后的幻想文学、青春文学热潮，再到玄幻、武侠、悬疑、言情、盗墓、历史、校园题材的逐一火爆，网络文学中出现了一系列对青少年影响巨大的作品。在网络音乐方面，因其新颖的数字化音乐产品制作、传播和消费模式，加上网友的原创、翻唱、改唱都可以上传分享、接受评论、传播互动，其反精英化、草根化特点和开放性、参与性对广大青少年构成极大的吸引力。同样，网络视频也具备原创和分享的特性，能够满足青少年体验新生事物、探索外部世界、缓解精神压力的需要，成为青少年重要的数字化消费品。国内比较成熟的视频网站如优酷网、酷6网、六间房等均以青少年为主要用户群体。在网络游戏方面，这种新型数字化娱乐方式通过信息网络传播和实现多人同时参与，使青少年在一定程度上摆脱现实，进入虚拟空间，凭借角色转换完成任务以体验更具互动性、真实性的游戏快感。在网络交友方面，我国青少年中常见的数字化交流沟通形式日趋多样，如微博、即时通信工具、社交网站等，吸引了大批青少年参与其中。

存在问题：

数字化沟通交流方式虽然带来很好的传播效果，数字化产品虽然给青少年打开了另一个世界的窗口，扩展了他们的视野，但一旦信息不良，造成的影响无法估量。目前，尽管数字化产业发展迅速，但却处于少监控和少辅导的状态。近年来虽有《全国人大常委会关于维护互联网安全的决定》《关于涉及网络空间安全的决定》《中华人民共和国电信条例》《互联网从事登载新闻业务管理暂行规定》等法律法规出台，但这些行政法规还存在着诸如内容不够明确、不够细化、有争议条款和盲点等问题，在执行方面存在可行性不强、多头执法等难题。更重要的是，这些规定没有针对青少年的“聚焦”，整个行业对青少年数字化产品监管方面存在巨大漏洞。同时，理论界对数字化产品的研究数量与质量也明显不足，一些社会调研机构或咨询公司的行业研究报告或业界人士的网络专栏文章存在研究不规范、样本不足、泛泛而论、个别问题讨论较多，而基础研究严重不足等问题，青少年接触数字化产品过程中暴露出的诸多问题隐患尚未得到有效的引导。诸如网络文学存在的整体质量不高、价值观多元、商业化气息浓重、惯性复制等不良倾向；网络音乐中部分渲染悲观颓废等负面情绪的作品对青少年心理的不利影响；网络视频的虚拟性和开放性造成的监管困难，暴力低俗内容丛生；网络游戏存在的内容不健康问题和伴随而来的游戏成瘾的心理问题；社交网站由于可以不做实名确认导致各种信息鱼龙混杂，对青少年形成不良影响，等等。这些数字化产品存在的隐患极有可能导致青少年产生各方面的问题，如价值观失落、认知改变、社交能力减退、现实和想象混淆、个性改变、社会行为改变、色情暴力信息引发犯罪，等等。

基于数字化产品在青少年生活中的全面渗透，基于存在的种种问题隐患，亟待进行比较深入系统的基础研究，厘清其对青少年产生影响的直接证据，并以此为基础做出反应。

研究思路：

纵观国内外研究成果，虽从基本理论和基本可能性方面分析了数码文化的形态，但直接针对我国青少年数字化产品生产与接受现状、产生的具体问题和可能的发展等方面所展开的研究极为不足，或缺乏准确、科学、权威的影响数据、局限于陈述现象，或没有试图揭示心理原因、提出治理方式，或没有形成面对整个行业的教育战略，缺乏心理学和教育学研究的指导，辅导机制不健全，等等。本课题的研究重点在于从众说纷纭且质量堪忧的前期工作中深入下去，获得较为扎实而有说服力的新结果。这需要广泛的信息获取、准确的提炼加工与严谨的思辨，必须集中最优秀的专家来完成。研究拟从剖析问题入手，纵深展开如下几个研究步骤和内容：

（一）青少年数字化产品生产传播与接受形态的研究。

（二）对数字化产品影响青少年心理和行为状况的准确调查。

（三）对数字化产品影响青少年心理和行为的深度原因分析。

（四）在前两个研究的基础上，提出对数字化产品影响青少年问题的对策。

拟采取的主要研究方法包括：第一，以文献分析法，对文献进行整理和综述，查证与辨析观点；第二，以问卷调查法，对网络文学等数字化产品在中国青少年中的影响的较大范围数据获取；第三，针对相关主题和获得的数据，组织相关专家分别展开各个问题的集中研讨，并由此形成报告。

一方面，课题的难点由此产生，即调研数据的数量和质量，焦点专家的选取；另一方面，课题的创新点与特色也正在于此：真正从数据上获得当前数码产品对青少年读者影响的第一手资料，将数据与理论分析相互结合。同时，采用专家焦点会议的方法对资料进行判别和综合，将比之前多数研究仅仅是个体或一个专家带领一个学生团队所进行的工作要深入和扎实。在此基础上，利于呈现对所研究问题的前瞻性分析。

（本文系2011年度国家社会科学基金重点项目《青少年文化产品的生产现状与引导策略研究》的论证报告）

新世纪数字出版与少儿文化创意产业的前瞻和思考

进入新世纪，随着数字出版与文化创意产业这一全球性大潮的到来，如何将少儿出版及时地、有效地融入数字出版与文化创意产业之中，求新求变求进步，这已成为全体少儿出版人的战略性课题，谁也无法绕开它。

一

数字出版是人类文化的数字化传承，它是建立在计算机技术、通信技术、网络技术、流媒体技术、存储技术、显示技术等高新技术基础上，融合并超越了传统出版内容而发展起来的新兴出版产业。数字化出版是在出版的整个过程中，将所有的信息都以统一的二进制代码的数字化形式存储于光盘、磁盘等介质中，信息的处理与接收则借助计算机或终端设备进行。它强调内容的数字化、生产模式和运作流程的数字化、传播载体的数字化和阅读消费、学习形态的数字化。数字出版就其本质而言是传统出版的内容和计算机技术两者融合而成的一种全新的出版形态，既传承了传统出版的优点，又结合了计算机技术的现代化手段，用计算机去深度开发和表现传统出版内容。

文化创意产业是指依靠创意人的智慧、技能和天赋，借助于高科技对文化资源进行创造和提升，通过知识产权的开发和运用，产生出高附加值产品，打造具有创造财富和就业潜力的产业。联合国教科文组织认为文化创意产业包含文化产品、文化服务与智能产权三项内容。文化创意产业属于知识密集型新兴产业，主要有三方面的特征：

第一，文化创意产业具有高知识性特征。文化创意产业一般是以文化、创意理念为核心，是人的知识、智慧和灵感在特定行业的物化表现。文化创意产业与信息技术、传播技术和自动化技术等的广泛应用密切相关，呈现出高知识性、智能化的特征。

第二，文化创意产业具有高附加值特征。文化创意产业处于技术创新和研发等产业价值链的高端环节，是一种高附加值的产业。在文化创意产品价值中，科技和文化的附加值比例明显高于普通的产品和服务。

第三，文化创意产业具有强融合性特征。文化创意产业作为一种新兴的产业，它是经济、文化、技术等相互融合的产物，具有高度的融合性、较强的渗透性和辐射力，为发展新兴产业及其关联产业提供了良好条件。文化创意产业在带动相关产业的发展、推动区域经济发展的同时，还可以辐射到社会的各个方面，全面提升人民群众的文化素质。

就数字出版与文化创意产业的关系而言，两者既有密切联系，甚至形成“一体两面”的关联，文化创意产业离不开数字出版，数字出版需要借助文化创意产业，借鸡生蛋、借机发展。但就范围与外延而言，文化创意产业显然要远远大于数字出版，数字出版是整个文化创意产业链中的一个部分，当然是极重要的一部分。

少儿文化创意产业，是指直接以少年儿童为服务对象、消费群体，为少年儿童量身打造的文化创意产业。少年儿童蓬勃向上的生命性与强烈的好奇心、趋新性、求知欲，决定了少儿文化创意产业必然具有时尚性、前卫性、探索性的特征。少年智则中国智，少年强则中国强。一茬茬不断成长、发展、变化中的少年儿童决定了少儿文化产业必然在整个文化产业中占有很大比重，属于文化产业中的核心产业。中国16岁以下的少年儿童有3亿多人，因而中国理应拥有全球最大的少儿文化创意产业。据统计，现在城市儿童消费在家庭总支出中的比例已超过33%，占人口的比重约20%左右。杭州儿童行业协会分析：中国6岁以下儿童的消费市场将达到5000亿元左右的规模，甚至在高端市场占到90%以上的份额。为抢占中国儿童市场的先机，儿童行业正酝酿着行业变革和融合。中国目前正处于第四波婴儿潮，未来的消费市场将非常巨大，家长在孩子身上的投入不断加大。调查显示，这一波婴儿潮将带动国内消费进入加速期。中国传统家庭结构已经发生重大变化，对于儿童，至少有6个人围着1个“小太阳”转。光是中国国内城镇居民对童装的消费需求量，每年就高达8亿件左右。中国少儿文化创意产业无疑市场巨大，前景广阔，将是永远的朝阳产业。

二

少儿文化创意产业可以分为以下四大类：

一是核心产业，即围绕着“作品”打造的主产业，包括图书出版、影视、动漫、戏剧、游戏等。从传统平面阅读的纸质图书，到视、听结合的游戏、影视，形成立体阅读产品，有的称其为“三维阅读”。如围绕《哈利·波特》这一“作品”打造的少儿文化创意核心产品就有哈图书、哈电影、哈DVD、哈录像带、哈电视片、哈唱片等。

二是延伸产业，即由核心产品（作品）延伸开发出来的亚产品，如电子书、点读笔、手机阅读等。

三是附加产业，即以核心产品（作品）的艺术形象、品牌以及作家名字为象征性符号与号召力的产品。如以哈利·波特为形象制作的少儿生活、学习必需品，包括玩具、书包、服装、文具、儿童食品、饮料、广告等。短短十年，《哈利·波特》的文化创意核心产品与附加产品已超过60亿美元，形成了一个巨大的产业链。

四是综合产业，即以著名文学形象、品牌打造的跨行业、跨艺术的综合性产品，如儿童主题公园、主题旅游、儿童培训机构、学校等。最成功的无疑是迪斯尼乐园。想当年沃尔特·迪斯尼只是一个穷困潦倒的卡通画家，一只在墙角窜来窜去的小老鼠触发了他的创作灵感，并成就了他的第一部配音卡通片，很快风靡全球。米老鼠、唐老鸭这两个卡通形象，成就了全球第一个集娱乐、影视、儿童产品、零售、主题乐园于一体的少儿文化创意产业与跨国集团，仅靠收取艺术形象与品牌的版权费就已财源滚滚。

就我国当代儿童文学的著名艺术形象与品牌而言，已有一些作品正在被开发成少儿文化创意产业。如曹文轩的小说《草房子》，既有图书，又有同名儿童电影、音乐剧。杨红樱的《淘气包马小跳系列》既有图书，同时也有儿童电影、儿童电视、儿童剧演出等。但总体上看，我国的少儿文化创意产业还刚刚起步，还在围绕图书的核心产品领域摸索，尚未进入延伸产品、附加产品，更无综合产品。从整体上看，少儿文化创意产业还是一片处女地，因而发展空间广阔，机会良多。

三

我认为，当前我国的少儿文化创意产业需要从以下三方面加以努力：

第一是少儿文化创意产业要充分利用数字出版，数字出版也要充分融入文化产业，使之两者互补，共享共赢。例如：借助点读笔等阅读工具，将动画与文本融为一体；开发融阅读与手工参与于一身的互动软件；将文本直接植入电子书、手机阅读等。少儿出版业应充分利用自己占有的出版“内容”优势，做好“内容提供商”，利用IT企业的平台，从单一的供给内容转变为系统提供资源，用数字化工具进行内容的立体开发、传播，真正实现一鱼多吃、复合出版。

第二是打造品牌资源、艺术形象资源。这是少儿文化创意产业的重中之重、难中之难、关键之关键。文化创意产业的核心是“内容”，关键是“艺术形象”。国际上一切成功的文化创意产业，无不在品牌与形象上下足功夫，花大力气塑造一流的品牌、形象，迪斯尼是如此，《哈利·波特》也是如此。没有真正为孩子们记得住、叫得响、传得开、留得下的艺术形象，就没有少儿文化创意产业的一切。

在这方面，我们现在存在着三方面的误区：一是本末倒置、急功近利、盲目开发。在手上还没有一流艺术形象或形象还不成熟的情况下，误以为只要借助高科技、高投入，只要靠广告、炒作，就能获得成功。当然这样做或许也能赢得一时的市场效益与媒体吆喝，创意产业在初创阶段可能会出现“形式大于内容”乃至“形式打败内容”，甚至劣币驱逐良币的现象。但可以预见，过不多久这类产品就必然从畅销榜单上败下阵来。回顾近些年那些跟风热播影视片、争抢制作的动漫书、快餐书，短期抢占市场很快赔本息鼓，这样的例子还不少见吗？

二是外来和尚好念经，瞧不起我们民族自己的本土艺术形象，反倒是老外“慧眼识珠”，把我国的花木兰、功夫熊猫、张天翼的宝葫芦等打造成了大片与创意产品。曹文轩的《草房子》虽然既叫好又叫座，但现在也只在传统平面出版取得印刷100次以上的业绩而已；杨红樱塑造的马小跳形象、笑猫形象，虽已成为当今中国孩子耳熟能详的民族品牌，而我们还远远没有意识到他们作为文化创意产业的开发价值。

三是技术至上，认为只要掌握了数字化技术、信息技术、传播技术，就有了一切。而实际上，技术永远只是工具、手段，文化创意产业永远是创意第一、内容为王、品牌至上。举例来说，据统计，我国现有大大小小1000多所高校设有动漫专业，动漫制作人才层出不穷，但为什么我国的动漫产业还是很难搞上去呢？根本原因就是缺乏优质的动漫内容，缺乏创意，缺乏孩子们真正喜欢的记得住传得开的艺术形象。这就难免出现我们的不少动漫专业人才只能老是给国外动漫公司的老板打工，而自己做不了老板。因而少儿文化创意产业的成功之道永远=优质的内容、形象、品牌+上乘的技术。

第三是抓紧培养复合型出版专业人才。这里的复合型人才是指既熟悉、把握儿童文学、儿童读物，又把握数字出版、计算机技术、网络技术，懂得创意设计、产业开发的人才。加强复合型出版人才的培养，已成为数字出版与少儿文化创意产业的当务之急，也是发展的"瓶颈"。数字出版的兴起，少儿文化创意产业的开发，必须要有IT行业人员的参与，他们对网络技术的掌握，对经营风险的认识，对财力的运用，都是传统出版从业人员无法相比的。但同时，由于隔行如隔山，他们对儿童文学、儿童出版、儿童阅读接受心理的专业知识可能知之甚少，这就必然会影响对艺术形象与作品的认知价值、审美价值、人文价值的理解和开掘。因而，理想的少儿出版与文化创意产业人才，应当是这两个行业人才的复合与互补。数字出版和少儿文化创意产业对于人才的要求更高、更全面、更专业。可以预见，在未来的少儿出版业中，谁拥有这方面的复合人才越多、越强，谁就越能把握主动，赢得更多的发展机遇。

少儿出版是未来的事业，少儿文化创意产业也是为了未来的事业。为孩子就是为明天、为民族、为未来。为未来的事业永远是朝阳产业。让我们打开思路，放开手脚，张开双臂，迎接新世纪中国数字出版与少儿文化创意产业新浪潮的到来。

（原载《现代出版》2011年第5期）

新世纪十年“儿童阅读运动”综论

“儿童阅读运动”是新世纪以来引人瞩目的社会文化现象，这一运动从民间起步，官方给力，全社会参与，已成为方兴未艾的全民阅读活动的重要组成部分，既受益于全民阅读、服从于全民阅读，又有其自身的独特性与差异性。考察新世纪以来的儿童阅读运动，无论对于深化全民阅读，还是提升民族未来一代的精气神，都有着积极的现实意义与文化价值。

一、儿童阅读的关键词

（一）何谓“儿童阅读”

在解析“儿童阅读”之前，首先应界定什么是儿童？

说起儿童，人们的第一反应就是小朋友、小学生、小孩子。这当然没有错，但不全面。科学的具有世界性意义的“儿童”，出自 1989 年 11 月 20 日第 44 届联合国大会通过的《联合国儿童权利公约》，该公约明确规定：“儿童系指 18 岁以下的任何人。”“18 岁”是关键词，18 岁是区分儿童与成人的唯一尺度；“任何人”是对象，不论性别、不论贫富、不论健康还是残障，只要是 18 岁以下，均属于儿童，均是《联合国儿童权利公约》的保护对象。1990 年 8 月 29 日，我国政府签署了该公约。1991 年 9 月 4 日第七届全国人大常委会第二十一次会议通过的《中华人民共和国未成年人保护法》规定：“未成年人是指未满 18 周岁的公民。”由此可见，儿童即是指现代社会中 18 岁以下的未成年人。现代社会的绝大多数儿童（未成年人）都在学校接受教育，因而18岁以下的儿童也就是广大中小学生。

明确了“儿童”的概念，我们再来解析儿童阅读就有了一个阅读年龄段的界定：儿童阅读是指18岁以下的未成年人的阅读活动，主要是指在校中小学生的阅读。具体地说，儿童阅读是指从少年儿童的年龄特征、思维特征、社会化特征出发，选择、供应适合于不同年龄阶段少年儿童阅读需要的读物并指导他们如何阅读的一种读书方法与策略。

儿童阅读有广义、狭义之分。广义的儿童阅读包括学校内外、课堂内外的一切阅读活动，因而中小学生的课堂教学、教科书学习，都属于儿童阅读。狭义的儿童阅读则专指课外阅读，即不包括课堂教学，事实上我们现在开展的儿童阅读推广活动所指的正是课外阅读。当然，课堂教学与课外阅读两者之间有着密切关联，手心手背，相辅相成，课外阅读往往成为课堂教学的有机延伸与重要补充。但是，课堂教学与课外阅读毕竟不是一回事，其重要区别在于：课堂教学有强制性，有教学大纲的规定，有时间的保证，有专门的阅读对象（教科书）与考核办法（考试）；而课外阅读虽有要求但不强制，虽有各种愿景但无大纲规定，虽有弹性的课外时间但不一定有保证，虽有阅读对象（课外读物）与要求但与考试无关。因而课外阅读从整体上说是一种自由的、开放的、形式各异、方法多样的阅读活动。由于受应试教学和高考指挥棒的影响，实际上进入初中特别是高中阶段的中学生，课外阅读的内容主要是围绕着课堂教学与升学考试进行的。因而纵观当今儿童阅读活动的现状，儿童阅读实际是指以在校小学生课外阅读为主体的活动，各地开展的书香校园、书香童年、作家进校园、阅读节等活动，也主要集中在小学校。因而新世纪以来的儿童阅读运动，主要是指在校小学生的课外阅读活动。

（二）儿童阅读的核心与难点

儿童阅读的核心与难点是“选书目”（开列推荐阅读书目）。自古以来，选书目（含篇目）一直是读书人最重要也最困难的事，自然也是读书人关切的焦点。书目选好了，选准了，可以事半功倍，在有限的时间获取读书的最大值，其根子盖因人生有涯而书海无涯。中国古代读书人选书目（含篇目）最成功者首推孔子。据《史记》等书记载，孔子选编删订了我国最早的诗歌总集《诗经》，并整理删订包括《诗经》在内的“六经”（尽管今人存疑，但在没有更具说服力的证据出现之前，人们只能采纳《史记》等的说法），成为中国文化经典，惠泽数千年的读书人。孔子之后选书目（含篇目）获得极大成功者有三：一是南朝梁代昭明太子萧统选择编定的《昭明文选》，二是清代横塘退士孙洙选编的《唐诗三百首》，三是清代吴楚材、吴调侯选编的《古文观止》。晚清张之洞的《书目答问》开列的书目曾产生很大影响，民国初期章太炎、胡适等，也曾为当时的读书人选择开列过书目，成为一时之选。

新世纪以来的全民阅读包括儿童阅读，为世人关切的核心与难点，依然还是选书目（含篇目）。从一定意义上说，新闻出版总署等评选的国家级“图书三大奖”（中国出版政府奖、中华优秀出版物奖、“五个一工程”奖）以及“向青少年推荐百种优秀图书”“‘三个一百’原创出版工程”等产生的书目，均可视为“选书目”的国家行为。新世纪儿童阅读运动中，大家讨论最多、期待最大、争议最烈的问题之一也是“选书目”。或有人力推外国童书尤其是图画书，或有人倡导亲近母语阅读本国精品童书，或有人自编教本，其背后纠结的正是一个“选书目”问题。

儿童阅读中的“选书目”，牵一发而动全身，我曾在《新世纪中国分级阅读的观察和思考》[1]一文中论析过这个问题，至今仍然坚持此说。我的观点是：儿童阅读的核心和难点是“选书目”，具体地说涉及三个方面：一是选什么？二是怎么选？三是由谁来选？

“选什么？”是儿童阅读的理念，与儿童阅读工作者（阅读组织者、推广人、教师等）的儿童观、儿童文学观、儿童教育观紧密相关。现代社会要求儿童阅读工作者应当站在尊重、保护儿童应有的生存、发展的权利的立场，站在儿童本位的立场，从儿童精神生命健康成长出发，真心实意地为儿童服务，为人类下一代效力。

“怎么选？”是儿童阅读的方法。要求儿童阅读工作者必须具备儿童心理、儿童教育、儿童文学、儿童出版以至儿童文化的相关知识结构，必须熟悉和了解当前中外儿童文学、儿童读物的出版现状与基本书目，必须懂得如何按照不同年龄阶段少年儿童的阅读心理、接受能力，为他们选择、配置相应的书目。

“由谁来选？”这实际上涉及儿童阅读的公信力、权威性与专业性。儿童阅读是一项服务全社会的公益文化事业，不是谁想选就可以选的。儿童阅读工作者必须具有相应的资质，除了具有有关儿童心理、儿童教育、儿童文学、儿童出版等的专业知识外，还必须具有社会责任性与文化担当意识，具有高雅的文学修养与尽可能多的知识储备，具有公正心与服务精神。他们是儿童阅读的点灯人而不是点钱人，是儿童“精神成人”的引领者与志愿者。

（三）儿童阅读的黄金定律

儿童阅读有一条黄金定律，即“什么年龄段的孩子看什么书”。

如上所说，儿童系指18岁以下的任何人。儿童读物（童书）的接受对象是包括了从学龄前的幼儿（3—6岁）到少年（13—16岁）乃至“准青年”（17—18岁）。由于各个年龄阶段的孩子的身心特征、思维特征、社会化特征的不同，因而对各自所需的读物在题材内容、艺术形式、表现手法等方面有着明显的差异，因而儿童读物（童书）必须适应各个年龄阶段的少年儿童主体结构的同化机能，必须在各个方面契合“阶段性”读者对象的接受心理与领悟力。据此，儿童读物（童书）从少年儿童年龄特征的差异性出发，将其区分为：为幼儿园小朋友服务的幼年读物、为小学生年龄段服务的童年读物、为中学生年龄段服务的少年读物三个层次，这三类读物各自具有鲜明的文本个性与独特的价值期待。

现在社会上对儿童阅读存在一个误区：生怕自己的孩子长不大、吃亏，人家做什么、上什么补习班，也一味跟进；再一个误区是只准孩子在课外看教辅书，与提高考试、作文成绩有关的书，而把孩子们最喜欢阅读的儿童文学图书视为闲书、无用书。这实在是极大的误解。2009年12月，我在接受《语文建设》杂志记者采访时，曾就此问题发表过自己的观点[2]，我坚定地认为：儿童阅读推广一定要遵循“什么年龄段的孩子看什么书”这一循序渐进的基本原则。孩子的阅读不能急于求成，拔苗助长。孩子该做梦的时候就让他去做梦，该看童话故事的时候就让他去看好了。须知自己的孩子是会长大的，不可能永远停留在童年阶段，过了这个年龄段，他自然会放弃《淘气包马小跳系列》，放弃《格林童话》，转而去看其他适读的作品，甚至去看鲁迅、莎士比亚、《红楼梦》《战争与和平》。儿童阅读的第一要义是要让他们喜欢，喜欢了以后，才能养成阅读的习惯，养成了喜欢阅读的好习惯就什么都好办了。所谓教育，实际上就是养成好习惯的“养成教育”。养成好习惯，受益一辈子。我们应在如何养成孩子喜欢书、喜欢阅读的好习惯上下功夫、做文章。儿童的阅读一定要实事求是、科学办事，一定要从孩子的实际与特征出发，应当对那种功利主义、揠苗助长的现象加以警惕。

二、儿童阅读读什么？

阅读是一种精神活动，广义的阅读泛指一切接受外部事物刺激并同化于自身心智的精神活动过程，包括读书、读图、读视频、读影视、读信息。我们现在进行的全民阅读包括儿童阅读，实际上是指狭义的阅读，即传统意义上的平面纸媒阅读——读书。因此儿童阅读是指儿童的图书阅读活动。

儿童阅读读什么？也就是到底有哪些适合儿童阅读的图书（童书）。从阅读实际与出版品种考察，我们可以将儿童阅读的图书分为以下八个种类：

第一类是思想品德教育与励志类读物。这是帮助少年儿童实现社会化过程，建立正确的价值观、人生观、道德观、审美观的图书，包括爱国主义、精神文明、素质教育等读物。有关激励青少年儿童励志成长、发愤成才的读物，如名人传记、英模故事、心理修养、人生历练等也属于这一范畴。如张海迪的《我的祖国》、李长之的《孔子的故事》、引进版美国的《假如给我三天光明》等。

第二类是传播人文历史知识与艺术修养的读物。这类读物重在少年儿童人文精神与高雅素养的养成，开阔视野，陶冶情操，包括人与社会、人与自然、人与世界、人与自我的关系，有关人文、历史、艺术（音体美）、审美，以及生态文明等方面的读物。均属于这一范畴。如苏叔阳的《我们的母亲叫中国》、林汉达的《上下五千年》、丰子恺的《少年音乐和美术故事》、肖复兴的《音乐漂流瓶》、引进版英国的《我的野生动物朋友》等。

第三类是科普、科学、科技知识读物。这类读物着眼于少年儿童的科学文明与科学思维，养成他们热爱科学、崇尚知识、追求真理、面向未来的精神。除了传授、普及科学知识的读物以外，其他如军事知识、地理旅行、探险寻秘等读物，以及偏重自然科学知识的“百科全书”也属于这一范畴。如《叶永烈讲述科学家的故事》、刘兴诗的《讲给孩子的中国地理》、位梦华的《独闯北极》、引进版美国的《万物简史》等。

第四类是中学生文学读物，即以中学生年龄段为对象的少年文学读物。中学生正处于青春激情岁月，处于从幼稚向成熟转型的过渡时期，因而中学生文学读物总是特别关注少男少女的校园现实生活与内心情感世界，有关青春、校园、成长、时尚是这类文学锁定的目标，主要文体有少年小说、青春文学、成长小说等。如曹文轩的《草房子》、秦文君的《男生贾里全传》、张之路的《非法智慧》、郁秀的《花季·雨季》、引进版美国的《麦田里的守望者》等。

第五类是小学生文学读物，即以小学生年龄段为对象的童年文学读物。一方面小学生还没应试教学的压力，因而是儿童文学的核心读者群体；但另一方面，小学生的自主阅读与中学生相比，还没有进入自主反思与评判的层次，因而小学文学既是儿童文学的核心出版物，但其“度”也最难把握，最难写。小学生文学读物的创作基调应阳光、健朗、向上，特别强调故事性、可读性，注重快乐、幽默、幻想、探险、寻秘、游戏等艺术元素，在引人入胜的故事情节中机智地融入易于为小学生理解接受的立人、做事、为学的人生道理。主要文体有童话、儿童小说、动物小说、幻想文学等。如张天翼的《宝葫芦的秘密》、杨红樱的《淘气包马小跳系列》《笑猫日记》、黄蓓佳的《我要做好孩子》、沈石溪的《狼王梦》、引进版英国的《哈利·波特》等。

第六类是传统经典名著少儿版读物。一般而言，传统经典名著属于成人读物，无论是作品的题材内容、人物形象、审美取向与阅读难易度都是指向成人而非儿童。但由于这类读物家喻户晓，文学性、可读性极强，而且必定是今之儿童成人后的必读作品，而那些智慧早熟、悟性较强的孩子也必然会提前阅读，于是这就有将传统经典名著改制成适合儿童阅读接受的“少儿版”之必要。其方法或是约请经验丰富的作家直接改写，既忠实原著，又具有儿童的“适读性”。如中国少年儿童出版社出版的金波改写的《红楼梦》、高洪波改写的《水浒传》、白冰改写的《西游记》等；或为小读者量身定做，在经典名著的版式、插图、装帧、设计、难字注音、篇幅大小等方面进行全面整合包装，以使符合儿童阅读需要。书市上这方面的“少儿版”品种较多。传说经典名著“少儿版”,还有另一类古代儒家蒙学经典,如《三字经》《弟子规》《千家诗》等，通过注释、白话翻译、导读、插图等形式，古为今用，同样成为今天重要的儿童读物。

第七类是儿童启蒙读物,以学前期的低幼儿童为对象。可以分为两类启蒙:一是认知启蒙，向小孩传授最基本、最简单、最实用的一般知识的读物，如识字卡片、看图识字、智力开发、由图向文过渡的“桥梁书”等;二是文学启蒙，这有儿歌童谣、幼儿诗、低幼童话故事等幼儿文学作品。如《365夜儿歌》、郑春华的《大头儿子和小头爸爸》、苏梅的《恐龙妈妈藏蛋》、引进版桥梁书英国的《不一样的卡梅拉》等。

第八类是现在比较流行的儿童图画书和卡通读物，阅读对象主要是幼儿园小朋友与小学低年级学生。这类读物因其视觉化的艺术特征、用连续性的艺术画面讲述故事的表演手段而深受孩子喜爱。现在书店热销的主要是引进版图画书和卡通读物，如何打造我们民族自己的本土原创图画与卡通读物，已成为新世纪少儿读物出版的重要发展方向。这类读物如张乐平的《三毛流浪记》、詹同的《猪八戒吃西瓜》、保冬妮的原创图画书《虎年贺岁》系列、引进版美国的《花婆婆》等。

需要指出的是，以上八类读物中，文学读物虽只是其中的一部分，但却是整个儿童读物中最重要、最核心、最具审美价值与人文内涵的读物。一方面，文学作为最古老的审美方式，是最具原创意义和基础意义的艺术，因而文学是一切艺术的母体，往往成为其他艺术门类如影视、戏剧、图画书以及电子传媒等的直接文本资源或改编对象；另一方面，思想品德、文史知识和自然科普科技读物等，为适应少年儿童的阅读接受心理，也往往要借用文学手段，采取“文学性”的叙述方式，以增强可读性。“文学性”几乎成为衡量一切叙事艺术的通约。从少年儿童的阅读现状考察，儿童文学已成为当下儿童读物出版的最大生长点。据2009年12月3日《光明日报》刊发的该报记者采访新闻出版总署有关负责人的报道称:“儿童文学出版已成为新的亮点。2008年，我国儿童文学图书出版强势发展，令人振奋。据开卷公司监控数据分析，我国目前儿童文学图书销售码洋占整个少儿图书市场的38%。2008年少儿图书畅销榜的前13名，几乎全是儿童文学图书。尤其令人欣喜的是明天出版社出版的《笑猫日记》和接力出版社出版的《淘气包马小跳系列》两大以小学生为读者对象的儿童文学图书系列市场表现强劲，持续占据榜单的重要位置，充分显示了经过改革开放洗礼后的中国本土原创童书的强大实力和竞争力。”

三、拉动新世纪儿童阅读的多重因素

具有5000年悠久历史的中华民族历来重视儿童阅读。“建国君民，教学为先”“十年树木，百年树人”“耕读传家”“有教无类”“忠厚传家久，诗书济世长”，一直是我们这个民族的优良传统。虽然在当代中国也曾出现过“读书无用”“读书越多越反动”的非常时期，但那毕竟是逆流而非正道。进入新世纪以来，尽管有这样那样消解阅读的因素，但儿童阅读却一直做得有声有色，终成气候。促进新世纪儿童阅读运动不断向前推进的因素是多方面的，既有阅读运动的外部给力，也有自身的积极实践。

（一）国外儿童阅读活动的影响

当今世界已是信息网络化、交通立体化的地球村，国外儿童阅读的经验与做法通过各种渠道影响着中国。1967年4月2日，国际儿童读物联盟（IBBY）把安徒生出生的日子（4月2日）确定为“国际儿童读书日”。40多年间，国际儿童读物联盟每年都确定一个主题，在世界儿童中开展读书活动。“书之光”“书籍是昨天的故事和明天的秘密”“书籍是和平的太阳”“书籍是黑暗中的萤火虫”“书籍是我富有魔力的眼睛”等图书日主题，促进了不同国家、不同民族、不同肤色的儿童阅读，影响了一代代儿童成长。为了推进中国的儿童阅读，2007年3月23日，由教育部基础教育司和团中央少年部共同支持，中国儿童读物促进会（也是国际儿童读物联盟中国分会CBBY）与首都图书馆（暨北京市少年儿童图书馆）共同主办的“共同架起儿童与图书的桥梁——纪念国际儿童图书节四十周年暨中国儿童阅读日系列活动”启动仪式在北京举行，会议宣布设立4月2日为“中国儿童阅读日”，并授予深圳南山区、山东德州区为中国促进阅读示范区，向河北太行山地区和山东德州捐赠10000元的图书，建立CBBY爱心书屋。“中国儿童阅读日”的设立，显然是受国际儿童图书日的影响所致。

欧美发达国家普遍重视儿童阅读，有的国家还有立法保障。1995美国政府倡导儿童读写运动。1998年美国前总统克林顿签署了《阅读卓越法案》，以立法形式保障儿童阅读，超过50万名孩子从1999年度拨给的2.6亿美元中受惠。2001年，布什总统提出了“不让一个孩子落伍”的中小学教育法案。“9·11”事件的早晨，布什总统正在佛罗里达一家小学参加阅读促进活动。英国自1996年4月开展“阅读是基础”运动以来，“早期阅读”“每天增加1小时读写课程”“打造一个举国皆是读书人的国度”的理念与做法，不断深入人心。日本在少年儿童中开展“每天晨读10分钟”的活动。以色列向少年儿童倡导三句话：“书本是甜的；知识和智慧是抢不走的；学者是最受尊敬的”。1995年，意大利教育部宣布了一个“促进学生阅读计划”。俄罗斯学科模式的课外阅读指导富有成效，强调文学作品是课外阅读的主体，同时在语文课程中专门辟有课外阅读课。

国外的儿童阅读活动往往是政府教育工作的重头戏与不折不扣的“国家工程”，政府提供足够的政策资源和公共服务，用以促进儿童阅读的发展。他山之石，可以攻玉。这些成功做法显然可以作为我国儿童阅读的借鉴。

（二）“儿童读经活动”的推助

“儿童读经活动”系指有教师引导、有教材读本、有时间保障、引领组织少年儿童，主要是学龄初期（6—9岁）的儿童开展的阅读中国传统儒家经典与蒙学读物的活动，其中又以阅读《三字经》《弟子规》《论语》《唐诗三百首》为中心。这一运动始于20世纪90年代的中国台湾，以后扩及至东南亚华人社区，再进而影响到大陆沿海地区，并深入内地。

1994年，台湾地区现代新儒家代表人物牟宗三的弟子、台中师范大学王财贵教授首倡儿童读经，很快得到台湾社会的响应，读经之声遍地可闻。1997年10月，王财贵到海南岛进行了第一场大陆公开的读经演讲，以后又不断到各地演讲推广。儿童读经活动逐渐影响到大陆各地。1995年，由冰心、曹禺、夏衍、启功等9位德高望重的前辈，在第八届全国政协会议上提交《建立幼年古典学校的紧急呼吁》的提案，吁请从幼儿抓起重视传统典籍的教学。

1998年6月，“中华古诗文经典诵读工程”正式在全国铺开，至2004年年末，这一工程已经惠及全国30个省市5000多所学校的430万儿童。“读千古美文，做少年君子”的口号不断深入人心。如何评价读经运动，对此读书界与教育界自然有不同讨论。但这一活动的直接影响是促进了儿童阅读的深化与细化，致使现在国内已有相当数量的小学校，将《三字经》《弟子规》等传统读物引进了课堂教学,组织孩子进行背诵、朗诵比赛等活动。至于此类出版物,可谓“铺天盖地”，各地书店到处可见。

（三）语文教学改革与书香校园建设

语文教学改革一直是我国教育界的课题，但其改革力度之大且引起全社会的高度关注，则是新世纪以来的事。其直接原因是从20世纪末开始，语文教学受到了社会各界多方面的批评与讨论，其中论争的焦点问题是文学教育：“首先，在人的全面发展过程中，文学教育具有的和应该发挥的作用没有得到足够的重视；其次，在中小学的语文教学中，文学作品的教学内容少并且单一、陈旧”；再次，“中小学语文教师文学素养低”[3]。新世纪以来，中小学尤其是小学语文教学的改革极大地促进了儿童文学与儿童阅读运动，其直接成果是：

第一，加大了小学语文课本的文学性，将大量中外优秀儿童文学作品直接引进教科书。教育部公布的《九年义务教育全日制小学语文教学大纲》(2000年）明确规定：“低年级语文要注意儿童化”，“课文类型以童话、寓言、诗歌、故事为主。中高年级的课文题材、体裁、风格应该多样，要在一定数量的科普作品”。《大纲》中提到的课文类型，全是儿童文学的常见文体。据统计，现行人民教育出版社、北京师范大学出版社等编制的小学语文课文，80%以上均为儿童文学作品。金波、吴然、高洪波、沈石溪、曹文轩、杨红樱等儿童文学名家之作，均被选入读本之中。

第二，加大了课外阅读的要求。《大纲》规定小学阶段课外阅读总量要达到145万字，其目的是培养学生“具有独立阅读的能力”，“学会运用多种阅读方法”，为落实语文教改的精神，各地学校普遍加强了学生的课外阅读指导，“书香校园”“书香童年”“读书月”“读书节”遍及无数校园。语文教学改革无疑极大地拉动了儿童阅读运动，给书香校园建设带来了蓬勃生机。

（四）网络时代家长更加注重孩子的图书阅读

身处网络、手机、游戏机、影视等多种传播手段的电子媒介时代，儿童接受知识的渠道变得多样化、快捷化，但同时也增大了风险。不良网站、暴力游戏、传媒陷阱等负面影响，使孩子的身心两面都受到伤害；而电子媒介的图像视觉化、直观性，则消解了传统图书阅读尤其是文学阅读给人的想象性与诗性。因而现在的家长普遍都不放心孩子过早接触网络，尤其是孩子一旦沉迷网络、游戏，更是焦虑揪心；但是家长只要看到孩子在那里安静地读书——不论读什么，则普遍放心。正因如此，家长自然更愿意支持孩子参加与阅读有关的活动，亲子共读，图画书阅读，带孩子逛书店、进图书馆，甚至双休日送孩子进作文培训班。凡此种种，自然推动了儿童阅读。

（五）出版社的图书营销与阅读推广

“多出书、出好书”，这是出版系统的任务与追求。新世纪以来，全国各类出版社纷纷改制，由事业单位改为直接在市场经济大潮中摸爬滚打的企业公司。出版社为追求图书的社会效益与经济效益的最大化，自然特别重视儿童阅读活动。现实资料显示，各地专业少儿出版社与非专业少儿出版社（如“中国童书联盟”），经常通过组织“作家进校园签名售书”“读书征文大赛”“读书网站”等形式，鼓励儿童阅读，拉动图书促销。

典型案例如二十一世纪出版社为推销本社的图画书，曾组织图画书推广人、儿童文学作家彭懿，在全国数十座城市上百所小学与幼儿园，做了上百场图画书的讲演与签售。又如湖北少年儿童出版社开展的《百年百部中国儿童文学经典书系》的阅读征文活动，湖南少年儿童出版社开展的《全球儿童文学典藏书系》“小书虫阅读”活动，外语教学与研究出版社为配合建国60周年《中国儿童文学60周年典藏》举行的书香校园与绿色阅读活动等。显然这些阅读活动既为出版社带来了利益，同时也推动了儿童阅读的普及与深化。

四、新世纪儿童阅读的八种形式

90 岁高龄的著名儿童文学作家任溶溶曾激情地呼唤："让孩子的阅读点亮所有孩子的童年。"北大教授、著名儿童文学作家曹文轩写道："一本好书，便是一轮太阳，一千本好书，便是一千轮太阳。灿烂千阳，照亮了我们的世界，也照亮了我们的灵魂。"新世纪以来多种形式的儿童阅读活动，犹如灿烂千阳，照亮了无数孩子的童年。据我的观察，新世纪行之有效、具有广泛影响的儿童阅读，主要有以下八种形式。

（一）经典阅读

经典阅读是学校、家长、社会普遍看好与开展的阅读形式。虽然研判经典有时间的维度、价值的维度、审美的维度、语言的维度等多种标尺，对何为经典、哪些书可以作为经典向孩子推广，也见仁见智。但一般而言，那些已经为文化史、文学史所肯定，而又有专家学者在那里推荐的经典，学校、家长都会接受。事实上，新世纪以来的"经典阅读"也主要是由专家学者竭力加以倡导推广的，因而经典阅读可以视为是一种由上而下策划推动的精英阅读形式。

经典阅读的内容有两类：一是传统文化经典，主要是儒家蒙学读本，如《三字经》《弟子规》《千字文》《论语》等。二是文学经典。这又可细分为两类，一类是经过挑选、改写的古典成人文学名著，如《西游记》《水浒传》等；第二类是中外儿童文学经典名著，这在经典阅读中所占份额较大，也最易为孩子接受，如安徒生、格林、林格伦等的外国童话作品，叶圣陶、冰心、张天翼等的本国名家名作。湖北少年儿童出版社出版的《百年百部中国儿童文学经典书系》《少儿科普名人名著书系》、湖南少年儿童出版社出版的《全球儿童文学典藏书系》、天津新蕾出版社出版的《国际大奖儿童小说丛书》中的不少作品，都曾被阅读推广人和专家教师用作"经典阅读"，从而使中外儿童文学精品在中国孩子和学校、家长中做了一次卓有成效的普及。

（二）早期阅读

早期阅读的年龄段是0—6岁的婴幼儿。所谓早期阅读，并非是要让婴幼儿也来阅读，而是指养成婴幼儿与阅读有关的行为与习惯，为孩子今后的学习打下良好的基础，这是一种终生养成性的教育。早期阅读的重要性与作用主要包括：激发孩子的学习动机和阅读兴趣；提高孩子语言能力；发展孩子的智商；为孩子今后的学习与阅读预备技巧。

早期阅读是欧美发达国家早期教育的重点与焦点。新世纪以来，我国幼教界也以前所未有的热情关注和推广早期阅读教育理念，尤其是《幼儿园教育指导纲要（试行）》颁布之后，第一次把幼儿早期阅读的要求纳入语言教育的目标体系，提出要“培养幼儿对生活中常见的简单标记和文字符号的兴趣；利用图书、绘画和其他多种方式，引发幼儿对书籍、阅读和书写的情趣，培养前阅读和前书写技能”。国内早期阅读现在已形成了公立、民办幼儿园与民营幼教公司（如北京的红黄蓝、洪恩幼教等）等多渠道探索、推进的趋势，积累了不少经验，图画书的阅读是早期阅读的重要内容和手段。

（三）图画书阅读

图画书是低幼儿童与学龄初期儿童的重要读物，英文叫“Picture Book”，日本称为“绘本”。图画书不同于传统的连环画，图画书是绘画和语言相结合的一种特殊艺术形式，以图画为主，文字为辅，文字大都简短、浅近，有的图画书只有图而无文。图画书阅读是进入新世纪以后逐渐热络起来的，现在已有为数不少的幼儿园与小学,将图画书作为孩子们“初级阅读”的重要内容。如深圳后海小学从2004年起，将图画书引入小学语文教学，具体做法是：首先将“图画书快乐阅读”纳入校本课程中，排入课表，每班每周一节，制定课程目标；同时还开办图画书课外阅读兴趣班、创作兴趣班，结合家长的亲子阅读，举办周末故事妈妈、故事天使和故事宝宝讲图画书活动；再次，教师和孩子一起，运用参与式、交流式、互动式、拓展式等多种教学方式，鼓励孩子动手写、用笔画，已出版了孩子们自创的图画书《小老鼠如意》《我最棒》等，还出版了该校老师写的《图画书阅读——引领孩子快乐成长》（海南出版社 2007)。该校的图画书阅读经验还引起了海外关注，新加坡四德小学与该校建立了“图画书快乐阅读”校际合作项目。

(四) 亲子阅读

亲子阅读（或称亲子共读）即家庭阅读。家庭是社会的细胞，是儿童生活、成长的摇篮与基础。儿童教育成功与否，在很大程度上取决于父母和孩子在家里有否建立起良好的亲子关系。亲子阅读是父母双亲或长辈陪同孩子一起读书，这种阅读方式对于发展儿童语言、培养和养成孩子的阅读兴趣与习惯、舒缓儿童心理压力等方面都有着重要作用。亲子阅读虽然以前也存在，但作为一种儿童阅读的重要方式，在全社会广泛倡导并加以指导，则是新世纪以来的事。

亲子阅读现在主要流行于都市中产阶层，特别是那些受过良好教育、有经济能力重视幼教的家庭。亲子阅读通常由妈妈担任阅读主角（爸爸缺席的现象较多)，方式灵活多样，一般常见的有：大声给孩子朗读图书；每天睡前给孩子读一段连续性的故事（让孩子每天有期待、成习惯)；一起翻看图画书，边看边讲；根据书中情节，和孩子一起做游戏、扮演角色；陪孩子一起看少儿电视节目，随时回答孩子提问并解释节目。

(五) 班级阅读

语文教学改革促进了学校的阅读教学，“班级阅读”是阅读教学的重要形式，也是新世纪儿童阅读的重要成果。所谓班级阅读，是教师采用“班级读书会”的方式，布置全班同学在课外读完同一本书，然后在课内时间组织讨论，因而班级阅读是学生、教师、文本之间进行对话的过程。班级阅读有以下特点：一是阅读的书需要由教师慎重选择、比较，这就要求教师熟悉中外儿童文学名著与当今儿童文学创作态势。二是以长篇阅读为主。阅读长篇的好处是能使孩子的阅读时间“化零为整”，在一个时期内集中精力读完一部作品，这样，一学期读完数部，日积月累，数年下来就很可观。在人生读书的黄金时代有十多部甚至数十部长篇文学名著打底子，对孩子显然是受益终身的。这种阅读方式与效果，自然大大优于无计划的即兴阅读、短平快的快餐阅读。三是教师要认真组织好班级阅读讨论，鼓励孩子们写读书心得，并将孩子们的讨论和书评结集成册，用以激发大家的阅读与写作热情。班级阅读现已作为一种成功的阅读经验得到推广。北京清华附小、江苏海门实验小学、重庆永川区汇龙小学等，在班级阅读方面都积累了成功经验。

（六）分级阅读

分级阅读在西方发达国家已有上百年的历史，我国是最近几年引进的，其重要事件是：2008 年广东南方报传媒集团成立"南方分级阅读研究中心"；2009、2010 年，北京师范大学中国儿童文学研究中心与接力出版社连续召开两届全国性的分级阅读学术研讨会，接力出版社又成立了"接力分级阅读研究中心"。

为什么要有分级阅读？阅读为什么要分级？所谓分级，实际上是指分年龄。分级阅读的基础与原因是图书的可读性与适读性问题。因为不是每种图书都是适合所有读者的，尤其是小读者，这就需要挑选、推荐那些具有可读性与适读性元素的图书。一切从儿童出发，一切从实际出发，这是分级阅读的出发点与归宿点[4]。分级阅读是真正以儿童为中心的"儿童本位"的阅读行为，分级阅读观念在我国的推广与实践，是新世纪儿童阅读运动的进一步深化与细化，只有当儿童阅读真正从儿童阅读的个体出发、从儿童本位出发，儿童阅读才算落到了实处，阅读成效才能进一步彰显。国内现在分级阅读做得最有声势的是广东与北京。南方出版社、浙江少儿出版社、青岛出版社等，还不失时机地编制出版了各具特色的分级阅读图书。

（七）作家签售阅读

儿童文学作家进校园，与孩子们面对面地交流儿童文学，介绍阅读经验，这是儿童文学界的传统。以前主要是作家参与学校的少年队、夏令营活动以及少年宫活动。进入新世纪以来，作家直接配合出版社进校园签名售书；或配合书香校园建设，讲演自己学生时代的读书体验，同时也会推广自己的新书。"签售""走红"是近十来年的新词，都与"作家签售阅读"相关。杨红樱、金波、曹文轩、秦文君、张之路、沈石溪、周锐、伍美珍、郁雨君等深受孩子们喜爱的儿童文学畅销书作家，曾经无数次深入校园，足迹遍及大江南北，特别是江浙、广东一带。有的作家甚至一年会跑上几十所、上百所学校。作家进校园，与孩子们零距离、面对面地现身说法演讲儿童文学，交流阅读、写作经验，往往成为学校的一件大事。因有不少作家的作品曾被选入课本，他们已成了孩子们心目中的“明星”，因而“作家签售阅读”自然会产生轰动性的效应，使孩子们终生难忘。但同时也要防止签售的商业化倾向。

（八）特色阅读

特色阅读是书香校园文化建设的重要举措，与校长的办学理念，或与这所学校拥有一位或几位特殊教师（本身是儿童文学作家、诗人）密切相关。经过积极实践，这些学校在儿童阅读方面走出了自己的新路，办成了类似“童话学校”“儿童文学学校”等特色校园。这里介绍数所在国内具有较大影响的特色学校。

重庆市永川区汇龙小学。该校从20世纪90年代起就将儿童文学阅读引入语文教学与校园文化建设，进入新世纪进一步加大投入，特色更为明显。第一，该校在全国小学中最早实行“专职阅读教师的编制”（现有2名），用以指导和确保全校的儿童阅读，有时间，有校本教材（《儿童文学阅读与欣赏》低、中、高年级各一册，北京大学出版社2006年版），有导读与考核；同时还创办了专门刊登学生作品的《小汇龙》内部刊物，现已出版20期。第二，每年举办全校性的“儿童文学节”，为期一周，届时全校上下都为儿童文学而忙碌欢庆。节日期间，邀请儿童作家。评论家进校园，开展学生阅读比赛、有奖征文、经典朗诵、图书交流等各类活动，使儿童文学渗透到每个孩子心中。第三，进行儿童阅读的教学考核、评估，不但由学校自评，还邀请重庆市教育主管部门与外地专家进行评估，找差距，立目标，不断改进和优化儿童阅读。汇龙小学以“阅读滋润童年”，打造“儿童文学校园”为特色，成为全国首家儿童文学校园，曾获教育部重点课题“中小学生特色学校发展战略研究”一等奖，被中国宋庆龄基金会命名为“重庆乡村特色示范学校”、重庆市命名为“重庆市100所经典诵读实验学校”、重庆市作家协会命名为“儿童文学校园”。

浙江省上虞市金近小学。金近小学原名四埠小学，是一所默默无闻的乡村小学，但这所小学却位于我国著名儿童文学作家金近（1915—1989）的家乡。该校校长何夏寿充分发掘名人资源，不但将校名改为“金近小学”，更把童话阅读与教学作为教学改革和校园文化建设的重头戏。学校树立起“童心、童真、童趣”的教育理念，坚持“素质教学童话化”的办学目标。全校一至六年级统一开设童话教育校本课程，每周2课时。学校各门课程的教学活动充分与童话结合，有读童话（与语文课整合）、行童话（与品德课整合）、演童话（与音乐课结合）、画童话（与美术课结合）、算童话（与数学课融合）；同时用金近童话名篇命名学生评价标准——取名为“小鲤鱼跳龙门”。特色阅读受惠的是孩子，而金近小学也成了远近闻名的浙江省示范小学。

特色阅读在各地学校都有成功案例，如河南省安阳市人民大道小学的“小学生主体性发展实验研究”的主体阅读活动，浙江省宁波市北仑港小学的“儿童诗教学与阅读”活动，广东省深圳市后海小学的“图画书教学与阅读”活动、福安学校的“古诗文读书导航”活动等。

五、儿童阅读运动的卓越推手

儿童阅读关乎儿童文化权益的保障，关乎民族的未来发展，因而引起全社会的广泛重视，现在主要由三种力量参与其中，即政府、教育文化机构与民间人士。政府重在给政策、给资金，如政府有关部门的专项赠书活动（包括农家书屋建设、向农民工子弟学校赠书等）、倡导儿童读书日与读书节、发布全民阅读及儿童阅读的调研蓝皮书等。教育文化机构的儿童阅读活动有：图书馆举办的儿童阅读活动与培训，学术机构研制推荐儿童阅读书目，出版社组织各类儿童阅读选题与推广活动等。民间人士的儿童阅读推广活动更具有灵活性、多样性，如图画书交流会、故事妈妈会、社区推广会、网络联谊会等。社会多种力量的参与，使新世纪儿童阅读运动得到了健康、深入的发展；而一批儿童阅读的卓越志愿者、推广人，一批执着儿童阅读研究与实践的教学机构的艰苦努力，则为这一运动提供了源头活水与多重资源。限于篇幅，本文择要介绍数例。

（一）朱永新与新阅读研究所

教育家朱永新教授十余年来坚持进行阅读书目的研制与推广工作。20世纪90代末主编并出版了《新世纪教育文库》，分为小学、中学、大学、教师四个系列，每个系列一百种，旨在为学校阅读与儿童阅读探索新的阅读路径与读本。进入新世纪，朱永新将精力集中到儿童阅读领域。2006年，朱永新与他领导的新教育实验研究团队，在倡导师生、亲子之间进行"共读、共写、共同生活"的儿童阅读理念基础上，开发了新教育实验"毛毛虫与蝴蝶"儿童文学书包（分低、中、高段三个书包，共计36种图书），受到了老师家长特别是孩子们的普遍欢迎。2007年，由台湾慈济基金会资助200万元购买儿童文学书包15000套，发放到甘肃、内蒙古、青海、山西、北京的打工子弟学校及其他数百所学校，让孩子们分享到阅读一流童书的快乐。

2010年8月，朱永新在北京成立了国内第一家专门从事阅读研究与推广的机构——新阅读研究所，研制面向幼儿、小学生、中学生、大学生、教师、家长以及企业家等多个特定群体的基础阅读书目，为书香中国和全民阅读做出切实的贡献。首先启动的是"中国小学生基础阅读书目"的研制，旨在为小学低中高不同年龄阶段的孩子挑选出基础性的阅读书目。该书目围绕中国儿童所必须树立的"核心价值观"，研制30本基础图书与70种推荐图书的书目，推荐给学校、家长。该项目于2010年9月30日启动，并于2011年4月21日"世界读书日"前夜向全社会正式发布了"中国小学生基础阅读书目"。

（二）中国儿童阅读论坛

该论坛由江苏和北京一批儿童阅读的积极实践者、推广人所创办。每年在4月2日安徒生诞辰日（也是国际儿童读书日）与4月23日世界读书日之间举办，被称为"点灯人的聚会"，参与者主要为开展儿童阅读的小学、幼儿园校长、园长和小学语文教师。该论坛的口号是"我们都是点灯人"，宗旨是为儿童阅读运动提供交流平台，促进对话。从2004年迄今，几乎年年举办，每届都有一个主题：

第一届于2004年9月在江苏扬州举行，有11个省市500多人与会，首届论坛的重要收获是发表了《中国儿童阅读宣言和行动纲领》。

第二届于2006年4月在江苏扬州举行，18个省市的1200余人与会，本届论坛提出了设立“中国儿童阅读日”的倡议，并举行了幼儿分论坛。

第三届于2007年3月在浙江杭州举行，有来自中国大陆、台湾、香港以及马来西亚的1200人与会。杭州论坛内容丰富，举办了首届亲近母语教师讲述大赛、书香校长分论坛、幼儿分论坛。

第四届于2008年3月在上海举行，来自20个省市近800余人与会。上海论坛的主题是“儿童文学教学中的文学味道”，并举办了第二届教师讲述大赛。

第五届于2009年4月在江苏扬州举行，22个省市近1400余人出席，主题是“对话：儿童怎样走进经典”。

第六届于2010年4月在江苏常州举行，22个省市近1200人与会，主题是“儿童的课堂，文学的课堂”。常州会议分设亲子阅读分论坛、早期阅读分论坛、原创图画书分论坛、书香校长分论坛。

第七届于2011年4月在江苏南京举行，本届论坛主推中国原创童书。探讨中国原创图画书的讲述、教学、赏析、整本书的阅读；班级读书会的朗读、诵读、吟诵，科学阅读的理念与方法等。

（三）三叶草故事家庭

“三叶草故事家庭”是一个致力于推进亲子阅读进入家庭的民间公益组织，以北京、深圳为中心，现已涵盖全国两千余个家庭。“三叶草”取意于无处不生的三叶草，以“童心、爱心、慧心”作为故事家庭的核心价值，并以“我是一棵会阅读的草”构成“草籽”们共同的行为密码。三叶草故事家庭主要通过线上网站（www.3yecao.org）和线下举办的多种活动用以推进亲子阅读、家庭阅读、社区阅读。主要活动形式有：故事妈妈培训、专家阅读讲座、新书试读会、主题文化沙龙、年度讲述大赛、故事剧团等。三叶草志在“用这个世界最美丽的童话、最动人的故事滋润我们的孩子，柔软孩子的心灵，彰显孩子的灵性，放飞孩子的想象，呵护孩子的童真”。

（四）苏州“书香童年·阅读与写作”推广平台

这是苏州儿童文学作家苏梅和几位志同道合的作家、老师一起开展的儿童阅读推广平台。苏梅是一位成绩卓著的儿童文学作家，任职于苏州大学，曾兼任《小学生拼音报（幼儿版）》编辑部主任。她长年坚持到当地小学、幼儿园以及市图书馆“名家大讲堂”等进行“图画书阅读”“亲子阅读”“家庭阅读”等的公益讲座，并指导培训幼儿教师的儿童文学素养，还通过网络和家长、孩子们进行阅读交流。苏梅和朋友们始终把推荐中外优秀儿童文学作品作为重要工作，先后向孩子和家长们推荐导读中国作家协会全国优秀儿童文学奖的获奖作品、《百年百部中国儿童文学经典书系》《中国儿童文学60周年典藏》《国际大奖小说书系》等。正是由于苏梅等一批儿童阅读推广人的无私奉献，苏州以及各地的儿童阅读活动才能搞得有声有色，儿童文学经典名著才有可能得到全社会的普及推广。

（五）北京师范大学中国儿童文学研究中心

该中心创立于2003年10月，以促进中国儿童文学的理论研究、教育教学和社会服务为己任。儿童文学阅读的全社会推广，一直是该中心关注和努力的重要方面。首先，注重儿童阅读的理论研究，中心成员先后发表过《新世纪中国分级阅读的观察和思考》《分级阅读的四项基本原则》（王泉根）、《儿童文学推广的现状及相关策略》（陈晖）等。其次，立足高端，与相关单位合作策划举办了一系列旨在推动儿童阅读运动的重要会议与论坛。如首届与第二届“中国分级阅读学术研讨会”（2009、2010），“海峡两岸儿童文学与儿童阅读交流论坛”（2011）等。再次，积极参与儿童阅读的基地建设。中心教师与研究生一起在北京师范大学亚太实验学校先后创设了“学校儿童文学阅读示范阅览室”“图画书专题室”等，在传播儿童文学阅读理念的同时，探索确立一种可操作、易推广的基础学校儿童文学阅读活动模式，用以推动儿童文学阅读在校园的普遍开展。

六、突破制约儿童阅读运动发展的“瓶颈”

进入新世纪以来，以儿童文学阅读为中心的儿童阅读运动正在不断深入，并已成为全民阅读的重要组成部分，其意义与成绩有目共睹。但同时也存在着诸多问题需要我们切实探讨与应对。例如：1．儿童阅读中的城乡之间、东西部之间、都市儿童与农村儿童及进城农民工子弟之间的阅读差异及阅读资源不公平的问题；2．儿童文学创作出版中的同质化、低俗化、商业化倾向对儿童阅读的负面影响及其纠偏的紧迫性与复杂性；3．儿童阅读中忽视民族与传统资源、一味叫好西方读物的现象及其如何正确评价中西儿童文学的问题；4．儿童阅读与课堂教学、教科书之间的关系及其教育评价机制问题；5．亲子阅读的重要作用与一般家长缺失儿童文学的基本知识问题；6．儿童图书馆管理员儿童文学知识滞后不利于儿童阅读的问题；7．尤为严重的是，由于教育部长期不重视师范院校儿童文学学科建设及基本上不开设儿童文学课程，致使我国广大中小学语文教师、幼儿园教师竟然不知道儿童文学为何物，在他们的知识结构中缺失儿童文学体系。

关于后一个问题，我认为已经成为制约新世纪儿童阅读运动发展的“瓶颈”。对此问题我一直忧心忡忡，“位卑不敢忘忧国”，我曾在接受《语文建设》杂志记者采访时直言不讳地提出过如下批评与建言[5]：

“照理说，中小学语文教师、幼儿园教师，在他们的知识结构中应当有完整的儿童文学知识，包括如何向孩子们推荐、导读中外优秀儿童文学作品。但使人扼腕的是，我们99%的中小学语文教师、幼儿园教师竟然不知道儿童文学为何物，当然就谈不上如何向学生推荐、导读优秀儿童文学作品了。原因何在？原因是他们缺少儿童文学的知识结构。他们不是不需要这个知识结构，而是在他们读大学或大专的时候，学校没有提供给他们，压根儿就没有儿童文学课程。不要说一般高校毕业的，即使是最应开设儿童文学专业的中文专业、教育专业毕业生，也同样缺乏儿童文学的知识。据统计，在最需要开设儿童文学专业的师范院校中文系、教育系中，竟然95%以上都没有儿童文学课程。现在全国只有北师大、浙江师大等寥寥几所师范院校开设有儿童文学专业。这就是教育体制的问题，学科设置的问题。根子是，1997年国务院学位委员会办公室（也就是教育部下属的学位管理与研究生教育司，一个单位两块牌子）公布实施的《授予博士、硕士学位和培养研究生学科、专业目录》里面的'中国语言文学一级学科'下面，竟然没有儿童文学，所以实际上教育部在学科设置当中已经把儿童文学学科取消了。这样做的结果，自然是全中国的高校不会想到需要成立儿童文学教研室，更不会有专职教师，学生当然不可能会有儿童文学的知识结构了。正因如此，在全社会关心下一代、加强少年儿童精神文明建设的今天，实施儿童文学的社会化推广就显得更为迫切了。目前，儿童文学社会化推广的核心是中小学语文教师与幼儿园教师，希望他们通过补上儿童文学这一课，掌握相关的儿童文学知识，了解中外优秀儿童作品。所以首先要在学校里面推广儿童文学，然后才能向全社会推广。但这个工作难度实在太大了！不从根本上解决儿童文学学科应有的地位，教育部不将儿童文学增列为'中国语言文学一级学科'下面的二级学科，否则还是无济于事，广大语文教师还是缺失儿童文学，受直接影响的还是我们民族的下一代。为此，有关政协委员曾于2003、2007年两次作为全国政协提案，向教育部提出过要求，但至今还是不知下文如何。"

全民阅读与儿童阅读是建设和谐社会、实践科学发展观的民族大计与大事。我坚信，新世纪"儿童阅读运动"必将进一步得到长足发展。美好人生从幸福童年开始，幸福童年从快乐的儿童阅读开始。

注释：

[1] [4] 王泉根《新世纪中国分级阅读的观察和思考》，《中国图书评论》2009年第9期。

[2] [5] 李节《儿童文学：写给有童心的人》，《语文建设》2010年第2期。

[3] 王富仁、郑国民《〈文艺学与中小学语文教学研究丛书〉总序》，见王泉根等著《儿童文学与中小学语文教学》，广东教育出版社2006年版。

（原载《学术界》2011年第6期）

新世纪中国分级阅读的思考与对策

从经典阅读、亲子阅读、班级阅读到分级阅读，中国正进入少儿多元阅读的时代。分级阅读是一种世界性的阅读趋势。资料显示，1923 年西方英美国家就有了第一个可读性公式，而分级阅读的历史则更长。在 1776 年美国成立之时，阅读教学一般是从字母表到简单短语然后直接跳跃到《圣经》。1836 年，威廉·麦加菲开发了第一套供社会广泛运用的分级阅读标准，著名的“麦加菲读本”在 1840—1900 年间，销售量超过了 1.3 亿册。20 世纪 20 年代，西方出现了多种不同的分级阅读体系，30 年代的分级阅读读本才有了确切的分级标准（比如，一个阅读“4”的读者意味着他是第四级）。在我国，“分级阅读”概念的提出与实践虽然还刚刚起步，但它已引起少儿出版界、文学界、教育界的广泛关注。因为在今天这个传媒多元、阅读多元的时代，分级阅读实在是一种时代的需要、公众的需求，有着重要的现实意义与广阔的发展前景。作为儿童文学、儿童阅读的研究者、推广者，我想就中国的“分级阅读”问题提出以下六个方面的思考。

第一，人生的阅读从来都是分级的

完整的人生分为婴幼儿、青少年、中壮年、晚年等多个时期。虽然有所谓“老少咸宜”的经典读物，但老与少对同一读物的阅读理解是完全不一样的，同一本书在不同的读者那里，会有不同的阅读效果，正如人们常说的那样“一千个读者心里，会有一千个不同的哈姆雷特”。即使是同一个读者，在生命的不同阶段阅读同一本书，也会有不同的理解与获益，诚如清代学者张潮在《幽梦影》里所说的那样："少年读书，如隙中窥月；中年读书，如庭中望月；老年读书，如台上玩月。皆以阅历之浅深，为所得之浅深耳。"试以老少咸宜、超越时空的经典作品安徒生童话《海的女儿》为例，儿童读到的是一个充满浪漫幻想的海底世界故事，青年读到的是凄婉缠绵的爱情悲剧，中年读到的是有关人生的价值与追求；而老年则可能读出生命的局限与人生的无奈，这就是佛教"四谛"教义中的人生"求不得"之苦。人生的阅读之所以是分级的，根本原因是阅读这一种智力活动需要有人生的阅历、经验、体识去补充、阐释和完善作品的意义。人生的阅历、经验、思想水平是与他的年龄成正比的，年龄越小，对作品的理解、接受也就越难。这一常识正是我们建立分级阅读的基础。

第二，"什么年龄段的孩子读什么书"是儿童阅读的黄金定律

为什么要有分级阅读？阅读为什么要分级？所谓分级，实际上是指分年龄。分级阅读的基础与原因是图书的可读性与适读性问题。因为不是每一种图书都是适合所有读者的，尤其是小读者，这就需要挑选、推荐那些具有可读性与适读性元素的图书。因而在西方，最先出现的是图书的"可读性标准"，以后才有"分级阅读标准"。

什么是分级阅读，简单地说可以用一句话来概括："什么年龄段的孩子读什么书。"具体地说，分级阅读是从少年儿童的年龄（身心）特征、思维特征、社会化特征出发，选择、供应适合于不同年龄阶段少年儿童阅读需要的读物，并指导他们如何阅读的一种阅读方法与策略。一切从儿童出发，一切从实际出发，这是分级阅读的出发点与归宿点。分级阅读是真正以儿童为中心的"儿童本位"的阅读行为。

虽然我们说人生的阅读从来都是分级的，但分级阅读的重点则集中在少年儿童身上，其任务是要培育、引导少年儿童从依赖性阅读发展为自主性阅读，使他们成为阅读的主体。从阅读规律考察，年龄越小，阅读兴趣、阅读能力的差异性就越大，如0—3岁的婴幼儿与4—6岁的幼儿园小朋友，就有很大不同；但进入中学生阶段以后，相同年龄段的群体阅读的趋同性就很明显，至于成年人的阅读就更不好分级了。成年人的阅读主要是个体性差异，而不再是不同年龄层次的群体性差异。正由于从婴幼儿到青少年之间不同年龄段对阅读有着很大的差异，因而这才有了分级阅读的必要与需求。从年龄层次区分，我们可以把儿童文学分为适合幼儿园小朋友的幼年文学、适合小学生年龄段的童年文学、适合中学生年龄段的少年文学这样三个层次的文学。从图与文的比重关系区分，我们可以把儿童读物区分为图图图一图图文一文文图一文文文，也就是图画书一桥梁书一文字书三种形式。分级阅读的重点在学龄前期的婴幼儿与学龄早期的小学生，难点在如何针对这一不同年龄群体的孩子，选择、配置从图画书到桥梁书再到文字书的不同读本。

第三，分级阅读是一种开放性、见仁见智的阅读指导，在西方有多种分级阅读体系

我们知道，现代社会的知识信息接收除了传统的纸质媒体即图书报刊阅读，还有电视阅读、网络阅读、动漫阅读、手机阅读等多种渠道，现代社会的阅读已经是多媒体或全媒体阅读的时代。因而如何在多媒体激烈瓜分、争夺读者的情势下，保证图书阅读的重要地位，这是一件十分困难的事。这就要求我们充分发挥图书阅读可以进行“分级阅读”的优越性（而其他媒体的阅读很难做到分级），为少年儿童选择、配置合适的分级阅读读物。

但是，阅读是一种文化行为、精神行为，而人文性的东西不像数理化那样有世界统一的标准答案，人文性的东西总是见仁见智的，而且还会因民族、历史、语言、地域、宗教、意识形态的不同各执己见。所以分级阅读虽然是一种世界性的阅读趋势，但却很难有世界性的分级阅读尺度与标准，各民族、各国之间的分级阅读可以互相借鉴、交流，但很难照搬。例如，英语语言难度的一个指标是单词的长度——词越长，音节越多，儿童越有可能读不懂；而中文是一音一字，不存在这一问题。美国伊利诺伊大学是全美儿童文学研究做得最好的，我们北师大中国儿童文学研究中心与该校建立有学术联系。分级阅读的目标是为少年儿童提供“最合适的文本”。那么，什么是最合适的文本呢？据伊利诺伊大学提供的材料，在美国，“所谓的合适文本是指在阅读中，读者能够认识十个单词中的九个，并克服较小困难而理解文意。如果一个文本，孩子能够认知其中 90%—95% 的单词，我们就认为这个文本是适合孩子教学阅读水平的——这种情况下进行的教学也才是有效的。比照这个标准，更容易的文本被定义为独立认知型，更难的文本则被定义为挫败认知型。当然，挫败认知型文本是不适合作为阅读教学的。所有学生都应当得到适合自己认知阶段的阅读教学。一个根据难度不同设置的分级阅读材料能够提供给老师事半功倍的教学效果。分级阅读材料是个复杂的工作。传统的阅读能力准则是建立在对句子、词语和音节的数量分析上的，但我们知道对于不同读者来说，文章的难易程度取决于很多不同的因素"，这些因素也正是美国建立分级阅读标准的重要参照因素，这包括：1．书本的长度；2．页面布置和表现形式；3．插图提供信息量的多少；4．概念的复杂和相似程度；5．文本的可预测性；6．重复使用字词的多少。

当代西方英语系统国家有多种分级阅读体系，其中最著名的有以下六种：

1．1993 年，玛丽·克莱，阅读校正体系（Reading Recovery program）

(1) 单个学生的指导标准

(2) 早期干预

(3) 幼儿园时期有三个分级阅读级数，初阶有 9 个，二阶有 4 个

2．1996 年，凡塔斯·潘尼，指导阅读体系（Guided Reading）

(1) 强调阅读策略——提供合适的分级文章以达到主动阅读

(2) 小组指导（4—6 名阅读能力相近的儿童），循序渐进，讲究点滴进步

(3) 初阶分为 9 级，第 2—6 阶各有 3—4 个级数

3．发展性阅读评介体系（DRA）

(1) 鉴别学生的阅读水平，便于老师在发展性阅读评介体系的分级书库找到相应的图书

(2) 初阶分为 16 个级别，第二阶有 28 级，第三阶有 38 级

4．莱克赛尔体系（Lexile Scales）

(1) 由美国国家儿童健康与发展中心制定

(2) 学生通过测试确定阅读水平，教师再从莱克赛尔阅读书目

中推荐图书

5. 阅读能力等级计划（Degreesof Reading Power<DRP>）

与莱克赛尔体系类似，学生通过标准的可读性测试确定阅读水平，教师再从相配套的数据库中寻找合适阅读材料

从以上的介绍中我们可以看出，分级阅读实际上是一种开放性的阅读指导，有相当的难度。但这并不意味着我们可以因难而退，无所作为。恰恰相反，正因为有难度，才需要我们去探索、去创建；正因为没有统一标准，才给我们留下了创造的发展空间。

第四，分级阅读是以文学作品为中心的综合性阅读

儿童的精神成长需要多方面的精神食粮，儿童图书的分级阅读理应是一种综合性阅读。儿童读物是多种多样的，大致可以分为六个大类：

第一类是儿童启蒙读物，即向儿童传授最基本、最简单、最实用的一般知识的读物，如古代的《三字经》《百家姓》等，现代的看图识字、识字卡片、智力开发等读本；第二类是思想品德教育与励志类读物，这是帮助儿童实现社会化过程，建立正确的价值观、人生观、道德观、审美观的图书，有关激励少年儿童励志成长、发愤成才的读物也属于这一范畴；第三类是科普读物，指传授、普及科学知识的读物；第四类是传播人文历史知识的读物，如《上下五千年》；第五类是现在比较流行的儿童图画书和卡通读物，这种读物因其视觉化的艺术特征而越来越受到儿童喜爱；第六类是文学读物，这就是我们所说的“儿童文学读物”。

我们知道，文学是一切艺术的母体，往往成为其他艺术门类如影视、戏剧、图画书等的直接叙事来源或改编对象，因而儿童文学虽然只是儿童读物中的一种，但它却是儿童读物中最重要、最核心、同时也是最具审美价值与人文内涵的读物。

分级阅读的所开的书目应注意两点，一应体现综合性，不应只是文学读物，还应有思想励志、人文历史、科学常识、艺术欣赏、图画书等，应提供给儿童多方面的读物，尽可能开阔他们的阅读视野与精神空间；二应注重文学性，

分级阅读书目的中心还是儿童文学，应强调推荐本土原创优秀作品，引领孩子亲近母语，亲近我们民族自己的精品佳作，同时要放开眼光尽可能多地吸收世界各民族的优秀儿童文学作品。文学性还有另一层意思，即便是那些思想励志、人文历史、科学常识、艺术欣赏的分级阅读读物，也应尽可能挑选文笔优美，讲究文采与可读性的读物。

第五，分级阅读对阅读推广人提出了更高更难的要求

分级阅读不同于经典阅读，经典阅读的主动权掌握在我们成年人手里，因为认定经典的尺度和权力在成年人。成年人说这是经典，小孩子要读经典，那就得读，成年人可以不问小孩子是不是喜欢，能不能接受。最典型的例子是日本图画书《活了100万次的猫》，到处推广，一片叫好，而实际上很多幼儿园老师反映，孩子们根本看不懂。原因很简单，《活了100万次的猫》是一部讲述“为谁活着才有价值”的有关生命哲学的书，这是一本对成年人更有意义的成人读物，因而在日本往往成为男女青年的婚礼赠品。而我们却硬把它作为儿童读物，而且向幼儿园小朋友推广，岂不搞笑。分级阅读要求一切从孩子出发，这就需要我们的阅读推广人必须研究不同年龄段的少年儿童的一切特征，以及这些特征对他们的阅读有什么影响，他们会喜欢与需要什么样的读物。分级阅读要求我们的阅读推广人不但要了解儿童文学、儿童读物，而且要求了解和掌握儿童的一切特点，要求他们应当是具有儿童文学、儿童教育、儿童心理、儿童出版知识结构的复合型人才。

第六，分级阅读的四项基本原则

自2008年广州南方分级阅读研究中心成立、2009年北京召开“中国首届分级阅读学术研讨会”，大张旗鼓倡导分级阅读的理念与方法以来，国内读书界、教育界、出版界表现出对分级阅读的浓厚兴趣，并正在进行分级阅读的实践。但同时我们也注意到，由于对分级阅读的理念与做法存在着认识上的差异，乃至误解，因而也出现了一些似是而非的言说。分级阅读在我国还是一个新生事物，出现这样那样的歧见是正常的，作为分级阅读的倡导者与研究者，自然有责任需要进一步深入探讨符合中国社会国情与文化特色的分级阅读理念，推广行之有效的方法。结合国外已经做了上百年的分级阅读，针对我国的现状，我认为当前分级阅读应当“大声说出”四项基本原则。

（一）“服务大多数”原则

分级阅读是面向全社会、面向学校、面向家庭的一种旨在探讨与指导少年儿童图书阅读的公益性行为，既是理念，也是方法。因而它是针对大多数、服务大多数。具体地说，分级阅读的调研取样、阅读指导的对象是广大少年儿童，是普通孩子，而不是极少数智慧早熟、三岁就会写诗的神童。所以，按照分级阅读的理念，神童的阅读行为与经验，包括名人名家儿童时代的阅读方式，都没有普遍性，没有指导意义。因而分级阅读不会将爱因斯坦、鲁迅、钱钟书等在儿童时代的阅读经验作为研究对象，加以推广。因为这些都是特定环境、特定家庭、特定个体的个案而已，而个案是不具有普遍性，没有推广价值也无法推广的。恰恰相反，分级阅读所面对的是智力发育“适中”的少年儿童（既不是神童，也不是低能儿），这是社会上最广大的少儿群体。分级阅读的指导意义与实践意义正在于为最广大的少年儿童服务，为最广大的普通老百姓服务，为最广大的一般家庭、学校、社团服务。

（二）“群体性差异”原则

无论是从大脑发育、心理发展、语言认知等角度考察，一个不争的基本事实是：年龄越小，群体性之间的阅读差异就越大，如零岁与两三岁，三四岁与七八岁的孩子，都有极大差异，因而幼儿园小班、中班、大班的教材与教法都是不同的。但随着身心增长，大脑发育完善，年龄越大，群体性之间的阅读差异就越小，对于成年人来说，不再有阅读上的群体性差异，而只是个人兴趣与能力之间的差异。所以，分级阅读的对象是18岁以下的少年儿童，分级阅读与成年人无关，成年人之间不存在20岁与30岁、40岁与60岁之间的群体性分级阅读。

因此，分级阅读锁定的研究对象与服务对象是少年儿童，尤其是低幼年龄段的孩子，分级的重点是幼儿园小朋友与小学生。于是，这才有了图图图—图图文—文文图—文文文的文图差异，这才有了图画书—桥梁书—文字书的文本区别，这才有了将广义的儿童文学分区为“幼年文学—童年文学—少年文学”三个层次的界定。

(三)“量身定做”的原则

所谓“量身定做”，其本质就是“因材施教”，什么年龄段的孩子读什么书，不同的孩子（不同的家背景、教育背景，不同性别、年龄、个性、智商等）给他（她）看不同的书。

我们知道，在教育与教学上，“一刀切”最容易，而“因材施教”最难。我曾在今年北京召开的“全国少儿阅读公共论坛”会议上提出，当今儿童阅读推广有六种方法，包括经典阅读、班级阅读、亲子阅读、分级阅读、图画书阅读、特色阅读等。我认为最容易做的方法就是经典阅读，经典阅读实际上就是一刀切。阅读推广人拿着一本书对孩子和家长说：“这是经典，你们必须要读，不读会后悔一辈子的。”这是一刀切的方法。儿童阅读推广难度最大的就是因材施教，就是分级阅读。国内外有关分级阅读的研究、讨论都认为分级阅读非常复杂、非常困难，美国的分级阅读也讨论了很长时间。分级阅读的本质是因材施教，因材施教当然是小众化、个性化、针对性很强的教学，它的难度就在这里。分级阅读强调的是量身定做，因材施教，因人而异。大家都知道美国的“蓝思分级法”，蓝思是把读物的难易程度与儿童接受的程度进行对应研究，然后制作、选择相关读物，因而这是非常难做的，我们的分级阅读需要做的就是像蓝思这种量身定做的工作。当下的分级阅读有一种现象应引起关注：一些精明的出版商发现这是一个巨大的商机，图书市场上现在已经出现了不少分级阅读图书，而有的实际上是拉郎配，给一个图章。真正的分级阅读是量身定做，因而难度很大、投入很多，而那些视分级为商机的做法反过来自然比较容易。

在国外，真正的“分级阅读”不是先做产品后推销，而且先做调研再做产品，即从不同年龄段孩子的大脑发育、语言水平、认知能力、兴趣爱好等多种角度进行调研、探究、取样，然后才去做适合他们的分级读物。这就是“量身定做”的原则。当然，已有的图书也可以做成分级读物，但必须经过相关专家的调研、论证、选择。所以真正的分级阅读有很大难度，需要调动与整合有关儿童心理、儿童教育、儿童文学、儿童语言、儿童美术、儿童出版、儿童传媒、儿童文化、儿童社会工作等多方面的资源与人才，然后才去为孩子们“量身定做”适合他们的分级读物。

（四）“儿童本位”原则

分级阅读的定位与目标十分明确：一切以儿童为中心，一切从现实的儿童实际出发，为儿童精神生命的健康成长服务，而不是为成年人的功利主义、工具主义、拜金主义服务的另一种“商机”。分级阅读的旗帜上大写着“儿童本位”的理念。“什么年龄段的孩子读什么书”是分级阅读的黄金定律。分级阅读只有坚守“儿童本位”的文化立场，选择“儿童视角”的叙事方式，倾注“儿童情结”的诗性关怀，践行“儿童话语”的审美追求，探寻“儿童教育”的理想形态，才能使分级阅读的读本水乳大地般地浸透到孩子们的心田，成为伴随他们精神生命健康成长的营养。

第七，分级阅读是一项智力系统工程，需要整合多学科、多行业的智慧与力量

如上所述，分级阅读需要有关心儿童、从事儿童工作的相关学科专业与行业的专家一起参加，这包括儿童教育、儿童心理、儿童文学、儿童编辑出版、儿童阅读推广、儿童图书馆、儿童图书营销等。实际上，只有充分调动以上各种专业人才的积极性，集思广益，群策群力，分级阅读才能做好、做大。如果只有某一方面的人才是难以做好分级阅读的。因而分级阅读需要真心实意献身儿童阅读事业的有心人、志愿者。

分级阅读的核心和难点是“选书目”，具体地说涉及三个方面：一是选什么？二是怎么选？三是由谁来选？

新世纪的中国需要一个全社会关心阅读、倡导阅读的良好文化生态环境，需要真正能促进、提升儿童阅读质量与效应的分级阅读。愿我们共同努力，让分级阅读成为现代社会的文化自觉。

[本文系2009年7月25日在“首届中国分级阅读研讨会”上的演讲。原载《中国图书评论》2009年第4期，收入《中国阅读：全民阅读蓝皮书（第一卷）》，中国书籍出版社、海天出版社2009年10月版]

理性看待新世纪的分级阅读

进入新世纪以来，由于受全民阅读、中小学语文教学改革等的影响与促进，一场以儿童文学阅读为中心内容的“儿童阅读运动”在我国各地特别是东部地区搞得有声有色，阅读的方法与形式多种多样，包括经典阅读、早期阅读、班级阅读、图画书阅读、亲子阅读、作家签售阅读、书香校园特色阅读与分级阅读等。其中，分级阅读虽是较迟出现的理念与方法，但其对儿童阅读以及少儿出版的影响却十分深广。

一

新世纪分级阅读的标志性现象有二：一是2008年7月广东南方报业传媒集团成立“南方分级阅读研究中心”，并于2009年2月很快研制出《中国儿童青少年分级阅读内容选择标准》和《中国儿童青少年分级阅读水平评价标准》，同时又很快推出相关分级阅读的出版品。二是接力出版社与北京师范大学中国儿童文学研究中心于2009年9月、2010年8月先后在北师大联合召开首届与第二届中国儿童分级阅读研讨会。首届研讨会的主题是“分级阅读，思考与实践”，第二届的主题是“中国本土儿童分级阅读的理论支点”。两次研讨会均向社会发布《儿童心智发展与分级阅读建议》《中国儿童分级阅读参考书目》。与此同时，北京也成立了“接力儿童分级阅读研究中心”。广州的分级重在行动与出书，北京的分级重在探讨与倡导。

分级阅读的理念与做法，在西方发达国家已有上百年历史，虽然我国还是近年借鉴和实践的，但由于这种阅读观念明确强调儿童本位、儿童中心、以儿童为服务对象，因而一经倡导，就引起了国内儿童文学界与读书界、出版界的广泛关注，同时也有相反的意见。如有人认为分级阅读会剥夺儿童的自由阅读与儿童自己的兴趣，因而应当“缓行”；也有人以自己童年时代的阅读经验，质疑分级阅读的科学性。这些意见反映了“分级阅读”的理念还未能被国人正确认识和理解。实际上，分级阅读是一种站在尊重儿童权益立场出发的阅读理念。分级阅读的理论基础与实践基础是图书的适读性与可读性问题，因为不是每一本图书都是适合所有读者的，尤其是小读者，年龄越小，群体性之间的阅读差异性就越大，这就需要负责任的阅读专家对图书进行分析、分级，向孩子们挑选、推荐那些具有适读性与可读性元素的图书。因而在西方，最先出现的是图书的“可读性标准”，以后才有“分级阅读标准”。

一切从儿童的实际出发，包括儿童的年龄特征、思维特征、认知特征、社会化特征、时代特征，这是分级阅读的基本原则。因而分级阅读既是“因材施教”“因人而异”，又是“量身定做”“细分读者”，难度极大。在英语系统国家，主要分级方式就有蓝思分级法、A—Z 分级法、阅读发展评价体系分级法、常识媒体评级等。

二

分级阅读首先对儿童文学与儿童读物作家提出了一个“为谁而写？”的问题。

一般而言，作家总是把自己的作品视为“老少皆宜”“适合 9—99 岁的人阅读”的精品乃至经典；也有的作家公开宣称，他（她）只为自己的心灵写作。应当说，这是一种美好的写作愿景，谁不希望自己的精神产品超越时空成为洛阳纸贵的经典呢？旧时文坛还有这样一句戏言：“老婆是人家的好，文章是自己的好。”但是，主观愿望毕竟只是主观愿望，人世间有这么多作家、写家，真正能够传世的、为不同年龄段的人都喜爱的作品总是少之又少。这是常理也是常识。因而今之作家、写家，既要有追求作品传世的经典意识，但同时也要有面对客观现实的平和心态。因为，假如人人都为自己的心灵写作，一动笔就要写出经典（实际上根本做不到），那么，谁来为幼儿园小朋友写作？为小学生写作？须知，幼儿文学、儿童文学很难出现写一篇是精品、写一本就传世的现象。现代文学巨匠茅盾就曾深有感慨地说：“儿童文学最难写。试看自古至今，全世界有名的作家有多少，其中儿童文学作家却是寥寥可数的几个。”为什么儿童文学最难写？根本原因是不同年龄段的孩子对文学作品有不同的阅读接受能力和认知能力。

实际上许多儿童文学作家的艺术才智与创作技巧绝不低于一般成人文学作家,只是因为他们选择了为儿童而写作,尤其是为低幼儿童写作,因而才“默默无闻”。但他们乐此不疲，甘苦自知。他们既然选择了这一行，也就意味着选择奉献与牺牲，乐于为儿童与儿童文学做一名默默无闻的志愿者。因而儿童文学作家是最有奉献精神与最有爱心的人。

分级阅读的理念与儿童文学作家的奉献精神是一致的。分级阅读强调儿童中心，一切从儿童的实际与需要出发，作家需要自觉地尽可能多地研究与把握儿童的一切特点。因而在分级阅读领域，作家必须将自己所谓的“主体意识”“为自己的心灵而写”暂时放一边。分级阅读需要的是：小心地、仔细地寻找和探索不同年龄段的孩子对作品的不同需求，包括题材、内容、语言风格、句式长短、文字深浅，甚至主动句与被动句、实词与虚词、常用词与疑难词的使用比例等。

“儿童文学”是一种强烈地意识到自己服务对象的特殊性（儿童）并努力适应服务对象阅读接受心理的文学,因而也就特别重视作品对儿童的“适读性”与“可读性”。从这个意义上我们完全可以这样说，儿童文学（包括整个儿童读物）的第一要义就是需要分级，儿童文学本身就应当是一种“分级”文学。

当代中国儿童文学第一次具有“文体变革”意义的实践是20世纪80年代中期提出的关于儿童文学“三个层次”的理论，即将广义的为18岁以下少年儿童服务的文学，具体细分为：为幼儿园小朋友（三四岁至五六岁）服务的幼年文学，为小学生年龄段（六七岁至十二三岁）服务的童年文学，为中学生年龄段（十三四岁至十六七岁）服务的少年文学。80年代的这场“三个层次”变革其理论意义与实践意义在于:将儿童文学从“成人中心”转移到“儿童本位”(因为在以“成人中心”的年代，儿童文学根本不会去研究儿童特点与细分读者，当时的儿童文学定义是“儿童文学是教育儿童的文学”)，进一步增强了儿童文学的文化担当意识与美学内涵；同时，化解了儿童文学创作现象与儿童阅读的丰富性、多样性和儿童文学标准单一性之间的矛盾错位，从而有力地促进了多元共生的三个层次儿童文学的原创生产。

从“三个层次”到“分级阅读”，这是儿童文学文体变革的再一次深化。

二个层次是将广义的儿童分为三个年龄段的服务对象，而分级阅读则是具体到每一个不同年龄层的孩子，从1岁、2岁、3岁、4岁、5岁、6岁，直至10多岁的少年（分级阅读的对象是婴幼儿与小学生、初中生，一般进入高中以后，青少年的阅读群体性差异就越来越小；成年人不再有分级阅读，而只是个体之间的阅读差异）。分级阅读要求作家能够具体认识和把握每一个不同年龄层的孩子们的一切特征。因而真正的从孩子出发的分级读物，自然创作难度很大。分级读物必须立足“儿童本位”、坚守“儿童权利”、选择“儿童视角”、服务“儿童需要”。

三

分级阅读同时对儿童阅读与少儿出版提出了一个“为谁服务？”的问题。

当下儿童阅读中的某些做法，如经典阅读，实际上是“成人中心”“成人目的”。因为认定经典的尺度和权力在成年人。成年人说这是经典，小孩子要读经典，那就得读。成年人可以不问小孩子是不是喜欢，能不能接受，甚至根本不研究作品的适读性与可读性问题。我曾在一篇文章里举过一个最典型的例子，那就是日本图画书《活了100万次的猫》。我知道有不少阅读推广人到处都在推广这本图画书，东西南北一片叫好，而实际上很多幼儿园老师反映，孩子们根本看（听）不懂。原因很简单，《活了100万次的猫》是一部讲述“为谁活着才有价值”的有关生命哲学的书，这是一本对成年人更有意义的成人读物，因而在日本往往成为青年男女的婚礼赠品。而我们却硬把它作为儿童读物，而且向幼儿园小朋友推广，岂不搞笑？在分级阅读的理念中，《活了100万次的猫》显然不适合幼儿园小朋友，甚至连小学生也不适合。现在国内某些高校正在向大学生进行婚姻性爱方面的教育，如果向热恋中的青年男女推广《活了100万次的猫》，这倒不失为最佳读本。《活了100万次的猫》提醒我们，儿童阅读本身同样存在着一个“儿童观”问题，不是所有的打着儿童旗号的行动都是为了儿童，有的可能是好心未能办成好事，因而事倍功半，甚至南辕北辙；有的压根儿就不是为了儿童，而是别有所图。对于当下正趋热络的分级阅读出版，我们也应有冷静的思考。

国内分级读物的出版是最近三年间的事，最初是由贵州人民出版社2008—2009年间推出的“鹂声分级阅读”书系。据称这是“中国第一套小学生分级读物”，从一年级至六年级，每年级5本。以后陆续上市的有：2010年人民邮电出版社出版的《喜羊羊与灰太儿郎——第一套儿童自主阅读分级读物》；2011年天津教育出版社出版的由北大钱理群教授主编的《语文新课标分级阅读丛书》；2011年浙江少年儿童出版社推出的12册《中国儿童文学分级读本》，细分为3册幼儿卷、6册小学卷、3册初中卷。南方分级阅读研究中心编选的分级读物，是目前国内影响最大、品种最多的分级图书，主要由南方日报出版社出版。包括文学经典、均衡阅读、初中套书、红皮书（小学1—6年级共30本）和蓝皮书（小学1—6年共30本）。据《中国文化报》报道：2010年某出版社要出版某名家的作品，他不同意，因为那些旧作再版的话出版社利润太低。但出版社负责人说，这个您不用担心，我们来操作。结果，出版社用所谓的分级阅读方式对他的作品进行重新编排，短时间内就发行了30万册。

这就是当下分级读物出版的现状与心态。读者（主要是家长）有需求，市场有利求，可以预见分级读物的出版还会持续看涨。

关于分级阅读，我的基本观点是：分级阅读的核心和难点是“选书目”，具体地说涉及三个方面：一是选什么？二是怎么选？三是由谁来选？“选什么？”是分级阅读的理念，分级阅读工作者应当站在尊重、保护儿童应有的生存、发展的权利的立场，站在儿童本位的立场，从儿童精神生命健康成长出发，真心实意地为儿童服务。“怎么选？”是分级阅读的方法。分级阅读工作者必须具备儿童心理、儿童教育、儿童文学、儿童语言、儿童出版以至儿童文化的相关知识结构，必须熟悉和了解当前中外儿童文学、儿童读物的出版现状与基本书目，必须懂得如何按照不同年龄阶段少年儿童的阅读心理、接受能力，为他们选择、配置相应的书目。“由谁来选？”这实际上涉及分级阅读的公信力、权威性与专业性。分级阅读工作者必须具有相应的资质，除了具有有关儿童心理、儿童教育、儿童文学、儿童出版等的专业知识外，还必须具有社会责任性与文化担当意识，具有高雅的文学修养与尽可能多的知识储备，具有公正心与服务精神。他们是儿童阅读的“点灯人”而不是“点钱人”，是儿童精神成人的引领者而不是糊弄者。

（原载《出版广角》2011年第6期）

学术论文需要文采斐然

学术论文是最能体现思想创新、学术探索、人文关怀、社会担当的思维成果。学术论文作为学者个人与学界、社会对话交流的“公器”与途径，理应将论文写得让人看得懂、喜欢看也即讲究文采，这本是不证自明的事。使人费解的是，将学术论文写得使人看不懂、拉大论文与读者之间的距离，竟然已成为当今的一种“时尚”。中国学术文化讲究文采的传统，正面临被中断的危险！中国学术界，这是怎么了？

一、文采是中国文化的文脉

中国是诗的故乡，文辞之邦，因而中国学术历来十分重视文采，文采是中国文化的文脉。

孔子曰：“文质彬彬，然后君子。”又说“言之无文，行而不远”。在孔子看来，有教养的人，为人为文既质朴可亲，又文采飞扬。无论是写作还是演讲，如果缺乏文采，枯燥乏味，即使再好的东西也流传不开。孔子甚至认为：“文犹质也，质犹文也。虎豹之鞟犹犬羊之鞟。”文采与文章的内质是一回事，如果去掉文采，就如同去掉有花纹的兽毛一样，那么虎豹的皮革与狗羊的皮革就没有什么区别了。

孔子的作品无疑是中国文化的精华之所在，义理深邃，但同时又文采焕发，生动形象，斐然成章，不少已成为传承千古的成语、格言。如“工欲善其事，必先利其器”“仁者乐山，智者乐水”“岁寒知松柏之后凋”“志于道，据于德，依于仁，游于艺”等。

文采与文章、文心结为一体，为文必讲文采，这可以说是中国历代文人孜孜不倦的追求与行动哲学。因而在中国古代文论中，这方面的论述层出不穷。如：

《礼记·表记》：“情欲信，辞欲巧。”

三国·曹植《王仲宣诔》：“文若春华，思若涌泉。”

南朝梁·刘勰《文心雕龙》：“义典则弘，文约为美。”“夫缀文者情动而辞发，观文者批文以入情。”“写物图貌，蔚似雕画。”“酌奇而不失其真，玩华而不坠其实。”“俪采百字之偶，争价一句之奇。”“丽句与深采并流，偶意共逸韵俱发。”

唐·司空图《诗品》：“不著一字，尽等风流。”

唐·杜甫《寄李十二白二十韵》：“笔落惊风雨，诗成泣鬼神。”

又《江上值水如海势聊短述》：“为人性僻耽佳句，语不惊人死不休。”又《秋兴八首》：“彩笔昔曾干气象，白头吟望苦低垂。”

唐·柳宗元《乞巧文》：“骈四俪六，锦心绣口。”

唐·刘禹锡《视刀环歌》：“常恨言语浅，不如人意深。”

唐·李贺《高轩过》：“殿前作赋声摩空，笔补造化天无功。”

宋·欧阳修《六一诗话》：“状难写之景如在目前，含不尽之意见于言外。”又《代人上王枢密求先集序书》：“事信言文，乃能表见于后世。”

古人之所以如此重视文采，是因为他们视写作为至高无上之志业，写作体现了人生的态度、生命的取向。文章不仅是思想才华的体现，更是生命价值的凝结。因而无论面对的是经史子集，还是诗词曲赋，古人都是以无比敬畏之心，虔诚从事，在他们眼里文章具有泰山黄河一般的地位。三国曹丕在《典论·论文》中激情满怀地写道：“盖文章，经国之大业，不朽之盛事。年寿有时而尽，荣乐止乎其身，二者必至之常期，未若文章之无穷。”正因为人的生命与荣华富贵都有一定的期限，而好文章却可以使人不朽，因而杜甫深有感慨地叹道：“文章千古事，得失寸心知。”清朝有位士大夫黄景仁甚至这样愤愤地说：“文章草草皆千古，仕宦匆匆只十年。”

现代诗人、学者吴宓对千古文章之事也是深谙个中三昧，他在 1935 年为《吴宓诗集》的出版写了这样一首诗:“心迹平生付逝波，更从波上觅纹螺。云烟境过皆同幻，文绵织成便不磨。好梦难圆成碎影，慰情无计剩劳歌。蚕丝蛛网将身隐，脱手一编任诋诃。”

1935年,吴宓41岁。人到中年的他,既经历了留学哈佛、执教清华、主编《学衡》杂志、创办清华国学研究院与执掌清华外文系的辉煌，也经受了“学衡派”的沉浮失落、婚姻破碎、遍体鳞伤的痛苦，同时不久又将面临抗战国难、南下流亡的厄运。忆昔思今，瞻前顾后，能不忧从中来，悲从中来？寂寞孤独纠结焦虑的吴宓，唯一还能让自己找到一丝安慰与温暖的，就是那“一室自温馨”的书房与那一堆写下来的文字。在吴宓眼里，那一堆写下来的文字，尤其是中华书局即将出版发行从而成为社会“公器”的《吴宓诗集》(里面还有大量他写的研究《红楼梦》与比较文学、外国文学的学术论文)，这才是他生命之寄托，生命之存在，所以他才会对“神马都是浮云”的心迹平生、位势名利不屑一顾，而只对文章诗作一往情深。因为只有那些文章，那些用生命写下来的作品,那如同织成的文锦那般富有文采的文章才永远不会磨灭——“文锦织成便不磨”，这是多少文人的愿景!

当然，能否将文章写得如同织锦那样华美绚丽是一回事，但追求文采之斐然则是必然的努力。

二、文采保证了中国文化与学术“雅”的传统

中国文化有一个特别重要的传统，即言是言，文是文，言与文两者有别。人们在日常生活的对话交流中,自然有一套“符合日常美学”的语言体系。显然,民间日常的“言”不可能是案头优雅精简的“文”,“言”是由各地方言、土话、习称、民俗所生成的。但只要一提笔属文，古人则立马会转换成另一套语言体系,这就是“文”,也就是孔子所强调的“文质彬彬”的文,曹植所向往的“文若春华”的文，吴宓所憧憬的“文锦织成便不磨”的文——文采斐然如同织锦般美丽的符号体系。

正因如此，中国文化与中国文学才分化出了“雅”与“俗”两类。所谓雅，不是指贵族化、阳春白雪，俗也不是指草根化、土不拉叽。对此，钱穆

有过精辟的分析。钱穆认为，中国文学中的“雅”，是指文学的普遍性与传承性。因是用富有文采的雅训的“文”写成的，这样才可以达到孔子所期待的“言而远”的境界：既传得开还留得住。钱穆在《中国文化与中国文学》中指出，正因“文”的“感被之广”与“持续之久”，才使其“不受时地之限隔”，这正是中国文化之特点所在，即《易传》所谓可大与可久。“可大与可久”的根本因素与保障，即是“文质彬彬”，文采斐然。这样，所谓“俗”，也就可以理解了。俗是指缺乏文采，味同嚼蜡，行而不远。文采斐然的雅文学自然传得开留得住，而索然无味的俗玩意自然传不开也留不住。所以钱穆总结说：“文学之特富于普遍性者遂亦称为雅，俗则指其限于地域性而言。又自此引申，凡文学之特富传统性者亦称雅，俗则指其限于时间性而言。”

文采保证了中国文化与文学的“雅”——传播既广且传承久远，这是中国文化的重要特点。将文采的重要性提高到如此高度，这是钱穆的发现。

为了使自己的文章“可大而可久”，既传得广（大）又留得住（久），因而古人无论从事何种学科（尽管当时还没有“学科”的分类）的研究，何种文类的撰著，只要是提笔属文，就必然将文采显于首要之务。所谓“笔札之思，历年废寝”“一名之立，旬月踌躇”；所谓“踏破铁鞋”“千锤百炼”“倒海探珠，倾琨取琰”；所谓“操千曲而后晓声，观千剑而后识器”“沈浸酿郁，含英咀华”；所谓“下字贵响，造语贵圆”“博观而约取，厚积而薄发”。因而我们今天阅读古人写的有关哲学、政治学、经济学、历史学、军事学、社会学、教育学等论文，还是时政评论、社会批评，抑或是奏章、公牍、传状、书信、赠序、箴铭、碑志、哀祭等，都会感觉作者使出浑身解数，上穷碧绿下黄泉，务使文章精彩生动，文采飞扬，可读性强，“衣带渐宽终不悔，为伊消得人憔悴”。

且不说孔孟老庄，也不说《左传》《史记》，光是《古文观止》中所选录的古代学术论文，就使人叹为观止，美不胜收。如贾谊的《过秦论》《治安策》，晁错的《论贵粟疏》，诸葛亮的前后《出师表》，韩愈的《师说》《讳辩》《争臣论》，欧阳修的《朋党论》《纵囚论》，苏洵的《管仲论》《辨奸论》，苏轼的《范增论》《贾谊论》，苏辙的《六国论》，方孝孺的《豫让论》，王世贞的《完璧归赵论》等。这些探讨治国方略、社会管理、经济军事、教育实业等的论文，无不写得生动感人，文采洋溢。试看贾谊《过秦论》之气势：“秦孝公据崤函之固，拥雍州之地，君臣固守以窥周室，有席卷天下，包举宇内，囊括四海之意，并吞八荒之心。”韩愈《师论》之辨析：“古之学者必有师。师者，所以传道授业解惑也。人非生而知之者，孰能无惑？”“是故无贵无贱，无长无少，道之所存，师之所存也。”难怪今天的古典文学教授都把它们作为古代散文、美文的典范与样板，写进教案讲稿，传教莘莘学子。

文学是情感的艺术，语言的艺术，对于文学研究，古代的学术论文则更是文采斑斓，千锤百炼。曹丕的《典论·论文》、陆机的《文赋》、刘勰的《文心雕龙》、钟嵘的《诗品》、萧统的《文选序》、韩愈的《答李翊书》、柳宗元的《答韦中立论师道书》、严羽的《沧浪诗话》、金圣叹的《水浒传序》、王国维的《人间词话》等，真可谓如入珍宝馆中，满目精华，珠围翠绕；又如临华堂盛宴，珍馐玉液，齿颊生香。这些古代文论，学术含金量既高，但同时也使人得到审美趣味的满足，篇篇菁华，朗朗上口，不仅启迪理智，而且陶冶性情。读着这样美文一般的“文艺学学术论文”，心里是什么感觉呢？“不能名言，唯有赞叹；赞叹不出，唯有喜欢。”——将俞平伯的这话移用过来作为对美的学术论文的评价，似也恰切。

三、中国现代学术论文曾有过讲究文采的时代与记忆

学术论文讲究文采的传统，如长江活水源源不断地流贯至20世纪初叶，在王国维的《人间词话》中达至高潮。谁能说《人间词话》不是学术？不是论文？学术论文难道只有一种刻板的写作模式？显然不是。无论是西方文论，还是中国古代、近代、现代文论，从来都是不拘一格、不是刻板一块的。从古希腊亚里士多德的《诗学》、柏拉图的《理想国》，到苏联康·巴乌斯托夫斯基的《金蔷薇》、多宾的《论题材提炼》，国外文论无不形式各异，甚至有“学术论文文学化”的倾向。

王国维的《人间词语》存有深邃的美学内涵，特别是他提出的“意境说”，揭开了一代美学研究与文艺理论研究的大门。但《人间词语》同样又是炉火纯青、形象生动的美文，是中国“学术论文文学化”的典范。著名学者胡绳曾深有感慨地写道：“读一篇极精彩的论文时，每每能浮起读文学作品的兴趣，

而从伟大的文学作品中又似乎能读出一篇论文来。”（胡绳《夜读散记·谈理论研究与文学欣赏》）

中国现代学术论文曾有过讲究文采的时代与记忆，五四新文化运动时期，周作人更是热烈提倡把论文写成“美文”。他在1921年5月《晨报》上发表的《美文》一文，曾这样激赏外国论文的“美文”属性：“外国文学里有一种所谓论文，其中大约可以分作两类，一批评的，是学术性的。二记述的，是艺术性的，又称作美文。”外国美文传统在英语世界里最发达，周作人列举了爱迪生、兰姆、欧文、霍桑等。周作人感到：“读好的论文，如读散文诗，因为他实在是诗与散文中间的桥。中国古文里的序、记与说等，也可以说是美文的一种。”周作人是一个有心人，他不但倡导将美文因素融入学术论文，形成一种“学术美文”，期待中国文脉注重文采的传统生生不息，因而他热切地“希望大家卷土重来，给新文学开辟出一块新的土地来”；同时又身体力行，在他选编的《中国新文学大系·散文一集》中，将他认为具有美文性质的学术论文毫不犹豫地收了进去，这有郭沫若的《神话的世界》、郁达夫的《文艺赏鉴上之偏爱价值》、俞平伯的《与绍原论祓》、刘半农的《国语问题中一个大争点》等，这些论文涉及神话学、文艺学、民俗学、语言学等学科。

现代学术论文的“文采”追求与“美文”品质还深刻地体现在一批强调感性的、印象的、具体的、生动的“现代感悟批评”的批评家身上。他们以王国维为范式，以周作人、李健吾、李长之、沈从文、朱光潜为代表，与那些以理性的、逻辑的、抽象的与科学的“刻板式”文学批评形成鲜明对照。这有周作人的《自己的园地》《中国新文学的源流》，李健吾的《咀华集》《咀华二集》，李长之的《鲁迅批判》《苦雾集》，沈从文的《沫沫集》《废邮存底》，朱光潜的《悲剧心理学》《诗论》，钱钟书的《通感》《谈艺录》，宗白华的《美学散步》《艺境》，李广田的《诗的艺术》，陈从周的《说园》，以及后起学者王朝闻的《以一当十》，秦牧的《艺海拾贝》，周振甫的《诗词例话》等。这些学术论文都十分注重文采与“美文”品性，体现出学术论文文学化的取向，一眼就能看出与刻板的学院派论文判然有别。毕竟文学批评的对象是充满灵性的具有生命热度和蓬勃创造力的文学作品，批评家对文学之批评，如果缺乏感性、缺乏文采，只做冷冰冰的抽象辨析，自然难以有说服力与感染力。

四、中国文化与学术的文采传统正面临被中断的危险

如果做一番印象式的扫描，大概从20世纪90年代起，我国的学术论文开始逐步淡化“文采”，崇尚“格式”。到了今天，则已完全不讲文采，只讲“格式”了。如同今天的城市化房地产开发一样，从黑龙江的漠河到海南三亚，城市建筑已经千篇一律，一觉醒来，所见的都是一样的楼房，一样的马路，有区别的只不过是城市体量的大小而已。今天的学术论文也已千篇一律，千人一面，发表在《北京大学学报》上的论文格式、行文套路与任何地级市高校，例如《咸阳师范学院学报》《绍兴文理学院学报》，完全如出一辙，如有区别，只是作者头衔大小的不同而已。今天的学术论文已经没有个性，不讲文采，而个性的集中体现就是文采。

更糟糕的是，今天我们已经几乎忘记了还有“文采”二字，无论是高校的教授博导，还是学术刊物的编辑，我们只听到他们对论文写作的规范与格式要求，从来没有对文采的要求。中国文化与学术的文采传统已有被中断的危险。这种被“中断”，并非危言耸听，我们只需试看今日中国学术论文之“共性”，便可知晓。

第一，形制统一，格式刻板

不知从何年何月何地何处开始，中国所有学术论文都要求有统一的格式：从论文标题字数多少、内容提要、关键词到参考文献，连注释都有统一的规定。于是这就出现一个滑稽现象：一篇没有任何创意更没有文采的“论文”，经过这番穿靴戴帽、化妆打扮，俨然就有了学术性；而另一篇生机勃勃、充满创意与文采飞扬的论文，一经穿靴戴帽，就显得平庸滑稽，论文的锋芒与个性大为消减。试想一下，如果将鲁迅的《魏晋风度及文章与药及酒之关系》按照现在通行的学报规范格式发表出来，要多别扭就有多别扭。而王国维的《人间词话》显然只能拒登，因为连最起码的格式都不具备。

必须说明，我这样写并不是反对学术论文不要规范，不需格式。学术论文之为论文显然不同于文学作品，论文显然需要问题准确、论证严谨、逻辑

性强、理论扎实、结构完整、结论清晰、资料翔实。但至于论文如何写作，完全没有必要统一格式，造成新的八股。

第二，玩弄高深，玄而又玄

将论文写得使人看不懂，这几乎已成了当下的一种“时尚”，特别是博士学位论文。每年四五月间，我都会收到数篇外校寄来请我评审的博士学位论文，同时也有我指导的博士学位论文外送请人评审。说句实话，每次审读此类论文实在苦不堪言，盖因实在难读，不禁怀疑自己究竟是跟不上学术发展还是精力不济？不料碰到同行友人，交谈起来都有同感，一致的看法是有的博士学位论文实在“看不懂”，自然更遑谈文采与可读性了。下面摘录一段今年我看过的北京某名牌大学中文系的一篇博士学位论文中的一节：

> 驱力在无法获得满足之处所设置的（理想）功能，发挥出了替代和补偿作用。它同时是一个源于对自我的非对象性的自恋组织，又是一个必须依靠对象认同将外物理想化的过程。由于理想化本身意味着对某个唯一与无可替代物的坚持，自我理想并不会满足于将投注于对象的力比多转回自身，阻止了自恋化。但是，它还强迫外物去符合自我理想。正是借由这个过程，主体在面对与外在现实的冲突时，否认自身的不完满与拒绝对物的依赖，确保自身自恋式的自足感与全能感，导致整个观念或思想体系的运作产生僵化，成为某个理想的附属之物。这便是“混沌——自我理想／自恋——意识形态的蜕变之路。

这样的文字估计连作者也不清楚自己到底要说清楚什么。似乎只有写得使人看不懂，才能显出自己的高水准，因而论文越写越玄，甚至成了天书，这已成为当下学术论文的一大弊病。使人看不懂的常见手法是：简单问题复杂讲，清楚问题绕着讲，两句话可以说清的非用两页话来讲，中国人能讲清的非找外国人来讲，而且癖好国外的“新名词”乃至无人知晓的“险恶之辞”。

中国文论历来主张“文从字顺各识职”（韩愈），“文以辨洁为能，不以繁缛为巧；事以明核为美，不以深隐为奇”（刘勰）；主张明明白白把话说清楚，干净简洁，“丰而不余一言，约而不失一辞”（韩愈），“文章当从三易：易见事，一也；易识字，二也；易读诵，三也”（颜之推）；主张言近而旨远，辞浅而义深，辞达而理举，反对叠床架屋，繁缛兜圈，更反对使用诡异之体、险恶之辞。古代也有文人好用险恶之辞，好以奇僻之字替换平易之字，如不用“梦”而用“寐”，不用“吉”而用“庥”，不用“祥”而用“祯”，以示其高深博学，而为士林嗤笑。今天这种卖弄才华，以证其艰深者则比比皆是，不过是换用了一套手法，搬运来大量国外的新名词、新术语、“力必多”“硬币的两面”，用以拉大论文与读者之间的距离，以示其不同凡响的学理奥义。实际上却事与愿违。清代叶燮《原诗》说：“志高则言洁，志大则辞宏，志远则旨永。”简单明净的文字才是高智商的体现。胡适在《〈蕙的风〉·序》中也表示过同样的意见：“论诗的深度，有三个阶段：浅而浅出者为下，深而深出者胜之，深而浅出者为上。”这对学术论文的评价也是如此。

第三，老外帮衬，以壮声威

这是大家见惯了的学术论文的另一通病。现在，一篇学术论文如果不拉几位老外做“亲友团”帮忙，不套用老外的某个“理论体系”，不罗列一堆老外的引文，或者伪注，就不算论文。更有甚者，通篇都是老外在那里发声，康德怎么说，拉康怎么说，萨义德怎么说，唯独不见作者自己怎么说。巴赫金提出“狂欢化”理论，中国论文也跟着一片“狂欢”。一忽儿流行“宏大叙事”，一忽儿又捣鼓“复调”“互文”，整天盯着外国的月亮，围着老外的屁股转。尽管学术界对于这种“恶性西化”，言必“解构”、文必“后殖”所造成的“失语症”现象早有批评，但似乎收效不大。其原因，我认为这是缺乏学术自信，不敢对自己的言论负责，因而拉几位老外帮衬，既省心省力，又用以唬人。

国内学者，我所钦佩者之一为王富仁先生。王富仁先生的学术论文有三大特点：一是几乎从来不引用老外的话；二是文后参考文献、引文注释极少，甚至一篇万字论文，没有一条注释；三是行文洋洋洒洒，酣畅淋漓，直抒胸臆，有时读了四五页还没见分段。王富仁先生的学术论文，思想之流畅、文采之辨洁、学理之深邃，尤其是高度的学术自信，在国内学界堪称一杰。如果我们有更多的“王富仁式”的论文，那么学术创新、学术自信与学术文采自然可以乐观其成。

第四，“无我”写作，冷漠干枯

学术论文之写作，本是一种最能见面出作者之思想、襟抱、情感、才思的独创性精神劳动，因而必须投入作者的真情实感、性气才情、体悟悲喜，将自己充分地投注于学术研究的对象之中。这就是“有我”的研究，“有我”的论著，“有我”的写作。古人所谓“文章须自出机杼，成一家风骨”（《魏书·祖莹传》）说的就是这个意思。清人沈德潜在《说诗晬语》中强调“有第一等襟抱，第一等学识，斯有第一等真诗”，崇尚的也是“有我”的写作。钱穆更是将文中“有其人”即“有我”，作为中国人文精神的道统和命脉来看待的。他说：“中国文学的一个特征，常是把作者本人表现在他的作品里。我们常说文以载道，其实也如此。苟非其人，道不虚行，故载道必能载入此作者之本人始得。”（钱穆《中国散文》）又说：“中国文化精神，端在其人文主义，而中国传统之人文主义，乃主由每一个人之真修实践中而表达出人生之全部最高真理。故曰：‘人能宏道，非道宏我’。”（钱穆《中国文化与中国文学》）因而“在中国，则读其书贵能知其人，如《论语》《孟子》是矣”（钱穆《略谈中国哲学》）。

“有我”是学术研究诚信的体现，也是对自己的论著言说负责任的体现。中国文论从来主张“诗品出于人品”（清·刘熙载《艺概·诗概》），“才有深浅，无有古今；文有真伪，无有故新”（汉·王充《论衡·案书篇》）。“有我”在20世纪初那一代学者身上依然表现得十分明显，几乎人人都有个性，篇篇都见真人。梁启超的激越慷慨，章太炎的直道显世，王国维的沉郁苍劲，鲁迅的愤激瘦硬，胡适之的酣畅直白，陈寅恪的古朴谐和，真所谓刊落声华，掷地有声，謦欬音容，跃然纸上。杨周翰在评价“学衡派”代表人物吴宓的学术特点时，十分推崇吴宓“有我”的做派：“吴宓的批评文章有情有理，与作品的人物水乳交融，有理不稀奇，有情却是极可贵的，他把自己写进了文章里，读其文如对其人。”行文至此，杨周翰笔锋一转，深有感慨地说：“研究文学仅仅采取一种所谓‘科学’‘客观’的态度，也许能找出一些‘规律’，但那是冷冰冰的。文学批评也应如同文学创作一样，应当是有感染力的，能打动

读者感情的。”(《回忆吴宓先生》，陕西人民教育出版社 1990 年版)

杨周翰在这里所批评的“客观”“冷冰冰”即“无我”，正是当今学术论文的最大弊病之所在。“无我”的根本原因是将学术论文作为谋取职称福利、功名利禄的敲门砖，一旦目的达到，就暴露真相。以至于有人评教授前拼命著述，到处托人情找关系发表论文，评上教授后，就发誓再也不写那个劳什子了。也正因为“无我”，所以只要文章拼凑成功，发表出来，才不会去管什么文采不文采，辨洁不辨洁。有的更是为了凑足数量，千方百计拉长稀释，满篇烦词冗语，空洞无物。这样的论文何来文采、含金量？自然更谈不上厚积薄发，千锤百炼，像曹雪芹那样“披阅十载，增删五次”了。

学术工作是一种纯粹的精神生命活动，是学者用其独特的富于个性化的理性探险和感性表述来展示其对人生和世界真理的生命证悟与探索，是学者作为社会的人、历史的人、文化的人、生命的人所选择的自身生命活动的一种特殊形式。学者这个行当不是谁想做就能做的。因而真正的学者所从事的创造性工作，必然是激情燃烧的，充满生命人格的，有我的。学术论文是学者进行学术研究工作的具体途径与思维结晶，是学者唯一可以用来彰显自己的思想才智并作为“公器”与人交流的载体，因而学术论文必然是最具创造性的个性化的有我的，最应写得生动辨洁、具有可读性的，最讲究文采斐然、文若春华的，最斤斤计较“文锦织成便不磨”的，最忠实践行“文质彬彬，然后君子”的。虽然学术工作“寂兮寥兮”，但他们依然“独立不改，周行而不殆”，心善渊，动善时，在大化流行中呈现出学术的生趣与光辉。

有我，永远是真正的学者必具的品格。文采，永远是上乘的学术论文所需要的品质。

(原载《文化学刊》2013 年第 4 期)

批评家的资质与任务（后记）

现代社会职业有分工，上岗履职讲资质，因而有教师资格证书、会计资格证书、记者资格证书、建筑师资格证书等。作家与批评家的资格证书是什么？是他们的作品与评论。

当前的文艺批评似乎缺少权威，缺少令人信服说理透辟的经典批评，甚至缺少了诚意与可信度。拯救文艺批评的良方与思路固然很多，但我以为，最根本的是回到文学批评的原点，重树批评家的资质与形象，也即要从考察批评家的资质切入。

批评家的基本资质，在我看来可概括为三方面：

第一，批评家要找准自己的职业工作对象，这就是坚持将文学批评置于实在的文学创作沃土之上，从创作现实出发，作品现实出发，坚执“我注六经”，而不是“六经注我”。

教师的职业工作对象是学生，医生的对象是病人，会计的对象是账务，建筑师的对象是建筑物，作家的对象是社会与人，批评家的职业工作对象只有一个，那就是文学生产现状。具有资质的批评家，从来只是穿行于文学的密林之中，而不是奔忙于饭局、应酬、关系网之间，深入观察、深入思考当下的文学现状，敏感地捕捉文学发展的新气息，剖析文学创作症候，揭示和发现问题，然后发出自己的声音。一切从丰富生动的文学现状出发，不断走向理论；又以理论为根据，阐释和把握现象，以不断影响文学现状，并由此升华和推进理论品质。这就是批评家的“我注六经”。而现在我们看到的批评现象，更多的似乎是“六经注我”，即从我已有的观念、框框，甚至是从我的利益、关系出发，乃至于从红包的厚度出发，来诠释对象，为我所用。

“我注六经”的批评，必须老老实实读原作，看材料，努力把握当下文学现状的方方面面，有多少事实说多少话，有多少成绩打多少分，强调文艺批评的实事求是原则和科学性、学理性、审美性。而“六经注我”则是反其道而行之，因是为我所取，为我所用，自然是概念先行，利益、关系先行，不是看作品看材料，而是看关系看利害。所谓的“批评家”，可以悬在文学沃土的半空，浮光掠影，一知半解，甚至抛开作品，根本不看作品，居然也在那里吞云吐雾夸夸其谈；或是以“话语霸权”自居，对自己看不顺眼的，来一番泼妇骂街式的“酷评”，夹枪带棒，横扫一切。这种“神马都是浮云”式的批评，我们见到的还少吗？因而不客气地说：“六经注我”式的所谓批评家，其实连批评家的资质也够不上。

第二，文艺批评应有批评家的立场、观点、态度，有自己清醒而明确的理性判断，而不是说些不痛不痒的描述性话语，讲些放之各位作家而皆准的文学常识，或者你好我好大家好，批评成了表扬稿，更不是为了谋利的广告、包装、炒作。

批评家虽然是社会职业之一种，但却是担负着社会精神建设的特殊工种，实乃大任重也。因而文艺批评必须符合人民的利益，有利于社会发展和精气神的提升，特别是为青少年儿童服务的文学，更应把打好人之为人的精神底子放在首位。从一定角度说，文学批评在文学系统工程建设中担负着文学产品的质检与监理的角色。

真正具有资质的批评家，他们既有鉴赏、发现优质文学产品的精到评判，揭示出作品的认知价值、人文价值与审美价值；同时又有辨别产品复杂成因的锐利目光，具体地历史地分析作品的优劣长短，以及各种复杂情况、复杂原因、复杂关系，以理服人，使人服帖；最后还应有深刻解析文学产品存在的问题，揭露那些假恶丑、贪嗔痴的东西，不断引导当下文学产品走向真善美的能力。从而把优质的文学产品推荐给社会公众，再现生活，创造生活，给生活以人性的裁判，用人类文明的琼浆滋润干涸的心地；更把那些毒奶粉、瘦肉精、地沟油之类的产品曝光于世，既为时代保存精神标本，又为社会剔除精神垃圾。因而批评家在文学世界中担当的责任委实非轻。显然，那些奔忙于饭局、关系网，以利度人，以利评文，甘愿将批评成为市场谋利的广告、获取红包手段的人，是断难担起批评家的角色的。他们充其量只是文坛插科打诨跑来窜去的“掮客”“丑角”而已。

第三，有资质的批评家必然是“有我”的批评家，将一己之热情之情感之至诚之品性之智慧乃至生命，投注于批评对象之中。因而在他们的批评论著中站立着批评家的身影，闪耀着批评家的良知良能。

如果说文学创作是一种纯粹的个体精神劳作，是用独特的富于个性化的表达方式来展示作家的生存体验和生命感悟，表达其对社会人生的美学评价，那么，文学批评则是站在人类精神的制高点上，穿透文学创作的语言密林，揭示出除了文学以外再也没法儿表达的文学迷人的“感觉”“魅力”和“经验”，直抵人类生命的某些存在本质，对人们期待已久的精神顿悟做出清晰的独到的回答。因而文学批评是一种更细密的深刻的个人化精神劳作，是批评家用其独特的富于个性化的理性探险和感性表述来展示其对人生和世界的生命证悟与探索，是批评家作为社会的人、历史的人、文化的人、生命的人所选择的自身生命活动的一种特殊形式。真正的批评家所从事的文学批评，必然是有血色的，充满生命的，有我的。

但综观当今的文艺批评，实在很难看到有多少真正“有我”的批评家，而更多的则是“无我”的写手。在无我者貌似客观中立左右逢源的笔下，我们看不到文艺批评应有的观点、判断、灵性，看不到批评者自身的个性和生命的张扬与魅力，而是干瘪的程式化的机械的所谓“论文规范”。在无我者的笔下，满篇都是对他者（尤其是对洋人）的抄录、引述，海德格尔怎么说，哈贝马斯怎么说，巴赫金怎么说，拉康怎么说，唯独没有他自己怎么说。不客气地说，作为学术工作之一种的文学批评，这种“过度引用”式的做法，其实是与“抄袭”没什么区别的。除了证明其创造力的贫乏与学术上的偷奸耍滑外，对推进文学进步丝毫没有作用。这些所谓的批评家，离开了洋人的拐棍支撑就会立刻倒地，谓予不信，人们不妨抽去他们“论文”中的洋腔洋调，看看还剩下什么货色。

加强文艺批评，积极引导创作，是促进新世纪文学发展的重要举措。重树批评家的资质与形象，加强批评家自身的职业道德与专业素养建设，则是加强文艺批评的题中应有之义。让文艺批评重获尊严，须对批评家来一番“质检”。

[又记]

上述文字系2011年7月27日我在中国作家协会召开的“加强文艺批评、积极引导创作座谈会”上的发言，后载2011年8月10日《中华读书报》。我之所以把这一发言移用过来作为后记，并把我昔年在韩国写的《文学教授的资质》一文充作自序，是想表明我的一个观念与姿态：作为文学教授同时也是作为一位文学评论工作者，我将会一以贯之地用自己的思考、理智、担当与对文学的挚爱，全身心地投入文学事业。我在一篇文章中曾这样写道：“1977年‘文革’结束后的第一次高考，使我这样一个连做梦也不会想过要读大学的仅有初中文化的铁路工人，居然成了‘77级’大学生，还成了大学教授，而且是北京师范大学这一具有百年历史的名校教授。命运将我安排在教授的职位，并主要锁定在振兴中国儿童文学理论研究与教育教学的位置上，可以说，自从接受这一使命以来，我是兢兢业业，如牛力耕，不敢有丝毫的懈怠和懒惰——我要对得起自己的职业，对得起‘北师大教授’这一职位。扪心自问，我是敬业尽职的，凡是有利于中国儿童文学发展的事，我都会竭尽全力去做：从基础理论研究到文学现象批评，从作家作品评论到青年作者扶植，从学科建设到对外交流，从研究生培养到各类评奖，从接受媒体采访到图书策划选编。”北京大学曹文轩教授曾在百忙中趁旅途小憩，为我的论著写过评论。文轩的文章总是智慧闪烁，思想深刻，启人心扉，对我有一种“惠我真言，肝胆相照”的快意。我把此文移用过来作为本书代序，一以自励，二也是用以表示对文轩的感谢。

奉献给读者的这一部拙著《担当与建构——王泉根文论集》中的大部分文章，是我近年所思所写的结晶。本书比较集中地体现了我的文学观——儿童文学观，我对儿童文学理论的一些关键问题如儿童文学的美学特征、学科地位、理论建设等的思考，我对中国儿童文学发展历程与当下现状的透视和批评，我对推进新世纪儿童文学的建言与愿景。感谢接力出版社第四次出版我的论著，使我有机会再次将自己的思维成果交予学界并向读者诸君请教与批评。

2013年8月2日于北京师范大学文学院